U0743992

《童子鸣集》笺注

〔明〕童　珮撰　姜　勇笺注

浙江工商大学出版社 | 杭州
ZHEJIANG GONGSHANG UNIVERSITY PRESS

图书在版编目(CIP)数据

《童子鸣集》笺注 /(明)童珮撰；姜勇笺注. — 杭州：
浙江工商大学出版社，2019.10
ISBN 978-7-5178-3436-6

Ⅰ.①童… Ⅱ.①童… ②姜… Ⅲ.①古典诗歌—注
释—中国—明代 Ⅳ.①I222.748

中国版本图书馆 CIP 数据核字(2019)第 192230 号

《童子鸣集》笺注

TONGZIMINGJI JIANZHU

〔明〕童 珮 撰 姜 勇 笺注

责任编辑	唐 红 谭娟娟	
封面设计	林朦朦	
责任印制	包建辉	
出版发行	浙江工商大学出版社	

(杭州市教工路 198 号 邮政编码 310012)
(E-mail:zjgsupress@163.com)
(网址:http://www.zjgsupress.com)
电话:0571 - 88904980,88831806(传真)

排 版	杭州朝曦图文设计有限公司
印 刷	杭州高腾印务有限公司
开 本	710mm×1000mm 1/16
印 张	20.25
字 数	361 千
版 印 次	2019 年 10 月第 1 版 2019 年 10 月第 1 次印刷
书 号	ISBN 978-7-5178-3436-6
定 价	56.00 元

版权所有 翻印必究 印装差错 负责调换
浙江工商大学出版社营销部邮购电话 0571-88904970

丛书编委会

总 主 编:陈寿灿

副总主编:李 军

副 主 编:范 钧 鲍观明 吴 波

编   委(按照姓氏笔画):

于希勇 马 良 马淑琴 王江杭 刘 杰

肖 亮 余福茂 周鸿承 姜 勇 宫云维

徐 锋 徐越倩 高 燕 陶 莺 黎 常

总 序

当代中国社会 40 年的改革开放历程与当代浙江发展的"浙江模式"及当代浙商的成长是一个相互辉映、互促互进的动态历史进程。一方面,当代中国改革开放伟大进程既成就了当代"浙江模式"的发展奇迹,也成就了当代浙商的辉煌,并因此成为考察"浙江模式"与浙商成就的基础视界;另一方面,当代"浙江模式"与浙商以其自身的耀眼成就与成长轨迹诠释了中国改革开放 40 年的时代特点,涉及各历史时期的政治、经济结构性样态与转型范式。与之相应的是,作为改革开放之潮头阵地的浙江经济及作为改革开放之急先锋的浙商所代表的发展理念、未来趋势也在某种程度上指明了当代中国全面改革开放的可能方向。

所谓"浙江模式",是指在由计划经济向市场经济及由农业社会向工业社会转型的进程中,发源于"温州模式"的以市场为主导、民营经济为主体及以服务型地方政府建设为特征的当代中国改革开放进程中最具活力的经济模式。"浙江模式"的最主要特色在于创新——特别是通过民间尝试性制度创新——形成了民间投资、民间运营和民间分享的"民有、民营、民享"的自我循环体系,型塑了内生型的自组织的增长动力系统,并在结合社会发展与政府治理模式创新的基础上,较早且较为系统地解决了经济体制改革中的企业改制与产权改革等问题。可以说,"浙江模式"极为动态地呈现了经济体制改革图景中社会发展的内生型逻辑:一方面,制度变革首先为个体私营经济、民营经济的发展开辟了道路,并因此成为促进当代中国个体经济、民营经济发展的直接力量;另一方面,基于个体创业或集体创业的浙江个体私营经济和民营经济发展实践,成为中国改革开放的先锋,并为制度变革提供了坚实的基础和实践依据,从而成为推动制度变革的积极力量。

20 世纪 90 年代以后,"温州模式"扩展至台州、宁波、绍兴、金华和杭州等地。进入 21 世纪,"浙江模式"又率先在乡村振兴、电子商务、海外并购、绿色金融等领域迅速发展,极大地拓展了"浙江模式"的恢宏图景,不仅在当代中国改革开放与现代化建设中的道路开创与引领方面有所建树,更重要的是,"浙江模式"还在当代中国发展的"中国经验"的型构中,为全球发展中国家的发展提供了极其有益的"中国道路"与"中国方案"的战略借鉴。因为,在本质上,"浙江模式"代表的是新兴的中国特色社会主义市场经济模式,是中国特色社会主义道路的基本方向与策略指引下的市场经济,而"浙江模式"的成功代表了中国道路与中国方案的科学性与有效性。

当代浙商是浙江模式的最先锋力量,他们因特色的发展道路与辉煌的成就成为当代中国社会经济领域最引人瞩目的群体。当代浙商,萌芽于20世纪70年代末期即改革开放初期,在80年代商品经济和市场发育的进程中积聚了最初的资本力量;而后,在90年代市场经济体制建构的实践中迅速成长,并随着国有经济战略性调整和企业改制、产权改革等一系列的改革绘就了恢宏的浙商新画卷。当代浙商在90年代之前的发展历程,最为生动地呈现了他们自主改革、自担风险、自我发展、自强不息的"四自精神"。进入21世纪以来,当代浙商又成为中国经济融入全球化进程的先锋力量,迅速在经济全球化的进程中积极布局,在世界创业与全球并购中崭露头角。可以说,在当代中国,特别是在改革开放以来的社会进程中,当代浙商因其在国内外众多经济热点领域中的活跃表现与巨大成就而成为被公众广泛认可的地域性商帮。它既充分诠释了当代中国改革开放的伟大进程,又深刻揭示了作为浙商成长的"浙江模式"的实践价值。尤其值得关注的是,不论是当代浙江经济发展的"浙江模式"还是当代浙商创造的巨大成就,都离不开特定的文化支撑与引领。马克斯·韦伯在其《新教伦理与资本主义精神》一书中阐明了一个关于经济发展与文化支撑的真理性命题,即"任何形态的经济发展都必定内蕴了特定的文化力支撑,缺少这种文化力的支撑,任何形态的经济发展都不可能获得持续的生命力"。这一命题说明,当代浙江经济发展必定基于特定的文化力支撑,毫无疑问,浙学传统才是浙商文化、浙江经济发展的源头活水。而浙学传统所代表的并非一般意义上的地域性学术,因为,无论是从其学术要旨的维度还是从其学术的实践精神维度考察,浙学传统所代表的其实是中国传统文化的承继与创新性发展,并在这种承继与创新性发展中成就独特的浙商精神,其要旨有三:①以义和利的义利观。浙商精神中的以义和利的义利观既是对儒家传统的义利观的继承,又在永嘉事功学说的基础上有所开掘:一方面,永嘉事功学说的基本旨趣在于经世致用,它承继了二程的"义为利之和"的义利观,强调义和利并没有绝对的分别,即所谓的"圣人以义为利,义安处便为利";另一方面,永嘉事功学说虽提倡事功趣向,但其事功并非以个体功利为目标,并非如道学家所批判的"坐在利欲的胶漆盆中"那样,而是始终把国家民族的社会公利置于私利之上。叶适所倡导的即是"明大义,求公心,图大事,立定论"的"公利主义"

精神。②知行合一。知行合一是阳明心学的核心要旨，一方面它强调知中有行，行中有知，反对把知与行截然二分化。故王阳明说："知是行的主意，行是知的工夫，知是行之始，行是知之成。"另一方面，阳明心学的知行与道德是高度一致的，在四句教中就有"知善知恶是良知，为善去恶是格物"，故此，其知行观内蕴了深刻的道德追求。正是这种以知善为善行的取向成就了浙商的儒商气度。③包容开放精神。从中国传统文化发展的角度看，两宋以来，浙学绝非意味着狭隘的地域性文化发展：永嘉学派、金华的婺学代表了儒家文化在浙江的传承与发展；象山心学虽盛于赣，但象山之后心学的最盛况发展却仍在浙江，先有甬上心学承象山衣钵，后有阳明心学之气象大成。朱氏闽学源于且盛于福建，但朱熹之后，闽学在黄榦之后便转向浙江，黄震是闽学在浙江最具代表性的学者，也是闽学后期最具代表性的学者。由此不难看出，浙学发展最为完美地体现了创新与融汇乃是成就学术气象的根本。在浙学激荡成长的过程中确立起来的浙江精神、浙商传统也因此成为最富于包容与开放的精神。

值此当代中国改革开放40年之际，我们推出"改革开放40周年浙商研究院智库丛书"，拟在当代中国改革开放的恢宏图景中审视当代浙江经济、社会发展的"浙江模式""浙江经验"与"浙商精神"，既在历史的回溯与反思中深究未来浙江发展的应然方向与实践路径，又在"浙江模式""浙江经验"与"浙商精神"的系统阐述中挖掘后发地区可资借鉴的思想资源与实践经验。收入本丛书的研究成果，不同于传统意义上的浙江经济发展研究与浙商研究，它们不求面面俱到，但求视界独特；不求论述系统，但求思想创进；它们既着眼于揭示当代浙江经济社会发展与浙商精神的文化真谛，又努力澄清人们在相关问题上的认知误区。

《中国范本：改革开放40年义乌国际贸易综合改革的理路与成就》一书通过介绍改革开放以来义乌市场的发展历程，义乌国际贸易综合改革试点的确立与进展，"一带一路"背景下义乌市场竞争新支点、电子商务与物流业的新发展等内容，展现了义乌打造国际贸易综合改革试点的创新之路。《以利养义：改革开放40年浙商参与公益研究》则从改革开放以来社会主义市场经济体制建立与完善的视角解读了浙商及其文化，并从企业家的社会效应维度审视了浙商的公益参与，阐明了浙商的公益参与在促进经济增长和社会进步方面的重要作用。《中国模式：中国跨境电商综合试验区试点实践与创新经验》在全面回顾当代中国改革开放40年以来电子商务及跨境电商发展历程、趋势与动因的基础上，从微观、中观和宏观的角度系统阐述了跨境电商相关理论；在总结我国跨境电商综合试验区试点背景与历程、试点方案、试点成效与存在问题的基础上，从业务模式、"单一窗口"、产业园区、物流模式、制度创新的角度系统阐述了我国跨境电商综合试验区试点的主要内容和实践创新,并从杭州、宁波、义乌跨境电商综合试验区试点建设背景与基础、现状与问题、成效与对策的角度总结了跨境电商综合试验区试点的浙江经验。《治理转型:浙江服务型政府建设研究》主要论述了浙江省服务型政府建设在简政放权、规制权力、效率提升和民生保障等方面的经验,并提出了服务型政府建设的未来趋向。《"撤村建居":人的现代化和社区融合》一书以多元中心的理论为主导,主要探讨了"撤村建居"社区的基层社会治理以及基层社区重建与"城市化"建设方面的重要问题,阐明了突破"城乡二元分治"的基本路径及如何通过完善基层民主自治实现"人的城市化"等问题。《健康浙江:社会健康治理的方法与实践》一书以当代中国改革开放 40 年为背景,系统梳理了"健康中国"发展的主要脉络,并在中日社区健康教育比较的基础上,阐述了浙江省杭州市 30 个街道、300 个社区在社区健康教育方面的典型案例和成功经验,阐明了将社会工作方法融入公共健康教育,以及从以卫生管理与控制为目的的行政主导型健康教育到个人自发参与学习的以居民需求为核心的公共卫生健康教育发展的实践路径。《浙商与制度环境的共生演化:企业家精神配置的视角》一书基于企业家精神配置理论,对转型经济背景下浙商的行为进行解释,构建了企业家与制度之间的互动分析框架,并在总结不同时期浙商成长路径、机制和模式研究的基础上,从理论层面和实践层面诠释了浙商 40 年的技术创新和制度创新行为。《浙学传统与浙商精神》深入探究了浙江思想文化与社会经济发展的互动关系,阐明了浙江文化与浙学思想传统及浙江精神之间的内在关联,并揭示了浙学的基本精神对当代浙江乃至中国的经济社会发展、文化建设的重要价值和普遍意义,以及其中存在的一些问题。《中国商业史研究 40 年》是第一部针对改革开放以来中国商业史研究的学术总结类专著,作者系统梳理了近 40 年来的中国商业史研究及其走向,并简要介绍了相关的研究论著、研究团体和研究机构等。《南宋临安商业史资料整理与研究》通过对正史、地方志、笔记小说等有关南宋临安商业资料的整理,深入研究了南宋临安的商业状况,再现了700 多年前杭州商业的繁荣盛况。《朝廷之厨:杭州运河文化与漕运史研究》一书通过中西方历史文献、档案资料的比较研究,立体地呈现了杭州历史上的漕运文化的历史变迁、演变特征与区域特点,并在大力倡议"一带一路"及大运河文化带构建的时代背景下,探讨杭州漕运文化的历史遗产价值。《〈童子鸣集〉笺注》在对《童子鸣集》进行点校的基础上,对童珮生平及交游进行了翔实的考证,并将相关成果以笺注形式呈现,在为学界提供扎实可靠的古籍整理文本方面有所建树。

整体地看,当代中国改革开放的 40 年,是浙江经济快速发展的 40 年,也是浙江经验、"浙江模式"发展的 40 年。"浙江模式"并不意味着一个固定的产业模式,作为一种具有典范性的发展模式,"浙江模式"的独特之处在于,它的每一发展阶段都是当代中国改革开放的先锋与旗帜,这里既体现了浙商的创新进取精神,也体现了浙商精神与浙学传统在当代浙江发展中的文化力,而这种创新进取的浙商精神与浙学传统的文化力恰是未来浙江经济、社会发展的不竭的动力源泉!

　　是为序。

陈寿灿

2018 年 10 月 30 日

本著作是以下项目资助成果：

浙江文化研究工程第二期重大课题《浙商通志》(19WH40045ZD)

前 言

　　《童子鸣集》六卷。童珮撰。珮（或作佩），字子鸣，一字少瑜，号紫山，衢州龙游人。生活于明嘉靖、隆庆、万历时期，是江浙地区较为知名的儒商。自幼从其父为书贾，往来吴越之间。沉精篇籍，读书日夜不辍，后受业于归有光。善五言、七言古诗，亦工于为文，尤善考证诸书画、名迹、古碑、彝敦之属。《四库全书总目提要》称其"诗格清越，不失古音，而时有累句"。故独以诗文游公卿间，刘声木在《苌楚斋随笔》中将之与北宋穆修、南宋陈起及清朝黄丕烈并列为"书林四杰"。

　　童珮交游十分广泛。初期以苏州附近诸名士为主，王世贞、王稺登、谈志伊、梁辰鱼、朱在明等均与之频繁唱和、交往密切。后亦曾受宗室朱希忠、朱希孝兄弟之邀，薄游燕京，为其评骘古书画。期间，童珮与京师诸多士人亦有不少诗文酬答之作。另外，童珮为衢州知府韩邦宪所器重，二人交游亦甚笃，引为知己，后童珮为其属草行状。

　　王稺登《童子鸣墓志》称童珮有胜情，虽病亦不废游。曾冒雪游览九华山，登南岳祝融峰，上泰山观日出，留下不少诗词歌咏，亦有数篇游记，如《九华游纪》《南岳东岱诗》《游西山记》《游龙虎山记》等，多收录于其文集之中。

　　《童子鸣集》由秦汝立、汝操、朱在明、安茂卿、黄清甫等人雠订，王稺登为序，谈思重出镂付梓。共六卷，其中收录诗四卷，文两卷。卷一收录五言古诗三十六首，七言古诗十四首；卷二收录五言律诗一百一十八首；卷三收录七言律诗一百一十五首；卷四收录五言绝句一十八首，七言绝句二十一首；卷五收录序言四篇，记六篇；卷六收录疏、颂各一篇，铭五篇，传两篇，行状一篇，书四篇，但《与王百穀书》及《报秦汝立书》其文原缺，仅有存目留世。书前有王世贞《童子鸣传》及王稺登《明故龙丘高士童君子鸣墓志铭》，但却未见王稺登所作《童子鸣集序》，不知何故。

　　据王序所言，童子鸣遗稿由其兄子重搜集，经雠订后，"去留者相半"，则童子鸣诗文篇幅当甚多。除《童子鸣集》中所收诗文外，《童贾集》中亦收录有童子鸣诗一卷，凡八十八首。其中三十一首，为《童子鸣集》所未收，今择出，附于文集之后,以备采择。另有四首,与文集所载诗名相同,其文却迥异,皆附入校注之中。

《童子鸣集》流播不广,目前仅见明万历梁溪谈氏天籁堂刻本流传,当即谈思重付梓之本。《童贾集》亦仅收录于俞宪所辑《盛明百家诗》。前者已有《四库全书存目丛书》据天津图书馆藏本影印,后者由《衢州文献集成》据明嘉靖、隆庆间刻《盛明百家诗》本影印出版。整理方面,已有劳乃强标点本,收入《衢州历史文献集成·文集专辑》。

由于《童子鸣集》流传版本单一,故此次整理以通行之《四库全书存目丛书》影印本为底本,以笺注为主,不再进行专门的校勘,偶有异文,则于注中说明。原文中异体字、避讳字、通假字均加以规范,以方便读者阅读使用。

目　录

童子鸣传

童子鸣者,名珮,世为龙游①人。龙游地呰薄,无积聚,不能无贾游,然亦善以书贾②。而子鸣之父曰彦清者,最称为儒雅,不寖③然诺。

子鸣少贫,不能从师塾,遂依其父游,得书辄问其父。字乙之已,稍遂能旁识已,遂嗫嚅诵之属已,遂能臆解之已,遂业五、七言古诗,有清韵。而其为他文亦工。尤善考证诸书画、名迹、古碑、彝敦④之属。

---

① 龙游:李贤《明一统志》卷四十三:"龙游县在府城东七十里,本秦太末县。东汉末,孙吴分置丰安县,又改太末曰龙丘。晋省龙丘,以丰安属东阳郡。隋省丰安入金华县,属婺州。唐初复置太末县,置毅州,寻俱废。贞观中复置龙丘县,属衢州。五代唐改龙游。宋改盈川县,绍兴初复名龙游。元仍旧。本朝因之。编户一百八十四里。"

② 善以书贾:嵇曾筠《雍正浙江通志》卷一百:"程俱《保安院记》:'其风悍以果,其君子耿耿好气而敏于事。'《衢州图经》:'其俗嚚,其民尚气而夸功。'徐伯彪《文庙记》:'儒风甲于一郡。'商辂《县学记》:'居室富庶,人物奇伟。'余杰《县城记》:'民庶饶,喜商贾。士则缉学缀文,取仕进。'万廷谦《龙游县志序》:'民静而安,俗朴而俭。间闬不识胥史,几于摽枝野鹿之风。'万历《龙游县志》:'苦块之艰,不御羞馔。数世之忌,弗忍举荤。宗党十世,亦周恩意。姻戚百年,尚相赠遗。其叔世之古道哉。'《龙游县志》:'农勤于力田,治无隙地。工不务淫巧,皆能自食其力。风俗敦厚,妇人少出户庭。濲水以南务耕,北尚行商。士力学操觚,发一第不为炫耀。及谢政还,与往时同舍生及布衣交,出游如常。'《龙游县志》:'贾挟赀以出守为恒业,即秦晋滇蜀万里,视若比舍。故俗有遍地龙游之语。'"

③ 寖:"浸"之异体字,同"侵"。《汉书》卷三十二《张耳陈馀传第二》:"此固赵国立名义,不侵为然诺者也。师古曰:'侵,犹犯,负也。'"

④ 彝敦:《尔雅·释器》:"彝、卣、罍,器也。"郭璞注:"皆盛酒尊,彝其总名。"《周礼·春官·序官》:"司尊彝。"郑玄注:"彝,亦尊也。"贾公彦疏:"彝亦尊者,以其同是酒器。"孙诒让《正义》:"尊与彝对文则异,散文亦通。"《仪礼·士丧礼》:"敦启会面足,序出如入。"郑玄注:"敦有足,则敦之形如今酒敦。"

其游多梁溪①。梁溪诸公子心慕之,争欲得子鸣一顾以重。子鸣不为逆,时时有所过从,至欲擅子鸣不能也。而最后太保朱忠僖公与其兄恭靖王②,闻子鸣名,而使其交相善者挟之至都。子鸣为一再过,焚香啜茗,评骘古书画而已,不复及外事。二公既重子鸣,谋客之。一夕,竟遁去不顾。

子鸣面峻削骨立③,骤见人,语呐呐不出口。尤笃于交谊,有所期,虽千里不爽。其所营纤啬④,周身⑤之外,赢不能百一,而仓卒以缓急请,亡弗应者。至为德而人负之,若已负德于人,唯恐语及也。

为人孝友自天性。其侍父舟车间,虽寝溲必躬视,养母尤谨。兄珊尝举于邑,为诸生⑥,以长者闻。子鸣游多浮期,顾归必就兄书舍,买升酒相劳苦,共枕达旦。至再夕,不强之人,不入也。即贯镪尺缕,悉以推其兄。而至子鸣出,

---

① 梁溪:弘治《重修无锡县志》卷一《邑名》:"梁溪:旧志,是溪在县城西,梁大同中重浚,故号曰梁溪。"至正《无锡县志》卷二《山川》:"梁溪,即梁清溪,距州城西四十丈。阔十丈,深三丈。源发于惠山之泉,入溪为南北流。其南绕惠山西南三十里,自小渲淹西流,出浦岭、独山二门,入太湖。其北至五里桥,与运河通,今谓之双河口。《吴地志》云:'古溪极狭,梁大同中重浚,故号曰梁溪。南北长三十里。'《郡志》云:'梁溪去州一十八里。按:今溪在西门外,去州治才数十步,人止称西溪,而不言梁溪。其云十八里者,并其发源处称之耳。据溪侧有将军堰,今构石梁于上,遗趾尚存,去州南可一百五十步。'《风土记》云:'唐景龙三年置堰,堰旁有梁萧将军墓。'宋嘉祐中开运河,通梁溪,取太湖水,堰遂废。《毗陵图经》云:'唐将军单雄信提兵道此,以枪止水为堰,故号将军堰。旧有闸,今废。'二说不同,互有得也。凡岁涝则是邑之水由溪泄入太湖,旱则湖水复自此溪回,居民藉以溉田。俗云州人不能远出,出辄怀归,以此溪水有回性所致。"

② 太保朱忠僖公与其兄恭靖王:《弇山堂别集》卷二《勋臣累世不绝谥》:"东平朱武烈王能,子平阴武愍王勇,勇子太师庄简公仪,仪子太傅荣康公凤,凤从子定襄恭靖王希忠、太傅忠僖公希孝。"《畿辅通志》卷七十一:"朱希忠,字贞卿,以勋封世居京师,嘉靖时袭封成国公。器宇凝重,忠慎自矢。历事穆宗、神宗,始终一节。卒,追封定襄王。"《清河书画舫》卷六下:"朱希孝太保承袭累代之资,广求上古名笔,属有天幸。会折俸事起,颇获内府珍储,由是书画甲天下。而韩存良太史,素号博雅,于朱公称石交。朱寻卒,书画悉归之。太史名物会合,信有数哉。"

③ 骨立:刘向《说苑·修文》:"遂自悔,不食七日而骨立焉。"葛洪《抱朴子·祛惑》:"黑瘦而骨立。"

④ 纤啬:《管子·五辅》:"纤啬省用,以备饥馑。"尹知章注:"纤,细也。啬,悭也。既细又悭,故财用省也。"

⑤ 周身:嵇康《答难养生论》:"耕而为食,蚕而为衣,衣食周身,则余天下之财。"

⑥ 诸生:叶盛《水东日记·杨鼎自述荣遇数事》:"翌日,祭酒率学官诸生上表谢恩。"叶廷管《鸥陂渔话·葛苍公传》:"应童子试,援笔立就如宿构,为诸生,以忠义自许。"

而幞被①不复问。妻子亦以兄珊抚之，逾于己矣。

子鸣既以文行重交游间，而高淳②韩邦宪③，尝一识于逆旅，器之。又数从交游，习子鸣名。会出守衢，首行部④，过其家，龙丘⑤山坞中人不识太守卤簿⑥，皆拥门瞷观。尉史⑦游徼旁午，顾见案上一拌蕨菜羹、脱粟⑧，太守与子鸣

---

① 幞被：《晋书·魏舒传》："入为尚书郎。时欲沙汰郎官，非其才者罢之。舒曰：'吾即其人也。'幞被而出。"沈复《浮生六记·闺房记乐》："卿若愿往，我先观其家可居，即幞被而往，作一月盘桓何如？"

② 高淳：《明史》卷四○《地理志》："（应天）府南。弘治四年以溧水县高淳镇置。西南有固城、丹阳、石臼诸湖，东南有广通镇，俗曰东坝。有广通镇巡检司。"

③ 韩邦宪：《浙江通志》卷一百五十五《名宦》："韩邦宪，《献征录》：'字子成，高淳人。己未进士，知衢州府。初至，问民疾苦，陈八事，曰：明大义，专责守，实节省，复成法，议赋役，讲实政，广储蓄，严武备。皆本经术，遵旧制，而酌以民情土俗，凿凿见诸施行。为政务崇大体，祀汉龙丘苌、宋赵清献，旌孝子节妇，捐己俸以供生徒之诵习，金绢户以消机匠之奸贪，覆运米以省军士之赔累，清羡金以抵额外之征需。衢之轻折米为邻府所借，请还以备灾赈。无何，以疾卒。'"

④ 行部：《汉书·朱博传》："吏民欲言二千石墨绶长吏者，使者行部还，诣治所。"钱谦益《文肃王公行状》："浙人徐用简督学关中，摆冠诸生，每行部，必召公与俱。"

⑤ 龙丘：《十国春秋》卷七十八《武肃王世家》："是岁封巨石山为寿星宝石山，山高六十三丈，周一十三里。浚中兴寺戒坛院井。是时，王改衢州龙丘县曰龙游，恶丘为墓，不祥也。又改溇江县曰江山。"《新唐书》卷四十一《地理志》："龙丘，紧，本太末。武德四年置。以县置谷州，并置白石县。八年，州废，省太末、白石入信安。贞观八年，析信安、金华复置，更名龙丘，隶婺州。如意元年，析置盈川县。证圣二年，置武安县。后省武安。元和七年，省盈川入信安，有岑山。"

⑥ 卤簿：叶梦得《石林燕语》卷四："大驾仪仗，通号'卤簿'，蔡邕《独断》已有此名。唐人谓卤，橹也，甲楯之别名。凡兵卫以甲楯居外为前导，捍蔽其先后，皆著之簿籍，故曰'卤簿'。因举南朝御史中丞、建康令皆有'卤簿'，为君臣通称，二字别无义，此说为差近。或又以'卤'为'鼓'，'簿'为'部'，谓鼓驾成于部伍，不知'卤'何以谓之'鼓'？又谓石季龙以女骑千人为一'卤部'，'簿'乃作'部'，皆不可晓。今有《卤簿记》，宋宣献公所修，审以'簿'为簿籍之'簿'，则既云'簿'，不应更言'记'。"《玉海》卷八十："有文事必有武备，故整法物之驾，严师兵之卫，总名卤簿。唐人谓卤，橹也，甲楯之别名。兵卫以甲楯居外为前导，皆著之簿，故曰卤簿。"

⑦ 尉史：《史记·匈奴列传》："是时雁门尉史行徼，见寇，保此亭。"《索隐》引如淳曰："律，近塞郡置尉，百里一人，士史、尉史各二人也。"

⑧ 脱粟：《晏子春秋·杂下二六》："晏子相景公，食脱粟之食。"《史记·平津侯主父列传》："食一肉脱粟之饭。"《索隐》："脱粟，才脱谷而已，言不精凿也。"

共而乌乌①吟,至夕始去,咸莫测何谓。子鸣久之始一入郡报谢,诸丞倅司,知为太守重客,礼之。子鸣逡巡谢,弗敢当。

太守急欲捐奉资为子鸣寿。发言②,而子鸣恒自谓,田父③甘田中食,不忧馁也。台使者④以太守故,请见子鸣,不得,大索其所著书,子鸣谢亡有。退而上其所辑唐故邑令杨炯⑤、邑人徐安贞⑥集,太守为锓梓行之。

---

① 乌乌:歌呼声。《汉书·杨恽传》:"酒后耳热,仰天拊缶,而呼乌乌。"《北史·萧大圜传》:"披良书,采至赜,歌纂纂,唱乌乌。"范成大《大厅后堂南窗负暄》诗:"端如拥褐茅檐下,袛欠乌乌击缶歌。"

② 王世贞《弇州山人四部续稿》卷七十二《童子鸣传》作:"难发言"。

③ 田父:《尹文子·大道上》:"魏田父有耕于野者,得宝玉径尺,弗知其玉也。"《史记·项羽本纪》:"项王至阴陵,迷失道,问一田父。"

④ 台使者:《明史》卷七十三《职官二》:"都察院,左右都御史,左右副都御史,左右佥都御史,其属:经历司,经历一人,都事一人;司务厅,司务二人;照磨所,照磨,检校,司狱司,司狱各一人。十三道监察御史一百十人,浙江、江西、河南、山东各十人,福建、广东、广西、四川、贵州各七人,陕西、湖广、山西各八人,云南十一人。其在外加都御史或副、佥都御史衔者,有总督,有提督,有巡抚,有总督兼巡抚,提督兼巡抚,及经略、总理、赞理、巡视、抚治等员。"

⑤ 杨炯:《新唐书》卷二百一《杨炯传》:"炯,华阴人。举神童,授校书郎。永隆二年,皇太子已释奠,表豪俊充崇文馆学士、中书侍郎,薛元超荐炯及郑祖玄、邓玄挺、崔融等,诏可。迁詹事司直,俄坐从父弟神让与徐敬业乱,出为梓州司法参军。迁盈川令,张说以箴赠行,戒其苛。至官,果以严酷称,吏稍忤意,挞杀之,不为人所多。卒官下,中宗时赠著作郎。"《旧唐书》卷四十七《经籍志》:"《杨炯集》三十卷。"《新唐书》卷六十《艺文志》:"杨炯《盈川集》三十卷。"

⑥ 徐安贞:《旧唐书》卷一百九十中《徐安贞传》:"徐安贞者,信安龙丘人。尤善五言诗,尝应制举,一岁三擢甲科,人士称之。开元中,为中书舍人,集贤院学士。上每属文及作手诏,多命安贞视草。甚承恩顾,累选中书侍郎。天宝初,卒。"范邦甸《天一阁书目》卷四之三:"《徐侍郎集》二卷,钞本,唐徐安贞撰。太原王穉登序云:'侍郎,衢之龙丘人。当明皇朝,三应制科,并擢上第,尤工五言诗,追今千载。'龙丘逸民童君佩集其诗赋杂文十六篇,次第之而锓之木。童有序。"

太守遂下邑纲纪：南州杜门，文举[①]首骖，北海为政，康成标里[②]。龙丘，逸民之薮，前苌[③]后珮，千载两贤。苌犹托迹功曹，一试綦组[④]。而童君毕志云萝[⑤]，声迹俱挫。可谓皭然[⑥]不缁[⑦]，瞻之在前[⑧]矣。间者一造其庐，谈讨松桂。

---

① 文举：范晔《后汉书》卷七十《孔融传》："孔融，字文举，鲁国人，孔子二十世孙也。七世祖霸，为元帝师，位至侍中。父宙，太山都尉。……会董卓废立，融每因对答，辄有匡正之言，以忤卓旨，转为议郎。时黄巾寇数州，而北海最为贼冲，卓乃讽三府同举融为北海相。融到郡，收合士民，起兵讲武，驰檄飞翰，引谋州郡。贼张饶等群辈二十万众从冀州还，融逆击，为饶所败，乃收散兵保朱虚县。稍复鸠集吏民为黄巾所误者男女四万余人，更置城邑，立学校，表显儒术，荐举贤良郑玄、彭璆、邴原等。"

② 康成标里：范晔《后汉书》卷三十五《郑玄传》："郑玄，字康成，北海高密人也。八世祖崇，哀帝时尚书仆射。玄少为乡啬夫，得休归，常诣学官，不乐为吏。父数怒之，不能禁。遂造太学受业，师事京兆第五元先，始通《京氏易》《公羊春秋》《三统历》《九章算术》。……及党事起，乃与同郡孙高等四十余人俱被禁锢，遂隐修经业，杜门不出。……国相孔融深敬于玄，屣履造门，告高密县为玄特立一乡，曰：'昔齐置士乡，越有君子军，皆异贤之意也。郑君好学，实怀明德。昔太史公、廷尉吴公、谒者仆射邓公，皆汉之名臣。又南山四皓有园公、夏黄公，潜光隐耀，世嘉其高，皆悉称公。然则公者，仁德之正号，不必三事大夫也。今郑君乡宜曰郑公乡。昔东海于公仅有一节，犹或戒乡人侈其门闾，矧乃郑公之德，而无驷牡之路。可广开门衢，令容高车，号为通德门。'"

③ 苌：《后汉书》卷七十六《任延传》："吴有龙丘苌者，隐居太末，志不降辱。王莽时，四辅、三公连辟不到。掾史白请召之，延曰：'龙丘先生，躬德履义，有原宪、伯夷之节。都尉埽洒其门，犹惧辱焉。召之不可。'遣功曹奉谒修书记，致医药吏使相望于道，积一岁，苌乃乘辇诣府门，愿得先死备录。延辞让再三，遂署议曹祭酒。苌寻病卒。延自临殡，不朝三日。是以郡中贤士大夫争往宦焉。"

④ 綦组：杜佑《通典》卷六十三《天子诸侯玉佩剑绶玺印》："周制，天子佩白玉而玄组绶。公侯佩山玄玉而朱组绶，大夫佩水苍玉而缁组绶，世子佩瑜玉而綦组绶，士佩瓀玫而缊组绶。"

⑤ 云萝：《杜诗阐》卷二十四《秋日寄题郑监湖上亭三首》之二："新筑湖边宅，还闻宾客过。自须开竹径，谁道避云萝。官序潘生拙，才各贾谊多。舍舟应卜地，邻接意如何。"注曰："此湖上亭所新筑者，往来宾客应亦不乏。宾客过则竹径须开，竹径开则云萝难避。人道其开竹径以延宾，谁道其避云萝以逃世。我官序之拙有若潘生子才名之多，直如贾谊以我拙宦似子多才，子既新筑湖亭，我将卜邻湖上，子其许我否。"

⑥ 皭然：《史记·屈原贾生列传》："濯淖污泥之中，蝉蜕于浊秽，以浮游尘埃之外，不获世之滋垢，皭然泥而不滓者也。"

⑦ 缁：《论语·阳货》："不曰白乎？涅而不缁。"《周礼·考工记·钟氏》："三入为纁，五入为緅，七入为缁。"郑玄注："染纁者，三入而成……又复再染以黑，乃成缁矣。"

⑧ 瞻之在前：《论语·子罕》："颜渊喟然叹曰：'仰之弥高，钻之弥坚，瞻之在前，忽焉在后。夫子循循然善诱人，博我以文，约我以礼，欲罢不能。既竭吾才，如有所立卓尔。虽欲从之，末由也已。'"

寥廓之士,邈焉寡俦。太守不德①,白驹②用慨,其树楔左闾③,以风在野。子鸣固辞之邑。不得,乃谓其令曰:"夫不佞④珮者,而敢当我龙丘先生也。夫龙丘先生以一握耒⑤起不毛之山,而使山至今而借其姓以显,奈何惜勺浆⑥之享以报之?"龙丘先生者,太守所谓苌也。令涂君⑦乃为祠祀龙丘苌而记其事。

　　子鸣生平布素无长物,仅一复陶⑧而从。客所有呼寒者,即解衣衣之,不复征。薄田数十亩,忍口腹。得少羡,辄付义施。族指众,而俗三男一女,子鸣捐羡粟以给举女⑨者。又以贫不能延稚子师,则又岁割租若干,俾延师。其所

————————————

① 不德:王世贞《弇州山人四部续稿》卷七十二《童子鸣传》作:"不佞"。

② 白驹:《诗·小雅·白驹》:"皎皎白驹,食我场苗。絷之维之,以永今朝。"陆游《寄题胡基仲故居》诗:"浮云每叹成苍狗,空谷谁能絷白驹。"

③ 左闾:《史记·陈涉世家》:"二世元年七月,发闾左适戍渔阳。"《索隐》:"闾左谓居闾里之左也,秦时复除者居闾左。今力役凡在闾左尽发之也。又云,凡居以富强为右,贫弱为左。秦役戍多,富者役尽,兼取贫弱者也。"《汉书·食货志上》:"至于始皇,遂并天下,内兴功作,外攘夷狄,收泰半之赋,发闾左之戍。"颜师古注:"应劭曰:'秦时以適发之,名適戍。先发吏有过及赘壻、贾人,后以尝有市籍者发,又后以大父母、父母尝有市籍者。戍者曹辈尽,复入闾,取其左发之,未及取右而秦亡。'闾,里门也。言居在里门之左者,一切发之。此闾左之释,应得之。"

④ 不佞:《左传·僖公十五年》:"寡人不佞,能合其众而不能离也。"叶适《上西府书》:"某不佞,自以为无三者之患而独有忧世之心。"

⑤ 耒:《易·系辞下》:"庖牺氏没,神农氏作,斲木为耜,揉木为耒,耒耨之利,以教天下。"《庄子·胠箧》:"昔者齐国邻邑相望,鸡狗之音相闻,罔罟之所布,耒耨之所刺,方二千余里。"王先谦《集解》引李颐曰:"耒,犁;耨,锄也。"王禹偁《拟李靖破颉利可汗露布》:"伫见兴耒耨于沙场,戢干戈于武库。"

⑥ 浆:《周礼·天官·酒正》:"辨四饮之物:一曰清,二曰医,三曰浆,四曰酏。"郑玄注:"浆,今之酨浆也。"孙诒让《正义》:"案:浆酨同物,累言之则曰酨浆。盖亦酿糟为之,但味微酢耳。"《史记·魏公子列传》:"薛公藏于卖浆家。"《集解》引徐广曰:"浆,一作醪。"

⑦ 涂君:万历《龙游县志》卷六《官师》:"涂杰,字汝高,南昌人。由进士五年除,召为御史,见传。"《江西通志》卷六十九:"涂杰,字汝高,新建人。隆庆进士,授龙游知县,擢广西道御史。请告,起河南道,升光禄少卿。万历癸巳,值有三王并封之旨,杰上疏,语殊激切,遂削职归。子绍煃,己未进士,官广西左布政使。"《浙江通志》卷二百二十四:"龙丘祠,在县东三里,祀汉龙丘苌。万历元年知县涂杰创建。"

⑧ 复陶:《左传·昭公十二年》:"雨雪,王皮冠,秦复陶,翠被,豹舄。"杜预注:"秦所遗羽衣也。"孔颖达疏:"冒雪服之,知是毛羽之衣,可以御雨雪也。"

⑨ 举女:万历《龙游县志》卷五《风俗》:"婚纳采率逾常制,媒妁以亲戚有力者为之嫁,则丰于妆奁,即富室惟艰。以故,俗多溺女。有三举者,人争啧啧。刘向《列女传·赵飞燕姊娣》:"飞燕初生,父母不举,三日不死,乃收养之。"《北史》卷十四《隋炀愍皇后萧氏》:"江南风俗,二月生子者不举。后以二月生,由是季父岌收养之。"

施行，类非贫士也。迹所自供养，盖贫士蹙额①所不忍。

蛾而，太守韩君卒，子鸣徒步送其丧逾岭，惫②而病。梦太守邀并驾，子鸣以婚嫁未毕辞，不可。觉而自疑，久之，病寖剧，卒。年仅五十五，一子尚幼。

子鸣有藏书万卷，皆其手所自雠校者。生平冒雪游九华山③，登南岳祝融④，坐云气间。太山日观峰⑤，候夜半出日，以为奇。遂有《九华游记》，南岳、东岱诗，及他文集、《龙游县志》若干卷。

---

① 蹙额：《宣和遗事·前集》："徽宗蹙额道：'我国家欠少商贾钱债，久不偿还，怎不辱国？'"和邦额《夜谭随录·邱生》："小奚怯行路，或蹙额瞋目，或出言怨咨，生恶其聒，嗾使先归。"

② 惫：《易·既济》："《象》曰：'三年克之'，惫也。"陆德明《释文》引陆绩曰："惫，困劣也。"

③ 九华山：祝穆《方舆胜览》卷十六："九华山，在青阳界，旧名九子山。李白以有峰如莲华，改为九华。有诗云：'昔在九江上，遥望九华峰。天河挂绿水，秀作九芙蓉。'崔总《郡楼望九华歌》：'有时朝峰变疏密，八峰和烟一峰出。有时风卷天雨晴，聚立连连如弟兄。'潘逍遥诗：'将齐华岳犹多六，若并巫山又欠三。好是雨余江上望，白云堆里发浓蓝。'王介甫诗：'崟然九女鬟，争出一镜奁。'"顾祖禹《读史方舆纪要》卷二十七："九华山，县西南四十里。旧名九子山，山有九峰，如莲华。唐李白游此，改今名。高千仞，周百八十里。峰之得名者四十有八，岩十四，洞五，岭十一，泉十七，原二，其余台石池涧溪潭之属，以奇胜名者甚多。江南名山，九华其最也。唐龙纪初，杨行密围赵锽于宣州。锽兄乾之自池州趋救，行密使其将陶雅逆击之于九华，败之，遂取池州。明初，常遇春守池州，陈友谅来攻，遇春伏锐卒于九华山下，而以羸弱守城。友谅至，伏发，缘山而出，循江而上，绝其归路。城中出兵夹击，友谅败遁。其相连者曰同山，又有帻山，亦在县南，与九华相接，巍峨如冠帻然。"

④ 祝融：李冲昭《南岳小录》："祝融峰，去地高九千七百八十丈，在诸峰之北，最高。拥诸峰而直上，有祝融庙基及青玉坛、光天坛、白璧坛、雷公池、风穴、仙梨树、上清院基。峰之东南有李泌书堂。"李贤《明一统志》卷六十四："祝融峰，在衡山县西北三十里。位直离宫以配火德，乃祝融君游息之所。上有青玉坛，道书以为第二十四福地。卢载诗：'五千里地望皆见，七十二峰中最高。'山颠有风穴，雨将作，阴风自穴而发。又有雷池，宋时祷雨有应，建庙池上。朱文公诗：'我来万里驾长风，绝壑层云许荡胸。浊酒三杯豪气发，朗吟飞下祝融峰。'"

⑤ 日观峰：查志隆《岱史》卷三《形胜考》："魏庄渠书曰：'泰山之上有日观峰者，夜半可以眺而见浴日，弥望如铺金者，海也。绿色微茫中有若掣电者，海岛溪山相间也。金色渐淡，日轮浮动水中，如大玉盘，迤海滨望而见海日是矣。登天台之巅曰华顶者，乃知此特小海耳。诸山环列，外乃为大海。泰山有日观者，观日于未出也。有月观者，观月于已没也。长安观者西望秦间诸山也，越观也者南望会稽诸山也，衡山有七十二峰，亦有日观月观，不及泰山者，当卯位也。'"

赞曰:吾闻之太史公,季次①原宪②怀独行之德,义不苟合当世,世亦笑之。盖蓬户疏褐,不厌死而已,四百年而弟子志之不倦。游侠之言信行果,已诺必诚,赴士阨困,而羞伐其德,盖亦有足多者焉。以为其两不相得也,今观子鸣子子次原③之行,而时有朱家田仲④风,岂不亦兼之哉。其恂恂⑤退让,惨怛⑥孚尹⑦。业遁名矣,而名逐之,有以也。韩太守者,余同年子也,蚤死。不然,其折节下士,庶几成其声者哉。

① 季次:《史记·仲尼弟子列传》:"公晳哀字季次。孔子曰:'天下无行,多为家臣,仕于都;唯季次未尝仕。'"《史记·游侠列传序》:"及若季次、原宪,闾巷人也,读书怀独行君子之德,义不苟合当世,当世亦笑之。故季次、原宪终身空室蓬户,褐衣疏食不厌,死而已四百余年,而弟子志之不倦。今游侠,其行虽不轨于正义,然其言必信,其行必果,已诺必诚,不爱其躯,赴士之阨困。既已存亡死生矣,而不矜其能,羞伐其德,盖亦有足多者焉。"

② 原宪:《史记》卷六十七《仲尼弟子列传》:"原宪,字子思。子思问耻,孔子曰:'国有道,穀。国无道,穀,耻也。'子思曰:'克伐怨欲不行焉,可以为仁乎?'孔子曰:'可以为难矣。仁则吾弗知也。'孔子卒,原宪亡在草泽中。子贡相卫,而结驷连骑,排藜藿入穷阎,过谢原宪。宪摄敝衣冠见子贡,子贡耻之,曰:'夫子岂病乎?'原宪曰:'吾闻之,无财者谓之贫,学道而不能行者谓之病。若宪贫也,非病也。'子贡惭,不怿而去,终身耻其言之过也。"

③ 次原:王世贞《弇州山人四部续稿》卷七十二《童子鸣传》作:"次宪"。

④ 朱家、田仲:《史记》卷一百二十四《游侠列传》:"鲁朱家者,与高祖同时。鲁人皆以儒教,而朱家用侠闻。所藏活豪士以百数,其余庸人不可胜言。然终不伐其能,歆其德,诸所尝施,唯恐见之。振人不赡,先从贫贱始。家无余财,衣不完采,食不重味,乘不过軥牛。专趋人之急,甚己之私。既阴脱季布将军之阨,及布尊贵,终身不见也。自关以东,莫不延颈愿交焉。楚田仲以侠闻,喜剑,父事朱家,自以为行弗及。"

⑤ 恂恂:《论语·乡党》:"孔子于乡党,恂恂如也,似不能言者。"陆德明《释文》:"恂恂,温恭之貌。"《汉书·李广苏建传赞》:"李将军恂恂如鄙人,口不能出辞。"司马光《石昌言哀辞》:"昌言为人纯素忠谨,望之俨然,以律度自居,即之恂恂温厚。"

⑥ 惨怛:《庄子·盗跖》:"惨怛之疾,恬愉之安,不监于体。"《汉书·元帝纪》:"岁比灾害,民有菜色,惨怛于心。"

⑦ 孚尹:《礼记·聘义》:"夫昔者,君子比德于玉焉……孚尹旁达,信也。"郑玄注:"孚,读为浮。尹,读如竹箭之筠。浮筠,谓玉采色也。"

万历戊寅春三月,赐进士出身、嘉议大夫、前都察院右副都御史、两京大理太仆寺卿吴郡①王世贞②撰。

---

① 吴郡:《读史方舆纪要》卷二十四《南直六·苏州府》:"《禹贡》扬州之域,春秋时吴国都也。后属越,战国时属楚。秦置会稽郡。汉初为荆国,寻又为吴国,景帝三年复为会稽郡。后汉顺帝永建四年分置吴郡,晋、宋因之。梁亦曰吴郡,陈置吴州。隋平陈,废吴郡,改州曰苏州,大业初复曰吴州,寻又为吴郡。唐武德四年复曰苏州,天宝初曰吴郡,乾元初复曰苏州。五代时吴越表建中吴军。宋仍曰苏州,太平兴国三年改军名曰平江,政和三年升为平江府。元为平江路,明初改为苏州府,直隶京师。领州一,县七。今仍曰苏州府。"

② 王世贞:《明史》卷二百八十七《王世贞传》:"王世贞,字元美,太仓人,右都御史忬子也。生有异禀,书过目终身不忘。年十九,举嘉靖二十六年进士,授刑部主事。世贞好为诗古文,官京师,入王宗沐、李先芳、吴维岳等诗社,又与李攀龙、宗臣、梁有誉、徐中行、吴国伦辈相倡和,绍述何、李,名日益盛。屡迁员外郎、郎中……母忧归。服除,补湖广,旋改广西右布政使,入为太仆卿。……张居正枋国,以世贞同年生,有意引之,世贞不甚亲附。所部荆州地震,引京房占,谓臣道太盛,坤维不宁,用以讽居正。居正妇弟辱江陵令,世贞论奏不少贷,居正积不能堪,会迁南京大理卿,为给事中杨节所劾,即取旨罢之。"

明故龙丘高士童君子鸣墓志铭

　　呜呼！子鸣没，而仆深慨友道之不幸也。始仆识子鸣于荆溪①，后往来未尝不相过。仆少骖骒②甚，见子鸣篇咏，辄欲焚笔砚乎。子鸣有胜情而善，病不能济胜③，闻人言名丘壑，扼掔恨不能游，或强而游，游不十日而病且倍之矣。然意兴所托，虽病亦不废游。往岁游九华，冒雪骑驴往。雪深及骭，百里断人迹，无所寄炊，日唉一片冰一升糒④，折道傍竹枝，探雪浅深，崎岖而达化城⑤。发狂大叫为诗，归夸于人以为奇。后游南岳，登祝融峰，谓其胜过岱宗十五。然登岱时，夜半见日出海中最胜也。

　　后又去游燕都，燕都，游士之薮，皆轻车重马而事请谒⑥。借面为东西交，

----

　　①　荆溪：史能之《咸淳重修毗陵志》卷十五《山水》："荆溪在（宜兴）县南二十步，广二十二丈，深二十五丈。周孝侯斩蛟桥下，即此溪也。按前汉《地理志》，实为中江。溪贯邑市，受宣歙芜湖之众流，注震泽，达松江，以入于海。《风土记》云：'阳羡溪九，仅有六，余不知其处。'子隐时已如此，则川源之湮塞可知。今波澄可鉴，峰峦如画，以在荆南山之北，故名。"嘉庆《重刊宜兴县旧志》卷一《疆域志》："国朝因明旧制，宜兴县属常州府。雍正二年，两江总督查弼纳以宜兴赋重事繁，题请分为两县。"

　　②　骖骒：李慈铭《越缦堂读书记·元史类编》："夜阅邵远平《元史类编》……较之朱国桢《南宋书》、周济《晋略》，固自远胜，与陈鳣《续唐书》可相骖骒，皆精于事例，劣于文字者也。"

　　③　济胜：攀登胜境。赵翼《偕孙渊如汪春田两观察游牛首山》诗："衰老自怜难济胜，层椒临眺亦忘还。"

　　④　糒：《史记·李将军列传》："大将军使长史持糒醪遗广。"徐陵《长干寺众食碑》："升堂济济，无劳四辈之频；高廪峨峨，恒有千食之糒。"

　　⑤　化城：顾元镜《九华志》卷二《建置》："化城寺，化城本天竺国佛场名也，今寺在山之西南。自其麓然一旋而上数里至其处，峰峦环泉壑，纡廻中旷而夷，类其国部，故名。按：旧志，晋隆安五年，天竺杯渡禅师始创□曰九华，唐建中初年，郡守张岩奏请赐额化城。国朝洪武二十四年，成立丛林。宣德十年，住持僧福庆重建，后修废不一，不悉书。"

　　⑥　请谒：《左传·隐公十一年》："无宁兹许公复奉其社稷，唯我郑国之有请谒焉，和旧昏媾，其能降以相从也。"杜预注："谒，告也。"荀悦《汉纪·武帝纪一》："请谒无所行，货赂无所用，民志定矣。"

为人游扬①,居间割钱刀②以自肥,又或假使者符乘,亦乘传③掠笞邮卒饮食钱而饱其囊。归即辇其装累累④,市过之以耀。里人识者,笑其乞墦⑤之余也⑥。乃童君褛被,持一囊入都门,出而囊如故耳。都人士欲为子鸣祖道⑦供帐⑧,走问逆旅,主人乌有矣,于是莫不羡童君薄游⑨哉。

时高淳⑩人韩邦宪起为郎,一见子鸣,以为有道,甚艳之。而会出守衢,即行部,过子鸣。子鸣家龙丘山坞中,坞中人不识太守卤簿,皆拥门而瞷。东诸侯⑪千骑络绎,钟鼓干旄⑫停户外,林壑皆满,督邮县尉游徼不敢休,已逼下春⑬

---

①　游扬:骆宾王《与程将军书》:"曲垂提奖,广借游扬。"

②　钱刀:《乐府诗集·相和歌辞十六·白头吟二》:"男儿重意气,何用钱刀为!"《旧唐书·李义传》:"且鬻生之徒,唯利斯视,钱刀日至,网罟年滋,施之一朝,营之百倍。"

③　乘传:苏轼《冬季抚问陕西转运使副口宣》:"永言乘传之劳,未遑退食之佚。"陈康祺《燕下乡脞录》卷十四:"公自为员司,屡乘传,随堂上官,讞山西、直隶、湖南、广西诸省狱。"

④　累累:《汉书·佞幸传·石显》:"印何累累,绶若若邪!"颜师古注:"累累,重积也。"《乐府诗集·横吹曲辞五·紫骝马歌四》:"遥看是君家,松柏冢累累。"

⑤　乞墦:《孟子·离娄下》:"之东郭墦间,之祭者乞其余。不足,又顾而之他,此其为餍足之道也。"苏轼《送安节》诗之十:"乞墦何足羡,负米可忘艰。"李贽《复邓石阳》:"今夫人人尽知求富贵利达者之为乞墦矣。"

⑥　"借面"至"余也"句,王穉登《王百穀集十九种·竹箭编》卷上《故龙丘高士童君子鸣墓志铭》作:"借面为东西交,游扬众者为隽异,苟且盛者为名流,而识者不胜乞墦之羞也。"

⑦　祖道:《史记·滑稽列传》:"故所以同官待诏者,等比祖道于都门外。"《汉书·刘屈氂传》:"贰师将军李广利将出兵击匈奴,丞相为祖道,送至渭桥。"颜师古注:"祖者,行之祭,因设宴饮焉。"

⑧　供帐:《汉书·张延寿传》:"上为放供张,赐甲第,充以乘舆服饰。"蔡绦《铁围山丛谈》卷二:"元丰八年之元日,适大朝会,有司宿供帐,设舆辂、仪物于大庆殿下。"

⑨　薄游:李嘉祐《送王牧往吉州谒王使君叔》诗:"细草绿汀洲,王孙耐薄游。"徐渭《梅赋》:"往予薄游海外,闻罗浮之胜而未得登焉。"

⑩　高淳:王穉登《王百穀集十九种·竹箭编》卷上《故龙丘高士童君子鸣墓志铭》作:"一浮"。

⑪　东诸侯:刘禹锡《秋日过鸿举法师寺院便送归江陵》诗序:"贫道雅闻东诸侯之工为诗者莫若武陵,今幸承其话言如得法印,宝山之下,宜有所持。"李商隐《柳枝》诗序:"雪中,让山至,且曰:'为东诸侯取去矣!'"

⑫　干旄:《诗·墉风·干旄》:"孑孑干旄,在浚之郊。"庾信《代人乞致仕表》:"出拥干旄,入参衡镜。"

⑬　下春:刘安《淮南鸿烈解》卷第三:"日出于旸谷,浴于咸池,拂于扶桑,是谓晨明。登于扶桑,爰始将行是谓朏明。至于曲阿,是谓旦明。至于曾泉,是谓蚤食。至于桑野,是谓晏食。至于衡阳,是谓隅中。至于昆吾,是谓正中。至于鸟次,是谓小还。至于悲谷,是谓餔时。至于女纪,是谓大还。至于渊虞,是谓高春。至于连石,是谓下春。至于悲泉,爰止其女,爰息其马,是谓县车。至于虞渊,是谓黄昏。至于蒙谷,是谓定昏。"

犹未去。入窥，案上仅有一柈蔌，太守与童君兄弟相对乌乌吟，皆相顾莫测。

韩君见子鸣訾产落落，将稍授买山钱①。子鸣咲谓：山中饶白云，不堪持赠，顾安用君侯馈我邪。间一人郡报谒，诸大夫司子鸣一有②请也，子鸣但支颐③问西山有爽气乎。无由④，是益以为高。柱后惠文⑤请见，不得。大索其所著书，子鸣谢亡有，而上其所辑唐杨炯、徐安贞集。二人者，一故邑令，一邑人云。已而太守敬为童君锓之矣。

龙丘以汉高士袤得名，而未有祠，子鸣劝其令涂君俎豆⑥之，并为文纪其事。韩君遂下记曰：昔夷吾⑦治国，士人立什伍⑧之乡。北海为邦，康成辟四牡

---

① 买山钱：刘义庆《世说新语·排调》："支道林因人就深公买印山，深公答曰：'未闻巢由买山而隐。'"刘禹锡《酬乐天闲卧见忆》诗："同年未同隐，缘欠买山钱。"

② 一有：王穉登《王百穀集十九种·竹箭编》卷上《故龙丘高士童君子鸣墓志铭》作："冀有一"。

③ 支颐：白居易《除夜》诗："薄晚支颐坐，中宵枕臂眠。"苏轼《十八大阿罗汉颂》："第六尊者右手支颐，左手抚穉师子，顾视侍者择瓜而剖之。"

④ 无由：《仪礼·士相见礼》："某也愿见，无由达。"郑玄注："无由达，言久无因缘以自达也。"《汉书·刑法志》："使其民所以要利于上者，非战无由也。"

⑤ 柱后惠文：《文选·左思〈魏都赋〉》："诘朝陪幄，纳言有章。亚以柱后，执法内侍。"李周翰注："柱后，御史官。"《汉书·昌邑王刘贺传》："王年二十六七，为人青黑色，小目……衣短衣大绔，冠惠文冠。"颜师古注："苏林曰：'治狱法冠也。'孟康曰：'今侍中所著也。'服虔曰：'武冠也，或曰赵惠文王所服，故曰惠文。'晋灼曰：'柱后惠文，法冠也。但言惠文，侍中冠。孟说是也。'"《后汉书·舆服志下》："武冠，一曰武弁大冠，诸武官冠之。侍中、中常侍加黄金珰，附蝉为文，貂尾为饰，谓之'赵惠文冠'。"王先谦《集解》："赵惠文王，武灵王子也。其初制必甚粗简，金玉之饰，当即惠文后来所增，故冠因之而名。"《汉书·张敞传》："秦时狱法吏冠柱后惠文。"颜师古注引晋灼曰："汉注法冠也，一号柱后惠文，以纚裹铁柱卷。秦制执法服，今御史服之。"蔡邕《独断》："法冠，楚冠也，一曰柱后惠文冠。"

⑥ 俎豆：《论语·卫灵公》："俎豆之事则尝闻之矣，军旅之事未之学也。"《庄子·庚桑楚》："今以畏垒之细民而窃窃焉，欲俎豆予于贤人之间，我其杓之人邪！"柳宗元《游黄溪记》："以为有道，死乃俎豆之，为立祠。"

⑦ 夷吾：《史记》卷六十二《管晏列传》："管仲夷吾者，颍上人也。少时常与鲍叔牙游，鲍叔知其贤。管仲贫困，常欺鲍叔，鲍叔终善遇之，不以为言。已而鲍叔事齐公子小白，管仲事公子纠。及小白立为桓公，公子纠死，管仲囚焉，鲍叔遂进管仲。管仲既用，任政于齐，齐桓公以霸，九合诸侯，一匡天下，管仲之谋也。"

⑧ 什伍：《管子·立政》："十家为什，五家为伍，什伍皆有长焉。"《史记·商君列传》："令民为什，而相牧司连坐。"《索隐》引刘氏云："五家为保，十保相连。"《正义》："或为十保，或为五保。"《后汉书·左雄传》："县设令长，郡置守尉，什伍相司，封豕其民。"

之路。表宅式庐①，盖王政先之矣。龙丘僻在江介②，被以岩峦③，樵苏渔猎之区，逸民是宾。前茊后珮，千载两贤。茊犹托迹功曹，一试綦组。而童君毕志云萝，声光俱灭，可谓矞然不缁，高茊一等也。间者辟至郡斋④，谈讨芝桂，寥廓之士邈焉寡俦，太守不德，白驹用慨。记到其表门，以风在野。

未几，韩君卒，子鸣送丧过其家。归而梦君露冕⑤来邀，子鸣谢有孀妇与黄口之雏⑥。韩君曰：嘻，宁能⑦俟河之清邪。比觉心动，以为不祥。已而一疾不起，年财五十四。妻胡氏，生一子，聘于尹而尚幼⑧。呜呼哀哉！

子鸣姓童氏，名珮，世家龙丘。洪武中有富山者，以长厚称。几传而有志四朝奉，朝奉生时豪，豪生容，字彦清，子鸣父也⑨。娶吴人女赵为妾，而生子鸣。少有异质，面骨嶻岩类削瓜⑩，长而温温不言如桃李⑪，然所至名为长者。

---

① 式庐：顾炎武《赠孙征君奇逢》诗："门人持笈满，郡守式庐频。"《书·武成》："释箕子囚，封比干墓，式商容闾。"孔颖达疏："式者，车上之横木，男子立乘，有所敬则俯而凭式。"《梁书·何胤传》："太守衡阳王元简深加礼敬，月中常命驾式闾，谈论终日。"

② 江介：《文选·左思〈魏都赋〉》："况河冀之爽垲，与江介之湫湄。"吕向注："介，左也。"柳宗元《游朝阳岩二十韵》："羁贯去江介，世仕尚函崤。"

③ 岩峦：高峻的山峦。徐悱《古意酬到长史溉登琅邪城》诗："表里穷形胜，襟带尽岩峦。"

④ 郡斋：白居易《秋日怀杓直》诗："今日郡斋中，秋光谁共度？"李商隐《华州周大夫宴席》诗："郡斋何用酒如泉，饮德先时已醉眠。"

⑤ 露冕：《晋书·温峤郗鉴传》："方回踵武，奕世登台。露冕为饰，援高人以同志，抑惟大隐者欤！"包佶《宿庐山赠白鹤观刘尊师》诗："渐恨流年筋力少，惟思露冕事星冠。"

⑥ "子鸣"句，王稚登《王百穀集十九种·竹箭编》卷上《故龙丘高士童君子鸣墓志铭》作："子鸣指其孥，谢不去。"

⑦ 宁能：王稚登《王百穀集十九种·竹箭编》卷上《故龙丘高士童君子鸣墓志铭》作："若欲"。

⑧ "聘于"句，王稚登《王百穀集十九种·竹箭编》卷上《故龙丘高士童君子鸣墓志铭》作："良谷尚幼"。

⑨ "朝奉"至"父也"句，王稚登《王百穀集十九种·竹箭编》卷上《故龙丘高士童君子鸣墓志铭》作："朝奉生容，字彦清，子鸣父也。"

⑩ 削瓜：《荀子·非相》："皋陶之状，色如削瓜。"杨倞注："如削皮之瓜，青绿色。"王闿运《严咸传》："性介猛，有奇志，长瘠多力，面如削瓜。"

⑪ 桃李：《诗·召南·何彼襛矣》："何彼襛矣，华如桃李。"张说《崔讷妻刘氏墓志》："珪璋其节，桃李其容。"

父亡,惟故书数簏,启而读之。既遍,则贷诸书师①家②,得子钱③,持归以寿其兄珊。珊为秀才,尤长者④。其于子鸣,犹以万年⑤视少孤。子鸣友其兄,不自蓄毫发,徒手见妻子,肃肃如也。

　　彦清业书师,客梁溪最久,子鸣以是得交梁溪诸公子。公子私其客,不通往来,子鸣顾⑥阑出入⑦如楼君卿⑧。诸公子⑨心害之,或贝锦⑩以谮童君,童君

---

①　书师:《汉书·艺文志》:"汉兴,闾里书师合《苍颉》《爰历》《博学》三篇,断六十字以为一章,凡五十五章,并为《苍颉篇》。"王国维《观堂集林·汉魏博士考》:"汉时教初学之所,名曰书馆。其师名曰书师。"

②　家:王穉登《王百穀集十九种·竹箭编》卷上《故龙丘高士童君子鸣墓志铭》作:"岁"。

③　子钱:《史记·货殖列传》:"吴楚七国兵起时,长安中列侯封君行从军旅,赍贷子钱,子钱家以为侯邑国在关东,关东成败未决,莫肯与。"《元史·孔思晦传》:"三氏学旧有田三千亩,占于豪民,子思书院旧有营运钱万缗,贷于民,取子钱以供祭祀,久之民不输子钱,并负其本,思晦皆理而复之。"

④　长者:王穉登《王百穀集十九种·竹箭编》卷上《故龙丘高士童君子鸣墓志铭》作:"宽然"。

⑤　万年:《诗·大雅·江汉》:"虎拜稽首,天子万年。"郑玄笺:"拜稽首者,受王命策书也。臣受恩无可以报谢者,称言使君寿考而已。"《隋书·慕容三藏传》:"十三年,州界连云山响,称万年者三,诏颁郡国,仍遣使醮于山所。"

⑥　顾:《战国策·秦策一》:"今三川周室,天下之市朝也,而王不争焉,顾争于戎狄,去王业远矣。"高诱注:"顾,反也。"《汉书·周勃传》:"绛侯绾皇帝玺,将兵于北军,不以此时反,今居一小县,顾欲反邪!"颜师古注:"顾,犹倒也。"

⑦　阑出入:《史记·汲郑列传》:"愚民安知市买长安中物而文吏绳以为阑出财物于边关乎?"《集解》:"应劭曰:'阑,妄也。律:胡市,吏民不得持兵器出关。虽于京师市买,其法一也。'瓒曰:'无符传出入为阑。'"《汉书·匈奴传上》:"汉使马邑人聂翁一间阑出物与匈奴交易。"颜师古注引孟康曰:"私出塞交易。"

⑧　楼君卿:班固《汉书》卷九十二《楼护传》:"楼护,字君卿,齐人。父世医也,护少随父为医长安,出入贵戚家。护诵医经本草方术数十万言,长者咸爱重之,共谓曰:以君卿之材,何不宦学乎!繇是,辞其父学经传。为京兆吏数年,甚得名誉。是时王氏方盛,宾客满门,五侯兄弟争名。其客各有所厚,不得左右。唯护尽入其门,咸得其欢心。结士大夫无所不倾。其交长者,尤见亲而敬,众以是服。为人短小精辩,论议常依名节,听之者皆竦。与谷永俱为五侯上客,长安号曰:'谷子云笔札,楼君卿唇舌。'言其见信用也。"

⑨　诸公子:王穉登《王百穀集十九种·竹箭编》卷上《故龙丘高士童君子鸣墓志铭》前多"然"字。

⑩　贝锦:《诗·小雅·巷伯》:"萋兮斐兮,成是贝锦。"朱熹集传:"言因萋斐之形,而文致之以成贝锦,以比谮人者因人之小过而饰成大罪也。"《周书·宇文测传》:"太祖怒曰:'测为我安边,吾知其无贰志,何为间我骨肉,生此贝锦!'乃命斩之。"

意泊如也。君虽窭人①乎，而大能河润②人。所治装亡几何，而友人贫不能丧葬，与腰腊③未毕者，倾与之不靳，其好施如此。善与人交，人人弥缝其阙而缀属之，俾欢好无间。比失子鸣，而操戈者起，《谷风》之刺④兴矣。故子鸣没而深慨⑤友道之不幸也。所著《佩茝杂录》《九华游记》、南岳东岱诗、《龙游县志》、文集若干篇。子鸣未没时，谈参军思重⑥为买葬地，没而又将⑦梓其遗文，亦可谓能始终者矣。

铭曰：昔也龙丘，今也龙丘。前苌后童，并轸方辀。父而贾游，子而客游。亦冈橐装，蒙茸黑裘。干旄孑孑，以来邦侯。生而石交，黄壤为俦。入梦蝴蝶，委化蜉蝣。珊瑚琅玕，蝉蜕一抔。后有桓生，覆瓿是求。

友人太原王穉登撰。

---

① 窭人：洪迈《夷坚乙志·合皂大鬼》："张氏自此衰替，今为窭人。"唐甄《潜书·更币》："万金之家，不五七年而为窭人者，予既数见之矣。"

② 河润：《庄子·列御寇》："河润九里，泽及三族。"《后汉书·郭伋传》："贤能太守，去帝城不远，河润九里，冀京师并蒙福也。"

③ 腰腊：《韩非子·五蠹》："夫山居而谷汲者，腰腊而相遗以水。"汉桓宽《盐铁论·散不足》："古者，庶人粝食藜藿，非乡饮酒、腰腊祭祀无酒肉。"刘敞《打鱼》诗："南人登鱼作腰腊，清潭数里奔舟楫。"

④ 《谷风》之刺：《诗经·小雅·谷风》："习习谷风，维风及雨。将恐将惧，维予与女。将安将乐，女转弃予。习习谷风，维风及颓。将恐将惧，置予于怀。将安将乐，弃予如遗。习习谷风，维山崔嵬。无草不死，无木不萎。忘我大德，思我小怨。"毛序："天下俗薄，朋友道绝焉。"

⑤ 深慨：王穉登《王百穀集十九种·竹箭编》卷上《故龙丘高士童君子鸣墓志铭》作："叹"。

⑥ 谈参军思重：姜绍书《无声诗史》卷七："谈志伊，字思仲，号学山，无锡人。父恺，任两广总督，以荫补官。写花卉得徐黄之妙，兼工文翰。"彭蕴璨《历代画史汇传》卷三十九："谈志伊，字公望，又字思重。号学山，无锡人。以父荫得官中府经历。花卉翎毛点缀娟秀，出宋人法外。兼工文翰，字学《曹娥碑》。"

⑦ 将：王穉登《王百穀集十九种·竹箭编》卷上《故龙丘高士童君子鸣墓志铭》作："谋"。

《童子鸣集》卷之一

五言古诗

咏怀四首

其一

荷锄东皋①上，日暮令人悲。
俯视田畴②间，西风复凄凄③。
所恃给口食④，岁月劳四肢。
秋来待成粒，奈此稗⑤与稊⑥。
倘能疗饥馁，徒可资号啼。
令人羡鸿雁，一行自南飞。

---

① 东皋：《文选·潘岳〈秋兴赋〉》："耕东皋之沃壤兮，输黍稷之余税。"李善注："水田曰皋。"

② 田畴：《礼记·月令》："可以粪田畴，可以美土疆。"孙希旦《集解》引吴澄曰："田畴，谓耕熟而其田有疆界者。"贾谊《新书·铜布》："铜布于下，采铜者弃其田畴，家铸者损其农事，谷不为则邻于饥。"

③ 凄凄：《关尹子·三极》："人之善琴者，有悲心则声凄凄然。"谢灵运《道路忆山中》诗："凄凄《明月》吹，恻恻《广陵散》。"

④ 口食：《诗·大雅·生民》："克岐克嶷，以就口食。"马瑞辰《通释》："就之言求也……以就口食，犹《易·颐》'自求口实'。"

⑤ 稗：《说文·禾部》："稗，禾别也。"王筠《句读》："今之稗有数种，自生者，种而生者，生于水者，皆性自为稗，不得谓之禾别，权稻中生稗，犹谷中生莠，皆贵化为贱。故俗呼止稗为稻莠。"

⑥ 稊：《集韵》：同"稀"。《文选·潘岳〈射雉赋〉》："稀菽藜糅，虉荟莽茸。"徐爰注："稊，稗类也。"

其二

人生本如客，　偶来逆旅①中。
主人顾如何，　是有啬与通。
王公岂真贵，　韦布②宁终穷。
出门各岐路③，所诣良不同。
岂不观万物，　大小各有终。
蟪蛄与朝菌④，均出造化⑤功。

其三

灿灿中林花，　泠泠⑥曲池⑦水。
相映五色⑧鲜，丛丛⑨斗罗绮⑩。
白鹤鸣华轩⑪，嘉羽戏沙渚⑫。
主人方纵观，　忽焉疾风起。

---

①　逆旅：《左传·僖公二年》："今虢为不道，保于逆旅。"杜预注："逆旅，客舍也。"陶潜《自祭文》："陶子将辞逆旅之馆，永归于本宅。"何景明《宗哲初至夜集》诗："聚散古今同逆旅，莫看风景倍凄然。"

②　韦布：平民。辛文房《唐才子传·钱起》："王公不觉其大，韦布不觉其小。"

③　岐路：《列子·说符》："杨子之邻人亡羊，既率其党，又请杨氏之竖追之。杨子曰：'嘻！亡一羊，何追者之众？'邻人曰：'多岐路。'"

④　蟪蛄与朝菌：《庄子·逍遥游》："朝菌不知晦朔，蟪蛄不知春秋。"陆德明《释文》："司马云：'大芝也。天阴生粪上，见日则死，一名日及，故不知月之终始也。'崔云：'粪上芝。朝生暮死，晦者不及朔，朔者不及晦。'《淮南·道应训》作'朝秀'。高诱注云：'朝秀，朝生暮死之虫也，生水上，似蚕蛾，一名孳母，海南谓之虫邪。'案：'菌'者'蜏'之转声，《庄子》'朝菌不知晦朔，蟪蛄不知春秋'，皆谓虫也。"

⑤　造化：《庄子·大宗师》："今一以天地为大炉，以造化为大冶，恶乎往而不可哉？"

⑥　泠泠：《文选·宋玉〈风赋〉》："清清泠泠，愈病析酲。"李善注："清清泠泠，清凉之貌也。"

⑦　曲池：《楚辞·招魂》："坐堂伏槛，临曲池些。"王逸注："下临曲水清池。"

⑧　五色：《老子》："五色令人目盲，五音令人耳聋，五味令人口爽。"曹丕《芙蓉池》诗："上天垂光采，五色一何鲜。"韩愈《贺庆云表》："五采五色，光华不可遍观，非烟非云，容状讵能详述。抱日增丽，浮空不收，既变化而无穷，亦卷舒而莫定。"

⑨　丛丛：齐己《闻落叶》诗："来年未离此，还见碧丛丛。"

⑩　罗绮：繁华。夏完淳《杨柳怨和钱大揖石》："到今罗绮古扬州，不辨秦灰十二楼。"

⑪　华轩：《文选·潘岳〈为贾谧作赠陆机〉诗》："优游省闼，珥笔华轩。"吕向注："华轩，殿上曲栏也。"

⑫　沙渚：沈复《浮生六记·浪游记快》："日则驱鹰犬猎于芦丛沙渚间，所获多飞禽。"

有如梁间燕，故垒①一朝毁。
江雨烂青草，庭槐乱行蚁。
明年春较深，人非旧容止②。

其四

长涂多险巇③，河水仍汤汤④。
我欲寻泰山，道远力且僵。
出门有豺虎，担笈⑤无糗粮。
悠悠山海图，读之徒慨慷。
安能乘黄鹤⑥，万里俱翱翔。

游仙⑦四首

周览寰宇极，　乘桴⑧独浮海。
海浽⑨渺无际，汪洋洽苍霭。

---

① 故垒：《晋书·李矩传》："刘聪遣从弟畅步骑三万讨矩，屯于韩王故垒。"方文《赠马嘉甫》诗："故垒那能巢玉燕，明珠犹自握灵蛇。"

② 容止：《礼记·月令》："先雷三日，奋木铎以令兆民曰：'雷将发声，有不戒其容止者，生子不备，必有凶灾。'"郑玄注："容止，犹动静。"

③ 险巇：《楚辞·东方朔〈七谏·怨世〉》："何周道之平易兮，然芜秽而险巇。"王逸注："险巇，犹言倾危也。"洪兴祖补注："巇，音希。"

④ 汤汤：《书·尧典》："汤汤洪水方割，荡荡怀山襄陵，浩浩滔天。"孔传："汤汤，流貌。"《诗·卫风·氓》："淇水汤汤，渐车帷裳。"毛传："汤汤，水盛貌。"

⑤ 担笈：《魏书·高允传》："性好文学，担笈负书，千里就业。"

⑥ 黄鹤：李昉《文苑英华》卷二百六《黄鹤》："黄鹤佐丹凤，不能群白鹇。拂云游四海，弄影到三山。遥忆君轩上，来下天地间。明珠世不重，知有报恩环。"

⑦ 游仙：《六臣注文选》卷第二十一《游仙诗七首》："善曰：凡游仙之篇，皆所以滓秽尘网，锱铢缨绂，飡霞倒景，饵玉玄都。而璞之制，文多自叙，虽志狭中区，而辞无俗累，见非前识，良有以哉。"

⑧ 乘桴：《论语·公冶长》："道不行，乘桴浮于海。从我者，其由也与。"马融曰："桴，编竹木也。大者曰筏，小者曰桴。"《三国志·魏志·管宁传》："遂避时难，乘桴越海，羁旅辽东三十余年。"

⑨ 海浽：石崇《楚妃叹》："荡荡大楚，跨土万里。北据方城，南接交趾。西抚巴汉，东被海浽。"

下有三神山①，真人②自司宰。

玉气③为房栊④，金液⑤饲饥馁。

向我论夙心，　襟期共千载。

相携控鹏翼⑥，俨若旧寮寀⑦。

俯视浮世⑧间，神州⑨九蓓蕾。

---

① 三神山：《史记》卷六《秦始皇本纪》："齐人徐市等上书，言海中有三神山，名曰蓬莱、方丈、瀛洲，仙人居之。请得斋戒，与童男女求之。于是遣徐市发童男女数千人，入海求仙人。"《正义》："《汉书·郊祀志》云：'此三神山者，其传在勃海中，去人不远，盖曾有至者。诸仙人及不死之药皆在焉。其物、禽兽尽白，而黄金白银为宫阙。未至，望之如云。及至，三神山乃居水下。临之，患且至，风辄引船而去，终莫能至云。世主莫不甘心焉。'"

② 真人：《庄子·大宗师》："古之真人，其寝不梦，其觉无忧，其食不甘，其息深深。真人之息以踵，众人之息以喉。屈服者，其嗌言若哇。其耆欲深者，其天机浅。古之真人，不知说生，不知恶死；其出不欣，其入不距；翛然而往，翛然而来而已矣。不忘其所始，不求其所终；受而喜之，忘而复之。是之谓不以心捐道，不以人助天。是之谓真人。"《淮南子·本经训》："莫死莫生，莫虚莫盈，是谓真人。"

③ 玉气：白色云气。郑若庸《玉玦记·赏花》："重重金碧，楼阁丽层霄；隐隐丹青，峰峦浮玉气。"

④ 房栊：《文选·张协〈杂诗〉之一》："房栊无行迹，庭草萋以绿。"李周翰注："栊亦房之通称。"王维《桃源行》："月明松下房栊静，日出云中鸡犬喧。"

⑤ 金液：葛洪《抱朴子·金丹》："金液，太乙所服而仙者也，不减九丹矣。"李白《寄王屋山人孟大融》诗："所期就金液，飞步登云车。"

⑥ 鹏翼：《庄子·逍遥游》："鹏之背，不知其几千里也；怒而飞，其翼若垂天之云。"《文选·左思〈吴都赋〉》："屠巴虵，出象骼；斩鹏翼，掩广泽。"李周翰注："鹏鸟其翼垂天，今斩之，固掩蔽广泽也。"

⑦ 寮寀：《文选·张华〈答何劭〉诗》："自昔同寮寀，于今比园庐。"吕向注："同寮寀，同官也。"

⑧ 浮世：人世。许浑《将赴京留赠僧院》诗："空悲浮世云无定，多感流年水不还。"谷子敬《城南柳》第一折："觑百年浮世，似一梦华胥。"

⑨ 神州：《史记》卷七十四《孟子荀卿列传》："中国名曰赤县神州。赤县神州内自有九州岛，禹之序九州岛是也，不得为州数。中国外如赤县神州者九，乃所谓九州岛也。于是有裨海环之，人民禽兽莫能相通者，如一区中者，乃为一州。如此者九，乃有大瀛海环其外，天地之际焉。其术皆此类也。"

其二

昆仑①十万仞,上与阊阖②通。

紫烟③隔黄尘,白石生赤松。

借问居者谁, 云是东皇公④。

云房玉髓⑤滴,水洞琼丹⑥融。

服之可长生, 轻举凌太空。

一勺倘能分, 千载遥相从。

其三

命驾⑦访玄微⑧,飘飖历三岛⑨。

海渡随鱼虫, 安行⑩笑鹏鸟。

---

① 昆仑:《史记》卷五《秦本纪》:"西巡狩,乐而忘归。"《集解》:"郭璞曰:《纪年》云:'穆王十七年西征于昆仑丘,见西王母。'"《正义》:"《括地志》云:'昆仑山在肃州酒泉县南八十里。'《十六国春秋》:'前凉张骏酒泉守马岌上言,酒泉南山即昆仑之丘也,周穆王见西王母,乐而忘归。'即谓此。有石室王母堂,珠玑楼饰,焕若神宫。"

② 阊阖:《楚辞·离骚》:"吾令帝阍开关兮,倚阊阖而望予。"王逸注:"阊阖,天门也。"沈约《游金华山》诗:"若蒙羽驾迎,得奉金书召。高驰入阊阖,方睹灵妃笑。"

③ 紫烟:郭璞《游仙诗》之三:"赤松临上游,驾鸿乘紫烟。"范仲淹《上汉谣》:"冉冉去红尘,飘飘凌紫烟。"

④ 东皇公:《神异经·东荒经》:"东荒山中有大石室,东王公居焉。长一丈,头发皓白,人形鸟面而虎尾,载一黑熊,左右顾望。"赵晔《吴越春秋·勾践阴谋外传》:"立东郊以祭阳,名曰东皇公;立西郊以祭阴,名曰西王母。"段成式《酉阳杂俎·诺皋记上》:"东王公讳倪,字君明。天下未有人民时,秩二万六千石,佩杂色绶,绶长六丈六尺,从女九千,以丁亥日死。"

⑤ 玉髓:皮日休《以毛公泉一瓶献上谏议》诗:"澄如玉髓洁,泛若金精鲜;颜色半带乳,气味全和铅。"李时珍《本草纲目·金石二·白玉髓》:"玉膏,即玉髓也。《河图玉版》云:'少室之山有白玉膏,服之成仙。'"

⑥ 琼丹:张君房《云笈七签》卷之十二《三洞经教部经·上清黄庭内景经·肝气章第三十三》:"九转神丹,白日升天。抱朴子《九鼎论》云:'考览养生之书,鸠集久视之方,曾所披涉,篇已千计矣,莫不以还丹金液为大要焉。'又黄帝《九鼎神丹经》云:'帝服之而升仙,与天地相毕,乘云驾龙,出入太清。'八琼:丹砂、雄黄、雌黄、空青、硫黄、云母、戎盐、消石等物是也。"

⑦ 命驾:《左传·哀公十一年》:"退,命驾而行。"刘义庆《世说新语·简傲》:"嵇康与吕安善,每一相思,千里命驾。"

⑧ 玄微:天空。郭周藩《谭子池》诗:"言讫辞冲虚,杳蔼上玄微。"

⑨ 三岛:郑畋《题缑山王子晋庙》:"六宫攀不住,三岛互相招。"《西游记》第十七回:"十洲三岛还游戏,海角天涯转一遭。"

⑩ 安行:《诗·小雅·何人斯》:"尔之安行,亦不遑舍。"马瑞辰通释:"安行对疾行言,即缓行。"《后汉书·崔骃传》:"萦余马以安行,俟性命之所存。"李贤注:"安行,不奔驰也。"

忽逢安期生①，　羽衣②为前导。

要我众星③下，　饲我七尺枣④。

啸指⑤古石坛，　蛟龙阖鸿宝⑥。

手赠一卷书，　读之颇觉好。

起视六合⑦间，　天地一何小。

其四

青天将玉笙，　吹向百尺台⑧。

凤鸟虽不至，　忽有白鹤来。

---

　　① 安期生：《史记》卷二十八《封禅书第六》："少君言上曰：'祠灶则致物，致物而丹沙可化为黄金，黄金成以为饮食器则益寿，益寿而海中蓬莱仙者乃可见，见之以封禅则不死，黄帝是也。臣尝游海上，见安期生，安期生食巨枣，大如瓜。安期生仙者，通蓬莱中，合则见人，不合则隐。'于是天子始亲祠灶，遣方士入海求蓬莱安期生之属，而事化丹沙诸药齐为黄金矣。"《史记》卷九十四《田儋列传》："蒯通者，善为长短说，论战国之权变，为八十一首。通善齐人安期生，安期生尝干项羽，项羽不能用其策。已而项羽欲封此两人，两人终不肯受，亡去。"

　　② 羽衣：苏轼《后赤壁赋》："梦一道士，羽衣翩仙，过临皋之下。"范成大《吴船录》卷上："有夷坦曰芙蓉平，道人于彼种芎，非留旬日不可登，且涉入夷界，虽羽衣辈亦罕到。"

　　③ 众星：《论语·为政》："子曰：'为政以德，譬如北辰，居其所而众星共之。'"刘知几《史通·杂述》："众星之明，不如一月之光。"

　　④ 七尺枣：曾慥《类说》卷八："北方有七尺枣，南方有三尺梨，人或见而食之，即为地仙。"阴时夫《韵府群玉》卷十一引《述异记》曰："北方有七尺枣，南方有三尺梨，食之为仙。"

　　⑤ 啸指：《资治通鉴·齐明帝建武四年》："吹唇沸地。"胡三省注："吹唇者，以齿啮唇作气吹之，其声如鹰隼。其下者以指夹唇吹之，然后有声，谓之啸指。"

　　⑥ 鸿宝：道家修仙之书。《汉书·刘向传》："上复兴神仙方术之事，而淮南有《枕中鸿宝苑秘书》。"陆游《夜读隐书有感》诗："力探《鸿宝》寻奇诀，剩采青精试秘方。"

　　⑦ 六合：《庄子·齐物论》："六合之外，圣人存而不论；六合之内，圣人论而不议。"成玄英疏："六合者，谓天地四方也。"葛洪《抱朴子·地真》："其大不可以六合阶，其小不可以毫芒比也。"韩愈《忽忽》诗："安得长翮大翼如云生我身，乘风振奋出六合，绝浮尘。"

　　⑧ 百尺台：刘向《列仙传》卷上《萧史》："萧史者，秦穆公时人也。善吹箫，能致孔雀、白鹤于庭。穆公有女，字弄玉，好之。公遂以女妻焉。日教弄玉作凤鸣。居数年，吹似凤声，凤凰来止其屋。公为作凤台，夫妇止其上不下数年。一旦，皆随凤凰飞去。故秦人为作凤女祠于雍宫中，时有箫声而已。萧史妙吹，凤雀舞庭。嬴氏好合，乃习凤声。遂攀凤翼，参霄高冥。女祠寄想，遗音载清。"仇远《山村遗稿》卷三《素月出东岭》："素月出东岭，照我白玉床。床上何所有，累累书一囊。诘曲科斗文，读之不成章。若车自翱翔，驾景朝紫皇。苍苔满石匣，瑶书空秘藏。仙人百尺台，吹竹引凤皇。凤皇来不来，虚此明月光。"《梨园按试乐府新声》卷下《凤凰坡》："百尺台，堆黄壤，弄玉吹箫送萧郎。送萧郎，共上青霄上。到如今，国已亡。想当初，事可伤。再几时，有凤凰。"

羽衣缟如雪，台上双徘徊。

尝闻秦女事，岂必寻蓬莱。

仙人王子晋①，家在缑山②隈。

金庭③閟烟霞，玉洞④无尘埃。

灵药炼九转⑤，宝鼎⑥向我开。

千年后还家，端恐日月摧。

拟李都尉⑦惜别⑧

西风吹寒沙⑨，南望心戚戚⑩。

---

① 王子晋：刘向《列仙传》卷上《王子乔》："王子乔者，周灵王太子晋也。好吹笙，作凤凰鸣。游伊洛之间，道士浮丘公接以上嵩高山三十余年。后求之于山上，见柏良曰：'告我家，七月七日待我于缑氏山巅。'至时，果乘白鹤驻山头，望之不得到。举手谢时人，数日而去。亦立祠于缑氏山下及嵩高首焉。妙哉王子，神游气爽。笙歌伊洛，拟音凤响。"

② 缑山：顾祖禹《读史方舆纪要》卷四十八《河南府·偃师县》："缑氏山，在县南四十里，一名覆釜堆。相传周灵王太子晋升仙之所。"

③ 金庭：陈子昂《题李三书斋》诗："愿与金庭会，将待玉书征。"沈遘《天台山送僧象微归山》："玉堂敞金庭，碧林列瑶圃。"

④ 玉洞：虞羲《见江边竹》诗："金明无异状，玉洞良在斯。"卢纶《寻贾尊师》诗："玉洞秦时客，焚香映绿萝。"王子一《误入桃源》第二折："人间无路水茫茫，玉洞桃花空自香。"

⑤ 九转：葛洪《抱朴子·金丹》："九转之丹服之，三日得仙。"王端履《重论文斋笔录》卷九："盖仙人以万斛朱沙，十年伏火，九转成此渥丹耳。"

⑥ 宝鼎：程善之《春日杂感》诗："宝鼎炼神药，不如手中卮。"

⑦ 李都尉：《汉书》卷五十四《李陵传》："陵字少卿，少为侍中建章监。善骑射，爱人，谦让下士，甚得名誉。武帝以为有广之风，使将八百骑，深入匈奴二千余里，过居延视地形，不见虏，还。拜为骑都尉，将勇敢五千人，教射酒泉、张掖以备胡。"

⑧ 惜别：《玉台新咏笺注》卷四《长别离》："郭茂倩曰：'《楚辞》曰悲莫悲兮生别离。'古诗曰：'行行重行行，与君生别离。'后苏武使匈奴，李陵与之诗曰：'良时不可再，离别在须臾。'故后人拟之为《古别离》。梁元帝又有《生别离》，吴迈远有《长别离》，唐李白有《远别离》，亦皆类此。按：宋杂曲歌词后又有《古离别》《久别离》《新别离》《今别离》《暗别离》《潜别离》《别离曲》诸题，亦皆本此。"刘勰《文心雕龙辑注》卷二："《诗品》：汉都尉李陵诗，其源出于《楚辞》，文多凄怨者之流。陵，名家子，有殊才。生命不谐，声颓身丧。使陵不遭辛苦，其文亦何能至此。"

⑨ 寒沙：唐太宗《饮马长城窟行》："寒沙连骑迹，朔吹断边声。"刘过《唐多令》词："芦叶满汀洲，寒沙带浅流。"

⑩ 戚戚：《论语·述而》："君子坦荡荡，小人长戚戚。"何晏《集解》引郑玄曰："长戚戚，多忧惧。"陶潜《五柳先生传》："不戚戚于贫贱，不汲汲于富贵。"李清照《声声慢》词："寻寻觅觅，冷冷清清，凄凄惨惨戚戚。"

塞草胡马嘶，执手悲白日①。
念子返故乡，而我恋蛮貊②。
小人亦怀土，奈此阳九厄③。
俯首视长缨④，盈盈泪同滴。

旅中述怀六首⑤

其一

悲风吹遥林，　终⑥岁忘还家。
行行日复夕，　冉冉天一涯⑦。
天涯多苦辛，　千里徒伤嗟。
明月照长涂，　思乡泪如麻。
故人劝加餐，　执手为我歌。
情意一何深，　还因念微屙⑧。

---

① 白日：王符《潜夫论·浮侈》："此等之俦，既不助长农工女，无有益于世，而坐食嘉谷，消费白日，毁败成功。"阮籍《咏怀》之六："娱乐未终极，白日忽蹉跎。"

② 蛮貊：《尚书·武成》："华夏蛮貊，罔不率俾。"桓宽《盐铁论·通有》："求蛮貊之物以眩中国，徙邛筰之货致之东海。"

③ 阳九厄：《汉书·律历志上》："《易·九厄》曰：初入元，百六，阳九；次三百七十四，阴九；次四百八十，阳九；次七百二十，阴七；次七百二十，阳七；次六百，阴五；次六百，阳五；次四百八十，阴三；次四百八十，阳三。凡四千六百一十七岁，与一元终。经岁四千五百六十，灾岁五十七。"洪迈《容斋续笔·百六阳九》："史传称百六阳九为厄会，以历志考之，其名有八。初入元百六曰阳九，次曰阴九；又有阴七、阳七、阴五、阳五、阴三、阳三，皆谓之灾岁。大率经岁四千五百六十，而灾岁五十七。以数计之，每及八十岁，则值其一。今人但知阳九之厄，云经岁者，常岁也。"

④ 长缨：《韩非子·外储说左上》："邹君好服长缨，左右皆服长缨。"李陵《与苏武》诗之二："临河濯长缨，念子怅悠悠。"

⑤ 《童贾集》亦收录《旅中述怀》三首，其三不见于《文集》收录，今附于此："援琴傍流水，水上多游鱼。我闻古人言，尺鲤能传书。长河日悠悠，对尔空踟蹰。一思令人瘦，再思双眼枯。三年去田卢，谁为理菌畬。罢琴日复落，呼童视衣裾。且莫论泪痕，零落从长吁。"

⑥ 终：《童贾集》作："经"。

⑦ 天一涯：《文选》卷二十九《古诗一十九首》："行行重行行，与君生别离。相去万余里，各在天一涯。道路阻且长，会面安可知。胡马依北风，越鸟巢南枝。相去日已远，衣带日已缓。浮云蔽白日，游子不顾反。思君令人老，岁月忽已晚。弃捐勿复道，努力加餐饭。"李善注引《广雅》："涯，方也。"

⑧ 微屙：亦作"微痾"。应璩《与阴中夏书》："乃知郎君顿微屙，告祠社神。将有祈福，闻之怅然。"陆游《病中绝句》："造物今年悯我劳，微痾得遂闭门高。"

其二

谁谓夏日长，日长苦行游。
晨起日如蒸，时复还披裘。
驾言①息路旁，行役②苦不休。
人生无百年，何事空悠悠。
侧身望故山，山川正绸缪。

其三

仲夏天气烈，驱车独徘徊。
修涂不能进，中心若崩摧③。
俯首视轮轨④，零落还自悲。
岁月亦已疾，青春不可追。
故人为我言，颜色日已颓。
安得上池水⑤，使我驻容辉。

其四

秋风何萧萧⑥，吹我衣带宽⑦。
客衣⑧半凋弊，瘦骨不耐寒。

---

① 驾言：乘车。《诗·邶风·泉水》："驾言出游，以写我忧。"阮籍《咏怀》之三一："驾言发魏都，南向望吹台。"陶潜《归去来兮辞》："世与我而相违，复驾言兮焉求！"

② 行役：出游。《清波杂志》卷三："天下名山福地，类因行役穷日力，且为姑俟回程来观之语所误，竟失一往，贻终身之恨者多矣。"戴名世《忧庵记》："余好游，时时行役四方，水行乘舟，舟中即忧庵也。"

③ 崩摧：哀恸之极。曹植《王仲宣诔》："翩翩孤嗣，号恸崩摧。"

④ 轮轨：《周礼·考工记序》："凡察车之道，必自载于地者始也，是故察车自轮始。"风应韶《凤氏经说·车制》："夹车两旁圆转者曰轮，上古圣人观转篷而制之，合毂、辐、牙三者为之。"《论语·为政》："大车无輗，小车无軏，其何以行之哉。"何晏《集解》引包咸曰："軏者，辕端上曲钩衡。"

⑤ 上池水：《史记·扁鹊仓公列传》："乃出其怀中药予扁鹊：'饮是以上池之水，三十日当知物矣。'"《索隐》："案：旧说云上池水谓水未至地，盖承取露及竹木上水，取之以和药。"

⑥ 萧萧：韩愈《谢自然》诗："白日变幽晦，萧萧风景寒。"詹同《出猎图》诗："穹庐散野如繁星，凉月萧萧照平陆。"

⑦ 衣带宽：《古诗十九首·行行重行行》："相去日已远，衣带日已缓。"柳永《凤栖梧》词："衣带渐宽终不悔，为伊消得人憔悴。"

⑧ 客衣：祖咏《泊扬子津》诗："江火明沙岸，云帆碍浦桥。夜衣今日薄，寒气近来饶。"高适《使青夷军入居庸》诗："匹马行将久，征途去转难。不知边地别，只讶客衣单。"

天长望越鸟①，白露湿羽翰②。

肃肃③飞不前，山月空团团④。

半夜蟋蟀鸣，令人重悲酸。

其五

种松故山⑤下，一一垂青阴。

上有车轮盖，下有琥珀⑥沈。

岁月亦已久，霜霰⑦那敢侵。

栖迟⑧忆往岁，欢会同交亲⑨。

清歌⑩酌美酒，既醉还复斟。

一朝事远游，三年辞故林⑪。

---

① 越鸟：《文选·古诗〈行行重行行〉》："胡马依北风，越鸟巢南枝。"李善注引《韩诗外传》："《诗》曰：'代马依北风，飞鸟栖故巢。'皆不忘本之谓也。"潘岳《在怀县作》诗："徒怀越鸟志，眷恋想南枝。"

② 羽翰：鲍照《咏双燕》之一："双燕戏云崖，羽翰始差池。"孟郊《出门行》之二："参辰出没不相待，我欲横天无羽翰。"

③ 肃肃：《诗·小雅·鸿雁》："鸿雁于飞，肃肃其羽。"毛传："肃肃，羽声也。"畅当《自平阳馆赴郡》诗："溶溶山雾披，肃肃沙鹭起。"

④ 团团：圆也。班婕妤《怨歌行》："裁为合欢扇，团团似明月。"谢惠连《七月七日夜咏牛女》诗："团团满叶露，析析振条风。"

⑤ 故山：应场《别诗》之一："朝云浮四海，日暮归故山。"司空图《漫书》诗之一："逢人渐觉乡音异，却恨莺声似故山。

⑥ 琥珀：张华《博物志》卷四："《神仙传》云：'松柏脂入地千年化为茯苓，茯苓化琥珀'，琥珀一名江珠。"

⑦ 霜霰：《诗·小雅·頍弁》："如彼雨雪，先集维霰。"郑玄笺："将大雨雪，始必微温，雪自上下，遇温气而抟谓之霰，久而寒胜则大雪矣。"

⑧ 栖迟：漂泊失意。《旧唐书·窦威传》："昔孔丘积学成圣，犹狼狈当时，栖迟若此，汝效此道，复欲何求？"王定保《唐摭言·公荐》："今则不然，忘往日之栖迟，贪暮年之富贵，仆恐前途未失，后悔难追。"

⑨ 交亲：赵晔《吴越春秋·阖闾内传》："吴不信前日之盟，弃贡赐之国而灭其交亲。"刘基《门有车马客行》："居家倚骨肉，出家倚交亲。"

⑩ 清歌：《晋书·乐志下》："宋识善击节唱和，陈左善清歌。"洪升《长生殿·传概》："清歌未了，鼙鼓喧阗起范阳。"

⑪ 故林：杜甫《江亭》诗："故林归未得，排闷强裁诗。"王安石《欲归》诗："绿稍还幽草，红应动故林。"

故林日已远，相思泪滛滛[①]。
交亲且莫言，嘉树[②]不可攀。
千里独眄望，森森霄汉[③]间。

其六

行行[④]关山[⑤]路，迢迢[⑥]使人老。
西风吹黄尘，倏忽变秋草。
茸茸涧底茎，萧萧亦枯藁。
为忆三春时，青青还自好。
白日如转蓬[⑦]，青春岂终保。

夏日还山中四首

其一

悠悠逐口食，去家忽五年。
归来鬓毛[⑧]换，家人解相怜。
人生无百岁，况复有寒暄[⑨]。
何事日奔驰，西山负平田。
胡不秉耒耜，时复垄上[⑩]眠。

---

① 滛滛：《楚辞·大招》："雾雨淫淫，白皓胶只。"王逸注："淫淫，流貌也。"张煌言《答延平世子经书》："在不肖空瞻帷幄，似失帡幪，更不禁泪之淫淫下也。"

② 嘉树：《左传·昭公二年》："既享，宴于季氏，有嘉树焉，宣子誉之。"《楚辞·九章·橘颂》："后皇嘉树，橘徕服兮。"

③ 霄汉：《后汉书·仲长统传》："不受当时之责，永保性命之期。如是，则可以陵霄汉，出宇宙之外矣。"

④ 行行：《古诗十九首·行行重行行》："行行重行行，与君生别离。"

⑤ 关山：《乐府诗集·横吹曲辞五·木兰诗一》："万里赴戎机，关山度若飞。"

⑥ 迢迢：潘岳《内顾诗》之一："漫漫三千里，迢迢远行客。"

⑦ 转蓬：《文选·曹植〈杂诗〉》："转蓬离本根，飘飖随长风。"李善注引《说苑》："秋蓬恶其本根，美其枝叶，秋风一起，根本拔矣。"

⑧ 鬓毛：贺知章《回乡偶书》诗："少小离家老大回，乡音无改鬓毛衰。"刘过《水调歌头》词："人生行乐，何自催得鬓毛斑。"

⑨ 寒暄：冷暖。荀悦《申鉴·俗嫌》："故喜怒哀乐，思虑必得其中，所以养神也；寒暄虚盈，消息必得其中，所以养体也。"

⑩ 垄上：《史记·陈涉世家》："辍耕之垄上。"吴均《雉朝飞操》："二月雉朝飞，横行傍垄归。"

哲①哉庞德公②，岂不后世贤。

其二

倚杖东菑③间④，野老⑤忽来聚。

殷勤携酒浆，　向余慰劳苦。

为陈别来事，　五见桑麻树。

往时牧犊子⑥，今已为人父。

壮者日已老，　老者半为古。

---

① 哲：《书·皋陶谟》：“知人则哲。”孔传：“哲，智也。”袁宏《后汉纪·桓帝纪》：“视之不明，是谓不哲。”

② 庞德公：习凿齿《襄阳耆旧记》卷一：“庞德公，襄阳人。居岘山之南，未尝入城府。躬耕田里，夫妻相待如宾，琴书自娱。观其貌者，肃如也。荆州牧刘表数延请不能屈，乃自往候之，谓公曰：‘夫保全一身，孰若保全天下乎？’公笑曰：‘鸿鹄巢于高林之上，暮而得所栖；龟鼋穴于深泉之下，夕而得所宿。夫趋舍行止，亦人之巢穴也，但各得其栖宿而已，天下非所保也。’每释耕于陇上，妻子耨于前。表诣而问曰：‘先生苦居畎亩之间，而不肯当禄，然后世将何以遗子孙乎？’公曰：‘时人皆遗之以危，今独遗之以安。虽所遗不同，亦不为无所遗也。’表曰：‘何谓？’公曰：‘昔尧舜举海内授其臣，而无所执爱，委其子于草莽，而无矜色。丹朱、商均至愚，下得全首领以没。禹汤虽以四海为贵，遂以国私其亲。使桀徙南巢，纣悬首周旗，而族受其祸。夫岂愚于丹朱、商均哉。其势危故也。周公摄政天下而杀其兄，向使周公兄弟食藜藿之羹，居蓬蒿之下，岂有若是之害哉。’表乃叹息而去。诸葛孔明每至公家，独拜公于床下，公殊不令止。司马德操尝造公，值公渡沔祀先人墓。操径入堂上，呼德公妻子，使作黍。徐元直向言有客即来就我，与公谈论，其妻子皆罗列拜于堂下，奔走供设。须臾，德公还。直入相就，不知何者是客也。德操少德公十岁，以兄事之，呼作庞公。故世人遂谓公是德公，名非也。后遂携其妻子登鹿门山，托言采药，因不知所在。《先贤传》云：‘乡里旧语目诸葛孔明为卧龙，庞士元为凤雏，司马德操为水镜，皆德公之题也。’”

③ 东菑：田园。沈约《郊居赋》：“纬东菑之故耔，浸北亩之新渠。”储光羲《田家即事》诗：“迎晨起饭牛，双驾耕东菑。”

④ 东菑间：明嘉靖隆庆间刻《盛明百家诗》本《童贾集》作：“东皋上”。

⑤ 野老：丘迟《旦发渔浦潭》诗：“村童忽相聚，野老时一望。”杜甫《哀江头》诗：“少陵野老吞声哭，春日潜行曲江曲。”

⑥ 牧犊子：亦作“犊木子”“犊沐子”。崔豹《古今注·音乐》：“《雉朝飞》者，牧犊子所作也。齐处士，愍、宣时人。年五十，无妻，求薪于野，见雉雄雌相随而飞，意动心悲，乃作《朝飞》之操，将以自伤焉。”

独有此尊中，不令造物①侮。

劝尔烂醉游，无因耻怀土②。

其三

我生本贫贱，何为羡衣冠③。

愁来对尊酒，还复寻青山。

况有架上书，间可驱暑寒。

昼短则有夜，秉烛聊自看。

或恐邻人嗔，呼童掩柴关④。

其四

早起坐南窗⑤，白雾犹蒙蒙⑥。

呼童歌新诗，忽已山日红。

山日岂不驶，乃因夸父⑦穷。

长空丽五色，竟坠西海⑧中。

造物固如此，辉赫何足荣。

---

① 造物：《列子》卷三："老成子学幻于尹文先生，三年不告，老成子请其过而求退，尹文先生揖而进之于室，屏左右而与之言曰：'昔老聃之徂西也，顾而告予，曰：有生之气、有形之状，尽幻也。造化之所始，阴阳之所变者，谓之生，谓之死。穷数达变，因形移易者，谓之化，谓之幻。造物者其巧妙，其功深，固难穷难终。因形者其巧显其功浅，故随起随灭。知幻化之不异生死也，始可与学幻矣。'"

② 怀土：《论语·里仁》："君子怀德，小人怀土。"何晏《集解》引孔安国曰："怀土，重迁。"朱熹集注："怀土，谓溺其所处之安。"班昭《东征赋》："小人性之怀土兮，自书传而有焉。"

③ 衣冠：《汉书·杜钦传》："茂陵杜邺与钦同姓字，俱以材能称京师，故衣冠谓钦为'盲杜子夏'以相别。"颜师古注："衣冠谓士大夫也。"李白《登金陵凤凰台》诗："吴宫花草埋幽径，晋代衣冠成古丘。"

④ 柴关：刘长卿《送郑十二还庐山别业》诗："浔阳数亩宅，归卧掩柴关。"

⑤ 南窗：陶潜《问来使》诗："我屋南窗下，今生几丛菊。"何逊《闺怨》诗："竹叶响南窗，月光照东壁。"

⑥ 蒙蒙：《诗·豳风·东山》"零雨其蒙。"郑玄笺："归又道遇雨，蒙蒙然。"严忌《哀时命》："雾露蒙蒙，其晨降兮。"吉师老《鸳鸯》诗："江岛蒙蒙烟霭微，绿芜深处刷毛衣。"

⑦ 夸父：《列子·汤问》卷五："夸父不量力，欲追日影。逐之于隅谷之际，渴欲得饮。赴饮河渭，河渭不足。将走北饮大泽，未至，道渴而死。弃其杖，尸膏肉所浸生邓林，邓林弥广数千里焉。"《山海经·海外北经》："夸父与日逐走，入日，渴欲得饮。饮于河渭，河渭不足。北饮大泽，未至，道渴而死，弃其杖化为邓林。"

⑧ 西海：《文选·谢庄〈月赋〉》："擅扶光于东沼，嗣若英于西冥。"李善注："西冥，昧谷也。"李白《古风》之十一："黄河走东溟，白日落西海。"

读《高士传》①六首

旧庐不蔽风，蓬蒿②蔼余寒。
抱膝③瓦缶侧，摊书独盘桓。
卓哉皇甫生④，此篇聊足欢。
先王举逸民⑤，厉浊还激贪。

---

① 《高士传》:《四库全书总目》卷五十七《高士传》:"晋皇甫谧撰。谧字士安，自号玄晏先生，安定朝那人。汉太尉嵩之曾孙。尝举孝廉，不行。事迹具《晋书》本传。案:南宋李石《续博物志》曰:'刘向传列仙七十二人，皇甫谧传高士亦七十二人。'知谧书本数仅七十二人，此本所载乃多至九十六人，然《太平御览》五百六卷至五百九卷全收此书，凡七十一人。其七十人与此本相同。又东郭先生一人此本无而《御览》有，合之，得七十一人，与李石所言之数仅佚其一耳。盖《御览》久无善本，传刻偶脱也。此外子州支父、石户之农、小臣稷、商容、荣启期、长沮、桀溺、荷莜丈人、汉阴丈人、颜阖十人，皆《御览》所引嵇康《高士传》之文，闵贡、王霸、严光、梁鸿、台佟、韩康、矫慎、法真、汉滨老父、庞公十人，则《御览》所引《后汉书》之文，惟披衣、老聃、庚桑楚、林类、老商氏、庄周六人，为《御览》此部所未载，当由后人杂取《御览》，又稍摭他书附益之耳。考《读书志》亦作九十六人，而《书录解题》称今自披衣至管宁，惟八十七人，是宋时已有二本窜乱，非其旧矣。流传既久，未敢轻为删削，然其非七十二人之旧，则不可以不知也。"

② 蓬蒿:《礼记·月令》:"藜莠蓬蒿并兴。"《庄子·逍遥游》:"翱翔蓬蒿之间。"葛洪《抱朴子·安贫》:"是以俟扶摇而登苍霄者，不充诎于蓬蒿之杪。"

③ 抱膝:抱膝而坐，有所思也。《三国志·蜀书·诸葛亮传》:"亮躬耕垄亩，好为《梁父吟》。"裴松之注引鱼豢《魏略》:"每晨夕从容，常抱膝长啸。"

④ 皇甫生:《晋书》卷五十一《皇甫谧传》:"皇甫谧字士安，幼名静，安定朝那人，汉太尉嵩之曾孙也。出后叔父，徙居新安。年二十，不好学，游荡无度，或以为痴。尝得瓜果，辄进所后叔母任氏。任氏曰:'《孝经》云:'三牲之养，犹为不孝。'汝今年余二十，目不存教，心不入道，无以慰我。'因叹曰:'昔孟母三徙以成仁，曾父烹豕以存教，岂我居不卜邻，教有所阙，何尔鲁钝之甚也!修身笃学，自汝得之，于我何有!'因对之流涕。谧乃感激，就乡人席坦受书，勤力不怠。居贫，躬自稼穑，带经而农，遂博综典籍百家之言。沈静寡欲，始有高尚之志，以著述为务，自号玄晏先生。著礼乐、圣真之论。后得风痹疾，犹手不辍卷。……遂不仕。耽玩典籍，忘寝与食，时人谓之'书淫'。或有箴其过笃，将损耗精神。谧曰:'朝闻道，夕死可矣，况命之修短分定悬天乎!'……谧所著诗赋、诔颂、论难甚多，又撰《帝王世纪》《年历》《高士》《逸士》《列女》等传，《玄晏春秋》，并重于世。门人挚虞、张轨、牛综、席纯，皆为晋名臣。"

⑤ 逸民:《论语·微子》:"逸民:伯夷、叔齐、虞仲、夷逸、朱张、柳下惠、少连。"何晏《集解》:"逸民者，节行超逸也。"《汉书·律历志序》:"周衰官失，孔子陈后王之法，曰:'谨权量，审法度，修废官，举逸民，四方之政行矣。'"颜师古注:"逸民，谓有德而隐处者。"

如何千载来，　瑶琴①无复弹②。
倘谓我知稀，　尔曹鬓空斑。

其二

齐桓③五伯④长，魏文⑤七国⑥雄。
乃因布衣⑦士，车马屡过从。
萧萧败垣间，　门者不得通。
玄𫄸⑧未敢命，　侧立⑨傥见容。

---

①　瑶琴：何薳《春渚纪闻·古琴品说》："秦汉之间所制琴品，多饰以犀玉金彩，故有瑶琴、绿绮之号。"

②　无复弹：冯梦龙《警世通言》卷二："伯牙于衣夹间取出解手刀，割断琴弦。双手举琴，向祭石台上用力一摔，摔得玉轸抛残，金徽零乱。钟公大惊，问道：'先生为何摔碎此琴？'伯牙道：'摔碎瑶琴凤尾寒，子期不在对谁弹。春风满面皆朋友，欲觅知音难上难。'"

③　齐桓：《史记》卷三十二《齐太公世家第二》："初，襄公之醉杀鲁桓公，通其夫人，杀诛数不当，淫于妇人，数欺大臣，群弟恐祸之，故次弟纠奔鲁。其母鲁女也。管仲、召忽傅之。次弟小白奔莒，鲍叔傅之。小白母，卫女也，有宠于釐公。小白自少好善大夫高傒。及雍林人杀无知，议立君，高、国先阴召小白于莒。鲁闻无知死，亦发兵送公子纠，而使管仲别将兵遮莒道，射中小白带钩。小白佯死，管仲使人驰报鲁。鲁送纠者行益迟，六日至齐，则小白已入，高傒立之，是为桓公。……桓公既得管仲，与鲍叔、隰朋、高傒修齐国政，连五家之兵，设轻重鱼盐之利，以赡贫穷，禄贤能，齐人皆说。……七年，诸侯会桓公于甄，而桓公于是始霸焉。"

④　五伯：《吕氏春秋·当务》："备说非六王五伯。"高诱注："五伯，齐桓、晋文、宋襄、楚庄、秦缪也。"。《荀子·王霸》："虽在僻陋之国，威动天下，五伯是也……故齐桓、晋文、楚庄、吴阖闾、越句践，是皆僻陋之国也，威动天下，强殆中国。"。《汉书·诸侯王表》："故盛则周、邵相其治，致刑错；衰则五伯扶其弱，与其守。"颜师古注："伯读曰霸。此五霸谓齐桓、宋襄、晋文、秦穆、吴夫差也。"

⑤　魏文：《史记》卷四十四《魏世家第十四》："魏侈之孙曰魏桓子，与韩康子、赵襄子共伐灭知伯，分其地。……桓子之孙曰文侯都。魏文侯元年，秦灵公之元年也。与韩武子、赵桓子、周威王同时。……文侯受子夏经艺，客段干木，过其闾，未尝不轼也。秦尝欲伐魏，或曰：'魏君贤人是礼，国人称仁，上下和合，未可图也。'文侯由此得誉于诸侯。"

⑥　七国：《史记·苏秦列传》："凡天下战国七。"许慎《〈说文解字〉序》："其后诸侯力征，不统于王，恶礼乐之害己，而皆去其典籍，分为七国。"

⑦　布衣：《大戴礼记·曾子制言中》："布衣不完，蔬食不饱，蓬户穴牖，日孜孜上仁。"《荀子·大略》："古之贤人，贱为布衣，贫为匹夫。"桓宽《盐铁论·散不足》："古者庶人耋老而后衣丝，其余则麻枲而已，故命曰布衣。"

⑧　玄𫄸：《书·禹贡》："厥篚玄𫄸玑组。"《左传·哀公十一年》："公使大史固归国子之元，置之新箧，褽之以玄𫄸，加组带焉。"杨伯峻注："此谓以红黑色与浅红色之帛作垫。"《后汉书·隐逸传·韩康》："桓帝乃备玄𫄸之礼，以安车聘之。"诸葛亮《便宜十六策·举措》："玄𫄸以聘幽隐。"

⑨　侧立：葛洪《抱朴子·名实》："持之以夙兴侧立，加之以先意承指。"《宋史·孝宗纪一》："顷之，内侍掖帝至御榻前，侧立不坐。内侍扶掖至七八，乃略就坐。"

尝谓群下言，斯人树王风。
一间自高蹈①，千乘②安足荣。
其三
接舆③好养性，躬耕以为食。
道路时行歌，妻子具纺绩④。
一朝负釜⑤去，因怪国人⑥识。
后有陈仲子⑦，於陵⑧自韬迹。
荣辞楚相命，饥啖螬李⑨食。
能令此身贵，不为匹夫役。

---

① 高蹈：隐士。皮日休《移元征君书》："如遁世不见知而不悔，则舜不为高蹈也，舜不为真隐也。"

② 千乘：《韩非子·孤愤》："万乘之患，大臣太重；千乘之患，左右太信：此人主之所公患也。"刘向《说苑·至公》："夫不以国私身捐千乘而不恨，弃尊位而无忿，可以庶几矣。"苏轼《径山道中次韵答周长官兼赠苏寺丞》："篮舆置纸笔，得句轻千乘。"

③ 接舆：《论语·微子》："楚狂接舆，歌而过孔子。"邢昺疏："接舆，楚人，姓陆名通，字接舆也。昭王时，政令无常，乃被发佯狂不仕，时人谓之'楚狂'也。"王维《辋川闲居赠裴秀才迪》诗："渡头余落日，墟里上孤烟。复值接舆醉，狂歌五柳前。"韩淲《涧泉日记》卷下："独行野中，诵诗击木，裴徊不得意，或恸哭而归，故时谓之'今接舆'也。"

④ 纺绩：《管子·轻重乙》："大冬营室中，女事纺绩缉缕之所作也，此之谓冬之秋。"《史记·淮南衡山列传》："当是之时，男子疾耕不足于糟糠，女子纺绩不足于盖形。"

⑤ 负釜：《诗·豳风·东山》："鹳鸣于垤"。陆玑疏："鹳，鹳雀也。似鸿而大，长颈赤喙，白身黑尾……一名负釜，一名黑尻，一名背灶，一名皂裙。"袁枚《随园随笔·物而人名》："鸟虫而器名者，鹳名负釜。"

⑥ 国人：《周礼·地官·泉府》："国人郊人从其有司。"贾公彦疏："国人者，谓住在国城之内，即六乡之民也。"

⑦ 陈仲子：皇甫谧《高士传》卷中《陈仲子》："陈仲子者，齐人也。其兄戴为齐卿，食禄万钟。仲子以为不义，将妻子适楚，居於陵，自谓於陵仲子。穷不苟求，不义之食不食。遭岁饥，乏粮三日，乃匍匐而食井上李实之虫者，三咽而能视。身自织履，妻擘纑以易衣食。楚王闻其贤，欲以为相，遣使持金百镒至於陵聘仲子。仲子入谓妻曰：'楚王欲以我为相，今日为相，明日结驷连骑，食方丈于前，意可乎？'妻曰：'夫子左琴右书，乐在其中矣。结驷连骑，所安不过容膝。食方丈于前，所甘不过一肉。今以容膝之安、一肉之味，而怀楚国之忧，乱世多害，恐先生不保命也。'于是出谢使者，遂相与逃去，为人灌园。"

⑧ 於陵：李吉甫《元和郡县志》卷十三："长山县，上，东南至州六十四里，本汉於陵县地也。宋武帝于此立武强县，隋开皇十八年改武强为长山县，取长白山为名，属淄州。武德元年置邹州，县又属焉。八年废邹州，依旧属淄州。"《孟子·滕文公下》："匡章曰：'陈仲子岂不诚廉士哉？居於陵，三日不食，耳无闻，目无见也。'"

⑨ 螬李：《孟子·滕文公下》："井上有李，螬食实者过半矣。"柳宗元《游南亭夜还叙志》诗："退想於陵子，三咽资李螬。"

其四

京兆挚居士^①，材能绝群辈。

虽在岩穴中，其名固已贵。

不为利禄动，尺书只今在。

君侃不知机，宁免有中悔。

峨峨岍山^②阳，丰祠几千岁。

况复有文孙^③，隐德不终坠。

其五

昔在严君平^④，买卜成都市。

---

① 挚居士：皇甫谧《高士传》卷中《挚峻》："挚峻字伯陵，京兆长安人也。少治清节，与太史令司马迁交好。峻独退身修德，隐于岍山。迁既亲贵，乃以书劝峻进曰：'迁闻君子所贵乎道三，太上立德，其次立言，其次立功。伏惟伯陵材能绝人，高尚其志，以善厥身，冰清玉洁，不以细行荷累其名，固已贵矣，然未尽太上之所由也。愿先生少致意焉。'峻报书曰：'峻闻古之君子，料能而行，度德而处，故悔恡去于身，利不可以虚受，名不可以苟得。汉兴以来，帝王之道于斯始显，能者见利，不肖者自屏，亦其时也。《周易》："大君有命，小人勿用。"徒欲偃仰，从容以游余齿耳。'峻之守节不移如此。迁居太史官，为李陵游说，下腐刑，果以悔恡被辱。峻遂高尚不仕，卒于岍，岍人立祠，世奉祀之不绝。"

② 岍山：《书·禹贡》："导岍及岐，至于荆山。"孔传："治山通水，故以山名之。三山皆在雍州。"

③ 文孙：赵岐《三辅决录》卷一："挚恂，字季直，好学善属文，隐于南山之阴。澍按：皇甫谧《高士传》曰：'挚恂字季直，伯陵之十二世孙也。明《礼》《易》，遂治五经，博通百家之言，又善属文，词论清美。渭滨弟子扶风马融、沛国桓麟等自远方至者十余人。既通古今，而性复温敏，不耻下问，故学者尊之。常慕其先人之高，遂隐于南山之阴。初马融从恂受业，恂爱其才，因以女妻之，融后果为大儒，名冠当世。世以是服恂之知人。永和中，和帝博求名儒，公荐恂行侔曾、闵，学拟仲舒，文参长卿，才同贾谊，实瑚琏器也。宜在宗庙，为国硕辅。由是公车征，不诣。大将军窦宪举贤良，不就。清名显于世，以寿终，三辅称焉。'"

④ 严君平：皇甫谧《高士传》卷中《严遵》："严遵，字君平，蜀人也。隐居不仕，常卖卜于成都市，日得百钱以自给。卜讫，则闭肆下帘，以著书为事。扬雄少从之游，屡称其德。李强为益州牧，喜曰：'吾得君平为从事足矣。'雄曰：'君可备礼与相见，其人不可屈也。'王凤请交，不许。蜀有富人罗冲者，问君平：'君何以不仕？'君平曰：'无以自发。'冲为君平具车马衣粮，君平曰：'吾病耳非不足也，我有余而子不足，奈何以不足奉有余？'冲曰：'吾有万金，子无儋石，乃云有余，不亦谬乎？'君平曰：'不然，吾前宿子家，人定而役未息，昼夜汲汲，未尝有足。今我以卜为业，不下床而钱自至，犹余数百，尘埃厚寸，不知所用，此非我有余而子不足邪？'冲大惭。君平叹曰：'益我货者损我神，生我名者杀我身，故不仕也。'时人服之。"

薪水既已足，　余钱任尘渍。

尝谓富人言，　我亦有余耳。

谷口郑子真①，静默颇相似。

当时帝元舅②，愿交并不许。

诸侯不得友，　斯人良可企。

其六

□□③凤友爱，二弟卧同被。

及长各娶妻，　三人不相离。

习学贯天人，　弟子千里至。

朝廷屡就征，　乘船浮海去。

自以虚获实，　宁肯轻委质。

嘉硕垂连枝④，哲哉以同气。

---

① 郑子真：皇甫谧《高士传》卷中《郑朴》："郑朴，字子真，谷口人也。修道静默，世服其清高。成帝时元舅大将军王凤以礼聘之，遂不屈。扬雄盛称其德曰：'谷口郑子真，耕于岩石之下，名振京师，冯翊人刻石祠之，至今不绝。'谷口子真，甘恬秉默，非服弗服，非食旨食，不答征车，为农草泽，吁嗟法言，撰其玄德。"

② 帝元舅：《汉书》卷二十七《五行志》："成帝建始元年四月辛丑夜，西北有如火光。壬寅晨，大风从西北起，云气赤黄，四塞天下，终日夜下着地者黄土尘也。是岁，帝元舅大司马大将军王凤始用事；又封凤母弟崇为安成侯，食邑万户；庶弟谭等五人赐爵关内侯，食邑三千户。复益封凤五千户，悉封谭等为列侯，是为五侯。"

③ □□：诸本此处原缺，据诗文内容，可知此处所述乃姜肱。前诗多称字，此处所缺当为姜肱之字"伯淮"。皇甫谧《高士传》卷下《姜肱》："姜肱字伯淮，彭城广戚人也。家世名族，兄弟三人皆孝行著闻。肱年最长，与二弟仲海、季江同被卧，甚相亲友。及长各娶，兄弟相爱不能相离。肱习学五经，兼明星纬，弟子自远方至者三千余人，声重于时。凡一举孝廉，十辟公府，九举有道，至孝贤良。公车三征皆不就，仲季亦不应征辟。建宁二年，灵帝诏征为键为太守，肱得诏，乃告其友曰：'吾以虚获实，遂籍声价。盛明之世尚不委质，况今政在私门哉？'乃隐身遁命，乘船浮海。使者追之不及，再以玄纁聘，不就。即拜太中大夫，又逃不受诏。名振于天下。年七十七卒于家。"

④ 连枝：周兴嗣《千字文》："孔怀兄弟，同气连枝。"孙枝蔚《寄五兄大宗》诗："南游不为爱江光，欲省连枝道路长。"

夏日酬董子元①

古寺傍龙渊②，　　水气白日晌。
澄波映清森③，　　高天坠飞羽④。
友人结比邻⑤，　　时来试徒步。
虽无东林远⑥，　　聊以解觉悟⑦。
问之云为谁，　　夙昔草蕃露。

---

① 董子元：张弘道《明三元考》卷八："董玘，浙江会稽人，字文玉，号中峰，治《易经》。玘生而颖绝，以神童称。年十五中辛酉乡试第二名，及登第，年十九，尚未娶。在翰林忤逆瑾，出为县。及迁，复苦以刑曹。瑾诛，还旧职，历官吏部右侍郎而罢。为文雅庄，得西汉作者之髓。居乡严重寡交，即大史造庐，罕觏其面。卒赠礼部尚书，谥文简，有《文简集》行于世。父复，成化乙未进士，云南知府。伯豫，戊戌进士。弟珑，嘉靖壬午举人。子思近，知府。曾孙史，万历庚子举人，中癸丑进士，刑部主事。从曾孙启祥，辛卯举人，知县。启祥子成宪，壬子举人。董与第二名湛若水、第三名崔铣、第四名谢丕、第五名安盘俱人翰林，亦一奇也。"

② 龙渊：《尸子》卷下："清水有黄金，龙渊有玉英。"扬雄《甘泉赋》："漂龙渊而迟九垠兮，窥地底而上回。"

③ 清森：陆希声《苦竹径》诗："山前无数碧琅玕，一径清森五月寒。"

④ 飞羽：《文选·班固〈西都赋〉》："毛群内阗，飞羽上覆。"吕向注："飞羽，鸟类。"

⑤ 比邻：《汉书·孙宝传》："后署宝主簿，宝徒入舍，祭灶请比邻。"陶潜《杂诗》之一："得欢当作乐，斗酒聚比邻。"

⑥ 东林远：《续大藏经·八十八祖道影传赞》："东林远禅师，讳惠远，雁门楼烦人。姓贾氏。少为儒，博极群书。尤喜《周易》《老》《庄》。尝与其弟惠持，造道安法师。闻讲《般若经》，遂开悟。叹曰：'九流异议，特秕糠耳。'遂与其弟惠持投簪，授业安师。门徒数千，师居第一座。安师尝临众叹曰：'使道流东国，其在远乎。'师后随安师，游襄阳。值时乱，安师徒属，分散临岐，皆蒙诲益，惟师不闻一言。即跪请曰：'独无训敕。惧非人类。'安师曰：'如汝者复何所虑？'师东游于晋，抵浔阳，见庐山，爱之，乃止。龙泉精舍惠永，先居西林。师乃建寺于东，号称东林。经营之际，山神降灵。其夕大雨雷震，诘旦，良木奇材，罗列其处。乃建其殿，名曰神运。时晋天下奇才，多隐居不仕。闻庐山远公之道，皆来从之。师谓刘程之等曰：'诸君倘有净土之游，当加勉励，遂同发志，于无量寿佛立誓，期生净土。'由是集十八高贤，结社念佛，率众至一百二十三人，同盟栖心净业。独陶渊明嗜酒，闻山中无酒，乃攒眉而去。谢灵运凿二池，以栽莲。僧惠要刻十二叶芙蕖浮水，以定时晷，称为莲漏。至今净土一宗有七祖，东林远公，是为初祖云。"

⑦ 觉悟：《隋书·经籍志四》："舍太子位，出家学道，勤行精进，觉悟一切种智，而谓之佛。"

天人①究遗旨②，百世期不负。

献策遭摈弃③，岁月忽迟暮。

往余结发④时，辄欲窥竹素⑤。

读君诗与书，森若列武库⑥。

珠玉⑦腾光芒，令人自追慕。

逡巡二十载，意君升要路⑧。

前岁客秦淮⑨，官市⑩忽相遇。

---

① 天人：《晋书·应贞传》："顺时贡职，入觐天人。"

② 遗旨：《晋书·慕容翰载记》："上成先王遗旨，下谢山海之责。"

③ 献策遭摈弃：张萱《西园闻见录》卷三十："董玘，字文玉，会稽人。弘治十八年举礼部第一，登进士及第第二，授翰林编修，历谕德詹事。嘉靖初，修《武宗实录》，玘因上言曰：昔者武帝即位，纂修《孝宗实录》。于时，大学士焦芳依附逆瑾，变乱国是，报复恩怨，毒流天下，犹为未足，又肆其不逞之心，将以欺乎后世。其余叙传即意所比，必曲为掩护。即厥所嫉，辄过为丑诋。又时自称述，甚至于矫诬敬皇而不顾。凡此类，皆阴用其私人誊写，同在纂修者或不及见。伏望将《孝宗实录》一并发出，逐一重为校勘。出于焦芳一人之私者，悉改正之。疏上，士论惬然。官至吏部左侍郎，以忧归，为胡明善、汪鋐诬劾，遂不复出。"

④ 结发：成年。《史记·李将军列传》："且臣结发而与匈奴战，今乃一得当单于，臣愿居前，先死单于。"

⑤ 竹素：书籍史册。《三国志·吴书·陆凯传》："明王圣主取士以贤，不拘卑贱，故其功德洋溢，名流竹素。"

⑥ 武库：《晋书·杜预传》："预在内七年，损益万机，不可胜数，朝野称美，号曰'杜武库'，言其无所不有也。"独孤及《贾员外处见中书贾舍人〈巴陵诗集〉览之怀旧代书寄赠》诗："暂若窥武库，森然矛戟寒。"

⑦ 珠玉：妙语。《晋书·夏侯湛传》："作《抵疑》以自广，其辞曰'……咳唾成珠玉，挥袂出风云。'"无名氏《碧桃花》第一折："妾身与相公成此亲事，或诗或词，求一首珠玉，以为后会张本。"

⑧ 要路：《新唐书·崔湜传》："丈夫当先据要路以制人，岂能默默受制于人哉！"无名氏《冻苏秦》第三折："如今那有才学的受穷困，几时得居要路为卿相。"

⑨ 秦淮：徐坚《初学记》卷六："孙盛《晋阳秋》曰：'秦始皇东游，望气者云五百年后金陵有天子气。'于是，始皇于方山掘流，西入江，亦曰淮。今在润州江宁县，土俗亦号曰秦淮。"王象之《舆地纪胜》卷第十七："秦淮，《金陵览古》曰：'在县南三里，秦始皇时，望气者言金陵有天子气，仍使朱衣三千凿山为渎，以断地脉。水通大江，改金陵为秣陵。'《晋阳秋》曰：'秦开，故曰秦淮。'《元和郡县志》曰：'王导使郭璞筮之，曰：淮水绝，王氏灭，即此。'又云：'淮发源屈曲，不类人工。'"

⑩ 官市：桓宽《盐铁论·刺权》："自利官之设，三业之起，贵人之家，云行于涂，毂击于道，攘公法，申私利，跨山泽，擅官市，非特巨海鱼盐也。"

执手论平生，　慰藉即如故。
看君鸾鹤①姿，　令余愧鸥鹭②。
移日③雨中别，　羸马出城去。
囊琴④黯流水，　匣剑藏白雾。
惆怅逆旅人，　含情望堤树。
愁霖⑤万山暗，　欲挽不得住。
别来忽三岁，　相思莫能喻。
伊余屡弱资，　宁禁病来赴。
买棹⑥携越云，　双桨逐孤鹜。
到来问君家，　云在五茸寓⑦。
地僻水木深，　居然若村聚。
相寻病骨⑧瘦，　一奴自依附。
初升巨卿堂，　六月汗如注。
相逢一笑间，　恍若泠风⑨御。

---

①　鸾鹤：汤惠休《楚明妃曲》："骖驾鸾鹤，往来仙灵。"白居易《酬赵秀才赠新登科诸先辈》诗："莫羡蓬莱鸾鹤侣，道成羽翼自生身。"赵彦卫《云麓漫钞》卷八："益彰叔则鸾鹤之姿，转映王恭神仙之状。"

②　鸥鹭：《列子·黄帝》："海上之人有好沤鸟者，每旦之海上，从沤鸟游，沤鸟之至者百住而不止。其父曰：'吾闻沤鸟皆从汝游，汝取来，吾玩之。'明日之海上，沤鸟舞而不下也。"黄庚《渔隐为周仲明赋》："不羡渔虾利，惟寻鸥鹭盟。"

③　移日：不短的时间。《穀梁传·成公二年》："相与立胥间而语，移日不解。"《史记·樊郦滕灌列传》："与高祖语，未尝不移日也。"

④　囊琴：刘崧《题余仲扬画山水图为余自安赋》："囊琴未发弦未奏，已觉流水声洋洋。"

⑤　愁霖：《初学记》卷三引《纂要》："雨久曰苦雨，亦曰愁霖。"江淹《杂体诗·效张协〈苦雨〉》："有弇兴春节，愁霖贯秋序。"

⑥　买棹：顾船。袁宏道《王百穀书》："明日遂行，买棹恐亦无及，野人誓守丘壑不出矣。"

⑦　五茸寓：杨潜《绍熙云间志》卷上："旧图经云：'吴王猎场在华亭谷东。'吴陆逊生此，子孙尝所游猎，后人呼为陆茸，其地后为桑陆。按陆龟蒙《吴中书事》诗云：'五茸春草雉媒娇。'注谓：'五茸者，吴王猎所，茸各有名。今所谓陆机茸，岂其一耶。'"顾清《正德松江府志》卷九："城之南为吴王猎场，场有五茸，俗因呼为五茸城云。"

⑧　病骨：苏轼《浴日亭》诗："已觉苍凉苏病骨，更烦沉瀣洗衰颜。"陆游《晚归》诗："病骨羸将折，昏眸困欲眠。"

⑨　泠风：《庄子·齐物论》："泠风则小和，飘风则大和。"成玄英疏："泠，小风也。"《吕氏春秋·任地》："子能使子之野尽为泠风乎？"高诱注："泠风，和风，所以成谷也。"

见君意真率，　空门①一尊具。

徙倚对维摩②，　诚如共玄度③。

折简④招张衡⑤，来将四愁⑥赋。

脱巾挂香案，　无复拘礼数。

幽扉隔人迹，　腹心共相吐。

旷别具莫论，　为言保贞固⑦。

人生万物表，　宁与群物互。

形骸本虚无，　黄金莫能铸。

修名⑧倘不立，　岂不类鱼蠹。

苟逐溪中沤，　流荡安可驭。

终当无底极⑨，　何能古贤副。

---

①　空门：陶翰《燕歌行》："雄剑委尘匣，空门唯雀罗。"

②　维摩：《维摩诘经》。贾岛《访鉴玄师侄》诗："《维摩》青石讲初休，缘访亲宗到晋州。"

③　玄度：曹植《释愁文》："愿纳至言，仰崇玄度，众愁忽然，不辞离去。"赵幼文注："玄度，妙法之意。"

④　折简：写信。刘元卿《贤奕编·叙伦》："无何贵客忆前厄，乃折简主人，语以其故。"

⑤　张衡：《后汉书》卷五十九《张衡列传》："张衡字平子，南阳西鄂人也。世为著姓。祖父堪，蜀郡太守。衡少善属文，游于三辅，因入京师，观太学，遂通五经，贯六艺。虽才高于世，而无骄尚之情。常从容淡静，不好交接俗人。永元中，举孝廉不行，连辟公府不就。时天下承平日久，自王侯以下，莫不逾侈。衡乃拟班固《两都》，作《二京赋》，因以讽谏。精思傅会，十年乃成。文多故不载。大将军邓骘奇其才，累召不应。衡善机巧，尤致思于天文、阴阳、历算。常耽好《玄经》，谓崔瑗曰：'吾观《太玄》，方知子云妙极道数，乃与五经相拟，非徒传记之属，使人难论阴阳之事，汉家得天下二百岁之书也。复二百岁，殆将终乎？所以作者之数，必显一世，常然之符也。汉四百岁，玄其兴矣。'安帝雅闻衡善术学，公车特征拜郎中，再迁为太史令。遂乃研核阴阳，妙尽璇机之正，作浑天仪，著《灵宪》、《筭罔论》，言甚详明。"

⑥　四愁：吴兢《乐府古题要解·四愁七哀》："《四愁》，汉张衡所作，伤时之文也。"李嘉祐《暮秋迁客增思寄京华》诗："宋玉怨《三秋》，张衡复《四愁》。"

⑦　贞固：《易·乾》："《文言》曰：'贞者，事之干也……贞固足以干事。'"孔颖达疏："言君子能坚固贞正，令物得成，使事皆干济，此法天之贞也。"高亨注："贞固，正而坚，即坚持正道。干是动词，主持，主办。"刘劭《人物志·九征》："体端而实者，谓之贞固。贞固也者，信之基也。"

⑧　修名：美名。《隋书·列女传序》："其修名彰于既往，徽音传于不朽，不亦休乎！"刘城《秋怀》诗："惟有修名在，千秋不可欺。"

⑨　底极：终极。《后汉书·仲长统传》："荒废庶政，弃亡人物，澶漫弥流，无所底极。"

针圭开我心，　爰若听韶濩①。
所嗟涸辙鱼②，　无人为旁顾。
何时坐风雨，　一苇③千江渡。
跃然骥江河，　能令老龙怒。

北峰④精庐⑤

凤怀在幽隐，　往迹遂探讨。
偶于北峰下，　始觉机事⑥杳。
深坞来客稀，　精庐出尘表。
树植何清森，　坐卧失昏晓。
遥林走石峦⑦，永夏若秋杪⑧。
凉气浸葛帏⑨，阴崖下游鸟。

---

　　① 韶濩：亦作"韶护""韶濩"。《左传·襄公二十九年》："见舞《韶濩》者。"杜预注："殷汤乐。"孔颖达疏："以其防濩下民，故称濩也……韶亦绍也，言其能绍继大禹也。"《文选·王中〈头陀寺碑文〉》："步中《雅》《颂》，骤合《韶》《濩》。"李善注引郑玄曰："《韶》，舜乐；《濩》，汤乐也。"

　　② 涸辙鱼：《庄子·外物》："庄周家贫，故往贷粟于监河侯。监河侯曰：'诺。我将得邑金，将贷子三百金，可乎？'庄周忿然作色曰：'周昨来，有中道而呼者。周顾视车辙中，有鲋鱼焉。周问之曰："鲋鱼来！子何为者邪？"对曰："我，东海之波臣也。君岂有斗升之水而活我哉？"周曰："诺。我且南游吴越之王，激西江之水而迎子，可乎？"鲋鱼忿然作色曰："吾失我常与，我无所处。吾得斗升之水然活耳，君乃言此，曾不如早索我于枯鱼之肆！"'"

　　③ 一苇：《诗·卫风·河广》："谁谓河广，一苇杭之。"孔颖达疏："言一苇者，谓一束也，可以浮之水上而渡，若桴栰然，非一根苇也。"

　　④ 北峰：冯桂芬《同治苏州府志》卷三十九："北峰寺在支硎山，相传为遁蜕骨地，有石壁、双松亭、古塔，上镌永和年号。宋南渡后，徙于清流山弥陀岭，仍称北峰。明初归并大觉寺，永乐己亥重建。"

　　⑤ 精庐：《北齐书·杨愔传》："至碻磝戍，州内有愔家旧佛寺，入精庐礼拜。"

　　⑥ 机事：《庄子·天地》："吾闻之吾师，有机械者必有机事，有机事者必有机心。机心存于胸中，则纯白不备。"成玄英疏："有机动之务者，必有机变之心。"

　　⑦ 石峦：《楚辞·九章·悲回风》："登石峦以远望兮，路眇眇之默默。"洪兴祖补注："山小而锐曰峦。"

　　⑧ 秋杪：暮秋。邵雍《秋日饮郑州宋园示管城簿周正叔》诗："我来游日逢秋杪，君为开筵对晚花。"

　　⑨ 葛帏：《周礼·天官·幕人》："掌帷、幕、幄、帟、绶之事。"郑玄注："在旁曰帷，在上曰幕；幕或在地，展陈于上。帷、幕皆以布为之。四合象宫室曰幄，王所居之帷也。"

覆壁生竹花，　当阶长瑶草。

悠悠绝世心，　还嗟悟非早。

安得长往人，　相期此中老。

夏日过王子敬①清梦轩②

言寻竹林人，　开轩竹林下。

---

①　王子敬：张大复《昆山人物传》卷八《王执礼》："王执礼，字子敬，十岁丧父。外祖马湖公过之，指所居问曰：'母子苦贫，亦卖否？'公闻而有怆然之色。翁顾语其母，郎非屋下人。十七补博士弟子，即弗与诸弟子群。据案伸纸和墨声擦擦，几席尽穿。尝奏牍归太仆，太仆辄曰：'吾十年理学，当以相与。'会胡御史行县，得公卷，语所司曰：'吾宁惟放一头地，欲三舍避此子矣。'自是理学名大噪，而公退然不色喜。己酉，荐于乡，计偕上春官，不第。益下帷却扫，并日而进。尝语所亲：'千古浩浩，他日一登仕籍，宁有晷刻可自恣如今日哉，且病母老矣。'如是者五，始登乙丑榜进士第，观政兵部。大司马杨公博，济世才也。令部进士各就其乡，条上兵政所宜。公上《备倭议》，因以副本寄示太仆。司马得公牍，喜曰：'东南有人。'而太仆亦寓柬于公，昔钟将军不识魏长史，欲类此语矣。是岁，授建宁推官。捧檄见母，遂抵建宁。未阅月，而开府汪公征贤否册于司李。公举所知缺所不知者以进，汪公甚喜公之有真心也。而直指胡某，纵横问所知甚急。公徐曰：'人才不甚相远，明府策励而器使之，皆可以为才。即明府指数某某尽耳，而目之耶。'直指意初不然，久乃称公缜密。臬司与盐司较秤具轻重，就府索之公，公念此天下之平也，何有盐司独重哉，是必有说。亟问之藩司曾为户曹者，藩曰：'有之。盐具独重，故祖宗征商抑末之意也。'公驰白臬使两司，疑立解。一时推公持重云。公即持重乎，乃直指意终不然。公量转南刑部主事，寻迁北曹。既三年，赠封父母如其官，即上疏乞终养。万历壬午，服阕，转仪曹，寻升尚宝司司丞。丙戌，转光禄寺少卿。戊子，转大理寺寺丞。己丑，以五品考绩还家，升应天府府丞。公在告十年，官陪京三年，未尝一日释卷，每有雠校，按甲证乙，笔墨纷然。虽复乱抽卷帙，触手而是，未尝浪掷光阴，苟安疑义。而十年养母，医学尤精。即编户下走，请之必得。客至命奕，或强子弟戏，为之胜，亦欣然。其于世味泊如也。得岁七十，葬小虞里东宾之原。论曰：'予尝谒京兆于清梦轩中，即隆冬盛夏，必手一编。乙其处而后进予与语，否则闻落子声续续耳。京兆子好古，亦长者，于世多不可自言。其小时从京兆观奕，目不能及案，为设兀立。而筹之时先京兆，京兆辄喜。好古羸瘦甚，京兆活之，后亦知医如京兆，京兆更大喜也。好古作京兆状，细细万言不具载，载前辈之流风，非复后世所有者，亦可以知其父子之游矣。'"

②　清梦轩：冯桂芬《同治苏州府志》卷四十七："清梦轩，应天府丞王执礼所居。"归有光《震川集》卷十五《清梦轩记》："余友王子敬，于其居之西构为书室，而题其额曰'清梦轩'，请余为之记。余读无羊之诗，疑说诗者之未得其旨，此盖牧人之梦焉耳。牧人梦中所见羊角牛耳，溅溅湿湿，降河而饮，或寝或讹，而牧人且襄笠负糇，为之取薪，蒸博禽兽以归。则以肱麾牛羊而来，以牧人之愚，而梦中之景象如此。故尝谓人心之灵，无所不至。虽《列子》所称黄帝华胥之国，穆王化人之居，而心神之所变幻，亦当有之。顾庄周、列御寇之徒，厌世之混浊，恍洋自恣，以此为蕉鹿、蝴蝶之喻。欲为鸟而戾于天，为鱼而没于渊，其意亦可悲矣。人之生，寐也，魂交也，夜之道也。觉也，形开也，昼之道也。《易大传》曰：'范围天地之化而不过，曲成万物而不遗，通乎昼夜之道而知，故神无方而《易》无体。'夫唯通知乎昼夜之道，则死生梦寤之理一矣。子思曰：'喜怒哀乐之未发谓之中，发而皆中节谓之和。'中也者，天下之大本也。和也者，天下之达道也。致中和，天地位焉，万物育焉。喜怒哀乐不乱其心，故虚明澄澈，而天地万物毕见于中古之圣人，端冕凝旒，俯仰之间而抚四海之外，如牧人之梦。而清庙、明堂、郊丘、庐井，俯仰升降，衣服器械出乎其心之灵，自然而已，而何所作为哉。子思曰：'戒慎乎其所不睹，恐惧乎其所不闻，君子之慎其独也。'孟子曰：'夜气足以存此，非清梦之说乎。'子敬敏而好学，娓娓有志于道，慕近世儒者，以梦寐卜其所学，故以名其斋。予是以告之以子思、孟轲之说也。"

轩中一何有，　竹素自盈架。
主人独隐几①，白日林间挂。
翛然②倚苍翠，一裘不知夏。
余本江上渔，　停船偶来过。
问君乞清风③，能容此中卧。

雨后陇上作

陇上雨新霁，　秉策随父老。
徙倚④田畴间，　欣欣对林鸟。
为言昨来事，　赤日何杲杲⑤。
山下泉断流，　鲋鱼⑥困枯沼。
菑畬⑦尽龟坼⑧，禾黍多不保。
无论已成粒，　粒粒颜色藁。
三农十手束，　目睫睨天表⑨。
谁谓林间侣，　渐作沟中瘁。
太守重民命，　斋心日为祷。
宴会止酒浆，　舆服却华藻。
特牲⑩不轻荐，公庭榜掠⑪少。

---

①　隐几：《孟子·公孙丑下》："有欲为王留行者，坐而言，不应，隐几而卧。"《庄子·齐物论》："南郭子綦隐几而坐，仰天而嘘。"成玄英疏："隐，凭也。子綦凭几坐忘，凝神遐想。"

②　翛然：《庄子·大宗师》："翛然而往，翛然而来而已矣。"成玄英疏："翛然，无系貌也。"

③　清风：《诗·大雅·烝民》："吉甫作诵，穆如清风。"毛传："清微之风，化养万物者也。"

④　徙倚：《楚辞·远游》："步徙倚而遥思兮，怊惝恍而乖怀。"王逸注："彷徨东西，意愁愤也。"

⑤　杲杲：《诗·卫风·伯兮》："其雨其雨，杲杲出日。"刘勰《文心雕龙·物色》："杲杲为出日之容，瀌瀌拟雨雪之状。"

⑥　鲋鱼：李时珍《本草纲目·鳞三·鲫鱼》："鲋鱼。"

⑦　菑畬：耕稼。《易·无妄》："不耕获，不菑畬，则利有攸往。"陆游《新年书感》诗："朋旧何劳记车笠，子孙幸不废菑畬。"

⑧　龟坼："龟"通"皲"。王炎《喜雨赋》："视衍沃而龟坼，况高田之未耰，苗已悴而半槁，惧西畴之不收。"赵翼《大雨》诗："何况高原距水遥，眼看龟坼地不毛。"

⑨　天表：天外。班固《西都赋》："排飞闼而上出，若游目于天表，似无依而洋洋。"

⑩　特牲：《左传·襄公九年》："祈以币更，宾以特牲。"杨伯峻注："款待贵宾，只用一种牲畜。一牲曰特。"《国语·楚语下》："大夫举以特牲，祀以少牢。"韦昭注："特牲，豕也。"

⑪　榜掠：《史记·李斯列传》："赵高治斯，榜掠千余，不胜痛，自诬服。"

回天信人力，　甘霖忽倾倒。
旱魃①方漫空，　倏焉尽驱扫。
泛滥溢四野，　彷彿元气杳。
有如人饥寒，　一日获温饱。
灾稔诚须臾，　造化良亦巧。
无因达上帝，　陈诗愧苍昊②。

七夕台上独坐因怀谈太常思重

祝融③轸④始旋，商飙⑤忽轩翥⑥。
摄衣⑦凌层台⑧，引酒迟嘉序。
秋色合群岫，　露华⑨澄百虑⑩。
皓月方半吐，　清光已□□。
徙倚怀佳人，　吴山⑪渺何处。

---

① 旱魃：《诗·大雅·云汉》："旱魃为虐，如惔如焚。"孔颖达疏："《神异经》曰：'南方有人，长二三尺，袒身，而目在顶上，走行如风，名曰魃，所见之国大旱，赤地千里，一名旱母。'"

② 苍昊：《文选·王延寿〈鲁灵光殿赋〉》："据坤灵之宝势，承苍昊之纯殷。"张铣注："苍昊，天也。"

③ 祝融：《汉书·扬雄传上》："丽钩芒与骖蓐收兮，服玄冥及祝融。"颜师古注："祝融，南方神。"李昉《文苑英华》卷一百二十七："翼轸之野，祝融所司。"

④ 轸：《史记·天官书》："轸为车，主风。"《索隐》引宋均曰："轸四星居中，又有二星为左右辖，车之象也。轸与巽同位，为风，车动行疾似之也。"

⑤ 商飙：秋风。张孝祥《水调歌头·垂虹亭》词："洗我征尘三斗，快揖商飙千里，鸥鹭亦翩翩。"

⑥ 轩翥：《楚辞·远游》："雌蜺便娟以增挠兮，鸾鸟轩翥而翔飞。"洪兴祖补注："《方言》：翥，举也。楚谓之翥。"

⑦ 摄衣：提起衣襟。苏轼《后赤壁赋》："予乃摄衣而上，履巉岩，披蒙茸，踞虎豹，登虬龙……二客不能从焉。"

⑧ 层台：《楚辞·招魂》："层台累榭，临高山些。"王逸注："层、累，皆重也。"

⑨ 露华：清冷的月光。王僧《春夕》诗："露华方照夜，云彩复经春。"苏祐《塞下曲》："觱篥无声河汉转，露华霜气满弓刀。"

⑩ 百虑：《易·系辞下》："天下同归而殊涂，一致而百虑。"刘勰《文心雕龙·论说》："乃百虑之筌蹄，万事之权衡也。"

⑪ 吴山：冯桂芬《同治苏州府志》卷七："吴山，俗称吴山觜。《县志》：'吴山甚大，属吴江者，惟此一隅，故称觜也。'去县治西北二十里，由横山东岭迤逦而南，将尽界，复开障面东南，亦临太湖，拱县治。属一都四图，凡一百八十亩有奇。"

山中闻韩比部①出守余郡率尔②奉寄四百字

偃仰③衡茅④中，山川何逼仄⑤。

西风吹屋庐， 寒鸟⑥窥败壁。

谁传空谷⑦音， 跫然⑧破孤寂。

故人绾虎符⑨， 金紫⑩光赫奕⑪。

简命⑫镇我邦， 五马⑬指浮石⑭。

---

① 韩比部：即韩邦宪。

② 率尔：《论语·先进》："子路率尔而对。"何晏《集解》："率尔，先三人对。"

③ 偃仰：顺应世俗。《荀子·非相》："与时迁徙，与世偃仰。"

④ 衡茅：衡门茅屋。陶潜《辛丑岁七月赴假还江陵夜行涂口》诗："养真衡茅下，庶以善自名。"

⑤ 逼仄：杜甫《逼仄行》："逼仄何逼仄，我居巷南君巷北。"一本作"逼侧"。仇兆鳌注："逼侧，谓所居密迩。"

⑥ 寒鸟：阮籍《咏怀》诗之八："回风吹四壁，寒鸟相因依。"

⑦ 空谷：《诗·小雅·白驹》："皎皎白驹，在彼空谷。"孔颖达疏："贤者隐居，必当潜处山谷。"

⑧ 跫然：《庄子·徐无鬼》："夫逃虚空者，藜藋柱乎鼪鼬之径，踉位其空，闻人足音跫然而喜矣。"成玄英疏："跫，行声也。"

⑨ 虎符：《史记》卷十《孝文本纪》："九月初，与郡国守相为铜虎符、竹使符。"《集解》："应劭曰：'铜虎符，第一至第五，国家当发兵，遣使者至郡合符，符合乃听受之。竹使符皆以竹箭五枚，长五寸，镌刻篆书，第一至第五。'张晏曰：'符以代古之珪璋，从简易也。'"《索隐》："《汉旧仪》：铜虎符发兵，长六寸。竹使符出入征发。《说文》云：'符分而合之。'小颜云：'右留京师，左与之。'《古今注》云：'铜虎符银错书之。'张晏云：'铜取其同心也。'"

⑩ 金紫：《汉书·百官公卿表上》："相国、丞相皆秦官，金印紫绶。"元稹《赠太保严公行状》："仕五十年，一为尚书，三历仆射，六兼大夫，五任司空，再践司徒，三居保傅，阶崇金紫，爵极国公。"

⑪ 赫奕：显赫。应劭《风俗通·过誉·汝南陈茂》："谨按《春秋》，王人之微，处于诸侯之上，坐则专席，止则专馆，朱轩驾驷，威烈赫奕。"

⑫ 简命：选任。柯丹丘《荆钗记·堂试》："简命分专邦甸，报国存心文献。"

⑬ 五马：汉时太守以五马驾辕。《玉台新咏·日出东南隅行》："使君从南来，五马立踟蹰。"白居易《西湖留别》诗："翠黛不须留五马，皇恩只许住三年。"

⑭ 浮石：《楚辞·王逸〈九思·伤时〉》："观浮石兮崔嵬，陟丹山兮炎野。"原注："东海有浮石之山。"

去年黄河清①，　大宝圣人即。
宵衣②念元元③，守自百僚④择。
君材本天畀⑤，　造化⑥不敢测。
读书三万卷，　文章帜全赤。
龙跃⑦当少年，　独对天人策⑧。
黄童美无双，　帝里⑨声籍籍⑩。
攀花杏园⑪中，观者改颜色。
诏拜尚书郎，　迁转屡增秩。

---

① 黄河清：萧统《六臣注文选》卷第五十三："夫黄河清而圣人生，里社鸣而圣人出。"善曰："《易乾凿度》曰：'圣人受命，瑞应先见于河。河水先清，清变白，白变赤，赤变黑，黑变黄，各三日。'《春秋潜潭巴》曰：'里社明，此里有圣人出，其呴百姓归天辟亡。'宋均曰：'里社之君鸣，则教令行。教令明，惟圣人之能也。呴鸣之怒者，圣人怒则天辟亡矣。汤起放桀时，盖此祥也。"明"与"鸣"古字通。'翰曰：'黄河千年一清，清则圣人生于时也。'良曰：'里社，神祠也。'"

② 宵衣：天未亮就穿衣起身，喻勤政。徐陵《陈文皇帝哀册文》："勤民听政，昃食宵衣。"陆贽《论两河及淮西利害状》："今师兴三年，可谓久矣；税及百物，可谓繁矣，陛下为之宵衣旰食，可谓忧勤矣。"

③ 元元：《战国策·秦策一》："制海内，子元元，臣诸侯，非兵不可！"高诱注："元，善也，民之类善故称元。"《后汉书·光武帝纪上》："上当天地之心，下为元元所归。"李贤注："元元，谓黎庶也。"

④ 百僚：《书·皋陶谟》："百僚师师，百工惟时。"孔传："僚、工，皆官也。"

⑤ 天畀：《书·洪范》："帝乃震怒，不畀《洪范》《九畴》。"孔传："畀，与。"

⑥ 造化：福分。顾禄《清嘉录·行春》："观者如市，男妇争以手摸春牛，谓占新岁造化。谚云：'摸摸春牛脚，赚钱赚得着。'"

⑦ 龙跃：孔融《荐祢衡表》："如得龙跃天衢，振翼云汉，扬声紫微，垂光虹蜺，足以昭近署之多士，增四门之穆穆。"

⑧ 天人策：董仲舒之天人三策。刘克庄《满江红·送王实之》词："落落元龙湖海气，琅琅董相天人策。"

⑨ 帝里：《晋书·王导传》："建康，古之金陵，旧为帝里，又孙仲谋、刘玄德俱言王者之宅。"

⑩ 籍籍：杜甫《赠蜀僧闾丘师兄》诗："大师铜梁秀，籍籍名家孙。"仇兆鳌注："籍籍，声名之盛也。"

⑪ 杏园：王定保《唐摭言·慈恩寺题名游赏赋咏杂记》："神龙已来，杏园宴后，皆于慈恩寺塔下题名。同年中推一善书者纪之。"陈汝元《金莲记·捷报》："杏园料已题诗罢，望长安使人悲诧。"

明哲①众所推，　于世实作则②。
颍川③擢黄霸④，北海⑤试朱邑⑥。
殿前赐车盖，　于以章有德。
余也山海⑦徒，　蹑屩⑧惟所适。
往岁寻岱宗⑨，　西作咸阳⑩客。
与君忽相遭，　一见心莫逆。
骑马数来过，　逆旅人局蹐⑪。

---

　　① 明哲：亦作"明喆"。《书·说命上》："知之曰明哲，明哲实作则。"孔传："知事则为明智，明智则能制作法则。"

　　② 作则：《礼记·哀公问》："君子过言则民作辞，过动则民作则。"郑玄注："君之行虽过，民犹以为法。"

　　③ 颍川：吴卓信《汉书地理志补注》卷十二《颍川郡》："《水经注》：'颍川郡，盖因水以著称者也。'《后书·光武纪》注：'颍川郡，今洛州阳翟县也。'《方舆纪要》：'颍川郡，今开封府之禹州及汝宁府，以至汝州之境。'按：汉颍川郡，今河南许州之临颍、襄城、郾城、长葛四县，汝州之郏县、宝丰二县，开封府之鄢陵县及禹州南阳府之舞阳、叶二县，河南府之登封县，陈州府之扶沟县皆其地。"

　　④ 黄霸：《汉书》卷八十九《黄霸传》："黄霸字次公，淮阳阳夏人也，以豪杰役使徙云陵。霸少学律令，喜为吏，武帝末以待诏入钱赏官，补侍郎谒者……霸为人明察内敏，又习文法，然温良有让，足知，善御众。为丞，处议当于法，合人心，太守甚任之，吏民爱敬焉。……会宣帝即位，在民间时知百姓苦吏急也，闻霸持法平，召以为廷尉正，数决疑狱，庭中称平……胜出，复为谏大夫，令左冯翊宋畸举霸贤良。胜又口荐霸于上，上擢霸为扬州刺史。三岁，宣帝下诏曰：'制诏御史：其以贤良高第扬州刺史霸为颍川太守，秩比二千石，居官赐车盖，特高一丈，别驾主簿车，缇油屏泥于轼前，以章有德。'"

　　⑤ 北海：班固《汉书》卷二十八上："北海郡，景帝中二年置，属青州。户十二万七千，口五十九万三千一百五十九。县二十六。"

　　⑥ 朱邑：《汉书》卷八十九《朱邑传》："朱邑字仲卿，庐江舒人也。少时为舒桐乡啬夫，廉平不苛，以爱利为行，未尝笞辱人，存问耆老孤寡，遇之有恩，所部吏民爱敬焉。迁补太守卒史，举贤良为大司农丞，迁北海太守，以治行第一入为大司农。为人淳厚，笃于故旧，然性公正，不可交以私。天子器之，朝廷敬焉。"

　　⑦ 山海：袁宏《后汉纪·献帝纪四》："且兵革之兴，外患众矣，微将远蹈山海，以求免乎！"

　　⑧ 蹑屩：《文选·任昉〈齐竟陵文宣王行状〉》："高人何点，蹑屩于钟阿；征士刘虬，献书于卫岳。"李善注："《高士传》曰：'何点常蹑草屩，时乘柴车。'"

　　⑨ 岱宗：《书·舜典》："岁二月，东巡守，至于岱宗。"孔传："岱宗，泰山，为四岳所宗。"

　　⑩ 咸阳：《史记》卷五《秦本纪》："十二年，作为咸阳，筑冀阙，秦徙都之。"

　　⑪ 局蹐：王晫《今世说·简傲》："一日，王欲留客，适无钱，大为局蹐。"

朝绅岂不贵，　傲诞①任逢掖②。
不嗔屠狗贱③，　肯怪维摩疾④。
官酒许同斟，　寒星⑤一行白。
有时出新篇，　明珠跃前席。
把之九衢⑥上，　光歘十千尺。
何意龙门⑦登，　乃在燕台⑧侧。

----

① 傲诞：刘勰《文心雕龙·程器》："略观文士之疵……文举傲诞以速诛，正平狂憿以致戮。"

② 逢掖：儒学。刘禹锡《游桃源一百韵》："纷吾本孤贱，世业在逢掖。"

③ 屠狗贱：《史记·樊郦滕灌列传》："舞阳侯樊哙者，沛人也，以屠狗为事。"《正义》："时人食狗，亦与羊豕同，故哙专屠以卖之。"张说《王氏神道碑》："王侯无种，屠狗起于将军；战伐有功，烂羊超于都尉。"

④ 维摩疾：鸠摩罗什《维摩诘所说经》卷中《文殊师利问疾品第五》："尔时，佛告文殊师利：'汝行诣维摩诘问疾。'文殊师利白佛言：'世尊，彼上人者，难为酬对，深达实相，善说法要，辩才无滞，智慧无碍，一切菩萨法式悉知，诸佛秘藏无不得入，降伏众魔，游戏神通，其慧方便，皆已得度。虽然，当承佛圣旨，诣彼问疾。'于是，众中诸菩萨大弟子，释梵四天王等，咸作是念：'今二大士，文殊师利维摩诘共谈，必说妙法。实时八千菩萨，五百声闻，百千天人，皆欲随从。'于是，文殊师利与诸菩萨大弟子众，及诸天人，恭敬围绕，入毗耶离大城。尔时，长者维摩诘心念：今文殊师利与大众俱来，即以神力空其室内，除去所有及诸侍者，唯置一床，以疾而卧。文殊师利既入其舍，见其室空无诸所有，独寝一床，时维摩诘言：'善来文殊师利，不来相而来，不见相而见。'文殊师利言：'如是，居士。若来已更不来，若去已更不去。所以者何？来者无所从来，去者无所至。所可见者，更不可见。且置是事，居士是疾，宁可忍不？疗治有损，不至增乎？世尊殷勤，致问无量，居士是疾，何所因起？其生久如？当云何灭？'维摩诘言：'从痴有爱，则我病生。以一切众生病，是故我病。若一切众生病灭，则我病灭。所以者何？菩萨为众生故，入生死，有生死，则有病；若众生得离病者，则菩萨无复病。譬如长者，唯有一子，其子得病，父母亦病。若子病愈，父母亦愈。菩萨如是，于诸众生爱之若子，众生病则菩萨病，众生病愈，菩萨亦愈。'"

⑤ 寒星：陆龟蒙《华阳巾》诗："须是古坛秋霁后，静焚香炷礼寒星。"

⑥ 九衢：《楚辞·天问》："靡蓱九衢，枲华安居。"王逸注："九交道曰衢。"游国恩纂义："靡蓱九衢，即谓其分散如九达之衢也。"

⑦ 龙门：洪迈《夷坚支志丁·刘改之教授》："淳熙甲午预秋荐，将赴省试。临岐眷恋不忍行，在道赋《水仙子》一词……二更后，一美女忽来前，执拍板曰：'愿唱一曲劝酒。'即歌曰：'别酒未斟心先醉，忽听阳关辞故里。扬鞭勒马到皇都，三题尽，当际会。稳跳龙门三级水，天意令吾先送喜。'"

⑧ 燕台：王应麟《玉海》卷第一百六十二《黄金台》："《文选·鲍昭乐府》曰：'将起黄金台。'注：《上谷郡图经》曰：'黄金台，易水东南十八里。燕昭王置千金于台上，以延天下之士。'王隐《晋书》曰：'段匹磾进屯故安县故燕太子丹金台，二说水同。'孔融书曰：'燕昭筑台以招郭隗。'《述异记》：'燕昭王故城中士人呼为贤士台，亦谓招贤台。'《拾遗记》：'燕昭王登崇霞之台。'"

翻恨易乖离，　　河山渺然隔。

到家枯草变，　　甲子①倏已易。

君来春水生，　　东风遍仟陌②。

和气③先柳条，　　层冰尽消释。

忽记临岐④时，　　踟蹰⑤向余立。

把臂⑥大道旁，　　为语马迁癖⑦。

期余天雁游，　　兹意果不失。

至诚乃前知，　　谁为偶然值。

我家九峰间，　　旧有龙丘宅。

岩穴⑧生窗牖，　　斯人此中匿。

圣童⑨守会稽⑩，造请⑪路络绎。

---

① 甲子：《月令章句》："大桡探五行之情，占斗纲所建，于是始作甲乙以名日，谓之干，作子丑以名月，谓之枝，枝干相配，以成六旬。"谷子敬《城南柳》第一折："叹人间甲子须臾，眨眼间白石已烂。"

② 仟陌：《史记·秦本纪》："为田开阡陌。"《索隐》引《风俗通》："南北曰阡，东西曰陌。河东以东西为阡，南北为陌。"贾谊《过秦论上》："蹑足行伍之间，而倔起阡陌之中，率疲弊之卒，将数百之众，转而攻秦。"

③ 和气：《老子》："万物负阴而抱阳，冲气以为和。"

④ 岐：《文选·鲍照〈舞鹤赋〉》："指会规翔，临岐矩步。"李善注："岐，岐路也。"

⑤ 踟蹰：《诗·邶风·静女》："爱而不见，搔首踟蹰。"《文选·成公绥〈啸赋〉》："逍遥携手，踟跦步趾。"一本作"踟蹰"。李周翰注："踟蹰，缓行貌。"

⑥ 把臂：握手。钱起《过沈氏山居》诗："贫交喜相见，把臂欢不足。"

⑦ 马迁癖：《汉书》卷六十二《司马迁传》："迁生龙门，耕牧河山之阳。年十岁则诵古文。二十而南游江淮，上会稽，探禹穴，窥九疑，浮沅湘。北涉汶泗，讲业齐鲁之都，观夫子遗风，乡射邹峄；厄困蕃、薛、彭城，过梁楚以归。于是迁仕为郎中，奉使西征巴蜀以南，略邛、筰、昆明，还报命。"

⑧ 岩穴：《庄子·山木》："夫丰狐文豹，栖于山林，伏于岩穴，静也。"

⑨ 圣童：张昶《吴中人物志》卷三："任延，字长孙，南阳宛人也。十二为诸生，学于长安，显名太学，号为任圣童。更始元年，拜会稽都尉，时年十九。迎官惊其壮。及到，静泊无为，唯先遣馈礼祠延陵季子。时天下新定，道路未通，避乱江南者皆未还中土，会稽颇称多士。延到，皆聘请高行，如董子仪、严子陵等，敬待以师友之礼。掾吏贫者，辄分奉禄以赈给之。省诸卒，令耕公田以周穷急。每时行县，辄使慰勉孝子就餐饭。"

⑩ 会稽：《汉书》卷二十八上："会稽郡，秦置，高帝六年为荆国，十二年更名吴，景帝四年属江都，属扬州。户二十二万三千三十八，口百三万二千六百四。县二十六。"

⑪ 造请：《史记·酷吏列传》："公卿相造请禹，禹终不报谢，务在绝知友宾客之请，孤立行一意而已。"

青山色不改，　云霞至今积。
太守来行春①，父老睹光泽。
兹丘去不远，　倘能问遗迹。

读李博士②集爰赠斯篇

东风吹紫微③，把君白雪篇。
苍苔散幽芳，绕屋梅花然。
阶前试咀嚼，彷佛吸甘泉。
因疑入玄圃④，宝气⑤相新鲜。
闭门长绿草，好鸟还自妍。
何人援玉琴，来此奏冰弦⑥。

---

① 行春：《后汉书·郑弘传》："弘少为乡啬夫，太守第五伦行春，见而深奇之，召署督邮，举孝廉。"李贤注："太守常以春行所主县，劝人农桑，振救乏绝。"

② 李博士：于慎行《穀城山馆文集》卷二十一《明故奉直大夫尚宝司少卿北山先生李公墓志铭》："北山先生姓李氏，讳先芳，字伯承。其先湖广监利人也，国初以士伍北徙，因籍濮州。高祖以下五世同居，考赠尚宝司丞双泉公讳鉴，配刘太安人，举二子，长者先生。先生生而早慧，风姿甚都，从伯父蒙泉公受经十六，能赋诗。诗工，伯父器之。会选良家子尚主，使者入先生名，例补博士诸生，先生谢不受也。逾岁，试而为诸生。年二十，当嘉靖辛卯，举省闱高第，六上南宫不中，中丁未进士。时先生诗名已著，而不与馆选，识者惜之。乃与历下殷文庄公、李宪使于鳞、任城靳少宰、临清谢山人结社，赋咏相推掌也。明年，选为新喻知县。"王兆云《皇明词林人物考》卷九《李伯承》："符卿李伯山名先芳，字伯承，山东濮州人。嘉靖丁未进士，尝为新喻令。游意词章，驰声艺苑。所著《李少卿集》，卓然名家矣。"李攀龙《沧溟集》卷五《送新喻李明府伯承》："尔昔红颜客蓟门，献书不报哀王孙。一朝致身青云里，座上还开北海樽。余亦题诗郭隗台，燕山秋色对衔杯。论交共惜黄金尽，此处空悲骏马来。可怜郢曲今亡久，下里之歌吾何有。文章稍近五千言，雅颂以还十九首。才子新传《白雪篇》，江城忽借使君贤。那堪西署为郎者，多病离居卧日边。"

③ 紫微：谢维新《事类备要》别集卷三十一《花卉门》："《格物总论》：紫薇花，俗名怕痒花。树身光滑，俗因号为猴刺脱。高者丈余，花瓣紫，蜡跗，茸萼赤，茎叶对生，每一枝数颖，一颖数花。四五月始华，开谢接续，可至六七月。山谷间多有之，省中亦多植此花者，取其花耐久及烂熳可爱也。"

④ 玄圃：仙苑。张仲素《穆天子宴瑶池赋》："绛宫玄圃，异故乡之楼台；凤舞鸾歌，胜至乐之《韶濩》。"

⑤ 宝气：王度《古镜记》："贫道受明录秘术，颇识宝气。檀越宅上每日常有碧光连日，绛气属月，此宝镜气也。"

⑥ 冰弦：冰蚕丝所作琴弦。《剪灯余话·贾云华还魂记》："来早，娉乃破所照匣中鸾镜，断所弹琴上冰弦，并前时手帕，遣福福持去付生，为相思纪念。"

忽闻杨州鹤①，翱翔破寒烟。

双翮一何迅，为乘海上仙。

笑检玉书②名，无乃李青莲③。

英华日组织，种药多兰荃④。

余本丘壑徒⑤，学道三十年。

芒屦⑥半五岳，散发白满肩。

卜居⑦类渔父，风雨迷钓船。

邻家任怪诞，友生⑧成弃捐⑨。

俯仰千古上，慷慨独怀贤。

如何同心人，乃来故宫前。

相知未相识，肝胆空尔悬。

昨来遗此卷，展转心茫然。

兹道久寂寞，谁为得其传。

何时载浊酒⑩，去问杨生玄。

把臂亭子侧，双眼明青天。

---

① 杨州鹤：《渊鉴类函·鸟三·鹤三》引殷芸《小说·上扬州》："有客相从，各言所志，或愿为扬州刺史，或愿多赀财，或愿骑鹤上升。其一人曰：'腰缠十万贯，骑鹤上扬州。'欲兼三者。"

② 玉书：诏书。袁枚《随园诗话》卷五："尹文端公赠诗云：'他日玉书传诏日，江天何处觅渔翁？'"

③ 李青莲：李白，号青莲居士。

④ 兰荃：李时珍《本草纲目·草三·兰草》引寇宗奭曰："多生阴地幽谷，叶如麦门冬而阔，且韧，长及一二尺，四时常青，花黄绿色，中间瓣上有细紫点。春芳者为春兰，色深；秋芳者为秋兰，色淡。开时满室尽香，与他花香又别。"《楚辞·离骚》："荃不察余之中情兮，反信谗而齌怒。"王逸注："荃，香草。以谕君也。"洪兴祖补注："荃与荪同。"

⑤ 丘壑徒：隐逸。王若虚《茅先生道院记》："予世之散人也，才能无取于人，而功名不切于己，虽寄迹市朝，而丘壑之念未尝一日忘。"

⑥ 芒屦：胡应麟《少室山房笔丛·丹铅新录八·履考》："六朝前率草为履，古称芒屦，盖贱者之服，大抵皆然。"

⑦ 卜居：杜甫《寄题江外草堂》诗："嗜酒爱风竹，卜居必林泉。"

⑧ 友生：《诗·小雅·常棣》："虽有兄弟，不如友生。"

⑨ 弃捐：怀才不遇。刘向《〈战国策〉序》："当此之时……重约结誓，以守其国，故孟子、孙卿儒术之士，弃捐于世；而游说权谋之徒，见贵于俗。"

⑩ 浊酒：嵇康《与山巨源绝交书》："时与亲旧叙阔，陈说平生，浊酒一杯，弹琴一曲，志愿毕矣。"

尚论古之人，还期授真诠^①。

他日重相思，江月还自圆。

寻君隋家堤，二十五桥边。

将游长沙^②，马上不克携书卷，因约《离骚经》^③《卜居》《渔父》三章

皇考^④曰伯庸^⑤，苗裔帝高阳^⑥。

陬月^⑦摄提^⑧贞，庚寅^⑨吾以降。

皇览揆初度^⑩，肇锡以嘉名。

---

① 真诠：真谛。刘禹锡《大唐曹溪第六祖大鉴禅师第二碑铭》："我立真筌，揭起南国。无修而修，无得而得。"

② 长沙：《读史方舆纪要》卷八十《长沙府》："长沙府，《禹贡》荆州之域，春秋、战国时属楚。秦为长沙郡，汉为长沙国，后汉复为长沙郡。汉末属蜀，后属吴，仍为长沙郡。晋因之，永嘉初置湘州于此，咸和三年罢。义熙八年复置，十二年又省。宋永初三年复置湘州，元嘉八年还属荆州，十七年复置，二十九年又废，孝建初复置，皆治长沙国。齐改国为郡，梁、陈仍旧。隋平陈废郡，改州曰潭州，大业初复改为长沙郡。唐初为萧铣所据，武德四年复置潭州，天宝初亦曰长沙郡，乾元初复故。五代时马氏有其地，称楚。周广顺初入于南唐，既而周行逢复据其地。宋平湖南，仍曰潭州。元曰潭州路，天历二年改为天临路。明初改潭州府，洪武五年又改长沙府。领州一，县十一。今仍旧。"

③ 《离骚经》：《史记·屈原贾生列传》："离骚者，犹离忧也……屈平之作《离骚》，盖自怨生也。"《楚辞·离骚》汉王逸注："离，别也；骚，愁也；经，径也。言己放逐离别，中心愁思，犹陈直径，以风谏君也。"

④ 皇考：《楚辞·离骚》："帝高阳之苗裔兮，朕皇考曰伯庸。"王逸注："皇，美也；父死称考。"

⑤ 伯庸：《楚辞·离骚》："帝高阳之苗裔兮，朕皇考曰伯庸。"王逸注："伯庸，字也。屈原言我父伯庸，体有美德，以忠辅楚，世有令名，以及于己。"

⑥ 高阳：《楚辞·离骚》："帝高阳之苗裔兮，朕皇考曰伯庸。"王逸注："高阳，颛顼有天下之号也。"《史记·五帝本纪》："帝颛顼高阳者，黄帝之孙而昌意之子也。"

⑦ 陬月：《山堂肆考》："正月曰孟阳、孟陬，又曰陬月。"

⑧ 摄提：《史记·天官书》："大角者，天王帝廷，其两旁各有三星，鼎足句之，曰摄提。"《索隐》："摄提之言携提也。言提斗携角以接于下也。"又云："摄提者，直斗杓所指，以建时节，故曰'摄提格'。"《索隐》："太岁在寅，岁星正月晨出东方。李巡云：'言万物承阳起，故曰摄提格。格，起也。'"

⑨ 庚寅：《楚辞·离骚》："惟庚寅吾以降。"王逸注："《孝经》曰：'故亲生之膝下。'寅为阳正，故男始生而立于寅。庚为阴正，故女始生而立于庚。言己以太岁在寅，正月始春，庚寅之日，下母之体而生，得阴阳之正中也。"

⑩ 初度：生日。蒲松龄《聊斋志异·莲香》："会媪初度，因从其子婿行，往为寿。"

正则字灵均， 内美吾既承。

重之以修能， 汩①若不及将。

日月忽其淹， 代序②草木零。

美人恐迟莫③， 岁焉不抚壮。

何不改此度， 驰骋弃秽壤。

来吾道先路， 骐骥④羌为从。

昔尧舜⑤耿介， 纯粹三后⑥同。

遵道而得路， 维纫夫众芳⑦。

捷径以窘步， 桀纣何可昌。

惟党人偷乐， 贪婪皆竞往。

皇舆恐败绩， 奔走先后纷。

及前王踵武⑧， 羌不揆余情。

反信谗赍怒， 岂余身惮殃。

朝谇而夕替， 謇吾法前踪。

申之以揽茝， 替余以蕙纕。

夫惟灵修⑨故， 为期以昏黄。

中道而改路， 萎绝亦何伤。

初既与成言， 不难夫别离。

---

① 汩：《楚辞·离骚》："汩余若将不及兮，恐年岁之不吾与。"王逸注："汩，去貌，疾若水流也。"洪兴祖补注："汩，越笔切。《方言》云：'疾行也，南楚之外曰汩。'"

② 代序：《楚辞·离骚》："日月忽其不淹兮，春与秋其代序。"王逸注："代，更也；序，次也。言日月昼夜常行，忽然不久，春往秋来，以次相代。"

③ 迟莫：《楚辞·离骚》："惟草木之零落兮，恐美人之迟暮。"王逸注："迟，晚也。美人，谓怀王也。人君服饰美好，故言美人也。言天时运转，春生秋杀，草木零落，岁复尽矣。而君不建立道德，举贤用能，则年老耄晚暮，而功不成，事不遂也。"

④ 骐骥：枚乘《七发》："将为太子驯骐骥之马，驾飞轮之舆，乘牡骏之乘。"

⑤ 尧舜：《易·系辞下》："黄帝尧舜，垂衣裳而天下治。"

⑥ 三后：《楚辞·离骚》："昔三后之纯粹兮，固众芳之所在。"王逸注："后，君也，谓禹、汤、文王也。"

⑦ 众芳：《楚辞·离骚》："昔三后之纯粹兮，固众芳之所在。"王逸注："众芳，喻群贤。"

⑧ 踵武：《楚辞·离骚》："忽奔走以先后兮，及前王之踵武。"王逸注："踵，继也。武，迹也。"

⑨ 灵修：《楚辞·离骚》："指九天以为正兮，夫唯灵修之故也。"王逸注："灵，神也。修，远也。能神明远见者，君德也，故以谕君。"

树蕙以百晦，　　江蓠①杂杜衡②。

兰茝纫为佩，　　芙蓉藟为裳。

朝饮木兰③露，　　夕餐秋菊英。

余情以练要，　　好修以为常。

不吾知亦已，　　将往观四荒④。

冠佩相陆离，　　岌岌高且长。

缤纷其繁饰，　　芳菲菲弥章。

步余马兰皋⑤，　　初服吾将营。

虽体解⑥未变，　　余心之可谅。

女媭⑦詈申申，　　鲧直婞亡身。

汝何好姱节，　　茕独不予听。

众不可户说，　　并世未好朋。

判独而不服，　　奈此薋菉⑧盈。

---

① 江蓠：《楚辞·离骚》："扈江离与辟芷兮，纫秋兰以为佩。"王逸注："江离、芷，皆香草名。"张华《博物志》卷七："芎藭，苗曰江蓠，根曰芎藭。"

② 杜衡：李时珍《本草纲目·草三·杜若》："此草一名杜衡，而草部中品自有杜衡条，即《尔雅》所谓土卤者也。杜若，即《广雅》所谓楚衡者也。其类自别，古人多相杂引用。故《九歌》云：'采芳洲兮杜若。'《离骚》云：'杂杜衡与芳芷。'王逸辈皆不分别，但云香草，故二名相混。"

③ 木兰：李时珍《本草纲目·木一·木兰》："木兰枝叶俱疏，其花内白外紫，亦有四季开者，深山生者尤大，可以为舟。

④ 四荒：《楚辞·离骚》："忽反顾以游目兮，将往观乎四荒。"朱熹集注："故复反顾而将往观乎四方绝远之国。"《尔雅·释地》："觚竹、北户、西王母、日下，谓之四荒。"郭璞注："觚竹在北，北户在南，西王母在西，日下在东，皆四方昏荒之国，次四极者。"

⑤ 兰皋：《楚辞·离骚》："步余马于兰皋兮，驰椒丘且焉止息。"王逸注："泽曲曰皋。"

⑥ 体解：《楚辞·离骚》："虽体解吾犹未变兮，岂余心之可惩。"王逸注："虽遭支解，亦不能变。"

⑦ 女媭：《楚辞·离骚》："女媭之婵媛兮，申申其詈予。"王逸注："女媭，屈原姊也。申申，重也。"洪兴祖补注："《说文》云：'媭，女字也，音须。'贾侍中说：'楚人谓女曰媭，前汉有吕须，取此为名。'"

⑧ 薋菉：《楚辞·离骚》："薋菉葹以盈室兮，判独离而不服。"王逸注："薋，蒺藜也。菉，王刍也。葹，枲耳也。《诗》曰：'楚楚者薋。'又曰：'终朝采菉。'三者皆恶草，以喻谗佞盈满于侧者也。"洪兴祖补注："今《诗》薋作茨，菉作绿。薋音瓷。《尔雅》亦作茨，布地蔓生，细叶，子有三角刺人。"

陬词就重华，　南征济沅湘①。
节中依前圣，　九辨歌启皇②。
太康纵盘游③，　五子④失家邦。
颠陨羿⑤以淫，　浞贪⑥浇⑦服凶。
后辛⑧以菹醢，　殷宗⑨为不享。

---

① 沅湘：《楚辞·离骚》："济沅湘以南征兮，就重华而陈词。"王逸注："沅、湘，水名。《山海经》云：'湘水出帝舜葬东，入洞庭下。沅水出象郡镡城西，东注江，合洞庭中。'《后汉·志》：'武陵郡有临沅县，南临沅水，水源出牂牁且兰县，至郡界分为五溪。又零陵郡阳朔山，湘水出。'《水经》云：'沅水下注洞庭，方会于江。'《湘中记》云：'湘水之出于阳朔，则筋为之舟，至洞庭，则日月若出入于其中。重华，舜名也。'《帝系》曰：'瞽叟生重华，是为帝舜，葬于九疑山，在沅、湘之南。'言己依圣王法而行，不容于世，故欲渡沅、湘之水南行，就舜陈词自说，稽疑圣帝，冀闻秘要，以自开悟也。一作陈辞。"

② 启皇：《楚辞·离骚》："启《九辩》与《九歌》兮，夏康娱以自纵。"王逸注："启，禹子也。《九辩》《九歌》，禹乐也。言禹平治水土，以有天下，启能承先志，缵叙其业，育养品类，故九州岛之物，皆可辩数，九功之德，皆有次序，而可歌也。《左氏传》曰：'六府三事，谓之九功。'九功之德，皆可歌也，谓之《九歌》。"

③ 盘游：《书·五子之歌》："乃盘盘游游无度，畋于有洛之表，十旬弗反。"孔传："盘乐游逸无法度。"

④ 五子：《楚辞·离骚》："不顾难以图后兮，五子用失乎家巷。"朱熹集注："五子为太康昆弟五人。"

⑤ 羿：《楚辞·离骚》："羿淫游以佚畋兮，又好射夫封狐。"王逸注："羿，诸侯也。"洪兴祖补曰："羿，五计切。《说文》云：'帝喾，射官也，夏少康灭之。'贾逵云：'羿之先祖也，为先王射官。帝喾时有羿，尧时亦有羿，羿是善射之号。此羿，商时诸侯，有穷后也。'"

⑥ 浞贪：《楚辞·离骚》："固乱流其鲜终兮，浞又贪夫厥家。"王逸注："浞，寒浞，羿相也。妇谓之家。言羿因夏衰乱，代之为政，娱乐畋猎，不恤民事，信任寒浞，使为国相。浞行媚于内，施赂于外，树之诈慝而专其权势。羿畋将归，使家臣逢蒙射而杀之，贪取其家，以为己妻。羿以乱得政，身即灭亡，故言鲜终。"洪兴祖补曰："浞，食角切。传曰：以德和民，不闻以乱；以乱易乱，其流鲜终。浞、浇之事是也。"

⑦ 浇：《楚辞·离骚》："浇身被服强圉兮，纵欲而不忍。"王逸注："浇，寒浞子也。浇，一作奡。"洪兴祖补曰："浇，五吊切。《论语》曰：'羿善射，奡荡舟，俱不得其死然。'奡即浇也，五耗切，声转字异。《诗》曰：'曾是强御。'强御，强梁也。纵，放也。言浞取羿妻而生浇，强梁多力，纵放其情，不忍其欲，以杀夏后相也。"

⑧ 后辛：《楚辞·离骚》："后辛之菹醢兮。"王逸注："后，君也。辛，殷之亡王纣名也。藏菜曰菹，肉酱曰醢。菹，一作葅。五臣云：'菹醢，肉酱也。'"

⑨ 殷宗：《楚辞·离骚》："殷宗用而不长。"王逸注："言纣为无道，杀比干，醢梅伯。武王杖黄钺，行天罚，殷宗遂绝，不得长久也。"

汤禹俪祗敬， 周论道①荡荡②。

瞻前而后顾， 计极民相观。

孰非善可服， 孰非义可风。

阽余身危殆， 哀时之不当。

歔欷以茹蕙， 沾襟涕浪浪③。

谣议谓余淫， 蛾眉妒女众。

时俗固工巧， 为度兢周容④。

屈心以抑志， 宁溘死流亡。

自前世而然， 鸷鸟独飞翔。

吾得此中正， 乘风溘埃扬。

朝发轫苍梧⑤， 投彗乎扶桑⑥。

百神盍可令， 折木聊相羊⑦。

倚阊阖望予， 溷浊世不分。

蔽美而嫉妒， 吾将登阆蓬⑧。

---

① 周论道：《楚辞·离骚》："汤禹俨而祗敬兮，周论道而莫差。"王逸注："俨，畏也。祗，敬也。俨，一作严。周，周家也。言殷汤、夏禹、周之文王，受命之君，皆畏天敬贤，论议道德，无有过差，故能获夫神人之助，子孙蒙其福祐也。"

② 荡荡：《论语·泰伯》："大哉尧之为君也……荡荡乎，民无能名焉。"朱熹集注："荡荡，广远之称也。"

③ 浪浪：《楚辞·离骚》："揽茹蕙以掩涕兮，沾余襟之浪浪。"王逸注："浪浪，流貌也。"洪兴祖补注："浪音郎。"

④ 周容：《楚辞·离骚》："背绳墨以追曲兮，竞周容以为度。"王逸注："周，合也。苟合于世，以求容媚也。"

⑤ 苍梧：郭璞《山海经·海内经》第十八："南方苍梧之丘、苍梧之渊，其中有九嶷山，舜之所葬。在长沙零陵界中。"

⑥ 扶桑：《山海经·海外东经》："汤谷上有扶桑，十日所浴，在黑齿北。"郭璞注："扶桑，木也。"。《楚辞·九歌·东君》："暾将出兮东方，照吾槛兮扶桑。"王逸注："日出，下浴于汤谷，上拂其扶桑，爰始而登，照曜四方。"

⑦ 相羊：《楚辞·离骚》："折若木以拂日兮，聊逍遥以相羊。"洪兴祖补注："相羊，犹徘徊也。"

⑧ 阆蓬：《楚辞·离骚》："朝吾将济于白水兮，登阆风而绁马。"王逸注："阆风，山名，在昆仑之上。"《史记·封禅书》："自威、宣、燕昭使人入海求蓬莱、方丈、瀛洲，此三神山者，其传在勃海中。"

弭节①以羲和②，乘云挟丰隆③。

望舒与飞廉④， 来御纷飘风。

求宓妃⑤所在， 解佩以结盟。

令蹇修⑥为理， 纬繣其难通。

令鸩鸟为媒， 鸩告余不祥。

余恶其佻巧， 受诒羞凤凰。

心犹豫狐疑， 媒拙理不强。

导言⑦之不固， 闺中⑧邃且蒙。

哲王又不寤， 焉能此终穷。

索藑茅⑨为剗， 剗灵斯杨□。

---

① 弭节：《楚辞·离骚》："吾令羲和弭节兮，望崦嵫而勿迫。"洪兴祖补注："弭，止也。"马茂元注："弭节，犹言停车不进。"

② 羲和：《楚辞·离骚》："吾令羲和弭节兮，望崦嵫而勿迫。"王逸注："羲和，日御也。"

③ 丰隆：《淮南子·天文训》："季春三月，丰隆乃出，以将其雨。"高诱注："丰隆，雷也。"

④ 望舒与飞廉：《楚辞·离骚》："前望舒使先驱兮，后飞廉使奔属。"王逸注："望舒，月御也。月体光明，以喻臣清白也。飞廉，风伯也。风为号令，以喻君命。言己使清白之臣，如望舒先驱求贤，使风伯奉君命于后，以告百姓。或曰：驾乘龙云，必假疾风之力，使奔属于后。"洪兴祖补曰："《淮南子》曰：'月御曰望舒，亦曰纤阿。'《吕氏春秋》曰：'风师曰飞廉。应劭曰：飞廉，神禽，能致风气。晋灼曰：'飞廉，鹿身，头如雀，有角，而蛇尾豹文。'"

⑤ 宓妃：《楚辞·离骚》："吾令丰隆乘云兮，求宓妃之所在。"王逸注："宓妃，神女。"《文选·司马相如〈上林赋〉》："若夫青琴、宓妃之徒，绝殊离俗。"李善注引如淳曰："宓妃，伏羲氏女，溺死洛，遂为洛水之神。"

⑥ 蹇修：《楚辞·离骚》："吾令蹇修以为理。纷总总其离合兮，忽纬繣其难迁。"王逸注："蹇修，伏羲氏之臣也。理，分理也，述礼意也。言己既见宓妃，则解我佩带之玉，以结言语，使古贤蹇修而为媒理也。伏羲时敦朴，故使其臣也。五臣云：'令蹇修为媒，以通辞理。'"洪兴祖补曰："宓妃，伏牺氏之女，故使其臣以为理也。纬繣，乖戾也。迁，徙也。言蹇修既持其佩带通言，而谗人复相聚毁败，令其意一合一离，遂以乖戾而见距绝。言所居深僻，难迁徙也。"

⑦ 导言：《楚辞·离骚》："理弱而媒拙兮，恐导言之不固。"王逸注："言己欲效少康，留而不去，又恐媒人弱钝，达言于君不能坚固，复使回移也。"姜亮夫校注："导言，即已所欲达而使媒理导成之言也。"

⑧ 闺中：《公羊传·宣公六年》："有人荷畚，自闺而出者。"何休注："宫中之门谓之闱，其小者谓之闺。"

⑨ 藑茅：《尔雅·释草》："葍，藑茅。"郭璞注："葍，华有赤者为藑。藑、葍，一种耳。"邢昺疏："葍与藑茅，一草也。花白者即名葍，花赤者别名藑茅。"《楚辞·离骚》："索藑茅以筳篿兮，命灵氛为余占之。"王逸注："藑茅，灵草也。"

灵氛①告余吉， 两美其必相。
勉升降上下， 榘矱②同所量。
咎繇③与伊挚④，求合调禹商。
中情其好修， 安用媒理匡。
用之而不疑， 傅说相武丁⑤。
齐桓得宁戚⑥， 周文师吕尚⑦。
年岁之未晏， 时亦犹未央。
鹈鴂⑧或先鸣， 百草为之僵。
昔日之芬华， 今为萧与蓬。
兰也本可恃， 无实何容长⑨。

---

① 灵氛：《楚辞·离骚》："命灵氛为余占之。"王逸注："灵氛，古明占吉凶者。言己欲去则无所集，欲止又不见用，忧懑不知所从，乃取神草竹筳，结而折之，以卜去留，使明智灵氛占其吉凶也。"

② 榘矱：《淮南子·泛论训》："音有本主于中，而以知榘矱之所周者也。"高诱注："榘，方也。矱，音约，度法也。"

③ 咎繇：《三国志·蜀志·诸葛亮传》："咎繇大贤也，周公圣人也。"《孔子家语·正论》："《夏书》曰：'昏、默、贼杀，咎陶之刑也。'"

④ 伊挚：《楚辞·离骚》："挚咎繇而能调。"王逸注："挚，伊尹名，汤臣也。咎繇，禹臣也。调，和也。言汤、禹至圣，犹敬承天道，求其匹合，得伊尹、咎繇，乃能调和阴阳，而安天下也。一作皋陶。"洪兴祖补曰："《天问》曰：'帝乃降观，下逢伊挚。'即伊尹也。"

⑤ 武丁：《楚辞·离骚》："武丁用而不疑。"王逸注："武丁，殷之高宗也。言傅说抱道怀德，而遭遇刑罚，操筑作于傅岩。武丁思想贤者，梦得圣人，以其形像求之，因得傅说，登以为公，道用大兴，为殷高宗也。《书序》曰：'高宗梦得说，使百工营求诸野，得诸傅岩，作《说命》。'是佚篇也。"洪兴祖补曰："《孟子》曰：'傅说举于版筑之间。'《史记》云：'说为胥靡，筑于傅险，见于武丁。'武丁曰：'是也。遂以傅险姓之，号曰傅说。'"

⑥ 宁戚：《淮南子》云："宁戚欲干齐桓公，困穷无以自达。于是为商旅，将任车以商于齐，暮宿于郭门之外，饭牛车下，望见桓公，乃击牛角而商歌。桓公闻之曰：'异哉，歌者非常人也。'命后车载之。"

⑦ 吕尚：《史记》云："太公望吕尚者，东海上人，本姓姜氏，从其封姓，故曰吕尚。"《战国策》云："太公望，老妇之逐夫，朝歌之废屠，文王用之而王。"

⑧ 鹈鴂：《楚辞·离骚》："恐鹈鴂之先鸣兮，使夫百草为之不芳。"王逸注："鹈鴂，……常以春分鸣也。"

⑨ 容长：《楚辞·离骚》："余以兰为可恃兮，羌无实而容长。"朱熹集注："容长，谓徒有外好耳。"

椒専佞慢慆①，□②欲充帏囊。
惟兹佩可贵，　未沬芬至今。
和调以自娱，　及余饰方壮。
将周流上下，　琼糜③充羞粻。
为车以瑶象④，　远逝以自疏。
遭吾道昆仑，　玉鸾⑤鸣锵锵。
忽兮度流沙⑥，　蛟龙使津梁。
左转指不周，　赫羲陟升皇⑦。
路修远多艰，　临睨忽旧乡。
仆夫悲余马，　局顾而不行。
已矣国无人，　何怀乎故疆。
既莫足与为，　吾将从巫彭⑧。

其二

原既放三年，　见王不复得。
竭知与尽忠，　遭谗为蔽塞。
心虑烦且乱，　不知所从出。
乃往太卜⑨问，先生何以策。

---

① 慢慆：《楚辞·离骚》："椒专佞以慢慆兮。"王逸注："椒，楚大夫子椒也。慆，淫也。慢，一作谩。《释文》作嫚。慆，一作诣。"

② □：此处原缺，据《楚辞·离骚》，当为"樧"。

③ 琼糜：《楚辞·离骚》："折琼枝以为羞兮，精琼靡以为粻。"王逸注："精，凿也；靡，屑也；粻，粮也……言我将行，乃折取琼枝以为脯腊，精凿玉屑以为储粮。"

④ 瑶象：《楚辞·离骚》："杂瑶象以为车。"王逸注："象，象牙也。言我驾飞龙，乘明智之兽，象玉之车，文章杂错，以言己德似龙玉，而世莫之识也。"

⑤ 玉鸾：《楚辞·离骚》："扬云霓之晻蔼兮，鸣玉鸾之啾啾。"朱熹集注："鸾，铃之著于衡者。"

⑥ 流沙：《楚辞·离骚》："忽吾行此流沙兮，遵赤水而容与。"王逸注："流沙，沙流如水也。"

⑦ 赫羲陟升皇：《楚辞·离骚》："陟升皇之赫戏兮。"王逸注："皇，皇天也。赫戏，光明貌。一无"陟"字。"洪兴祖补曰："《西京赋》云：'叛赫戏以辉煌。'赫戏，炎盛也。戏与曦同。"

⑧ 巫彭：《山海经·海内西经》："开明东有巫彭、巫抵、巫阳、巫履、巫凡、巫相，夹窫窳之尸，皆操不死之药以距之。"郭璞注："皆神医也。"

⑨ 太卜：杜佑《通典》卷二十五《职官》："太卜署，殷官太卜为六太，周官太卜掌三兆之法，秦汉有太卜令，后汉并于太史，自后无闻。后魏有太卜博士，北齐有太卜局丞，后周有太卜大夫，小卜上士，龟占中士，隋曰太卜令丞二人，大唐因之。"

将送往迎来，将朴忠困逼①。

将随大人游，将耕田以力。

将偷生富贵，宁正言就厄。

将超然高举，宁喔咿妇息。

将如韦如脂②，宁廉洁正直。

宁若龙驹③驰，将随驽马迹。

宁比黄鹄④飞，将争鸡鹜食。

此何去何从，又孰凶孰吉。

雷鸣者瓦釜⑤，千钧者蝉翼⑥。

谗人既高张，贤士名不植。

廉贞莫已知，吁嗟宁默默。

尹⑦闻释手谢，龟策⑧诚不识。

夫长不惟寸，短者或为尺。

物有所不知，知有所不逆。

数有所不逮，神有所不格。

兹惟用君心，又焉用余测。

其三

三闾⑨愤遭谗，行游有馀悲。

形容日枯薨，颜色憔且悴。

---

① 困逼：《三国志·蜀书·先主甘后传》："值曹公军至，追及先主于当阳长阪，于时困逼，弃后及后主，赖赵云保护，得免于难。"

② 如韦如脂：《楚辞·卜居》："宁廉洁正直，以自清乎？将突梯滑稽，如脂如韦，以洁楹乎？"王逸注："柔弱曲也。"朱熹集注："脂，肥泽。韦，柔软也。"

③ 龙驹：徐陵《骢马驱》诗："白马号龙驹，雕鞍名镂衢。"

④ 黄鹄：李时珍《本草纲目·禽一·鹄》："鹄大于雁，羽毛白泽，其翔极高而善步，所谓鹄不浴而白，一举千里，是也。亦有黄鹄丹鹄，湖海江汉之间皆有之。"

⑤ 瓦釜：《文选·屈原〈卜居〉》："黄钟毁弃，瓦釜雷鸣。谗人高张，贤士无名。"李周翰注："瓦釜，喻庸下之人；雷鸣者，惊众也。"

⑥ 蝉翼：《楚辞·卜居》："蝉翼为重，千钧为轻。"洪兴祖补注："李善云：'蝉翼，言薄也。'"

⑦ 尹：《六臣注文选》卷第三十三："往见太卜郑詹尹。"逸曰："稽神明也。郑詹尹，工师姓名也。"

⑧ 龟策：《礼记·月令》："命太史衅龟策，占兆，审卦吉凶。"

⑨ 三闾：《后汉书·孔融传》："忠非三闾，智非晁错，窃位为过，免罪为幸。"李贤注："即屈原也，掌王族三姓，曰昭、屈、景，故曰'三闾'。"

渔父江上逢， 停枻①为问之。

子为楚大夫， 何所至于斯。

原以放逐故， 立为再致辞。

举世浊为是， 我独清则非。

众人皆溺醉， 我醒复安归。

新沐必弹冠②，浴者必振衣③。

以身之察察④， 耻为汶汶⑤淄。

吾宁赴湘水⑥，随流葬江鱼。

不以浩浩⑦者， 而蒙世俗嗤。

父闻谓之曰， 圣人异于兹。

凝滞不于物， 能与世推移。

举世既已浊， 何不淈其泥。

---

① 枻：《史记·司马相如列传》："浮文鹢，扬桂枻，张翠帷，建羽盖。"《集解》引韦昭曰："枻，楫也。"

② 弹冠：《楚辞·渔父》："吾闻之，新沐者必弹冠，新浴者必振衣。"王逸注："拂土芥也。"

③ 振衣：《楚辞·渔父》："新沐者必弹冠，新浴者必振衣。"王逸注："去尘秽也。"

④ 察察：《楚辞·渔父》："安能以身之察察，受物之汶汶者乎？"王逸注："察察，己清洁也。"

⑤ 汶汶：《楚辞·渔父》："安能以身之察察，受物之汶汶者乎？"王逸注："蒙垢尘也。"洪兴祖补注："汶，蒙，沾辱也。"

⑥ 湘水：《读史方舆纪要》卷七十五《湖广一·山川险要》："湘水出广西兴安县南九十里之海阳山。其初出处曰灵渠，流五里分为二派，流而南者曰漓水，流而北者曰湘水。漓，离也，言违湘而南。湘，相也，言有所合也。湘水东北流经全州城南，有灌水合焉；又东北流入境，经永州府东安县南至府城西南，引而北有潇水会焉；又经祁阳县东而入衡州府常宁县西北境，又经府城南引而东北，有烝水会焉；又经衡山县东而北流入长沙府湘潭县境，过县西至府城西环城而下，过湘阴县西，又北而达青草湖注于洞庭湖。《地理志》：'湘水过郡二，行二千五百三十里。'《水经注》：'湘水出阳海山，北至巴丘山入江。'吴、蜀分荆州，以湘水为界，长沙、江夏、桂阳以东属吴，南郡、零陵、武陵以西属蜀，湘水实贯于数郡间矣。自其合潇水而言之则曰潇湘，自其合烝水而言之则曰烝湘，自其下洞庭会沅水而言之则曰沅湘，实同一湘水也。"

⑦ 浩浩："浩"当做"皓"。《楚辞·渔父》："安能以皓皓之白，而蒙世俗之尘埃乎？"王逸注："皓皓，犹皎皎也。皓，一作皎。五臣云：'皓、白，喻贞洁。'被点污也。一无'而'字。尘埃，《史记》作温蠖。说者曰：'温蠖，犹惛愦也。'"

众人已皆醉，何不歠其醨①。
何以慕高举②，自令君放为。
为之鼓船去，独咏沧浪诗③。

酬王大夫

大夫属行春，　忧心自民瘼④。
平旦⑤涉北水，先时省东作⑥。
县官奉舆图⑦，父老白耕凿⑧。
道里⑨相让畔⑩，风土本不恶。
堤轻草色浓，　日出林气薄。
高峦松际青，　宿雾马头白。
象纬⑪占庆云⑫，民物⑬诧神爵⑭。

---

① 醨：《后汉书·马援传》"援乃击牛醨酒，劳飨军士。"李贤注："醨，犹滤也。"

② 高举：《楚辞·渔父》："何故深思高举，自令放为？"王逸注："独行忠直。"

③ 沧浪诗：《楚辞·渔父》："沧浪之水清兮，可以濯我缨；沧浪之水浊兮，可以濯我足。"

④ 民瘼：《诗·大雅·皇矣》："监观四方，求民之莫。"马瑞辰通释："《汉书》、《潜夫论》及《文选》注，并引作'求民之瘼'。"

⑤ 平旦：清晨。鲍照《代放歌行》："鸡鸣洛城里，禁门平旦开。"白居易《郡亭》诗："平旦起视事，亭午卧掩关。"

⑥ 东作：《书·尧典》："寅宾出日，平秩东作。"孔传："岁起于东，而始就耕，谓之东作。"

⑦ 舆图：《史记·三王世家》："臣请令史官择吉日，具礼仪上，御史奏舆地图。"《索隐》："谓地为舆者，天地有覆载之德，故谓天为盖，谓地为舆，故地图称舆地图。"

⑧ 耕凿：《击壤歌》："日出而作，日入而息，凿井而饮，耕田而食，帝力于我何有哉？"

⑨ 道里：村落。《商君书·错法》："苟有道里，地足容身，士民可致也。苟容市井，财货可众也。"

⑩ 让畔：《史记·五帝本纪》："舜耕历山，历山之人皆让畔；渔雷泽，雷泽上人皆让居。"

⑪ 象纬：王嘉《拾遗记·殷汤》："师延者，殷之乐人也。设乐以来，世遵此职。至师延，精述阴阳，晓明象纬，莫测其为人。"齐治平注："象纬，象数谶纬。象数谓龟筮之类；谶纬谓谶录图纬、占验术数之书。"

⑫ 庆云：《汉书·天文志》："若烟非烟，若云非云，郁郁纷纷，萧萧轮囷，是谓庆云。庆云见，喜气也。"

⑬ 民物：风俗。《宋书·武帝纪下》："古之王者，巡狩省方，躬览民物，搜扬幽隐，拯灾恤患。"

⑭ 神爵：《汉书·宣帝纪》："前年夏，神爵集雍。"颜师古注引晋灼曰："《汉注》：大如鹖爵，黄喉，白颈，黑背，腹斑文也。"

岂惟念兹殖，亦复慰离索①。
繄余事明农②，为庐籍丛③薄。
接舆忘姓名，灌畦避濠濮④。
庭长尧时薤⑤，房编楚人药。
种树成臃肿⑥，力田尽硗确⑦。
多君枉王趾，亲民自土著。
言问深雪居，不爽去年约。
入门气如虹，开剑霜满锷⑧。
小堂覆衡茅，中厨荐藜藿⑨。
沽酒贫不给，引水清可瀹。
无以将殷勤，岂敢论酬酢⑩。

---

① 离索：姜夔《凄凉犯·合肥秋夕》词："绿杨巷陌，西风起，边城一片离索。"夏承焘注："这里作为萧索之意。"

② 明农：《书·洛诰》："兹予其明农哉。"明，通"勉"。

③ 籍丛：《明史·蒋允仪传》："夫以坤维之厚重而震撼于妖孽，以须眉之丈夫而交关于妇寺，以籍丛炀灶之奸而托之奉公洁己，是皆阴胁阳之征也。"

④ 濠濮：《庄子·秋水》："庄子钓于濮水，楚王使大夫二人往先焉，曰：'愿以境内累矣！'庄子持竿不顾，曰：'吾闻楚有神龟，死已三千岁矣，王巾笥而藏之庙堂之上。此龟者，宁其死为留骨而贵乎？宁其生而曳尾于涂中乎？'二大夫曰：'宁生而曳尾途中。'庄子曰：'往矣！吾将曳尾于涂中。'……庄子与惠子游于濠梁之上。庄子曰：'鯈鱼出游从容，是鱼乐也。'惠子曰：'子非鱼，安知鱼之乐？'庄子曰：'子非我，安知我不知鱼之乐？'惠子曰：'我非子，固不知子矣；子固非鱼也，子之不知鱼之乐，全矣。'庄子曰：'请循其本。子曰"汝安知鱼乐"云者，既已知吾知之而问我，我知之濠上也。'"

⑤ 尧时薤：李昉《太平御览》卷第九百九十九："《吴氏本草》曰：'菖蒲一名尧时薤。'"文行远《浔阳跖醢》卷一："菖蒲一名尧薤，相传尧时天降精为薤，服之能乌发。多生庐山涧中，一寸至十数节。"

⑥ 臃肿：何逊《夜梦故人》诗："已如臃肿木，复似飘飖蓬。"梅尧臣《和江邻几咏雪二十韵》："庭槐高臃肿，屋盖素模胡。"

⑦ 硗确：贫瘠土地。欧阳詹《曲江池记》："既以硗确外为寰宇，敞无垠堮以居亿兆；又选英精内为区域，束以襟带用宅君长。"

⑧ 锷：《庄子·说剑》："天子之剑，以燕溪石城为锋，齐岱为锷，晋魏为脊，周宋为镡，韩魏为夹。"

⑨ 藜藿：《韩非子·五蠹》："粝粢之食，藜藿之羹。"《文选·曹植〈七启〉》："予甘藜藿，未暇此食也。"刘良注："藜藿，贱菜，布衣之所食。"

⑩ 酬酢：《淮南子·主术训》："觞酌俎豆酬酢之礼，所以效善也。"

山深衣袂①寒，　春早柳丝弱。

东风吹池面，　过雨洗山脚。

脱巾空宇宙，　披图②眇河洛③。

小山指桂丛④，　大海见龙跃。

形骸⑤忘尔汝⑥，迎逢⑦记今昨。

恺悌⑧出真诚，诗书躭至乐⑨。

箴⑩予予金石⑪，病若惠丹药。

去马一何驶，　流泉泻如瀑。

挥戈欲停日⑫，驱车愿生角。

昔日有二天，　余也容一壑。

负戴⑬恩无涯，俯仰欣有托。

遥听鹤声远，　仄身睇山岳。

---

① 衣袂：刘过《贺新郎》词："衣袂京尘曾染处，空有香红尚软。"

② 披图：《后汉书·卢植传》："今同宗相后，披图案牒，以次建之，何勋之有？"

③ 河洛：《文选·班固〈西都赋〉》："盖闻皇汉之初经营也，尝有意乎都河洛矣。"李善注："东都有河南洛阳，故曰河洛也。"

④ 桂丛：林云凤《题申维久蕉隐》诗："招隐曾闻有桂丛，君今何事隐蕉中。"

⑤ 形骸：《庄子·天地》："汝方将忘汝神气，堕汝形骸，而庶几乎？"

⑥ 尔汝：《孟子·尽心下》："人能充无受尔汝之实，无所往而不为义也。"朱熹集注："盖尔汝，人所轻贱之称。"焦循正义："尔汝为尊于卑，上于下之通称，卑下者自安而受之，所谓实也……盖假借尔汝为轻贱，受尔汝之实，即受轻贱之实。"

⑦ 迎逢：《三国志·魏书·吕布传》："布自称徐州刺史。"裴松之注引汉王粲《英雄记》："今送米二十万斛，迎逢道路。"

⑧ 恺悌：《左传·僖公十二年》："《诗》曰：'恺悌君子，神所劳矣。'"杜预注："恺，乐也；悌，易也。"

⑨ 至乐：《庄子·至乐》："至乐无乐，至誉无誉。"

⑩ 箴：刘勰《文心雕龙·铭箴》："箴者，所以攻疾防患，喻针石也。斯文之兴，盛于三代。夏商二箴，余句颇存。"

⑪ 金石：沈约《怀旧诗·伤谢朓》："吏部信才杰，文峰振奇响。调与金石偕，思逐风云上。"韩愈《荆州唱和诗序》："铿锵发金石，幽眇感鬼神。"

⑫ 停日：《淮南子·览冥训》："鲁阳公与韩构难，战酣，日暮，援戈而㧑之，日为之反三舍。"

⑬ 负戴：《孟子·梁惠王上》："谨庠序之教，申之以孝悌之义，颁白者不负戴于道路矣。"

七言古诗

白苎①辞

秋风起,白露垂。
天涯客子夜索衣,
箧中惟有江南苎,
一片银丝万行泪。
犹是前年暮春②寄,
寄时不为秋风寒,
此夜却同秋月看。

坐夜③吟

冬夜苦长,中夏苦热。
花气④还将妒春月⑤。
月中唯有秋宜看,
夜夜美人歌合欢⑥。
银河倒影翻玉盘,
姮娥⑦欲下青云端。
萧萧却恐朔风⑧起,

---

① 白苎:张籍《白纻歌》:"皎皎白纻白且鲜,将作春衣称少年。"
② 暮春:《初学记》卷三引南朝梁元帝《纂要》:"三月季春,亦曰暮春。"
③ 坐夜:《西游记》第五二回:"又有些该班坐夜的,涤涤托托,梆铃齐响。"
④ 花气:孙华《同年王拙园太史招陪同里诸公饮大定庵花下》诗:"四面屋围花气聚,一庭阴合酒樽凉。"
⑤ 春月:刘义庆《世说新语·捷悟》:"王东亭作宣武主簿,尝春月与石头兄弟乘马出郊。"
⑥ 合欢:《礼记·乐记》:"故酒食者,所以合欢也;乐者,所以象德也;礼者,所以缀淫也。"
⑦ 姮娥:《淮南子·览冥训》:"羿请不死之药于西王母,姮娥窃以奔月。"高诱注:"姮娥,羿妻。羿请不死之药于西王母,未及服之,姮娥盗食之,得仙,奔入月中,为月精也。"蒲松龄《聊斋志异·邢子仪》:"朱在云中言曰:'下界人勿须惊怖,我月府姮娥也。'"姮,本作"恒",俗作"姮"。汉代因避文帝刘恒讳,改称常娥,通作嫦娥。
⑧ 朔风:《醒世恒言·刘小官雌雄兄弟》:"一日,正值隆冬天气,朔风凛冽,彤云密布,降下一天大雪。"

寒雾能吹月光死，
半夜有人哭秋水。

乌夜啼[①]

城乌且莫今夜啼，
江东游子犹未归。
含愁饮恨烧银缸[②]，
□□[③]呜呜泣兰房[④]。
当窗忽见山月黄，
却疑照人行路旁。

长相思

长相思，
兰房白日欲暮时，
银缸影入香罗帏[⑤]。
帏中寒气灯无辉，
城乌数声何处啼。
哑哑[⑥]似语无栖枝，
此意深闺[⑦]惟妾知。
君今万里应同谁，
西风萧萧无还期。

---

① 乌夜啼：《旧唐书·音乐志二》："《乌夜啼》，宋临川王义庆所作也。元嘉十七年，徙彭城王义康于豫章。义庆时为江州，至镇，相见而哭，为帝所怪，征还宅，大惧。妓妾夜闻乌啼声，扣斋合云：'明日应有赦。'其年更为南兖州刺史，作此歌……今所传歌似非义庆本旨。"

② 银缸：梁元帝《草名》诗："金钱买含笑，银釭影梳头。"董解元《西厢记诸宫调》卷四："壁上银釭半明灭，床上无眠，愁对如年夜。"

③ □□：此处原缺。据《童贾集》，当为"金梭"。

④ 兰房：《文选·潘岳〈哀永逝文〉》："委兰房兮繁华，袭穷泉兮朽壤。"吕延济注："兰房，妻尝所居室也。"

⑤ 罗帏：《京本通俗小说·西山一窟鬼》："绣被五更香睡好，罗帏不觉纱窗晓。"

⑥ 哑哑：李白《乌夜啼》诗："黄云城边乌欲栖，归飞哑哑枝上啼。"

⑦ 深闺：白居易《长恨歌》："杨家有女初长成，养在深闺人未识。"

梦魂①夜夜随乌飞。

关山月②

贺兰山头一片月，
长安城中万家雪。
征人夜渡流沙去，
草色遥将玉门③曙。
吞声出关风凄凄，
黄云白雁④何年归。

铜雀台⑤

临高台，何崔巍。
漳水⑥悠悠月光辉。
台影倒入铜雀飞，
昔人乘龙何处归。
荒草白日埋玉衣⑦，
西陵道上行客稀。
高台崔巍亦何为。

---

① 梦魂：晏几道《鹧鸪天》词："春悄悄，夜迢迢，碧云天共楚宫遥。梦魂惯得无拘检，又踏杨花过谢桥。"

② 关山月：《乐府诗集·横吹曲辞三·关山月》题解："《乐府解题》曰：'《关山月》，伤离别也。古《木兰诗》曰："万里赴戎机，关山度若飞。朔气传金柝，寒光照铁衣。"'按相和曲有《度关山》，亦类此也。"

③ 玉门：《汉书·西域传序》："东则接汉，阨以玉门、阳关，西则限以葱岭。"

④ 白雁：《孔氏谈苑·白雁为霜信》："北方有白雁，似雁而小，色白。秋深至则霜降，河北人谓之霜信。"

⑤ 铜雀台：郭茂倩《乐府诗集·相和歌辞六·铜雀台》题解："一曰《铜雀妓》。《邺都故事》曰：'魏武帝遗命诸子曰："吾死之后，葬于邺之西岗上，与西门豹祠相近，无藏金玉珠宝。余香可分诸夫人，不命祭吾。妾与伎人，皆著铜雀台，台上施六尺床，下繐帐，朝晡上酒脯糗糒之属。每月朝十五，辄向帐前作伎，汝等时登台，望吾西陵墓田。"'……后人悲其意，而为之咏也。"

⑥ 漳水：郦道元《水经注》卷十："浊漳水出上党长子县西，发鸠山。……清漳水出上党沾县西北少山大要谷。"

⑦ 玉衣：《汉书·霍光传》："光薨……赐金钱、缯絮、绣被百领，衣五十箧，璧珠玑玉衣。"颜师古注："《汉仪注》以玉为襦，如铠状连缀之，以黄金为缕，要已下玉为札，长尺，广二寸半为甲，下至足，亦缀以黄金缕。"

猛虎行①

阳羡②山中多猛虎，
山下游人自歌舞。
夜深醉卧山路旁，
年年不闻人虎伤。
前村有人哭烟树③，
儿郎入城血如注。
隶人杖子④如爪牙，
劝郎莫入城中去。

七夕⑤夜女歌

谁谓不相逢，
一年还一夕⑥。
此时恨杀陌上郎，
年年犹是江南客。

送孙禹锡⑦入都

夫容⑧江上花十亩，

---

① 猛虎行：《乐府诗集·相和歌辞六·猛虎行》郭茂倩题解："古辞曰：'饥不从猛虎食，暮不从野雀栖。野雀安无巢，游子为谁骄。'"

② 阳羡：杜佑《通典》卷一百八十二："义兴，汉阳羡县故城，在南。晋以周玘行义讨石冰，割吴兴之阳羡并长城之北乡为义兴郡，以表玘功。隋平陈，废郡为义兴县。有太湖、滆湖、洮湖、荆溪，周处斩蛟于此。有君山、章山、国山。"

③ 烟树：周孚先《蝶恋花》词："舟舣津亭何处？晓起珑璁，回首迷烟树。"

④ 杖子：孟元老《东京梦华录·车驾宿大庆殿》："又有裹锦缘小帽、锦络宽衫士兵，各执银裹头黑漆杖子。"

⑤ 七夕：杜甫《牵牛织女》诗："牵牛在河西，织女处其东；万古永相望，七夕谁见同！"

⑥ 一夕：《左传·僖公三十三年》："居则具一日之积，行则备一夕之卫。"

⑦ 孙禹锡：《常熟孙氏宗谱·富二公派常熟练塘支世系》："柚，二川公长子，字禹锡，号遂初，又号淮南，太学生。生嘉靖庚子十月初三，卒万历辛卯。配何氏，副吕氏。葬吾谷二（川）昭穴。子四：秉宁、秉清，何出。秉灵、秉贞，副出。女二，适龚，适顾，何出。"万历《常熟县私志·叙族六》："孙柚字禹锡，号遂初，政之侄。营啸台，营藤溪，又尝营一钓舫，固是烟霞伎俩。字侠风霜，篇连月露。而跅弛不检，家遂以倾。所著《藤溪稿》《苏门稿》《虞山记游》，又撰传奇《琴心记》。

⑧ 夫容：即芙蓉。《汉书·扬雄传上》："衿芰茄之绿衣兮，被夫容之朱裳。"

花里人家卖新酒。
送客泊船短亭①下，
却怪萧萧路旁柳。
柳枝最是映离觞②，
欲饮不饮空断肠。
与君对面成千里，
江光酒色俱微茫。
君今负笈③燕台去，
诗歌照水柳叶香。
星文④虹气⑤乱行李，
宝刀一片生清霜⑥。
天子新开皇极殿⑦，
中兴玉帛⑧来万方。
亦有诏书问文学，
承相延英⑨夜开阁⑩。
寒士朝犹挂黑裘，
暮即分番侍帷幄⑪。

---

① 短亭：庾信《哀江南赋》："十里五里，长亭短亭。"
② 离觞：王昌龄《送十五舅》诗："夕浦离觞意何已，草根寒露悲鸣虫。"
③ 负笈：《后汉书·李固传》："常步行寻师。"李贤注引三国吴谢承《后汉书》："固改易姓名，杖策驱驴，负笈追师三辅，学五经，积十余年。"
④ 星文：刘长川《宝剑篇》："匣里星文动，环边月影残。"
⑤ 虹气：《诗·墉风·蝃蝀》："蝃蝀在东。"毛传："蝃蝀，虹也。夫妇过礼，则虹气盛。"袁于令《西楼记·侠概》："呀，看星文耀日，虹气干云，果是神物。"
⑥ 清霜：湛方生《吊鹤文》："独中宵而增思，负清霜而夜鸣。"
⑦ 皇极殿：刘若愚《酌中志·大内规制纪略》："皇极殿，即奉天殿也，金砖玉瓦。"《日下旧闻考·宫室·明一》："上曰皇极殿，中曰中极殿，后曰建极殿，所谓三大殿也。"
⑧ 玉帛：陆游《长歌行》："万国朝未央，玉帛来联翩。"
⑨ 延英：《唐六典·尚书·工部》："宣政之左曰东上阁，右曰西上阁，次西曰延英门，其内之左曰延英殿。"白居易《寄隐者》诗："昨日延英对，今日崖州去。"高承《事物纪原·朝廷注措·延英》："《唐书》：'韩皋曰："延英之置，肃宗以苗晋卿年老难步，故设之耳。"后代因以为故事。《宋朝会要》：'康定二年八月，宋庠奏："唐自中叶已还，双日及非时大臣奏事，别开延英赐对。"今假日御崇政、延和是也。'"
⑩ 开阁：《汉书·公孙弘传》："起客馆，开东阁以延贤人，与参谋议"。
⑪ 帷幄：《旧唐书·王琚传》："琚在帷幄之侧，常参闻大政，时人谓之'内宰相'，无有比者。"

丈夫际遇合有期，
君今况当年少时。
炯如神蛟①出万壑，
徐看高旁星河②飞。

山中见落花作歌

山家③住处石为坞，
一带青峦似环堵④。
芳草苍苔碧半帘，
四壁寒将竹烟⑤补。
清森万木春正宜，
百道流泉带雨飞。
朝来晴气忽自吹，
却换流莺⑥深树枝。
流莺二月羽毛弱，
枝头怨语声凄凄。
更有桃花惜春去，
片片风前为辞树。
沾衣点点浑似愁，
不解飘零是何处。
流莺乱啼花乱落，
呼童夜起开山阁。
秉烛前村沽酒浆，
生涯安问年来恶。
年来年去一消魂，
眼中非是谁能论。

---

① 神蛟：刘向《新序·善谋下》："夫神蛟济于渊，而凤鸟乘于风，圣人因于时。"
② 星河：李清照《南歌子》词："天上星河转，人间帘幕垂。"
③ 山家：高启《一剪梅·闲居》词："竹门茅屋槿篱笆，道似田家，又似山家。"
④ 环堵：《礼记·儒行》："儒者有一亩之宫，环堵之室。"郑玄注："环堵，面一堵也。五版为堵，五堵为雉。"
⑤ 竹烟：钱起《省中对雪寄元判官拾遗昆季》诗："散影成花月，流光透竹烟。"
⑥ 流莺：晏殊《酒泉子》词："春色初来，遍拆红芳千万树，流莺粉蝶斗翻飞。"

石家金谷①莺无主，
武陵仍失桃花源②。
黄金白璧能人走，
朝秦暮楚③如辖轩④。
请看一炬西京火，
未央宫⑤殿成郊原。
上林⑥须臾地裂平，
金铜仙人空泪痕。
神仙富贵皆如此，
宁使尊中虚绿蚁⑦。
谁见长留世上名，

---

① 金谷：石崇金谷园。潘岳《金谷集作》诗："朝发晋京阳，夕次金谷湄。"

② 桃花源：《陶渊明集》卷六《桃花源记》："晋太元中，武陵人捕鱼为业。缘溪行，忘路之远近。忽逢桃花林，夹岸数百步，中无杂树，芳华鲜美，落英缤纷。渔人甚异之，复前行，欲穷其林。林尽水源，便得一山。山有小口，髣髴若有光，便舍船从口入。初极狭，才通人，复行数十步，豁然开朗。土地平旷，屋舍俨然，有良田、美池、桑竹之属，阡陌交通，鸡犬相闻。其中往来种作，男女衣着，悉如外人。黄发垂髫，并怡然自乐。见渔人乃大惊，问所从来，具答之。便要还家，为设酒杀鸡作食。村中闻有此人，咸来问讯。自云先世避秦时乱，率妻子邑人来此绝境，不复出焉，遂与外人间隔。问今是何世，乃不知有汉，无论魏晋。此人一一为具言所闻，皆叹惋。余人各复延至其家，皆出酒食。停数日，辞去。此中人语云：'不足为外人道也。'既出，得其船，便扶（一作于）向路，处处志之。及郡下，诣太守说如此。太守即遣人随其往，寻向所志，遂迷不复得路。南阳刘子骥，高尚士也。闻之，欣然规往，未果，寻病终。后遂无问津者。"

③ 朝秦暮楚：晁补之《北渚亭赋》："仕如行贾，孰非逆旅？托生理于四方，固朝秦而暮楚。"

④ 辖轩：《新唐书·高季辅传》："为政之道，期于易从，不恤其匮，而须其廉，正恐巡察岁出，辖轩继轨，而侵渔不息也。"

⑤ 未央宫：《后汉书·刘玄传》："初，王莽败，唯未央宫被焚而已，其余宫馆一无所毁。宫女数千，备列后庭，自钟鼓、帷帐、舆辇、器服、太仓、武库、官府、市里，不改于旧。更始既至，居长乐宫，升前殿，郎吏以次列庭中。更始羞怍，俯首刮席不敢视。诸将后至者，更始问虏掠得几何，左右侍官皆宫省久吏，各惊相视。"

⑥ 上林：《三辅黄图·苑囿》："汉上林苑，即秦之旧苑也。《汉书》云：'武帝建元三年，开上林苑，东南至蓝田宜春、鼎湖、御宿、昆吾，旁南山而西，至长杨、五柞，北绕黄山，濒渭水而东，周袤三百里。'离宫七十所，皆容千乘万骑。"

⑦ 绿蚁：《文选·谢朓〈在郡卧病呈沈尚书诗〉》："嘉鲂聊可荐，绿蚁方独持。"张铣注："绿蚁，酒也"。白居易《问刘十九》诗："绿蚁新醅酒，红泥小火炉。"

彭铿①八百终须死。

青冢黄泉无酒浇，

生不追欢亦徒尔。

吾生少长常贫贱，

性僻山川鄙州县。

生来不识父母邦，

吴江②楚峤③青鞋遍。

年年出门酒一壶，

腰下轻盘山海图。

狂来双眼小六合，

昆仑渤海④烟模糊。

去年到家头半白，

相见乡人不相识。

空囊孤剑草堂前，

亦有儿童揖行客。

忆昔寻真⑤江海边，

家人几见莺花⑥妍。

到家经春春又老，

把酒看花真可怜。

题诗为寄东邻叟，

---

① 彭铿：刘向《列仙传》卷上："彭祖者，殷大夫也。姓篯，名铿，帝颛顼之孙，陆终氏之中子。历夏至殷末八百余岁，常食桂芝，善导引行气。历阳有彭祖仙室，前世祷请风雨，莫不辄应。常有两虎在祠左右，祠讫地即有虎迹云，后升仙而去。遐哉硕仙，时惟彭祖。道与化新，绵绵历古。隐伦玄室，灵著风雨。二虎啸时，莫我猜侮。"

② 吴江：顾祖禹《读史方舆纪要》卷二十四："吴江，在县东门外，即长桥下分太湖之流而东出者。古名笠泽江，亦曰松陵江，亦曰松江。齐明帝末，王敬则举兵会稽，至浙江，吴郡太守张环遣兵拒之于松江。闻敬则军鼓声，一时散走。梁承圣初，王僧辨破侯景于建康，景东走，僧辨遣别将侯瑱追之，及景于松江，景败遁。唐乾宁二年，杨行密置寨于此，亦以松江为名，即三江之一也。东行凡二百六十里入于海。"

③ 楚峤：张孝祥《蝶恋花·送刘恭父》词："归去槐庭思楚峤，觚棱月晓期分照。"

④ 渤海：《庄子·说剑》："绕以渤海，带以常山。"《史记·秦始皇本纪》："上亲禅高里，祠后土，临渤海。"

⑤ 寻真：魏野《寻隐者不遇》诗："寻真误入蓬莱岛，香花不动松花老。"

⑥ 莺花：孙枝蔚《寒食对酒有怀兄弟》诗："兄弟多年别，莺花故国思。"

囊中莫恋黄金钱。

金钱散去还复来，

几见老人重少年。

吴淞行送张观察①

吴淞江②头布帆立，

江上西风浪声急。

使君乘槎迟明③发，

雪色翩翩度乡邑。

玄文④赤舄⑤乱云鸟⑥，

白简⑦青霜⑧卧篇什⑨。

吴淞越水本同源⑩，

---

① 张观察：王兆云《皇明词林人物考》卷十《张助甫》："公名九一，字助甫，别号周田，河南新蔡人也。由嘉靖癸丑进士，官至都御史。与元美诸公游，所称三甫者，公其一也。先是何、李二氏旗鼓中原，嘉隆以来，问斯道于中原，公其祠向乎。所作近体最工，而流布宇内。亦惟近体最多，闻其全集卷帙甚富，尚未附之剞劂。何也？其文得西京矩矱，诗与文两者难以并工。文宗汉，诗宗唐，公诚兼材矣夫。"

② 吴淞江：顾祖禹《读史方舆纪要》卷二十四："吴淞江在府南，从吴江县流入境，合于庞山湖，转而东入昆山县界。又娄江在今城东娄门外，亦自吴江县流入，至城南复东北流，至娄门外东流入岷山县境，今详见大川三江。"

③ 迟明：《史记·卫将军骠骑列传》："迟明，行二百余里，不得单于，颇捕斩首虏万余级。"

④ 玄文：《楚辞·九章·怀沙》："玄文处幽兮，蒙瞍谓之不章。"姜亮夫校注："玄文，黑文也。"

⑤ 赤舄：《左传·桓公二年》："带、裳、幅、舄……昭其度也。"杜预注："舄，复履。"《诗·大雅·韩奕》："玄衮赤舄。"晋崔豹《古今注·舆服》："舄，以木置履下，干腊不畏泥湿也。"

⑥ 云鸟：异代。北周武帝《大赦诏》："云鸟殊世，文质异时。"

⑦ 白简：周密《唱名记》："上御集英殿，拆号唱进士名，各赐绿襕袍、白简、黄衬衫。"

⑧ 青霜：《汉武帝内传》："夫人年可二十余，天姿精耀，灵眸绝朗，服青霜之袍，云彩乱色，非锦非绣，不可名字。"

⑨ 篇什：《韩昌黎诗集编年笺注》卷十一："毛诗凡一题为一篇，二雅繁多，每十篇为一什，后人概以称《诗》。如钟嵘《诗品》云：永嘉篇什，理过其辞。《梁简文帝答湘东王书》：'裴氏乃是良史之才，了无篇什之美'是也。"

⑩ 本同源：《童贾集》作："同一源"。

出门候吏①争相集。

星文②片片动云间，

宁论紫气③生函关④。

螭头⑤初奉至尊⑥命，

豸衣⑦暂枉监司⑧班。

钱塘⑨自古称佳丽⑩，

绣作青山玉为地。

满湖箫鼓闹⑪春城，

万树花枝夹游骑。

花枝箫鼓相参差，

楼台半是南朝寺⑫。

古来贤士⑬多托迹⑭，

---

① 候吏：候人。《韩非子·外储说左下》："臣居齐荐三人，一人得近王，一人为县令，一人为候吏。及臣得罪……候吏者追臣至境上，不及不止。"

② 星文：颜之推《颜氏家训·杂艺》："及星文风气，率为劳为之。"

③ 紫气：《史记·老子韩非列传》："莫知其所终。"《索隐》引汉刘向《列仙传》："老子西游，关令尹喜望见有紫气浮关，而老子果乘青牛而过也。"

④ 函关：《史记》卷七："行略定秦地函谷关，有兵守关不得入。"《集解》："文颖曰：'时关在弘农县衡山岭，今移在河南谷城县。'"《索隐》："颜师古云：'今桃林县南有洪溜涧水，即古之函关。'按：山形如函，故称函关。"《正义》："《括地志》云：'函谷关在陕州桃林县西南十二里，秦函谷关也。'《图记》云：'西去长安四百余里，路在谷中，故以为名。'"

⑤ 螭头：赵彦卫《云麓漫钞》卷七："唐制，起居郎、起居舍人在紫宸内阁，则夹香案立殿下，直第二螭首，和墨濡笔，皆即坳处，时号螭头。"

⑥ 至尊：贾谊《过秦论上》："及至始皇，奋六世之余烈，振长策而御宇内，吞二周而亡诸侯，履至尊而制六合。"

⑦ 豸衣：归有光《送福建按察司王知事序》："乃除为福建按察司知事。知事于州佐，品秩为降。然衣豸衣，自郡守二千石皆与抗礼，于外省为清阶。

⑧ 监司：《后汉书·左雄传》："监司项背相望，与同疾疢，见非不举，闻恶不察。"

⑨ 钱塘：《史记·秦始皇本纪》："过丹阳，至钱唐。"正义："钱唐，今杭州县。"

⑩ 佳丽：《楚辞·九章·抽思》："好姱佳丽兮，牉独处此异域。"王逸注："容貌说美，有俊德也。"

⑪ 闹：《童贾集》作："震"。

⑫ 南朝寺：杜牧《樊川集》卷三《江南春绝句》："千里莺啼绿映红，水村山郭酒旗风。南朝四百八十寺，多少楼台烟雨中。"

⑬ 贤士：《童贾集》作："贤达"。

⑭ 托迹：高启《送吕山人入道序》："而其隐也，皆托迹山林为老氏之徒。"

国士①宁辞一行吏②。
君材慷慨称绝伦，
万里中③看试骐骥。
幕中不久淹陈琳④，
宣室⑤还应诏贾谊⑥。
丈夫用世合有时，
岂必飞腾即高位。
嗟余溇落⑦本无依，
朝吴暮楚知音稀。
忆昔逢君五陵⑧陌，
飞觞⑨走马⑩长追随。

---

① 国士：《战国策·赵策一》："知伯以国士遇臣，臣故国士报之。"黄庭坚《书幽芳亭》："士之才德盖一国则曰国士。"

② 行吏：出使。陶翰《望太华赠卢司仓》诗："行吏到西华，乃观三峰壮。"

③ 中：《童贾集》作："终"。

④ 陈琳：《三国志·魏志》卷二十一《陈琳传》："始文帝为五官将，及平原侯植皆好文学。粲与北海徐幹字伟长、广陵陈琳字孔璋、陈留阮瑀字元瑜、汝南应玚字德琏、东平刘桢字公幹并见友善。……瑀少受学于蔡邕。建安中都护曹洪欲使掌书记，瑀终不为屈。太祖并以琳、瑀为司空军谋祭酒，管记室，军国书檄，多琳、瑀所作也。"

⑤ 宣室：《史记·屈原贾生列传》："孝文帝方受釐，坐宣室。上因感鬼神事，而问鬼神之本。贾生因具道所以然之状。"《集解》引苏林曰："未央前正室。"《索隐》引《三辅故事》云："宣室在未央殿北。"

⑥ 贾谊：《汉书》卷四十八《贾谊传》："贾谊，雒阳人也，年十八，以能诵诗书属文称于郡中。……廷尉乃言谊年少，颇通诸家之书。文帝召以为博士。……谊以为汉兴二十余年，天下和洽，宜当改正朔，易服色制度，定官名，兴礼乐。……于是天子后亦疏之，不用其议，以谊为长沙王太傅。……赞曰：刘向称贾谊言三代与秦治乱之意，其论甚美，通达国体，虽古之伊、管未能远过也。使时见用，功化必盛。为庸臣所害，甚可悼痛。"

⑦ 溇落：失意。苏轼《欲就蒜山松林中卜居》诗："我材溇落本无用，虚名惊世终何益？"

⑧ 五陵：《文选·班固〈西都赋〉》："南望杜霸，北眺五陵。"刘良注："宣帝杜陵，文帝霸陵在南，高、惠、景、武、昭帝此五陵皆在北。"

⑨ 飞觞：《文选·左思〈吴都赋〉》："里燕巷饮，飞觞举白。"刘良注："行觞疾如飞也。大白，杯名，有犯令者举而罚之。"

⑩ 走马：《诗·大雅·绵》："古公亶父，来朝走马。"王先谦集疏："《玉篇·走部》：'趣，遽也。'《诗》曰：'来朝趣马。'言早且疾也。知韩'走'作'趣'。"

有时沧海①共明月，
龙蛇鹿豕同襟期②。
郢中③邺下④世已远，
千年见尔诚⑤可师。
寻君几度吴淞口，
问奇时载吴船酒。
每握清篇江上归，
虹气遥知犯牛斗⑥。

---

① 沧海：《童贾集》作："沧江"。

② 襟期：王晫《今世说·容止》："梁苍岩襟期潇洒，意度廓落，大类坡仙。"

③ 郢中：宋玉《对楚王问》："客有歌于郢中者，其始曰《下里巴人》，国中属而和者数千人。"

④ 邺下：《读史方舆纪要》卷四十九："邺城，在县西二十里。春秋时齐桓公所置，管子曰'筑五鹿、中牟、邺以卫诸侯'是也。后属晋。魏文侯七年始得其地，改曰魏，寻复为邺。安釐王十九年使晋鄙等救赵邯郸，畏秦之强，止壁于邺。《史记》：'赵悼襄王六年魏与赵邺。九年秦攻邺，拔之。又秦始皇十一年王翦等攻邺，取八城。'汉高十二年置魏郡，治邺县。后汉初更始将谢躬屯邺，光武使吴汉等袭邺斩躬，悉降其众。建初七年帝幸邺。初平二年袁绍自为冀州牧，镇邺。建安八年曹操败袁谭、袁尚于黎阳，追至邺，收其麦。九年操攻邺，为土山地道以攻之。既而毁土山地道，凿堑围城，引漳水灌之，寻拔其城。十五年建邺都，作三台。曹丕篡位，号为五都之一。"

⑤ 诚：《童贾集》作："真"。

⑥ 牛斗：《晋书》卷三十六《张华传》："初，吴之未灭也，斗牛之间常有紫气，道术者皆以吴方强盛，未可图也，惟华以为不然。及吴平之后，紫气愈明。华闻豫章人雷焕妙达纬象，乃要焕宿，屏人曰：'可共寻天文，知将来吉凶。'因登楼仰观。焕曰：'仆察之久矣，惟斗牛之间颇有异气。'华曰：'是何祥也？'焕曰：'宝剑之精，上彻于天耳。'华曰：'君言得之。吾少时有相者言，吾年出六十，位登三事，当得宝剑佩之。斯言岂效与！'因问曰：'在何郡？'焕曰：'在豫章丰城。'华曰：'欲屈君为宰，密共寻之，可乎？'焕许之。华大喜，即补焕为丰城令。焕到县，掘狱屋基，入地四丈余，得一石函，光气非常，中有双剑，并刻题，一曰龙泉，一曰太阿。其夕，斗牛间气不复见焉。焕以南昌西山北岩下土以拭剑，光芒艳发。大盆盛水，置剑其上，视之者精芒炫目。遣使送一剑并土与华，留一自佩。或谓焕曰：'得两送一，张公岂可欺乎？'焕曰：'本朝将乱，张公当受其祸。此剑当系徐君墓树耳。灵异之物，终当化去，不永为人服也。'华得剑，宝爱之，常置坐侧。华以南昌土不如华阴赤土，报焕书曰：'详观剑文，乃干将也，莫邪何复不至？虽然，天生神物，终当合耳。'因以华阴土一斤致焕。焕更以拭剑，倍益精明。华诛，失剑所在。焕卒，子华为州从事，持剑行经延平津，剑忽于腰间跃出堕水。使人没水取之，不见剑，但见两龙各长数丈，蟠萦有文章，没者惧而反。须臾光彩照水，波浪惊沸，于是失剑。华叹曰：'先君化去之言，张公终合之论，此其验乎！'华之博物多此类，不可详载焉。"

茂先①博物②讵足论，
平子③词华亦何有。
去来江汉④同烟霞，
冰霰⑤徐看十年久。
君今仗剑酬国恩，
余亦乘舟还鹿门⑥。
倘能行县⑦咨民瘼，
不惜停骖问隐沦⑧。

古剑行

床头寒气练一匹⑨，
白日萧萧挂山壁。
尘侵露蚀蟾蜍⑩老，
解使光芒夜狼籍。
水文不定流匣中，
又似芙蓉闶秋色。

---

① 茂先：《晋书》卷三十六《张华传》："张华字茂先，范阳方城人也。父平，魏渔阳郡守。华少孤贫，自牧羊，同郡卢钦见而器之。乡人刘放亦奇其才，以女妻焉。华学业优博，辞藻温丽，朗赡多通，图纬方伎之书莫不详览。少自修谨，造次必以礼度。勇于赴义，笃于周急。器识弘旷，时人罕能测之。"

② 博物：《晋书》卷三十六《张华传》："华性好人物，诱进不倦，至于穷贱候门之士有一介之善者，便咨嗟称咏，为之延誉。雅爱书籍，身死之日，家无余财，惟有文史溢于机箧。尝徙居，载书三十乘。秘书监挚虞撰定官书，皆资华之本以取正焉。天下奇秘，世所稀有者，悉在华所。由是博物洽闻，世无与比。"

③ 平子：即张衡。

④ 江汉：《诗·小雅·四月》："滔滔江汉，南国之纪。"朱熹集传："江汉，二水名。"

⑤ 冰霰：顾炎武《寄刘处士大来》诗："忆昨出门初，朔风洒冰霰。"

⑥ 鹿门：杜甫《冬日有怀李白》诗："未因乘兴去，空有鹿门期。"

⑦ 行县：《后汉书·崔骃传》："乃遂单车到官，称疾不视事，三年不行县。"李贤注引《续汉志》："郡国常以春行县，劝人农桑，振救乏绝。"

⑧ 隐沦：谢灵运《入华子冈是麻源第三谷》诗："既枉隐沦客，亦栖肥遁贤。"赵翼《题周山茨观察老圃秋容图》诗："公曾出塞悲流徙，我亦归田作隐沦。"

⑨ 练一匹：李白《秋浦歌》之十二："水如一匹练，此地即平天。"

⑩ 蟾蜍：《后汉书·天文志上》："言其时星辰之变。"刘昭注："羿请无死之药于西王母，姮娥窃之以奔月……姮娥遂托身于月，是为蟾蜍。"

龙邪蛇邪无定名，

欧冶①何年炼金液。

古人造此良不易，

肝胆犹存锻时迹。

浪游往岁曾佩将，

马头云气时时白。

延平津上湿五两②，

扬子江中浪十尺。

偶然泊船太湖傍，

忽有波涛浸芦荻。

仙人夜走入林屋，

七十二峰一齐失。

嗟余自是屠狗人，

周防安用怪与神。

把来欲似侠邪③客，

世上悠悠那可亲。

郡斋同韩使君观唐神龙年魏知古④告身⑤作歌呈使君因寄王校书

白麻⑥五尺小史将，

---

① 欧冶：葛洪《抱朴子·尚博》："虽有拟断之剑，犹谓之不及欧冶之所铸也。"

② 五两：《文选·郭璞〈江赋〉》："舰五两之动静。"李善注："《兵书》曰：'凡候风法，以鸡羽重八两，建五丈旗，取羽系其巅，立军营中。许慎《淮南子》注曰：'綄，候风也，楚人谓之五两也。'"

③ 侠邪：《金史·王伦传》："王伦字正道，故宋宰相王旦弟王勉玄孙。侠邪无赖，年四十余尚与市井恶少群游汴中。"

④ 魏知古：《旧唐书》卷九十八《魏知古》："魏知古，深州陆泽人也。性方直，早有才名。弱冠举进士，累授著作郎，兼修国史。长安中，历迁凤阁舍人、卫尉少卿。时睿宗居藩，兼检校相王府司马。神龙初，擢拜吏部侍郎，仍并依旧兼修国史，寻进位银青光禄大夫。明年，丁母忧去职，服阕授晋州刺史。睿宗即位，以故吏召拜黄门侍郎，兼修国史。……睿宗嘉其切直，寻令同中书门下平章事。玄宗在春宫，又令兼左庶子。未几，迁户部尚书，余如故。明年，擢拜侍中。……知古初为黄门侍郎，表荐洹水令吕太一、蒲州司功参军齐澣、前右内率府骑曹参军柳泽；及知吏部尚书事，又擢用密县尉宋遥、左补阙袁晖、右补阙封希颜、伊阙尉陈希烈，后咸累居清要，时论以为有知人之鉴。"

⑤ 告身：元稹《为萧相谢告身状》："右，中使某乙至，奉宣进止，赐臣某官告身一通。"陆容《菽园杂记》卷十："乃知告身非诰敕，即今文凭类也。"

⑥ 白麻：《新唐书·百官志一》："凡拜免将相，号令征伐，皆用白麻。"

高斋①试展竹满墙。
南风吹酒白袷凉，
青山入槛芙蓉香。
枯藤坠石苔色苍，
墨池倒影山日黄。
房州皇帝②重造唐，
到今甲子经千霜。
毛锥竹简书春王③，
华山几崩梁几亡。
河迁洛走靡有常，
鼠肝④螳臂⑤诚毫芒。
何年避乱浮大江，
天吴望之为退藏⑥。
信有灵物为堤防，
只今开卷纷赤光。
偶然见之双石旁，
蝌蚪⑦却走神龙翔。
使君谛视良欲狂，

① 高斋：孟浩然《宴张别驾新斋》诗："高斋征学问，虚薄滥先登。"

② 房州皇帝：《旧唐书》卷七《中宗纪》："中宗大和圣昭孝皇帝讳显，高宗第七子，母曰则天顺圣皇后，显庆元年十一月乙丑，生于长安。明年封周王，授洛州牧。仪凤二年，徙封英王，改名哲，授雍州牧。永隆元年，章怀太子废，其年立为皇太子。弘道元年十二月，高宗崩，遗诏皇太子柩前即帝位。皇太后临朝称制，改元嗣圣。元年二月，皇太后废帝为庐陵王，幽于别所。其年五月，迁于均州，寻徙居房陵。圣历元年，召还东都，立为皇太子，依旧名显。时张易之与弟昌宗潜图逆乱。神龙元年正月，凤阁侍郎张柬之、鸾台侍郎崔玄暐、左羽林将军敬晖、右羽林将军桓彦范、司刑少卿袁恕己等定策率羽林兵诛易之、昌宗，迎皇太子监国，总司庶政。大赦天下。"

③ 春王：《春秋·定公元年》："元年春王。"杜预注："公之始年不书正月，公即位在六月故。"《旧唐书·文苑传下·刘蕡》："鲁定公元年春王不言正月者，《春秋》以其先君不得正其终，则后君不得正其始，故曰定无正也。"

④ 鼠肝：高彦休《唐阙史·军中生饩》："及大军加境，畅饮荐羞，不常厥味，猫脾鼠肝，亦登于俎。"

⑤ 螳臂：《庄子·人间世》："汝不知夫螳蜋乎？怒其臂以当车辙，不知其不胜任也。"

⑥ 退藏：苏舜钦《舟中感怀寄馆中诸君》诗："于时既无益，自合早退藏。"

⑦ 蝌蚪：苏轼《凤翔八观·石鼓歌》："忆昔周宣歌《鸿雁》，当时籀史变蝌蚪。"

高吟珠子声琳琅。

石鼓①千钧还自杠，

空林鸟啄谁能张。

海上吾曹几雁行②，

把之大笑天微茫。

忽疑匹练东南方，

有人骑马吴金阊③。

贞吉王孙④走书⑤千里率尔赋答

封题⑥紫烟湿，

云中堕黄鹤。

云是来寻蒯缑⑦者，

有人见下滕王阁。

阁中笑语栏槛流，

---

① 石鼓：苏轼《石鼓歌》："旧闻石鼓今见之，文字郁律蛟蛇走。"

② 雁行：《梁书·陈伯之传》："今功臣名将，雁行有序。"

③ 金阊：冯桂芬《重修吴县学记》："所辖金阊内外，比屋连甍，通阛带阓。"

④ 贞吉王孙：焦竑《国朝献征录》卷一《奉国将军多炡》："奉国将军多炡，字贞吉，弋阳多煌弟也。颖敏绝人，善诗歌，兼精绘事。见古名人墨迹，一再临之，如出其手。赤牍小□，日可百函，语语有致。始与宗人□硗境等结词社，久之游道益广，海内谭艺者，莫不知有贞吉。尝轻装远览山水，踪迹遍吴楚间。所至倾坐家居，以精铁冒门阈，宾客杂沓。未几，铁复铦去。晚病尪羸良苦，犹吟咏不废。临绝时，操笔作帖，命子堙等以白帻鹤氅敛榇侧，并镌勒铭识。门人子弟私谥曰清敏先生。所著《五游编》《勒游编》凡七卷，梓行于世。时乐安有辅国将军多□，亦雅有诗癖，造语新奇，与族人埤堘墙壥修竹林之游，放志文酒，夜以继日，终其世无忤也。竟病酒，后贞吉一年卒。"《明诗综》卷八十五《朱多炡》："多炡字贞吉，宁献王六世孙。封奉国将军。卒后私谥曰清敏先生。有《勒游稿》。《诗话》："贞吉与从兄多煓、用晦，并有诗名。用晦与金德甫交契，王元美人之'续五子'之列，然其诗无足观，不若贞吉之有爽气也。贞吉好游，变姓名为'来相如'，踪迹遍吴、越间。其子谋堙亦效之，变姓名曰'来鲲'，字子鱼，出游吴、楚。有集行世，临川汤若士为之序。所传'溪楼连夜雪，山县来年春'，其警句也。"

⑤ 走书：叶适《中奉大夫林公墓志铭》："朱公元晦既谪，士讳其学，公执弟子礼不变，未殁数月，犹走书问疑义云。"

⑥ 封题：干宝《搜神记》卷十七："诞曰：'吾膏久致梁上，人安得盗之？'给使曰：'不然。府君视之。'诞殊不信，试为视之，封题如故。"

⑦ 蒯缑：王錂《春芜记·访友》："愁睹青霜点鬓毛，蒯缑长夜气萧萧。"

美人水上弹箜篌①。
龙种②无论见鳞甲，
兔园③合有神仙俦。
常时挟客问星斗④，
车载邹枚⑤缶盛酒。
春来花发曲池头，
无数夭桃⑥斗新柳。
当杯客醉碧油幢⑦，
晴虹⑧吸尽城西江。
主人睥睨⑨六合小，
才高不让梁孝王⑩。

---

① 箜篌：《史记·孝武本纪》："祷祠泰一、后土，始用乐舞，益召歌儿，作二十五弦及箜篌瑟自此起。"《集解》引徐广曰："应劭云：'武帝令乐人侯调始造箜篌。'"《隋书·音乐志下》："今曲项琵琶、竖头箜篌之徒，并出自西域，非华夏旧器。"《旧唐书·音乐志》："形似瑟而小，七弦，用拨弹之……竖箜篌汉灵帝好之，体曲而长，二十有二弦，竖抱于怀，用两手齐奏，俗谓之擘箜篌。"

② 龙种：《隋书·房陵王勇传》："长宁王俨，勇长子也。诞乳之初，以报高祖，高祖曰：'此即皇太孙，何乃生不得地！'云定兴奏曰：'天生龙种，所以因云而出。'时人以为敏对。"

③ 兔园：《西京杂记》卷二："梁孝王好营宫室苑囿之乐，作曜华之宫，筑兔园。"

④ 星斗：《晋书·元帝纪论》："驰章献号，高盖成阴，星斗呈祥，金陵表庆。"

⑤ 邹枚：汉邹阳、枚乘的并称。北魏郦道元《水经注·睢水》："梁王与邹、枚、司马相如之徒极游于其上。"

⑥ 夭桃：《诗·周南·桃夭》："桃之夭夭，灼灼其华。"

⑦ 碧油幢：《南齐书·舆服志》："自辇以下，二宫御车，皆绿油幢，绛系络。御所乘，双栋。其公主则碧油幢云。"

⑧ 晴虹：《韵府》："晴虹即灯也。"

⑨ 睥睨：《魏书·萧衍传》："萧衍轻险有素，士操蔑闻，睥睨君亲，自少而专，好乱乐祸，恶直丑正。"

⑩ 梁孝王：《汉书》卷四十七《梁孝王刘武传》："梁孝王武以孝文二年与太原王参、梁王揖同日立。……是时，上未置太子，与孝王宴饮，从容言曰：'千秋万岁后传于王。'王辞谢。虽知非至言，然心内喜。太后亦然。其春，吴、楚、齐、赵七国反，先击梁棘壁，杀数万人。梁王城守睢阳，而使韩安国、张羽等为将军以距吴、楚。吴、楚以梁为限，不敢过而西，与太尉亚夫等相距三月。吴、楚破，而梁所杀虏略与汉中分。……招延四方豪桀，自山东游士莫不至：齐人羊胜、公孙诡、邹阳之属。公孙诡多奇邪计，初见日，王赐千金，官至中尉，号曰公孙将军。多作兵弩弓数十万，而府库金钱且百巨万，珠玉宝器多于京师。……以太后故，入则侍帝同辇，出则同车游猎上林中。"

等闲①读书三万轴，
偶然摇笔腾光芒。
海内词华声籍籍，
余愧从来不相识。
往年东跻日观②上，
踪观秣马③燕山④侧。
黎民表⑤者余最善，
更有梁孜⑥同莫逆。
并说君才具古人，
相思肯以山川隔。
前岁南寻回雁峰⑦，
刺船⑧到处采芙蓉。
鄱易⑨九日值风雨，
深山不敢探蛟龙。

---

① 等闲：贾岛《古意》诗："志士终夜心，良马白日足，俱为不等闲，谁是知音目。"

② 日观：郦道元《水经注·汶水》引汉应劭《汉官仪》："泰山东南山顶名曰日观。日观者，鸡一鸣时，见日始欲出，长三丈许，故以名焉。"

③ 秣马：《左传·襄公二十六年》："简兵搜乘，秣马蓐食。"

④ 燕山：李贺《马诗》之五："大漠沙如雪，燕山月似钩。"叶葱奇注："指燕然山，即今蒙古人民共和国的杭爱山。

⑤ 黎民表：字惟敬，号瑶石，广东从化人。

⑥ 梁孜：陶宗仪《书史会要》："梁孜字思伯，号浮山，广东顺德人。梁文康公之孙。官中书舍人，以能书名，兼善绘事。"彭蕴璨《历代画史汇传》卷三十一："梁孜字思伯，别号罗浮山人，人称之曰浮山官礼曹。画出北苑仲圭，杂得文氏三之一，能诗，善书，楷得文法。"徐沁《明画录》卷四："梁孜字思伯，号浮山，广东番禺人，大学士梁储子。官至礼部主客司。所作设色山水，清劲可爱。王世懋《怀旧》诗所谓'余巧被丹青，流风此未堕'者是也。"

⑦ 回雁峰：即雁回峰。《读史方舆纪要》卷八十："回雁峰，在府城南。相传雁至衡阳，不过，遇春而回。或曰峰势如雁之回也。南岳诸峰，回雁为首。傍有华灵峰，俗传华陀尝隐此。志云：七十二峰，在衡阳境内者凡七，曰岣嵝、回雁、碧云、华灵、白石、仙上、九岭是也。"

⑧ 刺船：《庄子·渔父》："乃刺船而去，延缘苇间。"

⑨ 鄱易：《读史方舆纪要》卷八十三："鄱阳湖即彭蠡湖，在南昌府东北一百五十里，饶州府西四十里，南康府城东五里，九江府东南九十里，周回四百五十里，浸四郡之境。《禹贡》：'彭蠡既潴。'《史记》：'吴起曰："三苗之国，左洞庭，右彭蠡。"'又汉武帝浮江出枞阳，过彭蠡。后亦谓之扬澜左里，晋末刘裕破卢循于左里，即彭蠡湖口也。"

归来闭门转相忆，

楚天入梦风涛色。

杜衡芦荻水千折，

何意翻劳双短翮。

露满长空秋寂寥，

夜深江汉正迢迢①。

剥啄②何来雪色衣，

蟾蜍入手青山高。

关河③飞度《阳春曲》④，

一片霜华⑤满林玉。

流云为停木叶寒，

明珠⑥乱走蛟人⑦哭。

感君慷慨还自怜，

仰面激烈⑧悲青天。

何时孤棹破晓烟，

借泊豫章⑨城子边。

---

① 迢迢：姜夔《除夜自石湖归苕溪》诗："细草穿沙雪半销，吴宫烟冷水迢迢。"

② 剥啄：高适《重阳》诗："岂有白衣来剥啄，亦从乌帽自欹斜。"

③ 关河：《史记·苏秦列传》："秦四塞之国，被山带渭，东有关河，西有汉中。"正义："东有黄河，有函谷、蒲津、龙门、合河等关。"

④ 《阳春曲》：李固《致黄琼书》："峣峣者易缺，皦皦者易污。《阳春》之曲，和者必寡。"

⑤ 霜华：吴昌龄《东坡梦》第三折："云淡晚风轻，露冷霜华重。"

⑥ 明珠：班固《白虎通·封禅》："江出大贝，海出明珠。"

⑦ 蛟人：木华《海赋》："其垠则有天琛水怪，蛟人之室。"《文选》作"鲛人"。任昉《述异记》卷上："蛟人，即泉先也，又名泉客。"梅尧臣《王安之寄石榴》诗："割之珠落盘，不待蛟人泣。"

⑧ 激烈：《文选·苏武〈诗〉之二》："长歌正激烈，心中怆以摧。"吕延济注："激烈，声高也。"

⑨ 豫章：《读史方舆纪要》卷八三："南昌府，《禹贡》扬州地，春秋、战国时并属楚。秦属九江郡，汉改九江为淮南国，而分置豫章郡。吴芮王长沙，兼得其地。文帝后七年地入于汉。后汉亦为豫章郡，三国吴因之。晋初仍旧，元康初置江州治焉。宋、齐以后并为豫章郡。隋平陈，废郡置洪州，炀帝复改为豫章郡。唐武德五年平林士弘，复为洪州，天宝初曰豫章郡，乾元初复曰洪州。五代初属于淮南，周显德六年南唐升为南昌府，建南都。宋复曰洪州，隆兴三年升隆兴府。元至元十四年改府为路，二十一年曰龙兴路。明初曰洪都府，寻为南昌府。今领州一，县七。"

《童子鸣集》卷之二

五言律诗

茅山①五首

紫气高坛湿,丹霞②石壁然。
碧桃③梁相④宅,苍木土人⑤田。

---

① 茅山:《童贾集》作:"茅君山"。《读史方舆纪要》卷二十《南直二·应天府·句容县》:"茅山,在县东南四十五里。山高三十里,周百五十里。初名句曲山,又名己山,皆以形似名。《吴越春秋》:'禹巡天下,登茅山以朝诸侯,更名为会稽。'亦曰苗山。《茅山记》:'秦始皇三十七年游会稽,还登句曲。'今茅山北垂有良常、秦望诸山,以始皇名也。汉有三茅君,得道于此,因谓之三茅峰。梁陶弘景亦隐居此山,道书以为第八洞天,第一福地。有三峰并秀,其支山别阜,随地立名者约三十余山。连峰迭嶂,南达吴兴,天目诸山大抵皆茅山也。又有峰岩洞壑冈垄泉涧之属,其得名者以百计。《唐六典》:'江南道名山之一曰茅山。'亦见镇江府金坛县。"《南史》卷七十六《陶弘景传》:"于是止于句容之句曲山。恒曰:'此山下是第八洞宫,名金坛华阳之天,周回一百五十里。昔汉有咸阳三茅君得道来掌此山,故谓之茅山。'"

② 丹霞:曹丕《丹霞蔽日行》:"丹霞蔽日,采虹垂天。"

③ 碧桃:韩偓《荔枝》诗之一:"汉武碧桃争比得,枉令方朔号偷儿。"

④ 梁相:《南史》卷七十六《陶弘景传》:"齐末为歌曰'水丑木'为'梁'字。及梁武兵至新林,遣弟子戴猛之假道奉表。及闻议禅代,弘景援引图谶,数处皆成'梁'字,令弟子进之。武帝既早与之游,及即位后,恩礼愈笃,书问不绝,冠盖相望。弘景既得神符秘诀,以为神丹可成,而苦无药物。帝给黄金、朱砂、曾青、雄黄等。后合飞丹,色如霜雪,服之体轻。及帝服飞丹有验,益敬重之。每得其书,烧香虔受。帝使造年历,至己巳岁而加朱点,实太清三年也。帝手敕招之,锡以鹿皮巾。后屡加礼聘,并不出,唯画作两牛,一牛散放水草之间,一牛着金笼头,有人执绳,以杖驱之。武帝笑曰:'此人无所不作,欲敩曳尾之龟,岂有可致之理。'国家每有吉凶征讨大事,无不前以咨询。月中常有数信,时人谓为山中宰相。二宫及公王贵要参候相继,赠遗未尝脱时。多不纳受,纵留者即作功德。"徐夤《岚似屏风》诗:"山中宰相陶弘景,谷口耕夫郑子真。"

⑤ 土人:郦道元《水经注·汶水》:"出谷有平丘,面山傍水,土人悉以种麦。"

山字①原成已， 经文只守玄②。

峰头下双鹄， 彷彿拥天仙。

其二

翠葆③鹤为驭， 鱼鳞贝作宫。

旌旟④云雾异⑤,香火岁时⑥同。

不识黄金贵， 能将白石⑦融。

游仙浑不远， 只在一山中。

其三

璧殿⑧悬金字,天书⑨藻玉晨⑩。

古碑间翠藓， 老桧长生鳞。

石道通仙窟， 松关⑪隔世尘⑫。

上皇⑬兹地是,或有避秦⑭人。

---

① 山字:范成大《甲辰人日病中吟六言六首以自嘲》之一:"攒眉辄作山字,啾耳惟闻水声。"

② 守玄:嵇康《卜疑》:"宁如老聃之清净微妙,守玄抱一乎?"

③ 翠葆:史浩《满庭芳·立春词时方狱空》词:"知是东皇翠葆,飞星汉,来止人间。"

④ 旌旟:《穀梁传·庄公二十五年》:"天子救日置五麾。"范宁注:"麾,旌幡也。"

⑤ 异:《童贾集》作:"隐"。

⑥ 岁时:《周礼·春官·占梦》:"掌其岁时,观天地之会,辨阴阳之气。"郑玄注:"其岁时,今岁四时也。"

⑦ 白石:刘向《列仙传·白石生》:"白石生,中黄丈人弟子,彭祖时已二千余岁……尝煮白石为粮。"

⑧ 璧殿:谢庄《送神歌》:"神之车,归清都。琁庭寂,玉殿虚。"

⑨ 天书:《隋书·经籍志四》:"凡八字,尽道体之奥,谓之天书。字方一丈,八角垂芒,光辉照耀,惊心眩目,虽诸天仙,不能省视。"

⑩ 玉晨:《潜研堂文集》卷二十《游茅山记》:"肩舆行数里,林木茂密,白云崇福观在焉,岩阿环抱,据一山之胜,而游者罕至。有元赵世延所撰碑,杨刚中书,甚有法,而《茅山志》、《县志》皆失载。又行数里,出山遥望,琳宫翼然,是为玉晨观,世称'第一福地'者也。其地为许长史故宅,陶隐居撰《旧馆坛碑》,今不存。唐时为华阳观,后改紫阳观,宋祥符初,改名玉晨。今下宫之左亦有紫阳观,非唐、宋旧迹矣。殿前有唐景昭法师碑,窦臮书,完好可读。碑额下有穿,仿汉碑式。其右为灵宝院,入门为周真人池,贞白之弟子周子良也。最后为斗姥阁,访颜鲁公玄靖先生碑,已糜碎,尚存二十一片,道士不知宝爱,委诸粪土瓦砾之场,恐妙迹不复留人间矣。观之北为郁冈,松竹夹道,严冬如春,实居小茅峰之阴,乾元观在焉。"

⑪ 松关:孟郊《退居》诗:"日暮静归时,幽幽扣松关。"

⑫ 世尘:王昌龄《题朱炼师山房》诗:"叩齿焚香出世尘,斋坛鸣磬步虚人。"

⑬ 上皇:《庄子·天运》:"监照下土,天下戴之,此谓上皇。"

⑭ 避秦:陶潜《桃花源记》:"自云先世避秦时乱,率妻子邑人,来此绝境,不复出焉。"庾信《周大将军司马裔神道碑》:"夏阳适晋,得随会而同奔;东海避秦,与毛公而俱隐。"

其四

岚重曲房①隐，藤穿小径空。

青城②通地底，圆峤③堕山中。

药灶白云满，经台④碧草丰。

岩花岁时发，日日自春风。

其五

琪树⑤瑶台⑥绕⑦，玄宫⑧宝日开。

人曾骑鹤去，　诏每带云来。

钟乳千年结，　灵芝五色栽。

六符⑨臣乞得，　何异海东回。

摄山⑩

名区⑪擅灵秀，花雨⑫自萧齐。

---

① 曲房：枚乘《七发》："往来游燕，纵恣于曲房隐间之中。"

② 青城：庾信《周车骑大将军贺娄公神道碑》："青城仙洞，黄石祠坛。"

③ 圆峤：袁宗道《封知县刘公墓志铭》："不得于武，去而神仙。三变入道，蓬莱圆峤，下视簪组，不满一笑。"

④ 经台：谢灵运《山居赋》："面南岭，建经台；倚北阜，筑讲堂；傍危峰，立禅室；临浚流，列僧房。"

⑤ 琪树：《文选·孙绰〈游天台山赋〉》："建木灭景于千寻，琪树璀璨而垂珠。"吕延济注："琪树，玉树。"

⑥ 瑶台：《楚辞·离骚》："望瑶台之偃蹇兮，见有娀之佚女。"游国恩《纂义》引徐焕龙曰："瑶台，砌玉为台。"王嘉《拾遗记·昆仑山》："傍有瑶台十二，各广千步，皆五色玉为台基。"

⑦ 绕：《童贾集》作："绕"。

⑧ 玄宫：班婕妤《自悼赋》："潜玄宫兮幽以清，应门闭兮禁闼扃。"

⑨ 六符：《汉书·东方朔传》："愿陈《泰阶六符》，以观天变，不可不省。"颜师古注："孟康曰：'泰阶，三台也。每台二星，凡六星。符，六星之符验也。'应劭曰：'《黄帝泰阶六符经》曰：泰阶者，天之三阶也。'上阶为天子，中阶为诸侯公卿大夫，下阶为士庶人。'"

⑩ 摄山：《读史方舆纪要》卷二十《江宁县》："摄山，府东北四十五里。山周四十里，与衡阳诸山接。陈霸先败齐兵于幕府山，其江乘、摄山、钟山诸军相次克捷是也。《地记》：'摄山形方，四面重岭似伞，亦名伞山。东连画石山，西南接落星山。'《志云》：'落星山周回六里，北临大江。'吴大帝时有三层高楼，名落星楼。《吴郡赋》所云'飨戎旅于落星之楼'是也。"

⑪ 名区：王中《头陀寺碑文》："惟此名区，禅慧攸托。倚据崇岩，临睨通壑。"

⑫ 花雨：《仁王经·序品》："时无色界雨诸香华，香如须弥，华如车轮。"李华《润州鹤林寺故径山大师碑铭》："十里花雨，四天香云，幢幡盖网，光蔽日月。"

近在帝城①北,遥如天竺②西。

石光韬舍利③,山相变菩提。

岭下长生草④,参差怪马蹄。

孤山⑤二首

借问青莲宇⑥,何年海上分。

经幢湿秋水, 香积⑦入寒云。

腥气鱼龙近, 涛声日夕⑧闻。

何须说瑶岛⑨,白鹤浑人群。

其二

孤亭与客到, 对海一尊开。

笑指日出没, 不知云往来。

蜀江⑩兹地尽,朔雁望中⑪回。

---

① 帝城:王维《奉和圣制春望之作应制》:"云里帝城双凤阙,雨中春树万人家。"

② 天竺:《后汉书·西域传·天竺》:"天竺国一名身毒,在月氏之东南数千里。"

③ 舍利:《魏书·释老志》:"佛既谢世,香木焚尸。灵骨分碎,大小如粒,击之不坏,焚亦不燋,或有光明神验,胡言谓之'舍利'。弟子收奉,置之宝瓶,竭香花,致敬慕,建宫宇,谓为'塔'。"

④ 长生草:姚宽《西溪丛语》卷下《琼田草》:"琼田草,生于分宁山谷间。有《琼田草经》一卷。八月十五日采之。草有十名,曰不死草、长生草,又云苦天之类。"联熏增纂《漳州府志》卷之三十九《物产·药之属》:"卷柏一名万岁,俗呼长生草。"《全唐诗补编·续拾》卷五十四《长生草》:"此草功能世所稀,不遇真本少人知。仙家异呼长生草,偏解常烧伏火砒。"

⑤ 孤山:《读史方舆纪要》卷九十:"孤山,在城西重湖之间,以独立波心而名。山坦夷,与宝石诸山隔湖相望。"

⑥ 青莲宇:《苏轼诗集》卷三十三《次韵曹子方龙山真觉院瑞香花》:"移栽青莲宇,遂冠苍卜林。注曰:'青莲宇,佛宫也。'《阿弥陀经》:'舍利弗极乐国,池中莲花,大如车轮,青色青光。'"

⑦ 香积:佛寺。刘长卿《秋夜肃公房喜普门上人自阳羡山至》诗:"早晚来香积,何人住沃洲?"

⑧ 日夕:《文选·王融〈三月三日曲水诗序〉》:"署行议年,日夕于中旬。"李周翰注:"考吏行之殿最,议年谷之丰俭而奏于天子,使朝夕盈于畿甸之中也。"

⑨ 瑶岛:《群音类选·蟠桃记·王母玩桃》:"须知道天台路窅通瑶岛。"

⑩ 蜀江:唐甄《潜书·利才》:"天下之险,莫如蜀江,莫如沧海。"

⑪ 望中:权德舆《酬冯监拜昭陵途中遇雨》诗:"甘谷行初尽,轩台去渐遥;望中犹可辨,耘鸟下山椒。"

余欲乘桴去， 仙人莫浪猜①。

松江超果寺②

古刹春城隔， 禅房花乱开。
僧归闭清磬③，鸟下啄苍苔。
门外石宜渡， 水中云自来。
不须霞五色， 名字是天台④。

吴江⑤龙王祠下试泉

祠下卷帆布， 缘知第四泉。
波文同一片， 水品自千年。
乍汲云浮瓮⑥， 旋烹香满船。
还将酹⑦龙子⑧，灵气绕长川⑨。

---

① 浪猜：刘基《蒋山寺十月桃花》："残蜂剩蝶相逢浅，黄菊芙蓉莫浪猜。"

② 超果寺：《全元文》卷五八三《曹氏舍田记》："超果寺在今松江府治之南西，实白衣大士瑞光示现之地，众敬趋凑，慈感如亲。事有吉凶祸福，其颂百三十，置签以卜之，谛信之归者亦多矣。"嘉庆《松江府志》："云间超果寺有大士像，郡志以为钱王时宫中所奉像也。梦感于王，欲适云间，王命庆依尊者奉像往。时主寺者释聪于像未至前曰：'三日内，当有主公至。'至期果然。像初至李塔汇，去寺十里近，髻上有光贯于寺西井，井有金鳗放光相接，若虹霓然，今名瑞光井者是也。宋理皇书赐额曰：'超果灵感观音教寺。'"

③ 清磬：陆游《冬朝》诗："圣贤虽远《诗》《书》在，殊胜邻翁击磬声。"自注："释氏谓铜钵为磬。"

④ 天台：《岑嘉州诗笺注》卷之一《出关经华岳寺访法华云公》："北齐慧文禅师传南岳慧思，再传隋智顗，以居天台山，因名天台宗。此派以《法华经》为本经，以《智度论》为指南，以《涅盘经》为扶疏，以《大品经》为观法，乃佛教中一重要派别。"

⑤ 吴江：李贤《明一统志》卷八："吴江县，在府城南四十里。本汉以来吴县地，五代梁开平间，吴越王钱氏始奏置吴江县。宋属松江府，元升为吴江州平江路。本朝洪武初复改为县，编户五百六十七里。"

⑥ 瓮：《易·井》："井谷射鲋，瓮敝漏。"陆德明《释文》引郑玄曰："瓮，停水器也。"

⑦ 酹：《周礼·大行人》："享上公再裸而酢，侯伯壹裸而酢，子男壹裸不酢。古凡享大宾，皆先摄瓒，酌郁鬯之酒，灌地而后送爵，故今饮席效之。"

⑧ 龙子：《史记·吴太伯世家》："文身断发。"《集解》引汉应劭曰："常在水中，故断其发，文其身，以象龙子，故不见伤害。"

⑨ 长川：曹植《洛神赋》："浮长川而忘反，思绵绵而增慕。"

玄墓寺①

古刹何人墓，残碑绕寺寻。
锺藏万山静，门卧五湖②深。
飞鸟破天影，落花伤客心。
平生慷慨意，一为恸高林。

访陆启孙③

小艇人烟④外，寻君枫树林。
门前秋水满， 座上晚山沈。
学道心仍古， 为儒名在今。

---

① 玄墓寺：钱谷《吴都文粹续集》卷三十二《寺院》："玄墓寺名圣恩庵，在邓尉山之南冈。元至正间，僧蔚万峰自杭来，止于此。初蔚辞其师千岩，请所往，答曰：'汝名，汝所止也。'及至邓尉，乞叶承三氏地，结庵居之。其徒大集，铺叙三十年，遂成精蓝，为吴中名刹。国朝洪武中，僧普寿、普隐，永乐中僧智璇先后重建，内有碧照轩，今为势家所有，渐废无考矣。"

② 五湖：《国语·越语下》："果兴师而伐吴，战于五湖。"韦昭注："五湖，今太湖。"《文选·郭璞〈江赋〉》："注五湖以漫游，灌三江而漰沛。"李善注引张勃《吴录》："五湖者，太湖之别名也。"

③ 陆启孙：王世贞《弇州山人四部续稿》卷一百八十三文《陆启孙》："往时，故人陆茂才为足下乞《安履山房诗》，念足下与顾山甫耳中五弦也，遂慨然应之。第辞烦局不获，畅以为恨。两月前方卧痾辞客，而小竖晚以一刺见示，则有足下名姓，且附双帕及伯氏《贞山先生集》，而仓卒不成报。足下雅度，不作赵壹猖狷，而仆偃蹇威明远矣。今走一介，候足下及山甫，倘惠然临之，即三径草没一丈，不惜躬除刈也。不腆之敬，未足拟缟，惟幸裁之。"王世贞《弇州史料》后集卷十八《陆给谏贞山公碑略》："陆公者讳粲，字子余，一字浚明。其先汉豫章都尉烈尝为吴令，而其人思之，及死，葬吴之胥屏亭，遂留家焉。至宋季而有十九朝议者，避兵徙长洲之陈湖，遂复为长洲人。公故家陈湖，而时时读书贞山中，学者尊称之曰贞山先生。"陆粲《陆子余集》卷三《天池山人陆采墓志铭》："天池山人陆子玄者，吾弟也。名灼，更名采，世吴人。吴之西境有山曰天池，盖道书所称可以度世者也。君意慕之，因自谓山人云。君生踔厉英发，始为校官弟子，不屑守章句，纵学无所不观，从其妇翁故太仆少卿都公游，锐意为古文辞。寻以例升太学，益务精进，视当世显人名能文章者，辄往踔门自通贽以所业，偕一见赏爱，其名遂隐然以起。自江以东学士，多延颈愿交者。……陆于吴为著姓，宋季始家陈湖之上。吾先君讳应宾，母夫人胡氏，有三子，君最少。先娶都公女，继娶邹氏子。男二，长舒枝，都出，府学生。次敬枝，侧出。"《梁辰鱼集》收录《玄墓云开僧舍寻陆启孙顾山父不遇》《陆启孙顾山父过草堂作》二诗。

④ 人烟：曹植《送应氏》诗之一："中野何萧条，千里无人烟。"

原生①吾岂敢,却喜识曾参②。

度穹窿山③寻顾山甫④秀才

乱石随飞鸟, 苍崖历百寻⑤。
为探高士⑥去,翻怪隐居深。
水近五湖色, 人倾千里心。
草堂遥指点, 云气昼沉沉⑦。

重过大石院⑧

马卿⑨经岁病,鹫石⑩此重寻。
寺小白云满, 树繁黄叶深。

---

① 原生:即原宪。孔子弟子,字子思,亦称原思、仲宪。

② 曾参:《史记》卷六十七《仲尼弟子列传第七》:"曾参,南武城人,字子舆。少孔子四十六岁。孔子以为能通孝道,故授之业。作《孝经》。死于鲁。"

③ 穹窿山:《读史方舆纪要》卷二十四《苏州府》:"穹窿山,府西南十里。山高峻,旁滨太湖。其顶方平,广可百亩。山半有泉曰法雨,分流下注,近采香泾复合为一,潴聚成潭,筑堰置闸,藉以灌田。成化中尝因故迹修治。又有香山,与穹窿相接。南址近太湖,曰胥口。其下即采香泾也,相传吴王种香处。又有胥山,《寰宇记》:'山在太湖口。吴王杀子胥,投之于江,吴人立祠于此,胥口盖因以名。'胥口之外曰胥湖,南有高峰,穹窿之脉尽于此。"

④ 顾山甫:字孟林。王世贞《弇州山人四部续稿》卷二百五《顾山甫》:"沈日章市口也,顾独能谈足下苦节高蹈,令人鼻端拂拂有烟霞,间想不谓岁邸一见之。张生所然,意足下眇小山泽癯耳。乃魁然顾躯,河朔一大侠。酒酣耳热,慷慨抅扬。骚雅下上,今古宛然。南华说剑,彭泽咏荆轲,状男子不可测。乃尔两月,复从沈所得足下书,若以仆为可与言者。诸体诗一帙读之,调高格苍,警语时出。令九原可作,迪功必为叹赏,念欲割镪与沈谋梓而一序之,觉为百穀道尽矣。百穀所谓平原患才多者也。拙诗二章,见鄙况知不足酬来美等于缩带而已,谢都尉乃能客足下耶。褚伯玉过王僧达郡斋,止于谈松桂千古,不谓非信然哉。"

⑤ 百寻:《文选·张衡〈西京赋〉》:"巨兽百寻,是为蔓延。"薛综注:"作大兽,长八十丈,所谓蛇龙蔓延也"。

⑥ 高士:欧阳修《答资政邵谏议见寄》诗之二:"材薄力殚难勉强,岂同高士爱林泉。"

⑦ 沉沉:《文选·谢朓〈始出尚书省〉诗》:"衰柳尚沉沉,凝露方泥泥。"李善注:"沉沉,茂盛之貌也。"李咸用《题王处士山居》诗:"云木沉沉夏亦寒,此中幽隐几经年。"

⑧ 大石院:苏州市虎丘区通安镇南现有大石山,大石院应位于此。

⑨ 马卿:即司马相如。刘知几《史通·载言》:"若韦孟讽谏之诗,扬雄出师之颂,马卿之书《封禅》,贾谊之论《过秦》,诸如此文,皆施纪传。"

⑩ 鹫石:张先《熙州慢·赠述古》词:"武林乡,占第一湖山,咏画争巧。鹫石飞来,倚翠楼烟霭,清猿啼晓。"

夜蛩①伤客思，秋草悟禅心。

若有维摩诘，□□□□□。

寄吴宗高②进士

行李③雪中别，飞花④犹未归。

山程⑤千里远，江棹⑥一年迷。

去鸟惭鸿雁，思乡梦蕨薇⑦。

新诗倘寻寄，好为续《无衣》⑧。

同秦汝操⑨过龙潭山⑩

玄宫冈子⑪绕，潭上玉为屏。

灵气疑通海，潮声自入城。

人行黄叶里，云自翠微⑫生。

况共攀龙客，遥倾江海情。

---

① 夜蛩：鲍照《拟古》诗之七："秋蛩扶户吟，寒妇晨夜织。"

② 吴宗高：汪道昆《太函集》卷五十一《修职佐郎国子监助教昆麓先生吴公墓志铭》："宗高名嵚，毗陵人，学士所称昆麓先生是也。其先世自无锡起，家武进。宗高贯丹阳籍，受博士诗。"王世贞《弇州山人四部续稿》卷一百三十五："先生工于诗，诗有中盛唐风。文则自庐陵眉山而上之可屈指也。世固有知先生者，乃掩于经子义，不能尽所尽。则仅经子义，而又不获以显，惜哉。"

③ 行李：傅若金《送张秀才北上时将赴海》诗："身逐征帆赴海涯，道逢行李问京华。"

④ 飞花：苏辙《上元前雪三绝句》之一："不管上元灯火夜，飞花处处作春寒。"

⑤ 山程：皇甫曾《乌程水楼留别》诗："山程随远水，楚思在青枫。"

⑥ 江棹：李绅《趋翰苑遭诬构四十六韵》："海标传信使，江棹认妻孥。"

⑦ 蕨薇：《诗·小雅·四月》："山有蕨薇，隰有杞桋。"

⑧ 《无衣》：《诗·秦风·无衣序》："《无衣》，刺用兵也。"《左传·定公四年》："申包胥如秦乞师……秦哀公为之赋《无衣》。"

⑨ 秦汝操：《无锡县志》："秦汴，字思，宋端敏公金仲子。又秦柱，字汝立，金之孙。"顾光旭《梁溪诗钞》八："秦柄，字汝操，号邗塘，岁贡生，端敏公之孙。"钱曾《藏园批注读书敏求记校证》卷二之中《传记》："一是锡山秦汝操。洪兴祖补叶钞本'操'下空一格。劳权云：'秦汝操见姚舜咨《寓简题识》。'钰案：汝操名柄，明无锡人。"

⑩ 龙潭山：《永乐大典常州府清抄本校注·常州府八·冢墓·宜兴县》："余舍人中墓，在杏花村龙潭山前。"

⑪ 冈子：《诗·小雅·天保》："如山如阜，如冈如陵。"《水浒传》第十六回："当时一行十五人奔上冈子来，歇下担仗。"

⑫ 翠微：《尔雅·释山》："未及上，翠微。"郭璞注："近上旁陂。"郝懿行义疏："翠微者……盖未及山顶屏颜之间，葱郁菳菳，望之祐祐青翠，气如微也。"

同秦汝立^①唐玄卿^②过待沐园^③访顾玄纬^④

散吏^⑤图书隐,林开水浸门。

---

① 秦汝立:毛宪《毗陵人品记》卷十:"秦柱,字汝立,端敏公孙。嗜学,工文词,精楷隶。为诸生有声,诏选中书。金吾朱希孝为柱中表递列其名,而后召之,重其材也。柱先世与相新郑有交,未尝数цем其门。及新郑为江陵所倾,祸不测,门下士皆引去,柱特远将之。江陵父死不奔丧,同郡吴中行抗疏,杖阙下,以身后事相托。柱挟医调护,得不死。江陵衔之,斥为王官,复中以考功法。柱欣然弃官归家,日贫,终其身无抑郁之意。盖慷慨节侠,古烈士不是过也。"

② 唐玄卿:张廷玉《明史》卷二百五《唐顺之传》:"唐顺之,字应德,武进人。……子鹤征,隆庆五年进士,历官太常卿,亦以博学闻。"黄宗羲《明儒学案》卷二十六《太常唐凝庵先生鹤征》:"唐鹤征,字符卿,号凝庵,荆川之子也。隆庆辛未进士。选礼部主事,与江陵不合,中以浮躁。江陵败,起历工部郎,迁尚宝司丞,升光禄寺少卿,又升太常寺少卿。归。起南京太常,与司马孙月峰定妖人刘天绪之变。谢病归。万历己未,年八十二卒。先生始尚意气,继之以园林丝竹,而后泊然归之道术。其道自九流、百氏、天文、地理、稗官野史,无不究极,而继乃归之庄生《逍遥》《齐物》,又继乃归之湖南之求仁,濂溪之寻乐,而后恍然悟乾元所为生天地、生人物、生一生万、生生不已之理,真太和奥突也。物欲不排而自调,世情不除而自尽,聪明才伎之昭灼,旁蹊曲径之奔驰,不收摄而莹然无有矣。语其甥孙文介曰:'人到生死不乱,方是得手。居常当归并精神一路,毋令漏泄。'先生言:心性之辨,今古纷然,不明其所自来,故有谓义理之性、气质之性,有谓义理之心、血气之心,皆非也。性不过是此气之极有条理处,舍气之外,安得有性?心不过五脏之心,舍五脏之外,安得有心?心之妙处在方寸之虚,则性之所宅也。此数言者,从来言心性者所不及也。乃先生又曰:知天地之间只有一气,则知乾元之生生,皆是此气。乾元之条理,虽无不清,人之受气于乾元,犹其取水于海也,海水有咸有淡,或取其一勺,未必咸淡之兼取,未必咸淡之适中也。间有取其咸淡之交而适中,则尽得乾元之条理矣,为是为贤无疑也。固谓之性,或取其咸,或取其淡,则刚柔强弱昏明万有不同矣,皆不可不谓之性也。则此言尚有未莹。盖此气虽有条理,而其往来屈伸,不能无过不及,圣贤得其中气,常人所受,或得其过,或得其不及,以至万有不齐。先生既言性是气之极有条理处,过不及便非条理矣,故人受此过不及之气,但可谓之气质,不可谓之性。则只言气是性足矣,不必言气之极有条理处是性也,无乃自堕其说乎?然则常人有气质而无性乎?盖气之往来屈伸,虽有过不及,而终归于条理者,则是气中之主宰,故雨旸寒燠,恒者暂而时者常也。惟此气中一点主宰,不可埋没,所以常人皆有不忍人之心,而其权归之学矣。"

③ 待沐园:欧大任《欧虞部集十五种·思玄堂集》卷四《闻顾玄纬锡山待沐园产绿芝遥寄此咏》:"午桥依锡穴,甲第近铜池。赐沐朝难许,械滕圃未窥。九华云下出,三秀石中披。莫学商山老,放歌行采芝。"

④ 顾玄纬:《天禄琳琅书目》卷十:"考《常州志》,顾起经,字长济,无锡人。以国子生谒选,授广东盐课副提举,兼署市舶。弟起纶,辑明诸家诗,名《国雅》,为世所重。"朱彝尊《经义考》卷五十六:"严绳孙曰:'顾起经,字长济,无锡人。荣僖公可学嗣子。以国子生谒选,除广东盐课司副提举,兼署市舶。所撰著甚多,凡六十八部,共四百余卷。'"王世贞《弇州史料》后集卷二十一《顾参军玄纬先生志略》:"君讳起经,字长济,更字玄纬,别号九霞山人。晋时有悦者官晋陵,家其属邑之无锡,而子通直散骑常侍恺之因之,遂定为无锡人。由明历数代,而为故荣僖公可学,次鸿胪可文。荣僖公仕已贵,过壮未有子,而鸿胪首举君弥月,而荣僖公以赠公命抱子之谓鸿胪曰:彼壮,不虞子,吾可念也。君生而秀颖,赠公父子爱之。既就传塾,犹恣其游嬉不复问。君一日,忽自感奋,曰:男儿足下千里,奈何挟祖父爱自弃。折节读五经诸子,日诵千余言,不拘训诂,故而所结撰时出人意表。君既长,白皙丰下美须髯,眉鬓如画,目闪闪岩下□,荣僖公益奇爱之。后自有子,子君弗舍也。君始治《书》,改治《春秋》,已复治《书》,繇邑诸生进补国子上舍,为祭酒伦生,以训所知赏。凡七试于乡,皆不偶。归而益湛泐于坟典,以博雅擗声。暇则放游山水间,有终焉之志。"

⑤ 散吏:《后汉书·胡广传》:"广少孤贫,亲执家苦。长大,随辈入郡为散吏。"

厨余大官①馔，堂树一人恩。
雨过池仍满，春来花又繁。
琴樽②淹过客，莫是辟疆园③。

唐玄卿舟中听琴师鼓琴

听琴画船④上，一奏旅怀⑤开。
调是阳春曲，人同《白雪》⑥才。
梅花拂衣⑦落，流水入城来。
共解新声⑧好，何须浊酒杯。

穀日⑨谈思重载酒惠山寺⑩

泉声久不听，穀日逐人来。
新水试茶灶⑪，好山当酒杯。
春生一寸⑫草，香满⑬隔墙梅。

---

① 大官：《后汉书·皇后纪上·和熹邓皇后》："减大官、尊官、尚方、内者服御珍膳靡丽难成之物。"李贤注："《汉官仪》曰：'大官，主膳羞也。'"
② 琴樽：谢朓《和宋记室省中》："无叹阻琴樽，相从伊水侧。"
③ 辟疆园：嘉庆《大清一统志》卷七十八："辟疆园在吴县界，晋时顾辟疆之园也。王献之入会稽，经吴门，先不识主人，值辟疆方集宾友，酣燕园中，而献之游历既毕，指麾好恶，旁若无人。唐时其园犹在，顾况尝假以居。陆龟蒙诗：'吴之辟疆园，在昔胜概敌。前闻富修竹，后说纷怪石。不知清景在，尽付任君宅。'《续图经》：'任晦宅见于皮陆诗，有深林曲沼危亭幽砌，殆即辟疆之园也。'今任园亦不可考。本朝乾隆二十二年、二十七年御制有《辟疆园诗》。"
④ 画船：范仲淹《献百花洲图上陈州晏相公》诗："步随芳草远，歌逐画船移。"
⑤ 旅怀：张继《九日巴丘杨公台上宴集》诗："江汉路长身不定，菊花三笑旅怀开。"
⑥ 《白雪》：宋玉《讽赋》："中有鸣琴焉，臣援而鼓之，为《幽兰》《白雪》之曲。"《淮南子·览冥训》："昔者师旷奏《白雪》之音，而神物为之下降。"
⑦ 拂衣：《左传·襄公二十六年》："曰：'奸以事君者，吾所能御也。'拂衣从之。"杜预注："拂衣，褰裳也。"
⑧ 新声：陶潜《诸人共游周家墓柏下》诗："清歌散新声，绿酒开芳颜。"
⑨ 穀日：《书言故事·岁月》："言吉日曰穀日。"
⑩ 惠山寺：乐史《太平寰宇记》卷九十二《江南东道四》："惠山寺在县东七里，一名九陇山。梁大同二年三月置。张又新《煎茶记》云：'陆鸿渐言无锡县惠山寺石泉水第二。'"
⑪ 茶灶：《新唐书·隐逸传·陆龟蒙》："不乘马，升舟设篷席，赍束书、茶灶、笔床、钓具往来。"
⑫ 一寸：《童贾集》作："诸径"。
⑬ 满：《童贾集》作："送"。

信是丰年兆，笙歌^①载月回。

至夜吴宗高舟次^②各赋

双剑卧星斗，方舟濠水^③滨。

却怜长至夜，共作未归人。

调律须君辈，然灰^④愧此身。

还因酒厄^⑤好，相倚赋阳春。

同陆楚生^⑥绿萝庵^⑦访复公^⑧

宝地春城外，花林流水旁。

闻钟行不远，听法坐来忘。

---

① 笙歌：蒲松龄《聊斋志异·西湖主》："归过洞庭，见一画舫，雕槛朱窗，笙歌幽细，缓荡烟波。"

② 舟次：《童贾集》前多："吴门"二字。《宋史·朱台符传》："复出知洪州，卒于舟次。"

③ 濠水：《读史方舆纪要》卷二十一《凤阳县》："濠水，在府南十里。有二源，东源出濠塘山，西源出镆铘山，流至旧府城西南五十里升高山而合。又东北流至城东十五里，有石绝水，谓之濠梁，亦曰石梁河，今之九虹桥也。桥有九梁，故名。又经临淮城东至新河口而入淮，谓之濠口。"

④ 然灰：《史记·韩长孺列传》："蒙狱吏田甲辱安国，安国曰：'死灰独不复然乎？'"

⑤ 酒厄：《童贾集》作："厄酒"。《北史·魏濮阳王顺传》："以银酒厄容二升许，悬于百步外，命善射者十余人共射，中者即以赐之。"

⑥ 陆楚生：冯梦龙《古今谭概·巧言部》卷二十八《陆远》："陆楚生远，系进士陆大成从堂叔。大成发解南畿，颇有声望。远每对人呼大成舍侄，人多厌之。时佥州在座，谑云：'当不得他还一句远阿叔也。'众为捧腹。"过庭训《本朝分省人物考》卷四十五："陆远字德毅，秀水人。成化乙未进士，知海州。清修鲠介，听断明允。一日行部，有旋风三匝马首，远疑有冤，令吏卒逻察之。有一人死树下，折担尺许贯其喉，乃土人房勒杀买牛商，移尸于此。密擒之，一讯而服。又过大伊镇，有小犊鸣号于前，使人随犊所之，盗牛者方杀犊母，捕之，于是讼清盗息，州称神明。擢广东按察金事。兄广，抚州知府。"

⑦ 绿萝庵：盛时泰《栖霞小志·绿萝庵》："庵在可容文殊之上，观音之下。今僧无学名法通者居之。其地虽小，然屋宇亦洁。通习经教，知书史，茅檐席壁，杞丛药径，翛翛可意。有吴人所书'菩提岩'三字，故人又以菩提岩称之。治土得泉，可资以饮。出林而望邻庵之三坛石，实在眉睫。修松参差，错落道路。壁上有联云：'小洞穿斜竹，重岩夹细莎'者，若足称实景也。"赵世显《芝园稿》卷七《过锡山绿萝庵感旧》："忆昔曾游处，幽庵隐绿萝。廿年成梦寐，冬月忽经过。涉世艰危甚，怀人涕泪多。不知王子敬，清兴近如何。"

⑧ 《童贾集》所收此诗与《文集》所收迥然不同，其文今附于此："为问生公偈，清秋小寺过。入门瞻舍利，傍水悟波罗。有约王孙草，无心绿女萝。悠然坐忘去，溪月夜如何。"

遏雨波生白，翻风叶堕黄。
曹溪①是何处，却有满林香。

吴宗高宅送梁六

别路延陵②郭，衔杯③季子④家。
几人同水次⑤，明日各天涯。
红杏江南雨，青莲华顶花⑥。
琵琶易成泪，不向夕阳挝。

访金子坤⑦

佳色帝城满，寻君径独荒。
避人苔满地，款客草为堂。

---

　　①　曹溪:《宋高僧传》卷第八《唐韶州今南华寺慧能传》:"释慧能,姓卢氏,南海新兴人也,其本世居范阳。厥考讳行瑫,武德中流于新州百姓,终于贬所。略述家系,避卢亭岛夷之不敏也。贞观十二年戊戌岁生能也,纯淑迁怀,惠性间出。虽蛮风獠俗,渍染不深,而诡行么形,驳杂难测。……能计回生地,隐于四会、怀集之间,渐露锋颖。就南海印宗法师涅盘盛集,论风旛之语,印宗辞屈而神伏,乃为其削椎髻于法性寺,智光律师边受满分戒,所登之坛即南宋朝求那跋摩三藏之所筑也。……乃移住宝林寺焉。时刺史韦据命出大梵寺,苦辞,入双峰曹侯溪矣。……以先天二年八月三日俄然示疾,异香满室,白虹属地,饭食讫,沐浴更衣,弹指不绝,气微目瞑,全身永谢。尔时山石倾堕,川源息枯,鸟连韵以哀啼,猿断肠而叫咽。或唱言曰:'世间眼灭,吾畴依乎!'春秋七十六矣,以其年十一月迁座于曹溪之原也。"柳宗元《曹溪大鉴禅师碑》:"凡言禅,皆本曹溪。"
　　②　延陵:《公羊传·襄公二十九年》:"去之延陵,终身不入吴国。"何休注:"延陵,吴下邑。"
　　③　衔杯:饮酒。曹寅《送亮生南还兼寄些山先生》诗:"风廊微照两衔杯,能待城闉簇骑回。"
　　④　季子:《史记》卷三十一《吴太伯世家第一》:"季札封于延陵,故号曰延陵季子。"
　　⑤　水次:《汉书·赵充国传》:"臣前部士入山,伐林木大小六万余枚,皆在水次。"
　　⑥　华顶花:郭子章《明州阿育王山志》卷一《别论鄮山》:"育王山去府治四十里,其源始于天台。天台山有凡峰,形如八叶莲花,华顶峰当其中,是为花心。"
　　⑦　金子坤:王兆云《皇明词林人物考》卷七《金子坤》:"金大舆,字子坤,号平渊。本西域人,洪武初入中国,遂占籍金陵焉。父贤,登进士为给谏。兄子有登乡科,昆弟并有才名,更精诗学。嘉靖初,白下以诗名者谢宫詹应于、许太常仲贻、陈金宪羽伯,而子坤昆弟颉颃其间,人拟诸黄初应徐数子、天宝主孟诸贤,信金陵之多才也。子坤旷达豪迈,不问家产,以弋钓自放,凡四方宦学京师者,皆求交子坤,子坤名日起而贫日甚。子坤方带索行吟,视之蔑如也。郭次甫收其遗稿刻之,吴门黄淳甫为之序,大都清婉俊丽,迥逼钱刘,当与子有集并传于世,民卷之二陆矣。"

旧姓①来西域，时名动大梁②。

汉文③方重老④，谁为荐冯唐⑤。

生公⑥讲台坐月⑦

尊酒生公石，夜寒山觉深。

谷虚偏受月，风静不知林。

剑气半池黑，钟声一寺沈。

---

① 旧姓：刘义庆《世说新语·赏誉》："有问秀才：'吴旧姓何如？'答曰：'吴府君圣王之老成……陆士衡、士龙鸿鹄之裴回，悬鼓之待槌。'"

② 大梁：《读史方舆纪要》卷四十七《祥符县》："浚仪废县，在今城西北。汉县治此。《晋地道记》：'卫仪邑也。'苏林曰：'故大梁城，梁惠王始都此。秦昭王三十二年穰侯攻魏，至大梁。始皇三十二年王贲攻魏，引河沟灌大梁，大梁城坏。'《史记》：'大梁东门曰夷门，侯嬴为夷门监。'即此。《括地志》：'今大梁城北门是也。'《舆地志》：'夷门之下，新里之东，浚水之北，象而仪之，以为邑名。'汉武元年废新里而立浚仪县。宋元嘉中后魏陈留郡治浚仪，亦谓之大梁城。又魏主攸永安二年，梁将陈庆之送元颢北入洛，元天穆等攻大梁拔之，遣将攻虎牢，庆之还击，天穆败走。魏主恭普泰初，徐州刺史尔朱仲远自滑台徙镇大梁。隋亦为浚仪县治。《旧唐书》：'隋浚仪县在今县北三十里，为李密所陷，县人王要汉率豪族置县于故汴州城内，义宁元年于县复置汴州。'唐武德四年移县于州北罗城内，贞观中移于州西一里，元和中移入郭内。"韩愈《送僧澄观》诗："愈昔从军大梁下，往来满屋贤豪者。"

③ 汉文：刘勰《文心雕龙·议对》："汉文中年，始举贤良。"刘长卿《长沙过贾谊宅》诗："汉文有道恩犹薄，湘水无情吊岂知？"

④ 老：《童贾集》作："少"。

⑤ 冯唐：《汉书》卷五十《冯唐传》："冯唐，祖父赵人也。父徙代。汉兴徙安陵。唐以孝著，为郎中署长，事文帝。帝辇过，问唐曰：'父老何自为郎？家安在？'具以实言。……上既闻廉颇、李牧为人，良说，乃拊髀曰：'嗟乎！吾独不得廉颇、李牧为将，岂忧匈奴哉！'唐曰：'主臣！陛下虽有廉颇、李牧，不能用也。'上怒，起入禁中。良久，召唐让之：'公众辱我，独亡间处虖？'……十年，景帝立，以唐为楚相。武帝即位，求贤良，举唐。唐时年九十余，不能为官，乃以子遂为郎。"

⑥ 生公：释慧皎《高僧传》卷七："竺道生本姓魏，巨鹿人，寓居彭城。家世仕族，父为广戚令，乡里称为善人。生幼而颖悟，聪哲若神。其父知非凡器，爱而异之。后值沙门竺法汰，遂改俗归依，伏膺受业。既践法门，俊思奇拔，研味句义，即自开解。故年在志学，便登讲座，吐纳问辩，辞清珠玉，虽宿望学僧，当世名士，皆虑挫词穷，莫敢酬抗。年至具戒，器鉴日深，性度机警，神气清穆。初入庐山，幽栖七年，以求其志。常以入道之要，慧解为本，故钻仰群经，斟酌杂论，万里随法，不惮疲苦。"顾瑛《虎丘十咏·生公台》："生公聚白石，尘拂天花坠。可怜尘中人，不解点头意。"

⑦ 坐月：李白《北山独酌寄韦六》诗："坐月观宝书，拂霜弄瑶轸。"

却怜无住①性，未悟本来心。

送梁伯龙②游五岳③二首

其一

出门云雾满④，知是访山川。

绿树春方半，黄河路几千。

落梅⑤城外笛，行李雨中船。

道上人争讶，禽生是列仙⑥。

---

① 无住：佛教语，实相之异名。迦叶摩腾《大智度论》大智度论卷五十一："论者言：'佛谓须菩提，汝何以但讚摩诃衍无来、无去、无住？'一切法亦如是无来、无去、无住，一切法实相不动故。问曰：'诸法现有来去可见，云何言不动相，无来无去？'答曰：'来、去相，先已破，今当更说一切佛法中，无我、无众生乃至无知者、见者故，来者去者无；来者去者无故，来去相亦应无。复次，三世中求去相不可得。所以者何？已去中无去，未去中亦无去，离已去未去，去时亦无去。'"

② 梁伯龙：张大复《昆山人物传》卷八《梁辰鱼》："梁辰鱼，字伯龙。长八尺有奇，疏眉目虬髯。曾祖纨，父介，世以文行显。而公好任侠，喜音乐，多飞扬跋扈之气，不肯俯首就诸生试，作《归隐赋》以申其意。御史弗听，勉游成均，竟亦弗就。乃行营华屋，招来四方奇杰之彦。嘉靖间，七子都与之。而王元美与戚大将军继光尝造其庐，楼舡弇树。公亦时披鹤氅，啸咏其间。或鹖冠褐裘，拥美女，挟弹飞丝，骑行山石，曲折上下，不知者以为神仙云。公性善酒，饮可一石。大梁王侯请与决赌，左右列巨觥各数十，引满轰饮之，侯几八斗而醉，公尽一石弗动。时有梨园数辈，更互奏杂调。公㳟而和之，其音若丝，无不尽态。侯大笑乐，谓伯龙之技如香象搏兔，具见全力如此。所制唐令、宋余、元剧，乃至国朝之声，多飞入内家藩邸戚畹贵游间。千里之外，玉帛狗马，名香琛玩，多集其庭。而击剑扛鼎，鸡鸣狗盗之徒，乃至骚人墨客，羽衣草衲世出。世间之士，争愿以公为归。公巨口亮节，据床东向坐，自奏其制，如鸣金石与巧喉，情辅相答响，不差毫发。或鸡鸣月坠，烟粉消落，其神愈。王华亭、莫士龙知公好戏，为具彩凤凤筝。公令健奴数十辈，就大野驾之。风逈日熏，歌声相属，有百鸟盘旋其旁。公亦大笑乐甚，谓声音之道，固与天通。昔重瞳子奏《箫》《韶》而凤凰仪，岂虚乎哉。尝除夕遇大雪，既寝弗寐，忽令侍者遍邀诸年少，载酒放歌，绕城一匝，而后就睡，曰：'天为我辈雨玉，可令俗下人蹴踏之耶。'时年已七十矣。亡何，中恶语，不甚了。有老奴李周者，颇省其说，尚有注记。得岁七十有三。"

③ 五岳：《周礼·春官·大宗伯》："以血祭祭社稷、五祀、五岳。"郑玄注："五岳，东曰岱宗、南曰衡山、西曰华山、北曰恒山、中曰嵩高山。"《史记·封禅书》《汉书·郊祀志》说同。《初学记》卷五引《纂要》："嵩、泰、衡、华、恒，谓之五岳。"

④ 满：《童贾集》作："气"。

⑤ 落梅：《乐府诗集·横吹曲辞四·梅花落》郭茂倩题解："《梅花落》本笛中曲也。按唐大角曲，亦有《大单于》《小单于》《大梅花》《小梅花》等曲，今其声犹有存者。"

⑥ 列仙：《汉书·司马相如传下》："相如以为列仙之儒居山泽间，形容甚臞，此非帝王之仙意也，乃遂奏《大人赋》。"

其二

狂游人独去， 芳草路重重。
江自经杨子， 山先问岱宗。
短衣青薜荔①，长剑紫夫容②。
□□□□□，□□□□□③。

吴门④道中

白舸⑤将残腊⑥，青帆逐野凫⑦。
溪云流水断， 崖草向人枯。
飞雪乱诗卷， 寒山⑧疑画图。
吴关⑨酒帘近， 肯说阮生涂⑩。

---

① 薜荔：《楚辞·离骚》："揽木根以结茝兮，贯薜荔之落蘂。"王逸注："薜荔，香草也，缘木而生蘂实也。"

② 紫夫容：陈懿典《陈学士先生初集》卷二《陆伯承制义序》："余于文不能为伯承役，则举吾越铸剑之说，为伯承颂之。余闻赤堇之精，若耶之铜，风胡之冶，百神之灵，光烛九天，价重连城，匣而藏之，三年乃鸣。夫然后陆断水犀，指石开山，卒以成名于天下。今伯承之剑成矣，芙蓉之锷，紫气陆离，风雷变化，转盼间耳。"

③ 此处两句诗原缺，据《童贾集》，应为"倘遇金丹侣，无留玉女峰"。

④ 吴门：范成大绍定《吴郡志》卷第四十八："吴会，世多称吴门为吴会，意谓吴为东南一都会也。自唐以来已然，此殊未稳。今客馆有吴会亭，尤误。天下都会之处多矣，未有以其地名冠于会之一字而称之者。吴本秦会稽郡，后汉分为吴、会稽二郡，后世指二浙之地，通称吴会，谓吴与会稽也。诸葛亮曰：'荆州北据汉沔，西通巴蜀，南连吴会。'谓北则汉与沔，西则巴与蜀，南则吴与会，皆指两地为说。南连吴会，通言二浙江南形势，岂谓荆州独连吴门一郡乎？"

⑤ 白舸：《三国志·吴志·周瑜传》："又豫备走舸，各系大船后。"

⑥ 残腊：苏轼《与程正辅提刑书》之二三："残腊只数日，感念聚散，不能无异乡之叹。"

⑦ 野凫：《诗·郑风·女曰鸡鸣》："将翱将翔，弋凫与雁。"朱熹集传："凫，水鸟，如鸭，青色，背上有文。"

⑧ 寒山：冯桂芬同治《苏州府志》卷六："寒山即天平支山，石壁峭立。明赵宧光凿山引泉，缘石壁而下，飞瀑如雪，号千尺雪。旧有阁，未署名。乾隆十六年，高宗纯皇帝南巡，临幸其地，赐名曰'听雪阁'。山半有云中庐，取王维诗'人云中兮养鸡'语意，又有弹冠室、惊虹渡，皆宧光旧址。"

⑨ 吴关：冯桂芬《同治苏州府志》卷二十六《国朝缪昌期浒墅关重修庙学记》："目不睹吴关之为关乎，是锦缆牙樯之所集，露冕霓旌之所贲，大贾重装之所出，游闲轻侠之所趋也。"

⑩ 阮生涂：《晋书》卷四十九《阮籍传》："阮籍字嗣宗，陈留尉氏人也。父瑀，魏丞相掾，知名于世。籍容貌瑰杰，志气宏放，傲然独得，任性不羁，而喜怒不形于色。或闭户视书，累月不出；或登临山水，经日忘归。博览群籍，尤好庄老。嗜酒能啸，善弹琴。当其得意，忽忘形骸。时人多谓之痴，惟族兄文业每叹服之，以为胜己，由是咸共称异。……时率意独驾，不由径路，车迹所穷，辄恸哭而反。尝登广武，观楚汉战处，叹曰：'时无英雄，使竖子成名！'登武牢山，望京邑而叹，于是赋《豪杰诗》。"

过阳山草堂①席上赠顾征士②

黄发③开新社,青山绕旧庐。
种松全炼墨④,捣竹半抄书。

---

① 阳山草堂:王鏊《震泽集》卷十七《阳山草堂记》:"阳山在吴城之乾位,盖众山所从始。顾君仁效结庐其下,仁效年少耳,则弃去举子业,独好吟咏,性偏解音律,兼工绘事。每风晨月夕,闭阁垂帘,宾客不到,坐对阳山,拄颊搜句日不厌,或起作山水人物,或鼓琴一二行,或横笛三五弄,悠然自得,人无知者。知之者,其阳山乎?因扁其居曰:'阳山草堂'。余间造而问焉,曰:'子于是焉,日对阳山其亦有得乎?无也,虽然有一焉。吾观兹山,峰峦巉巘,得出没高下险夷之象。观其石,得谽谺吞吐之象。观其云烟,得开阖晦明卷舒之象。观其草木,得葳蕤霡靡荣悴之象。观其鸟兽虵虫,得螃虬蠖飞跳跃之象。以是发诸诗,形诸丹青,播诸丝竹,自视若有异焉,而不知其果异乎,无异乎,有得乎,无得乎。'曰:'然。'子之学,其将日进而未已也。虽然,盍亦求其本乎?遂书其室以为记。"皇甫涍《皇甫少玄集》外集卷十《阳山草堂铭并序》:"顾君仁效,世家蠡湖之东。其相承而下,咸病嚣华,耕稼以自殷,澹泊以自佚。逮君挺发益昌,读书好礼,每闻奇才博雅之士,如贾人之于万镒之宝,若不克遘乐,闻一言而退。是以吴之贤士大夫咸与往来。"

② 顾征士:冯桂芬《同治苏州府志》卷八十六:"顾元庆,字大有。家近浒市,兄弟多纤啬治产,元庆独以图书自娱。自经史以至丛说,多所纂述。所居曰'顾家青山',在大石左麓山中,有胜迹八,自为之记。名其堂曰'夷白',藏书万卷,择其善本刻之,署曰:'阳山顾氏文房'。王穉登往访之,时年七十五,犹吟对不倦。"倪涛《六艺之一录》卷三百六十八:"顾元庆,字大有,长洲人。以图书自娱,闲游戏翰墨,潇洒夷旷,得作者遗意。故居埒川,后徙通安里规大石坞,为寿藏,因自号大石山人。顾元庆好古法书,尝作《瘗鹤铭考》,云其师南濠先生家藏碑刻甲于东南,录其文,悉皆品题,为《金薤琳琅》凡数十卷。独恨此铭为山僧所匿,乃放舟京口,冒雪渡江,始得于山石之下,亲揭以归,由是复传人间。"瞿镛《铁琴铜剑楼藏书目录》卷二十三:《二妙集》一卷,旧钞本。此书亦赵师秀所编。二妙者,贾浪仙姚武功诗也。诸家书目俱未载是书,与《众妙集》出自一人。手写。后有无名氏跋曰:赵紫芝选编《众妙》《二妙》二集,世不见。吾友顾大石仁效过访次山秦思宋,执是为贽,次山藏焉,因假摹。书实为宋时刻本,不易得也。时嘉靖丙申闰腊三,寓绣石堂识。又有何小山跋曰:此为竹垞故籍,毛斧老假而不归,既殁之二年,伊子售于书舶,余以银三钱得之。康熙乙未秋小山记。《文选·颜延之〈陶征士诔〉》:"有晋征士,寻阳陶渊明,南岳之幽居者也。"张铣题注:"陶潜隐居,有诏礼征为著作郎,不就,故谓征士。"

③ 黄发:《毛诗注疏》卷第十《南有嘉鱼四章》:"乐只君子,遐不黄耇。乐只君子,保艾尔后。"孔颖达疏:"正义曰:《释诂》云:黄发耇老,寿也。舍人曰:黄发老人,发白复黄也。"

④ 炼墨:屠隆《考盘余事·朱万初墨》:"余尝谓松烟墨深重而不姿媚,油烟墨姿媚而不深重。若以松脂为炬取烟,二者兼之矣。"

草赋①家争宝,蒲轮②郡有车。
即看耆旧传, 几卷③勒秦余④。

夜宿江村怀董大子元⑤

携书江气白, 千里觅同心⑥。
人别三年久, 寒将一棹寻。
冲风⑦怜小鸟, 对月卧孤琴。
展转披蕃露, 荒灯自夜深。

马瞎寺⑧

旁城萧寺⑨好,白马几年东。

---

① 草赋:陆凝之《念奴娇》词:"长记草赋梁园,凌云笔势,倒三江秋色。"

② 蒲轮:《汉书·武帝纪》:"遣使者安车蒲轮,束帛加璧,征鲁申公。"颜师古注:"以蒲裹轮取其安也。"

③ 几卷:《童贾集》作"早晚"。

④ 秦余:《文选·张衡〈西京赋〉》:"视往昔之遗馆,获林光于秦余。"李善注:"《汉书音义》瓒曰:林光,秦离宫名也。"吕良注:"秦始皇作,故言秦余。"

⑤ 董大子元:王兆云《皇明词林人物考》卷十一《董子元》:"董宜阳,字子元。先世汴人,南渡徙居上海吴会,又徙居沙冈,人称紫阳先生,复自号七休居士。公于书无所不窥,独究心当代典故、郡文献。游太学,名动都下。屡试弗第,遂弃去制举业,工古文词,诗法高岑,晚嗜元白体。文法先秦,间出入曾王家。楷书仿虞永兴,行草法智永。生平嗜好,惟书史古石刻名帖。日坐一室,手丹铅校勘,至丙夜不休。与同里张玄超、徐伯臣、何元朗号称四贤。所游尽海内名人,即顾司寇璘、文待诏征明、许奉常谷辈,卓然以文名家。尤敦尚行谊,与弟宜旭分产,先为文泣告先祠,推故产悉让弟,而身任一切门外事。先廷尉有故人开府娄江,公奉书往谒,开府迎公甚恭。幕下客愿以金钱为寿,居间有请,公面叱曰:'若视我何如人哉!'拒不纳。故家世臙仕,而落落如寒素云。所著有《名臣琬琰通录》《金石录》《云间诗文选略》《先哲金录》《近代人物志》《云间百咏》《松志补遗》《上海纪变》《中园记》《金石林》诸书,藏于家。"

⑥ 同心:王维《送别》诗:"置酒临长道,同心与我违。"

⑦ 冲风:梅尧臣《西湖对雪》诗:"著物偏能积,冲风不得还。"

⑧ 马瞎:顾清《正德松江府志》卷十八:"北禅寺在府东北城内,宋绍兴间僧法宁建。宁先住沂州马山净居寺,航海至青龙,有章氏者迎止于此。发地得古碑,云:'大唐禅寺'。又得金铜天王像,因建寺焉。县令柳约请名净居,又名马寺。元毁,洪武中僧慧海重建领归,并院三。"

⑨ 萧寺:李肇《唐国史补》卷中:"梁武帝造寺,令萧子云飞白大书'萧'字,至今一'萧'字存焉。"

佛座①人烟外，山门②风雨中。
一僧孤锡③冷，双树半潭空。
见说陶元亮④，常⑤来问远公⑥。

泊舟钟贾山⑦入寿安寺⑧

两崖寒水⑨破，孤店野桥横。

---

① 佛座：白居易《香山寺经藏记》："堂中间置高广佛座一座，上列金色像五百。"
② 山门：齐己《送林上人归永嘉旧居》诗："东越常悬思，山门在永嘉。"
③ 孤锡：竺僧度《答杨苕华书》："且披袈裟，振锡杖，饮清流，咏波若，虽王公之服，八珍之膳，铿锵之声，炜晔之色，不与易也。"《得道梯橙锡杖经》："是锡杖者，名为智杖，亦名德杖。"
④ 陶元亮：《晋书》卷九十四《陶潜传》："陶潜字元亮，大司马侃之曾孙也。祖茂，武昌太守。潜少怀高尚，博学善属文，颖脱不羁，任真自得，为乡邻之所贵。尝著《五柳先生传》以自况曰：'先生不知何许人，不详姓字，宅边有五柳树，因以为号焉。闲静少言，不慕荣利。好读书，不求甚解，每有会意，欣然忘食。性嗜酒，而家贫不能恒得。亲旧知其如此，或置酒招之，造饮必尽，期在必醉，既醉而退，曾不吝情。环堵萧然，不蔽风日，短褐穿结，箪瓢屡空，晏如也。常著文章自娱，颇示己志，忘怀得失，以此自终。'其自序如此，时人谓之实录。"
⑤ 常：《童贾集》作"时"。
⑥ 远公：《高僧传》卷第六《晋庐山释慧远》："释慧远，本姓贾氏，雁门楼烦人也。弱而好书，珪璋秀发，年十三随舅令狐氏游学许洛。故少为诸生，博综六经，尤善庄老。性度弘博，风览朗拔，虽宿儒英达，莫不服其深致。年二十一，欲渡江东，就范宣子共契嘉遁。值石虎已死，中原寇乱，南路阻塞，志不获从。时沙门释道安立寺于太行恒山，弘赞像法，声甚著闻，远遂往归之。一面尽敬，以为真吾师也。后闻安讲《波若经》，豁然而悟，乃叹曰：'儒道九流，皆糠秕耳。'便与弟慧持，投簪落彩，委命受业。既入乎道，厉然不群，常欲总摄纲维，以大法为己任。精思讽持，以夜续昼，贫旅无资，缊纩常阙，而昆弟恪恭，始终不懈。……安公常叹曰：'使道流东国，其在远乎！'年二十四，便就讲说。"
⑦ 钟贾山：顾清《正德松江府志》卷一："钟贾山，距干山东一水，左限沈泾塘，与卢山对峙。相传山下有钟、贾二姓，故名。或但名钟，亦有以中名者，谓介在九峰间也。山前即寿安寺，山麓有半云亭。寺西有陈氏墓，墓有垂丝桧二，径余四尺，崇郁壮茂，数百年物也。"
⑧ 寿安寺：王昶《嘉庆直隶太仓州志》卷五十一："寿安寺，宋淳祐间建。旧名富安，后改今名。圮于海。明万历间，知县何懋官拨民田，令僧道元重建于今东门外。冯梦祯为撰碑记。国朝康熙七年，有大士像浮海而来，总镇张大治神之，与知县王恭先市地一顷有奇改建，复筑金鳌山，凿玉莲池，植紫竹林于其后。乾隆四十年，知县范国泰增修，有清连堂、丰乐亭、月圃诸胜。"
⑨ 寒水：杜牧《泊秦淮》诗："烟笼寒水月笼沙，夜泊秦淮近酒家。"

竹叶迎船出，　梅花入寺生。

老僧留客姓，　闲话得山名。

不尽相逢意，　高天雁一声。

访陆子绍①秀才不遇

访尔千山暮，　天寒雪不消。

题诗留竹所②，　落月宿枫桥③。

为客岁常杪④，　怀人发易凋。

明年寄芳讯⑤，　莫讶浙江潮。

吴幼元⑥光禄园亭

名园仙吏⑦傲⑧，　石畔药为房。

门染夫容色，　　墙县薜荔香。

下帷⑨花扑卷，　高卧竹当床。

别有怀人处，　　题诗春雨⑩廊。

---

　　① 陆子绍：王祖嫡《师竹堂集》卷二十五《明令人陆氏墓表》："令人名坤宁，长洲陆子绍女也，母刘硕人。子绍祖浔州公邃于《易》，官至二千石，学者多从授《易》。子绍世其业，出诸生上。女四，令人第二，幼聪慧异常女。百縠父守愚公客金昌，为百縠聘焉。"

　　② 竹所：陈与郊《义犬》第一出："下官袁灿，字景倩……常著'妙德先生'以自况，不堪混俗，欲饮狂泉，为爱幽奇，直造竹所，今日闲居无事，不免举酒花前。"

　　③ 枫桥：范成大《绍定吴郡志》卷第十："枫桥在阊门外九里道傍，自古有名，南北客经由，未有不憩此桥而题咏者。"王鏊《正德姑苏志》卷十九："枫桥，阊门西七里。《豹隐记谈》云：'旧作封桥，后因张继诗相承作枫。'今天平寺藏经多唐人书，背有封桥常住字。张继诗：'月落乌啼霜满天，江枫渔火对愁眠。姑苏城外寒山寺，夜半钟声到客船。'"

　　④ 岁常杪：《礼记·王制》："冢宰制国用，必于岁之杪，五谷皆入，然后制国用。"郑玄注："杪，末也。"

　　⑤ 芳讯：何承天《答颜光禄》："敬览芳讯，研复渊旨。"

　　⑥ 吴幼元：王穉登《王百縠集十九种·荆溪疏》卷上："吴幼元名屡谦，常州人，官京兆郎。风度甚高，有胜情而不善浮湛闾井，故有负俗之累。近体诗甚工，子雅言有凤毛。"

　　⑦ 仙吏：《西游记》第五回："祇见蟠桃园土地、力士同齐天府二司仙吏，都在那里把门。"

　　⑧ 傲：《童贾集》作"隐"。

　　⑨ 下帷：闭门读书。晁冲之《和江子我竹夫人》诗："下帷度日甘同梦，隐几终年得异书。"

　　⑩ 春雨：《童贾集》作"月满"。

访钱汝文

对客黄梅雨，匡床①自晏如②。
禽声布谷③后，农事插秧初。
玉板④林留笋，银条水荐鱼。
隔湖云雾起，渐已傍玄庐⑤。

周将军庙⑥

树里将军庙，桃花入座丹。
路人瞻水木，县令护衣冠。
剑在精光⑦泣，神归风雨寒。
余乡知有虎，惭愧拜灵坛⑧。

---

①　匡床：桓宽《盐铁论·取下》："匡床旃席，侍御满侧者，不知负辂挽船，登高绝流之难也。"王利器校注："《淮南子·主术篇》曰：'匡床蒻席。'今案高诱注曰：'匡，安也。'《庄子·齐物篇》：'与王同筐床。'《释文》云：'本亦作匡'，司马云：'安床也。'一云：'正床也。'"

②　晏如：《史记·司马相如列传》："及臻厥成，天下晏如也。"

③　布谷：杜甫《洗兵行》："田家望望惜雨干，布谷处处催春种。"

④　玉板：惠洪《冷斋夜话·东坡作偈戏慈云长老》："尝要刘器之同参玉版和尚……至廉泉寺烧笋而食，器之觉笋味胜，问此笋何名，东坡曰：'即玉版也。此老师善说法，要能令人得禅悦之味。'于是器之乃悟其戏。"

⑤　玄庐：《文选·陆机〈挽歌〉》："重阜何崔嵬，玄庐窜其间。"吕向注："玄庐，谓墓也。"

⑥　周将军庙：史能之《咸淳重修毗陵志》卷十四《祠庙》："英烈庙在县荆溪南，旧称周将军庙，即晋平西将军周孝公处也。陆机碑云：'公葬于家之旧原，南瞻荆岳，北睨蛟州，追赠清流亭侯，谥曰孝。'唐李思义诗云：'截虎斩长蛟，入吴寻二陆。'又曰：'行客想遗芳，清风满兰菊。'南唐徐锴尝题其象。国朝景德二年，周守绛与令李若谷增缮，绛为记。宣和间，睦寇肆扰，其徒傅皋欲寇，郡捕得之。皋云：'初至宜兴长桥，忽睹金甲神告曰："我平西将军也。"'绍兴七年赐今额，十年封忠惠侯，二十六年加仁勇。隆兴二年，加兼利。乾道六年，加义济。嘉泰元年，进忠武公。宝庆二年，加赫义。绍定六年，加昭灵。淳祐四年，加仁勇。父鲂，始封基德侯，至是进积庆公。夫人盛氏，累封慈佑恭懿顺惠仁勇。四子，伯曰靖，四封至辅忠济美广应延侯，进肖灵公。仲曰玘，忠光业灵佑广利侯，进肖武公。叔曰札，佐忠昭义奕载嘉惠侯，进肖义公。季曰顾，协忠孚庆永康灵佑侯，进肖勇公。"

⑦　精光：司马相如《长门赋》："众鸡鸣而愁予兮，起视月之精光。"

⑧　灵坛：《文选·应璩〈与广川长岑文瑜书〉》："躬自暴露，拜起灵坛，勤亦至矣。"吕向注："灵坛，祈雨坛也。"

陈湖^①阻风

尚生飘泊久，处处事淹留^②。
偶尔经湖滢^③，翻然^④阻石尤^⑤。
乱云江半塞，高浪地平浮。
茅屋家家闭，令人怪远游。

大姚寺

江国^⑥河年刹，村人说大姚。
波涛学孤岛，栋宇似南朝。
水阔乌巢少，天寒祇树凋^⑦。
客来黄叶里，风色^⑧共萧萧。

感怀

兵火东南暗，随人泣路岐^⑨。
有家千里外，多病一身危。
寒气生残夜^⑩，西风凋弊衣^⑪。
休论啼带血，双鬓几茎丝。

---

① 陈湖：顾祖禹《读史方舆纪要》卷二十四："陈湖，府东南三十五里，湖广十八里，接昆山县界。嘉靖三十二年，倭寇自昆山逸入境，将趋吴江，官兵败之于此。《宋志》：'陈湖自大姚港、界浦、渡头浦、朱里浦入吴淞江。'今渡河而东南三十五里即澱山湖，路出松江三泖。《防险说》：'陈湖，旷野之区。湖四八里有镬底潭，可以控扼，亦谓之车坊漾。'"

② 淹留：曹丕《燕歌行》："慊慊思归恋故乡，君何淹留寄他方？"

③ 湖滢：《左传·宣公四年》："师于漳滢。"杜预注："漳滢，漳水边。"

④ 翻然：杜甫《诸将》诗之二："岂谓尽烦回纥马，翻然远救朔方兵。"

⑤ 石尤：伊世珍《琅嬛记》卷下引《江湖纪闻》曰："石尤风者，传闻为石氏女嫁为尤郎妇，情好甚笃。为商远行，妻阻之不从。尤出不归，妻忆之病亡。临亡长叹曰：'吾恨不能阻其行，以至于此。今凡有商旅远行，吾当作大风，为天下妇人阻之。'自后商旅发船，值打头逆风，则曰此石尤风也。遂止不行。妇人以夫姓为名，故曰石尤。"

⑥ 江国：周亮工《雪苑不寐》诗："江国书难寄，中原寇未平。"

⑦ 凋：钱谦益《列朝诗集》作"雕"。

⑧ 风色：温庭筠《西洲曲》："西洲风色好，遥见武昌楼。"

⑨ 路岐：刘驾《相和歌辞·贾客词》："金玉四散去，空囊委路岐。"

⑩ 残夜：杜甫《月》诗："四更山吐月，残夜水明楼。"

⑪ 弊衣：颜之推《颜氏家训·治家》："籍其家产，麻鞋一屋，弊衣数库。"

过顾征士阳山别业二首

绣壁盘空^①下，春深花气寒。
琼瑶^②学岛屿，灵秀走冈峦^③。
赋向青山课，琴随流水弹。
还因畏尘染，自剪箨^④为冠。

其二

一径缘山木^⑤，千章^⑥引石篱。
入门人世隔，高枕日光迟。
白发山中相，玄经^⑦海内师。
松花^⑧闲自落，不受谷风吹。

夏日避兵西山^⑨有感

家国^⑩遭多难，干戈^⑪道路将。

---

① 盘空：袁桷《隐居图赋》："伯阳一去而不返，玄鹤盘空而将还。"

② 琼瑶：陈汝元《金莲记·弹丝》："这梅窗夜话，兰操春调，和朱弦风外袅……音入蓝桥，响振琼瑶。"

③ 冈峦：张衡《西京赋》："华岳峨峨，冈峦参差。"

④ 箨：《文选·谢灵运〈于南山往北山经湖中瞻眺诗〉》："初篁苞绿箨，新蒲含紫茸。"李善注引服虔《汉书》注："箨，竹皮也。"

⑤ 山木：《左传·昭公三年》："山木如市，弗加于山；鱼盐蜃蛤，弗加于海。"

⑥ 千章：《史记·货殖列传》："水居千石鱼陂，山居千章之材。"

⑦ 玄经：《后汉书·张衡传》"常耽好《玄经》"李贤注引汉桓谭《新论》："扬雄作《玄书》，以为玄者，天也，道也。"

⑧ 松花：李时珍《本草纲目·木一·松》："松花，别名松黄……润心肺，益气，除风止血。亦可酿酒。"

⑨ 西山：赵宏恩《乾隆江南通志》卷十二："洞庭西山，在太湖中，一名包山，又名夫椒山。《汉书》云：'下有洞穴，潜行水底，无所不通，号为地脉，故谓洞庭山。'道书以为第九洞天，周回百三十余里，重冈复岭，萦洲曲溆，诸峰无不奇挺，而缥缈峰为最高。缘山择胜，名刹凡十有八，而林屋洞、毛公坛、桃花坞、消夏湾、崦里诸迹尤著。中涵绿野，自成村聚。居人以桑栀橘柚为常产，每秋高霜余，丹实与茂林相差于岩壑间，望之若金翠图绘云。林屋洞有三门，同会于一，有金庭玉柱，又有石鼓石钟，其声清越。汉刘根于此学道，以洞故，一名林屋山。西洞庭之北曰横山，曰阴山。晋阴长生炼丹处。东为禹期山，或云禹会诸侯于此。南有大雷、小雷，《五湖赋》云：'大雷小雷湍波相逐。'又有金庭、玉柱等山。"

⑩ 家国：董仲舒《春秋繁露·竹林》："自是后，顷公恐惧，不听声乐，不饮酒食肉，内爱百姓，问疾吊丧，外敬诸侯，从会与盟，卒终其身，家国安宁。"

⑪ 干戈：葛洪《抱朴子·广譬》："干戈兴则武夫奋，《韶》《夏》作则文儒起。"

深山独流落，长夏亦凄凉。

饭拾空林①橡，炊依废寺香。

时愁豺虎②到，落日掩门荒。

重过顾氏别业二首

云重泉仍急，阴浓池觉深。

闲禽知旧客，啼树悦初心。

钟度生山月，风过响竹林。

偶因流水思，一试抱来琴。

其二

懒性嗤流俗，逃名③得隐庐。

石床④花卧簟⑤，山壁竹摇书。

偶出寻松实⑥，闲来赋《子虚》⑦。

自忘身是客，安问地名愚。

---

① 空林：张协《杂诗》之六："咆虎响穷山，鸣鹤聒空林。"

② 豺虎：王粲《七哀诗》："西京乱无象，豺虎方遘患。"

③ 逃名：《后汉书·逸民传·法真》："法真名可得而闻，身难得而见；逃名而名我随，避名而名我追。"

④ 石床：《南史·宋纪上·武帝》："帝素有热病……坐卧常须冷物，后有人献石床，寝之，极以为佳，乃叹曰：'木床且费，而况石耶！'即令毁之。"

⑤ 簟：《诗·小雅·斯干》："下莞上簟，乃安斯寝。"郑玄笺："竹苇曰簟。"

⑥ 松实：干宝《搜神记》卷一："偓佺者，槐山采药父也。好食松实。"

⑦ 《子虚》：《汉书》卷五十七《司马相如传》："蜀人杨得意为狗监，侍上。上读《子虚赋》而善之，曰：'朕独不得与此人同时哉！'得意曰：'臣邑人司马相如自言为此赋。'上惊，乃召问相如。相如曰：'有是。然此乃诸侯之事，未足观，请为天子游猎之赋。'上令尚书给笔札，相如以'子虚'，虚言也，为楚称；'乌有先生'者，乌有此事也，为齐难；'亡是公'者，亡是人也，欲明天子之义。故虚藉此三人为辞，以推天子诸侯之苑囿。其卒章归之于节俭，因以风谏。奏之天子，天子大说。"

江行听虞山人^①吹箫与郑进士子载^②同赋

客路^③宵仍发，寒江^④月自悬。
听君吹楚曲^⑤，随客渡湘川^⑥。
神女^⑦疑浮水，游龙^⑧为逐船。
幸同^⑨攀凤侣，何必赋《游仙》^⑩。

除夕

闭门寒满榻，长铗^⑪共萧然。
数口客千里，一家人两天。
岁华^⑫流水上，心事暮钟前。
谁谓春风近，三更是来年。

---

① 虞山人：王鏊《正德姑苏志》卷五十四："虞堪，字克用，一字胜伯，宋丞相允文诸孙也。后家长洲，隐居行义，不乐仕进，家藏书甚富，多手自编缉。其为诗清顺则丽，间写山水，亦有思致，雅重先世泽，闻有雍公遗文，虽千里外必购得之乃已。其从祖伯生遗稿，亦堪所编，今刻吴中。"

② 郑进士子载：谢旻《雍正江西通志》卷六十二："郑秉厚，字沧濂，遂昌人。隆庆进士，任南丰知县。均虚粮，撤客兵，兴学课士，擢给事中。"

③ 客路：苏轼《次韵孙巨源见寄》之三："应知客路愁无奈，故遣吟诗调李陵。"

④ 寒江：何逊《夕望江桥示萧咨议杨建康江主簿》诗："旅人多忧思，寒江复寂寥。"

⑤ 楚曲：《童贾集》作："楚竹"。

⑥ 湘川：陆机《乐府》诗之十六："北征瑶台女，南要湘川娥。"

⑦ 神女：郦道元《水经注·渭水三》："始皇与神女游，而忤其旨。神女唾之生疮。始皇谢之，神女为出温水。"

⑧ 游龙：《古文苑·宋玉〈舞赋〉》："躰如游龙，袖如素蜺。"章樵注："《神女赋》：'蜿若游龙。'言其轻举也。"

⑨ 幸同：《童贾集》作"况同"。

⑩ 《游仙》：章炳麟《辨诗》："汉《郊祀歌》有《日出入》一章，其声熙熙，悲而不伤，词若《游仙》，乃足以作将帅之气，虽《云门》《大卷》弗过也。"

⑪ 长铗：《楚辞·九章·涉江》："带长铗之陆离兮，冠切云之崔嵬。"

⑫ 岁华：梅尧臣《次韵任屯田感予飞内翰旧诗》："岁华荏苒都如昨，世事升沉亦苦多。"

送盛朝用读书方山①

灵巘②华阳并，松杉远世氛。
药多前代草，香是隔山云。
花气惟春识，书声秖鹤闻。
传经③君独往，弟子候河汾④。

题王百穀⑤半偈庵⑥

石床当几席⑦，香气入花枝。
偈⑧学高僧课，人将大士⑨师。
禽声隔树好，日影过墙迟。
却怪时名满，文章汉主知。

---

① 方山：谈钥《嘉泰吴兴志》卷四："方山在县西南一百一十五里。《统记》云：'张元之《山墟名》云："以其顶方，故名。"'梁典云：'绍泰元年十一月，陈文帝为信武将军，自长兴遣二千人投京，夜下方山津，即此处也。'山北属长兴。《统记》载在长兴县四十里。"

② 灵巘：《文选·颜延之〈阳给事诔〉》："凭巘结关，负河萦城。"李周翰注："巘，山也。"

③ 传经：杜甫《秋兴》诗之三："匡衡抗疏功名薄，刘向传经心事违。"

④ 河汾：《新唐书》卷一百九十六《王绩传》："王绩字无功，绛州龙门人。性简放，不喜拜揖。兄通，隋末大儒也，聚徒河、汾间，仿古作六经，又为《中说》以拟《论语》。不为诸儒称道，故书不显，惟《中说》独传。"

⑤ 王百穀：《明史》卷二百八十八《王穉登传》："王穉登，字伯穀，长洲人。四岁能属对，六岁善擘窠大字，十岁能诗，长益骏发有盛名。嘉靖末，游京师，客大学士袁炜家。炜试诸吉士《紫牡丹诗》，不称意。命穉登为之，有警句。炜召数诸吉士曰：'君辈职文章，能得王秀才一句耶？'将荐之朝，不果。隆庆初，复游京师，徐阶当国，颇修憾于炜。或劝穉登弗名袁公客，不从，刻《燕市》《客越》二集，备书其事。……穉登尝及征明门，遥接其风，主词翰之席者三十余年。嘉、隆、万历间，布衣、山人以诗名者十数，俞允文、王叔承、沈明臣辈尤为世所称，然声华烜赫，穉登为最。"

⑥ 半偈庵：冯桂芬《同治苏州府志》卷四十六："半偈庵在虎邱半塘寺旁，明王穉登所居。"

⑦ 几席：《史记·礼书》："疏房床第几席，所以养体也。"

⑧ 偈：《晋书·鸠摩罗什》："罗什从师受经，日诵千偈，偈有三十二字，凡三万二千言。"

⑨ 大士：《管子·法法》："凡论人有要，矜物之人，无大士焉。"尹知章注："大士不矜，谦以接物。"

善卷洞①

小洞玉淙淙②，琳琅③石几重。
花枝自流出，芒屩觅无踪。
怪气④时冲壁，泉声或乱钟。
人言风雨日，咫尺⑤有蛟龙。

谈思重招游善卷、张公⑥二洞，病不能赴，作诗报之二首

其一

公子五陵贵，　寻真当盛年。
银罂⑦竹叶酒⑧，金缕木兰船⑨。

---

① 善卷洞：赵宏恩《乾隆江南通志》卷十三："善卷洞在宜兴县国山东南，一名龙岩。旧经以为周幽王时，洞忽自裂，异形奇状，若飞若堕，见者无不凛然。外峭中坦，其广可坐千人。壁间皆镌佛像，有石笋高丈余，谓之玉柱。洞有三，曰干洞，石室也。又大小水洞，泉深不可测。三洞相承，如重楼。宋熙宁间有僧求洞之深，行三十里许，见石碓、石床，甚异，未竟而返。"《童贾集》所收此诗与《文集》不同，其文今附于此："上士藏名地，千年无劫灰。石知非禹凿，洞是避尧开。云气青天堕，仙人白日来。金庭与玉柱，莫漫说蓬莱。"

② 淙淙：高适《赋得还山吟送沈四山人》："石泉淙淙若风雨，桂花松子常满地。"

③ 琳琅：司马光《奉和济川代书三十韵寄诸同舍》："琳琅固无价，燕石敢沽诸。"

④ 怪气：王勃《采莲赋》："寝怪气于沅湘，照荣光于河洛。"

⑤ 咫尺：《淮南子·道应训》："终日行不离咫尺，而自以为远，岂不悲哉！"

⑥ 张公：史能之《咸淳重修毗陵志》卷十五山水："张公洞在县东南五十五里，高六十仞，麓周五里。三面皆飞崖绝壁，不可跻攀，惟北向一窦，广逾四寻，嵌空可入观者。秉炬历百磴至烧香台。台，淳熙初尉赵伯津所筑，石色碧绿如抹，乳髓滴沥，有仙人房、玄武石，奇怪万状，时有石燕相飞击。行约三里，南望小洞，通彻于外，径此而出。南唐韩熙载记洞灵观援《白龟经》曰：'天下福地七十有二，此居五十八。'《道书》亦云：'第五十八福地，庚桑公治之，即庚桑楚也。'《风土记》云：'汉天师道陵得道之地。'元符间逸士王绎来游，谓洞以张公名者，非道陵，乃第四代辅光也。且有诗云：'高士宸居隔紫烟，洞中金阙暗相连。辅光灶冷留香壤，太素渊清涌玉泉。后夜云归雪浪湿，未明人起月华鲜。秋光不老岩前麓，到此偷闲亦自贤。'"

⑦ 银罂：《墨子·备城门》："用瓦木罂，容十升以上者，五十步而十，盛水且用之。"孙诒让《间诂》："《史记·韩信传》以木罂缻渡军，是罂或瓦或木，皆可以盛水者也。"《汉书·赵广汉传》："发长安吏自将，与俱至光子博陆侯禹第，直突入其门，搜索私屠酤，椎破卢罂。"颜师古注："罂，所以盛酒也。"杨巨源《石水词》之一："银罂深锁贮清光，无限来人不得尝。"

⑧ 竹叶酒：张华《轻薄篇》："苍梧竹叶清，宜城九酝醝。"

⑨ 木兰船：刘孝威《采莲曲》："金桨木兰船，戏采江南莲。"

药向灵根①采，山从地底穿。
善卷如果遇， 先为乞神诠。

其二

阳羡城东水， 春烟②绿似苔。
载将青雀雨， 去问赤乌③雷。
玉液④千年在，桃花一夜开。
独伤司马病⑤，不得共持杯。

夜过黄一之⑥斋中

征君⑦家陋巷，缃素⑧对匡床。
门外半城月， 邻家几树霜。
剑留寒卧壁， 竹影瘦过墙。
不以贫为累， 高歌日⑨慨慷。

赋得剑并送汤宪副⑩

宝锷⑪曾留此，千年尚有名。
星辰片云识， 风雨半江生。
炼想古人迹， 功知烈士成。

---

① 灵根：柳宗元《种术》诗："戒徒斸灵根，封植阂天和。"
② 春烟：《魏书·常景传》："长卿有艳才，直致不群性，郁若春烟举，皎如秋月映。"
③ 赤乌：《初学记》卷三十引三国吴薛综《赤乌颂》："赫赫赤乌，惟日之精。"
④ 玉液：白居易《效陶潜体诗》之四："开瓶泻罇中，玉液黄金脂。"
⑤ 司马病：《史记·司马相如列传》："相如口吃而善著书。常有消渴疾。"
⑥ 黄一之：黄贯曾，吴县人，明藏书家、刻书家。
⑦ 征君：《后汉书·黄宪传》："友人劝其仕，宪亦不拒之，暂到京师而还，竟无所就。年四十八终，天下号曰征君。"
⑧ 缃素：《北史·高道穆传》："秘书图籍及典书缃素，多致零落，可令道穆总集账目，并牒儒学之士，编比次第。"
⑨ 日：钱谦益《列朝诗集》《童贾集》均作"自"。
⑩ 汤宪副：似为汤应之。张凤翼《处实堂集》续集卷七《汤应之宪副卧病诗以讯之》："齿叨一日长，交以百年期。奈我追欢夜，为君卧病时。对人颜觉瘦，窥镜鬓应丝。欲向维摩问，斋心礼药师。"
⑪ 宝锷：李峤《宝剑篇》："吴山开，越溪涸，三金合冶成宝锷。"

张华在当路^①，宁使久延平^②。

夜集王道端^③园池

王通^④谈道处，芳草户双扃^⑤。
凿水映高柳，栽花护短屏^⑥。
门人半绿绶^⑦，亭子^⑧只玄经。
此夜春城上，谁占聚德星^⑨。

---

① 当路：《孟子·公孙丑上》："夫子当路于齐，管仲、晏子之功可复许乎？"赵岐注："如使夫子得当仕路于齐而可以行道，管夷吾、晏婴之功，宁可复兴乎？"

② 延平：《晋书》卷三十六《张华传》："华诛，失剑所在。焕卒，子华为州从事，持剑行经延平津，剑忽于腰间跃出堕水。使人没水取之，不见剑，但见两龙各长数丈，蟠萦有文章，没者惧而反。须臾光彩照水，波浪惊沸，于是失剑。华叹曰：'先君化去之言，张公终合之论，此其验乎！'"

③ 王道端：生平不详。

④ 王通：彭大翼《山堂肆考》卷一百三十四《谥法》："王通，龙门人，字仲淹。西游长安，见隋文帝于太极殿，奏《太平十二策》。不报，退居河汾，教授生徒。大业末，卒于家。门人谥曰文中。"

⑤ 扃：《玉篇》："书掌切，音赏。"户耳也。

⑥ 短屏：冷然《汝州薛家竹亭赋》："才容小榻，更设短屏。"

⑦ 绿绶：《后汉书·舆服志下》："诸国贵人、相国皆绿绶。"刘昭注："徐广曰：'金印绿缤绶。'缤音戾，草名也。以染似绿，又云似紫。"

⑧ 亭子：《晋书·刘卞传》："少为县小吏，功曹夜醉如厕，使卞执烛，不从，功曹衔之，以他事补亭子。"

⑨ 聚德星：刘敬叔《异苑》卷四："陈仲弓从诸子侄造荀季和父子，于时，德星聚。太史奏五百里内有贤人聚。"

集黄淳父①玄芝馆同其叔②一之、王百穀和仲

一亩自为宫，萧萧茂苑③东。
玄芝④生砌上，木榻⑤入花丛。
家有征君传，人知国士风。
却因同阮籍，把酒竹林中。

秦汝立小听松

尔负古人癖，葺庐惟读书。
自忘厅事⑥近，独与世情疏。
松色四时翠，风声一榻虚。
安仁⑦有新赋，莫说是闲居。

---

① 黄淳父：钱谦益《列朝诗集》丁集卷七《黄秀才姬水》："姬水字淳父，长洲人，五岳山人省曾之子也。生而幼敏，山人出入必携之俱。有所占属，每令同赋。五岳拙于书，命淳父学书于祝京兆，遂传其笔法。性至孝，哭父母成疾，遂弃诸生。以楚服见达官长者，意自如也。嘉靖乙卯，倭夷难作，为避地计，将依聂尚书豹于庐陵。携妻子溯江而上，何孔目良俊止之曰：'子行是也，然见彘而思炙，吾笑子之太早计也。'遂侨栖金陵。逾六年而后归，尽斥其田产，以供婚嫁恒计，衣食不能卒岁。而所畜敦彝法帖名画甚富，一室之中，棐几莹洁，笔研精良，焚香晏坐，听然忘老。山人尝辑《高士传》，因颂贫士以见志焉。淳父自序其《白下集》云：'金陵，高皇帝故都也。夫登毫者，有商俊之愿。陟镐者，怀周士之思。而今已矣。壮心不死，素发易生，向人莫语，御酒寡欢，云霞郁思，江山洒泣。魏人行国，假歌谣以宣忧。楚客怀都，托《离骚》以写愤。良有以也。呜呼！昔吴人有游楚者，病且为吴吟，予悲予之游楚而吴吟也。'淳父有《白下》《高素》二集，托寓凄婉，人以《白下》为最胜云。"

② 其叔：《童贾集》脱此二字。

③ 茂苑：嘉庆《大清一统志》卷七十八："长洲苑，在长洲县西南。《越绝书》：'阖闾走犬长洲。'《汉书》枚乘说吴王濞曰：'汉修治上林，圈守禽兽，不如长洲之苑。'服喉曰：'吴苑。'孟康曰：'以江水洲为苑也。'韦昭曰：'长洲在吴。'东晋左思《吴都赋》：'佩长洲之茂苑。'《元和志》：'长洲，取长洲苑为名，苑在县西南七十里。'《吴郡志》：'长洲在姑苏南，太湖北，阖闾游猎处也。'"

④ 玄芝：《楚辞·东方朔〈七谏·乱词〉》："拔搴玄芝兮，列树芋荷。"王逸注："玄芝，神草也。"洪兴祖补注："《本草》：黑芝，一名玄芝。"

⑤ 木榻：周砥《宝粹二上人值雨留宿西涧草堂》诗："竹堂听雨惊秋晚，木榻留灯语夜分。"

⑥ 厅事：堂屋。《魏书·夏侯夬传》："忽梦见征虏将军房世宝来至其家，直上厅事。"

⑦ 安仁：《论语·里仁》："仁者安仁，知者利仁。"

恭读大行皇帝①遗诏

万国奉哀书，臣工②走道途。
帝音元是玉，人泪忽成珠。
德届地无远③，恩深山亦呼。
春云遍区宇④，处处说苍梧。

怀家兄⑤省中应试

黄帝⑥垂衣⑦日，唐尧⑧甲子⑨年。
山川自生瑞，玉帛⑩共征贤。

---

① 大行皇帝：《明史》卷十八《世宗纪》："十一月己未，帝不豫。十二月庚子，大渐，自西苑还乾清宫。是日崩，年六十，遗诏裕王嗣位。隆庆元年正月，上尊谥，庙号世宗，葬永陵。"《明史》卷十九《穆宗纪》："穆宗契天隆道渊懿宽仁显文光武纯德弘孝庄皇帝，讳载垕，世宗第三子也。母杜康妃。嘉靖十八年二月封裕王，与庄敬太子、景恭王同日受册。已而庄敬薨，世宗以王长且贤，继序已定，而中外危疑，屡有言者，乃令景王之国。四十五年十二月庚子，世宗崩。壬子，即皇帝位。以明年为隆庆元年，大赦天下。先朝政令不便者，皆以遗诏改之。"

② 臣工：《诗·周颂·臣工》："嗟嗟臣工，敬尔在公。"毛传："工，官也。"郑玄笺："臣谓诸侯也。"

③ 无远：《书·洛诰》："彼裕我民，无远用戾。"陆机《谢平原内史表》："皇泽广被，惠济无远。"

④ 区宇：陈亮《重建紫霄观记》："本朝混一区宇，是观因以不废。"

⑤ 家兄：童珊，童珮兄。

⑥ 黄帝：《史记》卷一《五帝本纪第一》："黄帝者，少典之子，姓公孙，名曰轩辕。生而神灵，弱而能言，幼而徇齐，长而敦敏，成而聪明。"

⑦ 垂衣：《易·系辞下》："黄帝、尧舜垂衣裳而天下治，盖取诸乾坤。"韩康伯注："垂衣裳以辨贵贱，乾尊坤卑之义也。"

⑧ 唐尧：《史记》卷一《五帝本纪第一》："帝尧者，放勋。其仁如天，其知如神。就之如日，望之如云。富而不骄，贵而不舒。黄收纯衣，彤车乘白马，能明驯德，以亲九族。九族既睦，便章百姓。百姓昭明，合和万国。乃命羲、和，敬顺昊天，数法日月星辰，敬授民时。"《集解》："《谥法》曰：'翼善传圣曰尧。'"《索隐》："尧，谥也。放勋，名。帝喾之子，姓伊祁氏。"案：皇甫谧云："尧初生时，其母在三阿之南，寄于伊长孺之家，故从母所居为姓也。"《正义》："徐广云：'号陶唐。'"

⑨ 甲子：嘉靖四十三年，公元 1564 年。

⑩ 玉帛：枣据《杂诗》："开国建元士，玉帛聘贤良。"

经术中兴重，文昌①北斗②躔。

因之怀雁字，双翼好翩翩。

秋日过真武山③宿豸屏道院④四首

平生麋鹿⑤性，不使杖藜⑥闲。

人在柴关下，心驰云水间。

到家仍作客，是处只寻山。

总为流泉笑，今年发已班。

其二

借榻真人宅，移床啜露华。

松声枕上静，山气⑦夜来嘉。

骸骨⑧元知幻，邯郸⑨肯是家。

祇愁同调⑩笑，不敢梦桃花。

其三

杖屦⑪云千迭，留连月一痕⑫。

为看松顶鹤，不听岭头猿。

---

① 文昌：谢肇淛《五杂俎·天部一》："俗言，南斗注生，北斗注死，故以北斗为司命。而文昌者，斗魁戴匡六星之一也。俗以魁故祠文星以祈科第，因其近斗也，故亦称文昌司命云。傅会甚矣。至以蜀梓潼神为文昌化身者，又可笑也。"

② 北斗：《诗·小雅·大东》："维南有箕，不可以簸扬。维北有斗，不可以挹酒浆。"朱熹集传："箕、斗二星，以夏秋之间见于南方。云北斗者，以其在箕之北也。"

③ 真武山：万历《龙游县志》："杜山之西北为大乘山，迤东为真武山，为豸屏峰东岭西岭。其山有庙，祀真武神。元里人姚勉卿捐地，有碑。"

④ 豸屏道院：万历《龙游县志》："豸屏道院，元至正中余、胡二姓建。"

⑤ 麋鹿：孟郊《隐士》诗："虎豹忌当道，麋鹿知藏身。"

⑥ 杖藜：秦观《宁浦书事》诗之五："身与杖藜为二，对月和影成三。"

⑦ 山气：唐高宗《九月九日》诗："野净山气敛，林疏风露长。"

⑧ 骸骨：《史记·项羽本纪》："范增大怒，曰：'天下事大定矣，君王自为之。愿赐骸骨归卒伍。'"

⑨ 邯郸：《汉书·地理志下》："邯郸北通燕涿，南有郑卫，漳河之间一都会也。"

⑩ 同调：顾炎武《寄张文学弨时淮上有筑堤之役》诗："愁绝无同调，蓬飘久索居。"

⑪ 杖屦：辛弃疾《水调歌头·盟鸥》词："先生杖屦无事，一日走千回。"

⑫ 一痕：文征明《闲兴》诗之四："坐久忽惊凉影动，一痕新月在梧桐。"

泉石①无秋色,山川是故园②。
因怀旧时事, 风雨暗山门。

其四

为问青山③色,岩峦历几盘。
屐随黄石后, 霞作赤城④看。
玉露⑤长空白,银河半夜寒。
仙人倘有约, 明发⑥候骖鸾。

丹阳⑦道中

小艇记逢迎⑧,寒烟满水生。

---

① 泉石:《梁书·徐摛传》:"遂承间白高祖曰:'摛年老,又爱泉石,意在一郡,以自怡养。'高祖谓摛欲之,乃召摛曰:'新安大好山水,任昉等并经为之,卿为我卧治此郡。'"

② 故园:贯休《淮上逢故人》诗:"故园离乱后,十载始逢君。"

③ 青山:《童贾集》作"家山"。

④ 赤城:庾信《奉答赐酒》诗:"仙童下赤城,仙酒饷王平。"

⑤ 玉露:杜甫《秋兴》诗之一:"玉露凋伤枫树林,巫山巫峡气萧森。"

⑥ 明发:《诗·小雅·小宛》:"明发不寐,有怀二人。"朱熹集传:"明发,谓将旦而光明开发也。二人,父母也。"

⑦ 丹阳:顾祖禹《读史方舆纪要》卷二:"丹阳郡,秦鄣郡也。初属吴国,景帝四年属江都国,元狩初改属扬州,元封二年更名丹阳郡。领宛陵等县十七。宛陵,今宁国府,治宣城县也。"

⑧ 逢迎:《史记·项羽本纪》:"于是大风从西北而起,折木发屋,扬沙石,窈冥昼晦,逢迎楚军。"

断冈吴札庙①，乱石吕蒙城②。

莫问楚人草，犹余汉郡名。

倘能赋风土③，不远是西京。

顾朗生④归自北岳⑤逆旅见过⑥

传闻出关外，天使⑦共星驰⑧。

---

① 吴札庙：史能之《咸淳重修毗陵志》卷十四《祠庙》："延陵季子庙，按：山谦之《丹阳志》云：'南庙在晋陵东郭外，北庙在武进博落坡，西庙在润州曲阿。'又云：'墓在晋陵县北七十里申浦西。'《皇览》曰：'季子庙在毗陵暨阳乡。'唐开元中，玄宗命殷仲容摹夫子所书'乌虖有吴延陵季子之墓'十字以传。大历中，萧定又刊于石。永泰中，李守栖筠《郡境十二咏》，以此居首。其族子华和云：'季子让社稷，又能听风诗。'国朝元祐间，杨无为杰题庙碑曰：'战国纵横礼义亏，延陵高节救周衰。当时若受诸侯惠，后世谁传十字碑。'崇宁间，朱守彦尝访祠庙，辨曲阿延陵之非古莫详。今京口庙食独盛，赐额嘉贤，封昭德侯。而吾州之祠有三：一在郡学讲堂东偏，淳熙间张守孝贲建，嘉熙初张教授虔发请于朝，拟加王爵，俾官吏辞谒如式，议未克行。一在通吴门铁冶巷，即东郭庙。一在天庆观，东晋陵令赵彦捕建，叶水心为记。"

② 吕蒙城：金武祥《粟香随笔·五笔》卷一："吕蒙城，丹阳之东有吕城镇，孙吴时吕蒙筑城，久废，镇则宋雍熙四年置。按《史记·吕后本纪》：'封吕忿为吕城侯。正义云："在邓州南阳县西，吕尚先祖封此，特名偶同耳。"'《太平寰宇记》：'吕蒙城，在蒲圻县西北，吕蒙所筑，属鮎渎镇。'又见《水经注》《元和志》，此则地在湖北。又《一统志》：'怀宁县北二十里有吕蒙城，桐城县东南亦有吕蒙城，此皆在今安庆府。'元余阙《入大龙山》诗：'翠积枞江浒，崇冠吕蒙城。'国初董樵《同安江上》诗：'春风公瑾墓，细雨吕蒙城。'此皆指安庆之吕蒙城言之。若咏丹阳之吕蒙者，萨雁门之'吕公城下葛仙家，洞府春深锁暮霞。'王阮亭之'鸡鸣吕城镇，日出市桥东。'朱竹垞之'潮回黄歇浦，江入吕蒙城。'蒋心余之'路入吕蒙城，寒溪淰淰清。'吴谷人之'潮通丁义渎，草长吕蒙城。'皆是也。"

③ 风土：刘长卿《自江西归至旧任官舍赠袁赞府》诗："南方风土劳君问，贾谊长沙岂不知。"

④ 顾朗生：屠隆《白榆集》诗集卷三："顾朗生，江左名流。与余彼此相慕悦有年，未尝结托。余在燕京座客常满，时朗生亦客京师，绝不相见。比余被谴，挂冠东去，发舟潞河，朗生提壶策蹇，远送河干，且手出五诗赠别。余感其高义，赋长歌以赠之。"

⑤ 北岳：《书·舜典》："十有一月朔巡守，至于北岳，如西礼。"孔传："北岳，恒山。"《汉书·郊祀志上》："十一月，巡狩至北岳。北岳者，恒山也。"

⑥ 见过：欧阳修《与苏丞相书》："清明之约，幸率唐公见过，吃一椀不托尔，余无可以为礼也。"

⑦ 天使：《晋书·天文志中》："流星，天使也。"《宋史·天文志五》："流星有八，一曰天使。"

⑧ 星驰：葛洪《抱朴子·安贫》："驽蹇星驰以兼路，豺狼奋口而交争。"

为有皋鱼恨①，借乘嬴马归。

河流西去远，山势北来奇。

箧里逢人出，周王癸巳碑②。

人日③病

下帷巾栉④废，人日病匡床。

逆旅春难到，山城⑤日自长。

问年寻旧历，裹药⑥制新囊。

却怪梅花讯，无端发路旁。

春日登杜山⑦

杜公⑧曾托迹，芳姓秖今留。

---

① 皋鱼恨：《册府元龟》卷九百五十三："皋鱼，不知何许人也。孔子行，闻哭声甚悲。孔子曰：'驱之前，有贤者。'至则皋鱼也。被褐拥镰，哭于道傍。孔子避车而与之言曰：'子非有丧，何哭悲也。'皋鱼曰：'吾失之三也。少而好学，周流诸侯，以后吾亲，失之一也。高吾志，简吾事，不事庸君，失之二也。少择交游，寡于亲友，老而无托，失之三也。树欲静而风不止，子欲养而亲不待。往而不可追者，年也。去而不可见者，亲也。吾清从此辞矣。'立槁而死。"

② 周王癸巳碑：欧阳修《集古录》卷一《周穆王刻石》："右周穆王刻石曰：'吉日癸巳。'在今赞皇坛山上。坛山在县南十三里。《穆天子传》云：'穆天子登赞皇，以望临城置坛。'此山遂以为名。癸巳，志其日也。图经所载如此，而又别有四望山者，云是穆王所登者。据《穆天子传》，但云登山，不言刻石。然字画亦奇怪，土人谓坛山为马蹬山，以其字形类也。庆历中，宋尚书祁在镇阳，遣人于坛山模此字。而赵州守将，武臣也，遽命工凿山取其字，龛于州廨之壁，闻者为之嗟惜。治平甲辰秋分日书右。"

③ 人日：《太平御览》卷九七六引南朝梁宗懔《荆楚岁时记》："正月七日为人日。以七种菜为羹，剪彩为人或镂金箔为人，以贴屏风，亦戴之头鬓。又造华胜以相遗，登高赋诗。"

④ 巾栉：《礼记·曲礼上》："男女不杂坐，不同椸枷，不同巾栉。"苏轼《庄子祠堂记》："公执席，妻执巾栉。"

⑤ 山城：白居易《郡中》诗："乡路音信断，山城日月迟。"

⑥ 裹药：陆游《家风》诗："买鱼日待携篮女，裹药时从挟篘翁。"自注："俗谓买药为裹药。"

⑦ 杜山：梅岭之西，其崇者曰白佛岩，其南十里为杜山。相传唐杜如晦隐此。有白马岭、鼓角楼、下马石、洗马池。

⑧ 杜公：《旧唐书》卷六十六《杜如晦传》："杜如晦字克明，京兆杜陵人也。……如晦少聪悟，好谈文史。隋大业中以常调预选，吏部侍郎高孝基深所器重，顾谓之曰：'公有应变之才，当为栋梁之用，愿保崇令德。今欲俯就卑职，为须少禄俸耳。'遂补滏阳尉，寻弃官而归。……三年，代长孙无忌为尚书右仆射，仍知选事，与房玄龄共掌朝政。至于台阁规模及典章文物，皆二人所定，甚获当代之誉，谈良相者，至今称房、杜焉。"

一自乘箕①去，何人策杖②游。

丛兰萎香气，良木老春秋。

岭下萧斋③近，东家愧此丘。

上巳日④斋居对雨怀管建初⑤

门外无游女⑥，匡床秖自怜。

家园逢上巳，客路⑦类前年⑧。

风雨花枝上，山川笠子⑨边。

因怀京洛⑩士，谁送水衡钱⑪。

于山平远台⑫

无诸⑬行乐后，黛色⑭属禅宫。

---

① 箕：《孙子·火攻》："日者，月在箕、壁、翼、轸也；凡此四宿者，风起之日也。"梅尧臣注："箕，龙尾也。"

② 策杖：杜甫《戏题寄上汉中王》诗之二："策杖时能出，王门异昔游。"仇兆鳌注："慈水姜氏曰：'杖策者，策杖而行'……则古人于杖，虽少年皆用之矣。"

③ 萧斋：张怀瓘《书断》："武帝造寺，令萧子云飞白大书'萧'字，至今一字存焉。李约竭产自江南买归东洛，建一小亭以玩，号曰'萧斋'。"

④ 上巳日：吴自牧《梦粱录·三月》："三月三日上巳之辰，曲水流觞故事，起于晋时。唐朝赐宴曲江，倾都禊饮踏青，亦是此意。"

⑤ 管建初：朱谋垔《画史会要》卷四："管稚圭，官中书，善山水。"陈柏《苏山选集》卷一《管山人建初》："吴中有高士，郁郁如幽兰。浪迹比禽庆，清操追幼安。雅志肯自画，誓欲登骚坛。探奇春欲暮，得句夜未阑。著作虽不富，枝枝青琅玕。同声有赠述，杂佩何纷繁。曾作太山绘，寄我汉江干。空堂一披拂，六月生微寒。伊人不可屈，素性如龙蟠。何当遡云梦，握手共清湍。"

⑥ 游女：李白《惜余春赋》："想游女于岘北，愁帝子于湘南。"

⑦ 客路：苏轼《次韵孙巨源见寄》之三："应知客路愁无奈，故遣吟诗调李陵。"方回《江行大雨水涨》诗："客路由来但喜晴，山溪何况舟更行。"

⑧ 前年：《后汉书·冯衍传》："上党复有前年之祸。"李贤注："前年，犹往时。"

⑨ 笠子：李白《戏赠杜甫》诗："饭颗山头逢杜甫，头戴笠子日卓午。"

⑩ 京洛：张说《应制奉和》诗："总为朝廷巡幸去，顿教京洛少光辉。"

⑪ 水衡钱：《汉书·宣帝纪》："二年春，以水衡钱为平陵，徙民起第宅。"颜师古注引汉应劭曰："水衡与少府皆天子私藏耳。"徐陵《中妇织流黄》诗："欲知夫婿处，今督水衡钱。"

⑫ 于山平远台：《读史方舆纪要》卷九十六《侯官县》："九仙山，在府城内东南隅，本名于山，相传汉武时有何氏兄弟九人登仙于此，因改今名。一名九日山，《闽中记》：无诸九日宴集之所也。上有鳌顶峰。又有平远台，平旷可以望远。"

⑬ 无诸：《史记·东越列传》："闽越王无诸及越东海王摇者，其先皆越王句践之后也。"

⑭ 黛色：鲍照《登大雷岸与妹书》："从岭而上，气尽金光，半山以下，纯为黛色。"

不藉空王①力,何知伯者②功。

高城隔海气, 古木杂山风。

未到人先说, 金鳌③万井④中。

乌山⑤石

兹丘岩壑⑥怪,城下卧云霞。

寺废名仍重, 僧贫地转嘉。

字多飞鸟迹⑦,石作种莲花。

倘与他山角, 青城⑧未足夸。

送吴应雷⑨归邵武⑩

一见即如故,倾心尊酒中。

不知乡是异,秪觉道相同。

未老名先隐,欲归囊又空。

临行无以赠,江口半帆风。

---

① 空王:《旧唐书·刘瞻传》:"伏望陛下尽释系囚,易怒为喜,虔奉空王之教,以资爱主之灵。"

② 伯者:《汉书·梅福传》:"今不循伯者之道,乃欲以三代选举之法取当时之士,犹察伯乐之图,求骐骥于市,而不可得,亦已明矣。"颜师古注:"伯读曰霸。"

③ 金鳌:陆游《平云亭》诗:"满槛芳醪何处倾? 金鳌背上得同行。"

④ 万井:《汉书·刑法志》:"地方一里为井……一同百里,提封万井。"

⑤ 乌山:《读史方舆纪要》卷九十六《侯官县》:"又乌石山,在府城内西南隅,与九仙山东西对峙。唐天宝八载改曰闽山,宋熙宁间郡守程师孟改曰道山。有薛老峰、邻霄台诸胜。"

⑥ 岩壑:谢灵运《酬从弟惠连》诗:"寝瘵谢人事,灭迹入云峰。岩壑寓耳目,欢爱隔音容。"

⑦ 飞鸟迹:蔡邕《隶势》:"鸟迹之变,乃惟佐隶。蠲彼繁文,崇此简易。"

⑧ 青城:《太平御览》卷五四引《玄中记》:"蜀郡有青城山,有洞穴潜行,分道为三,道各通一处,西北通昆仑。"陆游《老学庵笔记》卷四:"天下名山惟华山、茅山、青城山无僧寺。"

⑨ 吴应雷:光绪《湖南通志》卷一百十八《职官志》:"吴应雷,永安举人,郴州学正。"

⑩ 邵武:顾祖禹《读史方舆纪要》卷七:"邵武军,本建州之邵武县。太平兴国四年置邵武军,领邵武等县四。今邵武府。"

送谢明府长卿北上

仙舸①指瑶京②，青山自送迎。
为星应列宿③，绾印即专城④。
人与云霄近，　心持恺悌行。
他年倘相遇，　记取路旁情。

兴化⑤道中

羸马客衣倦，　得船浑似归。
坐随流水去，　伴逐野禽飞。
五月稻粱熟，　千家荔子⑥肥。
莆田⑦近孤桨，城子落斜晖⑧。

罗滩⑨风雨

滩半雪成浪，雨来云满空。
宁知万山里，却似大荒⑩东。

---

　　① 仙舸：畅当《宿潭上》诗之一："夜潭有仙舸，与月当水中。嘉宾爱明月，游子惊秋风。"

　　② 瑶京：洪迈《夷坚甲志·蔡真人词》："尘世无人知此曲，却骑黄鹤上瑶京，风冷月华清。"

　　③ 列宿：《楚辞·刘向〈九叹·远逝〉》："指列宿以白情兮，诉五帝以置词。"王逸注："言己愿后指语二十八宿，以列己清白之情。"

　　④ 专城：王充《论衡·辨祟》："居位食禄，专城长邑以千万数，其迁徙日未必逢吉时也。"

　　⑤ 兴化：顾祖禹《读史方舆纪要》卷七："兴化军，本泉州之游洋镇。太平兴国四年置太平军，寻改曰兴化军。德祐二年又升为兴安州，领莆田等县三。今兴化府。"

　　⑥ 荔子：韩愈《柳州罗池庙碑》："荔子丹兮蕉黄，杂肴蔬兮进侯堂。"

　　⑦ 莆田：顾祖禹《读史方舆纪要》卷九十六："莆田县，附郭，晋晋安县地。隋开皇十年置莆田县，属泉州。大业初，废入南安县。唐武德五年，复置，属丰州，寻属泉州。宋太平兴国四年，改属兴化军。八年，移军治焉。今编户二百九里。"

　　⑧ 斜晖：杜牧《怀钟灵旧游》诗之三："斜辉更落西山影，千步虹桥气象兼。"

　　⑨ 罗滩：《读史方舆纪要》卷九十五《福建一·山川险要》："大、小罗滩：小罗滩在浦城南百十三里，又南十四里即大罗滩。"

　　⑩ 大荒：《山海经·大荒东经》："东海之外，大荒之中，有山名曰大言，日月所出。"《文选·左思〈吴都赋〉》："出乎大荒之中，行乎东极之外。"刘逵注："大荒，谓海外也。"

浅水有神物，新秋生疾风。
前山生霁色，受取晚霞红。

严先生祠堂①

祠宇烟霞满，缘知道不贫。
因瞻座上客，即是泽中人。
世易水名旧，岁穷山色新。
钓丝竿倘在，一借隔州民。

雪中早渡钱塘②

江上冲寒③发，伤心岁事凋。
乱山三面雪，孤棹五更潮。
来往换新鬓④，寒暄老黑貂。
谁云到家近，翻使旅魂⑤消。

除夕抵家

众木迎春色，行人忽到家。

---

① 严先生祠堂：嵇曾筠《雍正浙江通志》卷二百二十四："严先生祠，《方舆胜览》：'在钓台。'先生名光，字子陵。本姓庄，避明帝讳改严。《严陵志》：'在县西三十五里富春山之下，宋景祐中建。'"张淏《宝庆会稽续志》卷三《余姚》："严先生祠，在县东北之十里陈山。孙应时《客星桥记》云：'自汉建武以来千余年，严先生之高风，激越宇宙，天下尊之无异辞。'先生，吾余姚人也。晚耕于富春山，富春析而为桐庐，钓台属焉。自文正范公建祠而记之，钓台之名大显，崖石草木得以衣被风采，发舒精神，传绘于天下。其邦人尤以为荣，而吾邑之地灵人杰，世反不传，非阙欤。土俗所记，吾邑少东，江濑粼粼，上下常有声，是为子陵滩，盖其初之钓游处也。东北十里有奇峰曰陈山，拔立千仞，秀表一方，而丛石隆起，在山之阴。据峻陉俯长川，以望东海，是为严先生墓，盖尝家是山而归葬也。旁又有山曰严公山，有古丛祠曰先生庙，其应史如此，岂诬也哉。乾道中，故太师史公镇越，始告县表墓道，起精舍曰'客星庵'，而为之田，长吏以时奉尝。"

② 钱塘：顾祖禹《读史方舆纪要》卷九十："钱塘江在城东三里，即浙江也。自严州府桐庐县流入富阳县界，经郡西南而东，北接海宁县界，出海门入于海。海潮昼夜再上，奔腾冲击，声撼地轴。沿江之塘，历代修筑。"

③ 冲寒：杜甫《小至》诗："岸容待腊将舒柳，山意冲寒欲放梅。"

④ 新鬓：杜牧《闺情》诗："娟娟却月眉，新鬓学鸦飞。暗砌匀檀粉，晴窗画夹衣。"

⑤ 旅魂：戴叔伦《柳花歌送客往桂阳》诗："定知别后消散尽，却忆今朝伤旅魂。"

青山当岁尽,白帻①自天涯。

笑解囊中水,羞将鬓里华。

疏梅情独厚,门外暗生花。

赠崔旦②

割田予乡校③,千古自谁能。

忽尔闻高义④,真看是力行。

风将齐一变, 恩到鲁诸生⑤。

若较乡人德, 何论宁戚⑥名。

赵编修⑦见枉

传呼⑧金马⑨过,知是秘书郎⑩。

---

① 白帻:《后汉书·礼仪志下》:"百官皆衣白单衣,白帻不冠。"

② 崔旦:《四库全书总目》卷八十四:"《海运编》二卷,户部尚书王际华家藏本。明崔旦撰。旦字伯东,平度人。是书成于嘉靖甲寅,时因运道艰阻,议者欲开胶莱河以复海运。由淮安清江浦口,历新坝、马家壕至海仓口,径抵直沽。止循海套,可避大洋之险。旦居海滨,习知利害。地方大吏咨以开浚之策,旦亦以为必可行,惟欲改马家壕道从麻湾口。所条上工役之法、堤闸之制甚具。嗣以遣官勘视,言水多沙碛,其事遂寝。旦因检所作议考诸篇,录而存之。"

③ 乡校:《左传·襄公三十一年》:"郑人游于乡校以论执政。"杜预注:"乡校,乡之学校……郑国谓学为校。"

④ 高义:《战国策·齐策二》:"夫救赵,高义也;却秦兵,显名也。"

⑤ 诸生:《管子·君臣上》:"是以为人君者,坐万物之原,而官诸生之职者也。"尹知章注:"谓授诸生之官而任之以职也。生,谓知学之士也。"

⑥ 宁戚:《楚辞·离骚》:"宁戚之讴歌兮,齐桓闻以该辅。"王逸注:"宁戚修德不用,退而商贾,宿齐东门外。桓公夜出,宁戚方饭牛,叩角而商歌。桓公闻之,知其贤,举用为客卿,备辅佐也。"

⑦ 赵编修:赵志皋,字汝迈,兰溪人。隆庆二年进士及第,授编修。

⑧ 传呼:《汉书·萧望之传》:"仲翁出入从仓头庐儿,下车趋门,传呼甚宠。"颜师古注:"传声而呼侍从者,甚有尊宠也。"

⑨ 金马:梅曾亮《欧氏又一村读书图记》:"而苏文忠直禁内,读书夜分,老兵皆倦卧,彼其视金马玉堂之中,波涛尘堁之内,皆学舍也。"原注:"金马门,汉时学士待诏之地;玉堂署,宋时翰林承旨之所。"

⑩ 秘书郎:李林甫《唐六典》卷十:"秘书郎四人,从六品上。……秘书郎掌四部之图籍,分库以藏之,以甲乙景丁为之部目。"

袍染宫云色， 名沾御墨香。

问家同一水， 识面忽他乡。

莫怪逢迎后， 嵇生^①偶坐忘^②。

七夕集赵内翰汝迈^③宅得"遥"字

帝京牛女节^④，忽枉侍臣招。

金水^⑤元知近，银河信不遥。

带边星是侣，天上鹊为桥^⑥。

既许分莲炬^⑦，何妨转斗杓^⑧。

---

① 嵇生：《晋书》卷四十九《嵇康传》："嵇康字叔夜，谯国铚人也。其先姓奚，会稽上虞人，以避怨，徙焉。铚有嵇山，家于其侧，因而命氏。兄喜，有当世才，历太仆、宗正。康早孤，有奇才，远迈不群。身长七尺八寸，美词气，有风仪，而土木形骸，不自藻饰，人以为龙章凤姿，天质自然。恬静寡欲，含垢匿瑕，宽简有大量。学不师受，博览无不该通，长好老庄。与魏宗室婚，拜中散大夫。常修养性服食之事，弹琴咏诗，自足于怀。以为神仙禀之自然，非积学所得，至于导养得理，则安期、彭祖之伦可及，乃著《养生论》。"

② 坐忘：《庄子·大宗师》："堕肢体，黜聪明，离形去知，同于大通，此谓坐忘。"郭象注："夫坐忘者，奚所不忘哉！既忘其迹，又忘其所以迹者，内不觉其一身，外不识有天地，然后旷然与变化为体而无不通也。"吴士玉《骈字类编》卷七十六《珍宝门十一》："嵇康答难《养生论》：'遗世坐忘，以宝性全真，吾所不能同也。'"

③ 赵内翰汝迈：《明史》卷二百十九《赵志皋》："赵志皋，字汝迈，兰溪人。隆庆二年进士及第，授编修。万历初，进侍读。张居正夺情，将廷杖吴中行、赵用贤。志皋偕张位、习孔教等疏救，格不上，则请以中行等疏宣付史馆，居正恚。会星变，考察京朝官，遂出志皋为广东副使。居三年，再以京察谪其官。居正殁，言者交荐，起解州同知。旋改南京太仆丞，历国子监司业、祭酒，再迁吏部右侍郎，并在南京。寻召为吏部左侍郎。"

④ 牛女节：杜甫《牵牛织女》诗："牵牛在河西，织女处其东；万古永相望，七夕谁见同！"黄庭坚《鹊桥仙》词："年年牛女恨风波，抵此事、人间天上。"

⑤ 金水：萧洵《故宫遗录》："自瀛洲西度飞桥上回阑，巡红墙而西，则为明仁宫，沿海子导金水河步邃河南行为西前苑。"

⑥ 鹊为桥：秦嘉谟《月令粹编》卷十二《鹊桥》："《风俗通》：'织女七夕当渡河，使鹊为桥。'"

⑦ 莲炬：杜光庭《中元众修金箓斋词》："焰九光之莲炬，下照冥津；飘三素之檀烟，上闻真域。"

⑧ 斗杓：《淮南子·天文训》："斗杓为小岁。"高诱注："斗，第五至第七为杓。"

赵汝迈携觞广慧寺①

小寺新秋色，青莲不染斑。
何言辇毂②下，肯使辘轳③闲。
阶下落幽鸟，墙西挂晚山。
翻令玄度④辈，系马不知还。

陈内翰惟锡⑤相过

旅中青草烂，秋色不知新。
何意石渠⑥客，来寻山泽人。
雀罗⑦惊结驷⑧，虹气恼比邻。

---

① 广慧寺：于敏中《日下旧闻考》卷五十九："原广慧寺，古刹也。在宣武门外一里。嘉靖中，太监刘成、朱仲修之。有广西按察司佥事余一鹏碑记。臣等谨按：广慧寺在司家坑，尚完整。余一鹏碑尚存，又有嘉靖甲子户部侍郎孙桧碑。增《余一鹏重修护国广慧寺记略》：'宣武门外二里许，冈回水抱，古木参郁。中有丛林，风雨摧残，旧基仅存。询其名，乃古刹护国广慧寺，世代莫考。嘉靖三十一年，内官监太监刘成施金半千，复其地。三十七年，内官监太监朱仲建正殿、禅堂、山门、廊庑种种完相。始营于己未春，落成于辛酉冬。'嘉靖四十年冬十月立。"

② 辇毂：《三国志·魏志·杨俊传》："今境守清静，无所展其智能，宜还本朝，宣力辇毂，熙帝之载。"

③ 辘轳：贾思勰《齐民要术·种葵》："井别作桔槔、辘轳。"原注："井深用辘轳，井浅用桔槔。"

④ 玄度：清流名士。刘义庆《世说新语·言语》："刘尹云：'清风朗月，辄思玄度。'"刘孝标注引《晋中兴士人书》："许询能清言，于时士人皆钦慕仰爱之。"唐顺之《寓城西寺中杂言》诗之三："俗子惭玄度，名僧即道林。"

⑤ 俞汝楫《礼部志稿》卷四十二："陈思育，字仁甫，湖广武陵人。进士，万历九年，由詹事府少詹事兼翰林院侍读学士掌院事，升右侍郎，仍兼侍读学士。十年，转左，加太子宾客。"曾国荃《（光绪）湖南通志》卷一百七十一《人物志》："陈思育，字仁甫，武陵人。嘉靖乙丑进士，改庶吉士，授检讨，充经筵讲官。《世庙实录》成，晋中允，历侍读学士，纂修《会典》，以礼部左侍郎致仕。神宗念讲筵功多，驰驿归里。"

⑥ 石渠：《三辅黄图·阁》："石渠阁，萧何造。其下砻石为渠以导水，若今御沟，因为阁名。所藏入关所得秦之图籍。至于成帝，又于此藏秘书焉。"

⑦ 雀罗：《史记·汲郑列传》："始翟公为廷尉，宾客阗门；及废，门外可设雀罗。"

⑧ 结驷：《楚辞·招魂》："青骊结驷兮齐千乘，悬火延起兮玄颜烝。"王逸注："结，连也。四马为驷。"刘克庄《凤凰阁》词："对床句，子真佳作。安用羡伊结驷，难依罗雀。"

若问躬耕①事，多惭郑子真②。

梁中书思伯③席上得"移"字

偶缔竹林好，闲庭④片月⑤宜。
人多青简⑥合，星半紫微⑦窥。
露冷天疑近，歌残席屡移。
惭余把藤杖，何以接琼枝⑧。

寻沈检讨⑨不遇

十里寻君近，山川无几重。

---

① 躬耕：《三国志·蜀志·诸葛亮传》："臣本布衣，躬耕于南阳。"
② 郑子真：赵岐《三辅决录》卷一："郑朴，字子真，谷口人也。修道静默，世服其清高。成帝时，元舅大将军王凤以礼聘之，遂不屈。扬雄盛称其德曰：谷口郑子真，耕于岩石之下，名振京师。冯翊人刻石祠之，至今不绝。"
③ 梁中书思伯：梁孜，字思伯，号浮山，广东顺德人。
④ 闲庭：杨炯《梓州惠义寺重阁铭》："闲庭不扰，退食自公，远览形势，虔心净域。"
⑤ 片月：岑参《宿岐州北郭严给事别业》诗："疏钟入卧内，片月到床头。"
⑥ 青简：《南齐书·豫章文献王嶷传》："虽复青简缔芳，未若玉石之不朽。"
⑦ 紫微：《晋书·天文志上》："紫宫垣十五星，其西蕃七，东蕃八，在北斗北。一曰紫微，大帝之座也，天子之常居也，主命主度也。"
⑧ 琼枝：《楚辞·离骚》："溘吾游此春宫兮，折琼枝以继佩。"洪兴祖补注："琼，玉之美者。"
⑨ 沈检讨：成瓘《（道光）济南府志》卷五十一："沈渊字子静，号澄川，新城人。父云雁，四子：伯源，仲潭，次渊，又次澜，顾独奇渊。少攻苦绩学，读书城南寺。嘉靖乙丑进士，选庶吉士。丁卯，授翰林院检讨，入馆修国史，掌制诰，执事经筵。穆庙登极，亟举大典，故并得与焉。明年戊辰，分校礼闱，得豫章张宫保，位为举首。辛未，册诸侯王，报命阙下。会上在东宫出阁，以本官兼校书郎入侍。万历改元，以从龙恩进编修。嫡母周太孺人没，诏守臣临祀及其父，盖异数也。己亥，起复故职，分校起居注，进经筵讲官。端慎有仪，开陈剀切。明年，擢国子监司业。上幸太学，渊讲《尚书》，赐白金文绮，宴于阙门。时都试届期，诸生云集，渊摄大司成，矩度甚严，少所假贷。贵游高第，凛凛步趋，莫敢关请，国学为之改观。其明年春，病。三月，卒。上念旧劳，诏守臣临祭如令典，大学士于慎行为之撰传。子庭枏。"

未曾容看竹①,不敢说登龙②。

秋冷衣裳薄, 城深云气浓。

归来解孤剑, 寂寞小夫容。

携觞酌秦子仁诸君

共以山川僻, 禅房③如有期。

短墙云几树, 破殿雨千丝。

黄叶窥香供④,青莲迟酒卮。

湖船买明发⑤,谁咏竹枝辞⑥。

送何子寿⑦赴蓟辽幕中

长游歌激烈,不问岁华非。

匕首雪花落, 马头霜叶⑧飞。

星随渡河客,秋满出关衣。

献节春风里,知君草檄⑨归。

---

① 看竹:《世说新语·简傲》:"王子猷尝行过吴中,见一士大夫家,极有好竹;主已知子猷当往,乃洒扫施设,在听事坐相待。王肩舆径造竹下,讽啸良久,主已失望,犹冀还当通。遂直欲出门。主人大不堪,便令左右闭门,不听出。王更以此赏,主人乃留坐,尽欢而去。"王维《春日与裴迪过新昌里访吕逸人不遇》诗:"到门不敢题凡鸟,看竹何须问主人。"

② 登龙:《后汉书·党锢传·李膺》:"膺独持风裁,以声名自高。士有被其容接者,名为登龙门。"李贤注:"以鱼为喻也。龙门,河水所下之口,在今绛州龙门县。辛氏《三秦记》曰:'河津一名龙门,水险不通,鱼鳖之属莫能上,江海大鱼薄集龙门下数千,不得上,上则为龙也。'"

③ 禅房:杨衒之《洛阳伽蓝记·景林寺》:"中有禅房一所,内置祇洹精舍,形制虽小,巧构难比。"

④ 香供:杜光庭《赵郜助中元黄箓斋词》:"辄因黄箓宝坛,助营香供。"

⑤ 明发:杨万里《郡治燕堂庭中梅花》诗:"翁欲还家即明发,更为梅花留一月。"

⑥ 竹枝辞:王士禛《香祖笔记》卷三:"唐人《柳枝词》专咏柳,《竹枝词》则泛言风土,如杨廉夫《西湖竹枝词》之类,前人亦有一二专咏竹者,殊无意致。"

⑦ 何子寿:嘉靖朝进士,历任湖广承天府知府、江西按察司副使。张朝瑞《皇明贡举考》卷七:"何子寿,锦衣卫衣中所。"成瓘《(道光)济南府志》卷二十六:"何子寿,山西交城人,进士。"

⑧ 霜叶:苏轼《谒金门·秋兴》词:"霜叶未衰吹未落,半惊鸦喜鹊。"

⑨ 草檄:《陈书·蔡景历传》:"部分既毕,召令草檄,景历援笔立成。"

大慧寺①

寺里藏云气，丹青②引客过。
春山③一墙隔，啼鸟六时④多。
列石成岩穴⑤，闭门生薜萝⑥。
逃禅⑦恰宜此，归奈马蹄何。

集崇善寺⑧与社中诸子各赋余得"寒"字

绿酒⑨空王宅，城深日色寒。
人容褐衣⑩入，社作白莲看。
小殿藏金象，高林集羽翰⑪。
何年石幢⑫子，一柱旁栏干。

---

① 大慧寺：张之洞《光绪顺天府志》卷十七《京师志》："大慧寺在西直门外畏吾村，明正德癸酉，太监张雄建，赐额大慧，并护敕勒于碑。有大悲殿，重檐架之中笵铜为佛像，高五丈，土人遂呼为大佛寺。乾隆二十二年重修。寺旧有明李东阳撰碑，久无存。寺之左又旧有佑圣观，寺后有真武祠。"

② 丹青：杜甫《过郭代公故宅》诗："迥出名臣上，丹青照台阁。"杨伦笺注："丹青，谓画像也。"

③ 春山：王维《鸟鸣涧》诗："人闲桂花落，夜静春山空。"

④ 六时：《大唐西域记·印度总述》："六时合成一日一夜，昼三夜三。"钱谦益《列朝诗集》作"四时"。

⑤ 岩穴：《后汉书·章帝纪》："其以岩穴为先，勿取浮华。"

⑥ 薜萝：《楚辞·九歌·山鬼》："若有人兮山之阿，被薜荔兮带女萝。"王逸注："女萝，兔丝也。言山鬼仿佛若人，见于山之阿，被薜荔之衣，以兔丝为带也。"韩偓《雪中过重湖信笔偶题》诗："道方时险拟如何，谪去甘心隐薜萝。"

⑦ 逃禅：牟融《题寺壁》诗："闻道此中堪遁迹，肯容一榻学逃禅。"

⑧ 崇善寺：张联元《天台山全志》卷六："崇善寺，在赤城山下，晋太元元年建。先是，兴宁中僧县猷依岩造寺，号中岩。后以多赤蚁，徙平地。宋大中祥符元年，改崇善。政和八年，改玉京观。未几，仍旧。放生池在焉。"

⑨ 绿酒：陶潜《诸人共游周家墓柏下》诗："清歌散新声，绿酒开芳颜。"

⑩ 褐衣：《史记·平原君虞卿列传》："邯郸之民，炊骨易子而食，可谓急矣，而君之后宫以百数，婢妾被绮縠，余粱肉，而民褐衣不完，糟糠不厌。"

⑪ 羽翰：孟郊《出门行》之二："参辰出没不相待，我欲横天无羽翰。"

⑫ 石幢：王士祯《池北偶谈·谈献五·岘山幢宋人题名》："襄阳岘山羊公祠有石幢一枚，凡六面，高六尺，每面阔九寸，有盖有座。"

听朱十六①陈二谈往事

两生谈往事，　日日少年场②。
种树藏鹦鹉，　栽花引凤皇。
笑迷秦下蔡③，梦逐楚高唐④。
曾与芙渠⑤斗，双双似六郎⑥。

崇宁寺⑦

精庐春苑外，　　幢子染莓苔⑧。
僧倚青山住，　　人寻芳草来。
绳床⑨论小乘⑩，祇树悟初栽。
日落忘归去，　　星辰浸酒杯。

---

① 朱十六：黄虞稷《千顷堂书目》卷二十五："朱正初《朱光禄集》二卷。字在明，靖江人，嘉隆间官光禄监事。"胡应麟《少室山房集》卷六十七："朱十六在明订余过访沙上廿载矣，岁秒得手书，犹故情暧暧也。新春忽闻长逝，感怆不胜，挽以长律十六韵。"

② 少年场：白居易《重阳席上赋白菊》："满园花菊郁金黄，中有孤丛色似霜。还似今朝歌酒席，白头翁入少年场。"

③ 下蔡：《文选·宋玉〈登徒子好色赋〉》："嫣然一笑，惑阳城，迷下蔡。"李善注："阳城、下蔡二县名，盖楚之贵介公子所封，故取以喻焉。"吕延济注："阳城、下蔡楚之二郡名，盖贵人所居，中多美人。"

④ 高唐：宋玉《高唐赋》序："昔者楚襄王与宋玉游于云梦之台，望高唐之观。"

⑤ 芙渠：《尔雅·释草》："荷，芙渠。其茎茄，其叶蕸，其本蔤，其华菡萏，其实莲，其根藕，其中的，的中薏。"郭璞注："别名芙蓉，江东呼荷。"

⑥ 六郎：《旧唐书·杨再思传》："易之之弟昌宗以姿貌见宠幸，再思又谀之曰：'人言六郎面似莲花；再思以为莲花似六郎，非六郎似莲花也。'其倾巧取媚也如此。"

⑦ 崇宁寺：史能之《咸淳重修毗陵志》卷二十五："报恩光孝禅寺，在州东南四里，旧名广福。唐天复间，齐云长老维亢施舍，别卜寺址。淮南杨行密因名齐云。南唐保大中，建浮屠七级龛。僧伽所留国祥寺衲衣，号普照王塔。崇宁二年，诏天下建崇宁寺，州以此应，加万寿二字。四年八月，赐塔名曰慈云。政和元年，改崇宁为天宁，即上诞节名。绍兴七年，更曰报恩广孝。有司寻以广孝犯太宗谥，改今额。十二年，诏为崇奉徽庙道场。"

⑧ 莓苔：孙绰《游天台山赋》："践莓苔之滑石，搏壁立之翠屏。"

⑨ 绳床：王观国《学林·绳床》："绳床者，以绳贯穿为坐物，即俗谓之交椅之属是也。"

⑩ 小乘：《百喻经·送美水喻》："如来法王有大方便，于一乘法分别说三。小乘之人闻之欢喜，以为易行，修善进德，求度生死。"

送陈稺冲①

千山愁送尔,执手立河梁②。
剑色寒腰下,歌声咽筑旁。
同来貂共黑,独去马谁黄。
归路无知己,瑶华③且秘将。

碧云寺④三首

其一

入山香气满, 台殿碧崔巍。
满地金银布, 当门日月⑤开。
泉疑卓锡⑥引,云似散花⑦来。
为问菩提树⑧,谁移洞里栽。

---

① 陈稺冲:生平不详。

② 河梁:李陵《与苏武》诗之三:"携手上河梁,游子暮何之? ……行人难久留,各言长相思。"

③ 瑶华:《楚辞·九歌·大司命》:"折疏麻兮瑶华,将以遗兮离居。"王逸注:"瑶华,玉华也。"洪兴祖补注:"说者云:瑶华,麻花也,其色白,故比于瑶。此花香,服食可致长寿,故以为美。"

④ 碧云寺:张之洞《光绪顺天府志》卷十六《京师志》:"碧云寺,在昭庙北石桥之北。寺建于元耶律阿勒弥。明正德中,内监于经拓之,土人呼为于公寺。天启三年,魏忠贤重修之。"

⑤ 日月:《论语·雍也》:"回也,其心三月不违仁,其余则日月至焉而已矣。"

⑥ 卓锡:居留。薛福成《庸盦笔记·述异·发蛟》:"山之麓有古寺,曰清净庵,地仅半弓,编茅为屋,一老僧卓锡其中。"

⑦ 散花:《魏书·释老志》:"世祖初即位,亦遵太祖、太宗之业,每引高德沙门,与共谈论。于四月八日,舆诸佛像,行于广衢,帝亲御门楼,临观散花,以致礼敬。"

⑧ 菩提树:段成式《酉阳杂俎·前集》卷十八:"菩提树出摩伽陁国,在摩诃菩提寺,盖释迦如来成道时树,一名恩惟树。茎干黄白,枝叶青翠,经冬不凋。至佛入灭日,变色凋落,过已还生。至此日,国王人民,大作佛事,收叶而归,以为瑞也。树高四百尺,下有银塔,周回绕之。彼国人四时常焚香散花,绕树作礼。唐贞观中,频遣使往于寺设供,并施袈裟。至高宗显庆五年,于寺立碑,以纪圣德。"封演《封氏闻见记·蜀无兔鸽》:"娑婆树一名菩提,叶似白杨,摩伽陀那国所献也。"

其二

障子①学芙蓉，僧归云几重。
西来留白马，东去拱苍龙②。
松锁千林翠，山藏满寺钟。
却嫌香积水，流出世人逢。

其三

偶然随客子，金刹③礼空王。
芒属无行役④，袈裟⑤对坐忘。
佛因三世⑥果，僧课午时香。
莫指西峰下，桃花生夕阳。

---

① 障子：杨万里《经和宁门外卖花市见菊》诗："菊花障子更玲珑，生采翡翠铺屏风。"

② 苍龙：《文选·陆倕〈石阙铭〉》："苍龙玄武之制，铜雀铁凤之工。"李善注："《三辅旧事》曰：未央宫东有苍龙阙，北有玄武阙。"

③ 金刹：唐顺之《松江金泽寺》诗之三："何年此地开金刹，宋代流传直到今。"

④ 行役：《周礼·地官·州长》："若国作民而师田行役之事，则帅而致之。"贾公彦疏："行谓巡狩，役谓役作。"

⑤ 袈裟：慧皎《高僧传·竺僧度·答杨苕华书》："且披袈裟，振锡杖，饮清流，咏波若，虽王公之服，八珍之膳，铿锵之声，晔晔之色，不与易也。"

⑥ 三世：颜之推《颜氏家训·归心》："三世之事，信而有征。"王利器《集解》引赵曦明曰："三世，过去、未来、现在也。"

李环卫①招集显灵宫②吕道士③房得"衣"字

日下④藏仙院，罘罳⑤近紫微⑥。
多君将玉醑⑦，留客奏金徽⑧。
寒殿⑨余残雪，春枝⑩挂落晖。
能容石床宿，恰称薛萝衣。

---

① 李环卫：陆应阳《广舆记》卷二："李言恭，字惟寅，袭封临淮侯，留守陪京。好文墨，招邀名流，折节寒素。词人游客奔走如鹜，有承平王孙之风。"朱彝尊《静志居诗话》卷十四："李言恭，字惟寅，岐阳武靖王裔孙，袭封临淮侯，环卫侍，留守陪京，加太保。有《青莲阁》《贝叶斋》《游燕》诸集。"土兆云《皇明词林人物考》："李言恭字惟寅，泗州盱眙人，别号秀岩，临淮侯庭竹胄子也。侯之先寔出岐阳武靖王文忠，文忠为佐命元勋，相传从戈矛以翊皇运，而马上诵读，迄成通儒。及宠，掌司成任兼文武，至今称之。厥嗣盱山公绍承祖烈，开府湖湘，其宏德邃学，庄简恤士，又当文怡武熙，千载一时之会。由是观之，公子之诗学所由来远矣。予亦识其人，朴茂不作武人贵公子态。《楚游稿》《贝叶斋稿》行于世。词林名士，皆在其结纳中。"

② 显灵宫：吴长元《宸垣识略》卷七："大德显灵宫，在四眼井，其旧门亦在兵马司胡同，相去半里许。石额犹存，旧迹也。明永乐时建，成化中更拓之，嘉靖中复建，昊极通明。殿东辅萨君殿曰昭德，西弼王帅殿曰保真。又营龙虎殿，以奉真武。西殿有柏，为雷所劈，委地如屏。本朝乾隆间重修，有老松六，虬枝屈曲，盖数百年物。"

③ 吕道士：生平不详。

④ 日下：刘义庆《世说新语·排调》："荀鸣鹤、陆士龙二人未相识，俱会张茂先坐。张令共语……陆举手曰：'云间陆士龙。'荀答曰：'日下荀鸣鹤。'"徐震堮校笺："日下，指京都。荀，颍川人，与洛阳相近，故云。"

⑤ 罘罳：《汉书·文帝纪》："未央宫东阙罘罳灾。"颜师古注："罘罳，谓连阙曲阁也，以覆重刻垣墉之处，其形罘罳然，一曰屏也。"

⑥ 紫微：《文选·王延寿〈鲁灵光殿赋〉》："乃立灵光之秘殿，配紫微而为辅。"张载注："紫微，至尊宫，斥京师也。"

⑦ 玉醑：黄庭坚《定风波》词："且共玉人斟玉醑，休诉笙歌，一曲黛眉低。"

⑧ 金徽：李肇《唐国史补》卷下："蜀中雷氏斲琴，常自品第，第一者以玉徽，次者以瑟瑟徽，又次者以金徽，又次者螺蚌之徽。"黄滔《寒上》诗："金徽互鸣咽，玉笛自凄清。"

⑨ 寒殿：司空曙《过庆宝寺》诗："黄叶前朝寺，无僧寒殿开。"

⑩ 春枝：孟郊《和钱侍郎甘露》："春枝晨嫋嫋，香味晓翻翻。"

摩诃庵[①]

到门幽事[②]满，春殿说无生[③]。
未下空王拜，先劳小朗[④]迎。
阶前闲树色，花外落钟声。
却愧初来客，袈裟识姓名。

酬丘汝谦[⑤]民部

客舍长安[⑥]市，多君情倍亲。

---

① 摩诃庵：吴长元《宸垣识略》卷十三："摩诃庵，在慈寿寺傍。明嘉靖丙午，中官赵政建。庵不甚大，洁净特甚。前后多松桧，四隅各有高楼，选石为之。登楼一望，川原如绣，西山苍翠，欲与人衣袂接。万历后，庵中杏花多至千余，游人最甚。"

② 幽事：杜甫《秦州杂诗》之九："丛篁低地碧，高柳半天青。稠迭多幽事，喧呼阅使星。"

③ 无生：王该《日烛》："咸淡泊于无生，俱脱骸而不死。"

④ 小朗：张玉书《佩文韵府》卷五十二："大朗，严维《酬普选二上人》诗：'遥知大小朗，已断去来心。'注：《传灯录》云：'惠朗禅师号大朗，振朗禅师号小朗。'"

⑤ 丘汝谦：汪道昆《太函集》卷五十六《明二千石麻城丘谦之墓志铭》："谦之弱冠举麻城，再与计偕成进士，出为富顺令，以课最进度支郎。部尚书阳城王公多谦之，诸章奏悉出谦之手。谦之故工词赋，雅慕杜陵，署中署一亭曰'吾兼'，则以吏隐自命。出就舍，日与二仲若李临淮、刘司隶游，二仲各誉谦之于伯兄，楚之良也。余自楚行部入，故习谦之，太仆车出市中，一郎引避，问知其为丘郎也。下车召之，谦之谢曰：'齐云谬当长者车，罪无所避。'太仆执手相劳，诵其诗云：'一径一花色，无时无鸟声。今见其人矣。'"陈田《明诗纪事》己签卷十五《丘齐云一首》："齐云字谦之，麻城人。嘉靖乙丑进士，除户部主事，历郎中。出为保宁知府，改潮州，有《吾兼亭集》。"丁宿章《湖北诗征传略》卷十九《邱齐云》："齐云宦情甚淡，由潮州致政，年仅三十余。惟寄兴诗酒，耽游览，所撰著多可采。诗婉丽清超，兼有其长。初眷江夏营妓呼文如，一见即矢白头，多往来酬答之词。一日文如自至，遂订终身。其离合始末，详载文如诗集。"朱彝尊《静志居诗话》卷十四《黎民表》："字维敬，从化人，民衷弟。嘉靖甲午举人，选授内阁中书舍人，出为南京兵部员外，终布政司参议。有《瑶石稾》《瑶石诗》，读之似质闷，而实沉着坚韧，元美所取续五子，无愧大小雅材者，仅此一人而已。其在都下，偕龙游童珮子鸣、永嘉康从理裕卿、江阴邓钦文征甫、武陵陈思育仁甫、新城沈渊子静、南昌杨汝允懋功、靖江朱正初在明、麻城邱齐云汝谦、盱眙李言恭惟寅、无锡安绍芳茂卿、兰溪胡应麟元瑞、寿州朱宗吉汝修凡一十三人，为西山之游。缙绅、韦布各参其半。匪徒好事，洵胜引也。"

⑥ 长安：李白《金陵》诗之一："晋家南渡日，此地旧长安。"

自忘朱绂①贵，数问黑貂②贫。

对酒琴先奏，题诗句独神。

丘迟③千载后，丽逸④又兹人。

集桂树斋得"情"字

何年双桂树，才子借将名。

本是淮南种，翻疑月里生。

秋来香几席，雨过绿檐楹⑤。

此日移尊对，偏宜作赋情。

题顾玄言⑥惠山山居⑦三首

其一

丛薄⑧九龙下，阴森万木寒。

---

① 朱绂：《易·困》："困于酒食，朱绂方来。利用享祀，征凶无咎。"程颐传："朱绂，王者之服，蔽膝也。"

② 黑貂：《战国策·秦策一》："说秦王书十上而说不行，黑貂之裘敝，黄金百斤尽。"

③ 丘迟：《梁书》卷四十九《丘迟》："丘迟字希范，吴兴乌程人也。父灵鞠，有才名，仕齐官至太中大夫。迟八岁便属文，灵鞠常谓气骨似我。黄门郎谢超宗、征士何点并见而异之。及长，州辟从事，举秀才，除太学博士。迁大司马行参军，遭父忧去职。服阕，除西中郎参军。累迁殿中郎，以母忧去职。服除，复为殿中郎，迁车骑录事参军。高祖平京邑，霸府开，引为骠骑主簿，甚被礼遇，时劝进梁王及殊礼，皆迟文也。高祖践阼，拜散骑侍郎，俄迁中书侍郎、领吴兴邑中正、待诏文德殿。时高祖著连珠，诏群臣继作者数十人，迟文最美。天监三年，出为永嘉太守，在郡不称职，为有司所纠，高祖爱其才，寝其奏。四年，中军将军临川王宏北伐，迟为咨议参军，领记室。时陈伯之在北，与魏军来距，迟以书喻之，伯之遂降。还拜中书郎，迁司徒从事中郎。七年，卒官，时年四十五。所著诗赋行于世。"

④ 丽逸：《南史·文学传·丘迟》："迟辞采丽逸。"

⑤ 檐楹：韩愈《食曲河驿》诗："群鸟巢庭树，乳雀飞檐楹。"

⑥ 顾玄言：汪森《粤西诗文载》文载卷六十六："顾起纶，字玄言，无锡人。累官贰郁林守行守事，尝条五便上之州。"王世贞《弇州史料》后集卷二十一《顾廷评九华先生志略》："讳起纶，鸿胪公可文次子，总角时即为通人邵文庄公所赏识，曰：此儿也，异日国器者。时鸿胪之长子曰起经，荣僖公壮未有子，亦子之。与公俱貌而才，以故荣僖公爱公与起经亡少异。受《尚书》，讲业里中，与王编修立道、尤参议瑛齐名，遂补博士弟子。试辄高等，引例入太学，复与南昌万懋卿、溧阳马应图、宝应朱子价、华亭何叔皮倡和，为古文辞，有声。"

⑦ 惠山山居：王士禛《带经堂集》卷十四《戏效元遗山论诗绝句三十六首》附犹子浣注曰："顾起纶，号九华山人，撰《国雅》。所居惠山别墅曰'玉鹿玄丘'，即邹氏愚公谷。"

⑧ 丛薄：《楚辞·刘安〈招隐士〉》："丛薄深林兮人上栗。"洪兴祖补注："深草曰薄。"

归云得岩岫①,流月入栏干。

曲比兰亭②凿,书随薤叶③刊。

图经④五岳遍,且脱远游冠。

其二

山木都如意, 风枝⑤挂葛巾⑥。

花流饮酒地, 林阻听松人。

趺坐⑦僧同懒,全身道不贫。

试将比公子,黄歇⑧是芳邻。

其三

聊学郑人圃⑨,中厨⑩薛荔香。

城东瓜五色, 谷口⑪木千章。

---

① 岩岫:朱弁《曲洧旧闻》卷八:"新安郡黄山有三十六峰,与池阳接境,在郡西,岩岫秀丽可爱,仙翁释子多隐其中,图经不著其名。"

② 兰亭:王羲之《兰亭集序》:"又有清流激湍,映带左右,引以为流觞曲水。"

③ 薤叶:倪涛《六艺之一录》卷二百六十七《唐韦续纂五十六种书》:"十,殷汤时仙人务光作倒薤书,今薤叶篆是也。"

④ 图经:周密《齐东野语·徐汉玉》:"行至来宾县,得图经,视之,唐严州也。"

⑤ 风枝:戴叔伦《客夜与故人偶集》诗:"风枝惊暗鹊,霜草覆寒蛩。"

⑥ 葛巾:《宋书·隐逸传·陶潜》:"郡将候潜,值其酒熟,取头上葛巾漉酒,毕,还复著之。"

⑦ 趺坐:费衮《梁溪漫志·闲乐异事》:"追夜入寝,有婢杏香奔告诸子曰:'殿院咳逆不止若疾状。'诸子亟走,至,则已趺坐,而一足犹未上,命其子为收之,才毕而终。"

⑧ 黄歇:《史记》卷七十八《春申君列传》:"春申君者,楚人也,名歇,姓黄氏。游学博闻,事楚顷襄王。顷襄王以歇为辩,使于秦。……春申君既相楚,是时齐有孟尝君,赵有平原君,魏有信陵君,方争下士,招致宾客,以相倾夺,辅国持权。春申君为楚相四年,秦破赵之长平军四十余万。五年,围邯郸。邯郸告急于楚,楚使春申君将兵往救之,秦兵亦去,春申君归。春申君相楚八年,为楚北伐灭鲁,以荀卿为兰陵令。当是时,楚复强。"

⑨ 郑人圃:《列子·天瑞》:"子列子居郑圃,四十年人无识者。国君、卿大夫视之,犹众庶也。"杨伯峻集释:"郑之圃田……今河南中牟县西南之丈八沟及附近诸陂湖,皆其遗迹。"

⑩ 中厨:曹植《娱宾赋》:"办中厨之丰膳兮,作齐郑之妍倡。"赵幼文校注:"中厨即内厨。"

⑪ 谷口:《六韬·分险》:"衢道谷口,以武冲绝之。"

鹿豕①皆吾侣，云霞接上方②。

翻嫌人看竹，终日懒衣裳。

出门逢陈山人③率其子秀才见过

言寻大山去，忽以故人来。

蓬矢④将仍辍，荆扉掩复开。

漫论探穴事，先识济川⑤材。

明发经怀玉⑥，相思首重回。

---

① 鹿豕：《孟子·尽心上》："舜之居深山之中，与木石居，与鹿豕游，其所以异于深山之野人者几希。"《孔丛子·儒服》："人生则有四方之志，岂鹿豕也哉，而常聚乎？"

② 上方：《云笈七签》卷二十二："上方九天之上，清阳空虚之内，无色无象，无形无影。"

③ 陈山人：陈济之，字利川，生卒年、生平事迹均不详。赵世显《芝园稿》卷七《过锡山绿萝庵感旧》序曰："忆昔同胡侍御原荆、陈明府贞父、陈山人济之、王山人承父游此，而今独予与承父存耳。对景怀故，能无怆然。"吕天成《曲品》卷上："陈济之，无锡人。"吕天成《曲品》卷下记有陈济之所著传奇《题桥》一本。

④ 蓬矢：《礼记·内则》："国君世子生，告于君，接以大牢，宰掌具，三日，卜士负之，吉者宿齐，朝服寝门外，诗负之，射人以桑弧蓬矢六，射天地四方。"郑玄注："桑弧蓬矢本大古也，天地四方男子所有事也。"

⑤ 济川：《书·说命上》："爰立作相，王置诸其左右。命之曰：'朝夕纳海，以辅台德。若金，用汝作砺；若济巨川，用汝作舟楫。'"

⑥ 怀玉：《左传·桓公十年》："周谚有之：'匹夫无罪，怀璧其罪。'"杜预注："人利其璧，以璧为罪。"

夜过丰城①王博士②载酒见迓因简顾明府③

载酒意良厚，明灯④夕不妨。
芙蓉剑吐气，苜蓿⑤馔生香。
寒露入城白，秋山满路苍。
顾雍⑥归倘问，前夜渡康郎⑦。

---

①　丰城：《读史方舆纪要》卷八十四《南昌府·丰城县》："丰城县，府南百六十里。西南至临江府百三十里，东南至抚州府百四十里。汉豫章郡南昌县地，三国吴分置富城县。晋太康初移治丰水西，改曰丰城县，仍属豫章郡。宋以后因之。隋平陈县废，开皇十二年复置，改曰广丰，属洪州，仁寿初复曰丰城。唐因之，乾宁三年改曰吴皋，淮南因之。南唐复曰丰城，宋因之。元至元二十三年升曰富州。明初复为丰城县。今编户三百七十七里。"

②　王博士：生平不详。

③　顾明府：冯桂芬《(同治)苏州府志》卷八十七："顾九思，字与睿，长洲下堡人。隆庆辛未进士，除丰城知县。县故难治，有三不在之谣，谓吏不在舍，卷不在廊，囚不在狱也。九思清出干没官银，造庐舍以栖吏，建廊庑以置牍，筑囹圄以居囚。严禁黠徒之包揽税粮者，革耗羡，宽程限，使乡民诣县自输，奸蠹无所容。县之长安乡，素称盗薮，悉倚大侠为囊橐。九思侦知通贼者为乡三老，召至，谕以祸福，使诱入其家，遂擒其魁诛之，而散其党，四境晏然。以治行第一，擢户科给事中，历礼兵都给事中，条奏皆关军国大计，升太仆少卿，改南太常，迁右通政。谢病归。"

④　明灯：刘桢《赠五官中郎将》诗："众宾会广坐，明灯熺炎光。"

⑤　苜蓿：姚士粦《见只编》卷中："海盐翁学训严之，寿昌人。为人严正，而接士宽厚。官贫斋冷，苜蓿自甘，未尝与寒生计束修已上。"

⑥　顾雍：《三国志》卷五十二《顾雍传》："顾雍字元叹，吴郡吴人也。蔡伯喈从朔方还，尝避怨于吴，雍从学琴书。州郡表荐，弱冠为合肥长，后转在娄、曲阿、上虞，皆有治迹。孙权领会稽太守，不之郡，以雍为丞，行太守事，讨除寇贼，郡界宁静，吏民归服。数年，入为左司马。权为吴王，累迁大理奉常，领尚书令，封阳遂乡侯，拜侯还寺，而家人不知，后闻乃惊。……雍为相十九年，年七十六，赤乌六年卒。初疾微时，权令医赵泉视之，拜其少子济为骑都尉。雍闻，悲曰：'泉善别死生，吾必不起，故上欲及吾目见济拜也。'权素服临吊，谥曰肃侯。"

⑦　康郎：顾祖禹《读史方舆纪要》卷八十五："康郎山，县西北八十里，滨鄱阳湖。湖之南涯也，相传有康姓者居此，因名。一名枕浪山，谓能与风涛抗也，讹曰康郎。明初陈友谅围南昌，明太祖帅舟师赴救，友谅解围，东出鄱阳迎战，相持于康郎山。友谅屡败，欲退保湖北之鞋山。明师先至婴子口，横截湖面，友谅不得出。今忠臣庙在其山，盖祀与友谅战时死事诸臣云。《舆程记》：'山在湖中，为风帆之表帜。东至袁岸口三十里，道出饶州。东南至瑞洪八十里，道出安仁及抚州、南昌。西至团鱼洲二十里，道出南昌。东北至饶河口五十里，道出都昌、饶州。北至都昌六十里，道出南康、九江云。'"

夜集陈明府①酒次因怀王逸人②

醉君青绶③侧，不顾葛巾斜。
何意来官舍， 翻如得酒家。
秋山一城隔， 明月半庭遮。
忽忆吴江客， 同谁灌菊花④。

赠陈宁乡⑤

未到河阳县⑥，政声⑦喧路旁。
峰高隔岭见， 花满过春芳。
公牍⑧无盈案，私钱不入囊。

---

① 陈明府：张萱《西园闻见录》卷三十三："陈以忠，字贞甫，无锡人。以举人令宝鸡有声，旋补光州州税。故事：入金，主藏者私其赢羡，上下缘手。君更为税法，易金以钱，令税户手封钱进，官以什率多少。主藏吏纵衡无所用之，则咄咄阴拱，不能牟一钱。民大称便乐输，而州税遂为诸州最上课也。"王世贞《弇州山人四部续稿》卷七十五《陈大夫传》："陈大夫者，讳以忠，字贞甫，其自署曰云浦居士，盖尝宦游秦楚周梁间，再令邑，再守雄州，有声，而最后以光州守终，遂从守秩称大夫。"

② 王逸人：文震孟《姑苏名贤小纪》卷上《王逸人光庵先生》："先生名国宾，后名宾，字仲光，长洲人。有异才，于阴阳、律历、山海形势、礼乐、兵家书无不该洽。属世鼎革，意不愿仕。一切自晦，而独以医著。其貌故已寝，益以药黯其面及肘股间，髻两角，短衣策杖，游行廛市。故旧有遇之者，辄箕踞相对，爬搔其疮，使人不堪，去乃已。郡守姚公知其异，因往谒，先生窥户间舆马填咽，呼曰：'勿惊吾母。'逾垣逸出。他日，微服往。先生衣母短夹衣，握破扇，坐上坐，与之语则唾。姚公笑而去之，比三往，始与酬对，乃稍稍露其奇，公为执弟子礼。先生养母极孝，饮食必手调以进，年七十且死。抱母不舍，绝而更苏者再四。死后魂归其家，犹呼娘娘不绝声云。所著有《光庵集》《吴名贤纪》《吴古迹诗》，皆不传。"

③ 青绶：《后汉书·舆服志下》："九卿、中二千石、二千石青绶。"刘昭注："一号青缇绶。"陶宗仪《辍耕录·印章制度》："建武元年，诏诸侯王金印緺绶，公侯金印紫绶，中二千石以上银印青绶。"

④ 菊花：《西京杂记》卷三："九月九日佩茱萸，食蓬饵，饮菊华酒，令人长寿。菊华舒时，并采茎叶，杂黍米酿之，至来年九月九日，始熟，就饮焉，故谓之菊华酒。"

⑤ 陈宁乡：陈以忠，曾任宁乡令。

⑥ 河阳县：顾祖禹《读史方舆纪要》卷一百十五："河阳县，附郭。汉俞元县地，晋宋以后因之，梁末废南诏置河阳郡于此。元初置罗伽千户所，至元中改河阳州，寻降为县，今因之。编户六里。"

⑦ 政声：《南史·沈宪传》："乃以宪带山阴令，政声大著。"

⑧ 公牍：郑观应《盛世危言·邮政上》："凡朝廷之诏旨，臣工之章疏，本管之上下文移，隔省之关提、照会，统谓之公牍。"

因知供客酒，犹是故山将。

夜渡湘水[①]

若为乘夜渡，贪涉此山川。
水自三湘[②]合，云知七泽[③]连。
蛩[④]声暗秋色，雁语杂寒烟。
莫问黄陵庙[⑤]，门前断客船。

观音岩[⑥]赠僧

问道祝融东，逢僧是远公[⑦]。
林间孤殿破，石下半潭空。
云影恋苔绿，山光借树红。
翻经对灵鹫[⑧]，日日鸟声中。

---

① 湘水：顾祖禹《读史方舆纪要》卷七十五："湘水出广西兴安县南九十里之海阳山。其初出处曰灵蕖，流五里分为二派。流而南者曰漓水，流而北者曰湘水。漓，离也，言违湘而南。湘，相也，言有所合也。湘水东北流经全州，域南有灌水合焉，又东北流入境，经永州府东安县南，至府城西南，引而北，有潇水会焉。又经祁阳县，东而入衡州府常宁县西北境，又经府城南，引而东北，有烝水会焉。又经衡山县东而北流入长沙府湘潭县境，过县西至府城西，环城而下，过湘阴县，西又北而达青草湖，注于洞庭湖。《地理志》：'湘水过郡二，行二千五百三十里。'《水经注》：'湘水出阳海山，北至巴邱山入江。'吴蜀分荆州，以湘水为界，长沙、江夏、桂阳以东属吴，南郡、零陵、武陵以西属蜀，湘水实贯于数郡间矣。自其合潇水而言之，则曰潇湘。自其合烝水而言之，则曰烝湘。自其下洞庭会沅水言之，则曰沅湘。实同一湘水也。"
② 三湘：陶潜《赠长沙公族祖》诗："遥遥三湘，滔滔九江。"陶澍集注："湘水发源会潇水，谓之潇湘；及至洞庭陵子口，会资江谓之资湘；又北与沅水会于湖中，谓之沅湘。"
③ 七泽：司马相如《子虚赋》："臣闻楚有七泽，尝见其一，未睹其余也。臣之所见，盖特其小小者耳，名曰云梦。"
④ 蛩：鲍照《拟古》诗之七："秋蛩扶户吟，寒妇晨夜织。"
⑤ 黄陵庙：李贤《明一统志》卷六十二《祠庙》："黄陵庙，在潇湘之尾，洞庭之口。前代立之，以祠舜二妃者。唐韩愈有碑，盖舜南巡，崩葬苍梧。二妃从之不及，溺死沅湘之间，故人为立庙。二妃世称湘君，故洞庭湖君山又有湘君庙。"
⑥ 观音岩：胡汉《万历郴州志》卷六："观音岩，在县西五里。瞰江岩有龛，广可布三四席。中奉观音像，下有石如象，又下有石如狮，为永兴八景之一，曰'狮子卧江夏'。"
⑦ 远公：慧远，东晋时名僧。
⑧ 灵鹫：谢灵运《山居赋》："钦鹿野之华苑，美灵鹫之名山。"自注："灵鹫山，说《般若法华》处。"

洪阳洞①

地底还谁琢，神功②亦大奇。

飞翔云变幻，精气③石淋漓④。

春孕千花蒻⑤，灵生五色芝。

如何南岳⑥近，翻似海东移。

逢茶陵和尚⑦

作礼圆通寺⑧，浑疑旧识曾。

---

① 洪阳洞：何镗《古今游名山记》卷十一上引《分宜洪阳洞志》："在分宜县西一十五里袁岭三峰之麓，世传葛洪及娄阳所居。洞口有岩，巑岏如盖。由洞门入石室，东向去地高数十丈。初入一间，其平夷明爽，可容百人。由西窦而入，始幽暗。旧有至七十二间，闻昌山渡篙声，今游者可至第十二间，余则隘而不可行矣。其中有白沙如盐，旁有盐翁，有石凉伞，又有石如帆，如鼓，如田土丘，假仙佛之像，状态不一。洞有水，春溢冬涸，上有云霞氤氲之状。内有穴，可通绝顶，仰见天日，俗云天心。又有石燕，至春或能飞翔，古今游者留题石壁甚众，有曰'天窗通月影，池穴透江津。'"

② 神功：《南史·谢惠连传》："忽梦见惠连，即得'池塘生春草'，大以为工。常云：'此语有神功，非吾语也。'"

③ 精气：《易·系辞上》："精气为物，游魂为变。"孔颖达疏："云精气为物者，谓阴阳精灵之气，氤氲积聚而为万物也。"

④ 淋漓：宋之问《龙门应制》诗："凿龙近出王城外，羽从淋漓拥轩盖。"

⑤ 蒻：《文选·郭璞〈江赋〉》："翘茎瀵蘂，濯颖散裹。"李善注："蘂，华也。"

⑥ 南岳：《书·舜典》："五月，南巡守，至于南岳，如岱礼。"孔传："南岳，衡山。"《读史方舆纪要》卷七十《湖广一·山川险要》："衡山在衡州府衡山县西北三十里，五岳之一也。《舜典》：'五月南巡狩，至于南岳。'《禹贡》：'岷山之阳，至于衡山。'《周礼·职方》：'荆州镇曰衡山。'《史记》：'秦始皇二十八年度淮水之衡山。'自汉武移南岳之名于霍山，隋文帝始复以衡山为南岳。《唐六典》：'江南道名山曰衡岳。'至德二年李泌请归隐衡山，从之。《名山记》：'上承翼、轸，铃总万物，故名衡山。度应三衡，位直离宫，故曰南岳。其山高四千一十丈，盘绕八百里，有七十二峰，十洞，十五岩，三十八泉，二十五溪，九池，九潭，九井。而峰之最大者五，曰祝融、紫盖、云密、石廪、天柱，而祝融又为之冠，唐卢载所云十二峰中最高者也。峰之巅有风穴，有雷池。自紫盖峰以下，各有岩洞泉壑之胜，而天柱峰形如双柱，屹然耸拔。'《九域志》：'名山三百六十有八柱，此为第六柱。五峰而降，其在衡山县境者凡五十五峰，而在衡阳县境者凡七峰，在长沙府湘乡、湘潭、善化县境者凡十峰，共为七十二峰也。'徐灵期曰：'回雁为南岳之首，岳麓为南岳之足，衡山盖跨长沙、衡州二郡之境矣。'"

⑦ 茶陵和尚：生平不详。

⑧ 谢旻《雍正江西通志》卷一百十三："圆通寺，在德化县庐山石耳峰下。南唐李后主建，元毁，明洪武四年重建。寺有香火田，本朝顺治九年，巡抚蔡士英立僧户，寻废。康熙十一年，布政刘槟赈□，至今僧自纳，免其里役。"

向余供茗事， 知尔住茶陵①。
悟道半潭水， 传心②五祖③灯。
匡山④应有社，玄度可容登。

———————————

① 顾祖禹《读史方舆纪要》卷八十："茶陵州，府南四百八十里，东至江西吉安府四百三十里，东南至衡州府桂阳州三百里，西至衡州府三百十五里。春秋时楚地，汉属长沙国，后汉属长沙郡，三国吴属湘东郡，晋宋以后因之，隋属衡州，唐初属南云州，贞观元年还属衡州，五代晋时马氏改属潭州，宋复属衡州。绍兴七年升为茶陵军，后为县。元至元十九年升为州。明初降为县，改属长沙府。成化十八年复升为州，今因之。州右翼庐陵，左蔽衡岳，山川绵亘，民物阜繁，于衡湘之间，称为奥区。陈光大初以华皎据湘州，遣吴明彻等帅舟师进讨，分遣别将杨文通等从安成步道出茶陵。既而华皎引军越巴陵，与明彻等相持，文通等遂由岭路袭湘州，尽获其所留军士家属，皎因丧败。盖茶陵者，湘州之后户也。"

② 传心：《唐诗纪事·裴休》："休会昌中官于钟陵，请运至郡，以所解一篇示之。师不顾曰：'若形于纸墨，何有吾宗！'休问其故。曰：'上乘之印，唯是一心，更无别法……'休录之为《传心法要》云。"

③ 五祖：《宋高僧传》卷第八《唐蕲州东山弘忍传》："释弘忍，姓周氏，家寓淮左浔阳，一云黄梅人也。王父暨考，皆干名不利，贲于丘园。其母始娠，移月而光照庭室，终夕若昼。其生也灼烁如初，异香袭人，举家欣骇。迨能言，辞气与邻儿弗类。既成童丱，绝其游弄。厥父偏爱，因令诵书，无记应阻其宿熏，真心早萌其成现。一旦出门，徙倚间如有所待，时东山信禅师邂逅，至焉，问之曰：'何姓名乎？'对问朗畅，区别有归，理逐言分，声随响答。信师熟视之，叹曰：'此非凡童也！具体占之，止阙七大人之相，不及佛矣。苟预法流，二十年后必大作佛事，胜任荷寄。'乃遣人随其归舍，具告所亲，喻之出家。父母忻然，乃曰：'禅师佛法大龙，光被远迩，缁门俊秀，归者如云。岂伊小骏，那堪击训，若垂虚受，固无留恪。'时年七岁也。至双峰，习乎僧业，不逭劳辛。夜则敛容而坐，恬澹自居。泊受形俱，戒检精厉。信每以顿渐之旨，日省月试之。忍闻言察理，触事忘情，痖正受尘渴方饮水如也。信知其可教，悉以其道授之。复命建浮图，功毕，密付法衣以为质要。将知酇雪山之肥腻，构作醍醐；滄海底之金刚，栖倾巨树。拥纳之侣虽至蝉联，商人不入于化城，贫女大开于宝藏，入其趣者号东山法门欤。以高宗上元二年十月二十三日告灭，报龄七十有四。是日氛雾冥暗，山石崩圮。门弟子神秀等奉瘗全身于东山之岗也。初，忍于咸亨初命二三禅子各言其志，神秀先出偈，惠能和焉。乃以法服付慧能，受衣化于韶阳。神秀传法荆门、洛下，南北之宗自兹始矣。"

④ 匡山：《梁书·处士传·刘慧斐》："尝还都，途经寻阳，游于匡山。"顾祖禹《读史方舆纪要》卷八十三："庐山在南康府西北二十里，九江府南二十里。……殷周时，有匡俗兄弟七人结庐于此，故曰庐山。俗字君平，一作匡续，字子孝，秦汉间人。或谓之靖庐山，亦曰辅山。相传周武王时，有方辅先生于此山得道仙去，惟庐存，因名，世皆谓匡俗所居，亦曰匡山，亦曰匡庐，亦曰匡阜，亦曰康庐。《图经》云：宋开宝中，避太祖讳，更匡山为康山。"

赠彭博士①

小署萧萧色,生徒说郑公②。
骨成高士相,心有古人风。
论道月常白,种花秋更红。
时时得名句,不使石坛③空。

过武城④

武城官柳碧，百雉⑤夕阳低。
上哲⑥曾为政,春风常自吹。
弦歌⑦临古渡,文物⑧悟当时。
水上波痕好， 真看道在兹。

---

① 彭博士:王兆云《皇明词林人物考》卷十二《彭稚修》:"公名翼,字稚修,江西南康
人。豫章之俗,好谈性命政术,不喜为古诗,而持论绳人特甚。稚修自为诸生时,独心好
诗,性落魄,不拘小节,又好交海内贤豪长者,以是动与其俗左,然实慷慨自喜士也。其诗
上下风雅,而力追当世之作者,当其遇合,指事引类,宛丽清切,沨沨乎嘉隆间名士俦也。
既数困春官,去而为兰溪学博。会其令与邑大豪閧,稚修雅善令,率诸生助之理。豪为蜚
语闻上,稚修度不能胜,弃官归豫章,而里中妒者大快其事。稚修意益不自得,疾竟甚,卒。
所著有《听雨斋诗集》。"
② 郑公:郑玄,字康成,东汉经学家。
③ 石坛:《汉书·郊祀志下》:"紫坛伪饰女乐、鸾路、驷驹、龙马、石坛之属,宜皆勿修。"
④ 武城:《读史方舆纪要》卷三十四《山东五·东昌府·武城县》:"武城县,州西北百
二十里。北至北直故城县六十五里,西至北直清河县六十里,西南至临清州六十里。本汉
东武城县地,属清河郡。后魏为武城县地。隋开皇初改武城为清河县,别置武城县于此,
仍属贝州。唐因之。宋属恩州,元属高唐州。今编户二十里。"
⑤ 百雉:《左传·隐公元年》:"都城过百雉,国之害也。"杜预注:"一雉之墙,长三丈,
高一丈。"葛洪《抱朴子·君道》:"云梯乘于百雉之上,皓刃交于象魏之下。"
⑥ 上哲:刘勰《文心雕龙·程器》:"人禀五材,修短殊用,自非上哲,难以求备。"
⑦ 弦歌:《孔子家语·在厄》:"孔子不得行。绝粮七日,外无所通,藜羹不充,从者皆
病。孔子愈慷慨讲诵,弦歌不衰。"
⑧ 文物:叶适《刘子怡墓志铭》:"今两乡文物,争自磨洗,齐衡一州,自君始也。"

夜渡黄河

夜行无皓月①,进艇借烟光。
祇觉水痕②白,不知河色黄。
鹤飞忘寂寞，鱼跃悟微茫。
中夜③随流去,浑疑是大荒。

① 皓月:柳永《倾杯乐》词:"皓月初圆,暮云飘散,分明夜色如晴昼。"
② 水痕:《三国志·魏书·邓哀王冲传》:"孙权曾致巨象,太祖欲知其斤重,访之群下,咸莫能出其理。冲曰:'置象大船之上,而刻其水痕所至,称物以载之,则校可知矣。'"
③ 中夜:《书·冏命》:"怵惕惟厉,中夜以兴,思免厥愆。"孔传:"言常悚惧惟危,夜半以起。"

淮阴①赠杨博士②

君也子云③后,《玄经》④草尚存。

---

① 淮阴:《读史方舆纪要》卷二十二《南直四·淮安府·山阳县》:"淮阴城,府西北四十里。秦县。汉仍为淮阴县,韩信以楚王改封淮阴侯是也。寻属临淮郡。后汉属下邳国。晋为广陵郡治。东晋时建为重镇。建兴末祖逖渡江屯淮阴,起冶铸兵,募兵而前。大兴四年以刘隗为青州刺史,镇淮阴。永和五年,荀羡镇淮阴,以地形都要,屯兵无地,乃营立城池。八年以荀颙监青州军事,镇淮阴。太元三年,苻秦将俱难等寇陷淮阴。既而谢玄等进攻,帅舟师乘潮而上,夜焚淮桥,秦人败遁。淮桥,秦人作于淮上以渡兵者也。十年,谢玄镇淮阴。明年以朱序代玄。义熙五年以南燕屡寇淮北,诏并州刺史刘道怜镇淮阴。宋泰始三年,使行徐州事萧道成镇淮阴。五年,尽失淮北地,淮阴益为重镇,移兖州治焉。七年谓之北兖州。齐建元初魏人南侵,遣将拓跋嘉等分道出淮阴及广陵。梁亦谓之北兖州,后又改置淮州及淮阴郡。太清三年没于东魏,亦曰淮州及淮阴郡,而改淮阴县曰淮恩。后齐因之。陈大建五年伐齐,淮阴降。九年没于后周,又改县曰寿张,侨置东平郡治焉。隋开皇初复改郡曰淮阴。寻废郡,以县为淮阴县,属楚州。大业初州废,又并县入山阳。唐乾封二年复析置淮阴县,仍属楚州。宋因之。绍兴五年废为镇,明年复故。三十一年金亮南侵,将自清口渡淮,刘锜次于淮阴,列兵运河岸以遏之,敌不敢进。嘉定七年移县于八里庄,寻复旧治。元至元二十年并入山阳。"

② 杨博士:生平不详。

③ 子云:《汉书》卷八十七上《扬雄传》:"扬雄字子云,蜀郡成都人也。……雄少而好学,不为章句,训诂通而已,博览无所不见。为人简易佚荡,口吃不能剧谈,默而好深湛之思,清静亡为,少嗜欲,不汲汲于富贵,不戚戚于贫贱,不修廉隅以徼名当世。家产不过十金,乏无儋石之储,晏如也。自有大度,非圣哲之书不好也;非其意,虽富贵不事也。顾尝好辞赋。"

④ 《玄经》:《四库全书总目提要·太玄经提要》:"《太玄经》十卷,汉扬雄撰,晋范望注。《汉书·艺文志》称:'扬雄所序三十八篇,《太玄》十九。'其《本传》则称:'《太玄》三方、九州岛、二十七部、八十一家、二百四十三表、七百二十九赞,分为三卷,曰一二三,与太初历相应。'又称:'有首、冲、错、测、攡、莹、数、文、掜、图、告十一篇,皆以解剥玄体,离散其文;章句尚不存焉。'与《艺文志》十九篇之说已相违异。桓谭《新论》则称:'《太玄经》三篇,传十二篇。合之乃十五篇,较本传又多一篇。'案:阮孝绪:'《太玄经》九卷,雄自作章句。'《隋志》亦载:'雄《太玄经章句》九卷。'疑《汉志》所云十九篇,乃合其章句言之。今章句已佚,故篇数有异。至桓谭《新论》,则世无传本,惟诸书递相援引,或讹十一为十二耳。以今本校之,其篇名篇数一一与本传皆合,固未尝有脱佚也。"

偶逢淮水①上，因识蜀江②源。

再徙官仍冷，孤骞③道益尊。

严陵④余舍近，倘肯问柴门。

堤上

共说新堤好，春流⑤红雨⑥中。

相疑问水使，真见济川功。

波净莹明镜，江平露彩虹。

行人指花县⑦，驿路武陵⑧通。

溪行六首

书卷无羁束，风花⑨成浪游⑩。

溪山五百里，日夕一孤舟。

---

① 淮水：《读史方舆纪要》卷二十一《南直三·凤阳府·寿州》："淮水，在州西北二十五里。自霍丘县而东经正阳镇，颍水流合焉，谓之颍口；又东至寿州北泄水流合焉，谓之泄口，亦谓之淮口。《史记》：'秦始皇二十八年，于泗水中求周鼎弗得，乃西南渡淮水，之衡山、南郡。'渡处盖在州北。晋咸和三年，祖约以寿春叛，约诸将阴与后赵通，赵将石聪等遂济淮攻寿春，约兵溃，走历阳。齐建武二年，魏主入寇，济淮至寿阳，又循淮而东至钟离。盖淮水分南北之险，州实当其冲也。"

② 蜀江：李贤《明一统志》卷七十："岷江，在府城南，一名蜀江。源自岷山，流经本府，入瞿唐峡，过巫山。夏秋水泛，峡流百里间，滩如竹节，波涛汹涌，舟楫多惊骇。李白诗：'朝辞白帝彩云间，千里江陵一日还。两岸猿声啼不尽，须臾已过万重山。'"

③ 孤骞：牟端明《返棹图赞》："孤骞兮风雅，唾视兮爵禄。"

④ 严陵：顾祖禹《读史方舆纪要》卷九十："富春山，县西三十里，一名严陵山。前临大江，汉子陵钓处，人号严陵濑。有东西二钓台，各高数百丈。《西征记》：'自桐君而西，群山蜿蜒，如两蛇对走于平野之上。'三江之水并流于岩下，惊波间驰，秀壁双峙，上有子陵钓台。孤峰特起，耸立千仞，下有泉陵。羽品为第十九泉。其与钓台相对者曰白雪原，一名芦茨原。重岩蔽天，林麓茂盛，居民采薪为炭，供数州炊爨之用。有芦茨溪，北流合大江，唐方子隐于此。"

⑤ 春流：杜甫《春日江村》诗之一："农务村村急，春流岸岸深。"

⑥ 红雨：孟郊《同年春宴》诗："红雨花上滴，绿烟柳际垂。"

⑦ 花县：《白氏六帖·县令》："潘岳为河阳令，树桃李花，人号曰'河阳一县花'。"

⑧ 武陵：顾祖禹《读史方舆纪要》卷二："武陵郡，秦黔中郡地。高帝时曰武陵郡，领索县等县十三，今常德府至辰州府之境是其地。索县即今常德府，东汉寿城是也。"

⑨ 风花：华丽辞藻写就的诗文。白居易《答故人》诗："读书未百卷，信口嘲风花。"

⑩ 浪游：杜牧《见穆三十宅中庭海榴花谢》诗："堪恨王孙浪游去，落英狼藉始归来。"

小剑依星出，囊琴挟水流。
青帆问同侣，只有丈人①沤。

其二

蘼芜②随浆子，四月似潇湘。
何处丹丘③是，长空众鸟翔。
道心④增水淡，客鬓⑤带山苍。
乍过东阳口，新刍送酒香。

其三

官柳东西渡，仓庚⑥入夜啼。
一星占婺女⑦，双港合兰溪⑧。
云碓⑨玉成粒，江城⑩石作梯。
泊船人语杂，灯火酒楼低。

其四

夙有寻真⑪僻，三山此借登。

---

① 丈人：《易·师》："贞，丈人吉。"孔颖达疏："丈人，谓严庄尊重之人。"《论语·微子》："子路从而后，遇丈人以杖荷莜。"何晏《集解》引包咸曰："丈人，老人也。"

② 蘼芜：《山海经·西山经》："有草焉，名曰薰草，麻叶而方茎，赤华而黑实，臭如蘼芜，佩之可以已疠。"

③ 丹丘：《楚辞·远游》："仍羽人于丹丘兮，留不死之旧乡。"王逸注："丹丘昼夜常明也。"

④ 道心：慧皎《高僧传·义解四·释道温》："义解足以析微，道心未易可测。"

⑤ 客鬓：杜甫《早花》诗："直苦风尘暗，谁忧客鬓催。"

⑥ 仓庚：《禽经》："仓鹒，鵹黄、黄鸟也。"张华注："今谓之黄鹂，黄莺是也。"

⑦ 婺女：《史记·天官书》："婺女，其北织女。"《索隐》："务女。《广雅》云'须女谓之务女，是也。一作"婺"。'"晋左思《吴都赋》："婺女寄其曜，翼轸寓其精。"李善注：《汉书》：'越地，婺女之分野。'"

⑧ 兰溪：顾祖禹《读史方舆纪要》卷九十："东阳江，府东南二里。婺、衢二港合流于金华府兰溪县，而入府境，又东北流经府城，南而与徽港合。止称东阳者，以来自金华也。二江合流，经城东十里为大浪滩，又东五里为乌石滩，又东二十五里而接桐庐县之七里滩，为府境之襟要。"

⑨ 云碓：白居易《寻郭道士不遇》诗："药炉有火丹应伏，云碓无人水自春。"

⑩ 江城：崔湜《襄阳早秋寄岑侍郎》诗："江城秋气早，旭旦坐南闱。"

⑪ 寻真：魏野《寻隐者不遇》诗："寻真误入蓬莱岛，香花不动松花老。"

出关非李耳^①，并海学姜肱^②。

芝草生还未，桃花开可曾。

无人问消息，独向舵楼凭。

其五

川原^③呈伎俩，窈窕^④斗春晴。

溪转日频换，窗中山自生。

牙樯^⑤增水丽，霞气压船轻。

小鸟何为者，无端是处鸣。

其六

古谚船胥口^⑥，无风亦自行。

云来山觉润，鱼见水知清。

乌石关^⑦谁凿，桐君庐^⑧几楹。

襄阳少耆旧，谁为续图经。

---

① 李耳：《史记》卷六十三《老子韩非列传第三》："老子者，楚苦县厉乡曲仁里人也，姓李氏，名耳，字聃，周守藏室之史也。……老子修道德，其学以自隐无名为务。居周久之，见周之衰，乃遂去。至关，关令尹喜曰：'子将隐矣，强为我著书。'于是老子乃著书上下篇，言道德之意五千余言而去，莫知其所终。"

② 姜肱：字伯淮，彭城广戚人。

③ 川原：《汉书·沟洫志赞》："中国川原以百数，莫著于四渎，而河为宗。"

④ 窈窕：《诗·周南·关雎》："窈窕淑女，君子好逑。"毛传："窈窕，幽闲也。"

⑤ 牙樯：庾信《哀江南赋》："苍鹰赤雀，铁轴牙樯。"倪璠注："《埤苍》曰：'樯，帆柱也。'《古诗》曰：'象牙作帆樯。'"曾巩《送双渐之汉阳》诗："何年南狩牙樯出？六月西来雪浪浮。"

⑥ 胥口：顾祖禹《读史方舆纪要》卷九十："胥口溪，府东二十五里，自胥岭发源，三十里至胥口，逆流十里，达于江，亦谓之胥口江，亦谓之建德江。明初张士诚来侵，至大浪滩。李文忠遣将何世明，西出乌龙岭，至胥口，破走之，又追败之，于分水贼始却。"

⑦ 乌石关：顾祖禹《读史方舆纪要》卷九十："乌石关，府东十五里，以乌石山而名。江流所经，下有乌石滩。又三河关在府南四十里，有三河渡，即东阳江渡口也。唐置三河戍于此，宋为三河驿，当金华大道。志云：'三河驿，在府南五十里，今废。'又府东三十里有管界巡司，明初置。"

⑧ 桐君庐：徐象梅《两浙名贤录·外录》卷一："桐君，不知何许人。尝采药求道，止于桐庐县东山隈桐树下。其桐枝柯偃盖，荫映数亩，远望如庐舍。或有问其姓氏者，则指桐以示之，因名其人为桐君，县为桐庐，江为桐江，溪为桐溪，岭为桐岭，而山亦以桐君名焉。或曰黄帝时尝与巫咸同处方饵，有《药录》一卷。"

《童子鸣集》卷之三

七言律诗

梅仙山^①简王推官敬文^②

高踪吴市不论年，
何事还来此凿泉。
应借给园^③藏玉诀，
祇今香阁^④有金仙。
松间日出明岩壑，
井上云生秘洞天。
况是王乔^⑤暂停舄，
青鸾白鹤好翩跹。

---

① 梅仙山：范致明《岳阳风土记》："梅仙山，在幕阜山之麓。层峦迭嶂，望之极葱翠，子真旧隐也。有井曰子真丹井，有水出焉，谓之梅仙水。"谢旻《雍正江西通志》卷七："梅仙山，在丰城县西五十里。滨大江，相传梅福隐此。"谢纯《嘉靖建宁府志》卷三："梅仙山，在府城南二里。旧志：汉南昌尉梅福炼丹于此，丹成，骖鸾而去。是日，有甘露降，又所乘马及鞭自空而坠。今山有甘露原，前有坠马洲、骖鸾渡，又有遗鞭，皆因是得名。山巅丹井、坛灶遗迹俱存，每秋阴虹光时现。"

② 王推官敬文：当即王执礼。

③ 给园：《洛阳伽蓝记校释》卷一注曰："昔舍卫国王波斯匿有大臣名曰须达，居家巨富，财宝无限，好布施，赈济贫乏及诸孤老，时人称之曰给孤独长者。须达以国王太子祇陀之园为佛立精舍，因名太子祇陀树给孤独园。"唐寅《游金山》诗："春日客途悲白发，给园兵燹废黄金。"

④ 香阁：王勃《游梵宇三觉寺》诗："香阁披青磴，雕台控紫岑。"

⑤ 王乔：即王子乔。

逢暨风子

旅舍逢君双眼明，
高谈洒洒①逐风生。
自论少岁千金贱，
祇怪时人一诺轻。
箧里衣多云染色，
囊中琴作水流声。
年过七十浑无累，
却恐前身是姓荣。

席上赠谢明府长卿

□□□已识文名，
酒次相逢心转倾。
至性②久推李令□③，
华宗④学拟谢宣城⑤。
珠生沧海原无价，
材具明堂⑥合大成。
闻道汉廷初授命，
瑶琴好去奏新声。

---

① 洒洒：钱玙《客舍寓怀》诗："洒洒滩声晚霁时，客亭风袖半披垂。"

② 至性：刘湾《虹县严孝子墓》诗："至性教不及，天然得所资。"

③ 李令□：此处原缺。《晋书》卷八十八《李密传》："李密字令伯，犍为武阳人也，一名虔。父早亡，母何氏改醮。密时年数岁，感恋弥至，烝烝之性，遂以成疾。祖母刘氏，躬自抚养，密奉事以孝谨闻。刘氏有疾，则涕泣侧息，未尝解衣，饮膳汤药必先尝后进。有暇则讲学忘疲，而师事谯周，周门人方之游夏。"据此，当为"伯"字。

④ 华宗：《西游记》第十四回："老者道：'舍下姓陈。'三藏闻言，即下来起手道：'老施主，与贫僧是华宗。'"

⑤ 谢宣城：《南齐书》卷四十七《谢朓传》："谢朓字玄晖，陈郡阳夏人也。祖述，吴兴太守。父纬，散骑侍郎。朓少好学，有美名，文章清丽。解褐豫章王太尉行参军，度随王东中郎府，转王俭卫军东阁祭酒，太子舍人，随王镇西功曹，转文学。子隆在荆州，好辞赋，数集僚友，朓以文才，尤被赏爱，流连晤对，不舍日夕。……寻以本官兼尚书殿中郎。隆昌初，敕朓接北使，朓自以口讷，启让不当，不见许。高宗辅政，以朓为骠骑咨议，领记室，掌霸府文笔。又掌中书诏诰，除秘书丞，未拜，仍转中书郎。出为宣城太守，以选复为中书郎。"

⑥ 明堂：《孟子·梁惠王下》："夫明堂者，王者之堂也。"

荔子

市里携来试品将，
明珠如贝绛为囊。
初看湿似花含露，
乍解寒疑夜有光。
不逐繁华斗春日，
独凝香气老炎方①。
倘能乞得风人②荐，
应捧琼瑶玉帝③旁。

卧病逆旅简王敬文

一夕无端太瘦生④，
俙居⑤手自掩柴荆⑥。
青山目断⑦城东色，
流水心憎雨后声。
本为烟霞将去住，
可堪药石⑧妒逢迎。

兴化九鲤湖⑨

岩壑参差云自浮，

---

① 炎方：白居易《夏日与闲禅师林下避暑》诗："每因毒暑悲亲故，多在炎方瘴海中。"
② 风人：严羽《沧浪诗话·诗体》："论杂体则有风人。"郭绍虞校释："'风人'云者，谓其体从民歌中来。"
③ 玉帝：陶弘景《真灵位业图》："玉帝居玉清三元宫第一中位。"
④ 瘦生：王定保《唐摭言·轻佻》："李白《戏赠杜甫》曰：'饭颗坡前逢杜甫，头戴笠子日卓午。借问形容何瘦生？祇为从前学诗苦。'"
⑤ 俙居：段安节《乐府杂录·觱篥》："不数月，到京，访尉迟青，所居在常乐坊，乃侧近俙居。"
⑥ 柴荆：白居易《秋游原上》诗："清晨起巾栉，徐步出柴荆。"
⑦ 目断：晏殊《诉衷情》词："凭高目断，鸿雁来时，无限思量。"
⑧ 药石：《左传·襄公二十三年》："季孙之爱我，疾疢也；孟孙之恶我，药石也。"
⑨ 九鲤湖：陈道《弘治八闽通志》卷十二："九鲤湖，在县东北兴泰里。汉何氏兄弟九人炼丹于此，丹成各乘一鲤仙去，故名。湖上有九仙宫，西有仙阁。宫之前左右两山蟠踞，环抱湖其中。一水沿石涧，由宫之左而下，汇于湖。澄泓渟蓄，深不可测。前复通一涧，两壁夹耸，石底平远。湖上下凡九，祭春水时，至汹涌激烈，其声如雷，流下石壁，喷为真珠帘。再折而下，散为烟雾。其下即万仞之壑，为鱼龙蛟螭之所窟宅。"

神鱼[①]飞去水仍流。
风雷白日生山半，
星斗黄昏缀树头。
人代[②]丹丘何必讶，
仙家灵药袛今留。
客来为问邯郸[③]事，
不似他山卜夜[④]游。

赠叶山人[⑤]

云染衣裾[⑥]水染心，
狂游宁复计迷津[⑦]。
他乡作客花为伴，
午夜长歌月是邻。
自有青山囊里卖，
何妨白发旅中新。
新诗莫说无人继，
为报蓝田[⑧]兆已真。

---

① 神鱼：即鲤仙。

② 人代：梁武帝《守护晋宋齐诸陵诏》："命世兴王，嗣贤传业，声称不朽，人代徂迁。"

③ 邯郸：《管子·地员》："五纑之状，强力刚坚。其种，大邯郸、细邯郸，茎叶如扶櫄，其粟大。"

④ 卜夜：《左传·庄公二十二年》："二十二年，春，陈人杀其大子御寇。陈公子完与颛孙奔齐。颛孙自齐来奔。齐侯使敬仲为卿，辞曰：'羁旅之臣，幸若获宥，及于宽政，赦其不闲于教训，而免于罪戾，弛于负儋，君之惠也。所获多矣，敢辱高位以速官谤？请以死告。诗云："翘翘车乘，招我以弓。岂不欲往，畏我友朋。"'使为工正。饮桓公酒，乐。公曰：'以火继之。'辞曰：'臣卜其昼，未卜其夜，不敢。'君子曰：'酒以成礼，不继以淫，义也。以君成礼，弗纳于淫，仁也。'"

⑤ 叶山人：王兆云《皇明词林人物考》卷十一："锡山叶茂长，名芳。常游江淮间，假馆巨商大贾，异于土著，故鲜与锡人交。其集王元美序云：'乃山人中之罕觏者。'"钱谦益《列朝诗集》丁集卷九《叶山人之芳》："之芳字茂长，无锡人。以能诗出游人间，好使酒骂坐。邹彦吉与之同里，缪相延重，而心殊苦之，知其人亦豪士也。"

⑥ 衣裾：《汉书·张敞传》："置酒，小偷悉来贺，且饮醉，偷长以赭污其衣裾。"

⑦ 迷津：孟浩然《南还舟中寄袁太祝》诗："桃源何处是？游子正迷津。"

⑧ 蓝田：班固《西都赋》："陆海珍藏，蓝田美玉。"

留别邹子潮山人①

逃名不必恋岩阿②，
一半年华客里过。
梅福③砂从吴苑□，
□□鬓自锦官④皤⑤。
新诗几上生云气，
长铗床头挂□□。
□怪书成金虀叶，
茎茎人乞路旁多。

寻季秀才文水⑥

卜居人迹⑦隔重屏，
种得芳兰⑧自满庭。
论道已窥周柱史⑨，

---

① 邹子潮山人：薛应旗《方山先生文录》卷二十一《邹山人墓志铭》："山人性旷达，雅不好俗儒训诂。既为诸生，久之，遂弃科举业，遍游吴中诸名山，骎骎有五岳之志。旋以体不奈劳，寻复家居不出。曰一丘一壑均可寄兴，何必效司马子长之游哉。遂即其家之北，建祠以像其始祖忠公浩，且筑道乡台，以寓景行之思。山人家故饶裕，既为公私所需，乃日落，殊弗介意，日唯披鹤氅衣，戴九峰巾，吟哦以自适。名其斋曰听天，自称曰山人云。山人姓邹氏，名承，字文谟，听天即其别号也。居常州无锡之塘庄。"

② 岩阿：《文选·潘岳〈河阳县作〉诗之二》："川气冒山岭，惊湍激岩阿。"吕良注："岩阿，山曲也。"

③ 梅福：《汉书》卷六十七《梅福传》："梅福字子真，九江寿春人也。少学长安，明《尚书》《穀梁春秋》，为郡文学，补南昌尉。后去官归寿春，数因县道上言变事，求假轺传，诣行在所条对急政，辄报罢。……至元始中，王莽颛政，福一朝弃妻子，去九江，至今传以为仙。"

④ 锦官：《初学记》卷二七引晋任豫《益州记》："锦城在益州南笮桥东流江南岸，蜀时故锦官也。"杜甫《春夜喜雨》诗："晓看红湿处，花重锦官城。"

⑤ 皤：《易·贲》："贲如皤如。"孔颖达疏："皤是素白之色。"

⑥ 季秀才文水：生平不详。

⑦ 人迹：《史记·秦始皇本纪》："人迹所至，无不臣者。"

⑧ 芳兰：陆机《拟涉江采芙蓉》诗："上山采琼蘂，穹谷饶芳兰。"

⑨ 周柱史：《后汉书·张衡传》："庶前训之可钻，聊朝隐乎柱史。"李贤注引应劭曰："老子为周柱下史，朝隐终身无患。"

著书犹是汉明经①。
剑逢侠客光偏白，
山入孤城色倍青。
倘肯明年问严濑②，
为君先扫客星③亭。

春日卧病

萧斋药裹日相关，
芒屩藤枝事事闲。
镜里骨销全类鹤，
案头④人病半成鳏⑤。
柳垂门外丝丝⑥短，
苔积阶前片片斑。
对取棋枰⑦亦无伴，
舍南辜负烂柯山⑧。

寄陆子和博士⑨

树里看云远更浓，

---

① 汉明经：高承《事物纪原》卷三："汉始以明经射策取人，以通经多寡补文学掌故。唐乃置明经之科，开元中崔元璙上言，问大义十道，时务策三道。宋朝定业三经义三十道也。"

② 严濑：即严陵濑。

③ 客星：《后汉书·严光传》："复引光入，论道旧故……因共偃卧，光以足加帝腹上，明日太史奏，客星犯御座甚急。帝笑曰：'朕故人严子陵共卧耳。'"

④ 案头：杜甫《题郑十八著作丈故居》诗："穷巷悄然车马绝，案头干死读书萤。"

⑤ 鳏：《书·尧曲》："有鳏在下，曰虞舜。"孔传："无妻曰鳏。"

⑥ 丝丝：司空图《灯花》诗之一："蜀柳丝丝冪画楼，窗尘满镜不梳头。"

⑦ 棋枰：和邦额《夜谭随录·白萍》："见棋枰，即取与林弈一局。"

⑧ 烂柯山：任昉《述异记》卷上："信安郡石室山，晋时王质伐木，至见童子数人，棋而歌，质因听之。童子以一物与质，如枣核，质含之，不觉饥。俄顷，童子谓曰：'何不去？'质起，视斧柯烂尽，既归，无复时人。"魏源《粤江舟行》诗之五："隔江更烂柯，趾蘦阓桄值。"自注："隔江烂柯山即端溪砚坑也，与七星崖对峙水口。"顾祖禹《读史方舆纪要·广东二·肇庆府》："高峡山、烂柯山在府东南四十六里，一名柯斧山，旧传王质观棋处，亦名端山，峡之对山也。"

⑨ 陆子和博士：生平不详。

与君只隔几山松。
论交①未即眉间色，
识面②难将病后容。
春尽黄鹂啼处处，
雨深青嶂③湿重重。
陆机④孙楚⑤官相似，
倘肯来寻石竹⑥踪。

怀谈思重太常

东望相思泪欲流，
尺书⑦缄就寄无由。
诗当穷巷⑧何人采⑨，
业有残篇只自雠⑩。

---

① 论交：李颀《行路难》诗："秋风落叶闭重门，昨日论交竟谁是。"
② 识面：陆游《赠应秀才》诗："辱君雪里来叩门，自说辛勤求识面。"
③ 青嶂：《文选·沈约〈锺山诗应西阳王教〉》："郁律构丹巘，峻嶒起青嶂。"吕向注："山横曰嶂。"
④ 陆机：《晋书》卷五十四《陆机传》："陆机字士衡，吴郡人也。祖逊，吴丞相。父抗，吴大司马。机身长七尺，其声如钟。少有异才，文章冠世，伏膺儒术，非礼不动。抗卒，领父兵为牙门将。年二十而吴灭，退居旧里，闭门勤学，积有十年。以孙氏在吴，而祖父世为将相，有大勋于江表，深慨孙皓举而弃之，乃论权所以得，皓所以亡，又欲述其祖父功业，遂作《辩亡论》二篇。"
⑤ 孙楚：《晋书》卷五十六《孙楚传》："孙楚字子荆，太原中都人也。祖资，魏骠骑将军。父宏，南阳太守。楚才藻卓绝，爽迈不群，多所陵傲，缺乡曲之誉。年四十余，始参镇东军事。……楚与同郡王济友善，济为本州大中正，访问铨邑人品状，至楚，济曰：'此人非卿所能目，吾自为之。'乃状楚曰：'天才英博，亮拔不群。'楚少时欲隐居，谓济曰：'当欲枕石漱流。'误云'漱石枕流'。济曰：'流非可枕，石非可漱。'楚曰：'所以枕流，欲洗其耳；所以漱石，欲厉其齿。'楚少所推服，惟雅敬济。"
⑥ 石竹：范成大《再游天平有怀旧事且得卓庵之处呈寿老》诗："木兰已老无花发，石竹依前有麝眠。"
⑦ 尺书：刘沧《留别崔澣秀才昆仲》诗："对酒不能伤此别，尺书凭雁往来通。"
⑧ 穷巷：《墨子·号令》："吏行其部，至里门，正与开门内吏，与行父老之守及穷巷幽间无人之处。"
⑨ 采：钱谦益《列朝诗集》作"辨"。
⑩ 自雠：《诗·大雅·抑》："无言不雠，无德不报。"朱熹集传："雠，答也。"

一片青山寒屋上，
半村红杏老枝头。
五湖城外陶家柳①，
雨后新巢几个鸠②。

答钱山人惟实③

论交④不是路岐⑤情，
青眼⑥争随杨柳生。
故国年华花一树，
贫家尊俎⑦酒三行。
石边流水原无味，
门外青山岂必名。
却恐君归近城郭⑧，
倘将诗句落公卿⑨。

寄秦汝立

□□□⑩那路重重，
何处山形是九龙。
蒋诩⑪门前三径⑫竹，

---

① 陶家柳：司空图《杨柳枝》词："陶家五柳簇衡门，还有高情爱此君。"
② 鸠：《诗·卫风·氓》："于嗟鸠兮，无食桑葚。"毛传："鸠，鹘鸠也。"
③ 钱山人惟实：生平不详。
④ 论交：高适《送前卫县李寀少府》诗："怨别自惊千里外，论交却忆十年时。"
⑤ 路岐：岔道。《初学记》卷十六引王廙《笙赋》："发千里之长思，咏别鹤于路岐。"
⑥ 青眼：李元膺《洞仙歌》词："雪云散尽，放晓晴庭院。杨柳于人便青眼。"
⑦ 尊俎：《战国策·齐策五》："千丈之城，拔之尊俎之间；百尺之冲，折之衽席之上。"
⑧ 城郭：《礼记·礼运》："大人世及以为礼，城郭沟池以为固。"孔颖达疏："城，内城；郭，外城也。"
⑨ 公卿：荀悦《汉纪·昭帝纪》："始元元年，春二月。黄鹄下建章宫太液池中，公卿上寿。"
⑩ 三字原脱，据钱谦益《列朝诗集》，当为"思君无"。
⑪ 蒋诩：陈耀文《天中记》卷四十："杜陵蒋诩，字符卿，为兖州刺史，以廉直为名。王莽居摄，以病免官归乡里，荆棘塞门。舍中有三径，不出，惟东仲、羊仲从之游。二人不知何许人，皆治车为业，挫廉逃名，时人谓之二仲。"
⑫ 三径：赵岐《三辅决录·逃名》："蒋诩归乡里，荆棘塞门，舍中有三径，不出，唯求仲、羊仲从之游。"

陶潜宅里一株松。
汲泉酿酒添新瓮，
留客裁诗①入莫钟。
今夜栏干挂春月，
清光可似别时浓。

积雨

坞中积雨藓痕青，
门外流泉枕上听。
汉客年华②消渴③病，
越人生事④养鱼经。
居山已识龙蛇⑤气，
灌药聊资木石⑥形。
更喜湿云能悟道，
林间夜护少微星⑦。

夏日访梁中书思伯分得"安"字

山川满壁画生寒，
留客壶觞不放干。
云气浑疑天上近，
花枝都作省中⑧看。
戏题白练人争乞，

---

① 裁诗：沈遘《西舍》诗："少年裁诗喜言老，谁知老大都无心。"

② 年华：周邦彦《过秦楼》词："叹年华一瞬，人今千里，梦沉书远。"

③ 消渴：《素问·奇病论》："肥者令人内热，甘者令人中满，故其气上溢，转为消渴。"

④ 生事：常璩《华阳国志·蜀志》："山原肥沃，有泽渔之利……土地易为生事。"

⑤ 龙蛇：《易·系辞下》："龙蛇之蛰，以存身也。"

⑥ 木石：《孟子·尽心上》："舜之居深山之中，与木石居，与鹿豕游。"钱谦益《列朝诗集》作"水石"。

⑦ 少微星：《史记·天官书》："廷藩西有隋星五，曰少微，士大夫。"张守节《正义》："少微四星，在太微西，南北列：第一星，处士也；第二星，议士也；第三星，博士也；第四星，士大夫也。占以明大黄润，则贤士举；不明，反是；月、五星犯守，处士忧，宰相易也。"

⑧ 省中：蔡邕《独断》："禁中者，门户有禁，非侍御者不得入，故曰禁中。孝元皇后父大司马阳平侯名禁，当时避之，故曰省中。"

误染苍蝇①手自弹。

偶尔相逢便忘去，

宁知门外是长安。

答黎惟敬司马②

岭南③才子旧曾知，

五十为郎鬓半丝④。

词赋已看当世让，

风流合以古人推。

马头秋色山重叠，

箧里寒光剑陆离⑤。

我欲相从歌伐木⑥，

乘车戴笠⑦可相宜。

八月十三日，同梁中舍，李、王二翰林，陈大理，康、管二山人集陈检讨宅得"梅"字

啸歌缥缈倚层台⑧，

白鹤群飞乱去来。

---

① 苍蝇：《诗·小雅·青蝇》："营营青蝇，止于樊。岂弟君子，无信谗言。营营青蝇，止于棘。谗人罔极，交乱四国。"《楚辞·刘向〈九叹·怨思〉》："若青蝇之伪质兮，晋骊姬之反情。"王逸注："青蝇变白使黑，变黑使白，以喻谗佞。"

② 黎惟敬司马：过庭训《本朝分省人物考》卷一百十一《黎民表》："黎民表，字惟敬，号瑶石，广东从化人。由乡贡进士任中书舍人，擢南京兵部车驾司员外郎。性嗜诗篇，屡有刻本。且善临池之技，其隶书得其师文衡山先生家法，大为宇内人士所重。"

③ 岭南：顾祖禹《读史方舆纪要》卷六："岭南，治广州。天宝十五载，以岭南节度分领广韶，循潮以西，至振琼儋万，共二十二州，其后复悉领五管。咸通二年，分为岭南东道。乾宁二年，赐号清海军。天复初，刘隐有其地。"

④ 半丝：韦庄《镊白》诗："始因丝一缕，渐至雪千茎。"

⑤ 陆离：《文选·屈原〈九章·涉江〉》："带长铗之陆离兮，冠切云之崔嵬。"吕向注："陆离，剑低昂貌。"

⑥ 伐木：《诗经·小雅·伐木》："伐木丁丁，鸟鸣嘤嘤。出自幽谷，迁于乔木。嘤其鸣矣，求其友声。"

⑦ 戴笠：周处《风土记》："卿虽乘车我戴笠，后日相逢下车揖；我步行，君乘马，他日相逢君当下。"

⑧ 层台：《楚辞·招魂》："层台累榭，临高山些。"王逸注："层、累，皆重也。"

宝月①未圆光自丽，
玉山②不醉可容颓。
秋光片片寒疑雪，
阶树重重影学梅。
况是酒人③能卜夜，
隔墙银漏④莫频催。

九日出都门简陈检讨维锡

□□□台易水⑤南，
云山一半雨中含。
萧条⑥驱马日重□，
□败将书期再三。
葹草⑦无心元自卷，

---

① 宝月：吴均《碎珠赋》："宝月生焉，越浦隋川，标魏之美，擅楚之贤。"

② 玉山：《山海经·西山经》："又西三百五十里，曰玉山，是西王母所居也。"郭璞注："此山多玉石，因以名云。《穆天子传》谓之群玉之山。"

③ 酒人：《史记·刺客列传》："荆轲虽游于酒人乎，然其为人沈深好书。"《集解》引徐广曰："饮酒之人。"

④ 银漏：王勃《乾元殿颂》序："虬箭司更，银漏与三辰合运。"

⑤ 易水：《战国策·燕策三》："风萧萧兮易水寒，壮士一去兮不复还。"《读史方舆纪要》卷十《北直一·山川险要》："乐史云：'易水有三源，流经易州南三十里者曰中易水；出州西北三十里穷独山者谓之濡水，亦曰北易水；出州西南六十里石兽冈者谓之雹水，亦曰南易水。'中易水流经定兴县西亦谓之白沟河，涞水县之拒马河流合焉；又东经安肃县北及容城县北，濡水流合焉；又经新城县南，亦曰拒马河，历雄县北及顺天府霸州之北，又东经东安县及永清县南，入武清县之三角淀，又东南至小直沽与卫河合达于海，此易水之东出者也。其南易水，自安肃、容城县南，又东南经安州北，曹河、徐河、石桥河、一亩泉河、滋河、沙河、鸦儿河、唐河与易水共为九河，合成一川，统名为易水，东至雄县南亦名瓦济河，又东历河间府任丘县北，霸州之保定县、文安县南引而东，合于滹沱，同注于海。此易水之别出而东南流者也。盖易水之源并出于易州，而其流自不相乱。或曰易水，或曰故安河，则推其本而言之也。或曰拒马河，或曰白沟河，则从其流而言之也。其于南易水或曰滋河，或曰沙河、唐河，则因其所汇合之川言之也。"

⑥ 萧条：刘义庆《世说新语·品藻》："明帝问周伯仁：'卿自谓何如庾元规？'对曰：'萧条方外，亮不如臣；从容廊庙，臣不如亮。'"

⑦ 葹草：《楚辞·离骚》："薋菉葹以盈室兮，判独离而不服。"王逸注："葹，枲耳也。"洪兴祖补注："葹，形似鼠耳。诗人谓之卷耳。《尔雅》谓之苓耳。《广雅》谓之枲耳。皆以实得名。《本草》枲耳，一名葹。"

菊花多病可胜簪。

□□□□□□□，

何处人家乞酒酣①。

送陈忠甫②

秋满关河③月色鲜，

看君意气自翩翩。

马卿行李惟长剑，

杨子④遗经是《太玄》。

黄叶半林藜杖⑤外，

青山一带⑥酒尊前。

相逢无那⑦论相别，

---

① 酒酣:《史记·高祖本纪》:"酒酣,高祖击筑,自为歌诗。"《集解》引应劭曰:"不醒不醉曰酣。一曰酣,洽也。"

② 陈忠甫:张时彻《芝园集》定集卷四十四《明故中大夫云南布政使司左参政小愚陈君墓志铭》:"君姓陈氏,名觐,字忠甫。其先南朝之裔,世居余姚之开元乡登洪里。宋时有讳升者,尝率乡兵御睦寇,授武功大夫、京畿都统领。其子廷俊,复率乡兵御金人,境内赖焉。遗迹表著,至于今人往往能道其事。至我朝,廷俊十二世孙玉成者,由开元徙居邑之东南隅,遂世为东南隅人。高祖讳孟雍,赠吏部文选司郎中。曾祖讳雷,封河南彰德府同知,赠湖广布政使司左参政。祖讳廷敬,直隶蓟州判官,赠工部营缮司主事,加赠广西布政使司左参议、湖广布政使司左参政。父讳焕,光禄寺卿,母胡氏,封淑人。君为光禄公第四子。正德癸酉,光禄公举于乡,捷书至而君生,人以为瑞云。"过庭训《本朝分省人物考》卷五十一《陈觐》:"陈觐,字忠甫,余姚人。嘉靖己未进士,拜兵部武选司主事,寻升车驾司员外郎,佐大司马枢机。肃清军府,人无敢干以私者。甲子,转武选司郎中。凡天下武臣承袭者,咸隶焉。吏每窃柄舞文,纨袴子皆入贿,贪缘为奸,选举往往多滥。一以至公振刷之,邪蠹屏息。丁母忧,服阕,复补武选司郎中。……初,陈公士贤有惠政于衡、永间,衡、永人立祠祀之。至是,以觐配祀,谓之两陈公祠云。辛未,入贺,报政于朝。先已升云南左参政,而竟以忧劳楚事积苦,疾作,卒于京师旅舍。"

③ 关河:《史记·苏秦列传》:"秦四塞之国,被山带渭,东有关河,西有汉中。"《正义》:"东有黄河,有函谷、蒲津、龙门、合河等关。"

④ 杨子:即西汉杨雄。

⑤ 藜杖:《晋书·山涛传》:"魏帝尝赐景帝春服,帝以赐涛,又以母老,并赐藜杖一枚。"

⑥ 一带:冷朝阳《登灵善寺塔》诗:"华岳三峰小,黄河一带长。"

⑦ 无那:杜甫《奉寄高常侍》诗:"汶上相逢年颇多,飞腾无那故人何!"王实甫《西厢记》第二本第三折:"我这里粉颈低垂,蛾眉频蹙,芳心无那,俺可甚'相见话偏多'?"

才听骊歌①便惘然。

寄王大名阳德②

声华③早岁汉廷知，
五马谁云是量移④。
乞得俸钱先买水，
了将公事便寻诗。
棠阴⑤阶下生高荫，

---

① 骊歌：《汉书·儒林传·王式》："谓歌吹诸生曰：'歌《骊驹》。'"颜师古注："服虔曰：'逸《诗》篇名也，见《大戴礼》。客欲去歌之。'文颖曰：'其辞云"骊驹在门，仆夫俱存；骊驹在路，仆夫整驾"也。'"李縠《浙东罢府西归酬别张广文皮先辈陆秀才》诗："相逢只恨相知晚，一曲骊歌又几年。"

② 王大名阳德：汤日昭《万历温州府志》卷十一："王叔杲，字阳德，澈仲子。蚤举于乡，以侍父养，辍上春官者再。嘉靖戊午，倭扰海上，又辍计偕。缘族居为堡，捐赀数千金佐之。壬戌，成进士。初令靖江调繁常熟，所至尸祝焉。入为兵部郎，冢宰杨襄毅公引为重，出守大名。时大名诸属邑文学鲜振，为建书院，延师儒课之，其地才贤遂绳绳奋起。寻擢宪副，备兵三吴，诸所经画水利海防，率足垂永赖，晋参政，仍留治兵。以失当路欢，听调归。越岁，改福建参政。有司劝驾，竟不往。徜徉泉石，所居依华麓为园，去郭十里许，筑旸湖别墅，皆穷山水之胜，而啸歌其中。生平负材博大，而畅于世法，足以剸繁肩巨，而义急乡井，立捐千百金无吝。如重建府庠，修诸胜概，皆境土所关者。蚤岁家食，甫耆谢不出，林居二十余载，卒年八十四。所著有《玉介园存稿》。"过庭训《本朝分省人物考》卷五十六："王叔杲，字阳德，别号旸谷居士，永嘉人。父彻，官左参议。季父激，官国子祭酒。彻长子为宪副叔果，次即叔杲也。生而警敏异常儿，十二通《戴氏礼》，工制义，旁及骚选子史。祭酒公见而大器之，曰：'此吾家千里驹也。'数岁，徐文贞公以学使者至，试而奇之，补郡诸生，学益闳肆。即医巫、星历、舆地之书，靡不搜讨。嘉靖癸卯，登乡书。明年下第，归益明，习天下大计。凡疆场、士马、屯田、水利以及食货、户口之籍，一一若指诸掌。乙巳，郡大侵，叔杲佐参议公出粟哺饿者，存活数千人。醝直指咨醝法于杲，杲请筑沙城捍氓灶，至今赖之。倭变起海上，杲聚族而谋，计在筑堡，众闻以为迂。寻寇以无备突入邑，几为墟，遂大服其义。而杲亦力任之堡城，楼橹相望，邑恃以无恐。……以去年八十有三而卒。所著有《玉介园稿》二十卷。"

③ 声华：《淮南子·俶真训》："今夫积惠重厚，累爱袭恩，以声华呕符妪掩万民百姓，使知之欣欣然人乐其性者，仁也。"

④ 量移：白居易《自题》诗："一旦失恩先左降，三年随例未量移。"顾炎武《日知录·量移》："唐朝人得罪贬窜远方，遇赦改近地，谓之量移。"

⑤ 棠阴：《史记·燕召公世家》："召公巡行乡邑，有棠树，决狱政事其下，自侯伯至庶人各得其所，无失职者。召公卒，而民人思召公之政，怀棠树不敢伐，歌咏之，作《甘棠》之诗。"刘长卿《徐干夜宴奉钱前苏州韦使君新除婺州作》诗："幸容栖托分，犹恋旧棠阴。"

秀麦①城东自两岐②。
我欲明年问山简③，
留宾可有习家池④。

涂明府⑤见枉

逆旅蓬蒿昼掩门，
使君⑥忽自枉高轩⑦。
孙弘⑧人卜功名远，
子产⑨民宜父母尊。

---

① 秀麦：阴铿《闲居对雨》诗之二："嘉禾方合颖，秀麦已分歧。"

② 两岐：《后汉书·张堪传》："拜渔阳太守……乃于狐奴开稻田八千余顷，劝民耕种，以致殷富。百姓歌曰：'桑无附枝，麦穗两岐。张君为政，乐不可支。'"

③ 山简：《晋书》卷四十三《山简》："简字季伦。性温雅，有父风，年二十余，涛不之知也。简叹曰：吾年几三十，而不为家公所知！后与谯国嵇绍、沛郡刘谟、弘农杨准齐名。初为太子舍人，累迁太子庶子、黄门郎，出为青州刺史。征拜侍中，顷之，转尚书。历镇军将军、荆州刺史，领南蛮校尉，不行，复拜尚书。光熙初，转吏部尚书。永嘉初，出为雍州刺史、镇西将军。征为尚书左仆射，领吏部。"

④ 习家池：《晋书》卷四十三《山简》："永嘉三年，出为征南将军、都督荆湘交广四州诸军事、假节，镇襄阳。于时四方寇乱，天下分崩，王威不振，朝野危惧。简优游卒岁，唯酒是耽。诸习氏，荆土豪族，有佳园池，简每出嬉游，多之池上，置酒辄醉，名之曰高阳池。时有童儿歌曰：'山公出何许，往至高阳池。日夕倒载归，茗艼无所知。时时能骑马，倒著白接䍦。举鞭向葛疆：何如并州儿？'"曾巩《高邮逢人约襄阳之游》诗："未把迁疏笑山简，更须同上习池游。"

⑤ 涂明府：涂杰，字汝高，南昌人。

⑥ 使君：《三国志·蜀书·刘璋传》："还，疵毁曹公，劝璋自绝，因说璋曰：'刘豫州，使君之肺腑，可与交通。'"

⑦ 高轩：徐陵《与杨仆射书》："高轩继路，飞盖相随。"《释名·释车》："高车，其盖高，立乘之车也。"《晋书·舆服志》："车，坐乘者谓之安车，倚乘者谓之立车，亦谓之高车。"

⑧ 孙弘：即公孙弘。《汉书》卷五十八《公孙弘》："公孙弘，菑川薛人也。少时为狱吏，有罪，免。家贫，牧豕海上。年四十余，乃学《春秋》杂说。武帝初即位，招贤良文学士，是时弘年六十，以贤良征为博士。……元光五年，复征贤良文学，菑川国复推上弘。弘谢曰：'前已尝西，用不能罢，愿更选。'国人固推弘，弘至太常。……弘自见为举首，起徒步，数年至宰相封侯，于是起客馆，开东阁以延贤人，与参谋议。弘身食一肉，脱粟饭，故人宾客仰衣食，奉禄皆以给之，家无所余。然其性意忌，外宽内深。诸常与弘有隙，无近远，虽阳与善，后竟报其过。"

⑨ 子产：胡寅《斐然集》卷二十四《子产传》："国侨，字子产，郑之公族子国之子也。达治知变，正而有谋。……及子产卒，仲尼闻之出涕曰：古之遗爱也。"

何处蛟龙生大壑^①，

隔花虹月露初痕。

禽生山水多岐路，

把臂翻令忆故园。

秋夜谳集^②梁思伯舍人宅，余以病不能赴

月转苍龙^③夜气鲜，

舍人留客近甘泉^④。

盘飧^⑤尽出宫中赐，

辞赋^⑥多从邺下传。

人杂花枝银漏外，

天垂星斗酒筹^⑦边。

伤心最是墙东侣，

愧杀分题^⑧药盌^⑨前。

---

① 大壑：《庄子·天地》："夫大壑之为物也，注焉而不满，酌焉而不竭。"成玄英疏："夫大海泓宏，深远难测，百川注之而不溢，尾闾泄之而不干。"

② 谳集：刘勰《文心雕龙·谐隐》："楚襄谳集，而宋玉赋《好色》。"詹锳义证："谳集，指会合近臣燕饮后宫而言，不然，与宋玉赋《好色》无关。"

③ 苍龙：《国语·周语中》："夫辰角见而雨毕，天根见而水涸。"韦昭注："辰角，大辰苍龙之角。角，星名也。"

④ 甘泉：《三辅黄图·甘泉宫》："一曰云阳宫……始皇二十七年作甘泉宫及前殿，筑甬道自咸阳属之。汉武帝建元中增广之。周回一十九里，中有牛首山，望见长安城。"

⑤ 盘飧：苏轼《仇池笔记·李氏子再生说冥间事》："有人持盘飧及钱数千，云付其僧，僧得钱，分数百遗门者，乃持饭入门去。"

⑥ 辞赋：刘勰《文心雕龙·辨骚》："名儒辞赋，莫不拟其仪表，所谓金相玉质，百世无匹者也。"宋祁《宋景文公笔记·考古》："予谓老子《道德篇》，为玄言之祖；屈宋《离骚》，为辞赋之祖；《史记》，为纪传之祖。后人为之，如方不能加矩，至圆不能过规矣。"

⑦ 酒筹：嵇含《南方草木状·越王竹》："越王竹，根生石上，若细荻，高尺余，南海有之。南人爱其青色，用为酒筹云。"白居易《同李十一醉忆元九》诗："花时同醉破春愁，醉折花枝当酒筹。"

⑧ 分题：严羽《沧浪诗话·诗体》："有拟古，有连句，有集句，有分题。"自注："古人分题，或各赋一物，如云送某人分题得某物也。或曰探题。"

⑨ 盌：一作"椀"，也作"碗"。《方言》第五："盂，宋、楚、魏之间或谓之盌。"《急就篇》卷三："盌。"颜师古注："盌，似盂而深长，与小盂之义稍别。"

送涂明府

骊歌叠叠月平临，
万树丹枫①对酒斟。
云自汉廷随赤舃，
人将楚曲奏瑶琴。
行春解使桃花满，
时雨能添溪□□。
□是丘茔尚留落②，
草堂竹色乱山侵。

朱在明③自泰山入都席上问讯

把臂当杯问所从，
青帆曾否泊芙蓉。
何人共访灵光殿④，
几夜高吟日观峰⑤。
席上乱云随白鹤，
月中长剑倚苍龙。

---

① 丹枫：李商隐《访秋》诗："殷勤报秋意，只是有丹枫。"

② 留落：《史记·卫将军骠骑列传》："然而诸宿将常坐留落不遇。由此骠骑日以亲贵，比大将军。"

③ 朱在明：王世懋《王奉常集》卷一《送朱在明序》："朱君在明，少以赀雄静江里中。性跅弛不治生产，而慕为游闲公子之行与名，里中人目之为侠。以不能守章句，稍入赀为郎。乃更折节读书，尤好为歌诗。其言缠缠有新致，诗名动公卿间，而自喜为侠益甚，既已倾肝膈之好，赴其急难，略不自顾惜，又时时为具召海内知名士酒酣悲歌国士自许，而感遇迅发，一寄之于诗。三迁为大官丞，其长曾大夫亦知朱丞非凡士也，折行辈交之。君亦竭职事以报，乃竟为忌者所中，出补诸侯王吏。君始不能平，已乃叹曰：'千载之下，岂以一丞荣朱生哉。'顾吾所不朽者在，竟拂衣归……在明年未强，仕而归，自力于诗。其以陶物情而咏圣化，吾未见其止矣。"

④ 灵光殿：王延寿《鲁灵光殿赋》序："鲁灵光殿者，盖景帝程姬之子恭王馀之所立也……遭汉中微，盗贼奔突，自西京未央、建章之殿，皆见隳坏，而灵光岿然独存。"

⑤ 日观峰：陆钶《嘉靖山东通志》卷五："日观峰，在泰山顶东。鸡鸣时，见日出高三丈。"吕坤《去伪斋文集》卷七《观日解》："日观峰，在泰岭之东百武。相传，鸡鸣时，日初宾于嵎夷，升于扶桑，黄光玓瓅，紫气氤氲。沧溟映千里之波，丹霞铺半天之锦。镕金在冶，宝镜新磨，斯天下奇观也。"

天涯不少高阳①侣，
莫以狂歌妒晓钟。

赠吕中书②

彩笔③曾将侍建章④，
乞身双鬓未全苍。
种来阶树生云雾，
构得山楼近凤皇。
采药未劳藤作杖，
看花还借羽为觞。
悬车⑤旧是先皇赐，
莫抱鱼竿渭水阳。

朱太傅⑥枉过，余适在朱在明宅

避迹西家欲掩门，
传呼忽枉上公⑦轩。
寒花傍日偏增丽，
野鸟窥人亦自喧。

---

① 高阳：谢肇淛《五杂俎·人部三》："古人嗜酒，以斗为节。十斗为一石，量之极也。故善饮若淳于髡、卢植、蔡邕、张华、周顗之辈，未有逾一石者。独汉于定国饮至数石不乱，此是古今第一高阳矣。"

② 吕中书：焦竑《国朝献征录》卷七十《南京太常寺卿吕常传》："吕恺，字秉之，翰林学士赠礼部左侍郎谥文懿原之子也。以荫录为国子生，成化初，又以东宫恩授中书舍人，仍上疏乞应试，遂荐京闱。中书舍人之得应试也，实自恺始。秩满，迁礼部员外郎、郎中，擢南京太仆寺少卿，改通政。丙辰，擢太常寺卿。正德丁卯，始致仕。阅四年，卒。诏葬祭如制。恺为人坦易，喜读书作诗，又习闻典故，文与行能世其家。"

③ 彩笔：《南史·江淹传》："又尝宿于冶亭，梦一丈夫自称郭璞，谓淹曰：'吾有笔在卿处多年，可以见还。'淹乃探怀中得五色笔一以授之。尔后为诗绝无美句，时人谓之才尽。"

④ 建章：《宋书·前废帝纪》："甲申，以北邸为建章宫，南第为长杨宫。"

⑤ 悬车：《国语·齐语》："悬车束马，逾太行与辟耳之溪拘夏。"韦昭注："太行、辟耳，山名也。拘夏，辟耳之溪也，三者皆山险溪谷，故悬钩其车，逼束其马以渡。"

⑥ 朱太傅：即忠僖公朱希孝。

⑦ 上公：《周礼·春官·典命》："上公九命为伯，其国家、宫室、车旗、衣服、礼仪皆以九为节。"郑玄注："上公，谓王之三公有德者，加命为二伯。二王之后亦为上公。"贾公彦疏："案下文，三公八命，出封皆加一等。"

山似昨来瞻泰岱,
星疑隔夜见台垣①。
貂蝉②缝掖③容相对,
抱铗真惭国士恩。

诸宗伯过余操南馆

相看人识晋司空④,
意气何当片语中。
隐处未探山小大,
佩将先问剑雌雄。
高天露自经秋白,
远树云知傍日红。
倘是相门容客扫,
莫嫌黄叶逐西风。

送沈观察分巡浙西

乍辍含香⑤拥传⑥行,
玺书⑦亲捧汉承明⑧。

---

① 台垣:《后汉书·孝安帝纪论》:"遂复计金授官,移民逃寇,推咎台衡,以答天眚。"李贤注:"台谓三台,三公象也。"《史记·天官书》:"匡卫十二星。"张守节《正义》:"太微宫垣十星。"

② 貂蝉:《后汉书·舆服志下》:"侍中、中常侍冠加黄金珰,附蝉为文,貂尾为饰,谓之'赵惠文冠'。"刘昭注:"应劭《汉官》曰:'说者以金取坚刚,百炼不耗。蝉居高饮絜,口在掖下,貂内劲捍而外温润。'此因物生义也。"

③ 缝掖:儒者。《后汉书·王符传》:"徒见二千石,不如一缝掖。"李贤注:"《礼记·儒行》:'孔子曰:"丘少居鲁,衣逢掖之衣。"'郑玄注:'逢犹大也。大掖之衣,大袂单衣也。'"

④ 晋司空:《周礼正义·冬官考工记》:"《御览·职官部》引《环济要略》云:'冬官司空掌邦事,营城郭都邑,立社稷宗庙,造宫宅器械,监百工。'"王钦若《册府元龟》卷三百八:"成帝绥和元年,改御史大夫为大司空,并大司马、丞相为三公。哀帝复以大司空为御史大夫,复置太傅,在三公之上,俄改丞相为大司徒,御史大夫复为大司空,并大司马,以备三公之位。"

⑤ 含香:《通典·职官四》:"尚书郎口含鸡舌香,以其奏事答对,欲使气息芬芳也。"

⑥ 拥传:张众甫《送李司直使吴》诗:"使臣方拥传,王事远辞家。"

⑦ 玺书:《国语·鲁语下》:"襄公在楚,季武子取卞,使季冶逆,追而予之玺书。"韦昭注:"玺书,印封书也。"

⑧ 承明:刘向《说苑·修文》:"守文之君之寝曰左右之路寝,谓之承明何?曰:承乎明堂之后者也。"

霜随飞盖①天仍近，
路过垂虹②水倍清。
开府吴山③千骑绕，
到官春日万花迎。
富春④亦是观风地，
肯念羊裘⑤滞洛城。

---

① 飞盖：陆机《挽歌诗》："素骖仁轜轩，玄驷骛飞盖。"《陈书·徐陵传》："高轩继路，飞盖相随。"

② 垂虹：姜夔《庆宫春》词序："予别石湖归吴兴，雪后夜过垂虹，尝赋诗云：'长桥寂寞春寒夜，只有诗人一舸归。'"

③ 吴山：《读史方舆纪要》卷九十《杭州府·仁和县》："吴山，在府治南。图经云：春秋时为吴南界，故名。或曰以子胥名，讹伍为吴也。亦名胥山，左带大江，右瞰西湖。宋建炎三年兀术陷临安，将还，敛兵于吴山、七宝山，焚掠而去。七宝即吴山西南面支峰也。绍兴末，金亮闻其胜概，欲立马吴山，遂南寇。今峰峦相属，以山名者凡数处，而总曰吴山。"

④ 富春：《读史方舆纪要》卷八十九《浙江一·山川险要》："浙江之源有三：……一曰信安江，或谓之衢港，亦曰穀水。源出衢州府开化县东北六十里之百际岭，经县城东谓之金溪，又东南入常山县境而为金川，至县城东则江山县文溪之水流合焉，又东南经府城北，而江山县南、仙霞岭北诸溪谷之水皆流合焉，又至府城东十五里而定阳溪流合焉，又东北经龙游县北四里而为盈川溪，亦曰穀溪，又东北经汤溪县北境，又东北经金华府兰溪县城西而与东阳江合流，此浙江西南别出之源也。二江既合，东北流百余里，至严州府城东南二里而与新安江会。三源同流，东过桐庐县或谓之桐江。又东北入杭州府富阳县界而为富春江。经县城南，又东经府城南而谓之钱塘江。"

⑤ 羊裘：《后汉书》卷八十三《严光传》："严光字子陵，一名遵，会稽馀姚人也。少有高名，与光武同游学。及光武即位，乃变名姓，隐身不见。帝思其贤，乃令以物色访之。后齐国上言：'有一男子，披羊裘钓泽中。'帝疑其光，乃备安车玄𬘬，遣使聘之。三反而后至。舍于北军，给床褥，太官朝夕进膳。"

小除夕^①集朱鸿胪^②宅，席上呈刘天官^③

□十平临射玉缸^④，
勘缑容得挹寒光。
因知后夜迎新□，
□敢当尊说异乡。
梅自雪消偏带瘦，
草将春近可含芳。
篋中共笑《河东赋》^⑤，

------

① 小除夕：顾禄《清嘉录·小年夜大年夜》："或有用除夕前一夕者，谓之小年夜，又曰小除夕。"徐珂《北京指南·礼俗》："先除夕一日，则谓小除夕；家置酒宴，往来招邀，曰别岁，又曰辞岁。"

② 朱鸿胪：即朱在明。

③ 刘天官：毛宪《毗陵人品记》卷十："刘光济，字宪谦，江阴人。为人博大宽厚，不自峻崖岸，然中实井井。登嘉靖甲辰进士，为户部郎。适北虏薄都城，廷议遣郎一人饷大同勤王师，诸曹郎咋舌不敢往，光济奋然请行，人咸壮之。出守卫辉，历江西参藩。会南赣旱，民聚众竞水相杀伤，抚臣以变闻，诏发兵掩捕。光济请往谕之，立解散，全活二千余人，迁太仆卿。巡抚江西，定赋役一条编法，著为令，迄今各省直皆遵行之。召为南户部侍郎，寻改吏部，迁南兵部尚书，以不署保留江陵疏乞休归，觞奕对客，酒德温然。人以王会稽、白香山目之。以嗣子为人所构，邑邑而卒。"王世贞《弇山堂别集》卷五十四《吏部侍郎》："刘光济，直隶江阴人。由进士五年任右，六年转左。"

④ 玉缸：岑参《韦员外家花树歌》："朝回花底恒会客，花扑玉缸春酒香。"

⑤ 《河东赋》：扬雄《扬子云集》卷五《河东赋》："伊年暮春，将瘗后土，礼灵祇，谒汾阴于东郊，因兹以勒崇垂鸿，发祥隤祉，钦若神明者，盛哉铄乎，越不可载已！于是命群臣，齐法服，整灵舆，乃抚翠凤之驾六，先景之乘掉，犇星之流旃，骚天狼之威弧。张耀日之玄旄，扬左纛，被云梢。奋电鞭，骖雷辒，鸣洪钟，建五旗。羲和司日，颜伦奉舆，风发飙拂，神腾鬼趡；千乘霆乱，万骑屈挢，嘻嘻旭旭，天地稠峨。簸丘跳峦，涌渭跃泾。秦神下詟，跖魂负沴；河灵矍踢，爪华蹈衰。遂臻阴宫，穆穆肃肃，蹲蹲如也。灵祇既乡，五位时序，细缊玄黄，将绍厥后。于是灵舆安步，周流容与，以览虖介山。嗟文公而愍推兮，勤大禹于龙门。洒沈菑于豁渎兮，播九河于东濒。登六观而遥望兮，聊游浮以经营。乐往昔之遗风兮，喜虞氏之所耕。瞰帝唐之嵩高兮，眽隆周之大宁。汨低回而不能去兮，行睨垓下与彭城。濊南巢之坎坷兮，易幽岐之夷平。乘翠龙而超河兮，陟西岳之峣崝。云霏霏而来迎兮，泽渗漓而下降，郁萧条其幽蔼兮，漍泛沛以丰隆。叱风伯于南北兮，呵雨师于西东。参天地而独立兮，廓荡荡其亡双。遵逝乎归来，以函夏之大汉兮，彼何足与比功？建乾坤之贞兆兮，将悉总之以群龙。丽钩芒与骖蓐收兮，服玄冥及祝融。敦众神使式道兮，奋六经以摅颂。隃于穆之缉熙兮，过清庙之雝雝。轶五帝之遐迹兮，蹑三皇之高踪。既发轫于平盈兮，谁谓路远而不能从。"

谁谓童乌①不姓扬。

正月三日是朱太傅公初度,作诗纪事

东风乍解御河②冰,

草色山光尽向荣。

对剑共知龙是象,

占星独指昴③为精。

玉桃④晓赐长生殿⑤,

火树⑥春联不夜城。

试问神仙古来事,

可能人代致升平⑦。

十三夜,何内翰⑧宅观灯,酒次出梅花一树,分得“梅”字

当歊一树忽疏梅,

---

①　童乌:《法言·问神》卷第五:"育而不苗者,吾家之童乌乎!九龄而与我玄文。"

②　御河:王之涣《送别》诗:"杨柳东风树,青青夹御河。近来攀折苦,应为别离多。"

③　昴:《书·尧典》:"日短星昴,以正仲冬。"孔传:"昴,白虎之中星。"

④　玉桃:贾思勰《齐民要术·桃》:"《神农经》曰:'玉桃,服之长生不死。若不得早服之,临死日服之,其尸毕天地不朽。'"

⑤　长生殿:《资治通鉴·唐则天后长安四年》:"太后寝疾,居长生院。"胡三省注:"长生院,即长生殿;明年五王诛二张,进至太后所寝长生殿,同此处也。盖唐寝殿皆谓之长生殿。此武后寝疾之长生殿,洛阳宫寝殿也。肃宗大渐,越王系授甲长生殿,长安大明宫之寝殿也。"

⑥　火树:张宪《鹊桥仙》词:"星桥火树,长安一夜,开红莲万蕊。"

⑦　升平:袁宏《后汉纪·灵帝纪上》:"今宜改葬蕃、武,选其家属诸被禁锢,一宜蠲除,则灾变可消,升平可致也。"

⑧　何内翰:焦竑《国朝献征录》卷二十四《南京翰林院孔目何公良俊传》:"良俊字元朗,松江华亭县人。以所居自称柘湖居士。少与弟良传皆负俊才,或以云间二陆比之。良传举进士,为南礼部郎,良俊偃蹇场屋不售,久之,贡人太学。当事者重其才名,授南翰院孔目。良俊故负胜情,喜南都山水奇丽,日与名人韵士相追随,品题殆遍。会赵文肃公来视院篆,一见相契合,引与深语。良俊谈当世之务亹亹然,不觉膝之前于席也。后王谕德维桢至,待良俊亦如之,每出游必挟与俱唱和,篇章具载集中。二公既去,不乐与录录者处,辄弃去。其学无所不窥,下笔波委云属,千言立就,于金石、古文、书画、词曲精于鉴赏。卜居金陵十年始归。所著有《何翰林集》二十八卷、《何氏语林》三十卷、《四友斋丛说》三十卷、《书画铭心录》一卷。"

香气参差落酒杯。
客自西园公子集，
花因东阁主人开。
半屏雪色灯初试，
十尺寒光月乍来。
莫诧罗浮①春更丽，
乱山那得傍蓬莱。

早春雪望探得"中"字

河山四望玉宠嵸②，
霁日③云霞酒气中。
二月春游尚残雪，
一时豪举④又新丰。
狂随剑佩⑤壶天⑥外，
误指楼台大海东。
莫问轩辕黄帝⑦事，

---

① 罗浮：柳宗元《龙城录》卷上《赵师雄醉憩梅花下》："隋开皇中，赵师雄迁罗浮。一日，天寒日暮，在醉醒间，因憩仆车于松林间酒肆傍舍。见一女人淡妆素服，出迓师雄。时已昏黑，残雪对月色微明。师雄喜之，与之语，但觉芳香袭人，语言极清丽。因与之扣酒家门，得数杯相与饮。少顷，有一绿衣童来，笑歌戏舞亦自可观。顷醉寝，师雄亦懵然，但觉风寒相袭。久之，时东方已白，师雄起视，乃在大梅花树下。上有翠羽啾嘈，相顾月落参横，但惆怅而已。"

② 宠嵸：当为龙嵸。司马相如《上林赋》："于是乎崇山矗矗，龙嵸崔巍。"杨衒之《洛阳伽蓝记·闻义里》："高山龙嵸，危岫入云，嘉木灵芝，丛生其上。"

③ 霁日：刘禹锡《琴曲歌辞·飞鸢操》："长空悠悠霁日悬，六翮不动凝风烟。"

④ 豪举：《宋史·食货志下七》："有司请罢杭州榷酤，乃使豪举之家坐专其利，贫弱之户岁责所输，本欲惠民，乃成侵扰。"

⑤ 剑佩：王通《中说·周公》："衣裳襜如，剑佩锵如，皆所以防其躁也。"

⑥ 壶天：《后汉书》卷八十二下《费长房传》："费长房者，汝南人也。曾为市掾。市中有老翁卖药，悬一壶于肆头，及市罢，辄跳入壶中。市人莫之见，唯长房于楼上睹之，异焉，因往再拜奉酒脯。翁知长房之意其神也，谓之曰：'子明日可更来。'长房旦日复诣翁，翁乃与俱入壶中。唯见玉堂严丽，旨酒甘肴盈衍其中，共饮毕而出。翁约不听与人言之。后乃就楼上候长房曰：'我神仙之人，以过见责，今事毕当去，子宁能相随乎？楼下有少酒，与卿为别。'长房使人取之，不能胜，又令十人扛之，犹不举。翁闻，笑而下楼，以一指提之而上。视器如一升许，而二人饮之，终日不尽。"

⑦ 轩辕黄帝：《史记·五帝本纪》："黄帝者，少典之子，姓公孙，名曰轩辕。"

瑶京西去近空同①。

春日韦氏园池

名园台榭②帝城隅，
流水迎人路不迷。
隔树吹笙五云③堕，
入门听磬众香俱。
花疑步障围金谷，
酒籍行歌倒玉壶④。
鹤自东来聊借问，
江南春似此中无。

潘少承光禄⑤席上出罗浮春各赋

座上罗浮春忽生，
酒徒⑥谁谓浪传名。
主人不忝⑦颜光禄⑧，

---

① 空同：《庄子·在宥》："黄帝立为天子十九年，令行天下，闻广成子在于空同之上，故往见之。"
② 台榭：《书·泰誓上》："惟宫室台榭，陂池侈服，以残害于尔万姓。"孔颖达疏引李巡曰："台，积土为之，所以观望也。台上有屋谓之榭。"
③ 五云：《周礼·春官·保章氏》："以五云之物，辨吉凶、水旱降、丰荒之祲象。"郑玄注引郑司农云："以二至二分观云色，青为虫，白为丧，赤为兵荒，黑为水，黄为丰。"骆宾王《为齐州父老请陪封禅表》："瑞开三眷，祥洽五云。"
④ 玉壶：辛弃疾《感皇恩·寿范倅》词："楼雪初晴，庭闱嬉笑，一醉何妨玉壶倒。"
⑤ 潘少承光禄：王世懋《王奉常集》卷十七《文部征仕郎光禄寺大官署署丞滋兰潘君墓志铭》："君姓潘氏，讳光统，少承，其字也。本广州南海人，后析置顺德，遂为顺德人。先世有讳达德者，宋景定中自闽入广，居于冲鹤乡，数传皆以积著闻。曾祖文泽，祖真惠，始以子梅贵，赠南京户部员外郎。君父讳杞，用君移赠为光禄寺良酝署监事。君生而魁岸轩豁，吐音琅琅。少治经学，补博士弟子员。会有诏，得输粟入太学，君赀中选。……君至就试，又辄高等，以故多为游扬者。名籍籍起，大学士李公尤爱重之，至引为通家子。……采皇明诸家诗为一编，又手自类次唐诸选为一编，凡若干卷。"
⑥ 酒徒：《韩非子·诡使》："今死士之孤饥饿乞于道，而优笑酒徒之属乘车衣丝。"
⑦ 不忝：黄滔《华岩寺开山始祖碑铭》："有徒三十人，皆肃肃可观，不忝师门。"
⑧ 颜光禄：《北齐书》卷四十五《颜之推传》："颜之推，字介，琅邪临沂人也。九世祖含，从晋元东渡，官至侍中、右光禄、西平侯。父勰，梁湘东王绎镇西府咨议参军。世善《周官》《左氏》，之推早传家业。年十二，值绎自讲《庄》《老》，便预门徒。虚谈非其所好，还习礼、传，博览群书，无不该洽，词情典丽，甚为西府所称。"

客子能容阮步兵^①。
花似岭南移得种，
月如江上借将明。
独怜重醉银罂侧，
前度分题赋未成。

子和得擢周王学博士之报，闻有豸屏山^②游，作诗要之

风骨^③应同秋水清，
相闻能不羡高情。
邸书^④已报官阶转，
杖策仍为仙峤^⑤行。
云向山川留气象^⑥，
道于岩壑薄功名。
柴门谷口无多远，
肯一停车问郑生^⑦。

---

① 阮步兵：《晋书》卷四十九《阮籍传》："阮籍字嗣宗，陈留尉氏人也。……籍闻步兵厨营人善酿，有贮酒三百斛，乃求为步兵校尉。遗落世事，虽去佐职，恒游府内，朝宴必与焉。"

② 豸屏山：即真武山。

③ 风骨：《晋书·赫连勃勃载记论》："然其器识高爽，风骨魁奇，姚兴睹之而醉心，宋祖闻之而动色。"

④ 邸书：尤袤《全唐诗话·韩翃》："一日，夜将半，客叩门急，贺曰：'员外除驾部郎中知制诰。'翃愕然曰：'误矣。'客曰：'邸报，制诰阙人，中书两进名，不从，又请之。'"

⑤ 仙峤：李白《送贺监归四明应制》诗："瑶台含雾星辰满，仙峤浮空岛屿微。"

⑥ 气象：罗大经《鹤林玉露》卷九："韩平原作南园于吴山之上，其中有所谓村庄者，竹篱茅舍，宛然田家气象。"

⑦ 郑生：刘向《列仙传》卷上《江妃二女》："江妃二女者，不知何所人也。出游于江汉之湄，逢郑交甫，见而悦之，不知其神人也。谓其仆曰：'我欲下请其佩。'仆曰：'此间之人皆习于辞，不得，恐罹悔焉。'交甫不听，遂下与之言：'二女劳矣。'二女曰：'客子有劳，妾何劳之有？'交甫曰：'橘是柚也，我威之以莒，令附汉水，将流而下，我导其傍，采其芝而茹之，以知吾为不逊也，顾请子之佩。'二女曰：'橘是柚也，我盛之以筥，令附汉水将流而下，我遵其旁，采其芝而如之。'遂手解佩与交甫。交甫悦受而怀之，中当心，趋去数十步，视佩，空怀无佩。顾二女，忽然不见。"

赵汝迈太史席上逢梁客部思伯

乘槎诏许两经寒，
随处寻山着小冠①。
此日星辰临婺女，
几时风雨问秦官。
漫夸鹦鹉才同载，
知是麒麟石已刊。
莫指罗浮花似雪，
要君试向草堂看。

梁思伯客部枉顾②山中奉答

中书省③里尚书郎④，

---

① 小冠：赵彦卫《云麓漫钞》卷四："高宗即位之初，隆祐送小冠，谓曰：'此祖宗闲燕之所服也。'盖在国朝，帽而不巾，燕居虽披袄，亦帽，否则小冠。"

② 枉顾：蒲松龄《聊斋志异·画皮》："敝庐不远，即烦枉顾。"

③ 中书省：刘昫《旧唐书》卷四十三："中书省，秦始置中书谒者，汉元帝去谒者二字，历代但云中书。后周谓之内史省，隋因为内史省，置内史监令各一员，炀帝改为内书省。武德复为内史省，三年，改为中书省。龙朔改为西台，光宅改为凤阁，神龙复为中书省，开元元年改为紫微省，五年复旧。"

④ 尚书郎：《通典》卷第二十二《历代郎官》："尚书郎，汉置四人，分掌尚书事，一人主匈奴单于营部，一人主羌夷吏民，一人主户口垦田，一人主财帛委输。后汉尚书侍郎三十六人，主作文书起草，取孝廉年未五十，先试笺奏，选有吏能者为之。更直五日于建礼门内。尚书郎初从三署诣台试，初上台称守尚书郎中，岁满称尚书郎，三岁称侍郎，五岁迁大县。其迁为县令，县令秩满自占县，诏书赐钱三万，与三台租钱，余官则否。吏部典剧，多超迁者。郑弘为仆射，奏以台职任尊而赏薄，人无乐者，请使郎补二千石，自此始也。八座受成事，决于郎，下笔为诏策，出言为诏命。其入直，官供青缣白绫被，或以锦缇为之。给帐帷、茵褥、通中枕。太官供食物，汤官供饼饵及五熟果实之属，五日一美食，下天子一等。给尚书郎伯史一人，女侍史二人，皆选端正妖丽，执香炉，护衣服。奏事明光殿，因得侍省中，省中皆以胡粉涂壁，画古贤烈士。以丹朱漆地，故谓之丹墀。尚书郎口含鸡舌香，以其奏事答对，欲使气息芬芳也。奏事则与黄门侍郎对揖。黄门侍郎称已闻，乃出。丞、郎月赐赤管大笔一双，隃糜墨一丸。"

旌节①何心问草堂。
奉使齐东官负弩②，
寻诗雪后自赍粮。
半林斜日当人白，
一树寒松入暮苍。
独怪夜深骑马去，
平台惆怅露微茫。

得秦舍人汝立、安文学茂卿③两书并缄因寄

闭户开缄④意惘然，
故知消息此经年。
安期谁谓将浮海，

---

① 旌节：《周礼·地官·掌节》："货贿用玺节，道路用旌节。"郑玄注："旌节，今使者所拥节是也。"孙诒让正义："《后汉书·光武纪》李注云：'节，所以为信也。以竹为之，柄长八尺，以旄牛尾为其眊，三重。'……《司常》云：'析羽为旌。'旌节，盖即以竹为橦，又析羽缀橦以为节。其异于九旗者，无缠斿也。汉节即放古旌节为之，故郑举以相况。"

② 负弩：《史记·司马相如列传》："乃拜相如为中郎将，建节往使……至蜀，蜀太守以下郊迎，县令负弩矢先驱。"

③ 安文学茂卿：姜绍书《无声诗史》卷四："安绍芳，字茂卿。居无锡之胶山，山有涤砚亭，因自号砚亭居士。自少眉目娟秀，顾盼迎人，举体无凡，雅有贵表。十岁工辞翰，稍长读书，动以寸计。当广坐拈一题，下笔衮衮，气吞名流，而独好有韵语不辍。父希尧苟禁之，扃一室，颛精公车言，遂裹青衿，是时甫十七。刻苦下帷视一第解衣相侣，会贵人子为狡狯所穿，波及绍芳，废书曼声，聊萧不自得，跳身者久之。闻父罣家难，曰：'白门红板，桃叶竹枝，岂吾事哉。'疾趋归，内外之哄立解，入都上书，白父冤状，奏下，南法曹首鼠者居半，乃叹燕邸不可以久留，还里门，得视父含殓。奉母命析产，□□听之于兄，毫不屑意。所居有西林一片石，多伟木寿葆，乃疏清泉，累层台，构杰阁，结幽亭，莳竹种松，兮兰蒔菊。时时命鱼舫鹿车往来其中，筑肉飞丝，倾尊仆石，鸡号烛跋，不听客归。……诗名《青萍集》《二京集》《芳草编》《西村纂》行于世。"

④ 开缄：李白《久别离》诗："况有锦字书，开缄使人嗟。"

秦宓①元知善论天。
鸟外②山川心九折，
门前云树路三千。
江南未有方舟③便，
把得双鱼④更可怜。

春社⑤斋中有怀同社诸子

忆自都门握彩霞，
为惊踪迹遍天涯。
归软客寄山中月，
使者星浮海上槎。
花入东风飞几处，
燕当春社落谁家。
朱弦⑥独抚愁何事，
芳草凄凄日易斜。

---

① 秦宓:《三国志》卷三十八《秦宓传》:"秦宓字子敕,广汉绵竹人也。少有才学,州郡辟命,辄称疾不往。……建兴二年,丞相亮领益州牧,选宓迎为别驾,寻拜左中郎将、长水校尉。吴遣使张温来聘,百官皆往饯焉。众人皆集而宓未往,亮累遣使促之,温曰:'彼何人也?'亮曰:'益州学士也。'及至,温问曰:'君学乎?'宓曰:'五尺童子皆学,何必小人!'温复问曰:'天有头乎?'宓曰:'有之。'温曰:'在何方也?'宓曰:'在西方。诗曰:乃眷西顾。以此推之,头在西方。'温曰:'天有耳乎?'宓曰:'天处高而听卑,诗云:"鹤鸣于九皋,声闻于天。"若其无耳,何以听之?'温曰:'天有足乎?'宓曰:'有。诗云:"天步艰难,之子不犹。"若其无足,何以步之?'温曰:'天有姓乎?'宓曰:'有。'温曰:'何姓?'宓曰:'姓刘。'温曰:'何以知之?'答曰:'天子姓刘,故以此知之。'温曰:'日生于东乎?'宓曰:'虽生于东而没于西。'答问如响,应声而出,于是温大敬服。宓之文辩,皆此类也。"

② 鸟外:天空也。岑参《虢州西亭陪端公宴集》诗:"红亭出鸟外,骢马系云端。"

③ 方舟:《庄子·山木》:"方舟而济于河,有虚船来触舟,虽有惼心之人,不怒。"成玄英疏:"两舟相并曰方舟。"

④ 双鱼:书信。唐彦谦《寄台省知己》诗:"久怀声籍甚,千里致双鱼。"

⑤ 春社:《礼记·明堂位》:"是故,夏礿、秋尝、冬烝、春社、秋省,而遂大蜡,天子之祭也。"郑玄注:"春田祭社。"

⑥ 朱弦:陆游《千峰榭宴坐》诗:"朱弦静按新传谱,黄卷闲披累译书。"

盈川①舟中逢徐邦中②、张维诚③二文学

相逢犹是故山前，
流水盈盈自一川。
何处关河生紫气，
近人星斗落青天。
张衡辞赋当筵出，
徐穉④高名旧日传。
庐岳衡山如肯去，
与君同借楚人船。

岳麓寺⑤

未到名传果不殊，
入门面目总图书。
长沙城阙潇湘外，
大禹⑥文章蝌蚪余。
霁色林间摇几席，
流泉石上湿衣裾。
千峰更欲瞻灵岳⑦，
可有闲云借卜居。

---

① 盈川：龙游，宋为盈川县。

② 徐邦中：黄虞稷《千顷堂书目》卷二十四："《徐天民遗稿》字邦中，龙游人。"

③ 张维诚：董应举《崇相集》卷十三《长溪张侯德政碑记》："张公维诚，令长溪三年，士民大欢，条其德政三十一事于石。"

④ 徐穉：皇甫谧《高士传》卷下《徐穉》："徐穉，字孺子，豫章南昌人也。少以经行高于南州。桓帝时，汝南陈蕃为豫章太守，因推荐穉于朝廷，由是五举孝廉贤良皆不就，连辟公府不诣，未尝答命。公薨，辄身自赴吊。太守黄琼亦尝辟穉，至琼薨，归葬江夏，穉既闻，即负笈徒步豫章三千余里至江夏琼墓前，致酹而哭之。后公车三征不就，以寿终。"

⑤ 岳麓寺：杨林《嘉靖长沙府志》卷六："岳麓寺，在湘水西岳麓山上百余级。山下有李邕碑、晋杉庵，世传其杉系晋大尉陶侃所植。寺今犹存，杉庵已废，碑今存荒榛中。"

⑥ 大禹：《书·大禹谟》："曰若稽古大禹。"孔传："禹称大，大其功。"

⑦ 灵岳：王勃《晚秋游武担山寺序》："岂如武担灵岳，开明故地，蜀夫人之葬迹，任文公之死所。"

托宿湘潭①公署却寄李明府

半树苔痕半树云，
湘潭秋色入门分。
墙头山影随人到，
屋上泉声带雨闻。
传舍莫云皆幻迹，
逢迎转忆魂清芬。
明朝独采芙蓉去，
还欲归来把似②君。

南岳

巨镇遥从江汉开，
山川纷似献奇来。
坤维③帝锡当南面，
法象④天垂列上台⑤。
日自海东先见出，
雁经峰际为飞回。
游观⑥何事翻无赋，
为有龙门太史⑦材。

---

① 湘潭：《读史方舆纪要》卷八十《湖广六·长沙府·湘潭县》："湘潭县，府西南百里。西南至衡州府衡山县百五十里。汉临湘县地，后汉醴陵县地，梁始置湘潭县，以昭潭为名也。隋属衡州，唐属潭州，宋因之。元元贞初升为州，明初复为县。城周三里。编户二十一里。"

② 把似：董解元《西厢记诸宫调》卷一："先生本待观景致，把似这里闲行随喜。"

③ 坤维：《文选·张协〈杂诗〉之二》："大火流坤维，白日驰西陆。"李善注："《毛诗》曰：'七月流火。'毛苌曰：'火，大火也。'《淮南子》曰：'坤维在西南。'"

④ 法象：顾炎武《恭谒高皇帝御容于灵谷寺》诗："人间垂法象，天宇出真龙。"

⑤ 上台：《南史·齐鄱阳王锵传》："锵以上台兵力既悉度东府，且虑难捷，意甚犹豫。"

⑥ 游观：苏辙《乞裁损待高丽事件札子》："京师百司疲于应奉，而高丽人所至游观，伺察虚实，图写形胜，阴为契丹耳目。"

⑦ 龙门太史：庾信《哀江南赋》："信生世等于龙门，辞亲同于河洛。"倪璠注："迁生龙门；太史公留滞周南，病且卒，而子迁适反，见父于河洛之间。"

祝融峰

万壑千岩杳霭①中，
丹台②缥缈近洪蒙③。
人持玉简④探神禹⑤，
香满珠林候祝融。
秋水远将巴峡⑥下，
寒云晴落洞庭⑦东。
灵槎知向峰头泊，
信是星河此地通。

---

① 杳霭：韩翃《题荐福寺衡岳暕师房》诗："晚送门人出，钟声杳霭间。"

② 丹台：《艺文类聚》卷七八引《真人周君传》："子名在丹台玉室之中，何忧不仙？"

③ 洪蒙：张乔《试月中桂》诗："与月转洪蒙，扶疏万古同。"

④ 玉简：王嘉《拾遗记·夏禹》："又见一神，蛇身人面，禹因与语。神即示禹八卦之图……乃探玉简授禹，长一尺二寸，以合十二时之数，使量度天地。禹即执持此简，以平定水土。蛇身之神，即羲皇也。"

⑤ 神禹：《庄子·齐物论》："无有为有，虽有神禹且不能知，吾独且奈何哉。"成玄英疏："迷执日久，惑心已成，虽有大禹神人，亦不令其解悟。"

⑥ 巴峡：杜甫《闻官军收河南河北》诗："即从巴峡穿巫峡，便下襄阳向洛阳。"《读史方舆纪要》卷七十五《湖广一·山川险要》："三峡者，一为广汉峡，即瞿唐峡也，在四川夔州府奉节县东三里。郦道元曰：'江水自巴东鱼复县东径广汉峡，为三峡之首，中有瞿唐、黄龛二滩。'是瞿唐即广汉之异名矣。昔禹凿以通江，所谓巴东之峡也。一为巫峡。巫峡在夔州府巫山县东三十里，因山为名，首尾一百六十里。一为西陵峡也。三峡之间，长七百里，两岸连山，略无断处，非亭午夜分，不见日月。"

⑦ 洞庭：《读史方舆纪要》卷七十五《湖广一·山川险要》："洞庭湖在岳州府城西南一里。或谓之九江。《禹贡》：'九江孔殷。'又云：'过九江至于东陵。'许慎云：'九江即洞庭也。沅、渐、潕、辰、溆、酉、澧、资、湘九水皆合于洞庭中，东入江，故名九江。'或谓之五渚。《战国策》：'秦破荆袭郢，取洞庭五渚。'又苏代曰：'乘夏水下汉，四日而至五渚。'《韩非子》又作'五湖'也。或谓之三湖。三湖者，洞庭之南有青草湖，湖在巴陵县南七十九里，在长沙湘阴县北百里，周回二百六十五里，自冬至春，青草弥望，水溢则与洞庭混而为一矣；洞庭之西则有赤沙湖，湖在巴陵县西百里，在常德府龙阳县东南三十里，周回百七十里，当夏秋水泛则与洞庭为一，涸时惟见赤沙弥望；而洞庭周回三百六十里，南连青草，西吞赤沙，横亘七八百里，谓之三湖。又或谓之重湖。重湖者，一湖之内，南名青草，北名洞庭，有沙洲间之也。"

宿上封寺①

上封林处磴千盘，
为讶高云碍竹冠②。
晴气满空还似雨，
秋光未半忽生寒。
客来石上占星③聚，
僧住岩前作鸟看。
一榻偶然金磬侧，
谁将银汉④挂阑干。

江上与赵太史⑤、徐文学话别

燕市⑥相从赋远游，
夜窥南斗挂衡州⑦。
祝融对榻千峰外，

---

① 上封寺：彭簪《衡岳志》卷二："上封寺，在祝融峰上。旧本光天观，隋炀帝南巡至此，易为寺。旧多版屋，今或用铁瓦。殿名凌霄，又称凌霄寺。"

② 竹冠：《史记·高祖本纪》："高祖为亭长，乃以竹皮为冠，令求盗之薛治之，时时冠之，及贵常冠，所谓'刘氏冠'乃是也。"《集解》引应劭曰："以竹始生皮作冠，今鹊尾冠是也。"《索隐》引应劭曰："一名'长冠'。侧竹皮裹以纵前，高七寸，广三寸，如板。"

③ 占星：王绩《晚年叙志示翟处士》："望气登重阁，占星上小楼。"

④ 银汉：苏轼《阳关词·中秋月》："暮云收尽溢清寒，银汉无声转玉盘。"

⑤ 赵太史：赵志皋，字汝迈，兰溪人。

⑥ 燕市：元好问《人日有怀愚斋张兄纬文》诗："明月高楼燕市酒，梅花人日草堂诗。"

⑦ 衡州：《读史方舆纪要》卷八十《湖广六·衡州府》："衡州府，《禹贡》荆州之域，春秋以来属楚。秦属长沙郡，汉初属长沙国，又分属桂阳郡，后汉因之。三国吴太平二年分长沙为衡阳、湘东二郡，晋因之。刘宋为衡阳国及湘东郡，齐仍改衡阳为郡。晋衡阳郡治湘南，湘东郡治酃。宋衡阳郡治湘西，湘东郡治烝阳，齐因之。《水经注》曰：'吴湘东郡本治湘水之东，后乃徙治酃也。'梁、陈因之。隋平陈改置衡州，大业初复改州为衡山郡。唐仍曰衡州，天宝初亦曰衡山郡，乾元初复故。后尝置湖南观察使于此。五代时属楚，后属湖南。宋仍曰衡州。元为衡州路，置湖南宣慰司，寻罢。明洪武二年改为衡州府。领州一，县八。今仍旧。府襟带荆湖，控引交、广，衡山蟠其后，潇、湘绕其前，湖右奥区也。且自岭而北取道湖南者，必以衡州为冲要，由宜春而取道粤西，衡州又其要膂也。南服有事，绸缪可不蚤软？"

彭蠡①孤帆万里流。
宝剑忽看随尔去，
木桃②把得向谁投。
徐陵③况是同为别，
怅望那堪两地愁。

送赵太史汝迈使楚还朝

凤笙④鼍鼓接楼船⑤，
快睹词臣⑥还日边。
书赐东平⑦自先帝，
星瞻北极⑧又元年。
文章人识当朝重，

---

① 彭蠡：《读史方舆纪要》卷八十三《江西一·山川险要·鄱阳湖即彭蠡湖》："鄱阳湖即彭蠡湖，在南昌府东北一百五十里，饶州府西四十里，南康府城东五里，九江府东南九十里，周回四百五十里，浸四郡之境。《禹贡》：'彭蠡既潴。'《史记》：'吴起曰："三苗之国，左洞庭，右彭蠡。"'又汉武帝浮江出枞阳，过彭蠡。后亦谓之扬澜左里，晋末刘裕破卢循于左里，即彭蠡湖口也。"

② 木桃：《诗·卫风·木瓜》："投我以木桃，报之以琼瑶。"

③ 徐陵：《陈书》卷二十六《徐陵传》："徐陵字孝穆，东海郯人也。祖超之，齐郁林太守，梁员外散骑常侍。父摛，梁戎昭将军、太子左卫率，赠侍中、太子詹事，谥贞子。母臧氏，尝梦五色云化而为凤，集左肩上，已而诞陵焉。时宝志上人者，世称其有道，陵年数岁，家人携以候之，宝志手摩其顶，曰：'天上石麒麟也。'光宅惠云法师每嗟陵早成就，谓之颜回。八岁，能属文。十二，通庄老义。既长，博涉史籍，纵横有口辩。……陵器局深远，容止可观，性又清简，无所营树，禄俸与亲族共之。……自有陈创业，文檄军书及禅授诏策，皆陵所制，而九锡尤美。为一代文宗，亦不以此矜物，未尝诋诃作者。其于后进之徒，接引无倦。世祖、高宗之世，国家有大手笔，皆陵草之。其文颇变旧体，缉裁巧密，多有新意。每一文出手，好事者已传写成诵，遂被之华夷，家藏其本。后逢丧乱，多散失，存者三十卷。"

④ 凤笙：应劭《风俗通·声音·笙》："《世本》：'随作笙。'长四寸、十二簧，像凤之身，正月之音也。"后因称笙为"凤笙"。

⑤ 楼船：杜甫《城西陂泛舟》诗："青蛾皓齿在楼船，横笛短箫悲远天。"

⑥ 词臣：刘禹锡《江令宅》诗："南朝词臣北朝客，归来唯见秦淮碧。"

⑦ 东平：《后汉书·东平宪王苍传》："十五年春行幸东平……帝以所作《光武本纪》示苍，苍因上《光武受命中兴颂》，帝甚善之。"

⑧ 北极：《宋史·天文志二》："北极五星在紫微宫中，北辰最尊者也，其纽星为天枢。"

草木春知满路鲜。

闻说河清争献颂，

穷源①只少问张骞②。

答韩使君两书遣问并期过我山中

青山满屋废将迎③，

招隐④相宜是雨声。

石上眠云浑托迹，

篱间种竹两忘形。

钓鱼旧近先生濑⑤，

骑马何来使者旌。

带病开缄真欲走，

肯教虚负礼贤⑥名。

朱在明使自楚还同弟在行过余山中信宿⑦

侍臣拥传问山堂⑧，

自佩兰荃九畹⑨香。

---

① 穷源：《史记》卷一百二十三：“《禹本纪》言河出昆仑，昆仑其高二千五百余里，日月所相避隐，为光明也。其上有醴泉、瑶池。今自张骞使大夏之后也，穷河源，恶睹《本纪》所谓昆仑者乎。”

② 张骞：《史记》卷一百二十三《大宛列传第六十三》：“张骞，汉中人。建元中为郎。是时天子问匈奴降者，皆言匈奴破月氏王，以其头为饮器，月氏遁逃而常怨仇匈奴，无与共击之。汉方欲事灭胡，闻此言，因欲通使。道必更匈奴中，乃募能使者。骞以郎应募，使月氏，与堂邑氏胡奴甘父俱出陇西。经匈奴，匈奴得之，传诣单于。单于留之，曰：‘月氏在吾北，汉何以得往使？吾欲使越，汉肯听我乎？’留骞十余岁，与妻，有子，然骞持汉节不失。”

③ 将迎：《庄子·知北游》：“颜渊问乎仲尼曰：‘回尝闻诸夫子曰：“无有所将，无有所迎。”回敢问其游。’仲尼曰：‘……唯无所伤者，为能与人相将迎。’”

④ 招隐：骆宾王《酬思玄上人林泉》诗：“闻君招隐地，髣髴武陵春。”

⑤ 先生濑：严子陵钓濑，即严陵濑。

⑥ 礼贤：《资治通鉴·梁敬帝绍泰元年》：“对曰：‘仆闻克国礼贤，古之道也。’”胡三省注：“武王克商，释箕子囚，式商容闾，封比干墓，所谓礼贤也。”

⑦ 信宿：《诗·豳风·九罭》：“公归不复，于女信宿。”毛传：“再宿曰信；宿，犹处也。”

⑧ 山堂：曹组《艮岳赋》：“效隐士之山堂，取逸人之三径。”

⑨ 九畹：《楚辞·离骚》：“余既滋兰之九畹兮，又树蕙之百亩。”王逸注：“十二亩曰畹。”

七泽声歌汉羽猎①，

双旌②云气楚潇湘。

对床把酒星当剑，

半夜题诗月满墙。

况是联珠③同小谢④，

不劳春草梦池塘。

从山中赴朱在明约

新竹檀栾⑤翠且浓，

风前披拂⑥玉淙淙。

孤琴莫笑将何远，

短剑元知佩所从。

龙气⑦当门浮大泽⑧，

江云隔岸度群峰。

青天脱帽遥相问，

此夜孤山月几重。

午日⑨集朱在明草堂

灵药⑩年来事有无，

① 羽猎：《文选·宋玉〈高唐赋〉》："传言羽猎，衔枚无声。"李善注引张晏曰："以应猎负羽。"

② 双旌：李商隐《为怀州李中丞谢上表》："赐以竹符之重，遂使霍氏固辞之第，早建双旌。"徐炯注："双旌唯节度领刺史者有之，诸州不与焉。今则通用为太守之故事矣。"

③ 联珠：吕温《联句诗序》："属物合篇，联珠迭唱。"唐宣宗《吊白居易》诗："缀玉联珠六十年，谁教冥路作诗仙。"

④ 小谢：钟嵘《诗品·宋法曹参军谢惠连》："小谢才思富捷……《秋怀》《捣衣》之作，虽复灵运锐思，亦何以加焉。"

⑤ 檀栾：秀美。枚乘《梁王菟园赋》："修竹檀栾，夹池水，旋菟园，并驰道。"

⑥ 披拂：《庄子·天运》："风起北方，一西一东，有上彷徨，孰嘘吸是？孰居无事而披拂是？"成玄英疏："披拂，犹扇动也。"

⑦ 龙气：《易·乾》："云从龙。"

⑧ 大泽：《左传·襄公二十一年》："深山大泽，实生龙蛇。"

⑨ 午日：即端午。周处《风土处》："午日烹鹜，又以菰叶裹粽黍，以象阴阳相包裹未分也。"

⑩ 灵药：《海内十洲记·长洲》："长洲，一名青丘……一洲之上，专是林木，故一名青丘。又有仙草，灵药，甘液，玉英，靡所不有。"

江深莫谩问樵苏①。
日当夏午风存楚②，
山近春申③地是吴。
萧艾④尊前容客醉，
蛟龙水底避人呼。
知君早晚金门⑤去，
试学东方佩六符。

简朱在行

千竿竹树忽思君，
闭户先生卧绿云。
并海心知龙窟⑥近，
隔窗笑指鸟巢分。
石床露滴金壶⑦汁，
木榻花窥玉簟⑧纹。
避客莫言消渴病，
何人解识马卿文。

---

① 樵苏：左思《魏都赋》："樵苏往而无忌，即鹿纵而匪禁。"
② 风存楚：《左传》卷十九《定公四年》："初，伍员与申包胥友。其亡也，谓申包胥曰：'我必复楚国。'申包胥曰：勉之。子能复之，我必能兴之。'及昭王在随，申包胥如秦乞师，曰：'吴为封豕、长蛇，以荐食上国，虐始于楚。寡君失守社稷，越在草莽，使下臣告急，曰：夷德无厌，若邻于君，疆埸之患也。逮吴之未定，君其取分焉。若楚之遂亡，君之土也。若以君灵抚之，世以事君。'秦伯使辞焉，曰：'寡人闻命矣，子姑就馆，将图而告。'对曰：'寡君越在草莽，未获所伏，下臣何敢即安?'立，依于庭墙而哭，日夜不绝声，勺饮不入口七日。秦哀公为之赋《无衣》，九顿首而坐，秦师乃出。"
③ 春申：吴伟业《赠陆生》诗："木叶山头悲夜夜，春申浦上望年年。"吴翌凤笺注引陆伯生《广舆记》："黄浦一名春申浦，春申君所凿。"
④ 萧艾：《楚辞·离骚》："何昔日之芳草兮，今直为此萧艾也！"
⑤ 金门：高似孙《纬略》卷七："待诏金马门，汉盛选也。以汉之久，而膺此选者仅若此耳，殊不轻畀也。"
⑥ 龙窟：犹龙宫。梁简文帝《上菩提树颂启》："弘龙窟之威，绍鹫山之法。"
⑦ 金壶：漏壶，以铜为之。崔液《蹋歌词》："金壶催夜尽，罗袖舞寒轻。"
⑧ 玉簟：竹席。李清照《一剪梅》词："红藕香残玉簟秋，轻解罗裳，独上兰舟。"

快阁与朱在明夜坐听雨,有怀康裕卿①、安茂卿二子,时康留长安,安游白下②

雨昏竹色不知青,
隔叶鸠啼厌客听。
云自满天无定迹,
山从何处得真形。
两都③试论当年赋,
双鬓争添此夕星。
况是杨雄为同病,
可堪把酒草玄亭④。

---

① 康裕卿:王兆云《皇明词林人物考》卷十一:"康裕卿,名从理,浙之温郡人。以诗游公卿间,多所优礼。亦有集一峡行于世。"

② 白下:《读史方舆纪要》卷二十《南直二·应天府·江宁县》:"江宁县,附郭。在府治西南。本秦秣陵县地,晋太康二年分置临江县,三年更名江宁,在今县西南六十里。后因之。隋开皇十年徙治今城,又省秣陵、建康、同夏三县,合为江宁县。唐武德三年改曰归化,八年改曰金陵,明年又改为白下,贞观九年复曰江宁,上元初改为上元。天祐十四年杨氏复析上元置江宁县,今因之。编户三十六坊厢,七十四里。"

③ 两都:班固《两都赋序》:"臣窃见海内清平,朝廷无事,京师修宫室,浚城隍,起苑囿,以备制度。西土耆老,咸怀怨思,冀上之眷顾,而盛称长安旧制,有陋雒邑之议。故臣作《两都赋》,以极众人之所眩曜,折以今之法度。"《西都赋》:"汉之西都,在于雍州,实曰长安。左据函谷、二崤之阻,表以太华、终南之山。右界褒斜、陇首之险,带以洪河、泾、渭之川。众流之隈,汧涌其西。华实之毛,则九州岛之上腴焉。防御之阻,则天下之陕区焉……"《东都赋》:"东都主人喟然而叹曰:'痛乎风俗之移人也。子实秦人,矜夸馆室,保界河山,信识昭、襄而知始皇矣,乌睹大汉之云为乎?夫大汉之开元也,奋布衣以登皇位,由数期而创万代,盖六籍所不能谈,前圣靡得言焉。当此之时,功有横而当天,讨有逆而顺民。故娄敬度势而献其说,萧公权宜而拓其制。时岂泰而安之哉,计不得已也。吾子曾不是睹,顾曜后嗣之末造,不亦暗乎?今将语子以建武之治,永平之事,监于太清,以变子之惑志。……'"

④ 草玄亭:周复俊《全蜀艺文志》卷三十九《扬子云宅辨碑记》:"蜀郡故关内中兴寺,即西汉末扬雄宅。南齐时有僧建草玄院,以雄于此草《太玄》也。《蜀记》曰:'草玄亭,即扬雄草《太玄》所也。宅在州城西北二里二百八十步。'扬氏《蜀王本记》云:'蜀之地本治广都樊乡,后徙居成都。秦惠王遣张仪定蜀,筑成都而县之。今州子城乃龟城也,亦仪所筑。'《县经》曰:'县在子城西北二里一百步,今草玄亭废址乃其宅,去县仅二百步。'与二说符矣。"

江上得韩太守①书

高流②那敢望任棠③，
太守何当是姓庞。
五马欲来寻汉水④，
双鱼直遣过吴江。
雨中草隔王孙⑤路，
掌上云垂父母邦。
舟楫波涛限南北，
转于佳政忆徒杠⑥。

送朱在充之南雍⑦

行矣肥当战胜时，
海潮八月为先期⑧。
连钱⑨骒裹⑩看千里，

---

① 韩太守：韩邦宪，字子成，高淳人。

② 高流：《三国志·魏书·王粲傅嘏等传论》："傅嘏用才达显云。"裴松之注："臣松之以为傅嘏识量名辈，寔当时高流。"

③ 任棠：《后汉书·庞参传》："参为汉阳太守。郡人任棠者，有奇节，隐居教授。参到，先候之。棠不与言，但以薤一大本，水一盂，置户屏前，自抱孙儿伏于户下，主簿白以为倨。参思其微意，良久曰：'棠是欲晓太守也。水者，欲吾清也。拔大本薤者，欲吾击强宗也。抱儿当户，欲吾开门恤孤也。'"

④ 汉水：《读史方舆纪要》卷六十八《四川三·保宁府·阆中县》："嘉陵江，在城南二里。自陕西宁羌州而南入府境，历广元、昭化、剑州、苍溪诸境，至府西折而东南经南部县入顺庆府界。亦曰汉水，亦曰阆水，亦曰渝水，亦曰巴水，皆嘉陵之异名也。"

⑤ 王孙：《楚辞·淮南小山〈招隐士〉》："王孙游兮不归，春草生兮萋萋。"王夫之《通释》："王孙，隐士也。秦汉以上，士皆王侯之裔，故称王孙。"

⑥ 徒杠：《孟子·离娄下》："岁十一月，徒杠成；十二月，舆梁成，民未病涉也。"朱熹集注："杠，方桥也。徒杠，可通徒行者。"

⑦ 南雍：周子义《〈何大复先生集〉序》："侍御谓南雍故藏书府，四方人士游览者众，是集永足以风，盍刻而藏旃！"

⑧ 先期：《文选·张衡〈东京赋〉》："虞人掌焉，先期戒事。"薛综注："先期，谓期日。"

⑨ 连钱：《尔雅·释畜》："青骊驎骢。"郭璞注："色有深浅，班驳隐粼，今之连钱骢。"

⑩ 骒裹：《文选·张衡〈思玄赋〉》："斥西施而弗御兮，縶騕裹以服箱。"李善注："应劭曰：'騕裹，古之骏马也，赤喙玄身，日行五千里。'"

铁网珊瑚①见一枝。
旧草争传豪士赋,
西都再咏辟雍②诗。
封书为报诸兄弟,
莫以名成侈白眉③。

题朱在明快阁

长江如练阁东西,
隔岸依稀见翠微。
竹里笋当三径④长,
春来花自半庭飞。
匡床绿绮⑤闲流水,
斗酒青天笑落晖。
侠客无论五陵⑥事,
缁尘⑦未许上朝衣。

送家兄子重赴省中

送兄把酒立斜阳,
秋色遥看满路傍。

---

① 铁网珊瑚:万震《南州异物志》:"珊瑚生大秦国,有洲在涨海中,距其国七八百里,名珊瑚树洲。底有盘石,水深二十余丈,珊瑚生于石上。初生白,软弱似菌。国人乘大船,载铁网,先没在水下,一年便生网目中,其色尚黄,枝柯交错,高三四尺,大者围尺余。三年色赤,便以铁钞发其根,系铁网于船,绞车举网。还,裁凿恣意所作。若过时不凿,便枯索虫蛊。"

② 辟雍:班固《白虎通·辟雍》:"天子立辟雍何?所以行礼乐宣德化也。辟者,璧也,象璧圆,又以法天,于雍水侧,象教化流行也。"

③ 白眉:《三国志·蜀书·马良传》:"马良,字季常,襄阳宜城人也。兄弟五人,并有才名,乡里为之谚曰:'马氏五常,白眉最良。'良眉中有白毛,故以称之。"

④ 三径:赵岐《三辅决录·逃名》:"蒋诩归乡里,荆棘塞门,舍中有三径,不出,唯求仲、羊仲从之游。"

⑤ 绿绮:傅玄《琴赋序》:"齐桓公有鸣琴曰号钟,楚庄有鸣琴曰绕梁,中世司马相如有绿绮,蔡邕有焦尾,皆名器也。"

⑥ 五陵:《汉书·游侠传·原涉》:"郡国诸豪及长安五陵诸为气节者,皆归慕之。"

⑦ 缁尘:谢朓《酬王晋安》诗:"谁能久京洛,缁尘染素衣。"

老圃①探花先折桂②，

武陵③试箭独穿杨④。

踪横武就毫仍锐，

五十名成鬓未苍。

来月⑤国人传雁字⑥，

潮声先自振钱塘。

七月时雨喜邦中见过

清斋⑦抱病懒为园，

莫指生涯是秋田⑧。

榻对青山聊命下，

璧当白玉可能联。

夜深倚剑留星斗，

贫窭⑨娱人⑩藉简□。

当月思君看桂树，

别来秋水又经年。

---

① 老圃：《论语·子路》："樊迟请学稼，子曰：'吾不如老农。'请学为圃，曰：'吾不如老圃。'"何晏《集解》："树菜蔬曰圃。"

② 折桂：《晋书·郄诜传》："武帝于东堂会送，问诜曰：'卿自以为何如？'诜对曰：'臣举贤良对策，为天下第一，犹桂林之一枝，昆山之片玉。'"

③ 武陵：《南齐书》卷三十五《高帝十二王·武陵昭王晔传》："武陵昭王晔字宣照，太祖第五子也。……后于华林赌射，上敕晔迭破，凡放六箭，五破一皮，赐钱五万。"

④ 穿杨：《战国策·西周策》："楚有养由基者，善射；去柳叶者百步而射之，百发百中。"

⑤ 来月：梁武帝《答陶弘景论书书》之四："此外字细画短，多是钟法。今欲令人帖装，未便得付，来月有竟者，当遣送也。"

⑥ 雁字：白居易《江楼晚眺景物鲜奇吟玩成篇寄水部张员外》诗："风翻白浪花千片，雁点青天字一行。"

⑦ 清斋：王维《积雨辋川庄作》诗："山中习静观朝槿，松下清斋折露葵。"

⑧ 秋田：高启《题朱泽民荆南旧业图》诗："秋田半顷连芋区，茅屋三间倚萝薜。"

⑨ 贫窭：《荀子·大略》："然故民不困财，贫窭者有所窜其手。"

⑩ 娱人：《楚辞·大招》："叩钟调磬，娱人乱只。"王逸注："娱，乐也……则诸乐人各得其理，有条序也。"

送韩太守入觐

西京奏最①吏争推，
三十横金亦太奇。
阶树甘棠②才一岁，
车行白鹿③又双随。
姓名合在诸侯上，
卓异先曾圣主知。
偶握图经论治行，
任延今复见明时④。

送涂明府

官未三年政报成，
心同片月祗生明。
琴边鹤瘦⑤忘支俸，
釜里鱼生不钓名。
下士躬先问岩穴，
移风⑥手自续图经。
朝天试检随车雨⑦，
穀水平添几许清。

---

① 奏最：徐渭《女状元》第五出："朕嘉悦其奇，且念伊三载奏最，可封夫人。"
② 甘棠：《史记·燕召公世家》："周武王之灭纣，封召公于北燕……召公巡行乡邑，有棠树，决狱政事其下，自侯伯至庶人各得其所，无失职者。召公卒，而民人思召公之政，怀棠树不敢伐，歌咏之，作《甘棠》之诗。"
③ 白鹿：《宋书·符瑞志中》："白鹿，王者明惠及下则至。"
④ 明时：曹植《求自试表》："志欲自效于明时，立功于圣世。"
⑤ 鹤瘦：苏轼《过永乐文长老已卒》诗："初惊鹤瘦不可识，旋觉云归无处寻。"
⑥ 移风：《隶释·汉广汉太守沈子琚绵竹江堰碑》洪适释："盖二人相继到官，俱以移风惠民为意。"
⑦ 车雨：《后汉书·郑弘传》："政有仁惠，民称苏息。"李贤注引三国吴谢承《后汉书》："弘消息繇赋，政不烦苛。行春天旱，随车致雨。"

雨中访余明府一本不遇,见庭下菊花一枝因简

隔城寒色似潇湘,
来问陶潜旧草堂。
花自一枝能独傲,
秋知三径未全荒。
孤琴何处闲流水,
细雨东篱①落晚香。
闻说采英都酿酒,
再来肯许醉匡床。

---

① 东篱:陶潜《饮酒》诗之五:"采菊东篱下,悠然见南山。"

雪夜与安茂卿坐对,因怀丘民部谦之^①、李小侯惟寅^②

雪满卢龙^③寒宝刀,

联镳^④何处压蒲萄。

平原公子^⑤千金贱,

---

① 丘民部谦之:丘齐云,字谦之。

② 李小侯惟寅:王兆云《皇明词林人物考》:"李言恭字惟寅,泗州盱眙人,别号秀岩,临淮侯庭竹胄子也。侯之先寔出岐阳武靖王文忠,文忠为佐命元勋,相传从戈矛以翊皇运,而马上诵读,迄成通儒。及宠掌司成,任兼文武,至今称之。厥嗣盱山公绍承祖烈,开府湖湘,其宏德邃学,庄简怃士,又当文怡武熙,千载一时之会。由是观之,公子之诗学所由来远矣。予亦识其人,朴茂不作武人贵公子态。《楚游稿》《贝叶斋稿》行于世。词林名士,皆在其结纳中。"

③ 卢龙:《读史方舆纪要》卷十七《北直八·永平府·卢龙县》:"卢龙塞,《通典》:'在平州城西北二百里。'《水经》注:'濡水东南径卢龙塞。塞道自无终县东出度濡水,向林兰陉,东至青陉。卢龙之险,峻阪萦折,故有九峥之名。又有卢龙城,魏武征蹋顿时所筑也。'《后汉纪》:'建安十一年曹操征乌桓,出卢龙塞,堑山堙谷五百余里,后人亦谓之长堑。'东晋永和五年后赵石遵篡立,燕慕容霸劝其主隽乘乱进取,隽曰:'邺中虽乱,邓恒据乐安,兵强粮足。今若伐赵,东道不可由也,当由卢龙。卢龙山径险狭,彼乘高断要,首尾为患,将若之何?'霸曰:'今东出徒河,潜趣令支,出其不意,乐安势必震骇,无暇御我,我可安步而前矣。'隽因使霸自东道出徒河,慕舆干自西道出蠮螉塞,隽自中道出卢龙以伐赵。十年,慕容隽遣将步浑治卢龙道,焚刊木石,令通方轨,刻石岭上,以纪事功。太元二十一年拓跋珪攻围后燕主慕容宝于中山,慕容会自龙城遣将库傉官伟等赴援,顿卢龙,近百日不进。后魏孝昌初,杜洛周反于上谷,幽州刺史常景等讨之,自卢龙塞至军都关皆置兵守险。高齐天保四年,自将伐契丹,至平安,从西道趣长堑,即卢龙也。隋开皇三年,幽州总管阴寿出卢龙塞,击高保宁于营州,保宁走死。宋宣和五年,辽萧幹初自燕京亡走奚王府,称奚帝,旋出卢龙岭攻破景州。景州,今蓟州遵化县也。《一统志》'今府西一百九里有卢龙镇,土色黑,山似龙形,即古卢龙塞'云。"

④ 联镳:权德舆《酬崔千牛四郎早秋见寄》诗:"联镳长安道,接武承明宫。"文天祥《指南录·出真州》诗:"早约戎装去看城,联镳壕上叹风尘。"

⑤ 平原公子:《史记》卷八十三《鲁仲连邹阳列传第二十三》:"平原君欲封鲁连,鲁连辞让者三,终不肯受。平原君乃置酒,酒酣起前,以千金为鲁连寿。鲁连笑曰:'所贵于天下之士者,为人排患释难解纷乱而无取也。即有取者,是商贾之事也,而连不忍为也。'遂辞平原君而去,终身不复见。"

玉署①仙郎②五字③高。
市上曾容随皂帽④,
别来可肯念绨袍⑤。
带边河水冰消后,
肯惜双鱼一日劳。

---

① 玉署:吴融《闻李翰林游池上有寄》诗:"花飞絮落水和流,玉署词臣奉诏游。"

② 仙郎:綦毋潜《题沈东美员外山池》诗:"仙郎偏好道,凿沼象瀛洲。"李白《江夏使君叔席上赠史郎中》诗:"仙郎久为别,客舍问何如。"

③ 五字:郭颁《魏晋世语》:"司马景王命中书郎虞松作表,再呈不可,意令松更定之,经时竭思不能改,心有忧色……会取草视,为定五字。松悦服,以呈景王。景王曰:'不当尔耶?'松曰:'锺会也。'王曰:'如此可大用,真王佐才也。'"常衮《谢除知制诰表》:"得以文墨侍于轩墀,五字非工,四年侍罪。"

④ 皂帽:《三国志·魏书·管宁传》:"宁常着皂帽、布襦裤、布裙,随时单复。"

⑤ 绨袍:《史记》卷七十九《范睢蔡泽列传》:"范睢既相秦,秦号曰张禄,而魏不知,以为范睢已死久矣。魏闻秦且东伐韩、魏,魏使须贾于秦。范睢闻之,为微行,敝衣闲步之邸,见须贾。须贾见之而惊曰:'范叔固无恙乎!'范睢曰:'然。'须贾笑曰:'范叔有说于秦邪?'曰:'不也。睢前日得过于魏相,故亡逃至此,安敢说乎!'须贾曰:'今叔何事?'范睢曰:'臣为人庸赁。'须贾意哀之,留与坐饮食,曰:'范叔一寒如此哉!'乃取其一绨袍以赐之。须贾因问曰:'秦相张君,公知之乎?吾闻幸于王,天下之事皆决于相君。今吾事之去留在张君。孺子岂有客习于相君者哉?'范睢曰:'主人翁习知之。唯睢亦得谒,睢请为见君于张君。'须贾曰:'吾马病,车轴折,非大车驷马,吾固不出。'范睢曰:'愿为君借大车驷马于主人翁。'范睢归取大车驷马,为须贾御之,入秦相府。府中望见,有识者皆避匿。须贾怪之。至相舍门,谓须贾曰:'待我,我为君先入通于相君。'须贾待门下,持车良久,问门下曰:'范叔不出,何也?'门下曰:'无范叔。'须贾曰:'乡者与我载而入者。'门下曰:'乃吾相张君也。'须贾大惊,自知见卖,乃肉袒膝行,因门下人谢罪。于是范睢盛帷帐,侍者甚众,见之。须贾顿首言死罪,曰:'贾不意君能自致于青云之上,贾不敢复读天下之书,不敢复与天下之事。贾有汤镬之罪,请自屏于胡貉之地,唯君死生之!'范睢曰:'汝罪有几?'曰:'擢贾之发以续贾之罪,尚未足。'范睢曰:'汝罪有三耳。昔者楚昭王时而申包胥为楚却吴军,楚王封之以荆五千户,包胥辞不受,为丘墓之寄于荆也。今睢之先人丘墓亦在魏,公前以睢为有外心于齐而恶睢于魏齐,公之罪一也。当魏齐辱我于厕中,公不止,罪二也。更醉而溺我,公其何忍乎?罪三矣。然公之所以得无死者,以绨袍恋恋,有故人之意,故释公。'乃谢罢。入言之昭王,罢归须贾。"

过安绪卿①梦草亭

亭子梅花水色中，
渡船浑似瀼溪②东。
林间岂是愚公谷③，
江左④元知谢客⑤风。
春草留人三径绿，
夕阳窥酒半缸红。
池头双凤看飞去，
谁向尊前说守雄。

---

① 安绪卿：胡应麟《少室山房集》卷五十五《过晋陵访安茂卿洎乃兄绪卿光禄时长至前一日也》："握手浑疑梦寐余，故人杯酒蓙踌躇。尊前重碧香仍艳，席上轻红态未除。菜甲初传春早信，桃花不锁夜来渔。西陵咫尺元方在，片石何妨共结庐。"

② 瀼溪：《读史方舆纪要》卷七十八《湖广四·荆州府·巴东县》："东瀼溪，县西北十余里；又有西瀼溪，在县西二十里，夹大江东西。其下为万户沱，志云：'沱在县西五里。又有云沱，在县西十里，常有漩，能覆舟。'又州东十里有苟使沱，亦有巨漩，行者畏之。"

③ 愚公谷：刘向《说苑·政理》："齐桓公出猎，逐鹿而走入山谷之中，见一老公而问之曰：'是为何谷？'对曰：'为愚公之谷。'桓公曰：'何故？'对曰：'以臣名之……臣故畜牸牛，生子而大，卖之而买驹。少年曰：牛不能生马！遂持驹去。傍邻闻之，以臣为愚，故名此谷为愚公之谷。'"郦道元《水经注·淄水》："时水又屈而径杜山北，有愚公谷。"

④ 江左：丘光庭《兼明书·杂说·江左》："晋、宋、齐、梁之书，皆谓江东为江左。"《南史·谢灵运传》："灵运少好学，博览群书，文章之美，与颜延之为江左第一。"

⑤ 谢客：《宋书》卷六十七《谢灵运》："谢灵运，陈郡阳夏人也。祖玄，晋车骑将军。父瑍，生而不慧，为秘书郎，蚤亡。灵运幼便颖悟，玄甚异之，谓亲知曰：'我乃生瑍，瑍那得生灵运！'灵运少好学，博览群书，文章之美，江左莫逮。从叔混特知爱之。袭封康乐公，食邑二千户。以国公例，除员外散骑侍郎，不就。为琅邪王大司马行参军。性奢豪，车服鲜丽，衣裳器物，多改旧制，世共宗之，咸称康乐也。陆龟蒙《小名录》卷下：'谢灵运，小字客儿。初钱塘杜明师夜梦中有人来入馆，是夕，即灵运生于会稽。旬日，而谢玄亡。其家以子难得，遂送灵运于杜，治养之，十五方还郡，故名曰客儿。'"

题安茂卿贝叶庵

闭门种树学东林，
松下清斋一磬深。
却走自忘支遁马①，
翻经②为识孔家禽③。
名逃方外从怀玉，
地借西来可布金。
秖讶世人知郢雪④，
不因贝叶⑤亦相寻。

---

① 支遁马：释慧皎《高僧传》卷四："支遁，字道林，本姓关氏，陈留人，或云河东林虑人。幼有神理，聪明秀彻。初至京师，太原王蒙甚重之，曰：'造微之功，不减辅嗣。'陈郡殷融尝与卫玠交，谓其神情俊彻，后进莫有继之者。及见遁叹息，以为重见若人。家世事佛，早悟非常之理，隐居余杭山，深思道行之品，委曲慧印之经，卓焉独拔，得自天心。年二十五出家，每至讲肆，善标宗会，而章句或有所遗，时为守文者所陋。谢安闻而善之，曰：'此乃九方堙之相马也，略其玄黄，而取其骏逸。'"祝穆《事文类聚·后集》卷三十八《支遁养马》："支遁，字道林。尝养马，人或讥之，答曰：爱其神骏，聊复畜尔。"

② 翻经：徐增《送中洲大师往庐山》诗："翻经悟空假，缮性了真妄。"

③ 孔家禽：刘义庆《世说新语》卷上之上："梁国杨氏子九岁，甚聪惠。孔君平诣其父，父不在，乃呼儿出，为设果。果有杨梅，孔指以示儿曰：'此是君家果。'儿应声答曰：'未闻孔雀是夫子家禽。'"史绳祖《学斋占毕》卷二《坡注之误》："坡公《元修菜诗》自序云：'菜之美者，有吾乡之巢，故人巢元修嗜之，且云使孔北海见之，当复云吾家菜耶。盖谓杨梅为杨家果，孔雀为孔家禽事耳。'然此非孔北海所言，亦非为杨德祖而发。盖孔融字文举，为北海太守，杨修字德祖，俱汉末同时之人，并为曹操所杀，有传在《后汉书》，俱不载此事。独《世说·言语门》载梁国杨氏子，年九岁，甚聪慧。孔君平诣其父，父不在，乃呼儿出，为设果。果有杨梅，孔指以示儿曰：'此是君家果。'儿应声答曰：'未闻孔雀是君家禽。'其注云：'王隐《晋书》曰："孔坦，字君平，会稽山阴人。善《春秋》，仕至廷尉卿。"即不曾注云杨氏子乃杨修也。'今《晋书》自有《孔坦传》，仕于晋元帝、成帝时，距孔融、杨修之死近百年矣。岂相干耶？巢元修一时误举以为孔融，坡遂因而笔之于序，固失契勘矣。而赵次公者注坡诗，乃妄云《世说》注杨氏子杨修也。而又注赠僧惠表之诗，则又直指云《世说》孔融指杨梅戏杨修曰此君家果，不知何所凭证，而敢如是胡说。赵公如此类者甚多，姑举其一，以为不揆笺注者之笑。"

④ 郢雪：宋玉《答楚王问》："客有歌于郢中者，其始曰《下里巴人》，国中属而和者数千人；其为《阳阿》《薤露》，国中属而和者数百人；其为《阳春白雪》，国中属而和者不过数十人……是其曲弥高，其和弥寡。"

⑤ 贝叶：玄奘《谢敕赉经序启》："遂使给园精舍，并入提封；贝叶灵文，咸归册府。"

招三子诗

甲雪春,余来安茂卿贝叶庵。是日值大雪,寒甚,因忆黎员外惟敬、康山人裕卿、朱光禄在明并留都下,为作诗招之,得"朝"字。

客里风尘①鬓易凋,
五陵何事阻归桡。
春来浊酒寒添贵,
雪里疏梅冻未消。
一代词华争绝世,
三人名字两通朝。
南还好结莲花社②,
莫遣东林久寂寥。

赠周处士③

市隐④能将白雪操,
相逢真似饮醇醪⑤。
心如秋水芙蓉近,
门傍春城睥睨高。

---

① 风尘:《艺文类聚》卷三二引汉秦嘉《与妻书》:"当涉远路,趋走风尘。"

② 莲花社:张之洞光绪《顺天府志》卷十三:"湜园,太守苗君颖别业,西面望湖。杨园,在湜园稍南,杨侍御新创。莲花社,有亭,在水关西,今倾圮。虾菜亭,在莲花社西,一藩隔之,水部戴大圆建。相国方公园,在水关西。"

③ 周处士:王世贞《弇州山人四部续稿》卷九十一《周处士惟岳墓志铭》:"周处士讳梦山,字思仁,更字维岳,昆山人也。其先自吴兴徙而有高年公寿谊者,至百十六岁,高皇帝为之燕便殿,诏天下行乡饮酒礼,盖以高年公故,五传而为赠御史公,又一传而为参议公震,参议公娶于高,无子,卜贰,乃得朱梦,有山移于舍,而举君,遂以名焉。君少即吐颖锷,为文有健思,从参议公宦浙,稍下笔则屈其同舍子之长者,归而试补诸生,辄高等。……君既渐老,所试渐不利。……君遂尽去其业移而诗,已又移而酒,……君于书无所不窥,而晚节尤好浮屠。"

④ 市隐:《晋书·邓粲传》:"夫隐之为道,朝亦可隐,市亦可隐。隐初在我,不在于物。"

⑤ 醇醪:高适《宋中遇林虑杨十七山人因而有别》诗:"檐前举醇醪,灶下烹只鸡。"

阶下调雏①成彩凤②，
林间种树长蟠桃③。
不须为乞还童术④，
七十年过未二毛⑤。

赋得芳草送管建初

送君忽谩指长安，
芳草情多赠不难。
细雨湿将连水没，
东风吹发过江寒。
五陵试马春同逐，
一路题诗好共看。
樽酒天涯人自笑，
去留都着远游冠⑥。

---

① 调雏：《礼记·内则》："鲂鱮烝，雏烧。"孔颖达疏："雏是鸟之小者。"《淮南子·时则训》："天子以雏尝黍。"高诱注："雏，新鸡也。"

② 彩凤：李商隐《无题》诗之一："身无彩凤双飞翼，心有灵犀一点通。"

③ 蟠桃：《论衡·订鬼篇》："《山海经》又曰：'沧海之中，有度朔之山，上有大桃木，其屈蟠三千里，其枝间东北曰鬼门，万鬼所出入也。上有二神人，一曰神荼，一曰郁垒，主阅领万鬼。恶害之鬼，执以苇索，而以食虎。于是黄帝乃作礼以时驱之，立大桃人，门户画神荼、郁垒与虎，悬苇索以御。'"《太平广记》卷第三《神仙三·汉武帝》："又命侍女更索桃果。须臾，以玉盘盛仙桃七颗，大如鸭卵，形圆青色，以呈王母。母以四颗与帝，三颗自食。桃味甘美，口有盈味。帝食辄收其核，王母问帝，帝曰：'欲种之。'母曰：'此桃三千年一生实，中夏地薄，种之不生。'帝乃止。"

④ 还童术：李白《答族侄僧中孚赠玉泉仙人掌茶》诗序："而此茗清香滑熟，异于他者，所以能还童振枯，扶人寿也。"

⑤ 二毛：《左传·僖公二十二年》："君子不重伤，不禽二毛。"杜预注："二毛，头白有二色。"

⑥ 远游冠：《后汉书·舆服志下》："远游冠，制如通天，有展筩横之于前，无山述，诸王所服也。"《晋书·舆服志》："远游冠，傅玄云秦冠也。似通天而前无山述，有展筩横于冠前。皇太子及王者后、帝之兄弟、帝之子封郡王者服之。诸王加官者自服其官之冠服，惟太子及王者后常冠焉。太子则以翠羽为緌，缀以白珠，其余但青丝而已。"

赠姚山人^①

南斗^②高临窥竹门，

元知处士^③有星垣。

虞卿老去书仍著，

玄晏^④年来道益尊。

檐借皇山聊避俗，

家邻鱼市不闻喧。

翻嫌辙迹^⑤墙东满，

弟子名成过讨论。

十三日送秦汝立之太学^⑥

才子乘春京洛游，

千家灯火送行舟。

夜潮候客来杨子^⑦，

明月随人到石头^⑧。

柳入新年莺乍啭，

剑冲残雪水争流。

---

① 姚山人：姚匡叔，昆山人。

② 南斗：《史记·天官书》："南斗为庙，其北建星。建星者，旗也。"《正义》："南斗六星，在南也。"

③ 处士：《晋书·天文志上》："少微四星在太微西，士大夫之位也，一名处士。"

④ 玄晏：皇甫谧，字士安，以著述为务，自号玄晏先生。

⑤ 辙迹：白居易《人之穷困由君之奢欲策》："倦畋渔之乐，疲辙迹之游。"

⑥ 太学：《大戴礼记·保傅》："束发而就大学，学大艺焉，履大节焉。"卢辩注："大学，王宫之东者。束发，谓成童。"

⑦ 杨子：李白《长干行》之二："五月南风兴，思君下巴陵。八月西风起，想君发杨子。"《元和郡县图志·扬州》："瓜洲镇，在县南四十里江滨。昔为瓜洲村，盖扬子江中之沙碛也，状如瓜字，遥接扬子渡口，自开元以来渐为南北襟喉之地。"

⑧ 石头：《文选·谢灵运〈初发石首城〉诗》李善注引伏韬《北征记》："石头城，建康西界临江城也，是曰京师。"岳珂《桯史·石城堡寨》："六朝建国江左，台城为天阙，复筑石头城于右，宿师以守，盖如古人连营之制。"

青袍①六馆②雠经暇，
倘过城西问莫愁③。

同谈思重集石湖④舟中

翠微青雀⑤玉模糊，
一队笙歌⑥近野凫。
人面水边窥弄桨，
禽言树里问提壶⑦。
郊台草色遥迎客，
萧寺经声半入湖。
公子青春好行乐，
江皋⑧浑不怪渔徒。

---

① 青袍：《诗·郑风·子衿》："青青子衿，悠悠我心。"毛传："青衿，青领也。学子之所服。"纪昀《阅微草堂笔记·如是我闻四》："身列青衿，败检酿命。"自注："科举时称秀才为青衿。"

② 六馆：韩愈《太学生何蕃传》："于是太学六馆之士百余人，又以蕃之义行，言于司业阳先生城，请谕留蕃。"注云：国子、太学、四门、律、书、算为六馆。"冯桂芬《改建正谊书院记》："书院始于唐明皇建丽正书院。盖六馆之属，与今书院异。"

③ 莫愁：《旧唐书·音乐志二》："石城有女子名莫愁，善歌谣，《石城乐》和中复有'莫愁'声，故歌云：'莫愁在何处？莫愁石城西，艇子打两桨，催送莫愁来。'"

④ 石湖：《读史方舆纪要》卷二十四《南直六·苏州府·长洲县》："石湖，在府西南二十里。西南通太湖，北通横塘，东入胥门运河，相传为范蠡入五湖之口。志云：'太湖自三江导流而外，其支流东出香山、胥山间曰胥口，又东至吴山南曰白洋湾，稍折而北汇于楞伽山下曰石湖，界吴县、吴江间，称为湖山绝胜处。'有行春桥跨湖上。嘉靖三十四年倭贼突至，转入木渎东跨塘桥，即此。又西南曰越来溪，曰木渎，皆自太湖分流来会；又东出横塘桥，去府城十里；又东入胥门运渎，俗所谓胥塘是也。"

⑤ 青雀：《礼记·曲礼上》"则载青旌。"郑玄注："青，青雀，水鸟。"

⑥ 笙歌：《礼记·檀弓上》："孔子既祥，五日弹琴而不成声，十日而成笙歌。"

⑦ 提壶：即鹈鹕。刘禹锡《和苏郎中寻丰安里旧居寄主客张郎中》："池看科斗成文字，鸟听提壶忆献酬。"欧阳修《啼鸟》诗："独有花上提壶芦，劝我沽酒花前醉。"

⑧ 江皋：《楚辞·九歌·湘夫人》："朝驰余马兮江皋，夕济兮西澨。"

集支硎山①南峰道院②因逢陆叔平③

指点青天日半空，
寒泉一道乱山中。
随流本是寻支遁，
曳杖何因识陆通④。
鹤堕松头片云白，
酒倾花底半缸红。
野人倘欲留遗事，
只赋淮南芳桂丛。

---

① 支硎山：陆广微《吴地记》："支硎山，在吴县西十五里，晋支遁，字道林，尝隐于此山。后得道，乘白马升云而去。山中有寺，号曰报恩，梁武帝置。"王鏊《正德姑苏志》卷八："支硎山，在龙池山东北，以晋支遁尝居此，而山多平石故名。山有石室、寒泉。遁诗云：'石室可蔽身，寒众濯温手。'相传遁冬居石室，夏隐别峰也。泉上刻紫岩居士虞廷臣书'寒泉'二字径丈，又有放鹤亭、马迹石，皆以遁得名。山有南峰寺，及中峰、北峰二院。北峰，宣德间移于鸡窠岭。中峰在寒泉上，又名楞伽院。南峰一名天峰，即唐支山院也。有碧琳泉、待月岭、南池、新泉、马坡。坡南有石门，乃三巨石，直上干霄。西连危峰，东临绝壑，中犹枨闑然。又有牛头峰，在寺门之下。东趾有观音寺，故又云观音山。"

② 南峰道院：王鏊《正德姑苏志》卷二十九："南峰寺，旧名天峰院。在支硎之南峰，即古支硎寺也。……阖庐城西二十余里，山之颠有禅院，祥符诏书赐名西天峰，考于图记，所谓报恩山南峰院者是也。"

③ 陆叔平：王世贞《弇州四部稿》卷一百五十五："陆治字叔平，吴诸生，有风调而极耿介。将八十矣，与余善。叔平工写生，能得徐黄遗意，不若道复之妙而不真也。其于山水，喜仿宋人，而时时出已意。"朱谋垔《画史会要》卷四："陆治，字叔平，号包山。为吴诸生，而饶风雅。筑室支硎山下，云霞四封，流泉回绕，手艺名花，几数百种。岁时佳客过从，即迎至花所，割蜜脾劚竹萌而进之。苟非其人，强造者，即一石支门，剥啄如弗闻矣。山水下笔轻清，皴法都秀，每见所作，多是秋晴景气。尤工写生，得徐黄遗意。曾为王长公临《王安道华山图》四十幅，皴法不尽到，如立粉米者。后有《于鳞诗》及记，皆俞仲蔚书。"

④ 陆通：刘向《列仙传·陆通》："陆通者，云楚狂接舆也。好养生，食橐卢木实及芜菁子。游诸名山，在蜀峨嵋山上，世世见之，历数百年去。"

陆征士①草堂

避世元知是接舆②，
客来还拟子云居③。
千林芳树供行药④，
一片青山对著书。
白发何妨同野鹤⑤，
清池秖合种嘉鱼⑥。
吴时宫殿无劳问，
留得寒泉近草庐。

子仁⑦招游楞伽⑧不得往

雨中人去问祇园⑨，
芳草偏宜屐齿⑩痕。
争发杏花红入寺，
平添春水绿当门。
飘流自信同孤梗⑪，

---

① 陆征士：即陆治。
② 接舆：楚人陆通。
③ 云居：犹隐居。《清波杂志》卷十一："无锡乡僧道昌，蚤岁周游诸方，在庐山云居。"
④ 行药：《文选·鲍照〈行药至城东桥〉诗》刘良题注："照因疾服药，行而倡导之。"
⑤ 野鹤：韦应物《赠王侍御》诗："心同野鹤与尘远，诗似冰壶见底清。"
⑥ 嘉鱼：《诗·小雅·南有嘉鱼》："南有嘉鱼，烝然罩罩。"
⑦ 子仁：当为秦子仁。
⑧ 楞伽：莫震《石湖志》卷二："楞伽山，亦上方之支陇，与茶磨山相连。高峻耸拔，其形如椅，俗呼为拜郊亭，以为吴时祀天之处。有楞伽寺，今名宝积。"王鏊《正德姑苏志》卷二十九："楞伽讲寺，在楞伽山上，俗云上方寺。寺有浮图七级，隋大业四年司户严德盛撰铭，司仓魏瑗书。按治平寺旧亦名楞伽，而《吴郡志》云：'宝积寺在横山下，亦名楞伽寺。山顶有塔，隋人书碑。'今此寺自在楞伽山上，而宝积归并，治平盖不可考，岂皆一寺所分邪。今以塔观之，则此当为是。但碑中亦云横山，盖当时未有楞伽之名，此山固横山也。归并庵二。"
⑨ 祇园：王鏊《正德姑苏志》卷二十九："祇园寺，在五峰岭下，本名孤园寺，一名下方寺。梁散骑常侍吴猛舍宅建。"
⑩ 屐齿：独孤及《山中春思》诗："花落没屐齿，风动群不香。"
⑪ 孤梗：《辍耕录·贞烈》引宋韩希孟诗："妾本良家子，性僻守孤梗。"

洗灌无因净六根①。
却怪去年兰若②里，
鸠声禅火共黄昏。

冯子潜夜过

杖藜市上觅禽生，
笠子翩翩类向平③。
长楫灯前初问姓，
十年海内旧知名。
谁家绿酒能供客，
何处青山肯入城。
便欲出门寻五岳，
期君倘得裹粮④行。

送胡安福考绩之官

布帆西去指江城，
锦浪新添雨后声。
两岁陆浑⑤尘不染，
一官百里水同清。
带边绿绶⑥逢人系，

---

①　六根：释慧远《大乘义章》卷十九：次就六根，分别三佛。眼、耳、鼻、舌、身、意是六法，佛体中备具六根。

②　兰若：郝懿行《证俗文·梵语》：“梵言阿兰若，汉言精舍也。译曰无净也，或曰空静处也。”

③　向平：《后汉书》卷八十三《向长传》：“向长字子平，河内朝歌人也。隐居不仕，性尚中和，好通《老》《易》。贫无资食，好事者更馈焉，受之取足而反其余。王莽大司空王邑辟之，连年乃至，欲荐之于莽，固辞乃止。潜隐于家。读《易》至《损》《益》卦，喟然叹曰：‘吾已知富不如贫，贵不如贱，但未知死何如生耳。’建武中，男女婚嫁既毕，敕断家事勿相关，当如我死也。于是遂肆意，与同好北海禽庆俱游五岳名山，竟不知所终。”

④　裹粮：《诗·大雅·公刘》：“乃裹糇粮，于橐于囊。”朱熹集传：“糇，食。粮，糒也。”

⑤　陆浑：《史记·匈奴列传》：“于是戎狄或居于陆浑，东至于卫，侵盗暴虐中国。”《集解》引徐广曰：“一为‘陆邑’。”《索隐》：“《春秋左氏》：‘秦晋迁陆浑之戎于伊川。’杜预以为‘允姓之戎居陆浑，在秦晋之间，二国诱而徙之伊川，遂从戎号，今陆浑县’是也。”

⑥　绿绶：《后汉书·舆服志下》：“诸国贵人、相国皆绿绶。”刘昭注：“徐广曰：‘金印绿綟绶。’綟音戾，草名也。以染似绿，又云似紫。”

篋里瑶琴到县鸣。

见说天王留姓字①,

知君不久事将迎。

过淮阴简陈玉叔②太守

寻山六月走长涂③,

松色遥瞻五大夫④。

试听河流声更好,

偶看剑气影仍孤。

青帆引客随风去,

白鸟依人近水呼。

后夜徐方⑤一回首,

元龙⑥曾上郡楼无。

---

① 姓字:《墨子·经说上》:"声出口,俱有名,若姓字。"

② 陈玉叔:王兆云《皇明词林人物考》卷十《陈宪卿》:"公名柏,字宪卿,别号苏山,楚之沔阳人也。童时沔守李川甫奇之,至携之署,夫人加盥沐焉,而劳之酒食,曰:'才固不乏,州得童士畴,乃又得陈生,何易也。'及举于乡,游太学,益肆其力于古。其交游日益进,乃困公车者二十有二年,而始成进士。授兵部职方主事,一再徙而长职方,迁按察副使,饬井陉兵备,颇有声。忌者为流言中公,竟坐调,遂不出。最后公厌一世法而始极意于金石竹素之业,世亦膴趣而悦之,长歌短吟,若顺风以呼,碑板卷轴,不踁而驰四裔,自湖以南,亡不知有苏山先生者。……陈玉叔,即其子也。以嘉靖乙丑进士,官至南京大理卿。有《二酉园集》等书,盖能世其家学云。玉叔名文烛,别号五岳山人。"雷礼《国朝列卿纪》卷一百四十一:"陈文烛,湖广沔阳人。嘉靖乙丑进士,万历十七年六月,由江西左布政任。十八年正月,升南京大理。"

③ 长涂:《文选·司马相如〈上林赋〉》:"步榈周流,长途中宿。"李善注:"张揖曰:'步榈,步廊也。'郭璞曰:'中途,楼阁间陛道。'"张铣注:"长途中宿,谓台阁高远,中道而宿,方至其上也。"

④ 五大夫:《史记》卷六《秦始皇本纪第六》:"二十八年,始皇东行郡县,上邹峄山。立石,与鲁诸儒生议,刻石颂秦德,议封禅望祭山川之事。乃遂上泰山,立石,封,祠祀。下,风雨暴至,休于树下,因封其树为五大夫。禅梁父。刻所立石。"

⑤ 徐方:《诗·大雅·常武》:"徐方绎骚,震惊徐方。"高亨注:"徐方,徐邦。"《书·禹贡》:"海岱及淮惟徐州。"孔传:"东至海,北至岱,南及淮。"《尔雅·释地》:"济东曰徐州。"郭璞注:"自济东至海。"

⑥ 元龙:《西游记》第十一回:"天下多官称上寿,朝中众宰贺元龙。"

五日集潞河①舟中赠赵汝迈太史

箫鼓龙船集羽觞②，
愧将病骨倚仙郎。
旌旗③为指驱前路，
丝缕犹疑赐尚方④。
潞水当歌波渺渺⑤，
楚山何处色苍苍。
路人莫笑河洲⑥草，
昌歜能生九节香。

逢沈博士，博士始官青阳⑦令，上书乞改

挂帆进艇晚风轻，
水上看君思转清。
忧国形容元用世⑧，
惊人文字早知名。
独辞汉县郎官去，
只乞秦朝博士行。

---

① 潞河：《读史方舆纪要·京师舆图》："沽水，一名西潞河。东潞河自塞外丹花岭合九泉水，南经密云东北七十里之安乐故城，西南与螺山水合为西潞河，又南经顺义东北十里狐奴故城，西与鲍丘水合，为东潞河。"

② 羽觞：《楚辞·招魂》："瑶浆蜜勺，实羽觞些。"王逸注："羽，翠羽也。觞，觚也。"洪兴祖补注："杯上缀羽，以速饮也。一云作生爵形，实曰觞，虚曰觯。"

③ 旌旗：《周礼·春官·司常》："凡军事，建旌旗。"

④ 尚方：《史记·绛侯周勃世家》："条侯子为父买工官尚方甲楯五百被可以葬者。"《索隐》："工官即尚方之工，所作物属尚方，故云工官尚方。"

⑤ 渺渺：《管子·内业》："折折乎如在于侧，忽忽乎如将不得，渺渺乎如穷无极。"尹知章注："渺渺，微远貌。"

⑥ 河洲：谢灵运《拟魏太子邺中集诗》："河洲多沙尘，风悲黄云起。"

⑦ 青阳：《读史方舆纪要》卷二十七《南直九·池州府·青阳县》："青阳县，府东八十里。东北至宁国府南陵县百十里，北至铜陵县九十里。汉陵阳县地，三国吴临城县地，隋秋浦县地，唐天宝初析置今县，属宣州，以在青山之阳而名。永泰七年改属池州。杨吴时升县为胜远军，南唐复旧，宋仍属池州。县无城。今编户十七里。"

⑧ 用世：苏轼《篆般若心经赞》："草隶用世今千载，少而习之手所安。"

闻说故乡嘉树好，
门前日夕彩云生。

登太白酒楼①简赵汝迈太史

骑马遥间双锦裘②，
词臣胜事已千秋。
自怜只作寻常客，
何意来登百尺楼。
帆引河源③飞槛外，
鹤将清唳落城头。
青天欲醉神仙侣，
那得黄金博酒筹。

冠龙山房④留别谈思重

三年孤剑得相依，

---

① 太白酒楼：何镗《古今游名山记》卷六《明刘楚登太白酒楼记》："太白酒楼，在故济州，今济宁府南城门上。壮丽雄伟，四望夷旷。有汶、泗二水经其前，开河安山山湖诸水汇其西，凫绎龟蒙，徂徕岱宗诸山复左顾联络于东北，皆纡青浮白，以舒敛出没于云烟缥缈之际。而齐鲁方千百里之胜，可指顾而具矣。楼之规制不知重修何时，其与昔之高卑大小殆不可辨，意其上下千数百年间，其修葺而因仍者，殆皆此类耳。右阶西南上有古石柱，高可丈四五尺，觚植而涌，盖其上周围刻小篆记文者，唐沈光之所作也。其左阶东南隅有二贤祠记石刻二通，盖昔州人尝祀太白与知章贺公于其上者也。祠有二贤何？旧传开元中以知章为任城宰而来，其来而止也，尝饮于此，此楼之所以名也。惟太白负奇气，好仙游，其足迹几半天下，凡江汉、荆湘、吴楚、巴蜀，与夫秦晋、齐鲁山水名胜之区，亦何所不登眺，何日不酣畅，而以酒楼名天下有二焉。其在洛阳天津桥南，董槽丘所造者，其事尤奇伟卓绝，今其存亡兴废类不可知，独兹楼以沈光记文，遂留传至今，岂偶然哉。洪武十年三月，道过济宁，郡将凤阳沈仁知亲好古也，偕其客曹伯仁载酒，邀游楼上。抚诵唐宋金元以来诗文、碑碣凡十数通。于是太白之去世几七百余年矣，为之低佪慨叹久之。既下楼登舟，二鼓矣。乘月出草楼，行五十余里，将入开河，舟人大醉，妄行入野湖菱蒲中，不知所向，乃傍柳树而息。"
② 锦裘：高适《部落曲》："老将垂金甲，阌支着锦裘。"
③ 河源：《山海经·北山经》："敦薨之山……敦薨之水出焉，而西流注于泑泽。出于昆仑之东北隅，实惟河原。"
④ 冠龙山房：顾祖禹《读史方舆纪要》卷二十五："慧山，县西五里，一名九龙山。陆羽云：山阳有九陇，若龙偃卧然。南北延袤数十里，亦名冠龙山。《吴地记》：'古名华山，一名西神山，又名斗龙山。'朱梁贞明五年，吴越钱传瓘攻淮南之常州，淮南拒之，败吴越军于无锡，又追败之于山南，即慧山之南也。山之东麓山泉曰慧山泉，陆羽品为天下第二泉。其东一峰，谓之锡山。"

千里那堪此日归。
新水片帆城外柳，
旧林①半亩雨中薇。
却于去路啼乡泪②，
转觉无人问客衣。
高阁明朝试回首，
檐前春鸟傍谁飞。

秦汝立送余溪上

劳君折柳瞰长河，
十尺长条③奈尔何。
交似古人方悟淡，
情于别日始知多。
隔年衰草④春同绿，
官道新莺⑤雨亦歌。
行李独随流水去，
夜深孤剑向谁磨。

送秦汝立游茅山

烟云满径玉淙淙，
又与茅君⑥着屐逢。
洞口鹤窥曾过客，
雨中人上最高峰。
华阳涧水红千片，
旧馆⑦坛碑墨几重。

---

① 旧林：张说《和魏仆射还乡》："富贵还乡国，光华满旧林。"
② 乡泪：江淹《望荆山》诗："岁晏君如何，乡泪各沾衣。"
③ 长条：李煜《柳枝》词："多谢长条似相识，强垂烟穗拂人头。"
④ 衰草：沈约《岁暮愍衰草》诗："愍衰草，衰草无容色。憔悴荒径中，寒荄不可识。"
⑤ 新莺：王韬《淞隐漫录·合记珠琴事》："每一引吭，声如春晓之新莺。"
⑥ 茅君：廖用贤《尚友录》卷七："茅蒙玄孙盈，字叔申，弟固字季伟，次弟衷字思和。盈生于汉景帝中元五年，少秉异操，独味清虚……教二弟延年不死之法，后亦成仙，居茅山，世称'三茅真君'。"
⑦ 旧馆：张衡《冢赋》："掖门之西，十一余半，下有直渠，上有平岸，舟车之道，交通旧馆。"

乞得灵诠书白练，
归来莫说①觅无从。

赠汪山人②

早岁将诗事李绅③，
二毛忽自旅中侵。
吟成五字元知瘦，
散尽千金不信贫。
常着褐衣迎上客④，
有时清夜访闲人。
无论归去称耆旧⑤，
只合梁溪作隐沦。

酬朱山人⑥

短褐萧萧无世情，

---

① 莫说：《童贾集》作："休道"。

② 汪山人：王世贞《弇州山人四部续稿》卷七十九《汪山人传》："当万历之七年，予里居，数称病谢客。而客有踏门者，自称新都男子汪某，愿一见，有所言。见之，宜发矣，而具装为山人服。征之，则故太学上舍生，久次倦得官者也。曰：'我不知太学生。'徽俗故重贾，问：'亦贾乎？'曰：'我不习为贾俗。'故又重族问：'汪，故甲族乎？'曰：'我不习称族。'已而，出一编，曰：'贾与族在是矣。'……山人名淮，字禹乂，别号罗山子。"倪涛《六艺之一录》卷三百七十三："汪淮，字汝乂，休宁人。好称诗，尤工书法。尝书阳山寺额，董宗伯其昌过休宁，见之叹曰：'此中有人。'"

③ 李绅：《旧唐书》卷一百七十三《李绅传》："李绅字公垂，润州无锡人。本山东著姓。……父晤，历金坛、乌程、晋陵三县令，因家无锡。绅六岁而孤，母卢氏教以经义。绅形状眇小而精悍，能为歌诗。乡赋之年，讽诵多在人口。元和初，登进士第，释褐国子助教，非其好也。……穆宗召为翰林学士，与李德裕、元稹同在禁署，时称'三俊'，情意相善。"

④ 上客：《战国策·秦策五》："秦兵下赵，上客从赵来，赵事何如？"姚宏注："上客，尊客。"

⑤ 耆旧：《汉书·萧育传》："上以育耆旧名臣，乃以三公使车，载育入殿中受策。"

⑥ 朱山人：王世贞《弇州四部稿》卷八十四《朱邦宪传》："邦宪名察卿，少时人称之曰象冈，已家黄浦，遂称曰黄浦，又自称醉石居士。有八子，咸彬彬世其家。"王兆云《皇明词林人物考》卷十一《朱邦宪》："朱氏为上海著姓，世世受经，至同知佑而以经显，一传而提举曜，再传而太守豸，益贵重有名。邦宪甫九岁，太守见背，人或窃少之，邦宪就外傅读书，崭然示头角矣。已治经生义及他小文辄工。……邦宪白皙飘须，善谈笑而特好饮，客至不复问，辄呼酒数行。……性又喜任侠感慨，急人之难甚于己。以德报怨，厚施而薄望。……邦宪既以文称荐绅间，而太守故尝任御史，多所推毂。"

为庐偏许野云生。
避人不忝壶中隐，
沽酒何妨雪里行。
药草①满庭应识性，
水禽②当户未知名。
年来却又多诗僻，
买棹常寻病马卿。

上方山③

上方栏楯④带云凭，
倚足人疑象外⑤登。
塔影六时摇佛日⑥，
湖光千顷浸禅灯⑦。
藤枝杖愧巢松鹤，
笋籜冠⑧怜祝发僧⑨。
归路萧条不堪问，
夕阳黄叶自层层。

---

① 药草：萧统《〈陶渊明集〉序》："庄周垂钓于濠，伯成躬耕于野，或货海东之药草，或纺江南之落毛。"

② 水禽：马融《广成颂》："水禽：鸿鹄、鸳鸯、鸥、鹭……乃安斯寝，戢翮其涯。"

③ 上方山：王鏊《正德姑苏志》卷九："楞伽山，一名上方山，在吴山东北。其顶有浮图五通庙，在其下东南麓有丁家山，唐人丁公著父丧，负土作冢，故名。其北为宝积山，宝积寺在焉。其北为吴王郊台，东北为茶磨屿，以其三面临水故云屿，俗云磨盘山。东南麓有普陀岩，岩前石池深峻，崖绝，石梁跨其上，两崖壁立，萝木交映，特为奇胜。"

④ 栏楯：《史记·袁盎晁错列传》："百金之子不骑衡。"《集解》引如淳曰："衡，楼殿边栏楯也。"《索隐》："《纂要》云：宫殿四面栏，纵者云槛，横者云楯。'"

⑤ 象外：《寒山诗》之二百九十："自羡幽居乐，长为象外人。"

⑥ 佛日：喻佛为日。杜甫《和裴迪登新津寺寄王侍郎》诗："老夫贪佛日，随意宿僧房。"

⑦ 禅灯：寺庙灯火。贾岛《送慈恩寺霄韵法师》诗："清磬先寒角，禅灯彻晓烽。"

⑧ 笋籜冠：笋皮所作之冠。杨万里《风雨》诗："自拾荷花揩面汗，新将笋籜制头巾。"

⑨ 祝发僧：《新唐书·杨元琰传》："敬晖等为武三思所构，元琰知祸未已，乃诡计请祝发事浮屠，悉还官封。"

沈开子①斋中

去年把臂记相逢，
却在秦淮明月中。
洛邑已多知贾谊，
汉官犹未荐王充②。
尊前③秋色人依旧，
架上玄经④草更工。
因尔凄其清兴减，
谁携长剑笑空同⑤。

孤山与顾征士同赋"摇"字

空亭斗酒客心遥，
一片涛声午夜潮。

---

① 沈开子：《童贾集》作："沈子开"。王世贞《弇州山人四部续稿》卷四十一《沈开子文稿小序》："昆山之沈最为文献家，自其先郎中公以至提学公子善，世世受经术，取甲第。而提学之子曰开子，乃始以古文辞名。开子为人气豪甚，既芥视一第，谓可俯而拾。其为古文辞，即欲超宋筏而上之，三吴靡靡所不屑也。竟以数奇亡所成，而稍移其好于狭邪，卒以病死。所著述亦随手散佚去。余虽以故人子遇开子，尝一再接而意殊卤莽，然退而过仲蔚，未尝不津津好谈余也。开子没且十年，而其友陆楚生手其文十余篇，属余序而欲梓行之。"

② 王充：《后汉书》卷四十九《王充传》："王充字仲任，会稽上虞人也，其先自魏郡元城徙焉。充少孤，乡里称孝。后到京师，受业太学，师事扶风班彪。好博览而不守章句。家贫无书，常游洛阳市肆，阅所卖书，一见辄能诵忆，遂博通众流百家之言。后归乡里，屏居教授。仕郡为功曹，以数谏争不合去。充好论说，始若诡异，终有理实。以为俗儒守文，多失其真，乃闭门潜思，绝庆吊之礼，户牖墙壁各置刀笔。著《论衡》八十五篇，二十余万言，释物类同异，正时俗嫌疑。刺史董勤辟为从事，转治中，自免还家。友人同郡谢夷吾上书荐充才学，肃宗特诏公车征，病不行。年渐七十，志力衰耗，乃造《养性书》十六篇，裁节嗜欲，颐神自守。永元中，病卒于家。"

③ 前：《童贾集》作："中"。

④ 玄经：老子《道德经》。白居易《新昌新居书事四十韵》："梵部经十二，玄书字五千。"

⑤ 因尔凄其清兴减，谁携长剑笑空同：《童贾集》作"对尔悠然忽长叹，愁看龙剑倚崆峒"。

莲社①无僧鸥共语，
兰心有约鹤同招。
山形不逐江流去，
树影偏随月色摇。
莫谓此中无乐事，
山川亦自可渔樵②。

钱汝文湖上

树里柴门独掩关，
一经终日对青山。
当阶云气半湖水，
绕屋秋花九畹兰。
草赋已知惊楚俗，
避人元只在荆蛮③。
客船问字④携江月⑤，
星斗纷纷几席间。

---

① 莲社：释道诚《释氏要览》卷上："莲社，昔晋慧远法师，雁门人，住庐山虎溪东林寺，招贤士刘遗民、宗炳、雷次宗、张野、张诠、周续之等为会，修西方净业。彼院多植白莲，又弥陀佛国以莲华分九品，次第接人，故称莲社。有云嘉此社人不为名利淤泥所污，喻如莲华，故名之。有云远公有弟子名法要，刻木为十二叶莲华，植于水中，用机关，凡折一叶是一时，与刻漏无差，俾礼念不失正时，或因此名之。又称净社。即南齐竟陵文宣王纂僧俗行净住法故。夫社者，即立春日后五戊名社日，天下农结会祭以祈谷。《荆楚记》云：'四人并结综会社。'《白虎通》云：'王者所以有社，何为？天下求福报土，人非土不食，土广不可遍敬，故封土以立社。'今释家结慕缁白，建法祈福，求生净土。净土广多，遍求则心乱，乃确指赡养净土为栖神之所，故名莲社、净社尔。"

② 渔樵：隐居。屠隆《彩毫记·乘醉骑驴》："乾坤傲，永不踏红尘向市朝，真唤做圣世渔樵。"

③ 荆蛮：《国语·晋语八·宋之盟》："昔成王盟诸侯于岐阳，楚为荆蛮，置茅蕝，设望表，与鲜牟守燎，故不与盟。"

④ 问字：《汉书》卷八十七下《扬雄传》："王莽时，刘歆、甄丰皆为上公，莽既以符命自立，即位之后欲绝其原以神前事，而丰子寻、歆子棻复献之。莽诛丰父子，投棻四裔，辞所连及，便收不请。时雄校书天禄阁上，治狱使者来，欲收雄，雄恐不能自免，乃从阁上自投下，几死。莽闻之曰：'雄素不与事，何故在此？'间请问其故，乃刘棻尝从雄学作奇字，雄不知情。有诏勿问。然京师为之语曰：'惟寂寞，自投阁；爱清静，作符命。'"陆游《小园》诗："客因问字来携酒，僧趁分题就赋诗。"

⑤ 携江月：《童贾集》作"还深夜"。

张观察行县，郡邑驰书山中见要，云在溪口相迟，率尔酬答

柴门六月冷如秋，
风落蝉声自满楼。
雨后破苔惟鹿过，
阶前窥草只云留。
双鱼忽有王臣①遣，
孤剑何能国士酬。
都尉元知官不忝，
青山惭愧是龙丘。

病中答江博士以舟

青山长夏②雨如烟，
药裹③柴门日似年。
忽有高篇④汉官寄，
争夸新檄魏人传⑤。
开疑花蘂茎茎秀，
读比珠玑⑥字字圆。

---

① 王臣：《易·蹇》："六二，王臣蹇蹇。匪躬之故。"王弼注："执心不回，志匡王室者也。"

② 长夏：《素问·六节藏象论》："春胜长夏。"王冰注："所谓长夏者，六月也。"

③ 药裹：王维《酬黎居士淅川作》诗："松龛藏药裹，石唇安茶臼。"

④ 高篇：对人诗文的美称。韩维《览梅圣俞诗编》诗："高篇屡云阅，远思殊未终。"

⑤ 新檄魏人传：《南史》卷八十《侯景传》："贼之始至，城中才得固守，平荡之事，期望援军。既而中外断绝，有羊车儿献计，作纸鸦系以长绳，藏敕于中。简文出太极殿前，因西北风而放，冀得书达。群贼骇之，谓是厌胜之术，又射下之，其危急如此。是时城中围逼既久，腥味顿绝，简文上厨，仅有一肉之膳。军士煮弩熏鼠捕雀食之。殿堂旧多鸽群聚，至是歼焉。初，宫门之闭，公卿以食为念，男女贵贱并出负米，得四十万斛，收诸府藏钱帛五十亿万，并聚德阳堂，鱼盐樵采所取盖寡。至是乃坏尚书省为薪，撤荐剉以饲马，尽又食饭焉。御甘露厨有干苔，味酸咸，分给战士。军人屠马于殿省间鬻之，杂以人肉，食者必病。贼又置毒于水窦，于是稍行肿满之疾，城中疫死者太半。初，景之未度江，魏人遗檄，极言景反复猜忍，又言帝饰智惊愚，将为景欺。至是祸败之状，皆如所陈，南人咸以为谶。"

⑥ 珠玑：《文选·扬雄〈长杨赋〉》："后宫贱瑇瑁而疏珠玑。"李善注："字书曰'……玑，小珠也。'"方干《赠孙百篇》诗："羽翼便从吟处出，珠玑续向笔头生。"

一夜头风①尽祛去，
文章始信有真诠。

江上逢虞山人

曾披肝胆②事王侯，
囊里孤琴只③水流。
泼墨④还应纵灵怪⑤，
著书无⑥不在穷愁⑦。
地邻白岳⑧名堪隐，
宅近青山药易求。
此夜相逢共秋渚，
满天星斗落扁舟。

钱塘酒家与虞山人话别

客程十日共枯槎⑨，
一片寒云⑩对浪花。
枕上水声高⑪绿绮，
箧中衣色斗青霞。
山川未必多岐路，

---

① 头风：《三国志·魏书·陈琳传》："军国书檄，多琳瑀所作也。"裴松之注引鱼豢《典略》："太祖先苦头风，是日疾发，卧读琳所作，翕然而起曰：'此愈我病。'"
② 肝胆：《史记·淮阴侯列传》："臣愿披腹心，输肝胆，效愚计，恐足下不能用也。"
③ 只：《童贾集》作"共"。
④ 泼墨：《宣和画谱·王洽》："王洽不知何许人，善能泼墨成画，时人皆号为王泼墨。"
⑤ 灵怪：韩愈《杂说》一："然龙乘是气，茫洋穷乎玄间，薄日月，伏光景……云亦灵怪矣哉！"
⑥ 无：《童贾集》作"元"。
⑦ 穷愁：《史记·平原君虞卿列传论》："然虞卿非穷愁，亦不能著书以自见于后世云。"
⑧ 白岳：《童贾集》作"幽谷"。罗愿《淳熙新安志》卷四："白岳山在县西四十里，高二百仞，周三十五里。中峰四起，绝壁断崖，松萝森霭。顶有池水，清彻可鉴。池西石室，方圆五丈。《寰宇志》云：'白岳山峰独耸，有峻崖小道，凭梯而上，其三画并绝壁三百余丈，不通攀缘。峰顶阔四十畝，有故阶迹、瓦器、池水、石室，亦尝有学仙者居之。其东北石壁五彩，状楼台在空中，欲飞动，又如神仙五六人凭阑观望，久视之，乃知非耳。'"
⑨ 枯槎：木船也。苏轼《和子由木山引水》之一："蜀江久不见沧浪，江上枯槎远可将。"
⑩ 寒云：《童贾集》作"寒江"。
⑪ 高：《童贾集》作"听"。

岩壑从来是一家。
醉倚酒楼还惜别，
可堪城上乱啼鸦。

吴门送兄还家

兄行弟住两征袍①，
别泪同将洒宝刀。
鸿雁含愁啼隔浦，
梅花吹曲落空濠。
青山自合增年岁，
流水何心照鬓毛②。
闻说忘忧惟是醉，
有谁江上送葡萄③。

秋日过顾同知长治园池

高卧元知是旧林，
阶前秋色自萧森④。
乞归田里无苍鬓，
种得园花有赤心。
作赋半因长日⑤遣，
着冠多为故人寻。
年来草就知非历，
为说蘧生⑥尚在今。

---

① 征袍：旅客所穿长袍。高明《琵琶记·才俊登程》："绿阴红雨，征袍上染惹芳尘。"
② 鬓毛：贺知章《回乡偶书》诗："少小离家老大回，乡音无改鬓毛衰。"
③ 葡萄：庾信《燕歌行》："蒲桃一杯千日醉，无事九转学神仙。"
④ 萧森：陆游《秋思绝句》："一片云深更作阴，东轩草树共萧森。"
⑤ 长日：张固《幽闲鼓吹》："令狐相进李远为杭州。宣宗曰：'比闻李远诗云："长日唯销一局棋"，岂可以临郡哉！'"
⑥ 蘧生：《论语·宪问》："蘧伯玉使人于孔子。孔子与之坐而问焉，曰：'夫子何为？'对曰：'夫子欲寡其过而未能也。'使者出。子曰：'使乎！使乎！'"

酬邵仲如①过宿旅舍

天寒自为拂篷篨②，
一片星辰夜不疏。
灯下思君十年事，
山中寄我几行书。
雁随秋色声知远，
榻对寒流梦觉虚。
为问七星坛③上桧④，
别来清影⑤更何如。

秋夜为吴郎幼元戏赠歌者

帝里秋将月一重，
夜深随客问仙踪⑥。
路从桃叶渡⑦头入，
人向芙蓉花底逢。
渍酒⑧绛绡⑨红点点，

---

① 邵仲如：生平不详。

② 篷篨：《方言》第五："簟，其粗者谓之篷篨。"《晋书·皇甫谧传》："以篷篨裹尸，麻约二头，置尸床上。"

③ 七星坛：潘荣陛《帝京岁时纪胜·七星坛》："七月朔至七夕，各道院立坛祀星，名曰七星斗坛，盖祭北斗七星也。"

④ 桧：李时珍《本草纲目·木一·柏》："柏叶松身者，桧也。其叶尖硬，亦谓之栝；今人名圆柏。"

⑤ 清影：曹植《公宴》诗："明月澄清影，列宿正参差。"

⑥ 仙踪：升迁或赴京者的行踪。刘禹锡《元和甲午岁诏书尽征江湘逐客余自武陵赴京宿于都亭有怀续来诸君子》诗："雷雨江山起卧龙，武陵樵客蹑仙踪。十年楚水枫林下，今夜初闻长乐钟。"

⑦ 桃叶渡：张铉《至大金陵新志》卷四下："桃叶渡在秦淮口。桃叶，本王献之爱妾，名其妹曰桃根。献之诗曰：'桃叶复桃叶，渡江不用楫。'谓横波急也。遂歌以送之，此渡因名。"

⑧ 渍酒：《后汉书》卷五十三《徐稺传》："稺尝为太尉黄琼所辟，不就。及琼卒归葬，稺乃负粮徒步到江夏赴之，设鸡酒薄祭，哭毕而去，不告姓名。注引谢承书曰：'稺诸公所辟虽不就，有死丧负笈赴吊。常于家豫炙鸡一只，以一两绵絮渍酒中，暴干以裹鸡，径到所起冢堆外，以水渍绵使有酒气，斗米饭，白茅为藉，以鸡置前，酹酒毕，留谒则去，不见丧主。'"

⑨ 绛绡：李清照《采桑子》词："绛绡缕薄冰肌莹，雪腻酥香。"

生香翠带露溶溶①。
牛郎②自有银河约，
莫倚枯槎说过从。

茅山题王道士山楼

汉廷仙去楼居③在，
凭槛浑疑倚碧空。
过雨泉声生枕席，
缘崖人语出帘栊④。
当窗星斗应宜夜，
入座烟霞不为风。
况有王乔兹学道，
洞箫⑤长日彩云中。

秋日闲居四首

花发芙蓉一片⑥秋，
闭门山色又西楼。
竹床⑦不碍供斋卧⑧，
草赋宁须续远游。
帘幕⑨无声啼鸟去，

---

① 溶溶：盛多貌。皇甫湜《吉州刺史厅壁记》："瑞露溶溶，降味公松；瑞莲猗猗，合带公池。"

② 牛郎：《文选·曹植〈洛神赋〉》："叹匏瓜之无匹兮，咏牵牛之独处。"李善注引曹植《九咏》注："牵牛为夫，织女为妇，织女牵牛之星，各处河鼓之旁，七月七日，乃得一会。"

③ 楼居：《史记·孝武本纪》："今陛下可为观，如缑氏城，置脯枣，神人宜可致。且仙人好楼居。"

④ 帘栊：窗帘与窗户。《童贾集》作"房栊"。史达祖《惜黄花·定兴道中》词："独自卷帘栊，谁为开尊俎！恨不得御风归去。"

⑤ 洞箫：《汉书·元帝纪赞》："元帝多材艺，善史书，鼓琴瑟，吹洞箫。"颜师古注引如淳曰："箫之无底者。"

⑥ 一片：《童贾集》作"一径"。

⑦ 竹床：韩愈《题秀禅师房》诗："桥夹水松行百步，竹床莞席到僧家。"

⑧ 斋卧：《童贾集》作"高卧"。

⑨ 帘幕：杜牧《题宣州开元寺水阁》诗："深秋帘幕千家雨，落日楼台一笛风。"

云霞满地夕阳收。
摊书①笑检南朝②事，
沈约③何曾拜隐侯。

种秫④何须卜雨晴，
蓬蒿元自属平生。
浮云点点浑无迹，
落木萧萧任有声。
性向懒时加傲僻，
礼于病后废逢迎。
陶潜曲蘖⑤非真好，
止酒何烦倩墨卿⑥。

露气萧森生草堂，
农书⑦药裹两相忘。
厨供山蕨知新味，
酒酿岩花合旧方。
邻舍漫憎贫阮籍，
友生浑绝懒嵇康。

---

① 摊书：读书。杜甫《又示宗武》诗："觅句知新律，摊书解满床。"

② 南朝：东晋之后，宋、齐、梁、陈先后在南部地区建立政权，史称南朝。

③ 沈约：《南史》卷五十七《沈约》："沈约字休文，吴兴武康人也。……约十三而遭家难，潜窜，会赦乃免。既而流寓孤贫，笃志好学，昼夜不释卷。母恐其以劳生疾，常遣减油灭火。而昼之所读，夜辄诵之，遂博通群籍，善属文。济阳蔡兴宗闻其才而善之，及为郢州，引为安西外兵参军，兼记室。兴宗常谓其诸子曰：'沈记室人伦师表，宜善师之。'及为荆州，又为征西记室，带厥西令。……约性不饮酒，少嗜欲，虽时遇隆重，而居处俭素。立宅东田，瞩望郊阜，常为《郊居赋》以序其事。寻加特进，迁中军将军、丹阳尹，侍中、特进如故。十二年卒官，年七十三，谥曰隐。"

④ 种秫：《礼记·内则》："饙、酏、酒、醴、芼、羹、菽、麦、蕡、稻、黍、粱、秫，唯所欲。"孙希旦《集解》："秫，黏粟也；然凡黍稻之黏者，皆谓之秫，不独粟也。"

⑤ 曲蘖：屈曲之幼芽。郎瑛《七修类稿·天地六·干支》："乙，言万物初生，曲蘖而未伸也。"

⑥ 墨卿：苏轼《万石君罗文传》："是时墨卿、楮先生，皆以能文得幸。而四人同心，相得欢甚，时人以为文苑四贵。"

⑦ 农书：柳宗元《进农书状》："宜以二月一日为中和节，所司进《农书》，永以为恒式者。"

翻嫌红叶门前树，
不逐春风却自芳。

坞里柴关谷口田，
子真长日秪高眠。
当窗乱石元非凿，
隔竹清泉不用穿。
贫骨已成山客①相，
残经留结野僧②缘。
夜深何事频移榻，
为怪星河槛外悬。

无题

红蜡③吹风冷洞房，
绛绡浑灭旧时香。
阶前细雨愁千缕，
帐里梅花瘦半床。
身入黄昏同朔漠④，
魂疑咫尺近潇湘。
樽前怕检《高唐赋》⑤，
眼底无人是楚王。

---

① 山客：隐士。《魏书·裴衍传》："诏曰：'知欲养疴中岳，练石嵩岭，栖素云根，饵芝清壑。腾迹之操，深用嘉焉。但治缺古风，有愧山客耳。'"

② 野僧：袁枚《随园诗话》卷二："余二月出门，有野僧送行。"

③ 红蜡：红烛。皮日休《春夕酒醒》诗："夜半醒来红蜡短，一枝寒泪作珊瑚。"

④ 朔漠：《后汉书·袁安传》："今朔漠既定，宜令南单于反其北庭。"

⑤ 《高唐赋》：宋玉《高唐赋》序："昔者楚襄王与宋玉游于云梦之台，望高唐之观，其上独有云气，崪兮直上，忽兮改容，须臾之间，变化无穷。王问玉曰：'此何气也？'玉对曰：'所谓朝云者也。'王曰：'何谓朝云？'玉曰：'昔者先王尝游高唐，怠而昼寝，梦见一妇人曰："妾，巫山之女也。为高唐之客。闻君游高唐，愿荐枕席。"王因幸之。去而辞曰："妾在巫山之阳，高丘之阻，旦为朝云，暮为行雨。朝朝暮暮，阳台之下。"旦朝视之，如言。故为立庙，号曰"朝云"。'"

逢郭山人①

逢君翻恨识君迟，
一笑秦淮月满堤。
水自蜀江流不竭，
星从楚野②过③重窥。
青山有约千年杖，
黄发无心五色芝。
闻道东南游未遍，
可容禽庆④裹粮随。

惠山寺再送王百穀

祖席重开酒近泉，
骊驹⑤再唱侣为仙。
攀将柳色青前度，
挹取山光绿隔年。
满路冰消春在水，
半池云净日当天。
无论溪上东风好，
旅客相看意惘然。

---

① 郭山人：冯惟敏《海浮山堂词稿》："郭山人名第，字次甫，吴人也。亦号独往生，善古诗。"《海浮山堂诗文稿·诗稿》卷二《送独往生游泰山》序："吴门郭次甫，亦称五游山人，居焦山。余屡访之不值，既获晤言，便自此别，诗以见怀。"

② 楚野：《童贾集》作"楚分"。柳宗元《唐故扬州大都督南府君睢阳庙碑》："首碎秦庭，终慑《无衣》之赋；身离楚野，徒伤《带剑》之辞。"

③ 过：《童贾集》作"夜"。

④ 禽庆：皇甫谧《高士传》卷下："向长，字子平，河内朝歌人也。隐居不仕，性尚中和，好通《老》《易》，贫无资食。好事者更馈焉，受之，取足而反其余。王莽大司空王邑辟之，连年乃至。欲荐之于莽，固辞乃止。潜隐于家，读《易》，至《损》《益》卦，喟然叹曰：'吾已知富不如贫，贵不如贱，但未知死何如生耳。'建武中，男女嫁娶既毕，敕断家事勿相关，当如我死也。于是遂肆意与同好北海禽庆俱游五岳名山，竟不知所终。"

⑤ 骊驹：《汉书·儒林传·王式》："谓歌吹诸生曰：'歌《骊驹》。'"颜师古注："服虔曰：'逸《诗》篇名也，见《大戴礼》。客欲去歌之。'文颖曰：'其辞云"骊驹在门，仆夫俱存；骊驹在路，仆夫整驾"也。'"

将游吴中简江以舟

辞君明发下长洲①，
洒泪宁伤楚客秋。
江上芙蓉不堪采，
山中藜藿②未全收。
诗投莲社羞陶令③，
人问瓜期④愧邵侯⑤。
倘是君能论别恨，
可来溪口看行舟。

雨中还家与兄夜话

作客归来水满囊，
谢家生事转凄凉。
紫荆树树都含雨，
青鬓人人半染霜。
异代狭邪⑥逢处少，
他乡山水过来忘。
庭前独赖兰荃草，
花气虽微较自香。

---

① 长洲：赵晔《吴越春秋·阖闾内传》："射于鸥陂，驰于游台，兴乐石城，走犬长洲。"

② 藜藿：《文选·曹植〈七启〉》："予甘藜藿，未暇此食也。"刘良注："藜藿，贱菜，布衣之所食。"

③ 陶令：陶潜，曾任彭泽令。

④ 瓜期：《左传·庄公八年》："齐侯使连称、管至父戍葵丘。瓜时而往，曰：'及瓜而代。'期戍，公问不至。"

⑤ 邵侯：《史记》卷五十三《萧相国世家》："上已闻淮阴侯诛，使使拜丞相何为相国，益封五千户，令卒五百人一都尉为相国卫。诸君皆贺，召平独吊。召平者，故秦东陵侯。秦破，为布衣，贫，种瓜于长安城东，瓜美，故世俗谓之'东陵瓜'，从召平以为名也。"

⑥ 狭邪：刘基《早行衢州道中》诗："大道无狭邪，平原多稻田。"

韩使君枉过草堂

窥人斜日挂松萝①，
茅屋何当五马过。
岩壑墙东生气色，
鱼禽世外侈烟波②。
林知容得疏狂阮③，
山岂能称大小何。
谁谓心同流水淡，
真将一勺对江河。

寄唐刺史④

为邦三月见歌讴⑤，
民识威仪在一筹⑥。
群盗投戈⑦求牧马，
千家卖剑买耕牛。
风将草偃⑧褰帏⑨过，
恩自成波绕郭流。
借问前人谁得似，
隔江月满庾公楼⑩。

---

① 松萝：山林。王维《别辋川别业》诗："依迟动车马，惆怅出松罗。"
② 烟波：江总《秋日侍宴娄苑湖应诏》诗："雾开楼阙近，日迥烟波长。"
③ 狂阮：即阮籍。
④ 唐刺史：生平不详。
⑤ 歌讴：《荀子·儒效》："近者歌讴而乐之，远者竭蹶而趋之。"
⑥ 一筹：《宋史·蔡幼学传》："大臣当兴治而以生事自疑，近臣当效忠而以忤旨摈弃，其极至于九重深拱而群臣尽废，多士盈庭而一筹不吐。"
⑦ 投戈：徐陵《移齐文》："于是黑山叛邑，诸城洞开。白虏连群，投戈请命。"
⑧ 草偃：《论语·颜渊》："君子之德风，小人之德草，草上之风，必偃。"
⑨ 褰帏：《后汉书·贾琮传》："琮为冀州刺史。旧典，传车骖驾，垂赤帏裳，迎于州界。及琮之部，升车言曰：'刺史当远视广听，纠察美恶，何有反垂帏裳以自掩塞乎？'乃命御者褰之。"王禹偁《拟除开封县令可郑州刺史》："以尔具官某，宰予赤县，绰有政声，宜旌墨绶之贤，用布褰帏之化。"
⑩ 庾公楼：陆游《入蜀记》卷四："楼正对庐山之双剑峰，北临大江，气象雄丽……庾亮尝为江荆豫州刺史，其实则治武昌。若武昌南楼名庾楼，犹有理，今江州治所，在晋特柴桑县之湓口关耳，此楼附会甚明。"

王大夫①召拜秋官②员外郎

含香人去玉逶迤③，
六月莲花放不迟。
周礼官崇爽鸠氏④，
明廷秩重白云司⑤。
清如秋水名偏称⑥，
决似长河政恰宜。
圣主预曾知姓字，
珮声早晚振彤墀⑦。

七夕王观察阳德⑧招集虎丘⑨千人石⑩

剑池银汉水交流，
人与星辰共夜游。
隔岸女牛无间阻，

---

① 王大夫：当为王世贞。

② 秋官：《周礼·秋官》唐贾公彦题解："郑《目录》云：象秋所立之官。寇，害也。秋者，遒也，如秋义杀害收聚敛藏于万物也。天子立司寇使掌邦刑，刑者，所以驱耻恶，纳人于善道也。"

③ 逶迤：游移徘徊。卢照邻《登封大酺歌》之三："翠凤逶迤登介丘，仙鹤徘徊天上游。"

④ 爽鸠氏：《左传·昭公二十年》："昔爽鸠氏始居此地，季萴因之……而后太公因之。"杜预注："爽鸠氏，少皞氏之司寇也。"

⑤ 白云司：《汉书·百官公卿表上》："黄帝云师云名。"颜师古注引汉应劭曰："黄帝受命有云瑞，故以云纪事也。由是而言，故春官为青云，夏官为缙云，秋官为白云，冬官为黑云，中官为黄云。"王禹偁《送都官梁员外同年之江南转运》诗："出职未吟红药树，转官新入白云司。"自注："都官刑部正司。"

⑥ 偏称：适宜。刘禹锡《抛球乐词》之一："最宜红烛下，偏称落花前。"

⑦ 彤墀：朝廷。《宋书·百官志上》："殿以胡粉涂壁，画古贤烈士。以丹朱色地，谓之丹墀。"秦观《寄孙莘老少监》诗："一出承明七换庵，君恩复许上彤墀。"

⑧ 王观察阳德：王叔杲，字阳德，别号旸谷居士，永嘉人。

⑨ 虎丘：袁康《越绝书·外传记吴地传》："阖庐冢在阊门外，名虎丘……筑三日而白虎居上，故号为虎丘。"

⑩ 千人石：叶廷珪《海录碎事·政事·冢墓门》："虎丘涧侧有平石，可容千人坐，谓之千人石。俗传，因生公讲法于此。"

当杯瓜李见沈浮①。

山川此夕元何夕，

象纬初秋兆有秋。

况是妖氛②君拂净，

不妨楼橹③卧吴钩④。

送舒参政⑤赴山西廉访使

山川三晋⑥倚长城，

简命⑦劳君执法行。

人比玉壶⑧悬水⑨去，

秋将明月渡河迎。

曾移夕草回天怒⑩，

信是朝阳见凤鸣。

莫以霜台⑪有中外，

---

① 沈浮：葛洪《抱朴子·正郭》："无故沈浮于波涛之间，倒屣于埃尘之中，邀集京邑，交关贵游。"

② 妖氛：《左传·昭公十五年》"吾见赤黑之祲"晋杜预注："祲，妖氛也。"

③ 楼橹：《后汉书·南匈奴传》："初，帝造战车，可驾数牛，上作楼橹，置于塞上，以拒匈奴。"

④ 吴钩：赵晔《吴越春秋·阖闾内传》："复命于国中作金钩，令曰：'能为善钩者，赏之百金。'吴作钩者甚众，而有人贪王之重赏也，杀其二子，以血衅金，遂成二钩，献之阖闾，诣宫门求赏。王曰：'为钩者众，而子独求赏，何以异于众夫子之钩乎？'……于是钩师向钩而呼二子之名：'吴鸿、扈稽，我在于此，王不知汝之神也。'声绝于口，两钩俱飞著父之胸。"左思《吴都赋》："军容蓄用，器械兼储，吴钩越棘，纯钩湛卢。"

⑤ 舒参政：生平不详。

⑥ 三晋：《战国策·赵策一》："三晋合而秦弱，三晋离而秦强，此天下之所明也。"《史记·燕召公世家》："孝公十二年，韩、赵、魏灭智伯，分其地。三晋强。"

⑦ 简命：昭梿《啸亭杂录·领侍卫府》："扈从，后扈二人，于御前大臣内简命；前引十人，于内大臣及御前侍卫内简命。"

⑧ 玉壶：高洁的情操。王昌龄《芙蓉楼送辛渐》诗之一："洛阳亲友如相问，一片冰心在玉壶。"

⑨ 悬水：浮水。王谠《唐语林·补遗四》："龙门人皆言善于悬水接水，上下如神。"

⑩ 回天怒：《诗·大雅·板》："敬天之怒，无敢戏豫。"孔颖达疏："则天之怒者，谓暴风疾雷也。"

⑪ 霜台：御史台之别称。卢照邻《乐府杂诗序》："乐府者，侍御史贾君之所作也……霜台有暇，文律动于京师；绣服无私，锦字飞于天下。"

须知圣主待持衡①。

华五希明②来自常熟③诗以期之

忆自狂游礼岱宗，
裹粮惟尔远相从。
四更④月出光寒海，
双鹤云栖露湿松。
花入菊枝秋不淡，
歌当竹叶酒偏浓。
客星⑤欲比峰头色，
倘肯来过听暮钟。

朱在明得子

瑶台何用出门寻，
绿竹参差渐满林。
添得郎君期万石⑥，
寄将书信比千金。
蛟龙生处云常满，

---

① 持衡：持秤称重，比喻公正评判。綦毋潜《送崔员外黔中监选》诗："持衡出帝畿，星指夜郎飞。"

② 华五希明：生平不详。

③ 常熟：《读史方舆纪要》卷二十四《南直六·苏州府·常熟县》："常熟县，府北九十里。东南至太仓州九十里，西北至常州府江阴县百二十里，西南至常州府无锡县百十里。本吴县地，晋太康四年分置海虞县，属吴郡。东晋又分置南沙县，属晋陵郡，宋、齐因之。梁天监六年增置信义郡，南沙属焉。大同六年又分置常熟县，亦属信义郡。隋平陈，徙常熟县治南沙，以海虞、南沙二县并入，属苏州。唐武德七年又移治于故海虞城，仍属苏州府。宋因之。元元贞二年升县为州，明洪武三年复改为县。今县城周九里有奇。编户五百十四里。"

④ 四更：颜之推《颜氏家训·书证》："或问：'一夜何故五更？更何所训？'答曰：'汉魏以来，谓为甲夜、乙夜、丙夜、丁夜、戊夜；又云鼓，一鼓、二鼓、三鼓、四鼓、五鼓；亦云一更、二更、三更、四更、五更；皆以五为节……更，历也，经也，故曰五更尔。'"

⑤ 客星：张煌言《冰槎集引》："昔之乘槎者，或为客星而犯斗牛，或入女宿而得支机。故至今羡为胜事。"

⑥ 万石：颜师古《百官公卿表》题解："汉制，三公号称万石，其俸月各三百五十斛谷。"

虾菜①肥时秋正深。
借问昨来汤饼会②，
几人先醉桂花③阴。

夜过七里濑④有怀涂明府、谈中军⑤

轻风七里独扬舷⑥，
两地相思愧客程。
昨夜看花潘岳⑦县，
几时把酒子云亭⑧。
天浮上下孤舟白，

---

① 虾菜：杜甫《赠韦七赞善》诗："洞庭春色悲公子，虾菜忘归范蠡船。"仇兆鳌注："马永卿《懒真子》曰：'尝见浙人呼海错为虾菜，每食不可缺。'"

② 汤饼会：《儿女英雄传》第二八回："今之热汤儿面，即古之'汤饼'也。所以如今小儿洗三下面，古谓之'汤饼会'。"

③ 桂花：月亮。范成大《好事近》词："何待桂华相照，有人人如月。"

④ 七里濑：顾祖禹《读史方舆纪要》卷九十："七里濑，县西四十五里。志云：'在富春山钓台之西，亦曰七里滩。'谚云：'有风七里，无风七十里。'盖舟行难于牵挽，惟视风为迟速也。旧志云：'七里濑，去建德四十余里，与严陵濑相接。'梁大宝末，刘神茂据东阳叛侯景，景遣谢答仁攻之，神茂营于下淮，或谓之曰：'贼长于野战，下淮地平，四面受敌，不如据七里濑，贼必不能进。'神茂不从，战败复降于侯景。今县西北有一十九滩，俱在桐江上。"

⑤ 谈中军：即谈思重。

⑥ 扬舷：犹扬帆。文徵明《道出淮泗舟中阅高常侍集》诗："扬舷入淮泗，春云去闲闲。"

⑦ 潘岳：《晋书》卷五十五《潘岳传》："潘岳字安仁，荥阳中牟人也。祖瑾，安平太守。父茈，琅邪内史。岳少以才颖见称，乡邑号为奇童，谓终贾之俦也。早辟司空太尉府，举秀才。……岳频宰二邑，勤于政绩。调补尚书度支郎，迁廷尉评，以公事免。杨骏辅政，高选吏佐，引岳为太傅主簿。骏诛，除名。初，谯人公孙宏少孤贫，客田于河阳，善鼓琴，颇能属文。岳之为河阳令，爱其才艺，待之甚厚。至是，宏为楚王玮长史，专杀生之政。时骏纲纪皆当从坐，同署主簿朱振已就戮。岳其夕取急在外，宏言之玮，谓之假吏，故得免。未几，选为长安令，作《西征赋》，述所经人物山水，文清旨诣，辞多不录。征补博士，未召，以母疾辄去官免。寻为著作郎，转散骑侍郎，迁给事黄门侍郎。……岳美姿仪，辞藻绝丽，尤善为哀诔之文。少时常挟弹出洛阳道，妇人遇之者，皆连手萦绕，投之以果，遂满车而归。时张载甚丑，每行，小儿以瓦石掷之，委顿而反。"

⑧ 子云亭：彭遵泗《蜀故》卷七："子云亭，犍为南子云山上，杨雄隐居，构亭于此。"刘禹锡《陋室铭》："南阳诸葛庐，西蜀子云亭。"

山卧东西两岸青。
沤鸟①自眠鱼不跃,
烟波应笑独为醒。

---

① 沤鸟:《后汉书·马融传》:"水禽鸿鹄,鸳鸯、鸥、鹭,鸧鸹。"李贤注:"鸥,白鸥也。"李时珍《本草纲目·禽一·鸥》:"鸥者浮水上,轻漾如沤也……在海者名海鸥,在江者名江鸥。"

《童子鸣集》卷之四

五言绝句

斋居四首

谈太常思重手书古人十字赠余,余为揭之斋中,长夏无事,演为四绝句。

过雨云未开,窗间山色远。

着冠无一事,笑拨床头阮[①]。

其二

游囊解长剑,拂拭生雪光。

不须要侠客,歌来还慨慷。

其三

任性[②]青山下,不知山外事。

秋色染松影, 此中有真意。

其四

履声桐子冈[③],时闻客相谓[④]。

---

① 阮:董解元《西厢记诸宫调》卷一:"选甚嘲风咏月,擘阮分茶。"凌景埏校注:"'阮',指一种很像现在月琴的样子的乐器。"

② 任性:《东观汉记·马融传》:"涿郡卢植、北海郑玄,皆其徒也,善鼓瑟,好吹笛,达生任性,不拘儒者之节。"

③ 桐子冈:赵宏恩《乾隆江南通志》卷十六:"三港,在南陵县。出西南诸山而襟带于县城中者,为中港。出工山朗陵之阳流于县西者,为西港。合白石滩诸水而绕于县后者,为后港。皆合于漳淮下流横涧桥。水在府南十里,源出横山之麓,北径岩台,又历花田、西山、桐子冈,会于此桥,入宛溪,宋郡守张果抱民籍入水死处。"

④ 相谓:《史记·日者列传》:"居三日,宋忠见贾谊于殿门外,乃相引屏语相谓自叹曰:'道高益安,势高益危,居赫赫之势,失身且有日矣。'"

冈下住何人,隔竹见云气。

无酒二首

寒缸空斗卧,冷落竹炉①烟。
半夜披襟看,江流只打船。

其二

一片雨声中,官桥几树枫。
独怜泊舟处,市不是新丰②。

上清宫③八首

青山卧灵秀,年年春不改。
人欲问长生,不须渡沧海。

其二

出门流水色,浑似秋江上。
绕屋山百重,日日芙蓉放。

其三

种松盘石④壁,松色日精神。
茯苓⑤出其侧,枝干生龙鳞。

其四

炼药变白发,画符⑥换青钱。

---

① 竹炉:杜甫《观李固请司马弟山水图》诗之一:"易简高人意,匡床竹火炉。"

② 新丰:江苏省丹徒县新丰镇,产名酒。清钱大昕《十驾斋养新录·新丰》:"丹徒县有新丰镇。陆游《入蜀记》:'六月十六日,早发云阳,过夹冈,过新丰。小憩。'李白诗云:'南国新丰酒,东山小妓歌。'又唐人诗云:'再入新丰市,犹闻旧酒香。'皆谓此,非长安之新丰也。"

③ 上清宫:李贤《明一统志》卷五十一:"上清宫,在龙虎山。汉天师张道陵之后居之。唐名真仙馆,宋大中祥符间改上清观,政和间赐名上清正一宫,神宗尝赐玉印。元大德间赐名正一万寿宫。本朝洪武永乐间,两奉敕重修。洪迈有《宿上清宫诗》。"

④ 盘石:《荀子·富国》:"为名者否,为利者否,为忿者否,则国安于盘石,寿于旗翼。"杨倞注:"盘石,盘薄大石也。"

⑤ 茯苓:《淮南子·说山训》:"千年之松,下有茯苓。"高诱注:"茯苓,千岁松脂也。"焦竑《焦氏笔乘·医方》:"茯苓久服之,颜色悦泽,能灭瘢痕。"

⑥ 画符:葛洪《抱朴子·遐览》:"郑君言,符出于老君,皆天文也。老君能通于神明,符皆神明所授。"

不必驱三尸^①，闭门成列仙。

其五

落木日萧萧，寒云满阶白。

山鬼^②不敢啼，知是异人^③宅。

其六

采药不入山，卖药不出山。

灵丹自九转，山门常自关。

其七

青山远人世，鸡犬云气中。

一逢桃花流^④，尽说桃源^⑤通。

其八

长笑《逍遥游》^⑥，虚无^⑦即我家。

不惜洗药水^⑧，为尔书《南华》^⑨。

---

① 三尸：《云笈七签》卷八十一曰："死后魂升于天，魄入于地，唯三尸游走，名之曰鬼。"段成式《酉阳杂俎·玉格》："三尸一日三朝：上尸青姑，伐人眼；中尸白姑，伐人五脏；下尸血姑，伐人胃命。"

② 山鬼：《云笈七签》卷七九："山鬼哭于蓁林，孤魂号于绝域。"

③ 异人：《三国演义》第四九回："孔明曰：'亮虽不才，曾遇异人，传授奇门遁甲天书，可以呼风唤雨。'"

④ 桃花流：《汉书·沟洫志》："来春桃华水盛，必羡溢，有填淤反壤之害。"颜师古注："《月令》：'仲春之月，始雨水，桃始华。'盖桃方华时，既有雨水，川谷冰泮，众流猥集，波澜盛长，故谓之桃华水耳。"

⑤ 桃源：即桃花源。

⑥ 《逍遥游》：《庄子·逍遥游第一》："北冥有鱼，其名为鲲。鲲之大，不知其几千里也；化而为鸟，其名为鹏。鹏之背，不知其几千里也；怒而飞，其翼若垂天之云。是鸟也，海运则将徙于南冥。南冥者，天池也。"

⑦ 虚无：杜甫《白帝楼》诗："漠漠虚无里，连连睥睨侵。"仇兆鳌注："太虚之际，城堞上侵，极言城之高峻。"

⑧ 洗药水：董斯张《广博物志》卷之五："葛洪尝过赣之兴国境，见山灵水秀，遂结庐筑坛，凿池洗药。留四言诗一首，曰：'洞阴泠泠，风佩清清，仙居永劫，花木长荣。'今其地有洗药池。"

⑨ 《南华》：胡应麟《少室山房笔丛·九流绪论上》："庄周《南华》，其文辞瑰崛横放，固独行天地间。"

子夜①吴歌②四首

丹葩③缀绿叶,月色露华鲜④。
夜夜泣红泪⑤,流光⑥解可怜。

其二

长夏蚊蚋多,空帏独逼仄。
犹自暗中语,莫飞向江北。

其三

深闺夜岑寂⑦,蟋蟀空庭鸣。
小姑⑧隔床问,何处刀尺⑨声。

其四

冰雪暗关河,君衣犹自单。
含愁试罗帏,无风亦已寒。

七言绝句

嘉禾⑩道中⑪

十年不向此中行,

---

① 子夜:何景明《待曙楼赋》:"于是子夜既逾,寅晓将发。"
② 吴歌:《晋书·乐志下》:"吴歌杂曲。并出江南。东晋以来,稍有增广。"
③ 丹葩:刘向《列仙传·赤斧》:"发虽朱蕤,颜晔丹葩。"
④ 华鲜:韦应物《观早朝》诗:"煌煌列明烛,朝服照华鲜。"
⑤ 红泪:王嘉《拾遗记·魏》:"文帝所爱美人,姓薛名灵芸,常山人也……灵芸闻别父母,歔欷累日,泪下沾衣。至升车就路之时,以玉唾壶承泪,壶则红色。既发常山,及至京师,壶中泪凝如血。"
⑥ 流光:曹植《七哀》诗:"明月照高楼,流光正徘徊。"
⑦ 岑寂:《文选·鲍照〈舞鹤赋〉》:"去帝乡之岑寂,归人寰之喧卑。"李善注:"岑寂,犹高静也。"
⑧ 小姑:王建《新嫁娘词》:"未谙姑食性,先遣小姑尝。"
⑨ 刀尺:《玉台新咏·古诗〈为焦仲卿妻作〉》:"左手持刀尺,右手执绫罗。"
⑩ 嘉禾:徐硕《至元嘉禾志》卷一:"嘉禾路,《九域志》曰:'上,秀州,古扬州之境也,周时为吴国。'《释名》曰:'吴虞也,即太伯避季历之地。'吴伐越,越子御之檇李。檇李,即今嘉兴也。……宋政和七年八月二十二日,改秀州为嘉禾郡。宁宗庆元元年,以是邦为孝宗毓圣之地,升嘉兴府。嘉定元年十一月,因守臣赵希道奏请,赐嘉兴军额。"
⑪ 《童贾集》作:"《嘉禾道中二首》,其二为:'青帆一片水浮空,百里关河半日风。何事当年隔疆场,吴军越舰岛声中。'"

両岸菰蒲①依旧②青。
却怪邻船说前事③，
满堤烽火昼冥冥④。

雨中简顾二⑤懋俭⑥

冻雨⑦击床日未昏，
辟疆园中春鸟喧。
虎头⑧醉卧奚奴⑨散，
竹里何人听叩门。

---

① 菰蒲：李时珍《本草纲目·草八·菰》集解引苏颂曰："春末生白茅如笋，即菰菜也，又谓之茭白，生熟皆可啖，甜美。"《诗·王风·扬之水》："扬之水，不流束蒲。"郑玄笺："蒲，蒲柳。"
② 依旧：《童贾集》作"夜色"。
③ 事：《童贾集》作"岁"。
④ 冥冥：《诗·小雅·无将大车》："无将大车，维尘冥冥。"朱熹集传："冥冥，昏晦也。"
⑤ 二：《童贾集》无此字。
⑥ 懋俭：吕天成《曲品》卷上："顾希雍懋仁，昆山人。顾仲雍懋俭，昆山人。"吕天成《曲品》卷下："顾懋仁所著《传奇》一本，五鼎校正：主父偃，恩仇分明。写出最肖且不与生对甚新。第五鼎欠发挥，徒寄之一言耳。顾懋俭所著《传奇》一本，椒觞校正：陈亮事真，此君似有感而作。梁伯龙极赏之，是甚有学问者。"张大复《昆山人物传》卷七："顾允默，字茂仁，幼习家学，为文章多根极理要，宏赡该博，而秀色灵气，勃勃言表，为一时学者所推重。……去从归先生游，为古文词，浓淡相遭，均节有式。然公志在绳武，蓝衣幞头，浮沉诸生间，悒悒不自得。中岁游成均，为辟雍弟子，与海内贤俊角，则又辄先诸贤俊，而蓝衣幞头如初。公乃慨然曰：李将军不封侯，岂其数耶。稍稍考订音律，征一二少年，用相娱乐，而读书不减壮盛时。"张大复《昆山人物传》卷七："顾懋宏，字靖甫。白皙虬髯，语逯逯如寒士，而气雄万夫，时有封狼居胥之意。驰骤诸生间，久之多口过，竟以此秧毁违误系狱。……久之，竟以宗老籍为诸生蕲州。时练水殷无美都官夷陵，见而怀之曰：此吾故人顾茂俭也。假道过蕲，劝令东还，遂游太学。万历戊子以太学生被荐，告还乡里。……其后出守莒州，奉职循理无吏议，终非其好也。尚羊浮丘诸山，望刘飐雕龙故处，久之自劾免。"顾梦圭《疣赘录》卷三《字二子说》："吾顾氏自汉晋以来，代有闻人。入国朝百八十余年，衣冠阀阅，日益昌炽。皆繇先世以仁厚节俭为持身保家之本。……二子既冠授室，乃字允默曰懋仁，允焘曰懋俭。"
⑦ 冻雨：《淮南子·览冥训》："若乃至于玄云之素朝，阴阳争朝，降扶风，杂冻雨，扶摇而登之，威动天地，声震海内。"高诱注："冻雨，暴雨也。"
⑧ 虎头：陈思《书小史》卷六："顾恺之，字长康，小字虎头，晋陵无锡人。博学有才气，为桓温、殷仲容参军。善书画，写特妙，谢安深重之，谓有苍生以来未之有也。时人号为三绝，谓痴书画也。"
⑨ 奚奴：《周礼·天官·序官》："奚三百人。"郑玄注："古者从坐男女没入县官为奴，其少才知以为奚，今之侍史官婢。或曰：'奚，宦女。'"

顾懋俭约看青墩①荷花不得往

群玉峰②西一片霞，
游人为说是莲花。
可怜不得同船采，
今夜秋江自月华。

谢谈思重夜送红色鞠③花

客舍萧萧独掩扉，
叩门忽有④好花枝。
灯前颜色如红拂⑤，
羞杀当年李药师⑥。

旅中早起怀谈太常⑦

客舍萧萧雨满城，
故人羸马傍谁行。

---

① 青墩：《读史方舆纪要》卷九十一《浙江三·嘉兴府·桐乡县》："青墩镇。县北二十八里。古有青墩，唐置镇遏使于此，与湖州之乌镇止隔一水，梁昭明太子读书台在焉。"

② 群玉峰：《读史方舆纪要》卷八十七《江西五·临江府·峡江县》："玉笥山，县南四十里。旧名群玉峰，相传汉武帝元封五年行巡南部，受上清箓于群玉之山，见有玉箱如笥，委坛中，忽失去，因改今名。道书为第十七洞天、第八福地。有三十三峰，二十四坛，十二台，六洞，十一亭，七源，二坞，四谷，三十六涧，其余潭石宅井坡岭，名类不一而足。又有天柱冈，高千仞，形若天柱。陶弘景《玉匮书》云：'玉笥山盘踞数十里，地产稻谷肥美，宜避兵。'旧志：'在新淦南六十里。'"

③ 鞠：通"菊"。

④ 有：《童贾集》作"见"。

⑤ 红拂：陈耀文《天中记》卷十九《红拂》："李靖谒杨素，一妓执红拂侍侧，目靖久之。靖归逆旅，夜有紫衣戴帽人叩门。延入，脱衣去帽，乃十八九一美人也。靖惊诘之，告曰：'妾杨家红拂妓也，丝萝愿托乔木。'乃与俱适太原。"

⑥ 李药师：《旧唐书》卷六十七《李靖传》："李靖本名药师，雍州三原人也。祖崇义，后魏殷州刺史、永康公。父诠，随赵郡守。靖姿貌瑰伟，少有文武材略，每谓所亲曰：'大丈夫若遇主逢时，必当立功立事，以取富贵。'其舅韩擒虎号为名将，每与论兵，未尝不称善，抚之曰：'可与论孙、吴之术者，惟斯人矣。'初仕随为长安县功曹，后历驾部员外郎。左仆射杨素、吏部尚书牛弘皆善之。素尝拊其床谓靖曰：'卿终当坐此。'"

⑦ 太常：《童贾集》作"思重"。

夜来误听杨州讯，

却把鸡声作鹤声。

吕城①逢叶茂长②不得停舟问讯

吕家城西随好风，

船来船去两匆匆。

相逢不得须臾③待，

此地令人愧阿蒙④。

听翁子衡⑤鼓琴

雨过青天下鹤群，

---

① 吕城：《读史方舆纪要》卷二十五《南直七·镇江府·丹阳县》："吕城，县东南五十四里，与武进县接界。相传吴将吕蒙所筑，城址尚存。宋开宝七年，吴越助宋攻江南围常州，拔其吕城。及江南平，以运道所经，置堰闸于此，淳化中废。元祐四年知润州林希奏复吕城堰，置上下闸，以时启闭。元符初，知润州王愈请复申启闭之禁。又绍兴二年，吕颐浩受命都统诸军，开府镇江，行至常州，前军将赵延寿叛于吕城镇，犯金坛，颐浩惧，移疾不敢进。庆元五年，命镇江府守臣重修吕城两闸毕，再造一新闸以固堤防。德祐初为元兵所陷。既而刘师勇复常州，使别将张彦守吕城，寻又为元兵所破，师勇复攻拔之。明初，仍置吕城闸，设官守之，以时启闭。弘治中闸废，嘉靖初复置。然旧制渐弛，运河每患浅阻，寻奏复之，未久辄废。志云：'吕城镇东出奔牛十八里，其地之特为运途津要，亦常、润间之屏蔽也。'今有吕城驿，又置吕城巡司戍守于此。"

② 叶茂长：叶山人之芳，字茂长，无锡人。

③ 须臾：洪迈《容斋三笔·瞬息须臾》："瞬息、须臾、顷刻，皆不久之辞，与释氏'一弹指间'，'一刹那顷'之义同，而释书分别甚备……又《毗昙论》云：'一刹那者翻为一念，一怛刹那翻为一瞬，六十怛刹那为一息，一息为一罗婆，三十罗婆为一摩睺罗，翻为一须臾。'又《僧祇律》云：'二十念为一瞬，二十瞬名一弹指，二十弹指名一罗预，二十罗预名一须臾，一日一夜有三十须臾。'"

④ 阿蒙：《三国志》卷五十四《吕蒙传》："吕蒙字子明，汝南富陂人也。少南渡，依姊夫邓当。当为孙策将，数讨山越。蒙年十五六，窃随当击贼，当顾见大惊，呵叱不能禁止。归以告蒙母，母恚欲罚之，蒙曰：'贫贱难可居，脱误有功，富贵可致。且不探虎穴，安得虎子？'母哀而舍之。……蒙少不修书传，每陈大事，常口占为笺疏。常以部曲事为江夏太守蔡遗所白，蒙无恨意。及豫章太守顾邵卒，权问所用，蒙因荐遗奉职佳吏，权笑曰：'君欲为祁奚耶？'于是用之。甘宁粗暴好杀，既常失蒙意，又时违权令，权怒之，蒙辄陈请：'天下未定，斗将如宁难得，宜容忍之。'权遂厚宁，卒得其用。……吕蒙勇而有谋断，识军计，谲郝普，禽关羽，最其妙者。初虽轻果妄杀，终于克己，有国士之量，岂徒武将而已乎！"

⑤ 翁子衡：生平不详。

坞中流水隔山闻。

若教寄向瑶琴曲，

散作松头一片云。

过淮阴戏简陈太守①三首

短剑携将朝岱宗，

归来又指祝融峰。

潇湘见说君家近，

艇子②经过水几重。

出门高□□熊车③，

手种甘棠④影不疏。

怪底淮流水清彻，

留宾犹自叹无鱼。

射阳湖⑤西风正便，

卸帆白日讶长年⑥。

燕山直下三千里，

却为淮阳一泊船。

板陂⑦迟赵太史

板陂亭子绕群峰，

---

① 陈太守：陈玉叔，名文烛，别号五岳山人。

② 艇子：小船。辛弃疾《贺新郎》词："艇子飞来生尘步，唾花寒，唱我新番句。"

③ 熊车：有梁元帝《玄览赋》："应鸣鞞于龙角，覆缇幕于熊车。"

④ 甘棠：《诗·召南·甘棠》："蔽芾甘棠，勿翦勿伐，召伯所茇。"陆玑疏："甘棠，今棠梨，一名杜梨。"

⑤ 射阳湖：《读史方舆纪要》卷二十二《南直四·淮安府·山阳县》："射阳湖，府东南七十里。亦曰射陂，一名博支河。阔三十丈，长三百里，与盐城、宝应县分界。汉武帝子广陵王胥有罪，其相胜之奏夺王射陂是也。唐大历三年尝置官屯于此，寻废。今府境东南诸水皆汇于湖中，复灌输于淮以入海。而潮沙溢入，浅淤且过半矣。"

⑥ 长年：杜甫《拨闷》诗："长年三老遥怜汝，捩舵开头捷有神。"仇兆鳌注："蔡注：'峡中以篙师为长年，舵工为三老。'邵注：'三老，捩舵者。长年，开头者。'"

⑦ 板陂：刘松《隆庆临江府志》卷七："县前总铺、石冈、顺化、瑒冈、枧头、万安、中梆七铺，每铺各编铺兵四名，樟树、宝山、醴泉、板陂四铺，每铺各编铺兵三名，共四十名。"

秋色参差锦万重。
隔岭箫声吹不歇，
仙人应是采芙蓉。

宜春①道中

莫言台榭只宜春②，
春色遥看解妒人。
一自平津③罢歌舞，
可怜燕子落东邻。

明发问南岳先寄三绝句

大江以南万叠云，
招摇尽属祝融君。
青驴我欲穷探穴，
莫秘千年神禹文④。
七十二峰⑤颜色鲜，
峰头个个似青莲。

---

① 宜春：《读史方舆纪要》卷八十七《江西五·袁州府·宜春县》："宜春县，附郭。汉县，属豫章郡，武帝封长沙定王子成为侯邑。后汉仍属豫章郡，三国吴宝鼎二年改属安成郡。晋因之，宁康中改县曰宜阳。宋、齐以后因之。隋为袁州治，开皇十八年复曰宜春。唐以后皆因之。今编户百五十里。"

② 宜春：《读史方舆纪要》卷八十七《江西五·袁州府·宜春县》："宜春台。在府城内东南隅。高五十丈，周览川原，实为壮观。又仙女台，亦在城东南隅，与宜春台相望。城西南隅曰凤凰台，枕城为台，楼观突兀。志云：'宜春有五台，城南十五里湖冈山有湖冈台，西北化成岩曰化成台，与城内三台为五也。'"

③ 平津：《汉书》卷五十八《公孙弘传》："元朔中，代薛泽为丞相。先是，汉常以列侯为丞相，唯弘无爵，上于是下诏曰：'朕嘉先圣之道，开广门路，宣招四方之士，盖古者任贤而序位，量能以授官，劳大者厥禄厚，德盛者获爵尊，故武功以显重，而文德以行褒。其以高成之平津乡户六百五十封丞相弘为平津侯。'其后以为故事，至丞相封，自弘始也。"欧阳修《寄题相州荣归堂》诗："不须授简樽前客，好学平津自有文。"

④ 神禹文：李贤《明一统志》卷六十四："神禹碑，在岣嵝峰。又传在衡山县云密峰。徐灵期曰：'禹治水碑，皆科斗文字。昔樵者曾见之，自后无有见者。'又按《舆地纪胜》云：'在双夔门，宋嘉定初蜀士因樵夫引至其处，以纸打其碑，凡七十二字，皆不可晓。而以摹本刻之观中，后俱亡。'"

⑤ 七十二峰：南岳衡山有七十二峰。

就中一蘖更奇绝，
独立亭亭天柱□①。

片帆秋色染湘江，
竹里含愁凤一双。
索我题诗寄衡岳②，
夜深飞过落船窗。

登祝融绝顶望大沩山③寄陈贞父④四首

昨夜逢君湘水边，
向余摇笔赋《游仙》⑤。
如何为惜王乔舄，
醉后呼来不上船。

手植桃花不碍闲，
公庭⑥片片落寒山。
夜来清梦瑶琴侧，
可比仙人缥缈⑦间。

白鹤双飞羽翮⑧轻，
朱明⑨何事不成行。
无论懒性过中散，
故是游情少尚平⑩。

---

① 天柱□：此处当缺"山"字，南岳衡山又称天柱山。

② 衡岳：即南岳衡山。胡宏《题上封寺》诗："潇湘水与苍梧通，环绕衡岳青冥中。"

③ 大沩山：《读史方舆纪要》卷八十《湖广六·长沙府·宁乡县》："大沩山，县西百四十里。高六十里，周围百四十里。草木深茂，四面水流深阔，故曰大沩。有香泉及大、小青龙诸泉，皆奇胜。嘉靖间土贼屯据于此，抚臣翟瓒讨平之，是后尝为啸聚之所。"

④ 陈贞父：陈以忠，字贞甫，无锡人。

⑤ 《游仙》：锺嵘《诗品》卷中："《翰林》以为诗首，但《游仙》之作，词多慷慨，乖远玄宗。"

⑥ 公庭：朝堂。《诗·邶风·简兮》："硕人俣俣，公庭万舞。"

⑦ 缥缈：《文选·木华〈海赋〉》："群仙缥眇，餐玉清涯。"李善注："缥眇，远视之貌。"

⑧ 羽翮：《周礼·地官·羽人》："羽人掌以时征羽翮之政于山泽之农，以当邦赋之政令。"郑玄注："翮，羽本。"

⑨ 朱明：尸子《卷上》："春为青阳，夏为朱明，秋为白藏，冬为玄英。"

⑩ 尚平：向长，一作尚长，字子平，河内朝歌人。

见说题诗寄祝融，

旌幢①日夕候山中。

白云忽自孤飞过，

赢得仙人笑满空。

甲戌②立春③日戏笔

去岁逢春是故林，

青山懒出竹篱④寻。

独嫌县令频相过，

门外无端辙迹深。

题新城⑤主人壁

夜深秣马是新城，

---

① 旌幢：《周礼·春官·司常》："全羽为旞，析羽为旌。"《宋史·仪卫志六》："幢，制如节而五层，韬以袋，绣四神，随方色，朱漆柄。"

② 甲戌：明神宗万历二年（1574）。

③ 立春：《逸周书·时训》："立春之日，东风解冻；又五日，蛰虫始振；又五日，鱼上冰。"

④ 竹篱：《南史·王俭传》："宋世，宫门外六门城设竹篱。"

⑤ 新城：《读史方舆纪要》卷十二《北直三·保定府·新城县》："新城县，府东北百五十里。北至涿州六十里，东南至霸州百十里，东至顺天府固安县九十里。古督亢地也，汉置新昌县，属涿郡，后汉省。唐大历四年分固安县地置新昌县，太和六年又析新昌地置新城县，属涿州。后唐同光二年契丹寇新城，即此。辽、金亦曰新城县。元升为新泰州，寻复曰新城县，至元二年改属雄州。明初因之，洪武六年改今属。编户三十六里。"新城主人，当为沈渊。成瓘《（道光）济南府志》卷五十一："沈渊字子静，号澄川，新城人。父云雁，四子：伯源，仲潭，次渊，又次澜，顾独奇渊。少攻苦绩学，读书城南寺。嘉靖乙丑进士，选庶吉士。丁卯，授翰林院检讨，入馆修国史，掌制诰，执事经筵。穆庙登极，亟举大典，故并得与焉。明年戊辰，分校礼闱，得豫章张宫保，位为举首。辛未，册诸侯王，报命阙下。会上在东宫出阁，以本官兼校书郎入侍。万历改元，以从龙恩进编修。嫡母周太孺人没，诏守臣临祀及其父，盖异数也。己亥，起复故职，分校起居注，进经筵讲官。端慎有仪，开陈剀切。明年，擢国子监司业。上幸太学，渊讲《尚书》，赐白金文绮，宴于阙门。时都试届期，诸生云集，渊摄大司成，矩度甚严，少所假贷。贵游高第，凛凛步趋，莫敢关请，国学为之改观。其明年春，病。三月，卒。上念旧劳，诏守臣临祭如令典，大学士于慎行为之撰传。子庭枏。"

犹隔燕山①二百程。
若比钱塘归去棹，
严滩今夜客星②迎。

①　谢肇淛《五杂俎·地部一》："辽金及元皆都燕山，而制度文物，金为最盛。"
②　客星：东汉隐士严光。

《童子鸣集》卷之五

序

《客越志》序

《客越志》二卷,太原王子百榖撰。百榖先世由暨阳①迁晋陵②,再徙吴郡。余客吴多留梁溪,溪之水东经暨阳,入于江北,逾晋陵,南达吴郡,于道里③为适中。异时尝见予诗于山间,乃来相寻。由是余入吴,百榖岁时往来晋陵、暨阳。客船木榻、文章酒卮,甚相昵也。

---

① 暨阳:《读史方舆纪要》卷二十五《南直七·常州府·江阴县》:"暨阳废县,县东四十里。晋太康初所置县也。《寰宇记》云:'本名莫城,汉莫宠所筑,以捍海寇。晋置暨阳县于此,隋省。唐武德三年,复置暨阳县,属暨州,九年仍省入江阴县。'又江阴故城,在今县治东北。《祥符图经》:'城周十三里,北濒大江,杨吴天祐十年所筑。'内为子城,宋庆元五年重修,元初毁。至正十二年盗起,城邑残破。十四年为张士诚将黄传所据,又三年明师克之。初筑土城,龙凤十二年甃以砖石,周九里有奇。嘉靖中复增筑。今城堞屹然,为江干锁钥。"

② 晋陵:《读史方舆纪要》卷二十五《南直七·常州府》:"《禹贡》扬州之域,春秋时吴地,后属越,战国属楚,秦为会稽郡地,汉因之。后汉永建四年分属吴郡。三国吴分无锡以西为屯田,置典农校尉。晋太康初省校尉,分吴郡置毗陵郡,永嘉五年改曰晋陵郡,宋、齐、梁、陈因之。隋开皇九年废郡置常州、大业初复曰毗陵郡,隋末为沈法兴、李子通等所据。唐武德三年复曰常州,天宝初亦曰晋陵郡,乾元初复故。五代属于杨吴,后又为南唐所有。宋仍曰常州。元为常州路。明初为长春府,寻复为常州府,直隶京师。领县五。今因之。"

③ 道里:路程。《管子·七法》:"故有风雨之行,故能不远道里矣;有飞鸟之举,故能不险山河矣。"

去年夏,大雨弥月,百榖有事于故相国袁公①家,道出西湖,度钱塘,过会稽、句章②,其间兽啼鸟迹,盘纡弟郁③,荡云沃日,目之所触,耳之所遇,咸发之以为声歌。

初,相国未薨前一岁,百榖在太学生徒中,一见以为晚。凡有所疑难,辄召问之。间尝亲为解经,于门人坐无王生则寻为罢去。宰相于诸生礼厚如此,盖古之所无。于是京师人交相称美,以为盛事。后其薨,而家复远在吾越,门生故旧,稍稍散去,独百榖驰往,哭于其家。素车白马,萧萧千里。延陵之剑,陇西④之缟,为之从行。当潢潦⑤载道,衣履水渍,人视之酸辛,而不以为劳,于是人益难之。

当是时,余方抱病逆旅,乃日夜望其归,相与慰劳。其行无何,百榖还,授余此书。门外雨沾沾犹不休,几上瑯玕⑥翡翠,冰纨⑦夜光,照耀四壁,翩翩然,令人辄欲飞动。

---

① 相国袁公:《明史》卷一百九十三《袁炜传》:"袁炜,字懋中,慈溪人。嘉靖十七年会试第一,殿试第三,授编修。炜性行不羁,为御史包孝所劾,帝宥不罪。进侍读。久之,简直西苑。撰青词,最称旨。……炜自供奉以后,六年中进宫保、尚书,前未有也。……四十四年春,疾笃,请假归,道卒,年五十八。赠少师,谥文荣。……炜才思敏捷。帝中夜出片纸,命撰青词,举笔立成。遇中外献瑞,辄极词颂美。帝畜一猫死,命儒臣撰词以醮。炜词有'化狮作龙'语,帝大喜悦。其诡词媚上多类此。以故帝急枋用之,恩赐稠迭,他人莫敢望。自嘉靖中年,帝专事焚修,词臣率供奉青词。工者立超擢,卒至入阁。时谓李春芳、严讷、郭朴及炜为'青词宰相'。……炜自负能文。见他人所作,稍不当意,辄肆诋诮。馆阁士出其门者,斥辱尤不堪,以故人皆畏而恶之。"

② 句章:《读史方舆纪要》卷九十二《浙江四·宁波府·慈溪县》:"句章城,县西南三十五里城山渡东。春秋时越勾践所筑。《十三州志》:'勾践之地,南至句无。后并吴,因大城之,章霸功以示子孙,故曰句章。'秦置句章县,汉因之。元鼎中遣横海将军韩说出句章,浮海从东方击闽越是也。三国吴永安七年魏将王雅浮海入句章,掠吏民而去。晋隆安四年刘牢之击孙恩,东屯上虞,使刘裕戍句章。既而裕改筑城于小溪镇,即今府西南故句章城。自晋以前句章县皆治此。"

③ 弟郁:山路曲折。司马光《太行》诗:"弟郁天关近,峥嵘地轴回。"

④ 陇西:《汉书·地理志下》:"陇西郡。秦置。"颜师古注:"此郡在陇之西,故曰陇西。"

⑤ 潢潦:《文选·陆机〈赠尚书郎顾彦先〉诗之二》:"丰注溢修溜,潢潦浸阶除。"张铣注:"潢潦,雨水流于地者。"

⑥ 瑯玕:《书·禹贡》:"厥贡惟球、琳、琅玕。"孔传:"琅玕,石而似玉。"孔颖达疏:"琅玕,石而似珠者。"

⑦ 冰纨:《汉书·地理志下》:"后十四世,桓公用管仲,设轻重以富国,合诸侯成伯功,身在陪臣而取三归。故其俗弥侈,织作冰纨、绮绣、纯丽之物。"颜师古注:"冰谓布帛之细,其色鲜絜如冰者也。纨,素也。"

夫古之贤豪振屦^①名山，发于声歌者有矣。求其言之彬彬^②足以名于世者，盖无几焉。即言之彬彬足以名世者有矣，然或托迹于山川，寄兴于泉石，容与于草木禽兽，求其行之昭昭^③足称，以美于人者，则又无几焉。今读其所造，则若此其彬彬矣。而其行也，又若彼之昭昭矣。若百榖者，岂不谓过于古之人也乎哉。

虽然予独自怪当其往时不能与之俱行，而予乡西湖之波，适蔽于飘风淫雨^④，其美有不能尽见者。他日当为撰策，一要其再过。即五六月之间，莲花满水，笙歌万家，紫嶂千盘，白云一抹，与之并论吴郡诸山之胜，辟彼角樗蒲^⑤于席上，必当投一筹^⑥以谢余也。

《记故人姓名》序

余小子薄游诸大方都^⑦，为忘我贫贱，申尔殷勤，笃以竹素之好，敦斯金兰^⑧之谊。近自三家^⑨，远而四海^⑩。或青山倾盖于一言，或紫气命车^⑪乎千

---

① 振屦：当为振履。《汉书》卷七十七《郑崇传》："郑崇字子游，本高密大族，世与王家相嫁娶。祖父以訾徙平陵。父宾明法令，为御史，事贡公，名公直。崇少为郡文学史，至丞相大车属。弟立与高武侯傅喜同门学，相友善。喜为大司马，荐崇，哀帝擢为尚书仆射。数求见谏争，上初纳用之。每见曳革履，上笑曰：'我识郑尚书履声。'"

② 彬彬：《论语·雍也》："质胜文则野，文胜质则史，文质彬彬，然后君子。"何晏《集解》引包咸曰："彬彬，文质相半之貌。"

③ 昭昭：显著。《老子》："俗人昭昭，我独昏昏。"葛洪《抱朴子·论仙》："鬼神之事，著于竹帛，昭昭如此，不可胜数。"

④ 淫雨：《礼记·月令》："行秋令，则天多沈阴，淫雨蚤降。"郑玄注："淫，霖也，雨三日以上为霖。"

⑤ 樗蒲：古代博戏。马融《樗蒲赋》："昔玄通先生游于京都，道德既备，好此樗蒲。"葛洪《抱朴子·百里》："或有围棋樗蒲而废政务者矣，或有田猎游饮而忘庶事者矣。"

⑥ 一筹：《景德传灯录·优波毱多尊者》："每度一人，以一筹置于石室。"

⑦ 方都：《管子·轻重乙》："寡人欲毋杀一士，毋顿一戟，而辟方都二，为之有道乎？"马非百新诠："《博雅》云：'方，大也。'方都，即大都。"

⑧ 金兰：《文选·刘孝标〈广绝交论〉》："自昔把臂之英，金兰之友。"吕延济注："金兰，喻交道，其坚如金，其芳如兰。"

⑨ 三家：陆游《野意》诗："堤长逾十里，村小只三家。"

⑩ 四海：《书·大禹谟》："文命敷于四海，祗承于帝。"《尔雅·释地》："九夷、八狄、七戎、六蛮，谓之四海。"

⑪ 命车：《礼记·王制》："有圭璧金璋，不粥于市；命服命车，不粥于市。"郑玄注："尊物非民所宜有。"

里。先生降德①,长者忘年②。是以渡河三豕之讹③不濡④于耳,隔岭双鱼之讯时眩乎目。考其余列,则玄黄⑤含体。承此六风,则丹青染人。

古云:蓬直麻中⑥。余虽匪其俦,幸则侈矣,若之何?河流如驶,年光易凋。弹秋半⑦之琴丝,曲中何有于落叶;持朝来之明镜,鬓间宁无谓生花。岂惟黄耇⑧之客共有山颓木隤之叹,而朱颜⑨之辈亦生星沈露陨之悲。缅然⑩长思,余盖不知涕泗⑪之何从矣。

己巳⑫夏四,霪雨经旬,空斋抱疴⑬,不胜断云⑭宿草⑮之念。俯仰千古,计其人则指屡为屈。萧条五夜,□诸已则心独为劳。于是为之记其爵里,勒成此

---

① 降德:《孔丛子·记义》:"孔子适齐,齐景公让登。夫子降一等,景公三辞,然后登。既坐,曰:'夫子降德,辱临寡人,寡人以为荣也。'"

② 忘年:《初学记》卷十八引晋张隐《文士传》:"祢衡有逸才,少与孔融交。时衡未满二十,而融已五十,敬衡才秀,忘年殷勤。"

③ 三豕之讹:《吕氏春秋·察传》:"子夏之晋,过卫,有读史记者曰:'晋师三豕涉河。'子夏曰:'非也,是己亥也。夫己与三相近,豕与亥相似。'至于晋而问之,则曰晋师己亥涉河也。"

④ 濡:《诗·小雅·皇皇者华》:"我马维驹,六辔如濡。"郑玄笺:"如濡,言鲜泽也。"

⑤ 玄黄:《书·武成》:"惟其士女,篚厥玄黄,昭我周王。"孔传:"言东国士女,篚筐盛其丝帛,奉迎道次,明我周王为之除害。"

⑥ 蓬直麻中:《荀子·劝学》:"蓬生麻中,不扶而直;白沙在涅,与之俱黑。"

⑦ 秋半:元稹《酬乐天八月十五夜禁中独直玩月见寄》诗:"一年秋半月偏深,况就烟霄极赏心。"

⑧ 黄耇:《诗·小雅·南山有台》:"乐只君子,遐不黄耇。"毛传:"黄,黄发也;耇,老也。"

⑨ 朱颜:《楚辞·大招》:"嫭目宜笑,娥眉曼只。容则秀雅,稚朱颜只。"王夫之通释:"稚朱颜者,肌肉滑润,如婴稚也。"

⑩ 缅然:《三国志·蜀志·许靖传》:"咸与靖书,申陈旧好,情义款至。"裴松之注引鱼豢《魏略》:"王朗与文休书曰:'……临书怆恨,有怀缅然。'"

⑪ 涕泗:阮籍《咏怀》之六二:"齐景升丘山,涕泗纷交流。"

⑫ 己巳:明穆宗隆庆三年(1569)。

⑬ 抱疴:梅尧臣《谢王汝州复劝饮》诗:"不死常抱疴,于身宁自贵。"

⑭ 断云:赵师秀《会景轩》诗:"断云分树泊,饥鹤下田行。"

⑮ 宿草:《礼记·檀弓上》:"朋友之墓,有宿草而不哭焉。"孔颖达疏:"宿草,陈根也,草经一年则根陈也,朋友相为哭一期,草根陈乃不哭也。"

书,置之瓮牖①,用贻来系。嗟哉！筮巫阳②而湘灵③路远,赋《招魂》④则宋玉⑤才非。是编也,靡及其他,聊陈大概,不忘所自,庶几久要云耳。

《藏书阙记》序

万历改元,余犬马齿⑥五十有一,记所载人始衰之年也。是冬十一月八日,篝灯⑦坐雨良久。既就寐,俄作病,使人烦懑⑧。明日食不下,时复呕沫。

———————

① 瓮牖:《礼记·儒行》:"筚门圭窬,蓬户瓮牖。"郑玄注:"以瓮为牖。"孔颖达疏:"又云:'以败瓮口为牖。'"

② 巫阳:《楚辞·招魂》:"帝告巫阳曰:'有人在下,我欲辅之。魂魄离散,汝筮予之。'"王逸注:"女曰巫。阳,其名也。"

③ 湘灵:《后汉书·马融传》:"湘灵下,汉女游。"李贤注:"湘灵,舜妃,溺于湘水,为湘夫人。"《楚辞·远游》:"使湘灵鼓瑟兮,令海若舞冯夷。"洪兴祖补注:"此湘灵乃湘水之神,非湘夫人也。"

④ 《招魂》:《楚辞补注》卷第九《招魂章句第九》:"王逸《题解》:《招魂》者,宋玉之所作也。招者,召也。以手曰招,以言曰召。魂者,身之精也。宋玉怜哀屈原,忠而斥弃,愁懑。山泽,魂鬼。放佚,厥命将落。故作《招魂》,欲以复其精神,延其年寿,外陈四方之恶,内崇楚国之美,以讽谏怀王,冀其觉悟而还之也。"

⑤ 宋玉:习凿齿《襄阳耆旧记》卷一:"宋玉者,楚之鄢人也,故宜城有宋玉冢。始事屈原,原既放逐,求事楚。友景差,景差惧其胜已,言之于王,王以为小臣。玉让其友,友曰:夫姜桂因地而生,不因地而辛。美女因媒而嫁,不因媒而亲。言子而得官者,我也。官而不得意者,子也。玉曰:'若东郭狻者,天下之狡兔也。日行九百里,而卒不免韩卢之口。然在猎者耳,夫遥见而指踪,虽韩卢必不及狡兔也。若蹑迹而放,虽东郭狻必不免也。今子之言,我于王为遥指踪而不属耶,蹑迹而纵泄耶?'友谢之,复言于王。玉识音而善文,襄王好乐爱赋,既美其才,而憎之似屈原也。曰:'子盍从俗,使楚人贵子之德乎。'对曰:'昔楚有善歌者,始而曰《下里巴人》,国中属而和之者数百人。既而曰《阳春白雪》《朝日鱼离》,国中属而和之者不至十人。《含商吐角》《绝伦赴曲》,国中属而和之者不至三人矣,其曲弥高,其和弥寡也。'"

⑥ 犬马齿:自己年龄之卑称。董仲舒《春秋繁露·郊事对》:"臣犬马齿衰,赐骸骨,伏陋巷。"

⑦ 篝灯:王安石《书定院窗》诗:"竹鸡呼我出华胥,起灭篝灯拥燎炉。"

⑧ 烦懑:《素问·评热病论》:"汗出而身热者,风也;汗出而烦满不解者,厥也。病名曰风厥。"《史记·扁鹊仓公列传》:"病使人烦懑,食不下,时呕沫。"

山中无从召医,偶忆《太仓公传》^①,若得之小忧。伯氏^②素闲此书,以为良是,便买药作下气汤,命余就斋头^③曰,自为调服。一日气下,二日能小饮食,然未敢去床蓐。

忽顾东壁有残书数束,殆往岁理家藏,凡败烂阙失者,举弃此。病人见之,意有所感,乃僵起界致几上,试披一卷,即《淳于意传》^④。以所记证之,不为大谬^⑤,宛若逢故人逆旅,莫忍弃去。遂指授毛锥^⑥辈,一一及其余,并为次第联缀,随录其所从甲乙^⑦,冀有遇则足完之。

余凤负书僻^⑧,然资性驽下,不求甚解。乃今日老矣,手指力不胜,眸子^⑨并短光,虽当会心^⑩,寻为病所沮。是时所幸家人相戒,无劳客问,门外都无履声。炉烟药气缕缕生研席^⑪,若将变幻虹霓。与书卷为侣,于是余亦欣欣然,

---

① 《太仓公传》:《史记》卷一百五《扁鹊仓公列传》:"太仓公者,齐太仓长,临菑人也,姓淳于氏,名意。少而喜医方术。高后八年,更受师同郡元里公乘阳庆。庆年七十余,无子,使意尽去其故方,更悉以禁方予之,传黄帝、扁鹊之脉书,五色诊病,知人死生,决嫌疑,定可治及药,论甚精。受之三年,为人治病,决死生多验。然左右行游诸侯,不以家为家,或不为人治病,病家多怨之者。……齐王中子诸婴儿小子病,召意诊切其脉,告曰:'气鬲病。病使人烦懑,食不下,时呕沫。病得之少忧,数忔食饮。'臣意即为之作下气汤以饮之,一日气下,二日能食,三日即病愈。所以知小子之病者,诊其脉,心气也,浊躁而经也,此络阳病也。脉法曰'脉来数疾去难而不一者,病主在心'。周身热,脉盛者,为重阳。重阳者,逿心主。故烦懑食不下则络脉有过,络脉有过则血上出,血上出者死。此悲心所生也,病得之忧也。"

② 伯氏:《诗·小雅·何人斯》:"伯氏吹埙,仲氏吹篪。"高亨注:"伯氏,大哥。"

③ 斋头:书斋。黄景仁《答仇一鸥和韵》:"逢君陌上鞭双控,醉我斋头被共眠。"

④ 《淳于意传》:即《史记·太仓公传》。

⑤ 大谬:俞樾《古书疑义举例·助语用不字例》:"不者弗也,自古及今,斯言未变,初无疑义;乃古人有用'不'字作语词者,不善读之,则以正言为反言,而于作者之旨大谬矣。"

⑥ 毛锥:《旧五代史·汉书·史弘肇传》:"弘肇又厉声言曰:'安朝廷,定祸乱,直须长枪大剑,至如毛锥子,焉足用哉!'三司使王章曰:'虽有长枪大剑,若无毛锥子,赡军财富,自何而集?'"

⑦ 甲乙:《后汉书·马融传》:"校队案部,前后有屯,甲乙相伍,戊己为坚。"李贤注:"甲乙谓相次也。"

⑧ 书僻:"僻"通"癖"。陆游《示儿》诗:"人生有病有已时,独有书癖不可医。"

⑨ 眸子:《孟子·离娄上》:"存乎人者,莫良于眸子,眸子不能掩其恶。"朱熹集注:"眸子,目瞳子也。"

⑩ 会心:刘义庆《世说新语·言语》:"简文入华林园,顾谓左右曰:'会心处不必在远,翳然林水,便自有濠濮闲想也。'"

⑪ 研席:刘得仁《答韦先辈春雨后见寄》诗:"轩窗透初日,砚席绝纤尘。"

不知沈痾①之邵体矣。

他日，客闻余起，有来过者。见所录《阙记》，记中卷帙并移就架上参差，作喜状，若求主人出以侈客。客见而咸起为余寿②，余笑曰："物之遇与否，岂惟吾书哉。以属者③不佞④之病稍缓于治，不谋伯氏，或医授之庸，则今日客来，余且偕吾书相将委顿⑤东壁，又奚能出以见客邪。"客去，因书其故于《阙记》之简，且以志有书之益，不惟资词章，广见闻，其于衰迟⑥疾厄，如余之不敏，尚有所赖云。

《徐侍郎集》序

余乡有先贤曰徐公安贞，官唐玄宗朝中书侍郎⑦，东海开国男。案《国史》："安贞，龙丘人。尤善五言诗，应制，三擢甲科，拜学士。上属文多命视草⑧，甚承恩顾。天宝⑨初，卒。加赠东海子。"属者高淳韩公以秋官尚书郎来守我衢，龙为衢支县，其地多徐姓，然不知谁为公后。

相传有集，凡若干卷，亦散漫不复见。此诗、赋、杂文十有三篇，往余得之断碑脱简，以故多阙文。余生公乡人后，公书亡且久，乃获收其绪余⑩于千百

---

① 沈痾：权德舆《卧病喜惠上人李炼师茅处士见访以赠》诗："沈痾结繁虑，卧见书窗曙。"

② 寿：《汉书·高帝纪上》："庄入为寿，寿毕，曰：'军中无以为乐，请以剑舞。'"颜师古注："凡言为寿，谓进爵于尊者，而献无疆之寿。"

③ 属者：《汉书·李寻传》："故属者颇有变改，小贬邪猾。"颜师古注："属者，谓近时也。"

④ 不佞：《左传·昭公二十五年》："不佞不能与二三子同心，而以为皆有罪。"

⑤ 委顿：《三国志·魏书·高贵乡公髦》："车驾亲率群司，躬行古礼焉。"裴松之注引《魏名臣奏》载太尉华歆表："臣老病委顿，无益视听。"

⑥ 衰迟：沈德符《野获编·科场·有司分考》："前此就教者，类皆年力衰迟，今则多少壮矣。"

⑦ 中书侍郎：李林甫《唐六典》卷九："中书侍郎二人，正四品上。……中书侍郎掌贰令之职，凡邦国之庶务，朝廷之大政，皆参议焉。凡临轩册命大臣，令为之使，则持册书以授之。凡四夷来朝，临轩则受其表疏，升于西阶而奏之。若献赘币，则受之，以授于所司。"

⑧ 视草：《旧唐书·职官志二》："玄宗即位，张说、陆坚、张九龄、徐安贞、张泊等召入禁中，谓之翰林待诏。王者尊极，一日万机，四方进奏，中外表疏批答，或诏从中出，宸翰所挥，亦资其检讨，谓之视草。"

⑨ 天宝：唐玄宗的年号，公元742—756年，共计十五年。

⑩ 绪余：《庄子·让王》："道之真以治身，其绪余以为国家，其土苴以治天下。"陆德明《释文》："司马李云：绪者，残也，谓残余也。"

什一中,盖亦幸矣。或谓余外家本徐氏,无乃公后乎。今其子孙式微,转而之四方,安能招而问之邪。

韩公以儒学饰吏治,百废聿兴,尤加意文献,见公此编,以为是诚山川之光也。凤之毛,麟之角,宁谓其非全体,而不为之重邪。手为诠次,授诸梓人,流布之。猗欤①,公以一代文儒,雅负海岳②之灵,腾耀于世,如龙骞③云游,莫之可挽。方其载笔④翰苑⑤,润饰鸿猷⑥制词⑦,谓为德行宗师。文辞雄伯,博综维精,弥纶⑧有叙,盖深有夹辅⑨之望。公默察朝廷怙宠佞幸,大政紊坏,遂免官远遁,视名位如敝屣。及天下不宁,大官小臣鲜不罹祸,公独能全身林壑。今读其文与诗,并厚重敷瞻,端严⑩警拔⑪,都无凌轹⑫急促之气,虽百世而下,人为想望其丰采。

君子谓龙之为地,当山溪交错,俗尚纤啬⑬,民到于今莫能尽变。公出乎其间,崛然而起,爰以文学振动海宇。至亡,姓名自废于喑哑⑭,杂于贱流,其灵气卒不自掩。姑不论其他,岂不诚然豪杰也乎哉。乃余乡之人,不特不知公,至其子孙族属,皆忘公所自出。苟不以韩公之好文,求之深且切,则公之此编,余且录已三数十年,又何从示人也。

---

① 猗欤:《诗·周颂·潜》:"猗与漆沮,潜有多鱼。"郑玄笺:"猗与,叹美之言也。"

② 海岳:唐顺之《冬至南郊》诗:"声容六变合,海岳百灵纷。"

③ 龙骞:犹龙腾。《南齐书·高帝纪上》:"公风举四维,龙骞八表,威灵所振,异域同文。"

④ 载笔:《礼记·曲礼上》:"史载笔,士载言。"郑玄注:"笔,谓书具之属。"孔颖达疏:"史,谓国史,书录王事者。王若举动,史必书之;王若行往,则史载书其而从之也。"

⑤ 翰苑:即翰林院。《宋史·萧服传》:"文辞劲丽,宜居翰苑。"

⑥ 鸿猷:大业。唐肃宗《命有司举行郊庙大礼诏》:"朕获嗣鸿猷,敢志虔敬。"

⑦ 制词:苏轼《张文定公墓志铭》:"是夕,复召知制诰郑獬内东门别殿,谕以用公意,制词皆出上旨。"

⑧ 弥纶:宋濂《〈郭考功文集〉序》:"文学侍从之臣,亦皆传习经艺,彰露文采,足以备顾问,资政化,所以竭其弥纶辅翼之责,作其发扬蹈厉之勇。"

⑨ 夹辅:《左传·僖公四年》:"五侯九伯,女实征之,以夹辅周室!"

⑩ 端严:《北齐书·成帝纪》:"帝时年八岁,冠服端严,神情闲远,华戎叹异。"

⑪ 警拔:锺嵘《诗品》卷中:"观此五字,文虽不多,气调警拔。"

⑫ 凌轹:锺嵘《诗品·总论》:"元嘉中,有谢灵运,才高词盛,富艳难踪,固已含跨刘郭,凌跞潘左。"

⑬ 纤啬:《管子·五辅》:"纤啬省用,以备饥馑。"尹知章注:"纤,细也。啬,悋也。既细又悋,故财用省也。"

⑭ 喑哑:沉默。《新唐书·刑法志》:"吾闻语曰:'一岁再赦,好人喑哑。'"

记

游西山^①记

隆庆^②壬申闰月十二日，与征甫^③诸子为西山之游。先一日，夜集刘少宰^④

———————

① 西山：《读史方舆纪要》卷十一《北直二·顺天府·宛平县》："西山，府西三十里。太行山之别阜也，巍峨秀拔，拱峙畿右，称为名胜。稍北曰玉泉山，金章宗璟尝避暑于此，行宫故址在焉。其相近者曰香山，有香山寺，万历初驾尝幸此。志云：'香山之东接平坡山。其上平原百里，烟云林树，皆称奇胜，成化中车驾尝幸此。其并峙者曰觉山、卢师山。'又香山西南有五峰山，以五峰秀峙而名。自此而西，山之得名者凡数十处，皆西山也。"

② 隆庆：明穆宗年号，公元 1567—1572 年，共计六年。

③ 征甫：李介《天香阁随笔》卷二："江邑邓钦文，字征父，别号薇山。先世自交址来归，邓，其赐姓也。诗仿唐，婉丽清新。善小楷，行书深得赵文敏笔法。画能写意，尤工花卉。同邑观察沈建南、大参季连江皆重之，而尤与大司马刘公应谷相友善。自宦游以至致政四十年，无一日不与俱，有《纪游》《倚竹》二编，友人吴拯谦选得若干首，寿之梓，总名《邓山人诗集》。"缪荃孙《云自在龛随笔》卷六："江邑邓钦文，字征父，别号薇山。诗仿唐音，楷善赵体，画能写意，尤工花卉。邑人沈观督建南、季大参连江皆重之，而尤与大司马刘公应谷相友善。诗名《邓山人诗集》，吴拯谦寿之梓。"

④ 刘少宰：刘光济，字宪谦，江阴人。

宅。是月十五日,少宰有事山陵①,谓余是行不当不诣天寿②,因语其路径,翠微泉石为之流布,烛下座中人为色喜。且起,由西长安街出西直,人旁宫墙行,日色未吐,如有朝霞落前路,欣欣然往也。道过袁参军希舜③,希舜多山水好,

---

① 山陵:郦道元《水经注·渭水三》:"秦名天子冢曰山,汉曰陵,故通曰山陵矣。"

② 天寿:《读史方舆纪要》卷十一《北直二·顺天府·昌平州》:"天寿山,在州北十八里。本名黄土山,即军都诸山之冈阜。志云:'山脉自西山蜿蜒而来,群峰连亘,流泉环绕,永乐五年卜建山陵时幸此,因赐今名,历朝陵寝皆奠焉。'今州东北十五里曰玉带山,又五里曰笔架山,三峰并列,迥出云表。中峰之下,太宗玄宫奠焉,所谓长陵也。诸陵自东西两峰而外,或各名一山,皆以天寿统之。州南四里曰凤凰山,至城西北红门凡十里,两山并峙,连翩如凤翥。州西北五里曰虎峪山,又西三里曰大虎峪山,巍峨若虎踞。又十里曰照壁山,方如屏障。州东北七里有平台山,水中间小山也。山圆秀,成祖尝驻跸焉。嘉靖十五年作圣迹亭于山上。十七年临幸,祀成祖于亭中。当口又有小山曰影山,远望之其影先见,是为东山口。州西有小金山,为西山口。其南有小红门,距州西门八里。又西北十里曰德胜口。其西三里为蒲沟岩,有上中下三岩,土人呼为石梯,深险可避兵。此皆寝园诸山之护翼也。其间水流环通,自诸山口分入,汇为一流,出东山口入巩华城东北之沙河。又自红门而西北四里为翠屏山,下出泉九穴,潴而为池,名九龙池。红门之东北四里曰仙人洞,深窅无际。南自凤凰山,西至居庸关,东至苏家口,北至黄花镇,皆禁樵牧,林树森列。正统十四年,也先入犯,焚毁陵园,于谦遣军分屯天寿山。弘治十三年,火筛自大同深入,亦遣大臣守卫天寿山。嘉靖二十九年虏俺答犯州东门,官军潜伏林内,奋出击却之,盖控御要地矣。《山水记》:'天寿山环山凡十口。自州西门而北八里为大红门,门东三里曰中山口,又东北六里曰东山口。距州东门八里有松园,方广数里。又北而西十里曰老君堂口,旁有老君堂,因名。又西十五里曰贤庄口。又西三里曰灰岭口,官军驻守于此。又西十二里曰锥石口。三口并有垣,有水门。崇祯九年昌平之陷,自此入也。又南十二里曰雁子口。又西南三里曰德胜口,距九龙池四里,有垣,有水门。又东南十里曰西山口,距州西门八里。又东二里曰榨子口,距大红门三里。凡口皆有垣。陵后通黄花城,自老君堂口至黄花城四十里。嘉靖十六年,命塞天寿山东西通黄花镇路口'是也。又云:'献陵在天寿山西峰下,距长陵西少北一里。景陵在天寿山东峰下,距长陵东少北一里半。裕陵在石门山东,距献陵三里。茂陵在聚宝山东,至裕陵一里。泰陵在史家山东南,距茂陵二里。康陵在金岭山东北,距泰陵二里。永陵在十八道岭,嘉靖十五年改名阳翠岭,西北距长陵三里。昭陵在大峪山东北,距长陵四里。定陵亦在大峪山南,距昭陵一里。庆陵在天寿山西峰之右,东南距献陵一里。德陵在檀子峪东南,距永陵一里。德陵东南有馒头山、九龙池,南行三里为苏山,又南为银钱山,又南为奥儿峪,又南即鹿马山矣。'又景皇帝陵,则别葬于金山。"

③ 袁参军希舜:生平不详。

以有官箴①不得从，意甚恨恨，为呼曲生②资行色。

出城过高墉，便有树木交荫，似江南暮春。时西山面目，叶叶③从枝头，若与马首相角④。二里，过真觉寺⑤，有五塔列台上，余首从林落⑥望得之，塔与台上下皆刻西方文。十里许，墨庄桥会吴幼元⑦。幼元，故昨同约人。游西山有两径，一由西山，一由小径。以小径近，乃从近。十里，抵西禅寺⑧，寺在村落间。入门松柏薜萝交匝。幽然可掬。因问寺僧所经诸招提⑨道观，谓皆不远。城郭殊乏野趣，即少远者，又中无林木，室寮⑩又何足供杖屦也。征甫笑曰：

----

① 官箴：做官之规诫。梁启超《新民说·论公德》："近世官箴，最脍炙人口者三字，曰清、慎、勤。"

② 曲生：郑綮《开天传信记》："道士叶法善精于符箓之术，上累拜为鸿胪卿，优礼焉。法善居玄真观，尝有朝客数十人诣之，解带淹留。满座思酒，忽有人叩门，云曲秀才。法善令人谓曰：'方有朝僚，未暇瞻晤，幸吾子异日见临也。'语未毕，有一美措傲睨直入，年二十余，肥白可观。笑揖诸公，居末席，伉声谈论，援引古人。一席不测，恐耸观之。良久，蹩起旋转。法善谓诸公曰：'此子突入，语辩如此，岂非魅魅为惑乎，试与诸公避之。'曲生复至，扼腕抵掌，论难锋起，势不可当。法善密以小剑击之，随手失坠于阶下，化为瓶榼。一座惊愕，遽视其所，乃盈瓶醲酝也。咸大笑饮之，其味甚嘉。坐客醉而揖其瓶，曰：'曲生风味，不可忘也。'"

③ 叶叶：晏殊《清平乐》词："金风细细，叶叶梧桐坠。"

④ 相角：钱泳《履园丛话·科第·武科》："官福建游击。与同官某狎语失欢，奋拳相角，某败走，全骑追之。"

⑤ 真觉寺：刘侗《帝京景物略》卷五《真觉寺》："成祖文皇帝时，西番板的达来送金佛五躯、金刚宝座规式，诏封大国师，赐金印，建寺居之，寺赐名真觉。成化九年，诏寺准中印度式建宝座，累石台五丈，藏级于壁左右，蜗旋而上。顶平为台，列塔五，各二丈。"穆彰阿《嘉庆大清一统志》卷二："正觉寺，在西直门外，亦名真觉寺，俗名五塔寺。塔刻梵像、梵字、梵宝、梵华。《燕都游览志》：'寺乃蒙古人所建，史道垂杨，绿阴如幕。'《猴山集》：'真觉寺浮图高五六丈许，上为塔五陟，其顶山林城市之胜收焉。'明永乐初年建，本朝乾隆二十六年修有御制碑文，为孝圣宪皇后祝釐于此。高宗纯皇帝御书额曰：'心珠朗莹'。殿后为塔院，院东为行殿。"

⑥ 林落：林间。曾瑞《端正好·自序》套曲："携壶策杖穿林落，临风对月闲吟课。"

⑦ 吴幼元：名屡谦，常州人。

⑧ 西禅寺：沈应文《万历顺天府志》卷二："西禅寺，在东关。"

⑨ 招提：杜甫《游龙门奉先寺》诗："已从招提游，更宿招提境。"仇兆鳌注引《僧辉记》："拓提者，梵言'拓斗提奢'，唐言'四方僧物'。但传笔者讹'拓'为'招'，去'斗''奢'，留'提'字，即今十方住持寺院耳。"

⑩ 室寮：《释氏要览·住持》："言寮者，《唐韵》云：同官曰寮。今禅居意取多人同居，共司一务，故称寮也。"

"孰谓北来人不知游事邪。"

出西禅，山色益近。五六里，抵翠微岭，而北折又三里，为碧云寺①。门外石梁跨涧，夹道高槐。人言五六月间，涧水飞流，不异奔涛。山门由阶而升，再入方池，当佛殿前。池畜金银色鱼千百，客投一饵则群起，水为变相②。老僧具袈裟迎客，观佛座、经台、长廊、方丈，丹青为之夺目。然闻寺胜在泉，因径造泉上。泉出堑间，涓涓而流，清冽不可名状。投茗沦之，真不下江南诸品。僧说："吴人来，往往谓：'惜不使张陆③之徒见之，使兹泉之名不列水记。'"余笑曰："物贵自振④，又何必载之书，乃谓名邪。"泉上有两亭，曰"碧云""观泉"。碧云侧有枯杨，可两人抱。根皮焦死，与石同色。其上新条始绿，人误指为种花。峰头丹垩⑤之间有此，亦觉增胜。观泉倚壁而立，壁高数丈，皆垒奇石为之，人问泉则必经其下。中有洞，启扉而入，其中穹然如座，有花枝列盘间。问僧，谓山寒时，草木僵死，移此则无恙。稍南阶而上，高垣秀木，中贵人墓也。日且未莫，乃下。

问香山寺⑥，寺相去三许里路。行山麓间，短墙败垣，杏子未花，微露红

①　碧云寺：李卫《雍正畿辅通志》卷五十一："碧云寺在府西，元耶律阿勒锦建，明正德十一年内监于经拓之为寺。岩下有泉，从石罅中出，淙淙若琴，筑亭曰听水佳处。亭前有池，种白莲百本。池边修竹成林，明神宗题水天一色。本朝康熙十七年，圣祖御书'激湍'二字。"吴长元《宸垣识略》卷十五："碧云寺在香山。元耶律楚材之裔阿利吉舍宅开山，明正德中内监于经拓之，天启中内珰魏忠贤修之，奢侈逾甚。本朝乾隆间重葺寺门。东向内殿四层，南为罗汉堂，后为藏经阁，有御书额并御制碑。寺北有涵碧斋，后为云容水态，为洗心亭，又后为试泉悦性山房，皆临幸憩息之所。扁额皆御题。寺有元碑二，一至顺二年立，一元统三年立。自洪光折而东，取道松杉中二里许，从槐径入，一溪横之，跨以石梁，为碧云寺。壮丽与香山相伯仲，历数百级，登佛殿。殿前甃石为池，深丈许。水引自寺后石罅，出喷薄入小渠，人以卓锡名之。泉旁一柳，有大瘿人，呼瘿柳。柳左堂三楹，万历御题'水天一色'。前临荷沼，沼南修竹成林。岩下一亭，曰啸云。水绕亭后，折而注之，寺僧导之，过香积厨，绕长廊，出殿两庑，左右折复汇于殿前池，池蓄金鲫千头，有石桥，下达于溪。"

②　变相：李渔《闲情偶寄·声容·修容》："其实云之变相，'千万'二字犹不足以限量之也。"

③　张陆：唐代张又新著有《煎茶水记》，陆羽著《茶经》，皆为品评名泉之作。

④　自振：曾巩《进太祖皇帝总叙》："盖唐之敝，自天宝以后，纪纲寖坏，不能自振，以至于失天下。"

⑤　丹垩：粉刷的墙壁。范成大《隐静山》诗："题名记吾曾，醉墨疥丹垩。"

⑥　香山寺：李卫《雍正畿辅通志》卷五十一："香山寺，在宛平县香山。金大定中建，明正统间内侍范宏重修，或云即金章宗会景楼也。山有祭星台、护驾松、梦感泉，皆章宗遗迹。有二碑，载辽中丞阿勒锦舍宅始末。左侧有轩，明神宗题曰：'来青轩'。本朝康熙十六年，圣祖御书'普照乾坤'四大字，后有藏经阁。"

白，又桃枝参差。马蹄过处，日色照映，无异图画。客谓益一人类七贤过关①，余笑曰："当亟去招朱在明来足之。"盖是行为邓山人征甫，陈安二文学曰希舜、茂卿，吴光禄幼元，刘子昌胤，届余凡六人。在明官鸿胪丞②，以礼官例当山陵行，是日方待命阙门③。

抵寺门，柏树成列，旁多中贵④墓。树色阴沈，肩不可入。道上流泉满砌，泉尝布甃引流，注一石缶⑤。缶且缺甃⑥，复决裂，遂至漫溢尘沙间。牛马过，皆却而不饮。视碧云护如琼浆，两泉或出一源，物遇不遇，信哉。泉上有积雪，望如石，熠熠光起，咸以为碔砆⑦，睨视之，雪也。人言今年北地少寒，近春暮，雪积不消，岂少寒哉。升佛殿，中置敕赐藏经，龛制殊异，诚上方⑧物也。东为

---

① 七贤过关：褚人获《坚瓠集》四集卷四《七贤过关图》："《七贤过关图》姓名相传不一，元唐《愚士诗》云：'七骑从容出帝闉，蹇驴聪马杂山犉。瀛瀛学士参差出，十八人中一半人。'《广川书传》谓：'七贤者，李白、李欣之逊、孟浩然、綦母潜、蓰迪、司马承祯，出关访王维。'明初夏节暨姜南云：'是开元间冬日，李白、李华、张说、张九龄、王维、郑虔、孟浩然出蓝田关，游龙门寺遇雪，郑虔图之。'槎溪张辂诗：'二李清狂狎二张，吟鞭遥指孟襄阳。郑虔笔底春风满，摩诘图中诗兴长。盖指此也。'《虞邵庵集·题孟像诗》有'风雪堂中破帽温，七人图里一人存'之句。郎仁宝《七修》谓：'三说皆非。且云春秋有七人，建安有七子，唐有七爱，宋有七老，未尝称贤耳。惟晋竹林七人称贤耳。且王戎尝乘骡，山涛乘驴，刘伶乘鹿车，余则乘马鹿车，或误画为牛也。按罗乌帽亦晋人所戴，唐则巾矣。元曹文以《伯启集》有《七子图诗》云："清谭飘逸事凌迟，七子高风世所师。公室倾危无砥柱，服生乘马欲何之。"此一证也。'陆俨山《玉堂漫笔》云：'七贤疑即竹林七贤耳。屡有人持其画索题，观其所画衣冠骑从，当是晋魏间人物意态。若将避地者，或云即《论语》作者七人像也。'录之以俟博识。"

② 鸿胪丞：《汉书·百官公卿表上》："典客，秦官，掌诸归义蛮夷，有丞。景帝中六年更名大行令，武帝太初元年更名大鸿胪。"颜师古注引应劭曰："郊庙行礼赞九宾，鸿声胪传之也。"

③ 阙门：高楼大门。《穀梁传·桓公三年》："礼送女，父不下堂，母不出祭门，诸母兄弟不出阙门。"

④ 中贵：李白《古风》之二四："中贵多黄金，连云开甲宅。"杨齐贤注："中贵，中都贵人也。"

⑤ 石缶：《墨子·备城门》："水瓶，容三石以上，大小相杂。"

⑥ 甃：《易·井》："井甃，无咎，修井也。"孔颖达疏引《子夏传》："甃，亦治也。以砖垒井，修井之坏谓之为甃。"

⑦ 碔砆：《文选·司马相如〈子虚赋〉》："碝石碔砆。"李善注引张揖曰："碝石、碔砆，皆石之次玉者……碔砆，赤地白采，葱茏白黑不分。"

⑧ 上方：即尚方。

来青轩,当四山开窗,嵩峦草树,无不自入。再转南为妙高堂,频婆①五树郁然,庭下恭读敬皇帝②《御祭道清文》。道清,住山僧也。一缁流③能动至尊,至于没身④亦异矣。

日渐晡,遂还碧云,昌胤命家人治酒肴泉上。是夕,月色莹如,不异昼日,行酒⑤以杯流泉间,任客自取,屈曲而浮,以得酒为欢,即不饮者皆沾醉⑥。十三日,僧起,再引客泉上,因周览。委曲香积之前,能自流入阶前槛外,宛如自然。道人陈僧饭东堂,僧乃命移之亭下,指泉水曰:"山僧无以供客,独赖此君耳。"

---

① 频婆:即苹果。无名氏《采兰杂志》:"燕地有频婆,味虽平淡,夜置枕边,微有香气,即佛书所谓频婆,华言相思也。"孙锦标《通俗常言疏证·植物》:"频果。《群芳谱》:柰,一名频婆,与林檎一类而二种。"

② 敬皇帝:万斯同《明史》卷十四《孝宗纪》:"孝宗讳祐樘,宪宗第三子也。母曰淑妃纪氏,成化六年七月己卯生于西宫。时万贵妃方专宠,宫中莫敢言。及悼恭太子薨后,宪宗始知之,召育周太后宫中。敕礼部命名,大学士商辂等乃以建储请,于是年六岁矣。是年纪妃暴薨,哀慕如成人。然以贵妃故,深自敛晦。十一月立为皇太子,二十三年八月己丑,宪宗崩。九月壬寅,即皇帝位,诏赦天下,以明年为弘治元年。……辛卯,崩,年三十有六。六月庚申,上尊谥曰:建天明道诚纯中正圣文神武至仁大德敬皇帝。十月庚午,葬泰陵。"

③ 缁流:僧尼。杨衒之《洛阳伽蓝记·城内胡统寺》:"常入宫与太后说法,其资养缁流,从无比也。"

④ 没身:终身。《老子》:"没身不殆。"

⑤ 行酒:依次斟酒。《史记·魏其武安侯列传》:"灌夫不悦,起行酒,至武安,武安膝席曰:'不能满觞。'"

⑥ 沾醉:沈德符《野获编·府县·金元焕》:"即具酒肴盛馔……人人以大觥沃之沾醉。"

　　日近午,计欲达昌平①,遂与僧别。三里,过金山②,为康定景皇帝③及诸王公主坟。五六里,至山口两崖间,小憩真武庙。二十里,安济桥④。里许,沙河

---

　　① 昌平:《读史方舆纪要》卷十一《北直二·顺天府·昌平州》:"昌平州,春秋时燕地,秦属上谷郡,汉因之。后汉属广阳郡,晋属燕国。后魏属燕郡,太和中分恒州东部置燕州于此,寻又置昌平郡。东魏为东燕州及平昌郡,北齐因之。后周州郡俱废,寻置平昌郡。隋初郡废属幽州,大业初属涿郡。唐亦属幽州,石晋时入于契丹,属析津府。金属大兴府,元属大都路。明初属北平府,永乐中属顺天府,正德元年升为昌平州。旋罢,八年复升为州。领县三。昌平州枕负居庸,处喉吭之间,司门户之寄,京师大命,尝系于此。虽古北有突入之虞,紫荆多旁窥之虑,而全军据险,中权在握,不难于东西扑灭也。居庸一倾,则自关以南皆战场矣。于少保尝言:'居庸在京师,如洛阳之有成皋,西川之有剑阁。而昌平去关不及一舍,往来应援,呼吸可通,宜高城固垣,顿宿重旅,特命大将驻此,以固肩背之防,此陆逊所云一有不虞,即当倾国争之者也。'"
　　② 金山:《读史方舆纪要》卷十一《北直二·顺天府·宛平县》:"金山,亦在府西三十里。亦曰瓮山。其西有龙泉,汇而为池,曰瓮山泊,潜通太湖。又有卧龙冈,在府西北四十五里。正统间车驾尝幸此。又西五里曰翠峰山,山形奇峭。其阴有横岭如列屏,曰遮风岭。"《读史方舆纪要》卷十一《北直二·顺天府·昌平州》:"又景皇帝陵,则别葬于金山。"
　　③ 康定景皇帝:万斯同《明史》卷十一《景帝本纪》:"景帝讳祁钰,宣宗次子也。英宗即位,封为郕王。正统十四年秋八月壬戌,英宗北狩。乙丑,皇太后命监国。……丁卯,立皇子见深为皇太子。……丁丑,帝舆疾,宿南郊斋宫。己卯,胡濙等请建太子,不许。壬午,石亨、徐有贞等迎上皇复于位。二月乙未朔,废帝为郕王,迁之西内。……癸丑,帝薨于西宫,年三十。初,上皇既复位。越数日,谓文武大臣曰:'朕弟病渐愈,胜食粥矣。事固无豫朕弟,小人坏之耳。'石亨、徐有贞辈闻而愕然,遂日夜媒孽。至是薨,或曰奄人蒋安缢杀之也,谥曰戾毁。所营寿陵,以亲王礼葬西山,给武城中卫军二百户守护。成化十一年十二月戊子,制曰:'朕叔郕王践阼,戡难保邦,奠安宗社,殆将八载。属弥留之际,奸臣贪功,妄兴逸构,请削帝号。先帝旋知其枉,每用悔恨,以次抵诸奸于法,不幸上宾,未及举正。朕敦念亲亲,用成先志,可仍皇帝之号,其议谥以闻。'遂上尊谥曰:恭仁康定景皇帝。敕有司修缮陵寝,祭飨如诸陵。福王立,加上尊谥曰:符天建道恭仁康定隆文布武显德崇孝景皇帝,庙号代宗。"
　　④ 安济桥:李卫《雍正畿辅通志》卷四十二:"安济桥,在昌平州巩华城南二里南沙河上,又朝宗桥在巩华城北北沙河上,皆明正统十二年建。"

城。城为肃皇帝①敕建行宫,凡驾幸山陵,驻跸②于此。城北楼曰威漠,其崇异他处,客皆先后登。良久,忽有人声问,乃是在明遣隶相瞰门者,戒勿登,亟下。在明从众中望吾辈来,即驰马出,不暇慰劳苦,即问西山别来何似,泉声何似,树影何似,夜来明月何似,泉上醉何似,尊前诗何似,榻上梦何似,诸子以次而答,欢然也。

二十里,抵昌平。道上车马驰逐,人皆奉朝命而往。有旗鼓旌节者呵③,而拥者、板舆④者、车者、骑者、骑而拥者、独行者、并驱者、疾趋者、徐行者避当路,而后者策而驱前者。入城门,列大鼓两阶,声逢逢⑤,候使者过。在明与诸子最昵,每戏其前,呵声不大振,及其过也,亦逢逢焉。

昌平为奉陵邑使者来集,都休民舍。在明与上林丞孙文器⑥秣马张生家,留余过之。微甫诸子则先之少宰官舍。孙,余同省人。无何,为赴少宰招。其言谓诸君即怠幸强来,一话旅中时叙,盖是日为寒食⑦云。廨宇在城西良轩敞。故事,凡大官以朝命来过,县为供具酒馔、帷帐甚盛。少宰出,咸却而不

---

① 肃皇帝:万斯同《明史》卷十六《世宗本纪》:"世宗讳厚熜,宪宗孙也。父曰兴王祐杬,为孝宗次弟,以弘治七年九月之国安陆,正德十四年六月薨,谥曰献。时帝年十有三,以世子理国事。十六年三月丙寅,武宗崩,无子。慈寿皇太后与大学士杨廷和定策,使太监谷大用、大学士梁储、定国公徐光祚、驸马都尉崔元、礼部尚书毛澄等以遗诏,迎帝入继大统。夏四月癸未,帝发兴邸。癸卯,至京师。阁臣请如礼部所定仪,择日正位。帝不许,遂以是日即皇帝位,大赦天下,以明年为嘉靖元年。……十一月己未,帝不豫。十二月庚子,疾甚,还大内,崩于乾清宫,年六十。隆庆元年正月,上尊谥曰:钦天履道英毅圣神宣文广武洪仁大孝肃皇帝。三月,葬永陵。"

② 驻跸:帝王出行中的短暂停留。《旧唐书·文苑传下·李巨川》:"俄而李茂贞犯京师,天子驻跸于华。"

③ 呵:韩愈《送李愿归盘谷序》:"人之称大丈夫者……其在外,则树旗旄,罗弓矢,武夫前呵,从者塞途。"

④ 板舆:《汉书·王莽传下》"朝见挈茵舆行。"颜师古注引晋灼曰:"岂今之板舆而铺茵乎?"

⑤ 逢逢:鼓声。《诗·大雅·灵台》:"鼍鼓逢逢,矇瞍奏公。"

⑥ 孙文器:许国《许文穆公集》卷五《上林苑监良牧署署丞端峰孙公墓志铭》:"自古高世之士,其初本有志用世。既与世相违,然后放情诗酒山水之间,而卒亦未尝忘世也。若今上林丞端峰孙公是已。公名鉴,字文器,端峰号也。"

⑦ 寒食:《后汉书·周举传》:"太原一郡,旧俗以介子推焚骸,有龙忌之禁。至其亡月,咸言神灵不乐举火,由是士民每冬中辄一月寒食,莫敢烟爨,老小不堪,岁多死者。"陆翙《邺中记》:"寒食三日,作醴酪,又煮粳米及麦为酪,杏仁煮作粥。"

受,即自为买醴酪①款客,听丽谯②再鼓而别。是会俱有诗。还抵张生,生复出酒浆燕客。且醉,为再一引满③。

十四日,旦起,出西门。八里,有石坊,凡七柱。又半里,为红门,是为永安城④,乘车者咸易以马。门中石华表二,高三十尺,雕蛟龙云气于首。西向有殿,扃不可入。门榜⑤曰:"时陟里许,为长陵《圣德神功碑》。"构亭其上,护以朱栏。其前石人十有二,为类八:象、马、橐⑥、驼、狮子、文犀、麒麟、彪虎,立与伏各半。入红门,达长陵⑦。凡十里,辇道⑧旁松栝⑨离立,皆如鱼鳞,多作怪状。人行仰睐。

天寿山当坤位⑩,巃嵸崒嵂⑪,如翔龙舞凤。周环华阁,宫墙寝殿,金璧崔

---

① 醴酪:《礼记·祭义》:"以事天地山川社稷先古,以为醴酪齐盛,于是乎取之,敬之至也。"孔颖达疏:"祭祀诸神须醴酪粢盛之属。"

② 丽谯:《庄子·徐无鬼》:"君亦必无盛鹤列于丽谯之间。"郭象注:"丽谯,高楼也。"成玄英疏:"言其华丽嶕峣也。"

③ 引满:《汉书·叙传上》:"皆引满举白,谈笑大嚛。"颜师古注:"谓引取满觞而饮,饮讫,举觞告白尽不也。"

④ 永安城:《读史方舆纪要》卷十一《北直二·顺天府·昌平州》:"昌平废县,今州治。本汉旧县,属上谷郡。后汉初,寇恂至昌平,袭杀邯郸使者,夺其军。又耿弇走昌平,就其父况。建武中,卢芳入朝,南及昌平是也。寻改属广阳郡。三国魏黄初中,拜田豫为乌桓校尉,持节并护鲜卑,屯昌平。晋仍为昌平县,属燕国。后魏废入军都县。或云初为燕州及昌平郡治,孝昌中陷于杜洛周。东魏天平中复置昌平县,属平昌郡,后周因之。隋郡废,县属幽州。唐亦曰昌平县,武德中徙突地稽部落于此。垂拱三年,突厥骨咄禄寇昌平,即此也。五代唐曰燕平县,徙治曹村,又徙于白浮图城,在今州西八里,自辽以后皆治焉。明景泰初筑永安城,徙长陵、献陵、景陵三卫于城内,三年县亦迁治焉。正德八年改为州治。万历元年又于州城内增筑新城,置裕陵、茂陵、泰陵、宁陵、永陵五卫于城内。今十二陵卫署皆在城中,各领左、右、中、前、后五千户所。州城周十里有奇。"

⑤ 门榜:贴于门上的告白。段成式《红楼联句》:"壁诗传谢客,门榜占休公。"

⑥ 橐:《汉书·百官公卿表上》:"又牧橐、昆蹏令丞皆属焉。"颜师古注引应劭曰:"橐,橐佗。"

⑦ 长陵:明成祖陵。

⑧ 辇道:帝王车驾所经之路。颜延之《三月三日曲水诗序》:"南除辇道,北清禁林。"

⑨ 松栝:《书·禹贡》:"杶干栝柏。"孔传:"柏叶松身曰栝。"《广雅·释木》:"栝,柏也。"王念孙疏证:"栝,与桧同。"

⑩ 坤位:黄奭《通纬·易乾凿度》:"阴始于巳,形于未,据正立位,故坤位在西南,阴之正也。"

⑪ 崒嵂:高峻。陆游《大寒》诗:"为山傥勿休,会见高崒嵂。"

嵬。杲罷雉牒^①，云霞照烂，所谓体象天地，经纬阴阳。大明盘石之固，万世无疆之业，不有所自乎。长陵缭以周垣，庙门又入为祾恩门，中为祾恩殿，九楹。前为丹墀，翼以两庑。殿中祠官谓有珠衣宝鸟，然非毛褐^②当入，惟战栗而过。即过时，或疑有蛟龙蟠舳棱^③，目熠熠躲^④人，不可仰视。绕殿崇阶数尺，栏楯三层，镂瑶石为灵物，流布其上，殿后重门，由隧道俯而升为宝城^⑤，有重檐复阁，榜曰："长陵"。其下方碑光泽如白玉，文曰："成祖文皇帝长陵。"凡榜字皆黄金书。城之内为宝山，青芝丹木，碧树金茎，含彩流耀。人瞻望者，为之目移耳眩。东为景陵庙，门外怪松一树，桩若为蛟。又东为永陵^⑥，经管仪象出自肃皇帝圣裁。既崇且焕，莫可殚述。过庙门，彷佛奏芝房^⑦宝鼎^⑧之曲，而白麟^⑨赤雀^⑩上下其间也。

①　雉牒："牒"当为"堞"。《文选·鲍照〈芜城赋〉》："板筑雉堞之殷，井干烽橹之勤。"李善注："郑玄《周礼》注曰：'雉，长三丈，高一丈。'杜预《左氏传》注曰：'堞，女墙也。'"

②　毛褐：兽毛或粗麻制成的短衣，借指平民。方孝孺《适意斋记》："毛褐不完者行于途，虽锦衣狐裘不能知其温。"

③　舳棱：《文选·班固〈西都赋〉》："设璧门之凤阙，上舳棱而栖金爵。"吕向注："舳棱，阙角也。"

④　躲：《说文解字》："弓弩发于身而中于远也。从矢从身。射，篆文躲从寸。寸，法度也。亦手也。食夜切。"

⑤　宝城：皇陵四周的墙垣。《清会典·盛京工部·陵寝之制》："福陵在盛京城东北二十里天柱山，宝城周五十九丈五尺。"

⑥　永陵：明世宗嘉靖皇帝陵墓。

⑦　芝房：《汉书》卷六《武帝纪》："六月，诏曰：'甘泉宫内中产芝，九茎连叶。上帝博临，不异下房，赐朕弘休。其赦天下，赐云阳都百户牛酒。'作《芝房之歌》。"班固《〈两都赋〉序》："《白麟》《赤雁》《芝房》《宝鼎》之歌，荐于宗庙。"

⑧　宝鼎：《汉书》卷六《武帝纪》："六月，得宝鼎后土祠旁。秋，马生渥洼水中。作《宝鼎》《天马》之歌。"

⑨　白麟：《汉书》卷六《武帝纪》："元年冬十月，行幸雍，祠五畤。获白麟，作《白麟》之歌。"

⑩　赤雀：《礼记·中庸》："国家将兴，必有祯祥。"孔颖达疏："言人有至诚，天地不能隐，如文王有至诚，招赤雀之瑞也。"

是日天气清朗，小大百执事①咸为斋沐休舍②，而圉人③小史④亦来奉职，以待成礼。是夕，少宰命隶人引还，宿昌平官舍。始入红门，闻有支路诣康陵⑤，陵近九龙池，意归途往过。乃日已薄莫，遂不往。夜漏十刻，有飘风西来，因念少宰方具袍笏⑥于云中⑦，而吾辈乃来就卧其官署，星辰不以为讶，亦幸矣。

十五日昧爽⑧，少宰公归，客子方与黑甜⑨为伍。饭时，少宰公先行。汝立、幼元、昌胤亦行。会文器遣吏来，为西山留余及征甫、茂卿。无何，在明复来与其约。余方以未过玉泉⑩，功德为欠事，乃又有为山水留者，遂欣然与俱。

午饭沙河城。自沙河抵金山，时时见文器马头人遮道。问，则其地属上林，民人闻官长来过，都来逢迎。未抵山里许，有亭，临池而立，池水冷然⑪异他处，时有水泡，若明珠的烁其上。余意此必名泉，顾有卖饼师道旁，遣奴问泉是何名，答谓是泉皆可，又何问邪，为之一笑而过。

入金山寺，山门小殿有石碑立阶下，黎员外惟敬撰也，为读一过。老僧辨寿，寿腊最高，来供茗事，引客升云光水色亭，壁间障子⑫诗多黎作，寿谓员外往尝数数来，今闻入直秘书，遂隔许久。指香阁木榻曰："即此君亦不下已数

① 执事：《书·盘庚下》："呜呼！邦伯师长百执事之人，尚有隐哉。"孔颖达疏："其百执事谓大夫以下，诸有职事之官皆是也。"
② 休舍：《史记·高祖本纪》："欲止宫休舍，樊哙、张良谏，乃封秦重宝财物府库，还军霸上。"《正义》："言欲居止宫殿而息也。"
③ 圉人：《周礼·夏官·圉人》："圉人掌养马刍牧之事。"
④ 小史：小官。《汉书·谷永传》："永少为长安小史，后博学经书。"
⑤ 康陵：明武宗正德皇帝陵墓。
⑥ 袍笏：官服。刘克庄《鹊桥仙·生日和居厚弟》词："女孙笄珥，男孙袍笏，少长今朝咸集。"
⑦ 云中：朝廷。高启《寓感》诗之十六："蜀琴有奇纹，本是枯桐枝……曾持荐黄帝，云中奏《咸池》。"
⑧ 昧爽：拂晓。《孔子家语·五仪》："昧爽夙兴，正其衣冠。"
⑨ 黑甜：苏轼《发广州》诗："三杯软饱后，一枕黑甜余。"自注："俗谓睡为黑甜。"
⑩ 玉泉：李贤《明一统志》卷一："玉泉山，在府西北三十里。顶有金行宫芙蓉殿故址，相传章宗尝避暑于此山畔，有二石洞，一在山西南，其下水深莫测；一在山之阳。南又有石崖，崖上刻'玉泉'二字。"
⑪ 冷然：凉爽。何景明《秋夜》诗："冷然感秋思，况复听征鸿。"
⑫ 障子：题有文字或图画的绸布。杜甫《题李尊师松树障子歌》："障子松林静杳冥，凭轩忽若无丹青。"

岁。公辈入城,幸为传语。"已而,文器陈席亭上,珍错①毕出,为之酒数行。往维敬尝谓余:"山有金人芙蓉殿址,及望湖亭子,吕公、玉泉两洞。"泉出洞阴,有如垂虬。地去僧庐不远,俄有误传黄帝鼎湖之变②,人为失色,皆不及往。且恐青山衔日,遂为返骑。循湖而行,湖波纷绿乱人衣袂。东风芳草间,有燕子掠马蹄而前,若将逐客者,可怪也。

近阜成三里许,闻鼓吹不歇,歌笑如沸,乃知传闻之谬,悔不竟玉泉之游。胜事为造物所忌,有如此哉。虽然,尚有待也。是日为清明节,都人士女倾城此中,然谓归已过半,行者犹为马不能前。其间弄丸③、走狗④、蹴鞠⑤、较躲、弹词⑥、吹曲、道士、僧伽、游仙、说法、方伎⑦、艺术⑧、鱼龙⑨百戏⑩,观游之人环列如堵,有不能见者,为之逾墙、上树、屋蹲、肩立,彼呼此挈,顿足拍掌。至如携

---

① 珍错:山珍海错之省称,代指珍异食品。沈约《究竟慈悲论》:"秋禽夏卵,比之如浮云;山毛海错,事同于腐鼠。"

② 黄帝鼎湖之变:顾况《相和歌辞·短歌行》:"轩辕皇帝初得仙,鼎湖一去三千年。"

③ 弄丸:两手上下抛接好多个弹丸,不使落地。《庄子·徐无鬼》:"昔市南宜僚弄丸,而两家之难解。"龚自珍《明良论四》:"庖丁之解牛,伯牙之操琴,羿之发羽,僚之弄丸,古之所谓神技也。"

④ 走狗:董仲舒《春秋繁露·五行相胜》:"博戏斗鸡,走狗弄马。"方孝孺《楼君墓志》:"臂鹰走狗,驰逐为乐。"

⑤ 蹴鞠:《汉书·枚乘传》:"游观三辅离宫馆,临山泽,弋猎、射驭、狗马、蹵鞠、刻镂,上有所感,辄使赋之。"颜师古注:"蹵,足蹵之也。鞠以韦为之,中实以物,蹵蹋为戏乐也。"

⑥ 弹词:臧懋循《负苞堂文选》卷三《弹词小序》:"自风雅变而为乐府、为词、为曲,无不各臻其至,然其妙总在可解不可解之间而已。若有弹词,多瞽者,以小鼓拍板说唱于九衢三市,亦有娼女以被弦索盖变之最下者也。近得无名氏《仙游》《梦游》二录,皆取唐人传奇为之敷演,深不甚文,谐不甚俚,能使骏儿少女无不入于耳而洞于心,自是元人伎俩。或云杨廉夫避乱吴中时为之。闻尚有《侠游》《冥游》录,未可得。今且刻其存者。"

⑦ 方伎:《新唐书·郑注传》:"郑注,绛州翼城人。世微贱,以方伎游江湖间。"

⑧ 艺术:《后汉书·伏湛传》:"永和元年,诏无忌与议郎黄景校定中书五经、诸子百家、艺术。"李贤注:"艺谓书、数、射、御,术谓医、方、卜、筮。"

⑨ 鱼龙:《汉书·西域传赞》:"设酒池肉林以飨四夷之客,作《巴俞》都卢、海中《砀极》、漫衍鱼龙、角抵之戏以观视之。"颜师古注:"鱼龙者,为舍利之兽,先戏于庭极,毕乃入殿前激水,化成比目鱼,跳跃漱水,作雾障日,毕,化成黄龙八丈,出水敖戏于庭,炫耀日光。"

⑩ 百戏:古代乐舞杂技的总称。《二刻拍案惊奇》卷五:"楼下施呈百戏,供奉御览。"

壶载酒之徒，则布席柳阴，催花陌上，尊罍隔面，笑歌把臂，飞觞斗草。樗蒲、六博①、藏阄、投壶②、打马③，咸多游侠豪举。此曹既醉，则为乘马如船，籍草为榻，科头④脱帽，蓝舆⑤扶掖，不复辨路人南北。即两君呵声及之，亦不为顾。君子谓：即此可见国家太平之象云。入城，仍过希舜家。小憩，还旅中，日犹未落。

京师西北两山，余从少时便往来胸臆，前岁己巳，尝从友生入都，以秋暑酷烈，遂不果试履当意，大为山灵⑥所哂。顷者，裹粮担簦⑦，乃得纵观泰岱，旋复。此来，留连长安市中者凡三月，末由独往。兹以天官及二三子之故，遂获毕此。若则，岂可忘所自邪！明日，为记其事。

游南岳记

廿一日，与赵太史汝迈出望岳门，门内有开云楼⑧。十五里，望云亭⑨。又

---

① 六博：《楚辞·招魂》："菎蔽象棋，有六簙些。分曹并行，遒相迫些。成枭而牟，呼五白些。"王逸注："投六箸，行六棋，故为六簙也。言宴乐既毕，乃设六簙，以菎蔽为箸，象牙为棋，丽而且好也。"洪兴祖补注引《古博经》云："博法：二人相对坐向局，局分为十二道，两头当中名为水，用棋十二枚，六白六黑，又用鱼二枚置于水中。其掷采以琼为之，琼畟方寸三分，长寸五分，锐其头，钻刻琼四面为眼，亦名为齿。二人互掷采行棋，棋行到处即竖之，名为骁棋，即入水食鱼，亦名牵鱼，每牵一鱼获二筹，翻一鱼获三筹。"

② 投壶：《左传·昭公十二年》："晋侯以齐侯宴，中行穆子相。投壶，晋侯先，穆子曰：'有酒如淮，有肉如坻。寡君中此，为诸侯师。'中之。"

③ 打马：李清照《〈打马图经〉序》："打马世有二种：一种一将十马，谓之关西马；一种无将，二十四马，谓之依经马。流传既久，各有图经。"

④ 科头：《战国策·韩策一》："秦带甲百余万，车千乘，骑万匹，虎挚之士，跿跔科头，贯颐奋戟者，至不可胜计也。"鲍彪注："科头，不著兜鍪。"

⑤ 蓝舆：竹轿。司马光《王安之以诗二绝见招依韵和呈》之一："蓝舆但恨无人举，坐想纷纷醉落晖。"

⑥ 山灵：《文选·班固〈东都赋〉》："山灵护野，属御方神。"李善注："山灵，山神也。"

⑦ 担簦：背着伞，意谓跋涉。吴迈远《长相思》诗："虞卿弃相印，担簦为同欢。"

⑧ 开云楼：杨珮《嘉靖衡州府志》卷二："开云岭，在县治北，当岳路巾紫峰分脉。上有开云楼，昔韩文公谪潮阳道经此，欲谒岳，值阴雨，乃登岭望岳默祷，诚感天霁，故名。韩愈诗：'五岳祭秩皆三公，四方环镇嵩当中。火维地荒足妖怪，天假神柄专其雄。喷云泄雾藏半腹，虽有绝顶谁能穷。我来正逢秋雨节，阴气晦昧无清风。潜心默祷若有应，岂非正直能感通。须更净扫众峰出，仰见突兀撑青空。紫盖连延接天柱，石廪腾掷堆祝融。森然魄动下马拜，松柏一径趋云宫。粉墙丹柱动光彩，鬼物图画填青红。'……后人立开云楼于上。"

⑨ 望云亭：曾国荃《光绪湖南通志》卷三十三《衡山县》："流杯亭，在县南池上，明知县王三畏建。又望云亭，在岳庙前。乾坤胜览亭，在祝融峰。"

五六里上下,师姑桥①,沙弥道士相杂迎客。自县入山,道旁松杉凡三十里,然有为人伐去者。太史有鼓吹前导,其行徐徐。山客心急名胜,拽巾车②先驰。五里,抵岳市③。市中坊曰"天下南岳",宋徽宗御书也。公署有开云堂④,读四壁诗。已而,太史诣庙,县官具特牲为祭礼也。余亦自出瓣香钱予道士,引余载拜。

《庙庭记》谓五岳视三公⑤。其在前代,加以帝号,龙楹螭桷⑥,制为最尊。入棂星⑦有冰、火二池,其东西两间为僧寮。凡近衡诸佛庐⑧,咸陟此。又入,为嘉应门,古松大柏参差庭陛,历朝碑文咸刻左右两大殿。后为陈都督祠,都督胜国朝神此,其生时善使百二十斤铁矛,今犹在。最后有二小像,道士谓旧传此山间两石笋相向如人形,或疑为岳灵⑨依附,故饰以为神。周垣后有洞,接龙桥跨其上,昔人谓此中有王气,因凿石断之。

---

① 师姑桥:曾国荃光绪《湖南通志》卷四十四:"师姑桥,在县西北南岳中。"

② 巾车:带有帷幕之车。陶潜《归去来辞》:"或命巾车,或棹孤舟。"

③ 岳市:黄震《黄氏日钞》卷六十七:"湘山皆迤逦,南岳忽雄特,夹路三十里古松至岳市。岳市者,环庙皆墟市,江浙川广众货所聚。"

④ 开云堂:彭簪《衡岳志》卷六文《南岳集贤书院记》:"开云堂,志昌黎遇也。"

⑤ 五岳视三公:《史记·卷二十八封禅书第六》:"《周官》曰:'冬日至,祀天于南郊,迎长日之至;夏日至,祭地祇。皆用乐舞,而神乃可得而礼也。'天子祭天下名山大川,五岳视三公,四渎视诸侯,诸侯祭其疆内名山大川。四渎者,江、河、淮、济也。"

⑥ 螭桷:雕有螭形花纹的椽子。梁元帝《郢川晋安寺碑》:"虹梁紫柱,螭桷丹墙。"

⑦ 棂星:孔庙外门。袁枚《随园随笔》卷十七《棂星门之讹》:"程绵庄云:'孔子庙有棂星门,其误已久,不可不知。'按《诗经》小序云:'丝衣绎宾尸也。'高子曰:'灵星之尸也。汉高祖始令天下祀灵星。'《后汉书》注云:'灵星,天田星也。欲祭天者,先祭灵星。'《风俗通》:'县令问主簿,灵星在城东南,何法?'曰:'惟灵星所在东南者,亦不知也。'《宋史·礼志》云:'仁宗天圣六年,筑南郊坛,外墙周以短垣,置灵星门。夫以郊坛外垣为灵星门者,所以象天之体用之于圣庙,盖以尊天者,尊圣也。'其移用之始,始于宋《景定建康志》,《金陵新志》并言圣庙立灵星门,惟马端临《郊祀考》:'皇帝太庙祭毕,进玉辂于太庙棂星门。从此。'元志亦以'灵'作'棂',后人承而用之,则不知其义之所在矣。《晋史·天文志》云:'东方角二星为天关,其间天门也,左角为天田,其南为太阳道,右角为将,其北为太阴道,盖天之三门也。'与《后汉书》注语正相印证。俗儒曲解,以为养先于教,盖犹知棂之为灵也。或曰:'义取于疏通,则直以为窗棂之棂。'误矣。"

⑧ 佛庐:佛寺。《新唐书·萧仿传》:"懿宗怠政事,喜佛道,引桑门入禁中为祷祠事,数幸佛庐,广施予。"

⑨ 岳灵:山岳之精气。汉蔡邕《司空杨秉碑》:"於戏!公唯岳灵,天挺德,翼精神,绲缊仁哲生。"

午饭开云，循庙右而跻，峻者为岗、为岭，稍平，则为磴。依涧而上，曰玉板桥①。门当两峰，水淙淙其中。路于是益陡，至不可屦。峰则香炉、赤帝、紫盖、回雁，参差上下，峻不可升。十五里为半山亭，旧即紫盖寺。稍上为湘南寺②，前有岐路，达兜率寺③，两寺僧接踵迎客。过此山，益高寒。回视下方，不辨踪迹，云丛丛，衣袂间生矣。

又五里，寻飞来船④，由路旁小径而北，竹树蒙翳⑤，俄有瘦石挺林中，遍身皆作绿色。近睨之，枯树也。以雨露所濡，与苔俱幻。复有稍见日色者，苔半木半，若两物相合。惜庾子山⑥不得见，使桓大将军⑦赋中少一奇耳。飞来船

---

① 玉板桥：刘献廷《广阳杂记》卷二："南岳玉板桥，或曰御班，言宋徽宗尝至此，故名。案：徽宗未尝南狩，安得至此。野人之言不止齐东，不足信矣。"

② 湘南寺：彭簪《衡岳志》卷二："湘南寺，在紫盖乡七都。"

③ 兜率寺：彭簪《衡岳志》卷二："兜率寺，在县南二十里。"杨林《嘉靖长沙府志》卷六《浏阳县》："兜率寺，在县东街。晋大中名莲花寺，宋嘉定改名兜率寺。杜甫诗：'兜率知名寺，真如会法堂。江山有巴蜀，栋宇自齐梁。庾信哀虽久，何颙好不忘。白牛车远近，且欲上慈航。'"

④ 飞来船：穆彰阿《嘉庆大清一统志》卷三百六十二："掷钵峰，在衡山县西北十七里，下有隐身岩、卓锡泉，又有船石，其状如船。人经其下，造讲经台，因呼为飞来船。本朝顺治七年，兵备副使彭而述过之，因题其上曰：'此物飞来，会当飞去。'次年，忽失此石所在。时人传为异焉。"

⑤ 蒙翳：遮蔽。陆龟蒙《书〈李贺小传〉后》："草木势甚盛，率多大栎，合数十抱，藂莜蒙翳，如坞如洞。"

⑥ 《周书》卷四十一《庾信传》："庾信字子山，南阳新野人也。信幼而俊迈，聪敏绝伦。博览群书，尤善《春秋左氏传》。身长八尺，腰带十围，容止颓然，有过人者。起家湘东国常侍，转安南府参军。时肩吾为梁太子中庶子，掌管记。东海徐摛为左卫率。摛子陵及信，并为抄撰学士。父子在东宫，出入禁闼，恩礼莫与比隆。既有盛才，文并绮艳，故世号为徐、庾体焉。当时后进，竞相模范。每有一文，京都莫不传诵。……然则子山之文，发源于宋末，盛行于梁季。其体以淫放为本，其词以轻险为宗。故能夸目侈于红紫，荡心逾于郑、卫。昔杨子云有言：'诗人之赋，丽以则；词人之赋，丽以淫。'若以庾氏方之，斯又词赋之罪人也。"

⑦ 桓大将军：《晋书》卷九十九《桓玄传》："桓玄字敬道，一名灵宝，大司马温之孽子也。其母马氏尝与同辈夜坐，于月下见流星坠铜盆水中，忽如二寸火珠，冏然明净，竞以瓢接取，马氏得而吞之，若有感，遂有娠。及生玄，有光照室，占者奇之，故小名灵宝。妳媪每抱诣温，辄易人而后至，云其重兼常儿，温甚爱异之。临终，命以为嗣，袭爵南郡公。年七岁，温服终，府州文武辞其叔父冲，冲抚玄头曰：'此汝家之故吏也。'玄因涕泪覆面，众并异之。及长，形貌瑰奇，风神疏朗，博综艺术，善属文。常负其才地，以雄豪自处，众咸惮之，朝廷亦疑而未用。年二十三，始拜太子洗马，时议谓温有不臣之迹，故折玄兄弟而为素官。"

者，乱壑间一石，类艇子，势若乘空而倚。余为先登，业业^①欲飞去。已而太史来，余亟止之，曰：“此张生槎所幻，足下乘之，泛入河汉，令人奈何？”

三里，为上封寺，寺僧近十辈，引客礼法王，知是隋朝兰若。殿角衣珠虽已凋弊，而断碑残础，石幢瓦鼎^②尚存，彷佛乎翠华^③来临也。憩方丈，顾日色近暮，乃便觅祝融行径。越寺背，盘旋曲折而上，凡三数里，中道有岐路，一达玄明洞，一达会仙岩，一达太阴泉。下视山谷间，则岚气积其中，即如物满而溢。又有云触岩壑，其染如雪，须臾飞去，立吐黛色。又有翠微，微露参差，如巫山^④列大海中。又有乱云丛生林间，其巧者如千丈花，变化不一，令人不暇指顾。峰头有小石佛子，凿龛覆其体，太史指谓此当更作祝融君，彼佛子何物，乃复尔尔^⑤。余笑曰：“此正太史氏之事，昔司马子长^⑥南游，曾未及此，今待足下刊正之。其功于祝融，岂浅浅^⑦哉。”峰头有望站台，崖间皆砥石，多游人题名。崖下有观音岩，岩前达会仙桥。路倚崖侧，缘石高下，人行咸侧足^⑧。桥三四

---

① 业业：《书·皋陶谟》：“兢兢业业，一日二日万几。”孔传：“业业，危惧。”

② 瓦鼎：陶制炊器。《后汉书·礼仪志下》：“东园武士执事下明器……瓦鼎十二，容五升。”

③ 翠华：帝王代称。陆游《晓叹》诗：“翠华东巡五十年，赤县神州满戎狄。”

④ 巫山：《读史方舆纪要》卷六十六《四川一·山川险要》：“巫山亦曰巫峡，在夔州府巫山县东三十里，为三峡之一，长一百六十里，所谓‘巴东三峡巫峡长’也。《战国策》：‘苏秦说楚威王曰：西有黔中、巫郡。’盖郡据巫山之险，因以山名。后汉初荆邯说公孙述亦云：‘倚巫山之固。’山在楚、蜀间为巨障矣。《江行记》：‘自巫峡东至西陵峡，皆连山无断处，非亭午夜分，不见日月，风无南北，惟有上下，《水经注》谓杜宇所凿以通江者。’图经：‘巫山抗峰岷、峨，偕岭衡岳。其群峰凝结翼附，并出青云，世传巫山十二峰，曰望霞，曰翠屏，曰朝云，曰松峦，曰集仙，曰聚鹤，曰净坛，曰上升，曰起云，曰飞凤，曰登龙，曰圣泉是也。’下有神女庙。范成大《吴船录》云：‘下巫山峡三十五里至神女庙，庙前滩尤汹怒。十二峰俱在北岸，前后映带，不能足其数。十二峰各有名，俱不甚切。’陆游《入蜀记》：‘神女祠正对巫山，峰峦上入霄汉，山脚直插江中，说者谓太华、衡、庐皆无此奇。然十二峰不可悉见，所见八九峰，惟神女峰最为鲜丽。巫峡之名，盖因山以名峡也。蜀人以其在蜀东境，亦谓之东峡’云。”

⑤ 尔尔：如此。李处全《水调歌头·送王景文》词：“江山尔尔，回首千载几兴亡。”

⑥ 司马子长：司马迁，字子长。

⑦ 浅浅：微小。李纲《上渊圣皇帝实封言事奏状》：“冒宠尸禄，无补国家；嘿默不言，致危宗社。其罪岂浅浅哉！”

⑧ 侧足：《文选·班固〈西都赋〉》：“毛群内阗，飞羽上覆，接翼侧足，集禁林而屯聚。”吕向注：“接翼侧足，言多也。”

十尺,前为岩,即古青玉坛①。其广数十尺,上垂高崖,下倚绝壑,有如特立空中。人蹑其上,鲜不战栗。

太阴泉在峰背,即赤日当天,不为照耀。泉出石中,涓涓不竭,人过时寒沁肌骨。二里许,布石引流,直入上封香积中。有峻崖不能通者,则凿山疏之。夕宿上封,灯下读故人梁思伯诗。往思伯尝告余:"衡之胜,画为障子,先示我。是行恨不与俱。"梁名孜,岭南人。廿二日,僧引客旭日亭观日出。雾四合,不能见。拥毡相对者久之。经脱壳泉,凡虫豸②春夏之交遗蜕于此。晨饮后,下玄明洞,洞亦曰观音岩,岩窟大宜云气,故名。

崖间有精庐,其徒曰楚石,已化去,闻最好事。今其弟子与孙圆宁明悟者,皆能解佛书,得之师传。太史与余并作一诗赠之。门外有甘泉,流入玄明池,池上有放光岩。十里即半山,支路去兜率仅里许。路口旧有庵,毁于回禄③,祇遗一铁佛,僧方操镘④其间。兜率外为竹坞,翠色掩映,泉出云根。僧指一石,乞太史题名,会路口老衲亦以额请,因命石曰小支机,额曰铁佛院,皆膜拜而去。又三里,福严寺,寺名古鸡岩。十里为南台寺,寺有云霁楼。楼前山木森列,俱饭其上。僧房有蔡尚书汝楠⑤诗,刻屏间。去寺里许为亲生桥,桥为

① 青玉坛:曾国荃《光绪湖南通志》卷十六:"西有青玉坛,系二十一福地。……峰畔青玉坛,方五丈,即俗所谓试心桥也。路多石,仄足以人。前崖挺出,下临万仞之壑。峰巅有风穴,雨将作,阴风自穴而发。其东为望日台,漏下五鼓,登台而望,万景俱寂。计人闲尚夜,而此处已见朝霞横抹天际,俯视海门,若可超而越也。须臾,旭日出海底,若金之在镕,上下荡漾,祥云五色。良久,山下始晓。"

② 虫豸:小虫的统称。王逸《九思·怨上》:"虫豸兮夹余,惆怅兮自悲。"

③ 回禄:杜预《春秋左传正义》:"禳火于玄冥、回禄。"《正义》曰:"《月令·冬》云:'其神玄冥,知玄冥,水神也。'《周语》云:'夏之亡也,回禄信于黔隧。'先儒注《左传》及《国语》者,皆云:'回禄,火神,或当有所见也。'二十九年《传》:'修及熙为玄冥。'则玄冥祭修熙,不知回禄祭何人。楚之先吴回为祝融,或云回禄即吴回也。祭水神欲令水抑火,祭火神欲令火自止,禳其余灾,虑更火也。"

④ 操镘:《尔雅·释宫》:"镘,谓之杇。"邢昺疏:"镘者,泥镘也。一名杇,涂工之作具也。"

⑤ 蔡尚书汝楠:黄宗羲《明儒学案》卷四十《侍郎蔡白石先生汝楠》:"蔡汝楠字子木,号白石,浙之德清人。八岁侍父听讲于甘泉座下,辄有解悟。年十八举进士,授行人,转南京刑部员外郎。出守归德、衡州,历江西参政、山东按察使、江西布政使。升右副都御史,巡抚河南。召为戎政兵部侍郎,改南京工部,卒官。先生初泛滥于词章,所至与朋友登临唱和为乐。衡州始与诸生穷经于石鼓书院。赵大洲来游,又为之开拓其识见。江西以后,亲证之东廓、念庵。于是平生所授于甘泉,随处体认天理之学,始有着落。盖先生师则甘泉,而友则皆阳明之门下也。"

石磴,自上而下,凡百三级。以磴而桥名者,奇之也。亲生,谓不于他山取石。桥旁石上有兽蹄痕,谓之金牛迹崖。下去魏元君①升仙台②,惟五里,以夜不得往,乃再宿开云堂。廿三日,衡岳诸僧送别于道上。

游岳麓记

八月十六日早,渡湘水。是日,浪静,江平如砥。湘阔三里许,行如一箭,濒水有石坊。又三里,抵书院。复有坊,并扁曰:"岳麓书院"③。入门有亭立池上。大成殿祀夫子、四配④,衣冠肃然,如论道者。稍右而上,重叠有三亭子。始曰敬一,御碑在焉。又曰正脉,再上曰道中庸,于是路渐陡峻,为岣嵝

---

① 魏元君:彭簪《衡岳志》卷三:"魏元君,号南岳夫人,天才卓异,玄标幽拔。唯乐神仙,慕道至南岳,望前峰妖气,祛之。今仰天台有白龙潭是也。"

② 升仙台:曾国荃《光绪湖南通志》卷二百三十九:"黄庭观,在县集贤峰下,为魏元君修道处。旧志:'在天柱峰下。'唐建,马氏重修,并名魏阁。宋景祐中,赐名紫虚元君之阁。政和五年,改赐今名。"金之俊《金文通公集》卷六:"穿曲径行二里许,过魏元君礼斗坛,行一里许,至黄庭观。上有药珠宫,系魏元君修道处。壁间刊有《黄庭经》,旁有飞升石,圆如磨盘,周围丈许。"潘耒《遂初堂集》文集卷十六:"过岳庙西北行二里许,至黄庭观。观为魏元君修道处,在小峰之颠,耸拔无阶。观止屋数间,下临绝壑,泉声潀出松竹间,境绝幽胜。元君为晋司徒魏舒之女,侍中刘璞之母。席处富盛,而能精思学道,名列上真,非凤具仙骨不能。古来自有女仙一派,于今无传。元君所传《黄庭经》,文辞古雅,优于后出诸道经。今有石刻陷壁间,是近代人书,殊绵弱,当取《停云馆帖》、右军所书《外景》《郁冈斋帖》,杨许所书《内景》,合刻置此,乃佳耳。暮还万寿宫。"

③ 岳麓书院:王应麟《玉海》卷第一百六十七《岳麓书院》:"开宝九年,潭州守朱洞始创宇于岳麓山抱黄洞下,以待四方学者。作讲堂五间,齐序五十二间,孙迈为记。咸平二年,潭守李允则益崇大其规模。三年,王元之为记曰:'西京首述文翁,东观先书卫飒。其理蜀郡、教桂阳,率以庠序为先云云。'中开讲堂,揭以书楼,塑先师十哲之象,画七十二贤。满汀为洙泗,荆峦为邹鲁。四年二月二十日辛卯,允则奏岳麓山书院修广舍宇,生徒六十余人,请下国子监,赐诸经释文义疏、《史记》、《玉篇》、《唐韵》,从之。祥符五年,山长周式请于太守刘师道,广其居,谭绮为记。式以行义著,八年召见便殿,拜国子主簿,使归教授。给诏,因旧名赐额,仍增给中秘书。于是,书院之称闻天下。乾道元年,帅臣刘琪重建为四斋,定养士额二十人。二年十一月,张栻为之记。淳熙十五年,帅臣潘畤广二斋,益额十人,陈傅良为记。淳祐六年,赐御书"岳麓书院"四字,揭之中门。书院南风雩亭之下,别建湘西精舍。"

④ 四配:颜渊、子思、曾参、孟轲。

亭。岣嵝①当在衡州,此以有韩文公诗②,故名。往余在无锡秦舍人汝立家,见宋时拓迹,后有名贤跋语,谓刻在岳麓,余以为谬,不意果耳。

二里许,极高明亭,俯视长沙,湘水皆在足下,始有潇潇之色,令人生秋思。奴辈以足愆告,余笑曰:"二千里来不为少沮,乃沮于五里,得有是乎。"又二里,歇足亭,人益罢,兴益不浅。再二里,乃得禹碑。碑刻石崖,字文不作汉已下波画③。空山绝壑,河痕洛迹,褐衣草屦,忽如在上皇④世。旧尝闻书家言:"当时刻已,沈之江底。"此特六朝人所书,圣人不复见。见学圣者,亦幸矣。

碑左右壁多前人题名,皆苍藓剥蚀,时有一二字影见其间,抚摸为之神爽。已而腹大枵⑤,坐壁下,不能行。诚如昔人华山故事⑥,安能得贤令为之扶掖。俄有樵竖⑦三四辈,自岭而下,问余何自,因指禹王字,且觅岳麓何所。各为之大笑,因出山果见饷,若知所苦者。复指路径,谓绝巅而走则最近,已而散去。随其指,乃果不远。巅旁得武当宫,宫祀真武神⑧,无一人为应门,因长揖而

---

① 岣嵝:《读史方舆纪要》卷八十《湖广六·衡州府·衡阳县》:"岣嵝峰,府北五十二里。衡山主峰也,故衡山亦兼岣嵝之名。《湘水记》:'衡山南有岣嵝峰,东西七十里,南北三十里,高千五百丈,相传禹得金简玉书于此,道书所谓"岣嵝洞天"也。其北麓去衡山县亦五十里。'"

② 韩文公诗:韩愈《昌黎先生文集》卷第三《岣嵝山》:"岣嵝山尖神禹碑,字青石赤形摹奇。科斗拳身薤叶披,鸾飘凤泊拏虎螭。事严迹秘鬼莫窥,道人独上偶见之,我来咨嗟涕涟洏。千搜万索何处有,森森绿树猿猱悲。"

③ 波画:笔画。张世南《游宦纪闻》卷九:"今其家藏蔡忠惠帖,用金花笺十六幅,每幅四字,玩其波画,令人起敬。"

④ 上皇:郑玄《诗谱序》:"诗之兴也,谅不于上皇之世。"孔颖达疏:"上皇,谓伏牺,三皇之最先者。"

⑤ 大枵:饥饿。《新唐书·殷开山传》:"贼方炽……粮尽众枵,乃可图。"

⑥ 故事:李肇《唐国史补》卷中:"韩愈好奇,与客登华山绝峰,度不可返,乃作遗书,发狂恸哭。华阴令百计取之,乃下。"

⑦ 樵竖:打柴童子。袁宏道《园亭纪略》:"所谓崇冈清池,幽峦翠筱者,已为牧儿樵竖斩草拾砾之场矣。"

⑧ 真武神:赵彦卫《云麓漫钞》卷第九:"朱雀、玄武、青龙、白虎,为四方之神。祥符间避圣祖讳,始改玄武为真武,玄冥为真冥,玄枵为真枵,玄戈为真戈。后兴醴泉观,得龟蛇,道士以为真武现,绘其像为北方之神,被发黑衣,仗剑蹈龟蛇,从者执黑旗。自后奉祀益严,加号'镇天佑圣',或以为金房之谶。"

出。其下有拜岳石,山为岳之麓,故有此。小径而下,始得岳麓寺①,犹诛茅②。不久一僧出以迎客,客自绝巘而下,不问所从,即传香厨③治僧饭。与客言寺,颠末④甚悉。永乐初,谷王⑤有舅氏,好与佛子游。每来息此,因力为鼎新,其后毁于火。嘉靖中,僧从南岳来,则此庐皆在丛棘中。因导观观音阁,阁前为毗卢阁址,又前为讲经台,亦已化去。

还,饭方丈。因忆吾乡先贤唐侍郎徐公安贞耻与李林甫⑥同朝,为之易姓名此中,为喑道人,后以李邕⑦来,来从香积,识之,因载与归。谓长沙守曰:"吾故人,匪邕,则委顿岩穴。余于徐公为后生,不胜怀贤之感。"僧为送客前岭,乃别,因许作一诗留中。僧名真惠,山中人称为无穷和尚。

二里,复入书院,观李邕书寺碑。碑石后及左右多哲人⑧题,往往为俗吏

---

① 岳麓寺:赵宁《长沙府岳麓志》卷二:"岳麓寺,在风云山亭右。西晋大始四年创建,历代住持禅灯不替,昔称长沙第一道场。唐隋以前,塔庙尤盛。详李邕《麓山寺碑记》中。以后修葺年月多无考,至国朝康熙十年,住持檀禅师重修,旋毁于兵。二十年,嗣法灯禅师建,复有记。"

② 诛茅:结庐安居。庞树松《檗子书来约游》诗:"到此倘嫌山水浅,人间何地可诛茅。"

③ 香厨:寺院厨房。杜甫《岳麓山道林二寺行》:"塔劫宫墙壮丽敌,香厨松道清凉俱。"

④ 颠末:本末。张世南《游宦纪闻》卷六:"世南既登览山川之奇秀,且得考核其事之颠末,故详纪之,以告来者。"

⑤ 谷王:《明史》卷一百十八《太祖诸子三·谷王橞》:"谷王橞,太祖第十九子。洪武二十四年封。二十八年三月就藩宣府。宣府,上谷地,故曰谷王。燕兵起,橞走京师。及燕师渡江,橞奉命守金川门,登城望见成祖麾盖,开门迎降。成祖德之,即位,赐橞乐七奏,卫士三百,赉予甚厚。改封长沙,增岁禄二千石。"

⑥ 李林甫:《新唐书》卷二百二十三上《奸臣上·李林甫传》:"李林甫,长平肃王叔良曾孙。初为千牛直长,舅姜皎爱之。……时武惠妃宠倾后宫,子寿王、盛王尤爱。林甫因中人白妃,愿护寿王为万岁计,妃德之。侍中裴光庭夫人,武三思女,尝私林甫,而高力士本出三思家。及光庭卒,武请力士以林甫代为相。……休既相,重德林甫,而与嵩有隙,乃荐林甫有宰相才,妃阴助之,即拜黄门侍郎。寻为礼部尚书、同中书门下三品,再进兵部尚书。……林甫居相位凡十九年,固宠市权,蔽欺天子耳目,谏官皆持禄养资,无敢正言者。"

⑦ 李邕:《新唐书》卷二百二《李邕传》:"李邕字泰和,扬州江都人。父善,有雅行,淹贯古今,不能属辞,故人号'书簏'。显庆中,累擢崇贤馆直学士兼沛王侍读。为《文选注》,敷析渊洽,表上之,赐赉颇渥。除潞王府记室参军,为泾城令,坐与贺兰敏之善,流姚州,遇赦还。居汴、郑间讲授,诸生四远至,传其业,号'文选学'。……宰相李林甫素忌邕,因傅以罪。诏刑部员外郎祁顺之、监察御史罗希奭就郡杖杀之,时年七十。"

⑧ 哲人:智慧卓越之人。《诗·大雅·抑》:"其维哲人,告之话言。"

磨去，而换以己名。院在余所过大成左，有纯一堂、尊经阁，阁后小池，渡桥为六君子堂。堂右为及泉亭，亭凿井其中。又前为流觞亭，馆人送酒亭上，为之酌一再行。泉流潺潺，幽然为世外之想。渡江城，东过铁佛寺①。寺有二池，芙蓉发时，红白满水。读楚碑，寺为李唐时建。异时有神僧善望气，尝在岳麓见此中有光，因得古铁数十万斤，为造如来佛三，毗卢佛一。如来即兹地㓾招提，毗卢乃阁于岳麓，盖相望也。

游龙虎山②记

九月十五日，由樱潭③命兜子④，同行为赵太史汝迈、徐文学邦中。樱潭有小市。三十里白公桥，山为邵真人⑤赐葬地。邵事肃皇帝，官礼部尚书，死谥文康荣靖，墓拟王者。先皇帝即位，首诏夺方士官爵，乃伐其坟墓。

二十里，望见山峦如青莲乱生，叶叶飞动。又有一山当溪中，屹立如笋，皆非人目常见。已而入群山，时时拥阏⑥不可通，每立马久之。又十里，抵仙岩。岩隔一溪，壁立千仞，有板屋⑦构削壁上，势如下坠。余与太史心疑之，觅得渡

---

① 铁佛寺：杨林《嘉靖长沙府志》卷六："铁佛寺在湘春门外，唐建，铸三铁佛，因名。元殿，本朝洪武初重建。"曾国荃《光绪湖南通志》卷二百三十八："铁佛寺在县北湘春门外，唐法华禅师飞锡于此。寺有铁佛三，铁柱塔一，明成化中重建。国朝康熙、乾隆中屡修。"

② 龙虎山：《读史方舆纪要》卷八十五《江西三·广信府·贵溪县》："龙虎山，县西南八十里，在象山之西北。志云：'象山一支西行数十里，乃折而南，两峰对峙，如龙昂虎踞，道书以为第三十二福地。后汉章、和间，张道陵修炼于此。'今有上清宫，在龙虎两岐之间。图经：'龙虎山，在后汉末张鲁之子自汉中徙居此，宋大中祥符八年召其徒正随赴阙，赐号真静先生。王钦若奏立授箓院及上清观，蠲其田租，即上清宫也。'出龙虎山而西一二里，南迫大溪，溪水澄滢，可鉴毛发，则仙岩列焉。其岜峰峦削立，高出云表，岜石嵌空，多为洞穴房室、窗牖、床榻、仓廪之状，共二十有四岩，而总名之曰仙岩，与饶州府安仁县接界。"

③ 樱潭：当为鹰潭。

④ 兜子：无轿厢之便轿。《太平广记》卷一七二引唐冯翊子《桂苑丛谈·李德裕》："乃立促召兜子数乘，命关连僧人对事。"

⑤ 邵真人：《明史》卷三百七《佞幸·邵元节传》："邵元节，贵溪人，龙虎山上清宫道士也。师事范文泰、李伯芳、黄太初，咸尽其术。……嘉靖三年，征元节入京，见于便殿，大加宠信，俾居显灵宫，专司祷祀。雨雪愆期，祷有验，封为清微妙济守静修真凝玄衍范志默秉诚致一真人，统辖朝天、显灵、灵济三宫，总领道教……礼官拟谥荣靖，不称旨，再拟文康。帝兼用之，曰文康荣靖。启南官至太常少卿。善道亦封清微阐教崇真卫道高士。隆庆初，削元节秩谥。"

⑥ 拥阏：壅塞。《史记·天官书》："土与水合，穰而拥阏，有覆军，其国不可举事。"

⑦ 板屋：《汉书·地理志下》："天水、陇西，山多林木，民以板为室屋……故《秦诗》曰'在其板屋'。"

船，无桨子，隶人以所执杖为刺船。其滩流处，既进且退。俄一道人驾小艇来迎，因尾之行。首问崖屋，云其师本木工，得遇异人，结庐其上，为焚修①计。顷为里中人不容，逸去。

既及岩下，有观音殿。殿前去水丈许，小岛造石梁为渡。殿供大士像，殿角上有小楼台，亦嵌空，然可梯而升，无不为战栗。复问道人登板屋处，谓须索绹系腰，旁施巨绹，乃可攀附而上。余与太史并心热，因命一奴先试。奴既升，余亦解去双履，衣短衣，嫚姗而登。始焉甚易，至将及，力为不胜，因戒太史辈无来。且闻信州②令凿石磴，他日可登也。

屋凡四楹，上下相贯，设床榻几席。复有空岩如丁，中列石鼎，太温温不息，意道士去未久。侧一岩卧两棺，可见人骨。棺之制，剡径尺木，中剖，长凡三倍，两头漫以板，状如箍篃③底。道人谓此仙人蜕骨也。因指自此而西，壁益高峻，禽鸟猿猱皆莫可到。其间有大小洞如窗牖，中注仓箱④、炉鼎⑤之属，间有毁且圮者。或夜闻施斧斤，明日望之，则茸缮完好。往余游武夷岩，望见脱骨藏棱中，其丹漆经数千年，鲜彩如古，以为甚怪。今闻仙岩事，又何足怪哉。因下，与太史乘小船仰视其间，其言盖若不谬。因与期而归，余当再来，且一闻丁丁之声。太史哑曰："子无先，余当解尺组⑥从子矣。"余曰："足下方有柱石⑦之寄，奈何为山水期。"

隔水有破莲花、雷擘石益奇，皆不能登。溪行可通上清，以沂流不可，因复由陆。二十里，南极观。观左为张真人墓，真人即今提点父。真人二十岁而

---

① 焚修：焚香修行。司空图《携仙箓》诗之五："若道阴功能济活，且将方寸自焚修。"

② 信州：《读史方舆纪要》卷八十五《江西三·广信府》："广信府，《禹贡》扬州地，春秋时为吴地，战国为楚地。秦属会稽、九江二郡，汉属会稽、豫章二郡，后汉因之。孙吴属鄱阳、东阳二郡，晋以后皆仍旧。梁属吴州，隋属饶州。唐初仍属饶州，乾元初析置信州。宋因之。元曰信州路。明初曰广信府。今领县七。"

③ 箍篃：章炳麟《新方言·释器》："《广雅》：'緷，束也。'緷、锟声义通。今人以绳束物曰捆，以金束物曰锅（俗作箍）。箍桶亦其一矣。"

④ 仓箱：《诗·小雅·甫田》："乃求千斯仓，乃求万斯箱。"郑玄笺："成王见禾谷之税，委积之多，于是求千仓以处之，万车以载之。是言年丰收入逾前也。"朱熹集传："箱，车箱也。"

⑤ 炉鼎：炼丹所用炉灶与鼎。苏轼《东坡志林·乐天烧丹》："乐天作庐山草堂，盖亦烧丹也，欲成而炉鼎败。"

⑥ 尺组：低级官员所系组绶。王维《偶然作》诗之五："读书三十年，腰下无尺组。"

⑦ 柱石：《汉书·霍光传》："将军为国柱石，审此人不可，何不建白太后，更选贤而立之。"

夭。十里，抵上清，有市，类阛阓①。提点宅旧号天师府，山川环布，有如天成。盖自汉及今，已历二千年，其业不替，亦岂小小哉。宅之堂阶垣庑不类庶僚②，前列两坊，左福道，又尊德高五十尺，又西有正一观，东里许为上清宫③，道士数百人。由提点宅达宫，从市中行。市买符章醮箓者，较他货居多。

宫门题曰："龙虎福地"。朱墙屈曲而入，中堦塌高砌。祀天尊为寥阳殿，道士撞钟打鼓候朝士，犹有汉礼。寥阳后为真风殿，宋道君皇帝④敕建，毁于火，址犹存。最后为玉皇阁，高七十尺，建于毅皇帝⑤朝。宿道院即提点公署。是夕，月下得十绝句。道士候客寐，始去。其住侍滕道士，名元璞，年六十余。余温人，今主十华院。十六日，登宫后山。山在众峰为特小，其上松杉竹树幽然。有茅庵，为真靖⑥得道处。前为鹤归亭，庵形如囷，叠甓为垣，加以茅，结于外。真靖跌座⑦凡数十年不出，尸解⑧始去。又西为真靖祠，祠前即高阁宫，有院三十有奇。所过惟三花、洞玄、十华，饭于十华。即酒间书夜来所得诗予道士。既而出山。

① 阛阓：《文选·左思〈魏都赋〉》："班列肆以兼罗，设阛阓以襟带。"吕向注："阛阓，市中巷绕市，如衣之襟带然。"

② 庶僚：普通官吏。《新五代史·杂传·裴皞》："我见桑公于中书，庶寮也；桑公见我于私第，门生也。"

③ 上清宫：《读史方舆纪要》卷八十五《江西三·广信府·贵溪县》："上清宫，在龙虎山中。唐名真仙观，宋大中祥符间改上清观，政和间赐名上清正一宫，元大德间赐名正一万寿宫，今曰上清宫，张道陵裔世袭真人居于此。《闻见录》：'上清宫至抚州金溪县百里，又百二十里至建昌府。'"

④ 道君皇帝：即宋徽宗。

⑤ 毅皇帝：《明史》卷十《武宗本纪》："武宗承天达道英肃睿哲昭德显功弘文思孝毅皇帝，讳厚照，孝宗长子也。母孝康敬皇后。弘治五年，立为皇太子。性聪颖，好骑射。……世宗入立。五月己未，上尊谥，庙号武宗，葬康陵。"

⑥ 真靖：佚名《宣和书谱》卷第六《杜衍诗》："道士陈景元，字太虚，师号真靖，自称碧虚子，建昌南城县人。师高邮道士韩知止，已而别其师游天台山，遇鸿蒙先生张无梦，授秘术。自幼喜读书，至老不倦，凡道书皆亲手自校写，积日穷年，为之痀偻。每著一书，十袭藏之，有佳客至，必发函具铅椠出客前，以求点定，其乐善不已复如此。然不泛交，未尝与俗子将迎，惟相善法云寺释法秀，人比之庐山陆修静交惠远也。初游京师，居醴泉观，众请开讲。"

⑦ 跌座：盘腿而坐。费衮《梁溪漫志·闲乐异事》："追夜入寝，有婢杏香奔告诸子曰：'殿院咳逆不止若疾状。'诸子亟走，至，则已跌坐，而一足犹未上，命其子为收之，才毕而终。"

⑧ 尸解：王充《论衡·道虚》："所谓尸解者，何等也？谓身死精神去乎，谓身不死得免去皮肤也……如谓不死免去皮肤乎，诸学道死者骨肉俱在，与恒死之尸无以异也。"

太史以旧闻道陵①飞升处，及水帘洞、炼丹台，以为皆在宫近。问道士，乃知与仙岩不远。更欲枉道过之，闻余言谓昨已与□道人有期，姑留此胜还山灵，为他日续游计。遂投策②问贵溪。

陵阳山房记

余少负不羁，窃有四方之志。每读舆图、地记所载高山大川，其间岩壑泉石之奇峻，宫阙楼观之爽垲③，羽毛草木之灵秀，异人逸士之怪诞，辄为废书而坐，澄怀④定虑，若欲周环乎上下而后已。惟是尚平之□未毕，即三山五岳之地，又与吾越相去千万里之远。谋于方外⑤之徒，咸谓当先其近且名者，于是裹粮往游。家丘邻壤，先后而得。凡吾足之所加，目之所注，其间怪诞、灵秀、爽垲、奇峻之迹，往往有如昔游。前人所谓嗜之既深，则有若通乎虚灵之中，岂不良然哉。

吴人顾愿父⑥氏与余同癖，少即弃去进士之业，筑室临池，读古书其中，所

---

① 道陵：《神仙传校释》卷五《张道陵传》：“天师张道陵，字辅汉，沛国丰县人也。本太学书生，博采五经，晚乃叹曰：‘此无益于年命。’遂学长生之道，得黄帝《九鼎丹经》，修炼于繁阳山。丹成服之，能坐在立亡，渐渐复少。后于万山石室中，得隐书秘文及制命山岳众神之术，行之有验。初，天师值中国纷乱，在位者多危，退耕于余杭。又汉政陵迟，赋敛无度，难以自安，虽聚徒教授，而文道凋丧，不足以拯危佐世。陵年五十，方退身修道，十年之间，已成道矣。闻蜀民朴素可教化，且多名山，乃将弟子入蜀于鹤鸣山隐居。既遇老君，遂于隐居之所，备药物，依法修炼，三年丹成，未敢服饵，谓弟子曰：‘神丹已成，若服之，当冲天为真人，然未有大功于世，须为国家除害兴利以济民庶，然后服丹即轻举，臣事三境，庶无愧焉。’老君寻遣清和玉女，教以吐纳清和之法，修行千日，能内见五藏，外集外神，乃行三步九迹，交干履斗，随罡所指，以摄精邪，战六天魔鬼，夺二十四治，改为福庭，名之化宇，降其帅为阴官。先时蜀中魔鬼数万，白昼为市，擅行疫疠，生民久罹其害，自六天大魔推伏之后，陵斥其鬼众，散处西北不毛之地，与之为誓曰：‘人主于昼，鬼行于夜，阴阳分别，各有司存，违者正一有法，必加诛戮。’于是幽冥异域，人鬼殊途，今西蜀青城山有鬼市，并天师誓鬼碑，石天地、石日月存焉。”

② 投策：陶潜《始作镇军参军经曲阿作》诗：“投策命晨装，暂与园田疏。”逯钦立注：“投策，投杖。”

③ 爽垲：垲当做闿，高大宽敞。《南齐书·始安贞王遥光传》：“旗章车服，穷千乘之尊；阛阓爽闿，逾百雉之制。”

④ 澄怀：静心。《南史·隐逸传上·宗少文》：“老疾俱至，名山恐难遍睹，唯澄怀观道，卧以游之。”

⑤ 方外：世外。《淮南子·俶真训》：“骑蜚廉而从敦圄，驰于方外，休乎宇内。”

⑥ 顾愿父：王穉登《王百穀集十九种》：“顾愿父，名学尼。家与顾先生邻，其姊夫曰黄姬水，又最能诗，故愿父亦能诗。”

撰为诗文,能多出奇语,所居之北即秦余杭山①。山为姬吴巨镇,尝产白龙于其下。下多□田美稻,又有异人丁令威②丹井,故其泉甘而水冽。舍之前即陶朱公③去越之水,西入具区④近在三十里。其中多美鱼鰕,形奇而味隽。愿甫暇则躬率僮子耕于阪上,或乘扁舟与渔人为侣。至于莳花养竹,灌畦种药,靡所不有其乐。即其所居山房,命之曰陵阳,盖志其寓也。

夫陵阳之为山,余所知有二。一在宣城,为陵阳子明⑤幽栖之所。子明好钓鱼,尝得白龙,放去。后于鱼腹获服食之法,乃得仙去。相传谓其止于兹山

---

① 秦余杭山:《读史方舆纪要》卷二十四《南直六·苏州府·长洲县》:"阳山,府西北三十里。一名秦余杭山,一名万安山,又名四飞山,以山势四面若飞动也。高八百五十余丈,逶迤二十里。峰之大者凡十五,而箭缺为最。相传秦始皇校射于此,故下有射渎。《战国策》:'越王以散卒三千,擒夫差于干隧。'今山之别阜曰遂山,或以为即干隧。又东北有白鹤山,产白垩,亦名白垩岭,龙湫在其南。自山而北,群山盘回相接,又西北际于太湖。志云:'阳山西北十里曰徐侯山,一名卑犹。'《吴越春秋》:'越王葬吴王于秦余杭山。'卑犹即此山云。一名徐枕山。"

② 丁令威:《搜神记》卷一《丁令威》:"辽东城门有华表柱,忽有一白鹤集柱头。时有少年举弓欲射之,鹤乃飞,徘徊空中而言曰:'有鸟有鸟丁令威,去家千岁今来归,城郭如故人民非,何不学仙冢垒垒?'遂高上冲天而去。后人于华表柱立二鹤,至此始矣。今辽东诸丁,云其先世有升仙者,不知名字。"

③ 陶朱公:《史记》卷四十一《越王句践世家》:"范蠡浮海出齐,变姓名,自谓鸱夷子皮,耕于海畔,苦身戮力,父子治产。居无几何,致产数十万。齐人闻其贤,以为相。范蠡喟然叹曰:'居家则致千金,居官则至卿相,此布衣之极也。久受尊名,不祥。'乃归相印,尽散其财,以分与知友乡党,而怀其重宝,间行以去,止于陶,以为此天下之中,交易有无之路通,为生可以致富矣。于是自谓陶朱公。复约要父子耕畜,废居,候时转物,逐什一之利。居无何,则致赀累巨万。天下称陶朱公。"

④ 具区:太湖。《周礼·夏官·职方氏》:"东南曰扬州,其山镇曰会稽,其泽薮曰具区。"孙奕《履斋示儿编·杂记·地名异》:"嵩高、外方一山而名二,具区、震泽一湖而号殊。"

⑤ 陵阳子明:《列仙传校笺》卷下《陵阳子明》:"陵阳子明者,铚乡人也。好钓鱼于旋溪,钓得白龙,子明惧,解钩,拜而放之。后得白鱼,腹中有书,教子明服食之法,子明遂上黄山,采五石脂,沸水而服之。三年,龙来迎去。止陵阳山上,百余年,山去地千余丈,大呼下人,令上山半,告言:'溪中子安当来问子明钓车在否?'后二十余年,子安死,人取葬石山下。"

者,百有余年,其事可不谓奇哉。一在楚,则为元征君结隐地,结居其间。皮袭美①移书②所谓征君行奇而操峻,舍明天子贤宰相,退隐于陵阳。路见青山,傲视白云,然则又可谓伟矣。顾两山咸在吴国之南,去吴多者三千里,少亦千里。其名非有川岳洞天之振于天下,特以二人皆具高世之行,故为载于传记。

吾知愿甫者,故亦未尝过此。岂亦与余同山水之癖,而于历览舆图地记之间,深有得于二山之奇邃,与夫所栖之人之高尚,而即以之自寓也邪。昔司马长卿尝慕蔺生③之为人,即以其名自命。以其时则相去也,在百十年之上。若则愿甫者,又岂必尽识其山川,而后可以自寓也哉。况今之秦余杭,或谓之卑犹,或谓之阳,又或谓之四飞,盖其名未必一也。以吾愿甫既具子明之奇,而加以元生之操,则安知他日不为二人托始于兹山者乎。若则余杭也,他日又安知其不谓之陵阳也乎哉。

汉龙丘先生祠堂记

先生名苌,龙丘,姓也。汉季隐居太末山中。今县与山名并从先生姓云。童珮曰:余谬生先生国人后,少尝数数登龙丘山,过先生居处。其栖息咸在岩

---

① 皮袭美:《唐才子传校笺》卷第八《皮日休》:"日休,字袭美,一字逸少,襄阳人也。隐居鹿门山,性嗜酒,癖诗,号醉吟先生,又自称醉士,且傲诞,又号间气布衣,言己天地之间气也。以文章自负,尤善箴铭。咸通八年,礼部侍郎郑愚下及第。为著作郎,迁太常博士。时值末年,虎狼放纵,百姓手足无措,上下所行,皆大乱之道,遂作《鹿门隐书》六十篇,多讥切谬政。"

② 移书:《全唐文》卷七百九十六皮日休《移元征君书》:"征君足下,行奇操峻,舍明天子贤宰相,退隐于陵阳。踞见青山,傲视白云,得丧不可摇其心,荣辱不能动其志。桎桊冠冕,泥滓禄位,甚善甚善。苟与足下同道者,必汲汲自退,名惟恐闻,行惟恐显,老死为山谷人矣。或名欲遗千载,利欲及当今者,闻足下之道,可以不进其说耶。"

③ 蔺生:朱同《覆瓿集》卷八《赠朝京诗序》:"士有当世不相知,异世而相慕者。如沈诸梁不知夫子,陈莹中不知程子,所谓当世不相知者也。如司马相如慕蔺相如字曰相如,陶渊明慕诸葛孔明名曰元亮,字曰渊明,所谓异世而相慕者也。黄鲁直、苏子瞻,俱起于宋神宗朝。子瞻西蜀人,鲁直江西人,生既相同,居则相近,当时鲁直与晁无咎、张文潜、秦少游,谓之苏门四学士。鲁直犹未知名,子瞻尝曰:'读鲁直诗,若食海错,多则致疾。'尚若不满意焉。及鲁直古风一首投见,而曰:'江南有佳实,托根桃李场。'深相慕悦。子瞻以托物比喻,得三百篇体制。教授朱大同、训导吕德昭,生同里,又同学,年相若,道相似。出则同出,归则同归。衔杯朝饮,挑灯夜读。大同种竹数十个,题曰翠雨轩。德昭亦题其亭曰苍雪。其同门合志,有类此哉!今大同朝京,德昭赋古风二首,以松比大同,以兔丝自喻,美其行而慨己之失所附也。后有作者,宜采而录之。故为文以弁其篇端云。洪武庚申日南至,同里唐仲实叙。"

窒间，盖与人殊矣。父老又指其下即先生冢，乃不封不树云。

岁隆庆辛未，我南昌涂侯某，以名进士来治龙。会今皇帝即位，诏以明年为万历元年，与天下更始，州邑政教有坠失者，守令举无后。侯首询于众，谓龙山川土地并以先生名，其事行语在《汉书》，盖昭昭然。为之喟然曰："今夫一中人之家，事其祖先，必为共伏腊①之处。矧邑以先生名，是先生且为一邑祖焉。乃蔑有一区用陈俎豆，以妥其灵，此不特县官莫虔事神之诚，即举邑之人欲展先生之高风，皆不知所暴。政之阙失，莫是为大。"

乃为躬卜地东华山②之阳，下令凿石畚土，抡材度木，丹墨漆垩，靡不善良。阅五月而告成，庭阶、门庑、斋序、庖湢，百尔③孔备。于是涓日④协辰，率寅属生徒大祠于庙。岁方有秋，共者不劳，香稻醴酒，溪毛⑤山实⑥，既丰且洁。当事者益有征乎先生之福祉。

先是，邑之人知侯聿新庙宇，为肃先生之神修祀有日，为转相告语。即深山穷谷，黄耇颁白⑦，小夫⑧稚子，罔不扶携来观。以为吾人也，今而乃知龙之所自。嗟乎，先生化后，历春秋一千五百有奇，其间老佛新鬼，丹碧尔庐，土木尔躬，不知几何于斯。而先生之祀，仅得与后来诸贤同列于社，人犹为惑甚焉。得非以先生不过一处士，无有官职、名号之赫奕。又先生之姓通天下莫见，非有子孙宗族之繁衍。苟非君子贤人之为政，则先生之祀，不几于一线之系也乎哉。

是日也，天宇澄朗，云霞萃止，木叶⑨不飞，原野郁葱。东华之南，突然而临者，是谓龙丘之山。图经谓其特秀林表峰色，筵的远望，画如莲花，乃今有若

① 伏腊：伏为伏日，腊即腊月。《后汉书·孝明帝纪》："今百姓送终之制，竞为奢靡。生者无担石之储，而财力尽于坟土。伏腊无糟糠，而牲牢兼于一奠。"
② 东华山：嵇曾筠《雍正浙江通志》卷十八：东华山，在县东二里，下有姑蔑子墓。
③ 百尔：一切。李觏《袁州学记》："百尔器备，并手偕作。工善吏勤，晨夜展力，越明年成。"
④ 涓日：择吉日。左思《魏都赋》："量寸旬，涓吉日，陟中坛，即帝位。"
⑤ 溪毛：《左传·隐公三年》："苟有明信，涧溪沼沚之毛……可荐于鬼神，可羞于王公。"杜预注："溪，亦涧也。毛，草也。"
⑥ 山实：山果。陆龟蒙《四明山诗·青棂子》："山实号青棂，环冈次第生。"
⑦ 颁白：《孟子·梁惠王上》："颁白者，不负戴于道路矣。"朱熹集注："颁与斑同，老人头半白黑者也。"
⑧ 小夫：男性平民。《庄子·列御寇》："小夫之知，不离苞且竿牍。"
⑨ 木叶：树叶。《晋书·儒林传·董景道》："永平中，知天下将乱，隐于商洛山，衣木叶，食树果。"

增丽焉。得无先生之灵昭格乎上,于以见之邪。侯既成礼,爰命工砻石①,记兹有事于祠者,以示永久。同官为某某,学官为某某,董工则某,记者珮,乃复系以迎送神之辞。

辞曰:列芳鲜兮陈酥醴②,振鼍鼓③兮鸣凤笙。目渺渺兮众山青,神之徕兮白云停,纷下拜兮披景星,露瀼瀼兮湿霓旌,山气开兮初日升。

又曰:神乘龙兮云中还,俯而乐兮龙蜿蜒,新宫奠兮故山川,时归来兮省川原,高岩峙兮绿波缘,锡福祉兮奚其先,木有本兮水有源。

---

① 砻石:刻石。皮日休《鄙孝议下》:"所在之州鄙,砻石峨然。问所从来,曰:'有至孝也,庐墓三年,孝感至瑞,郡守闻于天子,天子为之旌表焉。'"

② 酥醴:美酒。刘道荟《晋起居注》:"升平二年,正月朔,朝会,是日赐众客酥醴酒。"

③ 鼍鼓:《诗·大雅·灵台》:"鼍鼓逢逢。"陆玑疏:"其皮坚,可以冒鼓也。"

《童子鸣集》卷之六

疏

禅悦院①重修五百阿罗汉像募缘疏

禅悦院者,句吴②幽境,开原净域;碧草桃花,路隔春城。惟数里青莲祇树,钟藏寒殿。自前朝照法师开山,有宋金石可稽;义和尚振业,盛明衣珠犹在。翠微北转,磬声一片出花林。白马西来,金字几章留觉地③。石墙竹院,亦有长廊;南径东扉,足称精舍。桥通范蠡水,帆过遥知殿角;山邻陆羽泉④,客来先洗禅心。岁华浸久,忽看画壁蚀青苔;僧腊无多,谁惜经幢眠白日。带

① 禅悦院:徐硕《至元嘉禾志》卷十一:"禅悦院,在县西南三十六里。考证:'本行香庵,宋靖康元年改今名。'"

② 句吴:《史记》卷三十一《吴太伯世家》:"吴太伯,太伯弟仲雍,皆周太王之子,而王季历之兄也。季历贤,而有圣子昌,太王欲立季历以及昌,于是太伯、仲雍二人乃奔荆蛮,文身断发,示不可用,以避季历。季历果立,是为王季,而昌为文王。太伯之奔荆蛮,自号句吴。荆蛮义之,从而归之千余家,立为吴太伯。"《集解》:"宋忠曰:'句吴,太伯始所居地名。'"《索隐》:"荆者,楚之旧号,以州而言之曰荆。蛮者,闽也,南夷之名;蛮亦称越。此言自号句吴,吴名起于太伯,明以前未有吴号。地在楚越之界,故称荆蛮。颜师古注《汉书》,以吴言'句'者,夷语之发声,犹言'於越'耳。此言'号句吴',当如颜解。而注引宋忠以为地名者,《系本·居篇》曰:'孰哉居蕃离,孰姑徙句吴',宋氏见《史记》有'太伯自号句吴'之文,遂弥缝解彼云是太伯始所居地名。裴氏引之,恐非其义。蕃离既有其地,句吴何总不知真实? 吴人不闻别有城邑曾名句吴,则《系本》之文或难依信。《吴地记》曰:'泰伯居梅里,在阖闾城北五十里许。'"

③ 觉地:佛地。黄公绍《福善庙设斋门榜》:"今则竖胜旛于觉地,下飚驭于熙台。"

④ 陆羽泉:祝穆《方舆胜览》卷二:"陆羽泉,在吴县西北九里,鸿渐以此泉为天下第三水。"

水参禅,怕说齐东桃梗①;拈花施食,宁堪梁上燕泥②。

于是,其徒有悟公者,早悟三身,精持五戒;出家白下,入道此中。凤皇台西说法,曾同栖鸟卧林端;芙蓉湖畔讲经,又见雨花吹水上。隔寺名山,已全作持身杖锡;前溪巨浸,将半成济众津梁。藏宝塔于池心,无惭取宝;补龙峰于墙阙,大类降龙。为伤寂灭之因,首发经营之愿。持一人之苦行,振五祖之坠宗。惟是两庑未施丹垩,乃于五内不免焦劳。筑一室已及三年,岂无人诮;行百里者半九十,宁不自知。三世释迦佛③,虽还旧观;五百阿罗汉,尚在他山。骑牛问道,拍头便是西方;圣人入夜,吹灯无处去摸。

诸佛弟子园虽近似,给孤其所不赴者,尚有七百五十人像,故难于太众。其所当图者,即非一丈六尺相。独是四体④四大⑤之间,行立坐卧,种种不一。千手千目之外,飞走变化,物物难名。若无技巧,夫人须仗檀越⑥长者。残毁六根,虽已失本来面目;庄严诸品,愿共成见在因缘。道旁古木,菩提花笑指重开;火里真身,舍利子元知不坏。劫灰满院,无伤过去破头颅;香气两廊,好看如来新布袋。往时肇建,龛中具有芳名;今日鼎新,石上愿题尊姓。尺布寸丝,堪为领袖。五铢半两,即是货泉。赤土好将装贝叶,黄金不独造莲花。

颂

竹在亭颂

弋阳王孙贞吉⑦,以其先君手植竹林成而忽瘁,至靡有孑遗。凡阅六十,

---

① 桃梗:桃制木偶。《晋书·礼志上》:"岁旦常设苇茭、桃梗、磔鸡于宫及百寺之门,以禳恶气。"

② 燕泥:燕巢之泥。戴复古《滕王阁次韵刘允叔》:"当年杰阁栖龙子,今日空梁落燕泥。"

③ 释迦佛:释迦牟尼的简称。沈约《答陶华阳》:"《难》云,释迦之现,近在庄王。唐虞夏殷,何必已有,周公不言,恐由未出。"

④ 四体:四肢。《论语·微子》:"四体不勤,五谷不分。"

⑤ 四大:慧远《明报应论》:"夫四大之体,即地、水、火、风耳,结而成身,以为神宅。"《圆觉经》:"我今此身,四大和合。所谓发毛爪齿、皮肉筋骨、髓脑垢色,皆归于地;唾涕脓血、津液涎沫、痰泪精气、大小便利,皆归于水;暖气归火;动转归风。四大各离,今者妄身,当在何处?"

⑥ 檀越:施主。陶潜《搜神后记》卷二:"晋大司马桓温,字符子,末年忽有一比丘尼,失其名,来自远方,投温为檀越。"

⑦ 弋阳王孙贞吉:朱多炡,字贞吉。

有几甲子,乃兹载茂。初之岁,篁如故。明年笋益若干个。又明年又益若干个。嘻,亦异矣。竹故有亭,君子为颜之曰:"竹在"。爰征其孝,太末山民童某闻而为之作颂。颂曰:

　　盘石隆隆,元气蒙蒙。嘉林郁葱,藩翰斯崇。於穆先王,自天之潢。爰有戈疆,艺德穰穰。表兹琅玕,万宝珊珊。日影檀栾,高节霜寒。前朝陨石,琳瑯逼仮。秋草十尺,云归不识。此君効灵,为祥为桢。造物是征,昭以汗青。玉叶垂垂,锦箨差池。何以似之,百世本支。既萎复生,廿载重荣。象纬疏行,照耀天经。维亭窈窕,秀揭林表。西江试较,乃觉滕小。垆方覆圆,日月周旋。镂栋雕檐,神物蜿蜒。文章睥睨,离立君子。玄黄光被,见乎四体。鸣鹤自先,声闻九天。縞衣玄冠,俨乎在前。英华泠泠,玉振金声。大孝昭明,炳矣千龄。

铭

书厨铭

尔中以盈,我中则虚。以我之不足,贮尔之有余。

曲几铭

假尔而寐,曲则匪肱。古人在前,嗒然①而兴。

镜铭

貌之衰,惟尔则知。内德之不修,安事外为。

帚铭

人之居处,非尔则污。尔虽弊兮,千金不沽。

家藏砚铭

产于粤,琢于吴,惟吾与尔有是夫。

---

　　① 嗒然:物我两忘之态。宋濂《抱瓮子传》:"且当抱瓮之时,嗒然忘形,志虑外绝,精神内营,目不见色,耳不闻声。"

传

周健传

嗟乎！许市①当运河要冲，有关隘之阻，襟五湖而控东海。挟阳山西飞之势，下临沃壤。南陁全吴郡，北走大江，舳舻②、车马、道隘相望。余尝数过其地，意必有激烈慷慨之人以当其气。考之图经，故寥寥无闻。岁庚申，乃知有周健之事。

周健者，吴县人。父吴凤，七岁买健周文襄家厮养，故冒襄姓。襄尝挟幼子与甥饮婿家，夜归，健引炬为前，俄有人左持兵右手火尾后，诘襄所从往。襄顾被酒，意其为贼，不敢对。贼怒甚，自灭火，又扑灭健火。手中襄右股，因拔刀捽襄地上。甥子咸溃走，健直前，手执贼一手，奋刀插淖。淖中刀入指为断。贼大怒，舍襄捽健。健与抱持，襄遂得脱。已而复来，贼大至，不胜忿，投刀乱斫之。襄且走，隐隐闻健与贼持久而始绝。贼视健肠胃流出，弃去。已而健复

---

① 许市：王鏊《正德姑苏志》卷十八："许市去县西北二十五里，一名浒墅。详见《古迹》。民居际水，农贾杂处，为一大镇。旧有巡检司、急递铺。景泰间，置钞关于此。"

② 舳舻：《汉书·武帝纪》："自寻阳浮江，亲射蛟江中，获之。舳舻千里，薄枞阳而出。"颜师古注引李斐曰："舳，船后持柂处也。舻，船前头刺棹处也。言其船多，前后相衔，千里不绝也。"

苏,犹呼襄所在,强起走,创剧,仆普思桥①。会襄率人来援,与遇,掖归。视襄中刃处,为作楚状。又见襄子与甥具无恙,因索糜食盌许,呕血一斗,死。时年廿三岁。童珮曰:余读《赵世家》,窃有感于程婴②之事。然其时去古稍近,为之,婴必有过人之节。若周健者,不过一析薪③奴耳。文襄又非贵介多财之人,健乃辄能脱襄之死,而自捐其身,岂不益贤于婴也乎哉。

朱子常传

朱子常者,名大经,吴人也。家穹窿山下,其族多耕与樵。穹窿之内,有会

---

① 普思桥:钱谷《吴都文粹续集》卷三十五《许市重造普思桥记》:"浒墅在苏州西北境上,其民际水而居,农贾杂处,为吴中一大镇。自景泰间,朝廷置司于此,舟楫停集,居民益繁。贸易往来,以限于官河,皆不称便。成化初,虽尝作桥以免济渡,而南北辽绝,人迹折旋,犹以为不便也。里父老相传,故有桥在周孝侯庙旁,访求之,果得石刻,题曰:'普思桥。'视其时,宋庆元三年也。乃图重造,而不敢专。以户部主事槁城刘君焕方奉命分司于此,敏而有为,始合言以请。君曰:'是民功也,吾何敢阻耶,当从而奖厉之。'他日,工部主事贵溪姚君文灏行水至,闻其事,亦从而相劝之。民既乐为,则又言于知府史侯。侯曰宜。又言于巡抚都御史朱公。公亦曰宜。于是更相告言,出财以助,凡得白金若干两,择弘治九年五月兴工,是年十二月工毕。刘君喜其事之果成也,曰:'是桥财费甚巨,劳力甚多,然而利益甚大,不可使后人无所考也。'介乡贡进士浦君应祥请文以记。夫事之成,未有不由于人和者。周之作洛曰:'四方民大和,会桥梁之役,虽非是之比,然而民不欲为,则上之人虽驱而使之,不能成也。至于民既欲为,上之人或咈之而不从,则其事亦岂能成哉。惟夫民欲为之,上能从之,故虽财用巨而费力多,不待逾岁而穹然坚厚,不易为之役遂以告完。虽然人则和矣,亦惟得其时耳。盖吴自古为泽国,数被水患。今则大熟,粒米狼戾。民既有秋成之利,视义所在,慨然施予,亦不知吝。此事之所以易成也与。桥之修一十二丈,其广二丈三尺,崇如广而坚。董其役者曰倪俊,凡出财者,其姓名则列刻于碑阴云。'"
② 程婴:《史记》卷四十三《赵世家》:"赵朔妻成公姊,有遗腹,走公宫匿。赵朔客曰公孙杵臼,杵臼谓朔友人程婴曰:'胡不死?'程婴曰:'朔之妇有遗腹,若幸而男,吾奉之;即女也,吾徐死耳。'居无何,而朔妇免身,生男。屠岸贾闻之,索于宫中。夫人置儿绔中,祝曰:'赵宗灭乎,若号;即不灭,若无声。'及索,儿竟无声。已脱,程婴谓公孙杵臼曰:'今一索不得,后必且复索之,奈何?'公孙杵臼曰:'立孤与死孰难?'程婴曰:'死易,立孤难耳。'公孙杵臼曰:'赵氏先君遇子厚,子强为其难者,吾为其易者,请先死。'乃二人谋取他人婴儿负之,衣以文葆,匿山中。程婴出,谬谓诸将军曰:'婴不肖,不能立赵孤。谁能与我千金,吾告赵氏孤处。'诸将皆喜,许之,发师随程婴攻公孙杵臼。杵臼谬曰:'小人哉程婴!昔下宫之难不能死,与我谋匿赵氏孤儿,今又卖我。纵不能立,而忍卖之乎!'抱儿呼曰:'天乎天乎!赵氏孤儿何罪?请活之,独杀杵臼可也。'诸将不许,遂杀杵臼与孤儿。诸将以为赵氏孤儿良已死,皆喜。然赵氏真孤乃反在,程婴卒与俱匿山中。"
③ 析薪:劈柴。《诗·小雅·小弁》:"伐木掎矣,析薪扦矣。"

稽守朱买臣①祠。以故,其人咸相率岁肴供伏腊祠下。子常为儿时,即有大志。尝见大官乘高车,人为之拥行。徐徐曰:"丈夫当如此哉。"是时,里中人不知书。其邻有髯道人者,好医药、卜筮、种树诸书,尝阴谓之曰:"孺子知此,可以取富贵。"子常意以为即世之习儒生者,因时时从道人入市中,买其书读之。年十二三,始悟非儒生所习。又髯道人已亡入湖中,乃大愤,取前书悉燔去。

会其父朱翁执里役,病死,子常以次当行。初,里中人多怪朱家儿好为大言,以故无怜之者。子常入城应役,不偕一钱往,馁甚。道止卜肆②中,会日者③如厕,有富人家厮养来延,子常因谬为日者,与偕往。筮数事辄奇中,富人大奇之,为厚馈而还。乃叹曰:"苟有名声,又何贵于业进士,进士有不第人等耳。"因复买向所燔书,日夜揣摩。窃自计,取名声莫如为医,乃业为医,自是里中人知子常能医。

子常既长,有妻子,状貌魁梧,每拽方屦大袍往来诸农人家。不知者以为儒生,咸辟道旁。俟其过,及知为朱家儿,益窃怪之。于是,子常知里中人不能容,因移家去阳山东。居人稍稍知其医,多携钱来买药。子常得钱,故不善治生产,辄为沽酒治肴,要邻人游冶为欢,或穷日不归,故家人辈每常不能具炊。及子常归,亦不问炊不炊也,由是邻人争笑之。

所居近处有涧上翁者,黄埭④人也,随其父隐居阳山涧上。翁为人好读书,能作诗。始子常过其家,即与翁论诗,往往得畦径⑤。然而涧上翁父者,又好论黄白事。子常即以黄白事干之。涧上翁父大喜,以为相见晚也。于是子常多留涧上翁家。涧上翁好与名士游,故名士多来就见之。及见子常翩翩,又能论诗,以为得识涧上翁,又识子常也,子常由是不独以医名山中,而所作亦稍

① 朱买臣:《汉书》卷六十四上《朱买臣》:"朱买臣字翁子,吴人也。家贫,好读书,不治产业,常艾薪樵,卖以给食,担束薪,行且诵书。其妻亦负戴相随,数止买臣毋歌呕道中。买臣愈益疾歌,妻羞之,求去。买臣笑曰:'我年五十当富贵,今已四十余矣。女苦日久,待我富贵报女功。'妻恚怒曰:'如公等,终饿死沟中耳,何能富贵?'买臣不能留,即听去。其后,买臣独行歌道中,负薪墓间。故妻与夫家俱上冢,见买臣饥寒,呼饭饮之。……是时,东越数反复,买臣因言:'故东越王居保泉山,一人守险,千人不得上。今闻东越王更徙处南行,去泉山五百里,居大泽中。今发兵浮海,直指泉山,陈舟列兵,席卷南行,可破灭也。'上拜买臣会稽太守。"

② 卜肆:卖卜的铺子。《史记·日者列传》:"二人即同舆而之市,游于卜肆中。"

③ 日者:《史记·日者列传》裴骃题解:"古人占候卜筮,通谓之'日者'。"

④ 黄埭:王鏊《正德姑苏志》卷十八《市五》:"黄埭,去县北四十里。"

⑤ 畦径:常规。葛立方《韵语阳秋》卷一:"韦应物诗平平处甚多,至于五字句,则超然出于畦径之外。"

稍自见。

初，子常之医盖崛而起，不由指授。然其性又僻好山水，闻有远方异流，即大雪中亦独往寻之。暇时，则取黄帝、岐伯、仓公、扁鹊诸经诵习，故其治法援古证今，有出于人所不知者。人延投药，即能奏功。往涧上翁尝病疽，亟甚，适子常去他所，涧上翁家人延众医来视，医谓不可起，令治后事。已而子常还，诊其脉，为投药一七日，是将苏矣。明日，忽有传之死者，子常闻之，笑曰："无死脉焉得死。徐还视之，又投药一七日，至是瘳①矣。"越数日，果瘳。其医大校类此。

余往涧上翁家，识之。每病辄从子常医，皆即愈。涧上翁每为余道其人，余因为论次其概，作《朱子常传》。

论曰：始余识子常，默察其人，意颇落落也。及与之饮酒，论心至于欢呼剧语，耿耿不休，乃知其有慷慨不平之气焉。迨今二十年矣，其伎故已日精，犹泯泯无闻于世。即其所闻者，又非其长，以故其家日益贫。往余尝赠以名剑，明年大雪中，再过其家，则萧然无食。见余至，即命僮子卖剑，得钱沽酒为款余。顾闻其儿时之志，岂不重可悲乎！说者谓虽以扁鹊之伎，不能自隐，则卒以召祸。若子常者，盖美好而不自见，能洋狂于山林间，彼虽有妒与疑者，又何所用其术邪。然则，子常亦古之奇士也。

行状

故中顺大夫衢州府知府湖南韩公行状

曾祖亿，故不仕。祖烈，累封严州府知府。父叔阳，仕至湖广按察副使，母黄氏，累封恭人。公讳邦宪，字子成，贯应天府高淳县人，历官至衢州知府。公

---

① 瘳：病愈。郦道元《水经注·沔水一》："泉源沸涌，冬夏汤汤，望之则白气浩然，言能瘳百病。"

家世居丹阳、石臼两湖南,以故称湖南居士云。今年夏,五衢①大旱,田高下龟坼②,公皇恐战栗斋戒,徒步祷于境内山川,上下神祇,亲循阡陌,督民车戽③,昼夜焦劳,以不职自咎。无何,疽毒发于背,为之裹创瞻礼④,灵星⑤赤日如炽,血流出衣,不为少懈。疾革,具冠服,俨然如临民。犹顾左右,言五邑民命奈何。记所谓法施于民,以死勤事,鞠躬尽瘁,死而后已者,非公其谁乎。

於乎哀哉!公生三日,黄恭人俄见白须眉老人,指示曰:"孺子非常,异时腰当黄金。"已忽不见。四岁,入家塾听授书,归辄默诵,人知其为神童。六岁,读小学群书,过不遗忘。戊申,宪副公令浦江,公随于官,即善属文,言辞揖让尽中礼。今兵部侍郎汪公某为他县令,以公事来浦,辄命公出见,称韩氏千里驹。十二岁,都御史赵公某提学南畿⑥,公援笔成文,选充校官弟子员,应试南都,都人环聚而观,公侯贵人争迎入府中,为之塞道。十五,试得廪,复不第。十六,从宪副公于官,益自砥砺。明年,宪副公出守严州。十八,以《易》中式戊午乡试,学宫松枝,蟠为龙虬。十九,登进士,榜中年最少。人说公通政府,则可得要官。公艴然⑦谓:"方谢诸生,遽求幸进。它日,何事不可邪。"竟不往。观户部政,部尚书知其材,檄督饷云中。过朔方、代郡,慨然有经略之志。道归,省宪副公。宪副公方具五马出游,公朱衣迎拜道旁,州人观者肩立啧啧。还朝,授工部屯田主事。

---

① 五衢:《读史方舆纪要》卷九十三《浙江五·衢州府》:"衢州府,《禹贡》扬州之域,春秋、战国时为越地。秦属会稽郡,两汉因之。三国吴属东阳郡,晋、宋以后皆仍旧。隋属婺州。唐武德四年平李子通,析置衢州。六年辅公祏叛,州废。垂拱二年复置,天宝初曰信安郡,乾元初复为衢州。宋因之。元曰衢州路。明初曰龙游府,寻改衢州府。今领县五。"《明史》卷四十四《地理志》:"衢州府,太祖己亥年九月为龙游府,丙午年为衢州府,领县五:西安、龙游、常山、江山、开化。东北距布政司五百六十里。"

② 龟坼:田地开裂。王炎《喜雨赋》:"视衍沃而龟坼,况高田之未耰,苗已悴而半槁,惧西畴之不收。"

③ 车戽:《广雅·释诂二》:"戽,抒也。"《宋史·河渠志七》:"车戽运水,引入保安门通流入城。"

④ 瞻礼:瞻仰礼拜。玄奘《大唐西域记·羯若鞠阇国》:"然而瞻礼之徒,实繁其侣;金钱之税,悦以心竞。"

⑤ 灵星:《史记·孝武本纪》:"上乃下诏曰:'天旱,意乾封乎?其令天下尊祠灵星焉。'"《正义》:"灵星即龙星也。张晏云:'龙星左角曰天田,则农祥也,见而祭之。'"

⑥ 南畿:此处指南京。杜甫《大历三年春白帝城放船将适江陵漂泊四十韵》:"县郭南畿好,津亭北望孤。"仇兆鳌注:"肃宗以江陵府为南都,故曰南畿。"

⑦ 艴然:《孟子·公孙丑上》:"曾西艴然不悦。"赵岐注:"艴然,愠怒色也。"

先是，奉天殿①灾，上敕营建，公在选中，佐理是役，以练达勤敏称。始部曹以公初试吏，易之。诸中贵人屡为要求，叱不与，已而笑曰："若曹果有所欲邪，能登之簿书则不禁。"求者惭走。由是，人称小韩主事不可犯。是年，宪副公擢官湖广，俄罢。公念之，浩然兴归志。壬戌，殿成，上敕名皇极，赐赍有差。公以劳预谍，加俸一级，仍命管营永陵。陵去京师百许里，综理其间，夕发朝至，工师匠石，咸不敢后。甲子春，晋虞衡②员外郎。七月，阶承德郎。公在郎署，历七寒暑，事巨细为之立辨。大官鼎司③多以时政咨公，公敷陈便宜，无不允当。当是时，部尚书雷公礼④索号严惮，博习国家故事，寮属少所许可，独于公推毂，每延议辄目属之。

明年，公以久去家，日夜念宪副公，心为之动。会病胁，移状请于上，许之。归省宪副公里第。宪副公首视公行李，惟图书三倍去时，开卷类经生⑤，雌黄淋漓，又见所上令格，咸以最称。问所交，多侃侃士。岭南黎民表、南昌魏时

① 奉天殿：佚名《明内廷规制考》卷二："奉天殿，洪武鼎建，初名也。累朝相沿，至嘉靖四十一年，改名皇极殿。制九间，中为宝座，座旁列镇器，座前为帘，帘以铜为丝，黄绳系之。帘下为毡，毡尽处设乐。殿两壁列大龙橱八，相传中贮三代鼎彝。橱上皆大理石屏，每遇正旦、冬至、圣节，则御焉。"

② 虞衡：工部。《周礼·天官·太宰》："以九职任万民，三曰虞衡。"郑玄注："虞衡，掌山泽之官，主山泽之民者。"贾公彦疏："地官掌山泽者谓之虞，掌川林者谓之衡。"孙诒让正义："山林川泽之民属于虞衡，故即名其民职曰虞衡，亦通谓之虞。"

③ 鼎司：重臣。《文选·陈琳〈为袁绍檄豫州〉》："父嵩，乞匄携养，因赃假位，舆金辇璧，输货权门，窃盗鼎司，倾覆重器。"刘良注："鼎司，谓司空非才而居此位，故云窃也。"

④ 雷公礼：尹守衡《皇明史窃》卷六十五："晓同时有雷礼者，字必进，丰城人也。嘉靖十一年进士，好学洽闻。初在铨司，与晓同官，每政暇，辄以彼此所撰述相质正。时人为之语曰：'雷礼博古，郑晓通今。'"

⑤ 经生：研经之生员。林纾《国朝文序》："乃经生之文朴，往往流入于枯淡；史家之文，则又曛突恣肆，无复规检，二者均不足以明道。"

亮①、兴都曾省吾②、吴兴沈节甫③则最善。因召语，上下古今，非复往时经生言。宪副公为之色喜，抚公背曰："儿如是，韩氏其未替乎。"

旧有园，公揭为当岩垣而大之，种竹养鱼其中，池水十亩，竹十万个，日奉宪副公游。构楼居，题曰万卷，贮图书四旁，手校雠，收子弟读其上。无何，宪副公病疽卒。公忧形羸瘠，至忘饮食。丁卯，大母王卒。辛巳，黄恭人卒。公性孝，会三丧相继，以为不能尽生人之道，鞅鞅不乐。宪副公旧立宗祠，为置田二百亩，供伏腊。复创韩大夫庙，岁时率子弟朝之严州。公旧有义塾、义田、社仓，公具为酌量其法。贫窭者饥为饱，冻为衣，婚子为女振急排难，咸得其实，不徒具其名。同里远近，争相为德。至他县人，咸感而化之。

一日，公独游野中，忽遇大盗，为所挣，神色不变。引还，从容与语，凡先世所藏泉布，任其肤箧④而去。明日，视图书无恙，兄弟为酌酒相庆。是时，麻城邓楚望以谏官谪高淳丞，锐意均粮丈田。首咨公，公语人户有变更，山川无迁徙。因置沟洫，画小区法，系人曰经略，注人户于下，系地曰赋役，注区段四旁。互相稽察，选忠说者充长副，捻要领。即大猾无能肆其奸。淳之地，官田瘠而赋重，公户多民田均，入官凡加粮百八十石。量成，上下咸称便。今丈田遵为

---

① 魏时亮：《明史》卷二百二十一《魏时亮传》："魏时亮，字工甫，南昌人。嘉靖三十八年进士。授中书舍人，擢兵科给事中。……时亮初好交游，负意气。尝劾罢左都御史张永明，为时论所非。时亮亦悔之。中遭挫抑，潜心性理之学。天启中，谥庄靖。"

② 曾省吾：万斯同《明史》卷三百十二《曾省吾传》："曾省吾，钟祥人。嘉靖三十五年进士，除富阳知县，历浙江右参政，入为太仆少卿。隆庆六年，以右佥都御史巡抚四川叙州。……省吾故出张居正门下，见居正威权震世，遂与吏部侍郎夷陵王篆为之心腹。居正没，张四维为政，两人谋所以自固，适四维以事忤冯保，两人及御史朱琏侦知之，谓四维必将甘心于居正而逐其党，因委身自昵于申时行，又行数万金谒保，与交欢，因得从容言四维短。……曾省吾既谄事居正，复以媚居正者媚申时行，尚得谓之有志节耶。"

③ 沈节甫：万斯同《明史》卷三百三十四《沈节甫传》："沈节甫，字以安，乌程人。嘉靖三十八年进士，授礼部仪制主事，历祠祭郎中……适张居正近母侍养，道南京，公卿倾国迎送，节甫独不出。逾年，遂致仕归。……节甫素负难进之节，士论称贤。"

④ 肤箧：《庄子·胠箧》："将为胠箧、探囊、发匮之盗，而为守备，则必摄缄縢，固扃鐍，此世俗之所谓知也。"陆德明《释文》引司马彪曰："从旁开为胠，一云发也。"成玄英疏："胠，开；箧，箱……此盖小贼，非巨盗者也。"

不易之法。淳本溧水地，受泾歙大江诸流，入于震泽。睿皇帝①朝，三吴大水，吴民疏于上，以为其流尽出于淳，不为之捍，则吴其鱼鳖，诏筑广通坝。由是，泾歙之流尽壅于淳。嘉靖中，其地日沦，而册存虚粮八千有奇，公日夜忧之。岁丙寅，建议台臣奏闻朝廷，准改折省正米五千石，永除米千余石。

初御都史欧阳公铎②巡抚应天，定为赋役册，以平米征派，人咸称良。中有料价重科，里甲征而不支，久莫得其弊。公素究心民瘼，执其书言于当事，为清料价八百石，里甲二千石并入均费，岁省八县银米六万两。畿内人德公，无问大小。壬申，服阕，补刑部山西员外郎。孳孳治法家言，法丽于情，数举滞狱。六月，稍迁署浙江司郎中事。八月，实授郎中。公佐理刑官，声大籍，它部争冀公为郎。春官侍郎诸公大绶、大司空朱公衡③，每言安得属吏如韩子邪。会今上皇帝即位，公上书弛恩。宪副公得赠官致仕，仍授公奉政大夫，制辞称："三朝郎署，学博材高，朝士咸期。"公立致通显。冢宰杨公博④，以山西提学员缺，欲推公。公闻，为力辞，人益贤公。

———————————

① 睿皇帝：万斯同《明史》卷十三《英宗本纪》："英宗讳祁镇，宣宗长子也。母贵妃孙氏。生四月而立为皇太子，母妃为皇后。宣德十年，宣宗崩。以正月壬午，即皇帝位。时方九岁，事皆决于皇太后。大赦天下，以明年为正统元年。……八年春正月乙卯，帝不豫。己未，命皇太子视事文华殿。已巳，大渐，始命罢殉葬。庚午，帝崩，年三十有八。二月乙未，上尊谥曰：法天立道仁明诚敬昭文宪武至德广孝睿皇帝。五月，葬裕陵。"

② 欧阳公铎：《明史》卷二百三《欧阳铎》："欧阳铎，字崇道，泰和人。正德三年进士。……嘉靖三年擢广东提学副使。累迁南京光禄卿，历右副都御史，巡抚应天十府。苏、松田不甚相悬。下者亩五升，上者至二十倍。铎令赋最重者减耗米，派轻赍；最轻者征本色，增耗米。阴轻重之，赋乃均。……铎有文学，内行修洁。仕虽通显，家具萧然。卒，赠工部尚书，谥恭简。"

③ 朱公衡：《明史》卷二百二十三《朱衡》："朱衡，字士南，万安人。嘉靖十一年进士。历知尤溪、婺源，有治声。迁刑部主事，历郎中。出为福建提学副使，累官山东布政使。……衡性强直，遇事不挠，不为张居正所喜。万历二年，给事中林景旸劾衡刚愎。衡再疏乞休。诏加太子太保，驰驿归。其年夏，大雨坏昭陵祾恩殿，追论督工罪，夺宫保。卒年七十三。"

④ 杨公博：《明史》卷二百十四《杨博传》："杨博，字惟约，蒲州人。父瞻。御史，终四川佥事。博登嘉靖八年进士，除盩厔知县，调长安。征为兵部武库主事，历职方郎中。……博魁梧丰硕，临事安闲有识量。出入中外四十余年，始终以兵事著。……拱柄国时欲中徐阶危祸，博造拱力为解。拱亦心动，事获已。其后张居正逐拱，将周内其罪，博毅然争之。及兴王大臣狱，博与都御史葛守礼诣居正力为解。居正愤曰：'二公谓我甘心高公耶？'博曰：'非敢然也，然非公不能回天。'会帝命守礼偕都督朱希孝会讯，博阴为画计，使校尉怵大臣改供；又令拱仆杂稠人中，令大臣识别，茫然莫辨，事乃白。人以是称博长者。"

冬十一月,擢知衢州。命下,随趣装所知,载酒祖郊上。咸谓公久于京朝,得不以治郡劳乎。公谢曰:"当今可尽心力,惟于州郡稍稍见之。兹得备员^①,方欲拊循自力,奈何谓劳。"癸酉二月到官,首问民疾苦。谨身率先,务在力行。先教化而后诛罚,亲历山川,毕察风土。利弊当兴革,班立条式,令次第举行。人由是为濯濯自新。秋八月,浙当乡试,公充受卷官,为昼夜披阅,务求醇正之士,以备荐。程序^②策义监临,咸属公为定,间独出公手,是年称人文聿盛。始衢六学弟子员试额既定,有以名第品隥,公独称常山^③,人谓未然。开榜,其县果荐三人。故事,乡试事竣,郡县充执事者咸诣辞御史,御史有命,自太守而下俯而唯唯。

先是,夏六月,御史广求民瘼,观纳风谣。公为条陈八事,谓:明大义,明职守,实节省,设成法,议赋役,讲实政,广储备,修武备。首曰:"是皆一本高皇帝^④、纯皇帝^⑤之遗意。而近代所谓拂世戾俗,不怨怒则姗笑者,状万言凿凿,可施之经久。"御史见而悦服,即下其议。中有未易率举者,留未发。是日,官属谢且出,公独前力言曩八事当行,为反复辨论,必得唯而后已。且曰:夫婺犹惜其纬,况天子纪纲之役乎。愿明公毋失使者权,州郡幸甚。御史改容,降级慰劳,众皆相顾错愕。全浙由是知衢州衢州矣。

是冬入□觐,岁有常例。公预,自禁,不持民一钱行。公忧微识远,虽列职一州,每以宗社大计为虑,于听讼决狱一本真诚,民事益知其详。吏部咨访,公

---

① 备员:任职之谦词。《史记·平原君列传》:"今少一人,愿君即以遂备员而行矣。"

② 程序:《管子·形势》:"仪者,万物之程序也;法度者,万民之仪表也。"

③ 常山:《读史方舆纪要》卷九十三《浙江五·衢州府·常山县》:"常山县,府西八十里。南至江山县五十里,西至江西广信府玉山县七十里,北至开化县八十里。本太末县地,后汉建安四年孙氏分新安置定阳县,三国吴宝鼎初属东阳郡,晋以后因之,隋废入信安。唐咸淳五年复析置常山县,属婺州,垂拱二年属衢州,乾元初属信州,后复故。宋初因之,咸淳末改为信安县。元复曰常山。旧无城,明朝正德七年以姚源贼乱筑城备御,周三里有奇。编户一百六里。"

④ 高皇帝:《明史》卷三《太祖本纪》:"太祖开天行道肇纪立极大圣至神仁文义武俊德成功高皇帝,讳元璋,字国瑞,姓朱氏。先世家沛,徙句容,再徙泗州。父世珍,始徙濠州之钟离。……闰月癸未,帝疾大渐。乙酉,崩于西宫,年七十有一。……辛卯,葬孝陵。谥曰高皇帝,庙号太祖。"

⑤ 纯皇帝:《明史》卷十三《宪宗本纪》:"宪宗继天凝道诚明仁敬崇文肃武宏德圣孝纯皇帝,讳见深,英宗长子也。母贵妃周氏。初名见浚。英宗留瓦剌,皇太后命立为皇太子。景泰三年,废为沂王。天顺元年,复立为皇太子,改名见深。天顺八年正月,英宗崩。乙亥,即皇帝位。以明年为成化元年,大赦天下。……八月庚辰,帝不豫。甲申,皇太子摄事于文华殿。己丑,崩,年四十有一。九月乙卯,上尊谥,庙号宪宗,葬茂陵。"

上言："近年法令滋多，民志未定，贱凌贵，少慢长，百姓形虽粗安，而元气索然。今县官百责攸萃，救过不暇，举疾首蹙额，惟恐离地方不亟，何暇深思长虑哉。府属近年更张烦苦，如扒平诸法，皆踵宋熙宁故习，朝更暮改，文移①簿书之烦冗，郡县督造不给，徒使纷纭，是忧为国家不细。其它未暇论，即以朝觐一事言之，夫司府之所为来朝者，岂非以其为万国之长，使之各述其职，以听一人黜陟，而联属宇内之人心乎。今则毫厘受成，几于无职可述矣。率天下多类此，而欲治平，得乎。"

甲戌四月，复任。益自励精，早作夜寐，以求与民休息，禁罔疏阔。左右见者，语次寻绎问他阴，伏以相参考。公素不为婥婠②听，言不以理者，便为面折，已而欢如也。以故，上下皆知公善愧人，相戒无犯，门禁不设严，其清如水。即排衙③时，一隶立于仄，苞苴④自不敢入列。大屏退□□□□□悉书，坐辒倾见之。征输有常，令不重出，庭无留滞。□民稍间，则亲督校官课弟子员。孔氏庙田多为奸民所渔，追夺还之。衢麓讲舍为增廪饩⑤，郡中属科举不振，以望气言，西南诸山张而不翕，筑塔□□□镇之。衢当孔道，公刻意参酌，至身亲调停，裁者殆半，行者不病，疲为之苏。温州故有运艘，寄衢起□，则民当其害，公首檄还。岁课绢，业是者以为不龟手⑥之术。公复令解户买料自与，织人不敢为奸。以近革粮长，当复，力陈其谓可革者，不过以不才，有司肆意议求，此人之弊，非法之弊，奈何以人之弊而废祖宗大法乎。审徭役，申令民对支。不必此纳之官而彼又从官支领，是犹两人六博而利归点筹家。衢俗，嫁女为倾赀，再育则不举。又媒指某雄于赀，非我莫逑。逑者心知媒持其事，非厚市则

① 文移：《后汉书·光武帝纪上》："于是置僚属，作文移，从事司察，一如旧章。"李贤注："《东观记》曰：'文书移与属县'也。"

② 婥婠：韩愈《石鼓歌》："中朝大官老于事，讵肯感激徒婥婠。"钱仲联《集释》引祝充曰："婥婠，《广韵》：'不决也。'"

③ 排衙：主官升座，衙署陈设仪仗，僚属参谒分立。白居易《雨雪放朝因怀微之》诗："不知雨雪江陵府，今日排衙得免无？"

④ 苞苴：《荀子·大略》："汤旱而祷曰：'……苞苴行与？谗夫兴与？何以不雨至斯极也！'"杨倞注："货贿必以物苞裹，故总谓之苞苴。"

⑤ 廪饩：生员的膳食津贴。杜牧《礼部尚书崔公行状》："复建立儒宫，置博士，设生徒，廪饩必具，顽惰必迁。"

⑥ 龟手：《庄子·逍遥游》："宋人有善为不龟手之药者。"郭庆藩《集释》引李桢曰："龟手，《释文》云：'徐举伦反'，盖以龟为皲之假借。"

莫能得,至倍费于聘,公条革之。西安①有银矿,每忧之以贼。门户在长台石门,移革埠一兵扼其吭。它若养瞻鳏寡,白死囚张苍、叶公平、余江,释从军徐尚坚、汪希明等诬服②,有道人献纬书,火之于庭,移盈川③木市,出俸钱买棺瘗王遵等骼,饥发廪平粜,凿石室诸堰备旱,入赎罪谷备赈,稽查万历羡余,需额外之征,故时积习涤刷殆尽。治内父老遵守教化,以厚重称者,特加优礼,召于庭问过咎,劳以酒肉。

汉龙丘先生苌,唐侍郎徐公安贞,盈川令华阴杨公炯,皇朝开平忠武王常

---

① 西安:《读史方舆纪要》卷九十三《浙江五·衢州府·西安县》:"西安县,附郭。秦会稽郡太末县地,汉因之。后汉初平三年分立新安县,仍属会稽郡。三国吴宝鼎初改属东阳郡。晋太康元年改曰信安,仍属东阳郡,宋、齐以后因之。唐为衢州治,咸通中改今名。今编户一百六十五里。"

② 诬服:无辜而服罪。《史记·李斯列传》:"赵高治斯,榜掠千余,不胜痛,自诬服。"

③ 盈川:《读史方舆纪要》卷九十三《浙江五·衢州府·西安县》:"盈川废县,府南九十里。志云:'龙游西有刑溪,陈时留异据东阳,恶刑字,改曰盈川。'唐武后如意元年分龙丘置盈川县,因以为名。元和七年省入信安县。"

公遇春①，前郡太守丰城李襄敏公②遂，都御史王公玑③，刑部尚书毛公恺④，悉为表章。或新俎豆，或崇庙貌，或搜其遗文，或请以易名。孝子弟弟、贞女烈妇日以众，多躬上其行，监司赐之存问。

四封⑤礼义彬彬以兴起。以近世钱粮莫知有正额、杂派、征法、支法之不同，率浑行莫可遵，欲本诸□□□，以沿革不必尽同他郡，务合人情土俗，裁为一书，与衢民守而弗失。其切者，以防矿募兵，岁缺饷二千无处，郡则有协济它郡防倭预备解司标兵诸银，请议免协它济，则防矿不计自足矣。芙蓉岭，盗出没所也，宜移开化巡检司备之。灵山、杜宅、长村、白石，民皆善战。灵山，则前守设矣。杜宅而下，宜给衣粮，时为操练，一朝变起，则其人有室庐妻子之恋，必能却敌。由是，则虽客兵不必募，而贼可詟服。当事者谓客兵势未易去，公请议立更番之策，半年在官，半年还家。其有居业不愿者，缺而不补，兵不数年销矣。不然，则衢费万余，得非民大蠹乎。又府有轻折米，旧为邻州借去一万

---

① 常公遇春：《明史》卷一百二十五《常遇春》："常遇春，字伯仁，怀远人。貌奇伟，勇力绝人，猿臂善射。初从刘聚为盗，察聚终无成，归太祖于和阳。……从取婺州，转同金枢密院事，守婺。移兵围衢州，以奇兵突入南门瓮城，毁其战具，急攻之，遂下，得甲士万人，进金枢密院事。……遇春沉鸷果敢，善抚士卒，摧锋陷阵，未尝败北。虽不习书史，用兵辄与古合。长于大将军达二岁，数从征伐，听约束惟谨，一时名将称徐、常。遇春尝自言能将十万众，横行天下，军中又称'常十万'云。"

② 李襄敏公：《明史》卷一百七十七《李秉》："李秉，字执中，曹县人。少孤力学，举正统元年进士，授延平推官。……秉诚心直道，夷险一节，与王竑并负重望。家居二十年，中外荐疏十余上，竟不起。弘治二年卒，赠太子太保。后谥襄敏。"

③ 王公玑：过庭训《本朝分省人物考》卷五十五《王玑》："王玑，字在叔，衢州府西安人。嘉靖己丑进士，选授兵科给事。准古酌今，论关时政，而乞分内阁重权，以防壅蔽，尤人所不敢言者。虏寇大同，将臣失律，反以捷闻，奉命查勘功罪，尽得其钞略驱抢实迹，及各官行事，直疏以闻，边镇股栗。乌思藏乞袭天乘法王，于所贡方物外，私进镀金古佛一尊，舍利十颗，上言：'明好恶，训华夷，以垂法万世。'词严义正，识者韪之。外补金宪，转副使，备兵天津。沿河皆屯居所无司庾者，奸人时驾小艇，名假贸盐，实窥便攘劫。觉而追之，莫可指实，乃籍其船户，官为编类。令船尾各画一禽，以相识别。因得径指船禽以赴诉，盗无一得脱者，河道肃清。值九庙大工之役，部委捞寻飘流水植，亲历沿海，敲冰伐苇，获水无算。历晋右佥都御史。时权贵欲市恩，援以附己，屹不为动，乃嗾言官裁革，添设重臣，回籍听用。一意敛退，更无意天下事矣。里居十年，殁。所著《在庵遗稿》，藏于家。"

④ 毛公恺：过庭训《本朝分省人物考》卷五十五《毛恺》："毛恺，字远和，浙江江山县人。嘉靖十四年进士，由行人选广西道御史，疏留邹守益忤执政，谪宁国府推官。升南工部主事，累升刑部尚书。疏请致仕。"

⑤ 四封：四面疆界。《国语·越语下》："王曰：'蠡为我守于国。'对曰：'四封之内，百姓之事，蠡不如种也。四封之外，敌国之制，立断之事，种亦不如蠡也。'"

八千石,当亟请议复,可备蓄伤。常山大田滩加虚粮,宜清查,以实郡赋。诸皆以次举行,而公已不可起。呜呼,伤哉,伤哉!

先是,春三月,公尝遣书于某,谓梦天台僧,具胡麻①,邀吸霞光阁,清思逼人。公素不以死生计,乃复言此,岂先知邪。公初病,士民莫不愿以百身赎。时方禁宰牲,医谓须肉食,公泣谓:"宁以予一身,乃虐民乎。"戒如初。父老未尝识郡朝②者,争祷于城隍,或乞药它县。病既亟,卧坐榻上,命彻帏幛。时问天作何色,对以云兴,则喜动眉宇。闻市喧,则曰:"岂以旱故邪。"手书报弟某云:"生平学未闻道,然天命所在,不甚怖。"一语不及家事。垂绝,犹酬答文移如平时。建、信有起为掠者,公忧在邻境,檄常山、江山,严为备。令常山告饥,随索笔发谷千石赈之。

既绝,复苏,呼神童安在。左右问为谁,公自指曰:"又谁乎。"男女老壮咨嗟载道,五邑官属奔走莫知所向,生徒童冠不问知与否,举各涕洟。丧车所过,白衣冠赠款致奠歇以千数,至公家咸哭不能起。君子谓:即古之循良,生死之际,又何以加此邪。於乎哀哉!

公仪容温厚,襟度爽朗。天性笃乎忠孝,每以以身狗国为念。遇事义所当为,无所顾忌。辄曰:"政可惠民,即君父前,故当力净。彼引裾攀槛,又何人哉。世之徒事高洁,而不为洗濯,其心务为虚浮,而不为实效,诚何以列三才③等天地乎。"居常性甘澹泊,视富贵利钝,贫贱威武,若先有定,终不动摇。其心身不至穷,而能独操其善;位不至显,而以匡济为任。于书无所不读,一目辄成诵。自童时所习,终无遗忘。尤究心《六经》,于汉儒诸解,咸会而通之。常雠正《十三经》《史记》《文选》诸书。国家典章,益自注意。人问之,条陈理析如指诸掌。踔励风发,常屈其坐人。

公之卒,年仅三十五岁。配上元陈氏,累封宜人。子二:仲虞,陈出,先卒。

---

① 胡麻:葛洪《抱朴子·仙药》:"巨胜一名胡麻,饵服之不老,耐风湿补衰老也。"

② 郡朝:顾炎武《日知录·上下通称》:"汉人有以郡守之尊称为本朝者……亦谓之郡朝。"

③ 三才:《易·说卦》:"是以立天之道曰阴与阳,立地之道曰柔与刚,立人之道曰仁与义。兼三才而两之,故《易》六画而成卦。"

仲孝,侧室狄出,聘宣城唐氏。公为弟子员时,先娶同邑杨氏,宪副公以蒸藜①
之意出之。公既贵,奉黄恭人命迎归。宪副公有四丈夫子,公为仲,伯先卒,季
且少,惟叔子固为同母弟,少公四岁,读书同研席,最相友爱。各有室,不忍析
田庐。公素不喜事家人生产,自居庐后,率置家于子固。子固为经生,有名声,
又能理家,事公最谨。公卒,昼夜驰至,以不及含殓,见客则怮。诸监司以下争
相为赙,凡千金。子固一不受,泣曰:"先兄守衢,获称廉吏。奈何以某污之,不
为也。"丧还,以棺出于民,为缄金偿其直。古之人事定于盖棺,公其诚无忝乎
清白矣。

　　所著《皇明历卿年表》若干卷,藏于家。又诗文集若干卷,别集若干卷。
某,衢民。公甫下车,问之山中。为虚心降色避,既不可,遂托为知己。乃布某
姓名于监司,滥以旌贤之典下于县,某于是避公而出。今公卒,某且在远中,驰
还为蒲伏,送公丧归湖南草堂。手为辑公遗文,梓之衢。乃子固又以公状为属
草,以为公平生非子莫知也。义不忍辞,为拭泪次第其事,伏冀大人先生采择,
而赐之不朽焉。

书

与沈元异书

　　去岁五月,雨中过别足下,足下乃以先事去。当其时,此中良不堪,管生想
为述之也。足下入都,又不展其骥足②,殊又想念。然得遍观大明庙朝制度、
礼乐词华之盛,海内鸿儒硕匠以及燕赵悲歌慷慨之徒,皆相与为之周旋其间,
斯足以发越生平所负,□□□若泝江涉河,东望泰岳,北睨秦皇帝长城、燕台嵯

---

　　① 蒸藜:《孔子家语》卷第九《七十二弟子解》:"曾参,南武城人,字子舆,少孔子四十
六岁。志存孝道,故孔子因之以作《孝经》。齐尝聘,欲与为卿而不就,曰:'吾父母老,食人
之禄,则忧人之事,故吾不忍远亲而为人役。'参后母遇之无恩,而供养不衰。及其妻以藜
烝不熟,因出之。人曰:'非七出也。'参曰:'藜烝,小物耳。吾欲使熟,而不用吾命,况大事
乎?'遂出之,终身不取妻。其子元请焉,告其子曰:'高宗以后妻杀孝己,尹吉甫以后妻放
伯奇。吾上不及高宗,中不比吉甫,庸知其得免于非乎?'"
　　② 骥足:高才。《三国志·蜀书·庞统传》:"庞士元非百里才也,使处治中、别驾之
任,始当展其骥足耳。"

峨^①、居庸百二^②，以及汉祖、淮阴故墟，又能溢足下奇思。不知今所造文章，其将何如。恨不能从一窥测，有待也。

　　吾到家，值凶岁，草根木实^③皆入口腹。加以风俗浇离，人按剑相视，山川无雄伟，游观无奇丽，独掩一庐，视日月去留。人物代谢，至于毛生秃首，石卿破腹，触之皆为酸辛。往去足下时意，归即把一篇，山中日夜相对，以期无负于知己。它日或得附名后世，则此亦九曾之垒土^④尔。事复乃尔，岂非不偶哉。言此不□□□颓力。上承起居，语率无次。

与胡原荆^⑤书

　　仆比从赵汝迈楚游，归见人传北来事，有御史论时政，放还江南。是时，已心知为足下，然不敢告人者，恐或误之也。有顷，梁思伯以奉使经下里^⑥，寻余草堂，谓足下巾车且南，乃信然耳。仆闻之，圣天子即位，诏与天下更始，足下当匡正之职，屡为陈言，极□使□廷内外，有所感动，即夺足下一官，其于祖宗宗庙社稷元元之订，岂小小乎哉。先朝养士之效，所谓一人不为少者，于足下有焉。岁底，鄙人方苦目眚^⑦，不克买鱼刀来芙容一相慰劳。顾此心则时时如在听松二泉之间，风声闻益高，水色见益清，得□□□下皂囊封草与山川抗衡邪。仆自五月去□□□□□，道出梁溪，七月抵弊邑，八月上衡山，十月乃始息肩^⑧，山中作客。十九于外归，乃寻与病居士托邻。五十老人，一儿仅十龄，入

---

　　①　嵯峨：屹立。姚合《送潘传秀才归宣州》诗："李白坟三尺，嵯峨万古名。"

　　②　百二：《史记·高祖本纪》："秦，形胜之国，带河山之险，悬隔千里，持戟百万，秦得百二焉。"《集解》引苏林曰："得百中之二焉。秦地险固，二万人足当诸侯百万人也。"《索隐》引虞喜曰："言诸侯持戟百万，秦地险固，一倍于天下，故云得百二焉，言倍之也，盖言秦兵当二百万也。"

　　③　木实：《战国策·秦策三》："《诗》曰：'木实繁者披其枝，披其枝者伤其心。'"鲍彪注："实，木子。"

　　④　九曾之垒土：《老子》："九层之台，起于累土。"

　　⑤　胡原荆：毛宪《毗陵人品记》卷十："胡泽，字原荆，无锡人。嘉靖乙丑进士，为令平恕近民，讼牒稀简，持身清约如寒士。召拜御史，首论太监溶，直声大震。会红星犯垣，复疏，有'高宗不君，则天为虐'等语。上怒，罢为民。居家不修边幅，性好客，纵游山泽间。或劝其斥买田产，为子孙计，则不应。卒之日，遗通千金。"

　　⑥　下里：乡里。刘向《说苑·至公》："臣窃选国俊下里之士曰孙叔敖。"

　　⑦　目眚：《说文·目部》："眚，目病生翳也。"范成大《晚步宣华旧苑》诗："归来更了程书债，目眚昏花烛穗垂。"

　　⑧　息肩：休息。余靖《晚至松门僧舍怀寄李太祝》诗："日暮倦行役，解鞍初息肩。"

门惟来索梨栗①。陶生谓天命如此,当与曲蘖②为侣。仆复不能事此,为之奈何哉者。凡此【以下原缺】

与王百穀书【仅存目】

报秦汝立书【仅存目】

---

① 梨栗:秦系《山中奉寄钱起员外兼简苗发员外》诗:"稚子唯能觅梨栗,逸妻相共老烟霞。"
② 曲蘖:亦作"曲糵"。《宋书·颜延之传》:"交游阘茸,沈迷曲蘖。"

附录

陆郎行

秋光寥寥寒钓船，
遘君忽自秋风前。
秋水照君颜色鲜，
手持玉龙生云烟。
双眸炯炯明青天，
高谈落落惊四筵。
恍若座上银河悬，
知君家住东海边。
闭门倚剑藜床穿，
明经十五还家传。
六籍倒读十载间，
世人犹未识君贤。
遥思尔祖入洛年，
相逢此日为尔怜。
怜君君复向余笑，
世上功名那足较。
丈夫得意会有时，
何事尊前诧年少。
君不见，
昔日关前弃襦者，
今年承恩凤阙下。

秋夜吟

高□忽翻辘轳影，

剑子不眠光耿耿。
江上西风玉簟寒,
山□万里银床冷。
银床玉簟秋水滴,
孤月数声响羌笛。
□□吼裂老龙怒,
当空坠下支机石。
夜夜遥疑啼峡猿,
道上行人半头白。

山中见落花作歌

山家住处石为坞,
一带青峦似环堵。
芳草苍苔碧半帘,
四壁寒将竹烟补。
清森万木夜雨宜,
百道流泉入窗舞。
朝来晴气飞满山,
却唤流莺深树间。
流莺二月羽毛弱,
枝头怨语声关关。
更有桃花惜春去,
片片风前自辞树。
沾衣点点浑似啼,
不解飘零是何处。
流莺乱啼花乱落,
呼童夜起开山阁。
秉烛前村沽酒归,
生涯安问年来恶。
年来年去一销魂,
眼中非是谁能论。
石家金谷惊无主,
武陵仍失桃花源。
黄金白璧能人走,

朝秦暮楚如辎轩。
请看一炬西京火，
未央宫殿成郊原。
上林须臾地尽裂，
金铜仙人空泪痕。
神仙富贵皆如此，
宁使尊中虚绿蚁。
谁见长留世上名，
彭篯八百终须死。
青冢黄泉无酒浇，
生不追欢亦徒尔。
吾生少长常贫贱，
性僻山川鄜州县。
生来不识父母邦，
吴江楚峤青鞋遍。
年年出门酒一壶，
腰下轻盘山海图。
狂来双眼小六合，
昆仑渤海烟模糊。
去年到家头半白，
相见乡人不相识。
空囊孤剑草堂前，
翻遣儿童揖行客。
忆昔寻真江海边，
家人几见莺花妍。
到家经春春又暮，
把酒看花徒自怜。
题诗为寄东邻叟，
囊中莫恋黄金钱。
金钱散尽还复来，
几见老人仍少年。

夜逢张元超

茂苑逢张继，寒将月满篷。

乡心共怀土，瘦骨独临风。
人语客船上，雁声濠水中。
多因双鬓惜，不使绿樽空。

过周叟家

旧识庞公操，到来滋隐心。
年华藤作杖，叔侄竹为林。
鸡犬无王事，桑麻自绿阴。
余家亦畎亩，未及鹿门深。

大报恩寺

凤刹紫云边，龙书亦日悬。
庭多香气积，台自雨花联。
绀宇盘千佛，皇图巩万年。
先皇报恩地，玉辇几周旋。

顾玄言同知要游牛头山病不果赴

旅邸马卿病，蛩声满枕秋。
思君骑马去，乘月上牛头。
星斗天河近，江山云气浮。
明朝有新赋，好与慰离愁。

钱缵武携酒集谈思重园居迟思埙不至

公子灌园处，王孙载酒过。
羽觞黄鸟乱，玉树谢庭多。
草色千丝雨，林声几处歌。
玄晖期不至，今夜梦如何。

吴门夜逢吴幼元光禄

寒月吴王国，逢君意气新。
能忘绿绶贵，不怪蒯缑贫。
姓字灯前问，山川梦里真。
平生慕倾盖，慷慨为谁论。

姚山人茶梦阁

茶香入幽梦,小阁夜窗明。
红树隔城老,青山满枕生。
哦诗新月色,饮水古人情。
却怪占星者,遥知处士名。

过朱氏草堂

壶公住吴市,道路近江关。
乞药门如市,栽花地不闲。
床头储白酒,屋上列青山。
即此神仙侣,何须觅大还。

题皇甫仲都书馆

人迹近厅事,辟门仍掩关。
墙头下黄鸟,画里出青山。
草色经秋淡,花阴过日闲。
翻嫌同小陆,名姓满云间。

春日与陆楚生话旧

相对老梅下,衔杯意未倾。
如何两月隔,又是一年更。
衣上古人泪,枝头新鸟声。
春风岂不羡,无那路傍情。

送成淳甫之金坛

客路送君去,援琴水上弹。
东风吹玉舸,何处是金坛。
浊酒柳丝乱,暮云山色寒。
莫嗟行李少,人久识冯驩。

香星馆

嘉树引长廊,牙签乱竹床。
游丝卧帘箔,香气扑衣裳。

无客星仍聚，逢秋花更芳。
题诗看秀色，青草傍池塘。

送叶茂长授书淮南

忽作淮南客，自题招隐歌。
出门机事少，并海野鸥多。
君去故人远，道如吾党何。
扳留不可得，相送渺长河。

要管仲玉南游

南旋行侣少，独听水流声。
虽有青帆好，宁无白发生。
山川闲短剑，驿路负新莺。
君倘能同载，云霞是旧盟。

夜泊蛇门

客道蛇门夜，停帆对戍楼。
钟声傍船落，山影隔城收。
匣剑星全掩，囊琴水独流。
莫论吴国事，风雨蔽长洲。

始达杭州，雨中不得便往西湖

不得西湖去，舣船官市东。
心驰云气里，路隔雨声中。
红树怜渔父，青山病谢公。
明朝著双屐，或有武陵通。

再送汝立游茅山

杨柳青青拂画船，
争看仙侣赋游仙。
长川雨积添新水，
古洞花深异去年。
旧事茅君三度识，
后身方朔几人怜。

临风独愧无相赠,
为诵《南华》第一篇。

吴淞道中

客星岁晚系江湖,
草色何妨到处枯。
寒满黑貂人独病,
光含白雪剑同孤。
忽看雁字翻疑鹤,
觅得鱼船只问驴。
明日九峰青渐近,
平原重有两生无。

孙子虚进士自常熟载酒过访

无论早岁擅雕虫,
义气相看一笑中。
姓氏邦人知武子,
文章疆土目吴公。
佩光玉讶寒生雪,
弭棹星知夜贯虹。
载酒何因问狂客,
却令邻舍怪扬雄。

秋夜与朱山人登虎山桥

乾坤逢尔正萧条,
江汉为盟信久要。
穷夜还乘牛渚艇,
悲歌重上虎山桥。
人将秋色俱侵鬓,
剑引寒光共在腰。
遥指陶朱旧时路,
荻花烟水共迢迢。

楞伽寺

越人重到越来溪，
溪上山僧候白扉。
笑踏青山逐高士，
羞将皂帽礼缁衣。
空堂客去名犹在，
深竹人留鸟自飞。
舟楫太湖无十里，
鸱夷从此欲忘归。

送张宪副游西湖

共说张骞逸兴豪，
长安不恋锦宫袍。
一官老去无恒业，
廿载归来未二毛。
冀北寒霜忘旧钺，
江东秋水自轻舠。
诗篇后夜西湖上，
定有星辰映翠涛。

湖上阻风同友人

波撼平湖沙半欹，
故人相对数天涯。
漫论山鬼吹烟黑，
却怪江神鼓浪奇。
小市雨迷门外屐，
乱禽啼湿树头枝。
枯槎赖有葡萄绿，
阮籍何须泣路岐。

越来溪

衰草荒云路欲迷，
可堪移棹越来溪。

千江岁杪家仍远，
十里烟寒水自西。
练气数行将日落，
山形几点入鸟啼。
溪东莫问行人庙，
一树棠梨野鸟栖。

送徐进士

帝京人去马蹄遥，
丹陛行看冠俊髦。
禹迹黄云经碣石，
汉宫绿酒醉葡萄。
星明北斗摇龙剑，
学起南州振凤毛。
圣代文章三变后，
长安纸价为谁高。

无题四首

曲廊伫立话无端，
倦不胜衣春自寒。
花外魂消双蛱蝶，
带边心折小阑干。
腰肢怕近黄昏看，
指甲羞将红雨弹。
星斗满墙浑未寐，
侍儿偷语月团团。

脉脉伤心鬓欲枯，
西风无意着流苏。
阳云片片曾生峡，
汉月重重却照胡。
镜里朱颜啼处断，
书中青鸟看时孤。
可怜身是明珠换，

不及寒泉双辘轳。

共怜结队试宫商，
独恨差池锦瑟旁。
掌上未曾为舞燕，
曲中先自奏求凰。
情牵别事偷弹泪，
愁逐新声暗结肠。
归去玉钗浑自堕，
不堪银烛背人藏。

春未阑珊花又飞，
情牵偏为惜芳菲。
胭脂带雨重门闭，
翡翠冲寒何处归。
江咽不堪闻蜀帝，
竹深秖合泣湘妃。
明朝莫说东园事，
绿满新枝子半肥。

市河见鹡鸰

一个水禽如失路，
儿童识取是鹡鸰。
江湖到处能容汝，
何事飞来傍市人。

广陵城西送别谈大

风色萧萧水自流，
渡头问说是扬州。
青青几树随堤柳，
却为行人乱点头。